W0463360

BASTEI
LÜBBE

C. S. FRIEDMAN

EIN NEUES BABYLON

ROMAN

INS DEUTSCHE ÜBERTRAGEN
VON MARCEL BIEGER

BASTEI LÜBBE

BASTEI LÜBBE TASCHENBUCH
Band 24 270

Erste Auflage: März 2000

© Copyright 1998 by C. S. Friedman
published by arrangement with author,
c/o Baror International, Inc., Armonk, New York, USA
© Copyright 2000 für die deutschsprachige Ausgabe
Bastei-Verlag Gustav H. Lübbe GmbH & Co.,
Bergisch Gladbach
Originaltitel: This Alien Shore
Lektorat: Dr. Lutz Steinhoff / Stefan Bauer
Titelbild: Michael Whelan / Agentur Schlück
Umschlaggestaltung: QuadroGrafik, Bensberg
Satz: KCS GmbH, Buchholz / Hamburg
Druck und Verarbeitung:
Brodard & Taupin, La Flèche, Frankreich
Printed in France
ISBN 3-404-24270-X

Sie finden uns im Internet unter
http://www.luebbe.de

Der Preis dieses Bandes versteht sich einschließlich der gesetzlichen Mehrwertsteuer

DANKSAGUNGEN

Ein Konzept für einen tollen Roman entwickelt zu haben kann schon eine aufregende Erfahrung sein, und jeder Autor träumt davon. Hingegen ein Konzept für einen tollen Roman zu haben, der eine Menge Hintergrundwissen erfordert, das man nicht besitzt, ist eine ganz andere Art von Erfahrung, und davor fürchtet sich jeder Autor.

Dann muß man sich nämlich auf die Suche nach Menschen machen, die nicht nur über dieses Wissen verfügen, sondern das auch noch in einfachen Worten und für einen Laien verständlich wiedergeben können … und denen es dann auch nichts ausmacht, endlose Stunden mit jemandem zu verbringen, der über so brisante und aktuelle Themen diskutieren will wie: Möglichkeiten des Hackens im achtundzwanzigsten Jahrhundert, die Linguistik der Inuit-Sprache oder all die anderen Fragen, die man zwischen die einzelnen Gänge in einem chinesischen Restaurant schieben oder über E-Mail abfeuern kann … na ja, genau so sieht eigentlich der typische Arbeitstag eines Schriftstellers aus.

Daher muß ich an erster Stelle und vor allen anderen Paul Suchinder Dhillon danken, ohne den dieser Roman nie das Licht der Welt erblickt hätte (nun, vielleicht ja doch, aber dann mit wirklich schwachsinnigen Computerpassagen, an denen niemand so recht Freude hätte). Danke, Paul, für die vielen Stunden Gespräche über technische Details und vertrackte Plot-Wendungen, und auch für die virtuellen Touren auf Hacker-Spuren … ohne dich hätte ich sehr oft nicht mehr weitergewußt.

Mein Dank geht auch an Anthony C. Woodbury von der University of Texas, dessen ausgezeichnete Kenntnisse über die Sprachen am Polarkreis mir dabei halfen, die Wörter und Begriffe zu finden, mit denen diesem Buch erst der letzte Schliff verpaßt werden konnte. Der geneigte Leser möge allerdings bedenken, daß diese Wörter von mir dahingehend verändert wurden, wie sie sich nach meinem Dafürhalten im Verlauf mehrerer zukünftiger Jahrhunderte verändert haben werden. Wenn sich also jemand an der falschen Schreibweise oder einer modifizierten Bedeutung stören sollte, möge er mir bitte eine gewisse künstlerische Freiheit zugute halten. Etwaige Fehler nehme ich allein auf meine Kappe, und auf gar keinen Fall sind sie Anthony anzukreiden.

Dank auch Cordwainer Smith für einige unschätzbare Funken der Inspiration – die echten Fans werden sie ohne Zweifel gleich erkennen. Smith zählt für mich zu den bedeutendsten Autoren unseres Jahrhunderts und darf ohne Übertreibung als einer der bizarrsten und phantasievollsten Schriftsteller bezeichnet werden. Ja, ich muß es eingestehen, es gibt tatsächlich befremdlichere Science-fiction als meine. Jeder, der Cordwainer Smith noch nicht kennt, sollte dieses Versäumnis unbedingt nachholen.

Auch Oliver Sachs, Temple Grandin und all den anderen Schriftstellern fühle ich mich verpflichtet, die hart darum ringen, die fremden Landschaften im menschlichen Gehirn zu erforschen und zu kartographieren. Wenn meine Geschichten jemals halb so spannend sein werden wie das, was diese Männer an Wahrheiten herausfinden, dann kann ich mir stolz sagen, etwas wirklich Bedeutendes geschaffen zu haben.

Nun muß ich mich aber auch bei all denen bedanken,

die mir bei der Arbeit an diesem Buch geholfen haben, nicht den Verstand zu verlieren (na ja, sagen wir, wenigstens für meine Verhältnisse bei Verstand zu bleiben). Besonders ist da Paul Hoeffer zu nennen, dessen wunderbare Fan Page mich jedesmal aufrichten konnte, wenn ich mal wieder die schwärzesten Momente durchmachte. Und dann wären da noch folgende Personen zu erwähnen: Senji, Lisa, Tina, Fonda, Joan, Larry, Adam und ganz besonders Chuck, deren geistige Beweglichkeit und unermüdlicher Arbeitseifer mir während der vergangenen Wochen das Leben doch ziemlich erleichtert haben. Nichts ist nämlich geeigneter, einen in den Wahnsinn zu treiben, als einen Roman fertigschreiben und gleichzeitig ein Haus mit sieben Zimmern in Ordnung halten zu müssen!

Und danke auch euch, Yann, Matt und Petra. Ihr wißt schon, warum.

Ebenfalls bedanken möchte ich mich bei Cheryl und Stan, die sich ein Bein ausgerissen haben, damit dieses Buch noch rechtzeitig in Druck gehen konnte. Das werde ich euch bestimmt nicht vergessen.

Und last not least geht mein Dank an Betsy Wollheim, die Göttin unter den Herausgeberinnen. Ich bin ihr nicht nur wegen ihres Verstands, ihrer Weisheit und ihrer Einsicht verbunden, sondern auch deswegen, weil sie mich nicht ein einziges Mal angeschrien hat, obwohl ich mit dem Roman ziemlich spät dran war – und so etwas nenne ich wahre Größe.

Widmung

Dieses Buch widme ich meiner Mutter, Nancy Friedman, die während der Niederschrift gestorben ist.

Nicht immer vermögen die mutigen Handlungen, von denen wir so gern in Romanen lesen, am meisten zu beeindrucken. Es gibt nämlich auch den stillen Mut, der nicht immer gleich wahrzunehmen ist. Und manchmal erkennt man den Mut eines Menschen erst, wenn dieser nicht mehr unter den Lebenden weilt. Meine Mutter besaß solch stillen Mut, und ihr starker Geist bewegte alle, die sie näher gekannt haben.

Im Alter von zwanzig Jahren wurde ihr Herz durch eine Krankheit schwer geschädigt, und die Ärzte sagten ihr, sie würde keine dreißig mehr. Wie viele andere Menschen in einer solchen Situation hätte Mom sich selbst aufgeben und den Lebensmut verlieren können. Doch sie beschloß damals, einfach so fortzufahren wie bisher, als gebe es die Krankheit nicht und kein Tod stünde hinter ihr. Die Menschen in ihrer Umgebung haben nie etwas von dieser Diagnose erfahren. Meine Mutter hat es als Schwäche angesehen, anderen von ihrem Leiden zu erzählen.

Meinem Vater riet man dringend ab, sie zu heiraten – wegen dieser Krankheit. Die beiden sind trotzdem vor den Traualtar getreten.

Die Ärzte warnten sie davor, ein Kind zu bekommen. Das würde sie bestimmt umbringen. Mom wollte aber unbedingt ein Kind und nahm das Risiko auf sich. So kam ich auf die Welt. Meine Mutter hat es überlebt. Später ging sie das Risiko ein weiteres Mal ein, und ich bekam einen Bruder.

Die Leser, die mit den Widmungen in meinen anderen Büchern vertraut sind, erinnern sich sicher, daß Mom mit mir nach Hawaii gereist ist, um sich die Vulkane anzusehen. An früherer Stelle habe ich allerdings verschwiegen, daß auf den Inseln überall Warnschilder aufgestellt waren.

Menschen mit Herzproblemen oder Erkrankungen der Atemwege sollten bestimmte Stellen meiden. Meine Mutter litt an beidem, aber sie hat die Schilder einfach ignoriert. So etwas wie ein krankes Herz konnte sie doch jetzt nicht zurückhalten; immerhin war sie um die halbe Welt gereist, um sich die hiesigen Naturwunder anzusehen.

Mom hat dem Tod mehrmals ein Schnippchen geschlagen und ist siebenundsechzig geworden. Stets hat sie sich geweigert, einfach aufzugeben, mochte das potentielle Ende sie auch auf Schritt und Tritt begleiten. Als es mit ihr dann wirklich zu Ende ging, sagte sie mir, sie bedaure es sehr, daß ihre Krankheit mich daran hindere, das Manuskript pünktlich abzugeben. Ich war damals nach New York gekommen, um mich um sie zu kümmern. Der Tod mochte sie bedrohen, aber in ihren Augen hatte er kein Recht, auch das Leben der Menschen durcheinanderzubringen, die ihr am nächsten standen.

Ich wünschte von Herzen, daß sie dieses Buch noch erlebt hätte. Daß sie noch hätte sehen dürfen, wie wunderbar es geworden ist.

Vor einem Leben, wie meine Mutter es geführt hat, muß alle Fiktion verblassen.

In einer Welt, in der Daten an die Stelle des Geldes getreten sind und Transmissionen durch nichts mehr geschützt werden als durch von Menschen ersonnene Codes und Sperren, kann es so etwas wie ein Geheimnis nicht mehr geben.

DR. KIO MASADA
Der Feind unter uns;
Programmatische Rede
an die 121. Outworld
Sicherheitskonferenz
(Holo-Übertragung von Guera)

Erdorbit

Shido-Habitat

Die Stimmen rissen sie aus dem Schlaf.

Im ersten Moment lag Jamisia in der Dunkelheit da, noch halb im Traum und noch nicht ganz wach, und lauschte. Wispernde Geräusche kitzelten durch ihr Gehirn, fügten sich einen Augenblick lang zu Worten zusammen und lösten sich dann wieder voneinander.

Erschreckende Worte.

Gefahr.

Verrat.

Und dann noch eines, viel lauter als die anderen: *Lauf!*

Sie war vollkommen durcheinander und setzte sich auf. Das Zimmer im Shido-Habitat gab ihr Sicherheit und Geborgenheit. All die vertrauten Relikte ihrer Teenagerjahre waren hier versammelt. Eintrittskarten von einem Konzert drüben im Mitsui-Habitat. Blumen – echte, nicht künstliche – für ihre Aufnahme an den Microtechs Grand Pavilion. Hausaufgaben-Clips türmten sich an einer Ecke des Highboards. Daneben lag das Headset, mit dem sich der Clipinhalt ins Gehirn einspeisen ließ. Alle ihre Besitztümer – ihre Habe, das, was ihr Leben ausmachte – lagen dort versammelt und verschaffen ihr ein Gefühl von Sicherheit.

Aber so war es nicht immer. Manchmal wachte sie auf und entdeckte auf dem Highboard Gegenstände, die ihr nie und nimmer gehörten. Zum Beispiel Schmuckstücke, von denen sie genau wußte, daß sie die nie gekauft hatte; ganz zu schweigen davon, daß sie solche Stücke niemals tragen würde.

Oder sie stieß auf schlimmere Objekte, die ihr Angst einjagten, und die warf sie dann gleich mit zitternden Händen in die Abfallröhre. Wer mochte so etwas nur mitten in der Nacht hier liegengelassen haben? Und wie war dieser Jemand überhaupt hier reingekommen, wo sie doch vor dem Zubettgehen immer sorgfältig abschloß?

Jamisia rechnete ständig damit, daß die Besitzer sich bei ihr nach dem Verbleib der Stücke erkundigten und sie dann anschrien, weil sie die Objekte einfach, und ohne vorher zu fragen, weggeworfen hatte ... Nun ja, eigentlich wartete sie darauf, daß sich überhaupt jemand meldete. Aber niemand schrie sie an, und keiner meldete sich bei ihr. Auch ihre vorsichtigen Anfragen bei der Habitat-Database brachten sie nicht weiter. Weder erhielt sie eine Auskunft darüber, wer die Objekte in ihrem Zimmer gelassen hatte, noch einen Hinweis auf ihren Zweck oder ihre Funktion.

Doch heute war alles anders. Endlich einmal gehörte ihr alles, was sich in dem Raum befand. Das hätte Jamisia eigentlich beruhigen sollen. Tat es aber nicht. Die Stimmen lärmten immer noch in ihrem Kopf, obwohl sie nach ihrem Erwachen eigentlich längst hätten in Schweigen verfallen sollen. Die junge Frau verstand auch nicht so genau, was die Stimmen da von sich gaben. Nur einige Worte hoben sich deutlich von allen anderen hervor, und die wurden mit solcher Dringlichkeit ausgestoßen, daß sie es mit der Angst zu tun bekam.

Gefahr.

Verrat.

Lauf, Jamisia!

Ihr Herz schlug schneller; so rasch, daß das Wellseeker-Programm sich einschaltete. Eine Leuchtschrift blinkte in einer Ecke ihres Sichtfeldes auf und checkte ihren emotionalen Zustand anhand von biologischen Vorgängen: PULS BESCHLEUNIGT; BLUTDRUCK GERÄT IN ROTEN BEREICH; MUSKELKRÄMPFE PHASE EINS – GEGENMASSNAHMEN?

Bevor sie antworten konnte, glitt die Tür auf, und zwar so leicht und geräuschlos, als hätte sie nie abgeschlossen. Ein Mann trat ein, und Jamisia öffnete den Mund zu einem Schrei … bis sie ihn erkannte und statt dessen tief einatmete.

»Pack ein paar Sachen zusammen«, befahl ihr Tutor in einem Tonfall, der so gar nicht nach seiner gewohnten väterlichen Art klang. Aber was war an dieser Nacht schon normal?

»Nimm alles mit, was dir wichtig ist, und beeil dich.« Er schaute durch die offene Tür, so als fürchte er, jemand sei ihm gefolgt. Im trüben Schein der Nachtbeleuchtung entdeckte sie Blut auf seinem Gesicht. »Mach schon, uns bleibt nicht viel Zeit!«

»Was ist denn überhaupt los?« wollte sie ängstlich wissen und erkannte ihre eigene Stimme kaum wieder. Aber der Tutor schüttelte nur mit grimmiger Miene den Kopf.

»Später«, murmelte er dann, wischte sich über die Stirn, verschmierte das Blut und entdeckte, daß das Mädchen sich immer noch nicht vom Fleck gerührt hatte. »Was ist denn? Los!«

Zitternd zwang Jamisia sich aus dem Bett und trat an das Highboard. Die Nachricht vom Wellseeker in ihrem Gesicht erlosch, weil sie keine Antwort gegeben hatte. Sei's drum, sie war jetzt ohnehin viel zu durcheinander, um klare Anweisungen erteilen zu können.

»Was ist denn geschehen?« fragte die junge Frau

noch einmal, diesmal flehentlicher, und raffte einige ihrer Kleidungsstücke zusammen. Für Hochgravitation, Niedriggravitation und Nullgravitation – schließlich hatte der Mann ja nicht gesagt, wohin es gehen sollte. Jamisia packte vorsichtshalber aus jeder Schublade etwas in die Reisetasche. »Wohin reisen wir denn?«

»Ein Überfall!« erklärte der Tutor, und zum ersten Mal schwankte seine sonst so ruhige Stimme. Auch hatte sich ein Schweißfilm auf seinem Gesicht gebildet. Die junge Frau sagte sich, daß sein Wellseeker mittlerweile höchsten Alarm schlug. »Sie müssen hier bei uns einen Kontaktmann gehabt haben. Alle Alarmsysteme wurden ausgeschaltet.«

Jamisia griff nach ihrem Headset, aber er hielt sie zurück. »Nein, das bleibt hier. Damit können sie dir zu leicht auf die Spur kommen.«

»Wer ist denn ›sie‹?«

Der Tutor zögerte kurz, und sie merkte ihm an, daß er mit sich rang, wieviel er ihr verraten durfte. Die dünne rote Linie von der Stirn erleichterte sein Auge, und er blinzelte. »Das weiß ich nicht. Es ging alles so schnell. Wer immer auch hinter dem Überfall stecken mag, für uns kann das nichts Gutes bedeuten.« Er riß ihr die Tasche aus der Hand und schloß sie. »Jetzt komm!«

Die Stimmen schrien jetzt noch lauter und drängten Jamisia, dem Tutor zu folgen, weil er sie in Sicherheit bringen würde. Was blieb ihr da anderes übrig, als zu gehorchen? Die junge Frau folgte ihm aus dem Zimmer und hinein in das Netzwerk von Gängen. Als sie die erste Röhre erreichten, wollte sie schon hineinkriechen, aber der Mann riß sie zurück und zog sie weiter.

Jamisia glaubte einen scharfen Geruch wahrzunehmen, der durch das Habitats-Ventilationssystem herangetragen wurde. Wie Rauch … aber war das überhaupt möglich? Der Tutor fing jetzt an zu rennen und zog sie an seinem starken Arm mit sich. Das Mädchen hatte die größte Mühe, mit seinen großen Schritten mithalten zu können. Seine Beine waren viel länger als die ihren, und zweimal wäre sie beinahe hingefallen. Was konnte denn hier auf dem Habitat brennen?

Nach gut hundert Metern blieb der Mann unvermittelt stehen, öffnete eine Wartungsnische und bedeutete der jungen Frau, sich hineinzuzwängen. Jamisia hatte jetzt wirklich Angst und zögerte … und im nächsten Moment erbebte der Boden, so als habe ganz in der Nähe eine Explosion stattgefunden. Jamisia zog sich zu der Öffnung in der Wand hoch und kroch in den Raum dahinter. In diesem Moment wünschte sie, er hätte ihr erlaubt, den Headset mitzunehmen; denn damit hätte sie Zugang zu den Monitorprogrammen des Habitats erhalten und herausfinden können, was hier eigentlich los war.

Aber damit wüßten *sie* auch sofort, wo ich mich aufhalte, schoß es ihr durch den Kopf. Die Vorstellung bescherte ihr ein Frösteln, auch wenn sie sich keinen Grund dafür nennen konnte. Ihr war plötzlich angst und bange wie noch nie zuvor in ihrem Leben.

Nachdem der Tutor zu ihr hinaufgestiegen war, schloß er von innen die Abdeckung und gab Jamisia zu verstehen, sich weiterzubewegen. Das Mädchen war froh, hier nicht untätig hockenbleiben zu müssen, sondern sich auf so etwas wie eine Flucht konzentrieren zu können. Die beste Methode, der Klaustrophobie, die einen unweigerlich in diesen Versorgungsröhren befiel, zuvorzukommen.

Eine halbe Ewigkeit lang schob sie sich auf allen vieren vorbei an Schaltern, Knöpfen und Handgriffen, die voller Schmiere und Fett waren. Offenbar erstreckte sich der Arbeitsbereich der Scrubs nicht auf diese Röhre. Jamisia schob sich um eine Ecke, die für sie fast zu eng war, und stellte verblüfft fest, daß der Mann ihr folgen konnte.

Die nächste Biegung hatte die Form einer langgezogenen Kurve. Sie hörte die geflüsterten Anweisungen des Tutors und befolgte sie, so gut es ihr möglich war. Ein- oder zweimal glaubte das Mädchen, der Tunnel bewege sich wie von einer Druckwelle. Bei der zweiten atmete der Mann scharf ein, was nur eines bedeuten konnte: Dem Habitat war schwerer Schaden zugefügt worden. Vermutlich schlug hier eine Konkurrenzfirma zu. Wie pflegte ihr Tutor zu sagen: *Der Kapitalismus ist eine hartherzige Geliebte.*

Würden die Versorgungsröhren sich selbständig versiegeln, sobald es zu einem Leck in der Außenhülle gekommen war? Blieb ihnen dann genügend Luft, um hier nicht ersticken zu müssen? Woher sollte sie das wissen? Besser, sie erführe es gar nicht erst. Jamisia brauchte schon ihren ganzen Mut, um sich weiterzubewegen. Da konnte sie sich kaum Gedanken darüber machen, was hinter, über oder unter ihr vor sich gehen mochte.

»Hier«, sagte der Tutor schließlich und zeigte auf eine Luke. Gemeinsam zwangen sie den Deckel auf, und Jamisia schob sich als erste nach draußen. Sie fand sich in einem pechschwarzen Gang wieder. Warum brannte hier kein Licht? Während ihr Begleiter hinauskletterte, stampfte das Mädchen mehrmals auf den Boden, um die Sensoren zu aktivieren. Aber nichts geschah.

»Was um alles –«, begann sie frustriert, als der Mann ihr eine Hand auf den Mund legte. »Hör!« forderte er Jamisia auf, und sie gehorchte. Doch da gab es nichts zu hören. Weder Explosionen in einiger Entfernung noch menschliche Schreie noch …

Ihre Brust zog sich vor Furcht zusammen. Nicht einmal das sanfte Summen der Ventilation ließ sich vernehmen, und kein sanfter Hauch von der recycelten Luft strich über ihr Gesicht. All diese Dinge waren ihr bislang so selbstverständlich gewesen, da sie nie einen Gedanken daran verschwendet hatte, das Habitat könnte einmal ohne sein …

Und jetzt war nichts mehr davon da. Was nur eines bedeuten konnte ….

»Die Lebenserhaltungssysteme!« flüsterte sie.

»Diese verdammten Bastarde!« fluchte der Mann leise, packte sie wieder am Arm und zog sie erneut mit sich. »Komm, schnell jetzt!«

Sie rannten sofort los, mit langen Schritten, eher noch Sprüngen, die ihnen durch die niedrige Schwerkraft auf dem Andock-Ring ermöglicht wurden. Vor ihnen tauchten zwei Luftschleusen mit geöffneten Türen auf. »Nicht da hinein!« zischte er und schob sie weiter.

Jamisia glaubte unter dem Hämmern ihres Herzens und dem Aufprall ihrer Sohlen auf dem Metallboden noch etwas anderes zu hören. Schritte hinter ihnen, die immer näher kamen. Und Stimmen … von den Piraten der Konkurrenz?

Lauf! drängten jetzt auch die Stimmen in ihrem Kopf. Und zwar unisono, was ihr noch mehr angst machte.

Sie lief, als ginge es um ihr Leben.

Als sie die Halle erreichten, in der die Pods angedockt waren, war die junge Frau außer Atem, und ihre Beine drohten durch die ungewohnte Anstrengung den Dienst zu versagen. Während sie sich an eine Wand lehnte, aktivierte der Tutor bereits einen Pod. Voll düsterer Vorahnung erkannte sie, daß es sich dabei um eine Einpersonen-Kapsel handelte. Der Mann wollte sie allein losschicken. Aber wohin? Und aus welchem Grund?

Nein, ohne ihn würde sie nicht von hier verschwinden. Ganz und gar nicht.

Vertraue ihm, mahnten die Stimmen.

»Steig ein, Jamie.«

Der Mann war ihr Tutor, ihr Freund und, so lange sie zurückdenken konnte, ihr Ersatz für einen Vater. Das Mädchen wollte ihm ja vertrauen ... aber so ganz allein in den Weltraum hinauszufliegen ... und das auch noch ohne ein einziges Wort der Erklärung ...

»Wohin schickst du mich?« fragte sie. »Was geschieht hier?«

Frustriert fluchte er leise vor sich hin, drehte sie zu sich um und legte ihr die Hände auf die Schultern. Jamisia war ihm jetzt ganz nah, und entdeckte, daß er eine Brandwunde auf der Stirn hatte. Blut rann aus ihr die Wange hinunter und verschwand im Kragen.

»Hörst du das?« Er nickte in Richtung des Weges, den sie gerade gekommen waren. Da waren tatsächlich Stimmen, und die kamen rasch näher. »Diese Männer sind hier, um dich zu holen, Jamie. Verstehst du mich? Sie wollen dein Gehirn und alles, was sich darin befindet. Und ihnen ist egal, wie sie daran gelangen. Deswegen bestand ja auch meine Aufgabe darin ...«

Er schwieg unvermittelt, und auf seiner Wange zuckte ein Muskel.

»Mir zu helfen?«

Der Tutor sah ihr kurz in die Augen und drehte dann den Kopf weg. »Ich sollte dich töten«, antwortete er mit rauher Stimme. »Gott steh mir bei, wenn Shido herausfindet, daß ich das nicht getan habe.« Der Mann schob sie sanft, aber unerbittlich in den Pod. »Und jetzt steig ein, Mädchen.«

Zitternd kletterte sie in die kleine Kapsel. Während sie sich auf der konkaven Schaummatratze ausstreckte, hörte sie die Stimmen noch näher kommen. Jeden Moment konnten die Feinde um die Ecke biegen und sie entdecken. Ja, jeden Moment.

»Warum?« wollte Jamisia noch wissen.

»Dazu haben wir jetzt keine Zeit mehr.« Der Tutor bediente die Kontrollen manuell, weil er kein Interface am Kopf trug. »Du hast ein Programm in dir, daß dich über alles aufklären wird. Aber alles zu seiner Zeit. Dafür habe ich gesorgt.«

»Wo schickst du mich hin?«

Die Schritte wurden noch lauter, und jetzt konnte man sogar schon einzelne Stimmen voneinander unterscheiden. *Seht dort nach! Überprüft die Schlösser! Beeilung, Leute!*

»Hinaus und ins All«, antwortete der Mann, während er die letzten Instruktionen eintippte. »Ein Metroliner befindet sich gerade auf dem Flug aus dem Sol-System. Mit dem Pod hier solltest du ihn bequem erreichen können.« Er hob eine Hand, um ihrem Einwand zuvorzukommen. »Jamie, glaube mir, daß ist im Augenblick der einzige sichere Ort für dich.«

Vertrau ihm, sangen die Stimmen in ihrem Kopf wie im Chor.

»Ja, das werde ich tun«, flüsterte sie mit erstickter Stimme.

»Ich habe die Abschußdaten gefälscht. Wenn sie deinen Abflug überhaupt bemerken sollten, werden sie glauben, du seist zur Erde unterwegs. Und bis sie ihren Irrtum erkannt haben, bist du längst auf und davon. Hier, diese Daten wirst du brauchen.«

Er schob ihr ein kleines Kästchen in die Hand. Seine Haut war voller Schweiß. »Schau dir alles an, sobald du Gelegenheit dazu findet, und präg es dir ein ...«

Der Mann zögerte wieder, und schon glaubte das Mädchen, er werde sich über sie beugen und ihr einen

Abschiedskuß geben, ihr wenigstens auf die Schulter klopfen oder ...

Aber statt dessen schloß er nur die Einstiegsklappe der Kapsel. »Es tut mir so leid, Jamie. Vergib mir ... Vergib uns allen.«

Der Pod war nun verschlossen, und die junge Frau lag wie versiegelt in der winzigen Kapsel. Die Stimmen aus dem Gang, die sie vorhin schon deutlich gehört hatten, klangen nun bis zur Unkenntlichkeit gedämpft. Der eine oder andere laute Knall erfolgte, wie von Detonationen, aber so genau wußte sie das natürlich nicht.

Dann umgab Jamisia absolute Stille. Die Luft rings um den Pod wurde abgesaugt, bis die Kapsel sich im Vakuum befand. Sie zwang sich dazu, gleichmäßig zu atmen, und das Gefährt bewegte sich langsam. Die Startprogramme setzten ein, und die Schaummatratze paßte sich ihren Körperpartien an.

STRESS PHASE DREI, warnte der Wellseeker. MASSNAHMEN?

Ein plötzlicher harter Stoß, als hätte einen ein Schlag gegen die Brust getroffen, und der Pod flog los. Die Matratze umschloß sie wie einen Säugling und absorbierte die Wucht des Starts.

ANPASSEN, befahl Jamisia der Kapsel und konzentrierte sich vor ihrem geistigen Auge auf das entsprechende Icon. Tief in ihrem Gehirn löste das Signal allerlei elektrische Aktivitäten aus, sowohl biologischer wie mechanischer Natur. Und ihre Brainware, eine Kombination von beiden, übernahm. Der Pulsschlag des Mädchens verlangsamte sich ebenso wie der Blutdruck. Tausendundein Streßsymptom wurden erfaßt, analysiert und beseitigt.

Außerhalb des kleinen Fensters – im Grunde nur eine Scheibe von der Größe ihres Gesichts, deren Aufgabe weniger darin bestand, dem Insassen einen weiten Überblick zu verschaffen, sondern mehr einer Panik entgegenzuwirken, die durch Platzangst entstehen konnte – fiel das Shido-Habitat langsam hinter ihr zurück, und seine der Sonne zugewandten Seiten leuchteten wie flüssiges Feuer. Dahinter war der blaue und weiße Ausschnitt der Erde zu erkennen, die Heimat von beinahe zehn Milliarden Menschen. Die Erde und ihre Habitate waren alles, was Jamisia jemals kennengelernt hatte, und nun mußte sie beides für immer verlassen.

Die Vorstellung löste solchen Schmerz in ihr aus, daß sich ihr Herz in einen eiskalten Klumpen zu verwandeln schien. Die Brainware konnte ihn nicht ganz lindern, trotz der diversen Heilchemikalien, die sie gleich im Blut des Mädchens freisetzte. Natürlich hätte die junge Frau Mittel verlangen können, aber das wollte sie eigentlich gar nicht.

Was wußte das Brainware-Netzwerk schon von Verzweiflung? Wie konnte es sich auf den undefinierbaren Schmerz einstellen, den man empfand, wenn man alles und jeden verlor, die einem einmal etwas bedeutet hatten – und noch nicht einmal einen Grund dafür wußte?

»O Gott«, flüsterte das Mädchen. Tränen rannen über ihr Gesicht.

TRÄNENDRÜSEN-ÜBERFUNKTION, meldete der Wellseeker sogleich. MASSNAHMEN?

Jamisia wischte sich mit einer zitternden Hand über das Gesicht. Aus dem Augenwinkel nahm sie einen Lichtblitz wahr, der wohl aus der Richtung ihres Habitats kam. Aber das Gebilde befand sich nun hinter ihrer Kapsel, und so konnte sie kaum etwas Genaueres erkennen.

Was wird nur aus mir werden? Sie hoffte, daß ihr Tutor mit heiler Haut davonkäme. Doch tief in ihrem Innern wußte die junge Frau, daß er es nicht schaffen würde.

Meine Aufgabe bestand darin, dich zu töten.

Unentdeckt und unverfolgt floh der winzige Pod aus dem überfüllten Himmel der Erde und steuerte auf das All zu.

... gibt es natürlich auch immer noch diejenigen, die ein Vermögen dafür ausgeben würden, hinter das Geheimnis zu kommen, wie unsere Out-Piloten im Ainniq navigieren. Und manch einer hat schon sein Leben dem einen Ziel gewidmet, die Mysterien der Gilde zu enttarnen. Unter diesen Unermüdlichen lassen sich Fraktionen ausmachen, deren Meinungen natürlich im Widerspruch zueinander stehen:

Bei den Fähigkeiten der Out-Piloten handele es sich um ein Zufallsprodukt ihrer einzigartigen genetischen Herkunft; diese könnten daher nicht von anderen Rassen dupliziert werden.

Tatsächlich gebe es ein Geheimnis, das die Out-Schiffe erst möglich machten. Und sobald die Rätsel Gueras entschlüsselt seien, könnten auch andere dieses Wissen für sich nutzen.

Auf ihre Weise haben natürlich beide recht. Nur wird ihnen weder das eine noch das andere etwas nutzen.

GILDEHERRIN ALMA SARAJEVO
Das Erbe des Schweigens;
Programmatische Rede an die
274. Gildemeister-Versammlung
Tiananmen Station

OUT-SCHIFF: ORION

... Mayday ... Mayday ...

Die Station ragte jetzt so nahe vor ihnen auf, daß sie den gesamten Schirm ausfüllte; und das Anlegedock gähnte wie eine große schwarze Höhle. Der In-Pilot zitterte am ganzen Körper, während er versuchte, die Kontroll-Icons in seinem Kopf konstant zu halten und gleichzeitig den Frachter auf Kurs zu den Greifklampen zu bringen.

»Annäherung bestätigt«, ächzte er schließlich und freute sich über seinen kleinen Triumph. Drei rote Lampen blinkten wie verrückt auf der Konsole und zeigten abgestürzte Systeme an. Doch für einen Moment sah es so aus, als habe der In-Pilot sie umgehen können. Dem Himmel sei Dank dafür, freute sich der Kapitän des Schiffs. Andernfalls hätten sie sich von ihrer wertvollen Fracht verabschieden können – und von ihren Ärschen gleich mit.

»Clearance ... verstanden ...« Die Schweißperlen auf seiner Stirn strömten jetzt, als der Frachter ins Dock glitt, über sein Gesicht. Sie waren noch viel zu schnell, und schon zu dicht dran. Der Kapitän spürte fast körperlich, wie Außenseite über Außenseite scharrte. Die Klampen verfehlten die Backbordseite um wenige Zentimeter, und auf der Konsole blinkten nun vier Lichter. Laut Readout auf dem Schirm lag die Ursache für all diese Schäden in der Out-Brücke. Wenn der Kapitän sein Sensor-Relay darauf schaltete, konnte er das Hämmern, Schreien und schrille Heulen von dort hören. Bei letzterem konnte man in Zweifel darüber geraten, ob ein Mensch diese Laute ausstieß.

Der Out-Pilot war außer Rand und Band geraten,

soviel stand eindeutig fest. Viel wichtiger war jetzt allerdings die Frage, wieviel Schaden er in seinem Anfall bereits angerichtet hatte und wie viele neue Störungen hinzukommen würden, ehe die Gildemänner ihn bändigten.

... GILDENNOTFALL IN ANDOCKDECK 306 GELB; EINSATZTEAM SOFORT AUF BRÜCKE MELDEN ... ICH WIEDERHOLE: GILDENNOTFALL AUF ANDOCKDECK 306 GELB ...

»Wir sind drin.« Der In-Pilot lehnte sich mit einem Seufzer zurück, als sich die letzten Klampen schlossen. Das Schiff erbebte kurz, als es auf seine endgültige Position gezogen wurde, und stand dann ganz still da. Der Kapitän schob das Headset zurück, öffnete den Helm und ließ sich den Schweiß von der kühlen Schiffsluft trocknen. »Gott sei Dank.«

»Tja ...« Ein fünftes Warnlicht war hinzugekommen. Gott stehe diesem verrückten Gilde-Mistkerl bei, wenn sich einer der Schäden als irreparabel herausstellen sollte. »Gib du ihnen die Protokolle durch. Ich will nachsehen gehen, was da unten eigentlich los ist.«

... MAYDAY ... MAYDAY ...

Die Schleusen zischten, als der Kapitän die In-Brücke verließ. Der Luftdruck stabilisierte sich auf den, der im Dockring vorherrschte. Wenigstens funktioniert das System noch, dachte er grimmig. Und alle dreiundzwanzig Fracht-Pods voller wertvoller Waren schienen noch vorhanden zu sein, auch wenn sie hinter dem Schiff herwackelten wie eine Schlange mit Muskelkrämpfen.

Es hätte schlimmer kommen können. Viel schlimmer sogar, dachte der Kapitän.

Und er dachte weiter: Ich bringe diesen Gilde-Bastard um!

Die Tür zur Out-Brücke war natürlich versiegelt. Gilde-Piloten bestanden nun einmal darauf, allein für sich zu bleiben. Innen hörte der Kapitän lautes Hämmern und wieder dieses sonderbare langgezogene Heulen. Er gab mehrere Codes auf der Konsole neben der Tür ein und versuchte, die Versiegelung durch einen Override zu lösen. Ohne Erfolg..

Verdammt!

Der Mann gab eine neue Zahlenfolge ein, die Prioritätskombination, die nur er kannte und mit der man auf diesem Schiff so gut wie alles aufbekommen konnte. Doch auch jetzt verharrte die Tür stur und unverrückbar. Was immer dieser Gilde-Pilot in seinem Wahn auch beabsichtigte, er hatte sich dazu sehr gut eingeschlossen.

Ein Stück entfernt öffnete sich die Hauptluftschleuse, und befehlsgewohnte Stimmen fragten nach der Richtung. Unmittelbar darauf näherten sich feste Schritte. Zwei Gildemänner erschienen, und auf ihren Mienen zeichnete sich alles mögliche ab, bloß nicht Mitgefühl für diesen Frachter und seine Besatzung.

»Er hat sich auf seiner Brücke eingeschlossen«, erklärte der Kapitän ihnen so knurrig wie möglich, um gleich den Eindruck zu vermeiden, er ließe sich von ihnen einschüchtern. Diese beiden Männer mit ihren bemalten Gesichtern und schwarzen Umhängen konnten aus einer Laune heraus über sein Wohl und Wehe entscheiden. Wenn sie zu der Ansicht gelangten, er habe den Out-Piloten falsch behandelt oder einen Paragraphen des Gilde-Vertrages verletzt, würde es für ihn keinen Verkehr mehr von einem Knotenpunkt zum anderen geben. Die Gilde würde dann dafür sorgen, daß er, bis er schwarz würde und noch etwas länger, auf dieser verschissenen Station bleiben mußte.

»Kaum daß wir Kurs auf diese Station genommen hatten, erlitt er eine Art Anfall und –«

Die Gildemänner schoben ihn grob beiseite, und einer von ihnen zog ein merkwürdiges Gerät aus seinem Umhang.

»Ihr Pilot hat meine Schiffssysteme ruiniert!«

An der Spitze des Geräts entstand eine Flamme, und die Konsole neben der Tür zerplatzte in Funken und Rauch.

»He, Moment mal! Das ist mein Schiff –«

Der Mann richtete den Apparat auf die Tür, veränderte die Einstellungen und gab einen weiteren Schuß ab. Das harte Material zerschmolz vor den Augen des Kapitäns, bis eine Öffnung entstanden war, durch die man bequem einen Arm stecken konnte. Und genau das tat der Gildebeauftragte. Er schob eine Hand in das Loch, von dem noch Rauch aufstieg, und tastete hinter der Tür herum. Einen Moment später sprang sie auf, und der Mann zog den Arm rasch heraus, damit er ihm nicht abgerissen wurde.

Auf der Out-Brücke war überall Blut zu sehen. Auf dem Boden, dem Kontroll-Modul und sogar an der Decke. Und mittendrin schlug und trat ein Nackter um sich; und er gab auch diese schrillen Schreie von sich, die der Kapitän vorher über seine Sensoren vernommen hatte.

Der Out-Pilot sah eindeutig wie ein Mensch aus, stellte der Kapitän fest und vergaß über diesen faszinierenden Anblick einen Moment lang seinen Zorn. Viele vertraten die Ansicht, Gueraner unterschieden sich nicht nur in ihrem Geist von den anderen, sondern seien auch körperlich Varianten. Doch an diesem Burschen hier war nichts Ungewöhnliches zu erkennen. Die Gildemänner stürmten auf die Brücke und hatten einige Mühe, den Piloten zu packen. Der Kapitän nutzte die

Chance, ein wenig näherzutreten, um sich einen besseren Überblick verschaffen zu können.

Der Mann war tatsächlich weitgehend nackt. Er hatte sich an mehreren Stellen die schwarze Uniform zerrissen und seine bleiche Haut bloßgelegt. Auf seinem Gesicht waren noch die kunstvollen schwarzen Linien zu erkennen, wie die gueranische Tradition sie vorschrieb, aber soviel Blut war darauf verschmiert, daß man das Muster nicht mehr ausmachen konnte.

Und sein Körper ... den bedeckte ein Netz von selbstzugefügten Wunden, sonderbaren Tätowierungen und Skarifizierungen, die Bilder aus Alpträumen darzustellen schienen: starrende Augen, Stachelräder und eine Handfläche, aus deren Mitte sich Blut ergoß. Hinzu kam das echte Blut aus dem linken Arm, wo der Pilot sich offensichtlich mit Fingernägeln und Zähnen das Fleisch aufgerissen hatte.

Als der eine Gildebeauftragte ihm den Tranquer, die Betäubungspistole, an den Nacken setzte, ließen sich aus den wirren Lauten des Wahnsinnigen so etwas wie Worte erkennen.

»Es ist in mir! Sie haben es mir eingesetzt!«

Und schon machte er sich wieder über seinen malträtierten Arm her und schien noch tiefer in das Fleisch vorstoßen zu wollen. Der andere Gildemann hielt ihm das Handgelenk fest. Das Beruhigungsmittel gelangte in den Kreislauf des Piloten.

»Ich muß es rausholen!« heulte er noch einmal und wehrte sich dann nicht mehr. Seine blutunterlaufenen Augen drehten sich nach innen, und er schloß die Lider. Seine Arme sanken schlaff herab, die Knie gaben nach, und dann lag er ganz still und friedlich auf dem Boden. Der zweite Gildebeauftragte drehte sich kurz um und entdeckte den Kapitän in der Tür.

»Das hier ist allein Gildeangelegenheit!« Er schoß mit grimmiger Miene so rasch auf den Kapitän zu, daß dieser nicht auf ihn reagieren konnte. Eine behandschuhte Faust traf ihn hart an der Brust, und er taumelte hinaus auf den Flur.

Der Gildebeauftragte kehrte ungerührt zu seinen Pflichten zurück und erledigte sie so ruhig und gewissenhaft, als sei nichts geschehen. Der Kapitän hingegen rappelte sich wieder auf und stand wutschnaubend da. Dazu hatten diese Burschen kein Recht! So etwas durften sie einfach nicht tun!

Allerdings widersprach man Gildemännern nicht. Und behinderte sie nicht bei ihrer Arbeit. Selbst dann nicht, wenn sie einem ein kopfgroßes Loch in die Tür brannten. Auch dann nicht, wenn einer von ihren Piloten durchdrehte und alle Schiffskontrollen durcheinanderbrachte. Gott allein mochte wissen, wie groß die Schäden waren und wieviel die Reparaturen kosten würden. Kurzum, einem Gildemann widersprach man einfach nicht.

Die beiden trugen den betäubten Irrsinnigen jetzt heraus. Sie hatten ihn mit seinem eigenen Umhang von oben bis unten bedeckt. Es sah aus, als hätten sie ihn in ein Leichentuch gewickelt. Eine Clearflesh-Bandage auf seinem linken Arm stoppte die Blutung. Eine Notmaßnahme, denn später würden sie sich intensiver um die Wunde kümmern müssen. Im Moment sah der Arm jedenfalls aus, als sei er durch den Wolf gedreht worden. Der Out-Pilot murmelte Unverständliches vor sich hin, und hin und wieder zuckte er am ganzen Leib zusammen, als litte er große Schmerzen. Daß es nicht schlimmer um ihn stand, dafür sorgten die Tranquilizer. Und allein schon dafür sollte man Gott auf den Knien danken.

Der Kapitän warf einen Blick in die verwüstete Out-Brücke und rechnete in Gedanken die Reparaturkosten zusammen. Augenblicklich erwachte sein Zorn wieder, und er stampfte den Gildemännern hinterher. An der Hauptschleuse warteten zwei weitere Beauftragte, und die nahmen den verletzten Piloten entgegen. Einige aus der Besatzung hatten sich neugierig versammelt, hielten aber Abstand zu den Schwarzgekleideten. Wer den Gildemännern übel auffiel, wurde auf eine Schwarze Liste gesetzt. Kein Out-Pilot betrat ein Schiff, auf dem sich jemand aufhielt, der auf dieser Liste stand. Kein Wunder, daß alle sich davor fürchteten.

Der erste Gildebeauftragte wandte sich an den Kapitän. »Wir checken sein Logbuch, um festzustellen, was geschehen ist. Sie hören in absehbarer Zeit von uns und erfahren dann, ob wir Sie zur Verantwortung ziehen oder nicht.«

»Und was ist mit den Schäden auf meinem Frachter?«

Die Miene des Mannes wurde noch grimmiger. Sein Kaja-Linienmuster verlieh ihm das Aussehen eines Raubtiers und ließ ihn mindestens fünfmal bedrohlicher erscheinen, als das ein normaler Mensch vermocht hätte. »Hat er Sie durch den Ainniq geflogen? Und von dort zurück ins Safe-All?«

»Ja, aber –«

»Ist Ihre Ladung beschädigt worden? Ist jemand aus Ihrer Crew zu Schaden gekommen?«

»Nein, aber –«

»Dann hat der Pilot den Gilde-Vertrag in allen Punkten erfüllt.« Der Beauftragte wandte sich ab zum Zeichen, daß es für ihn nichts mehr zu diskutieren gab. »Um Ihr Schiff müssen Sie sich schon selbst kümmern.«

Damit zogen die Gildevertreter ab. Nur der Kapitän und seine Besatzung blieben zurück – und eine Spur von Blutstropfen, die sich von der Out-Brücke bis hin zur Hauptluftschleuse zog.

»Sir?«

Der Kapitän zitterte vor Wut (und auch vor Furcht, obwohl er das nie zugeben würde) und wandte sich an seine Crew. »Der Mist hier wird aufgeräumt, und erst dann machen wir uns daran, die Ladung zu löschen.« Er zeigte auf die Männer, die sich vorhin am weitesten vorgewagt hatten. »Du, du und du, ihr kümmert euch um die Out-Brücke.« Damit wandte der Kapitän sich an seinen Ersten Maat. »Und du jagst ein Diagnoseprogramm durch, damit wir endlich wissen, was dieses Arschloch mit unserem Kontrollsystem gemacht hat. In einer Stunde erwarte ich einen Schadensbericht und eine Kostenaufstellung auf meinem Tisch!«

»Jassir!«

Verdammtes Gildepack. Verdammt seien ihre Arroganz, ihre Gier und am allermeisten ihre Macht. Ja, die sei dreimal verdammt.

»Bastarde!« murmelte der Kapitän.

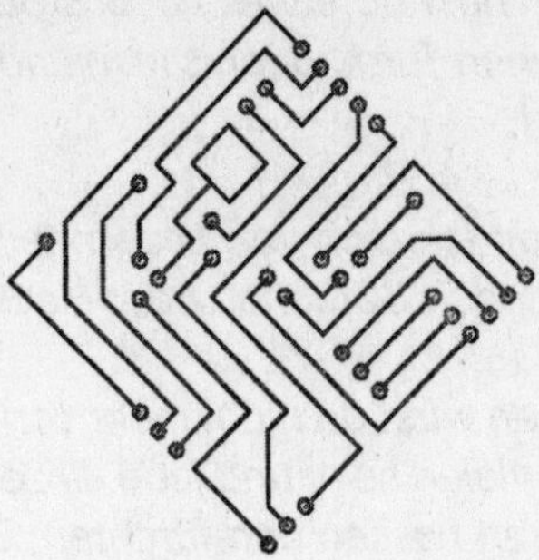

Und dann nahm die Menschheit seine Maschinen, und er riß die Himmel entzwei. Er sandte in Gottes Himmel seine Schiffe, seine Maschinen und all die anderen unreinen Dinge von der Erde.

Er setzte seinen Fuß auf die Planeten, die Gott nicht zu seinem Nutzen geschaffen hatte.

Und er färbte den Himmel schwarz mit seinem Stolz und seiner Arroganz.

So erzürnte er den Herrn mit diesen und tausend anderen Dingen, bis die Langmut Gottes erschöpft war und Er zu ihm sprach:

Siehe, ich gab dir Babel, doch du wolltest meine Warnung nicht hören.

Du bautest einen Turm bis in den Himmel, und dafür teilte ich dich in tausend mal tausend Völker auf, auf daß du deine Schande erkenntest und demütig vor deinen Gott trätest.

Doch nun hast du etwas noch Stolzeres als Babel erbaut, einen Turm, der bis in meinen wahren Himmel reicht.

Also werde ich dich von neuem teilen, doch nicht mehr nur nach Sprachen oder Hautfarbe.

Von jetzt an wirst du nicht mehr von einer Art, sondern von vielen sein, und jede einzelne davon wird die anderen hassen und fürchten. Und der Same, der zwischen diesen Arten vergossen wird, soll verdorren. So sollst du geteilt sein bis ans Ende aller Zeiten, auf daß du niemals mehr vergißt meinen Zorn.

Und der Herr drückte den Menschen das Hausman-Mal ins Fleisch, auf daß ein jeder Schande erkenne.

Die aber, die Seinem Namen getreulich gefolgt waren, die Menschen nämlich, die auf der Erde blieben, blieben unberührt von Seinem Fluch und bekamen weiterhin so viele Kinder, wie sie wollten; denn dies ist das Zeichen der Gnade des Herrn.

Kolonien 11:21–30

Metroliner: Aurora

Drei Tage in einem Pod. Sie hatte kaum genug Platz, um sich zu drehen, ganz zu schweigen davon, die verkrampften Muskeln zu strecken. Ein Einer-Pod war für Kurzreisen zwischen zwei Habitaten gedacht – und vielleicht und nur vielleicht auch einmal für eine Abstecher zur Erde. Aber bestimmt nicht dafür, drei Tage durchs All zu treiben; und erst recht waren Menschen nicht dazu geschaffen, drei Tage hintereinander in einer solchen Kapsel zu verbringen.

Jamisia fühlte sich hundeelend. Ihr war schlecht, und sie hatte Angst. Der Pod besaß eine Nieder-Gravo-Vorrichtung, aber die wollte sie lieber nicht einschalten, weil dann zuviel Energie verbraucht würde. Wenn die Batterien der Kapsel leer waren, konnte sie nur noch hilflos durch dieses Nichts treiben.

Also blieb das Mädchen schwerelos und fühlte sich weiterhin miserabel. Irgendwann übergab sie sich, und dann mußte sie die Vorrichtung einschalten, damit alles Erbrochene abgesaugt werden konnte. Als das vorüber war, rollte sich die junge Frau am Fußende der Matratze zu einem Ball zusammen, zitterte unkontrolliert vor sich hin und fühlte sich einsamer und ängstlicher, als sie das je für möglich gehalten hatte.

Jamisia öffnete aus purer Langeweile das Kästchen, das der Tutor ihr mitgegeben hatte, konnte darin aber nichts entdecken, was ihr in ihrer jetzigen Situation geholfen hätte. Ein Debit-Chip für ihr Konto, eine ID-Marke – beide mit dem Aufdruck Jamisia Capra und leider ohne weitere Angaben –, einige Brainware-Spezifika auf einer Karte (ebenfalls ohne weitere Erklärungen) und ein halbes Dutzend anderer Dinge – darunter ein Info-Chip für den Kapitän des Metroliners und einen für sich selbst.

Wenn die junge Frau sich das Headset des Pods aufgesetzt hätte, hätte sie ihn sicher lesen können. Doch das getraute sie sich nicht; bestimmt würde dabei ein Signal ausgesandt, das die Gegner aufspüren konnten. Beim Kramen in dem Kästchen stieß sie auf einen Anhänger an einer Kette, in den ein sonderbares Zeichen eingraviert war. Zunächst hielt sie das für ein Icon. Ihr Blick wanderte von oben nach unten darüber, dann von links nach rechts und schließlich schräg von rechts unten nach links oben. Aber nichts tat sich.

Vielleicht handelte es sich dabei um den Schlüssel zu einem Programm, das man nie auf ihre Brainware geladen hatte. Oder aber sie benötigte einen persönlichen Pass-Key, um das Icon zu aktivieren. Gut möglich, daß der Tutor ihr das noch hatte geben wollen, aber angesichts der näherrückenden Verfolger nicht mehr geschafft hatte.

Vorstellbar aber auch, daß es sich dabei lediglich um ein seltsames Andenken handelte, wie man es von einem lieben Freund erhielt, bevor man ihn für lange Zeit nicht mehr sehen würde … oder ein Amulett. Sie legte sich die Kette um den Hals und schob den Anhänger unter ihr Hemd, damit es in der Null-Gravo nicht hin und her treiben und sie womöglich am Auge verletzen würde.

Das Mädchen besorgte sich etwas aus dem Vorratsschrank der Kapsel. Ein Paket Orangensaft – ›garantiert ewig haltbar‹, dafür aber auch vollkommen geschmacksneutral. Es gelang ihr, ordentlich in die Abfallröhre zu pinkeln und das auch noch sicher zu entsorgen, ohne einen Tropfen zu verschütten, auch wenn ihre Finger zitterten.

Danach weinte Jamisia, bis keine Tränen mehr in ihr waren. Dann schluchzte sie, bis ihr Körper und ihre Seele so erschöpft waren, daß sie nur noch in der Dunkelheit daliegen konnte. Das Mädchen war jetzt sogar zu müde, um sich noch fürchten zu können. Der Wellseeker bot seine Hilfe an, bestand sogar darauf, und sie schaltete ihn ab.

Jamisia mußte einfach alles aus sich herauslassen. Die ganze Furcht, die in ihr steckte. Brainware konnte dieser Furcht die Schärfe nehmen, aber nicht die Ursache dafür beseitigen. Das konnte sie nur selbst bewirken.

Völlig erledigt schlief das Mädchen schließlich ein.

ICON BESTÄTIGT
DREAMSCAPE 1.000 LÄDT
...
PROGRAMM STARTET

Grünes Gras. Blauer Himmel. Kristallklare Farben. Das Firmament erstreckt sich endlos dahin und sieht gar nicht so aus wie der Erdhimmel auf den Videos, sondern reich und voller geheimnisvoller Tiefe. Seine unermeßliche Weite läßt einen taumeln. Auch die Wolken sehen natürlich ganz anders aus als gewohnt.

Staunend verfolgt Jamisia, wie sie ihre Form verändern, zusammenfinden und sich voneinander lösen. Ein Viddie würde so etwas nie wiedergeben können. Das Land ist von frischem Grün, von herrlichem Grün. In einiger Entfernung plätschert ein Bach. Der gefällt ihr so gut, da sie sich darauf zu bewegt.

Das Wasser ist vollkommen durchsichtig und enthält nicht die erstickende Algenflut, mit der man auf der Erde den Sauerstoffbedarf der vielen Menschen decken will. Das Mädchen erfreut sich am Sprudeln des Wassers über die Kiesel, daran, wie sich das dichte Gras anfühlt oder wie die weiche Erde unter ihrem Gewicht nachgibt. Selbst der Druck der Hochgravitation macht ihr nichts aus. Alles ist ihr irgendwie vertraut und doch unendlich fremd …

Dann fällt ihr auf, daß es hier keine Gerüche gibt. Wie eigenartig. Man dürfte doch wohl annehmen, daß ein solcher Ort sauber, feucht, erdig oder … oder irgendwie röche.

Jamisia sieht den Mann.

Er steht am Bachufer. Zunächst kehrt er ihr den Rücken zu. Doch als sie auf ihn zugeht, dreht er sich zu ihr um, und sie kann sein Gesicht erkennen. Ihr Tutor, schießt es Jamisia durch den Sinn. Aber er sieht nicht ganz so aus wie in dem Augenblick, als er sie in den Pod gesetzt hat. Irgendwie scheint sie eine jüngere Version von ihm vor sich zu haben. Auch wirkt er schlanker, und seine Haut ist gebräunt, als käme er gerade von einer Außenstation.

Der Mann erkennt sie natürlich sogleich und nickt ihr zum Willkommen zu. Dann sagt er mit einer ruhigen Stimme, die gar nicht zu diesem phantastischen Ort passen will: »Nordamerikanische Ostküste, etwa 1940.«

Das Mädchen sieht sich nun genauer um und prägt sich verschiedene Details ein, weil es genau weiß, daß es später darüber getestet werden wird. Aber der Tutor fängt nicht gleich mit dem Unterricht an. Statt dessen tritt er auf das Mädchen zu, bis er direkt vor ihm steht, legt zwei Finger unter sein Kinn und hebt sanft seinen Kopf.

Die braunen Augen des Mannes sind voller Wärme, und schon ein Blick in sie beruhigt Jamisia. Einen wert-

vollen Augenblick lang vergeht alle Furcht in ihrem Herzen. Ja, sie vertraut diesem Mann.

»Jamisia«, beginnt der Tutor. In all den Jahren hat er sie nie mit ihrem formellen Vornamen angesprochen. Daß er es jetzt tut, läßt sie die Bedeutung dessen ahnen, was kommen wird. »Wenn du dieses DREAMSCAPE-Programm ablaufen läßt, kann nur das Schlimmste geschehen sein. Entweder wurde Shido zerstört, oder du bist aus anderen Gründen aus dem Habitat geflohen.

Es gibt Menschen, die nach dir suchen. Unter gar keinen Umständen darfst du zulassen, daß sie deiner habhaft werden. Ganz gleich, was sie dir versprechen. Mögen die Alternativen auch noch so furchterregend sein, sobald du dich zur Flucht entschlossen hast, mußt du unbedingt dafür sorgen, daß sie dir nicht zu nahe kommen …«

Er schweigt für einen Augenblick. »Hast du verstanden?«

Es gelingt ihr zunächst nicht, ihre Stimme zu finden, und sie erinnert sich an das, was der Tutor ihr einmal über das Traumprogrammieren erzählt hat. Daß man nämlich nur dann zu diesem Mittel greift, wenn man befürchtet, daß einem das entgleiten kann, was man eigentlich sagen will. Brainware nimmt während der Traumzeit keinen neuen Input an – zu seinem eigenen Schutz nicht –, weswegen es einem träumenden Gehirn an den bewußten Kontrollen mangelt, über die ein waches Gehirn so selbstverständlich verfügt. Jamisia kann dieses Programm nicht ausschalten. Und sie kann auch nicht aus ihm davonlaufen. Wenn das Programm keine Fehler enthält, kann sie sich nicht einmal dazu bringen aufzuwachen.

Welche Informationen können so unangenehm sein, daß der Tutor sie ihr nur auf diese Weise vermitteln will? Jamisia kann es sich beim besten Willen nicht vorstellen. Weil sie ihm aber immer schon alles recht machen wollte – das trifft auch jetzt noch zu, da er ihr nur als Traumbild erscheint –, nimmt sie allen Mut zusammen und sagt ohne das geringste Zittern in der Stimme: »Berichte mir alles.«

Der Tutor nickt anerkennend. »Du bist das Ergebnis eines Experiments, Jamie, eines sowohl äußerst unorthodoxen als auch sehr illegalen Experiments. Ich will dir jetzt nicht alle Einzelheiten nennen, weil … nun, offen gesagt, hoffe ich sehr, daß du nie in eine Situation gerätst, in der du sie erfahren mußt.

Fürs erste wollen wir uns auch lieber auf die praktischen Aspekte deines gegenwärtigen Dilemmas beschränken. Daß du dieses Programm ablaufen läßt, beweist, daß du die Materialien erhalten hast, die ich für dich vorbereitet habe. Darunter auch eine gefälschte ID. Der Nachname ist privat, und daher besteht nur eine entfernte Verwandtschaft zu anderen Personen dieses Namens. Zu meinem Bedauern mußte ich dir deinen Vornamen lassen. Das ist leider mit Risiken verbunden, aber die wären viel größer, wenn du dir selbst einen anderen Namen gegeben hättest …«

Wieder schweigt er für einen Augenblick. »Namen haben eine große Bedeutung in deinem Leben, Jamisia. Ändere deinen nur dann, wenn dir absolut keine andere Wahl bleibt.«

»Das will ich tun«, entgegnet sie leise.

»Bei deinem Brainware-Prozessor handelt es sich um ein experimentelles Modell mit einer einzigartigen Signatur. Jeder, der nach dir sucht, wird mittlerweile wissen, wonach er Ausschau halten muß. Ich habe ein Mask-Programm geladen, das eine falsche Signatur ausstrahlt – nämlich die von einem Hauck 9200 –, und die

Spezifika dazu findest du auf der beiliegenden Karte. Präge sie dir gut ein. Sei dir auch dessen bewußt, daß deine Speicherkapazität die des besten Haucks um eintausend Prozent übertrifft. Dein Beschleuniger läuft fünfmal schneller als das beste Modell, das zur Zeit auf dem Markt ist, und deine Multitask-Kapazität ist –« Der Tutor unterbricht sich. »Nun die ist enorm hoch. Vergiß nicht, über welche überragende Ausstattung du verfügst. Halte sie lieber verborgen. Diejenigen, die hinter dir her sind, werden dich sonst sofort daran erkennen.«

Die junge Frau stellt fest, daß sie zittert, obwohl es in diesem Traumland weder kalt noch warm ist. »Warum? Warum sind die anderen so sehr hinter mir her?«

Der Tutor zögert länger. Nicht die Pause, die man benötigt, um über eine Frage nachzudenken, sondern mehr die eines Programms, das seine Datenspeicher durchforstet. Was wird er ihr gleich antworten? Mit welchen Parametern hat der Tutor das Programm versehen? Welche Grenzen sind seinen Ausführungen gesteckt?

»Deine Brainware allein macht dich schon zu einer Person von unschätzbarem Wert«, erklärt er schließlich. »Und was den Rest angeht ... Man hat dir weh getan, Jamie. Ich weiß, daß du dich nicht mehr an das Experiment erinnern kannst. Aber glaube mir bitte, sie haben dir Schmerzen zugefügt. Diese Leute wollten herausfinden, wie ein Gehirn auf bestimmte Bedingungen reagiert. Sie haben wie bei einem Meerschweinchen Testreihen an dir durchgeführt.

Aber nun, da du weit fort von ihnen bist, besteht meiner Meinung nach eine realistische Chance, daß all die Schädigungen, die sie dir zugefügt haben, im Lauf der Zeit von selbst heilen. Und wenn Gott will, wirst du niemals das Wissen um all diese Tests und Experimente benötigen.«

»Was haben sie mir angetan?« will das Mädchen aber wissen.

Der Mann schüttelt den Kopf. »Nein, Jamisia. Jetzt nicht. Wenn du die Wahrheit erst einmal erfahren hast, gibt es für dich keinen Weg mehr zurück, und im Augenblick hast du alle Hände voll mit anderen Dingen zu tun.

Sollte einmal der Zeitpunkt kommen, an dem du weitere Informationen benötigst, dann verlaß dich auf dieses Programm, das noch weitere Träume enthält. Für den Anfang dürfte es ausreichen, wenn du dir den Chip genau ansiehst, den ich dir mitgegeben habe. Er beinhaltet alle Einzelheiten, die du über deine neue Identität wissen mußt. Und dort findest du auch eine Erklärung dafür, warum du die Erde so plötzlich verlassen mußtest. Vielleicht mußt du daran das eine oder andere Detail ändern, um die Geschichte deiner momentanen Situation anzupassen. Als ich dieses Programm und all das andere zusammengestellt habe, konnte ich ja noch nicht ahnen, unter welchen Bedingungen du das Habitat verlassen mußtest …«

Wieder legt der Traummann eine kurze Pause sein. »Ich habe alle nur erdenklichen Vorbereitungen für diesen Tag getroffen, Jamisia, um dich mit allem auszustatten, was für dich wichtig sein könnte. Während ich gerade dieses Programm schreibe, kann ich nicht wissen, in welchem Alter du sein wirst, wenn du mich hier so siehst; oder wie erfolgreich Shido inzwischen in seinen Bemühungen gewesen sein wird, deine natürlichen Gehirnmuster zu verändern.«

»Was hat Shido mit mir angestellt?« will das Mädchen wissen. Ihr entgeht die Hysterie nicht, die sich in ihre Stimme geschlichen hat, und sie fragt sich, wie der Tutor darauf reagieren wird. »Sag es mir!«

Aber er schüttelt nur langsam und traurig den Kopf.

»Vertrau mir bitte, Jamisia, vertrau meinem Urteilsvermögen.«

Und damit ist er verschwunden. So wie ein Viddie-Bild, wenn man den Kanal wechselt. Zuerst ist die junge Frau wie betäubt, und als sie wieder klarer denken kann, löst sich auch schon das Traumbild auf.

»Nein!« flüstert Jamisia, um dann zu schreien: »Nein!« Wolken lösen sich im Himmel auf, und beide verschmelzen zu nichts. Das Mädchen will sie zurückrufen, aber natürlich hört die Landschaft nicht auf sie. Jamie will ihre Brainware mit einem Icon wecken, um von ihr Unterstützung zu erhalten … aber das Programm akzeptiert keinen Input, solange ihr Körper sich im Schlafzustand befindet.

Das Gras ist fort, und ebenso der Bach. Schon löst sich der Boden auf, auf dem sie steht. Der Schlaf windet sich wie eine Schlange durch ihr Gehirn, um ihr natürlichere Träume zu bescheren.

Laß mich nicht allein! schreit sie.

PROGRAMM ENDE

Der Pod war noch viele Meilen entfernt, als sie den Metroliner zum ersten Mal ausmachen konnte. Und auch wenn Jamisia wußte, welcher Anblick sie erwarten würde – oder sich das zumindest einbildete –, konnte sie ihn jetzt nur atemlos anstarren. Was sie hier vor sich sah, war kein Video, sondern real. Ein Gebilde von gigantischen Ausmaßen, als würde man aus einem Habitatfenster auf die Erde schauen. Ein Monster wie aus einem Märchen, eine Kreatur, die aus den Tiefen des Alls heraufgestiegen zu sein schien. So wenig ähnelte der Liner einem normalen Schiff, daß man fast glauben konnte, ein Lebewesen vor sich zu haben. Flugs waren bei Jamisia Angst und Einsamkeit vergessen, und sie drückte sich wie ein Kind, das zum ersten Mal Terra sieht, an der kleinen Scheibe die Nase platt.

An der Spitze befand sich eine riesige Schüssel, die sie an eine Qualle erinnerte, und halb erwartete das Mädchen schon, sie würde sich zusammenziehen und wieder ausdehnen, um wie ein solcher Meeresbewohner davonzuschwimmen. Dahinter kam der eigentliche Rumpf des Liners: zuerst der klobige Kern mit dem Kommandozentrum, dahinter die Stränge mit den Domizilen, Vorratskapseln und langen, geschwungenen Boulevards, auf denen sich alle Formen menschlichen Umgangs abspielten. Die Stränge verflochten sich zu losen Spiralen, zwischen denen sich Transportröhren, Flyways und zerbrechlich wirkende Kristallkugeln befanden, die immer stärker glitzerten, je näher Jamies Pod herankam.

Das Schiff wirkte tatsächlich eher wie ein übergroßes unheimliches Seeungeheuer aus alten Geschichten als wie ein von Menschenhand erbautes Transportmittel. Je näher die Kapsel heranflog, desto aufgeregter wurde Jamisia. Ständig erwartete sie, das Ungetüm würde sich doch noch als etwas Lebendiges erweisen.

Die junge Frau konnte nun auch schon die glitzernden Stacheln und Türme ausmachen, die die Oberfläche einer dieser Tentakelstränge besetzten. Auf einem anderen Arm waren hellerleuchtete Kuppeln und Flugpassagen, die sogenannten Flyways angebracht, deren durchsichtige Wände vor Licht funkelten. Näher am Zentrum des Liners, aus dem die Stränge herauswuchsen, befand sich ein weniger illustres, profaneres Gebilde. Es waren Hoch-Gravo-Stationen, die das Mädchen an die Erde erinnerten.

War dies der Ort, an dem man die Passagiere unterbrachte, die sich vor der endlosen Leere des Raums fürchteten? Steckte man sie in abgeschlossene Stationen, in deren Innern Bedingungen wie bei ihnen zu Hause herrschten, so daß sie gar nicht erst mit dem Weltall konfrontiert wurden? Als jemand, der in einem Habitat aufgewachsen war, kannte sie solche Furcht nicht, und sie fragte sich, warum die Menschen in dieser Struktur überhaupt die Erde verlassen hatten. Andererseits konnte sich kaum jemand den Verlockungen der Gilde entziehen. Sobald man erst einmal zum nächsten Ainniq gereist war, erhielt man Zugang zu allen Stationen des Up-and-Out, zum gegenwärtigen Zeitpunkt knapp fünfzigtausend. Fabriken, Habitate, Handelsringe und Wohnsphären verbreiteten sich aufs Geratewohl durchs All, oft genug weitab vom nächsten Stern oder Planeten. Vielmehr drängten sie sich um die Knotenpunkte, wo sich die Ainniqs überschnitten und wo sie von den Out-Piloten gefunden werden konnten. Wer würde nicht alle Ängste überwinden, um in dieses Universum hinausgelangen zu können?

Bald bin ich auch dort, sagte sie sich voller Erregung, *dann gehöre ich auch dazu.* Sie preßte das Gesicht immer noch an die kleine Scheibe und versuchte, durch das Raumschiff hindurch in die endlosen Weiten dahinter zu spähen. Ob es ihr wohl gelänge, das Ainniq zu erkennen, wenn sie nur angestrengt genug danach Ausschau hielt? Es hieß zwar, man könne das erst sehen, wenn man sich direkt darüber befand, aber ein Versuch konnte ja nicht schaden. Jamisia wußte aus dem Unterricht, wo das Ainniq sich befinden mußte, und sie entdeckte auch die Sterne an seiner Grenze. Doch darüber hinaus entdeckte sie nur die endlose Schwärze des normalen Raums. Vielleicht, wenn ich etwas näher dran bin, hoffte sie. Aus dem richtigen Winkel konnte sie es dann möglicherweise sehen.

Der Pod sackte unvermittelt ab – eine Richtung wie ›unten‹ hatte bis vor ein paar Minuten noch nicht für sie existiert. Sie griff sofort nach einer Halteschlaufe, um nicht gegen die Innenwand der Kapsel geworfen zu werden. Das Mädchen spürte jetzt, wie die G-Felder des Liners ihren Pod erfaßten, und während sie sich darauf einzurichten versuchte, drehte sich ihr der Magen um.

Ohne Zweifel gab es angenehmere Wege, die vor allem damals zum Einsatz gekommen waren, als die ersten Emigranten der Erde hier hinausgeflogen waren. Zum Beispiel ließ sich die Gravitation langsamer aufbauen, um einem Reisenden die Unbilden zu ersparen. Doch bei dem Liner hatte man nach dem Start den teuren Andockmechanismus ausgeschaltet – und würde ihn kaum für eine kleine Kapsel wieder einschalten.

Jamisia sah nun eine neue Kuppel vor sich aufragen, in der sich ein großer, unvorstellbar verdrehter Baum befand. Sie bekam den kleinen Headset des Pods zu fassen, der vorhin aus seiner Halterung geflogen war, und schob ihn dorthin zurück. Das Mädchen hatte ihn vor einer Weile aufgesetzt, um den Chip des Tutors zu lesen und sich alle Informationen einzuprägen, die über das Sichtfeld liefen. Rasch sammelte sie nun all die Objekte ein, die noch frei durch den Pod flogen. Und dabei ging sie in Gedanken wieder und wieder die Details ihrer neuen Identität durch, um sich daran zu gewöhnen und keinen Fehler zu begehen.

Der Tutor hatte sie nicht direkt gewarnt, aber sie spürte dennoch, daß es für sie nicht nur darauf ankam, was sie den Stellen auf dem Schiff erzählte, sondern auch wie sie ihre Geschichte präsentierte. Wenn Jamisia sich alles nur fest genug einprägte, würde sie keinen Fehler machen und sich auch ihren neuen Familiennamen so gut merken können, daß sie sofort reagierte, wenn man ihn rief.

Mit klopfendem Herzen und schwitzenden Händen legte sie sich schließlich den Landeharnisch um und zog die starken Gurte fest. Symbole huschten über den Holo-Schirm an der Kabinenwand, aber sie machte sich nicht die Mühe, sie zu lesen, weil der Andockvorgang automatisch erledigt wurde. Und wenn eine Fehlfunktion auftreten sollte, würde die Kapsel sie schon rechtzeitig informieren.

Der Wellseeker registrierte Jamisias Aufregung und erbot sich wieder, etwas dagegen zu unternehmen. Nach einer Minute gab sie den Widerstand auf. Wenig später spürte das Mädchen, wie sich ihr fieberhafter Herzschlag langsam beruhigte. Aber wiederum kurierte der Wellseeker nur Symptome. An die eigentliche Furcht, die in ihrem Herzen saß, kam er nicht heran. Dennoch fühlte sie ich jetzt schon etwas besser.

Würde die Besatzung des Liners ihr ihre Geschichte abkaufen? Würde man ihr erlauben, sich zu den reichen Passagieren zu gesellen, die sich in ihren eigenen Stationen befanden? Reichte das Geld auf ihrem Debit-Chip für eine Passage?

Und wenn das alles glückte, wie würde es dann mit ihr weitergehen?

Das Mädchen konnte sich nicht einmal in ihren wildesten Träumen vorstellen, welche Zukunft auf sie wartete. Weder in diesem Schiff ... noch darüber hinaus. Alles war ihr so fremd.

Alles zu seiner Zeit, sagte sie sich, und ihre Finger schlossen sich um das Amulett mit dem DREAMSCAPE-Icon.

Alles zu seiner Zeit.

DATAFILE: JAMISIA CAPRA
ID-Nr.: 093-61-7779-8080-921F/TERRA

BIOLOGISCHE ELTERN: JON STEVAR, SELISE CAPRA
SOZIALE ELTERN: S. O.
GEBURTSDATUM: 01.11.37
GEBURTSORT: SOL CITY, USNA
GENETISCHE KLASSIFIKATION:
18N23/1004T/XA305/2/3,9 – 40A80759-2

AKTIVE INFEKTIONEN: KEINE
LATENTE INFEKTIONEN: KEINE
EXTERNE MEDIKATION: KEINE

INTERNE MEDIKATION (LATENT): PDS 12, PANASOL, ENDOSTIM, CONTRA-5

GENETISCHE ÄNDERUNGEN (ZWECK):
L190 SEQUENZ KORRIGIERT (INSULIN-REGULATOR)
AN 28 UND 31 KORRIGIERT (VORBEUGUNG GEGEN NEURALBEFALL)

PSYCHOLOGISCHE QUALIFIKATION: NORMAL
BIOLOGISCHE, PSYCHOLOGISCHE ODER BIOTECHNISCHE KONDITIONEN, DIE ZUGANG ZU NIEDER-G ODER NULL-G VERBIETEN ODER BEEINTRÄCHTIGEN: KEINE

ZUSÄTZLICHE BEMERKUNGEN:

JON STEVAR UND SELISE CAPRA BEI TRANS-

PORTUNFALL TÖDLICH VERUNGLÜCKT AM 31.12.53 – TOCHTER JAMISIA CAPRA OHNE LEBENDE VERWANDTE AUF DER ERDE – ERBITTET TRANSPORT ZU AINNIQ, DAMIT SIE ZU FAMILIE VON ANGEHÖRIGEN AUF HARMONY STATION GELANGT

JAMISIA CAPRA BITTET UM VERSTÄNDNIS FÜR IHRE MANGELHAFTE VORBEREITUNG UND IHR UNGEWÖHNLICHES ANDOCKEN – METROLINER ZUR ZEIT DES UNFALLS EINZIGES SCHIFF IM TRANSIT – TRAUMATHERAPEUTEN RATEN DRINGEND DAVON AB, AUF NÄCHSTEN TRANSIT IN SECHS JAHREN ZU WARTEN – EMPFEHLEN AUFNAHME AN BORD

Arnel Kohein, Executor
Kohein & Sangh, Inc.

FOLGT: DEBITKODES

Man führte Tests an ihr durch. Die mußten selbstverständlich sein.

... über einhundert kommunikative Krankheiten, die zum gegenwärtigen Zeitpunkt eliminiert werden müssen. Sorry, Miss, aber Sie wollen sicher nicht drei Jahre zum Ainniq reisen, bloß um dort von der Gilde am Weitertransport gehindert zu werden, oder?

Man stellte ihr Fragen, selbstverständlich.

... und wissen Ihre Verwandten, daß Sie kommen? Werden sie die Verantwortung für Sie übernehmen?

Verfügen Sie über ausreichend finanzielle Mittel/Programme/Implantate, um sich selbst zu versorgen, solange Sie nach Ihren Angehörigen suchen?

Dazu kamen die Erinnerungen, warum nicht?

... muß doch hier irgendwo sein, such weiter ... jetzt schon sechzehn Tage ... nein, die anderen sind alle tot. Schließlich ist das gesamte Gebäude über ihnen zusammengefallen. Sie wurden so zerschmettert, daß wir sie nicht einmal identifizieren können. Dazu warten wir noch auf die DNS-Computer ... nein, niemand wurde dort lebend zurückgelassen, dessen bin ich mir ganz sicher ... sechzehn Tage ... Laßt die Schaufel fallen, Jungs, für heute haben wir genug getan ...

Und die Stimmen, wie immer.

Verdammte Arschlöcher ...

... aber die Tests und Fragen sind doch nötig ...

... die Wichser haben kein Recht dazu ...

Und von irgendwo tief in ihr drin ein Laut, halb Heulen, halb Wort: *Was nun? WAS NUN? Wasnunwasnunwasnun ...*

»Ruhe, alle miteinander!« flüsterte Jamisia, während sie sich darauf zu konzentrieren versuchte, das Richtige zu antworten und wie die Person zu erscheinen, die der Chip des Tutors ihr vorgegeben hatte. Nur so konnte sie ins Up-and-Out gelangen. An etwas anderes durfte und konnte die junge Frau jetzt nicht denken. Und schon gar nicht trauern. Das würde schon früh genug über sie kommen. O ja ...

Und was dann ...

Das Mädchen erhielt einen Chip in die Hand eingesetzt, der ihr Zutritt zu dem Liner verschaffte. Dazu eine kleine Kabine, die sich auf ihren Daumenabdruck hin öffnete. Nebst Zugang zur Bibliothek, zu Restaurants und der Bank …

Wir haben es geschafft, freute sich eine der Stimmen. *Wir sind in Sicherheit.* Wie eigenartig. Fast kam es ihr vor, als würden die Stimmen sie direkt ansprechen. Das hatten sie doch sonst noch nie getan. Für gewöhnlich unterhielten sie sich nur miteinander und redeten von Jamisia, wenn überhaupt, wie von einem ungebetenen Gast.

So etwas konnte einem schon auf die Nerven gehen. Und einem ein wenig Angst einjagen. Und war trotzdem ziemlich beruhigend.

»Das hoffe ich«, antwortete Jamisia ihnen.

Je komplexer sich unsere Sicherheitssysteme entwickeln, desto mehr muß der Feind sich anstrengen.
Je mehr wir uns bemühen, ihn außen vor zu halten, desto mehr wird er lernen wollen, uns doch noch zu überlisten.
Jede neue Sicherheitsstufe, die wir entwickeln, bedeutet für unseren Feind lediglich eine weitere Sprosse auf der Leiter. Er will uns unbedingt überlisten, und sein nächster Angriff wird unweigerlich gegen das Herz unserer Verteidigung gerichtet sein.
Dieser Krieg kann von keiner Seite wirklich gewonnen werden. Aber wir können es uns nicht leisten, ihn zu verlieren ...

DR. KIO MASADA
Die Evolution des Konflikts
(Zeitschrift für Outernetsicherheit, Bd. 57, Nr. 8)

GUERA

Dr. Kio Masada benötigte am Morgen annähernd zwei Stunden, um sich das Gesicht zu bemalen. Er nahm sich gern die Zeit dazu, war ihm doch daran gelegen, mit Sorgfalt und Geduld zu arbeiten, bis jeder einzelne Strich perfekt und die Symmetrie und die Proportionen des von ihm gewählten Musters makellos waren. Nicht gerade eine einfache Aufgabe.

Das menschliche Gesicht ist eine asymmetrische Kreation. Einem flüchtigen Bekannten mochten die subtilen Varianten bei einer Augenbraue oder der Schwung an einem Nasenloch ja entgehen, aber dem Programmierspezialisten fiel so etwas sofort ins Auge. Deswegen konzentrierte er sich ganz auf diese Arbeit. Er kannte jedes einzelne Element seiner Züge in- und auswendig, und er haßte sie alle, wie sie waren, während er mit dem Schwarzstift Korrekturen vornahm und Stellen betonte oder abschwächte.

Masada hatte schon einige Male mit dem Gedanken gespielt, sich die Fehlstellen in seinem Gesicht chirurgisch verändern zu lassen, um sich die tagtägliche Bemalung zu vereinfachen. Aber seit damals hatte er begriffen, daß solche Unvollkommenheiten einen wesentlichen Bestandteil seines kosmetischen Rituals bildeten. Und von der tiefen Befriedigung, die er stets dann empfand, wenn sein Geist wieder einmal über die Launen der Natur triumphiert hatte, würde nach einer Schönheitsoperation sicher nicht mehr viel übrigbleiben.

Endlich fertig, trat er einen Schritt zurück und betrachtete sein Werk. Seine Mocha-Haut war hell genug, um die schwarzen Linien deutlich hervortreten zu lassen, und ausreichend dunkel, da die Striche einem Wechselspiel von Schatten unterlagen, je nachdem, wie er sich bewegte.

Wie immer hatte der Programmierspezialist sich heute für die Iru-Maske entschieden – die ihm für alle Arten von sozialem Umgang am geeignetsten erschien –, hatte aber jetzt zur Unterstützung einige Kita- und Nanango-Striche hinzugefügt. Diese Kombinatin hatte er schon vor Jahren entwickelt, und mit ihr war er bislang so gut gefahren, daß er sich sogar schon überlegt hatte, sie sich aufs Gesicht tätowieren zu lassen. Damit hätte Masada sich viel Zeit und Mühe ersparen können. Aber dann war ihm die Vorstellung unerträglich erschienen, die Linien könnten im Alter verblassen. Außerdem behagte es ihm wenig, die Verantwortung für dieses wirklich schwierige Muster einer fremden Hand zu überlassen. Der Tätowierer brauchte nur jede zwanzigste Linie falsch aufzutragen oder zu verändern, und schon wäre der Progammierer für sein Leben gezeichnet. Ein entsetzlicher Gedanke. Da nahm er sich doch lieber die Zeit, selbst dafür Sorge zu tragen, wie die anderen ihn sahen.

Was den Rest seiner Erscheinung anging, so konnte er den nur schwer beurteilen. Einige hatten ihn schön genannt, aber ihm mangelte es an tieferer Einsicht, welche Züge und Partien dafür verantwortlich sein mochten. Für einen Gueraner besaß er Durchschnittsgröße, womit er die meisten Männer der anderen Kolonien immer noch überragte, wenn auch nur wenig. Sein Körper befand sich in Bestform, denn darum kümmerte er sich mit der gleichen obsessiven Gründlichkeit wie um seine Arbeit. Doch sollte irgend etwas an der Balance zwischen seinen Knochen und Muskeln zu der Ansicht berechtigen, er sei schön, so war ihm das noch nie aufgefallen; er hatte allerdings auch nie wirklich danach gesucht.

Masada wählte in der Regel einfache und bequeme Kleidung, und die immer wieder neu aufkommenden Modetorheiten interessierten ihn einfach nicht. Auch ließ er sein dichtes schwarzes Haar nicht in besonderer Form schneiden oder pflegen. Er trug es kurz, damit es ihn bei seiner Arbeit nicht behinderte. Ob nun die feinen Silberfäden an seinen Schläfen die Aufmerksamkeit auf seine dunklen Augen richteten oder ob der kurzgeschnittene Bart seinem Gesicht zum Vorteil gereichte, beides war von ihm nicht unbedingt gewollt und eher zufällig entstanden. Der Programmierer verstand nicht, warum ihn das in den Augen anderer anziehender machen sollte, und deswegen kultivierte er es auch nicht.

Masada blinzelte zweimal und rief so seinen heutigen Terminkalender ab. Er schloß die Augen, damit die Einträge klarer an seinem Sichtfeld vorüberrollten. Am Nachmittag standen einige Konferenzen an. Die meisten drehten sich um die anstehende Graduierungszeremonie der Universität.

Am Vormittag erwartete ihn nur ein Termin, und der Eintrag enthielt lediglich das Wort GILDE. Er hätte ein Icon abrufen können, um sich genauere Informationen geben zu lassen, aber das schien ihm nicht notwendig zu sein. Eine solche Anfrage war so ungewöhnlich und fiel so aus seiner täglichen Routine heraus, daß er dieses Treffen bestimmt nicht vergessen hätte.

Die Outspace-Gilde wollte etwas von ihm. Von ihm! Mochte er sich auch noch so den Kopf zerbrechen, er kam einfach nicht darauf, worum es bei der Besprechung gehen könnte. Masada war schon einige Male für die Gilde tätig gewesen. Zuletzt hatte er ein neues Set von Antikörper-Programmen entwickelt – das Archiv-Net der Gilde sah sich ständigen Attacken von Datendieben ausgesetzt –, aber das war schon Jahre her, und seitdem hatte kein Kontakt mehr zwischen ihnen bestanden.

Warum kamen sie also jetzt wieder zu ihm?

Sicher wollte die Gilde nicht bloß ein Update für seine letzten Programme haben. So etwas ließe sich einfacher über Vidlink anfordern; genau so wie eine Reihe seiner anderen Dienste. Und selbst, wenn es diesen Leuten um eine so sensible Angelegenheit ging, daß man sich nicht der öffentlichen Datenströme bedienen wollte, hätte man immer noch einen Kurier mit einem biologisch oder mechanisch eingepflanzten Implantat schicken können.

Doch warum bemühte sich ein höherer Gildeoffizier persönlich nach Guera und nahm dafür sogar eine sechsmonatige Reise auf sich? Bloß um ihn zu sprechen?

Mit einem leisen Seufzer legte er seine Aktentasche in die Deliveryröhre. Da es ihm unmöglich war, die Vorhaben und Wünsche der Gilde vorauszuahnen, wollte er auch keine Zeit mit Grübeleien verschwenden. Ein anderer Kaja hätte das vielleicht versucht – ganz bestimmt ein Simba, der nichts dem Zufall überlassen und in allem die Oberhand behalten wollte; und sicher auch ein Yakimi, der sich aus reiner Freude am Spekulieren mit nichts lieber beschäftigte –, aber da Masada die Maske eines Iru trug, erschienen ihm sinnlose mentale Übungen als Zeitverschwendung. Sein Verstand beschäftigte sich schon längst mit anderen, im Augenblick wichtigeren Dingen. Als er die Bürotür hinter sich schloß dachte er kaum noch daran, daß das anstehende Treffen mit einem Gildevertreter ihn vorhin etwas ins Grübeln gebracht hatte.

Der Spaziergang von seinem Apartmentkomplex zum Konferenzzentrum der Universität führte ihn über eine schmale Brücke von einer Viertelmeile Länge. Die durchsichtigen Seitenwände erlaubten einen phantastischen Blick auf die Hauptstadt von Guera, und der Programmierer gestattete sich ein paar Minuten der Muße, um das Panorama zu genießen. Unter ihm breitete sich das Universitätsgelände aus: eine Fläche von fünfhundert Hektar, auf der sich die klügsten Köpfe des ganzen Planeten zusammengefunden hatten.

Geschwungene Glasbrücken und Kristalltürme funkelten im Licht der Morgensonne wie Diamanten, und manche konnte man gar nicht ansehen, ohne sich die Augen zu blenden. Dahinter ragten die schlanken spiegelglasverkleideten Wolkenkratzer der Hauptstadt auf. Wenn der Himmel klar war und die Sonne im richtigen Winkel stand, konnte man dem Eindruck erliegen, diese Gebäude ragten bis in die obersten Schichten der Atmosphäre hinauf. Die Wolken schienen auf die Spiegeltürme zuzufliegen und übergangslos von dort zurückgeworfen zu werden.

Masada liebte diesen Anblick und war als Mitglied einer Kolonie, die über die Zeit und die Mittel verfügte, solches zu schaffen, auch stolz darauf. Am meisten erfreute er sich aber an der Spezialsicht, die das Schicksal ihm gegönnt hatte. Diese verlieh seinen Augen die Fähigkeit, den Fraktaltanz jeder einzelnen Wolke zu erkennen, die unendliche mathematische Komplexität, mit der jeder Augenblick mit dem nächsten verbunden war.

Guera hatte großes Glück gehabt, das durfte man durchaus so sehen. Wenn die Kolonisten, die zum ersten Mal die fruchtbaren Gestade dieser Welt geschaut hatten, ihren Auszug nur um zehn Jahre verschoben hätten, wäre vermutlich alles ganz anders gekommen.

Masada setzte seinen Fußmarsch fort und blinkte ein Icon an, um vor seinem Sichtfeld die Ode des Dankes erscheinen zu lassen. Die merkwürdigen bittersüßen Verse scrollten vor seinem inneren Auge ab. Das Gedicht war fast dreihundert Jahre alt, besaß aber immer noch große Eindringlichkeit. Obwohl einige der Dinge, die darin beklagt wurden, ihm unbekannt waren und er auch wohl nicht hoffen durfte, jemals eine Erklärung dafür zu erhalten. Der Programmierer besaß nicht die emotionale Ausstattung, um solche Bedeutungen erkennen zu können, was ihn aber, bis auf diesen Fall, noch nie in seiner Lebensqualität eingeschränkt hatte. Allerdings genoß er die Lobpreisung des Schicksals, das Guera vergönnt hatte, eine so einzigartige Stellung im Universum einzunehmen. Die Passagen, in denen die Verse demselben Schicksal vorhielten, andere weniger begünstigt zu haben, waren Masada hingegen gleich. Bis die Hausman-Stelle kam.

Hausman sei unser neuer Luzifer, geboren aus Licht und Reinheit, niemandem an Schönheit ihm gleich, doch dann gefallen tief, zu weben der Menschen Los.

Hausman, zu Beginn der stellaren Raumfahrt der Menschheit von allen hochverehrt und geliebt. Als der Mann sein berühmtes Schiff entwickelt hatte, mit dem endlich der Überlichtflug möglich wurde, hatte man das allgemein als Wunder angesehen. Die vielen Milliarden Bewohner der überfüllten Erde hatten endlich einen Traum träumen dürfen, den nämlich von der Ausdehnung ihrer Art in der Galaxis, und darin ein Allheilmittel gegen alle Übel und Nöte gesehen. In kurzer Zeit starteten viele Hausman-Schiffe, um jeden einzelnen Planeten, den man entdecken konnte, sofort zu besiedeln …

Guera hatte zu den ersten der neuen Welten gehört.

Zu dem Zeitpunkt, als man auf der Erde entdeckte, daß dasselbe wissenschaftliche Wunder, das den Menschen erlaubte, schneller als das Licht zu fliegen, gleichzeitig irreparable genetische Schäden bei buchstäblich jedem Raumreisenden hervorrief, hatte Guera bereits einen Standard erreicht, auf dem es sich selbst versorgen und erhalten konnte.

Der überstürzte Rückzug Terras aus dem Weltraum brachte für die Kolonie einige Unannehmlichkeiten mit sich, führte aber nicht zu einer Katastrophe – wie auf so vielen anderen neuen Welten. Einige Kolonien rangen immer noch darum, ihren feindlichen Planeten zu zähmen, als die Nachricht sie erreichte, daß alle Hausman-Flüge eingestellt worden seien; dabei waren sie so dringend auf die Hilfe aus der Heimat angewiesen. Manche Kolonien waren sogar erst vor so kurzer Zeit gegründet worden, daß sie nicht einmal über die komplette Grundausstattung verfügten, als die Nabelschnur zur Erde so plötzlich und unwiderruflich gekappt wurde.

Gott allein mochte wissen, sagte sich Dr. Masada, wie viele Kolonisten sich immer noch irgendwo da draußen abmühten oder welches Aussehen sie inzwischen angenommen hatten. Man nannte sie Gottes verlorene Kinder, und wer konnte schon ermessen, wieviel Haß sie in ihrem Herzen auf die Mutterwelt nährten, von der sie so im Stich gelassen worden waren.

Das Traurige an der ganzen Geschichte war, daß Terra auch anders gekonnt hätte. Man hätte die Raumschiffe mit Maschinen bestücken und mit diesen Automatenraumern zumindest so lange Kontakt zu den Kolonien haben können, bis die aus dem Gröbsten raus waren. Aber die öffentliche Meinung auf der Erde hatte das nicht zugelassen. Die Terraner fühlten sich bedroht von einer Technologie, die ihre genetischen Grundlagen angriff, und betrogen von den Regierungen, die ihnen einen Ausweg auf jungfräuliche Welten und blühende Landschaften vorgegaukelt hatten. Nun, da man den Massen alle Hoffnung genommen hatte, reagierte man so wie schon immer in Krisenzeiten. Die halbe Million Kolonisten, die nun hilflos gestrandet auf fremden Welten festsaß, wurde nur noch als Bande von Monstrositäten angesehen. Trugen sie nicht allesamt mutierten Samen in sich, der nur Mißgeburten hervorbringen konnte? Nein, mit diesen armen Teufeln wollte man nichts mehr zu tun haben. Statt den Kolonisten, den Hausman-Varianten wie man sie nun nannte, auf irgendeine Weise zu helfen, machte man sich nur noch Sorgen darum, ihnen die Rückkehr auf die Erde unmöglich zu machen. Wer konnte schon sagen, welch verheerenden Einfluß sie auf den menschlichen Gen-Pool auszuüben in der Lage waren. Terra kümmerte sich vordringlich um dieses Problem, vielleicht nicht hundertprozentig effizient, dafür aber um so effektiver, will sagen, mit Gewalt und der Arroganz der Macht.

Der Programmierer benötigte genau eine halbe Stunde, um sein Ziel zu erreichen. Er pflegte alles perfekt zu planen und betrat präzise im vorausberechneten Moment das Konferenzzentrum. Der Raum, den der hohe Gast für die Besprechung ausgesucht hatte, war ihm unbekannt, aber in seiner Brainware befanden sich exakte Baupläne von allen Etagen des Universitätskomplexes. So erreichte er mühelos den Treffpunkt, einen kleinen Raum, der nur für ein halbes Dutzend Personen Platz bot. Der Akademiker nickte anerkennend, als die Tür vor ihm aufglitt – der Iru liebte es nicht, sich in Menschenmengen aufhalten zu müssen.

»Dr. Masada!« Nur ein Mann befand sich in dem Zimmer, und der erhob sich sofort, als der Programmierer eintrat. Der Gildeoffizier trug die komplizierten schwarzen Linien eines Natsiq-Kaja, die sich von der Stirn bis in den schwarzen Umhang fortzusetzen schienen, unter dem er seinen Körper verborgen hielt. »Vielen Dank, daß Sie sich die Zeit nehmen konnten.«

Zusätzlich zu der Natsiq-Maske, die traditionell von den Out-Piloten und allen anderen Gildemitarbeitern aufgetragen wurde, trug er Nantana-Muster – das Zeichen der Männer, die mit solcher Finesse kommunizierten, daß man nicht nur auf jedes Wort, sondern auch auf Gestik und Mimik achten mußte, enthielten sie doch ebenfalls eine Fülle von wichtigen Ausdrucksmöglichkeiten.

Masada verachtete die Nantana-Maske und ihre Bedeutung. Menschen mit diesem Gesichtsmuster pflegten wichtigen Gesprächen eine Phase des Small talks vorauszuschicken – Geschwätz über unnötige Themen, in dessen Verlauf das Gegenüber diverse Gesten, Veränderungen in der Stimme und andere subtile Variablen erkennen und analysieren könnte. Ein Iru lehnte solche Spielchen ab, besaß er doch dafür keine Geduld. Zudem befand Masada sich aufgrund seiner Stellung in der glücklichen Lage, sich nicht auf solche Zeitverschwendung einlassen zu müssen (gepriesen seien die Gründe von Guera dafür, daß sie für die Kaja eine Rangskala eingeführt hatte, damit auch Auswärtige sich mit Bewohnern dieser Planeten verständigen konnten, ohne sich in der Vielfalt der Masken zu verirren).

»Sie haben nach mir geschickt«, begann der Programmierer kurz und knapp, »warum?« Er ließ sich ohne Aufforderung gleich nieder, um keine Zeit mit solchen Formalien zu verlieren.

Der Offizier zögerte. Als Nantana war er nur schlecht darauf vorbereitet, sofort zum eigentlichen Zweck der

Unterredung zu kommen, und so benötigte er einige Sekunden, um sich darauf einzustellen. »Die Gilde möchte Ihnen einen Auftrag anbieten. Das Honorar dürfte Ihre kühnsten Erwartungen übertreffen, und wir sind der Überzeugung, daß diese Tätigkeit nicht ohne Reiz für Sie sein wird.«

»Wann?« fragte der Programmierer nur.

Der Mann schien einen Moment zu brauchen, ehe sich ihm der Sinn dieser Frage erschloß. Vermutlich hatte er eine andere Frage erwartet. Als Nantana eilte er in Gedanken dem Gesprächsverlauf immer gern ein paar Schritte voraus. »Sie müßten so bald wie möglich mit der Arbeit beginnen. Bedauerlicherweise bleibt es Ihnen dabei nicht erspart, die Universität für eine Weile zu verlassen.«

»Ich habe hier Verpflichtungen.«

Der Offizier schüttelte mit einem leisen Lächeln den Kopf. »Ihre Seminare und Vorlesungsreihen sind so gut wie beendet. Einem Seminar müssen Sie noch ein Papier vorlegen, aber das haben Sie schon längst fertig. Ein Kollege könnte Ihnen die Arbeit abnehmen, es dem Kurs vorzutragen. Als Doktorvater haben Sie zur Zeit drei Doktoranden, aber wie mir versichert wurde, können die ebenfalls von Kollegen betreut werden. Des weiteren wollen Sie an der Abschlußzeremonie teilnehmen, und das ist doch nicht mehr als ein Ritual, oder? Damit dürften alle Ihre hiesigen Verpflichtungen aufgezählt sein.«

Der Wissenschaftler schwieg. Er visualisierte ein Icon und aktivierte damit seine Brainware. Diese berechnete rasch den Zeitaufwand und die sonstigen Mühen, die der Gildeoffizier auf sich genommen haben mußte, um ohne Masadas Passcodes an diese Informationen zu gelangen. Eine beeindruckende Leistung des Mannes.

»Warum?« fragte er dann aber nur.

Der Gildebeauftragte ließ sich nun endlich auf einem Stuhl nieder. Als er sich vorbeugte, breiteten sich die langen Ärmel auf dem Tisch aus, und man sah ihm seine innere Anspannung an.

»Vor einhundertneunzig E-Tagen verletzte sich ein Out-Pilot beim Wiedereintritt in den Safe-Raum erheblich. Die Analyse seines persönlichen Logs ergab, daß es beim Eintritt zu einer Fehlfunktion in seiner Brainware kam. Sie dauerte nur wenige Sekunden an, aber das reichte schon.

In diesem kurzen Moment glaubte unser Mann, ein Alien zu sein, der von lauter Kreaturen umgeben sei, deren Gehirne nicht wie das seine funktionierten. Er war weiterhin davon überzeugt, daß diese Wesen Programme in seine Brainware eingespeist hätten, die ihm ruhiges, logisches Denken unmöglich machten. Außerdem befürchtete der Pilot, man habe einen Mechanismus in seinen linken Arm implantiert, der seinem Blutkreislauf beständig bestimmte Mittel zuführte, um damit die eigentliche Essenz seiner Identität zu verändern. Da er glaubte, daß ihm nicht viel Zeit bliebe, unternahm er alles, was ihm möglich war, um den Apparat aus seinem Arm herauszureißen. Außerdem versuchte der Mann, sich den Schädel aufzuschlagen, um alle Fremdkörper darin zu entfernen. Zu seinem Glück hatte er zumindest dabei keinen Erfolg.«

»Da seine Mutmaßungen korrekt waren«, entgegnete der Wissenschaftler unbewegt, »verstehe ich Ihre Aufregung nicht so ganz.«

Der Offizier schüttelte den Kopf. »Er durfte sich dessen aber niemals bewußt werden, Dr. Masada. Sie kennen doch die von uns verwendeten Programme und wissen, wie feingetuned sie sind. In dem Moment, in dem der Pilot den Ainniq verließ, hätten ihm genügend Medikamente ins Blut gepumpt werden müssen, um jedem paranoiden Anfall zu begegnen. Nur ist es in diesem Fall nicht dazu gekommen. Die Medikamentierung fand erst nach einer Verzögerung statt, und diese wenigen Sekunden hatten dann die fürchterlichsten Auswirkungen.«

»Er ist wieder er selbst geworden«, bemerkte Masada. »Für ein paar Sekunden, und damit länger, als Ihnen lieb sein dürfte, sah der Pilot die Welt wieder mit unmanipulierten Augen. Ich erkenne darin kein Verbrechen.«

»Der Mann wurde infiziert«, entgegnete der Gildevertreter. »Unsere Wissenschaftler haben einen Programm-Virus isoliert, von dem wir glauben, daß er die Fehlfunktion auslöste. Wir haben auch herausgefunden, wann und wo unser Pilot sich infiziert hat. Wir wissen aber nicht, welcher Quelle dieser Virus entsprungen ist.«

Ein Virus. Das hörte sich tatsächlich interessant an. Bei einem Virus stellte sich die Frage nach Ursprung, Zusammensetzung und Zweck. Wer hatte ein Interesse daran, einen Out-Piloten auszuschalten? Und aus welchem Grund?

Man konnte die Gilde hassen – und kaum einer liebte sie –, aber wer würde deswegen schon das Risiko auf sich nehmen, lebenslang auf die Schwarze Liste gesetzt zu werden, bloß um einem Piloten Schaden zuzufügen? Ganz sicher nicht jemand, der Stationen in den Outlands besaß. Die Aussicht, vom Ainniq abgeschnitten zu werden, wäre für ihn so furchtbar, daß er dieses Risiko nicht einmal in Erwägung ziehen würde.

Vielleicht steckte ein isolierter Planet dahinter ... Nein, niemand existierte so vollkommen unabhängig von der Gilde, daß er eine absolute Sperre in Kauf nehmen konnte. Selbst die Erde, die sich drei Jahre Reisezeit vom nächsten Knotenpunkt entfernt befand, mußte auf ihre Wirtschaft Rücksicht nehmen, die sofort zusammenbräche, wenn der Transport zu den Outlands ausgesetzt würde.

Möglicherweise steckte also nur ein einzelner Programmierer dahinter. Ein Terrorist vielleicht oder ein durchgeknallter Hacker? Beide hatten der Gilde in den letzten Jahren oft genug Scherereien gemacht ... Aber ein Terrorist hätte längst ein Bekennerschreiben veröffentlicht und darin seine Forderungen bekanntgegeben. Und was irgendeinen hyperaktiven Amateur anging ... Nein, die Kompliziertheit eines solchen Anschlags schloß so etwas eigentlich vollkommen aus.

Die Antikörper-Programme der Gilde gehörten zu den besten in den Außenwelten. Masada wußte das genau, hatte er sie doch selbst geschrieben. Gar nicht erst zu reden davon, daß die Entwicklung eines Virus, mit dem sich die Brainware eines Out-Piloten lahmlegen ließ, genaueste Kenntnisse über diese Antikörper-Programme erforderte. Wer außerhalb der Gilde besaß Zugang zu solchen Daten?

Ein Rätsel, das den Programmierer immer mehr zu interessieren begann.

»Warum ich?« fragte er schließlich.

Der Offizier lehnte sich zurück, so als erfordere die inzwischen erreichte Stufe ihrer Verhandlungen eine andere Körperhaltung. »Wir brauchen jemanden, der nicht der Gilde angehört. Teils, um neue Einsichten und Perspektiven zu erhalten, vor allem aber ...« Er preßte die Lippen aufeinander, und an seiner Wange zuckte ein Muskel. »Der Schöpfer dieses Virus muß natürlich hart bestraft werden. Schwer genug, um alle potentiellen

Nachahmer abzuschrecken. Ob nun ein einzelner Mann oder eine ganze Gruppe dahintersteckt oder meinetwegen auch eine ganze Welt, die Gilde wird jeden, der damit zu tun hatte, lebenslänglich von jedem Kontakt mit den Planeten der Menschen abschneiden.

Wie Sie sich bestimmt vorstellen können, Dr. Masada, wird eine solche Bestrafung unserer Popularität nicht gerade förderlich sein. Wir haben schon früher Männer und Frauen auf die Schwarze Liste gesetzt, aber niemals in einem Ausmaß, wie es sich jetzt anzudeuten scheint. Bevor wir also zu solch drastischen Maßnahmen schreiten können, müssen wir absolut sichergestellt haben, wen wir bestrafen und aus welchen Gründen ... Die Beweislage muß also derart lückenlos sein, daß keine Fragen aufkommen ... daß man weder unsere Beweggründe noch unsere Methoden in Zweifel zu ziehen vermag. Aus diesen Gründen haben wir uns dafür entschieden, einen Experten von außen hinzuziehen, und zwar jemanden von tadellosem Ruf, dessen Arbeit im gesamten Universum der Menschen höchstes Ansehen genießt und dem man niemals unlautere Motive unterstellen würde. Mit anderen Worten, wir wollen Sie.«

»Ich bin Gueraner«, erinnerte Masada den Offizier. »Und für den Rest der Menschheit stehen die Gilde und Guera synonym. Wären Sie da nicht besser mit jemandem bedient, der wirklich von außen kommt und dem man nun wirklich keine Nähe zu Ihnen unterstellen könnte?«

»Das wäre sicher eine Überlegung wert. Doch wen auch immer wir mit dieser Arbeit beauftragen, er wird Zugang zu den Datenbänken der Gilde erhalten wollen. Und Sie begreifen sicher, daß wir das nun wirklich niemandem gestatten dürfen, der tatsächlich von außen kommt. Deswegen haben wir uns zu diesem Kompromiß entschlossen.« Der Gildemann legte eine Kunstpause ein. »Sie sind durch Ihre Arbeit in den Genuß unserer höchsten Sicherheitsstufe gelangt, Dr. Masada. Und Sie waren ganz wesentlich an der Erstellung unserer Sicherheitsprogramme beteiligt. Ganz zu schweigen davon, daß Ihr Iru für höchste Objektivität steht. Ich bezweifle, daß wir eine geeignetere Persönlichkeit finden könnten.«

Als der Wissenschaftler darauf nicht reagierte, bohrte der Offizier nach: »Sind Sie an dieser Aufgabe interessiert?«

Wie stets irritierte ihn die Unart des Natana, Fragen zu stellen, deren Antwort auf der Hand lag. »Zu welchen Konditionen?«

»Sie bekommen uneingeschränkten Zugang zu allen unseren Ermittlungsunterlagen. Selbstverständlich auch zu den entsprechenden Beamten. Außerdem stellen wir Ihnen so viele Assistenten –«

Noch einen Nantana? Der Himmel bewahre. »Ich arbeite allein.«

Der Gildevertreter senkte kurz das Haupt. »Ganz wie Sie wünschen. Ich muß wohl nicht erst erwähnen, daß wir für alle Ihre Unkosten und Spesen aufkommen, Ihnen sämtliche Anlagen und Ausrüstungsgegenstände zur Verfügung stellen, die Sie anfordern, und da Sie im Outernet –«

Masada erstarrte. »Outernet?«

Sein Gegenüber schwieg einen Augenblick lang. Ohne Zweifel analysierte er die Reaktion des Wissenschaftlers und ließ sie durch seine Brainware laufen, um die Ursache seines Einwands zu isolieren. »Natürlich wird es unabdingbar sein, daß Sie auf die Außenwelten reisen. Eine derart brisante Ermittlung kann man daher wohl kaum mit erheblichen Zeitverzögerungen durchführen.«

»Ich habe Guera noch nie verlassen«, erklärte Masada ruhig, aber entschieden.

Der Offizier streckte die Arme aus und hielt die Handflächen nach oben. »Dann bieten wir Ihnen hiermit eine einmalige Gelegenheit, Dr. Masada. Eine Reise, die für einen Theoretiker von Ihrem Ruf längst überfällig sein dürfte.«

Guera verlassen ... Der Wissenschaftler hatte tatsächlich schon einige Male daran gedacht, vor allem wenn berufliche Möglichkeiten lockten; doch stets hatte er sich im Endeffekt dagegen entschieden. Hier auf Guera fühlte er sich wohler. Und sicherer. Verstand der Nantana das denn nicht? Mußte Masada ihm erst noch sein Unbehagen darlegen, womöglich auch noch die Parameter dafür feststecken?

Nach einer längeren Pause sagte der Wissenschaftler vorsichtig: »Sie verlangen von mir, mich unter Aliens zu bewegen ...«

Der Gildevertreter atmete vernehmlich ein. »Wenn Sie mit ›Ailiens‹ die Hausman-Varianten meinen, dann darf ich Sie daran erinnern, daß Sie selbst auch dazugehören. Genauso wie ich. Der Umstand, daß unsere Vorfahren keine körperlichen Mißbildungen an uns weitergaben, heißt nicht, daß wir frei von allen Veränderungen wären. Gerade Sie sollten das wissen.«

Masada schüttelte frustriert den Kopf darüber, daß sein Gegenüber nicht zu verstehen schien. »Nein, das habe ich nicht gemeint. Sie sollten mich gut genug kennen, um zu wissen, daß ich nicht auf die Varianten angespielt habe.«

Dann beugte er sich vor, doch nicht, weil er den Drang dazu verspürte – der Wissenschaftler gab nichts auf Posen –, sondern weil er sich sagte, auf diese Weise seinen Worten mehr Gewicht verleihen zu können. »Ich darf Sie daran erinnern, wie die Terraner über meine Gesichtsmaske, mein Kaja, denken. Der kognitive Stil, der mich für Guera so wertvoll macht, wird von den Erdlingen als Abnormität angesehen. Die Menschen haben alles in ihrer Macht Stehende getan, um so etwas in ihrem Gen-Pool auszumerzen. Wenn dieser Baustein durch irgendeinen unglücklichen Zufall dennoch irgendwo wieder auftauchte, setzten sie zur ›Korrektur‹ Medikamente oder eine DNS-Therapie ein – selbst zu dem Preis, daß dabei der Verstand des Betroffenen irreversible Schäden davontrug oder dieser sogar sein Leben ließ.

Und unter solchen Wesen soll ich arbeiten? Verlangen Sie das wirklich von mir? Die Terraner sind mir noch fremder als die Hausman-Varianten. Und Ihnen dürfte doch wohl bekannt sein, in welch starkem Maße diese Menschen die Out-Welten dominieren.«

»Dr. Masada«, begann der Offizier. Seine Stimme hatte sich auf subtile Weise verändert, doch der Programmierer hatte sich nie die Mühe gemacht, solche Abweichungen deuten zu lernen. »Sie sind Holist, werden von manchen sogar als der Vater des Holismus, der modernen Ganzheitslehre, angesehen. Haben Sie denn wirklich überhaupt kein Interesse daran, sich die Out-Welten einmal persönlich anzusehen? Seit vielen Jahren theoretisieren Sie über das Outernet. Sollte Ihnen denn da nicht daran gelegen sein, sich wenigstens einmal selbst dort umzusehen? Ich biete Ihnen die Chance dazu. Können Sie mir offen ins Auge blicken und ehrlich behaupten, das hätte keinerlei Reiz für Sie?«

Als der Wissenschaftler schwieg, griff der Gildemann in eine Falte seines Umhangs und holte einen kleinen

Chip heraus. »Sehen Sie sich wenigstens das einmal an.« Er schob den Datenträger über den Tisch, bis Masada ihn bequem aufnehmen konnte. »Mehr verlange ich gar nicht von Ihnen.«

Der Programmierer warf einen Blick auf die Schutzhülle und den Chip darin, und der Offizier fuhr fort: »Dieser Träger enthält eine Kopie des Virus, den wir isolieren konnten. Zusätzlich finden Sie darauf unser Angebot. Wir bitten Sie darum, sich beides anzuschauen, ehe Sie Ihre Entscheidung treffen.«

Masada schwieg immer noch und rührte sich nicht. Doch dann nahm er den Chip zwischen zwei Finger. Winzige Buchstaben leuchteten darauf, und darunter befand sich ein Icon, das in jedem Lesegerät sofort automatische Abwehrprogramme aktivieren würde.

WARNUNG – INFIZIERTES MATERIAL DER STUFE A – VORSICHTSMASSNAHMEN AUF EBENE 1 DRINGEND ERFORDERLICH.

Nachdem er das gelesen hatte, erklärte er: »Ich benötige eine Kopie des Codes, in dem sich der Virus befand.«

Der Gildevertreter verzog das Gesicht, und der Wissenschaftler glaubte schon, daß man ihm das abschlagen würde. Immerhin hatte er gerade die Kopie von einem der geheimsten Programme der Gilde verlangt. Natürlich brauchte er den Code für seine Arbeit, wenn er das Angebot überhaupt annahm, aber gleichzeitig wollte Masada auch erfahren, wie weit die Gilde ihm traute und wie dringend sie sein Mitwirken wollte.

Eine ganze Minute lang schwieg der Offizier und starrte den Wissenschaftler aus zusammengekniffenen Augen an, so als könne er auf diese Weise in das Gehirn des Programmierers eindringen. Dann nickte der Gildevertreter kurz und zog einen zweiten Chip aus dem

Ärmel. Darauf befand sich das, was Masada verlangt hatte.

»Wieviel Zeit?«

»Soviel Sie brauchen«, antwortete der Offizier in einem wiederum veränderten Tonfall, der darauf schließen ließ, daß er die Vorverhandlungen für beendet betrachtete. Entweder würde der Wissenschaftler den Virus für so interessant erachten, daß er sich sogar bereit fände, Guera zu verlassen, oder aber er würde abwinken. Mit Worten ließ sich jetzt nicht mehr viel erreichen. »Nehmen Sie sich soviel Zeit, wie Sie wollen. Bedenken Sie alles in Ruhe. Unser Angebot findet sich, wie schon gesagt, auf dem ersten Datenträger. Dazu die Instruktionen, wie Sie mit mir in Kontakt treten können. Ich warte, bis ich von Ihnen höre.«

Der Gildebeauftragte erhob sich und streckte die Rechte aus. Masada zögerte einen Augenblick und ergriff sie dann. Körperkontakt mit Fremden war ihm unangenehm. Doch der Offizier war Nantana und verlangte deswegen solche Rituale. In einem solchen Fall besaß dessen Kaja den Vorrang.

Ein kleines Opfer, das ich da um den Erhalt einer Sozialstruktur erbringen muß, die es Aliens ermöglicht, miteinander zu kommunizieren.

Wenn doch nur die Out-Welten auch soviel Zivilisation entwickelt hätten!

Der Wissenschaftler kehrte erst dann in seine Wohnung zurück, nachdem er allen Verpflichtungen dieses Tages nachgekommen war. Und das nicht etwa aus übertriebenem Diensteifer, sondern weil er sich selbst zu gut kannte. Sobald er nämlich dieses interessante neue Rätsel vor sich ausgebreitet hätte, würde er alles andere –

wie Termine oder sogar Mahlzeiten – rasch vergessen haben. Wenn Masada sich mit einem kniffligen Projekt auseinandersetzte, pflegte er sogar Teile seiner Brainware auszuschalten, damit sie ihn nicht mit ihren ständigen Erinnerungen an anstehende Fakultätssitzungen nerven konnte.

Dem Programmierer war es im Laufe dieses Tages schwergefallen, nicht an das Angebot der Gilde zu denken. Wie gern hätte er sich das Headset aufgesetzt und den kleinen Chip eingelegt, nur um wenigstens einen Blick auf den Virus zu werfen, der soviel Unheil angerichtet hatte. Nur der Umstand, daß solche Neugier ihm ohne die nötigen Vorsichtsmaßnahmen selbst Schaden zufügen konnte, hielt ihn zurück. So wartete er damit, bis er den einen Ort auf Guera wieder erreicht hatte, an dem er ungestört und mit aller nötigen Ausrüstung arbeiten konnte.

Sein Apartment war klein und seinen Ansprüchen gemäß eingerichtet. Praktisches Mobiliar ohne aufdringlichen Designer-Chic. In einer Ecke des Wohnzimmers stand ein Keyboard mit drei Tastaturen. Ein schlankes, poliertes Stück. Kaum war Masada eingetreten, trat er gleich auf das Instrument zu und legte ehrfürchtig und vorsichtig eine Hand darauf – so wie es die alten Juden taten, wenn sie bei der Heimkehr einen Auszug aus den Heiligen Schriftrollen berührten.

Das Keyboard hatte seiner Frau gehört und war ihre ganze Freude gewesen. Nun, da sie tot war, diente es ihm als Aufbewahrungsort für alle Erinnerungen an sie. Bilder, die in der Zeit festgefroren zu sein schienen, erwachten jeden Abend unter der Berührung zu neuem Leben.

Der Programmierer sah sie dann wieder schlank und anmutig an dem Instrument sitzen, und ihre Finger flogen in der althergebrachten Weise über die Tasten. Headsets hatte sie beim Komponieren stets abgelehnt und gemeint, sie müsse die Musik mit den Händen spüren. Ständig strebte sie nach Perfektion, und wenn sie hundert Töne spielen mußte, um den einen richtigen zu finden. Sobald sie einmal damit angefangen hatte, konnte nichts und niemand sie aufhalten. Und wenn eine Stelle mißlungen schien, spielte sie das ganze Stück wieder von vorn, so als sei sie nicht in der Lage, einzelne Partien zu verstehen, wenn diese aus dem Zusammenhang gerissen waren.

Seine Frau war ebenso wie er Iru gewesen, und ihre Heirat fußte auf ebendieser Übereinstimmung. Das reichte beiden auch. Er verstand, daß ihre sinnliche Wahrnehmung in periodischen Abständen unter Verzerrungen litt, was ihre Interaktion störte. Sie begriff, daß er um seiner Arbeit willen seine Brainware darauf programmiert hatte, solche Gefühlswallungen gar nicht erst aufkommen zu lassen (auch wenn sie immer der Meinung gewesen war, er habe damit einen Teil seiner natürlichen Essenz geopfert).

Masada hatte auch erkannt, daß sie, wenn sie spielte, wenn sie Musikteile von Bach bis Omesi zu einer Einheit verknüpfte, die von Kritikern als ›atemberaubend‹ und ›von tieffühlendem Verständnis geprägt‹ gepriesen worden war, in Kontakt mit etwas stand, das weit über die menschliche Seele hinausging. Sie erreichte eine mathematische Perfektion, aus deren Schatten die Inspiration für Symphonien über sie kam.

Seine Frau spürte, daß er nur in seiner Arbeit die Kontrolle erlangen konnte, die ihm wichtig war, um mit derselben Sorgfalt Muster aus Computercodes zu schaffen, wie in der Antike ein griechischer Künstler einen Marmorblock behauen hatte.

Er hatte sie nicht geliebt, jedenfalls nicht in der Art, wie das ein Nantana tun würde. In seinen neutralen Kreisläufen fehlte alles, was zu einem solchen Empfinden notwendig gewesen wäre. Dennoch sah er die zehn Jahre ihrer Ehe als gute Zeit an, als eine Oase der Partnerschaft im Leben eines Kajas, das allzu oft nach Isolation von der Außenwelt strebte.

Dann war der Pod-Unfall gekommen.

Und die Oase hatte sich in Luft aufgelöst.

Seufzend zog er die Hand von den Tastaturen zurück und hielt das Verblassen der Erinnerungen nicht auf. Trotz seiner Begierde, sich endlich den Virus vorzunehmen, begab er sich zunächst in die Küche, um rasch eine reichhaltige Mahlzeit zu verschlingen. Er bekam nicht mit, wonach die Speisen schmeckten, und ihm war auch egal, worum es sich dabei handelte. Ihm ging es nur darum, genügend Kalorien für die langen Stunden in sich aufzunehmen, die nun vor ihm lagen.

Erst dann marschierte er in sein Arbeitszimmer, dem zweiten Raum seiner Wohnung. Neben den Bergen von allermodernstem Equipment, von dem er einiges gekauft, anderes geliehen und wieder anderes zu Analysezwecken von verschiedenen Firmen erhalten hatte, fanden sich hier auch Dinosaurier der Computertechnologie. Klobige Prozessoren oder Flachbild-Monitore, die im modernen Leben keinerlei Verwendung mehr besaßen. Dennoch waren sie Masada lieb und teuer, benötigte er doch gerade solche Gerätschaften, um sicher mit infiziertem Material umgehen zu können. Er legte den ersten Chip an.

INFIZIERTES MATERIAL DER STUFE A – VORSICHTSMASSNAHMEN AUF EBENE 1 ...

Zeit, zu beginnen.

In einem isolierten Safe in der hintersten Ecke des

Raums bewahrte er für solche Untersuchungen einige sterilisierte Headsets auf. Masada holte einen davon heraus und unterzog ihn sicherheitshalber nochmals einer Dekontaminierungsprozedur. Der Vorgang nahm einige Zeit in Anspruch, und er verfolgte jeden einzelnen Schritt, während das Programm jedes Byte des Headsets auf eine Kopie des Originals kodierte. Solche extremen Vorsichtsmaßnahmen waren nur selten erforderlich, aber auf Ebene 1 unverzichtbar.

Endlich wurde bestätigt, daß das Headset frei sowohl von jeglicher Infizierung als auch von marginalen Schäden sei, die eine frühere Infektion hervorgerufen haben mochte. Masada hatte schon einige Male erleben müssen, daß auf den ersten Blick ›gesunde‹ Geräte vor allem durch letzteres unbrauchbar geworden waren.

Der Wissenschaftler visualisierte dann mit größter Sorgfalt die Icons, die sein Brainware-Reaktionssystem abschalteten. Weil die Augen von allen menschlichen Sinnesorganen am leichtesten manipuliert werden konnten, standen sie im Zentrum der Brainware-Kontrolle. Und das schon, seit man vor einigen hundert Jahren das erste dieser biotechnischen Systeme einem Menschen eingegeben hatte. Als Folge davon war ein nahezu perfektes Interface entstanden. Das Gehirn konnte im Wachzustand keinen Unterschied zwischen Bildern, die vom Sehnerv kamen, und denen machen, die von einer mechanischen Quelle erschaffen oder visualisiert wurden. Ein durchaus nützliches System, auf das sich die Menschheit mittlerweile voll und ganz verließ.

Doch wie jedes System besaß auch dieses Nachteile: Wenn man sich einen Virus zu genau besah, konnte die Brainware ihn vielleicht als Input in sich aufnehmen. Wenn man sich zu sehr auf seinen Angriffscode konzentrierte, hatte man sich im Nu selbst infiziert.

Der Umgang mit solchem Material erforderte ein versiegeltes Gehirn, genauer gesagt eines, das keinen neuen Input akzeptierte. Der Forscher erlebte dabei ein Gefühl akuter Klaustrophobie, aber Masada hatte so etwas schon einige Male durchgestanden. Er atmete mehrmals tief durch und wartete, bis der Wellseeker Maßnahmen gegen seine aufkommende Panik ergriffen hatte. Der Wissenschaftler wußte, daß viele seiner Kollegen diese Klaustrophobie nicht aushalten konnten; doch für ihn bedeutete sie kaum mehr als eine weitere Facette seines Tuns. Und wenn sie ihm dabei half, der Problemlösung näher zu kommen, dann war sie es wert, ertragen zu werden.

Er legte das sterile Headset vor sich hin, schob den Chip hinein und lud ihn auf. (Mochte sich so ein Biologe fühlen, wenn er mit Bakterien arbeitete, die einen ganzen Planeten entvölkern konnten? Dachte er daran, daß schon der kleinste Haarriß in seinem Schutzanzug dem Feind Gelegenheit gab, in ihn einzudringen?) Masada verband das Gerät mit einem uralten Monitor und wartete darauf, daß dieser zum Leben erwachte. Dann setzte sich der Wissenschaftler das U-förmige Set auf den Kopf. Seine Receiver stellten den Kontakt mit den Transmittern her, die hinter seinen Ohren eingelassen waren, und visualisierten die Befehle, die das System starteten.

Zuerst bekam er eine Einleitung zu lesen, die im wesentlichen das wiedergab, was der Gildeoffizier ihm bereits erzählt hatte. Masada überflog diesen Teil, warf kurz einen Blick auf das Angebot der Gilde (tatsächlich außerordentlich großzügig, aber um Geld ging es ihm hier erst in zweiter Linie) und gab dann seinen Gilde-Sicherheitscode ein, ohne den das Programm nicht fortfahren wollte.

Eine oder zwei Sekunden vergingen, und dann scrollte der Virus auf dem Schirm.

Eine gigantische Schöpfung, die kein Ende zu nehmen schien. Der Wissenschaftler benötigte Stunden, nur um ihren Code zu scannen. Und dann brauchte er noch einmal Stunden, um sich einige ihrer Teile im Detail anzusehen. Irgendwann erinnerte die Brainware ihn daran, daß er etwas essen müsse. Masada hörte nicht darauf. Eine Weile später ermahnte die Brainware ihn, daß er Schlaf brauche. Auch diesen Hinweis ignorierte er.

Der Virus war komplex. Effektiv. Fruchtbar.

Und wunderschön.

Er studierte ihn wieder und wieder, und jedesmal entdeckte er neue subtile Untermaster, die in ihm eingepflanzt waren. Loops, die sich mit Moebius-Komplexität ineinander verwoben, sich mit jeder Stufe veränderten und dann mit ihren früheren Versionen interagierten. Einige Teile veränderten den externen Code, andere verschlangen den Code und wieder andere analysierten den Verschlingungsprozeß ... und am Ende hatte sich der Virus zu etwas noch Größerem entwickelt – noch subtiler, noch mächtiger und noch ansteckender.

Ein Virus, der sich weiterentwickelte!

Masada legte eine Hand auf den Bildschirm, als könnte dieser Kontakt ihm den Feind näherbringen. Er hatte schon früher Infektionen gesehen, die sich selbst weiterschrieben, aber noch nie etwas so Kompliziertes. Dieses Programm würde mit jedem neuen Start im Wirt weiter mutieren und bei jeder sich bietenden Gelegenheit neue Abkömmlinge ins Outernet schicken. Dort existierten sicher schon tausende Kopien, dachte der Wissenschaftler, vielleicht sogar Millionen. Und jede Spore versuchte, noch perfekter zu sein als ihre Vorgängerin. Ein Abkömmling gab seine Daten an den nächsten weiter und zerstörte sich selbst, wenn eine effektivere Version entstanden war. Das Prinzip des Überlebens des Stärkeren auf einem Basis-Level; die Mathematik des Erfolgs, stärker noch als alle menschlichen Triebe. In gewisser Weise hatte Masada hier ein eigenständiges Lebewesen vor sich. Leben, wie er es theoretisch beschrieben hatte. Er hatte immer schon gewußt, daß es existieren mußte, bekam es heute aber zum ersten Mal zu sehen.

Ohne Pause, weder zum Essen noch zum Ausruhen – und entgegen allen Ermahnungen des Wellseekers –, spielte Masada schließlich auch noch den zweiten Chip auf.

Der Wissenschaftler war mit der Programmierung der Out-Piloten vertraut, hatte er doch früher schon damit gearbeitet. Es überraschte ihn wenig, daß die Gilde ihm nur das Segment mit den medizinischen Programmen überlassen hatte. Von etwas anderem war Masada auch nicht ausgegangen. Nachdem er die ersten Passagen überflogen hatte, stellte er verblüfft fest, daß der Code nicht mehr so aussah, wie er ihn in Erinnerung hatte. Die Programmierer der Gilde waren dafür bekannt, daß sie ihre Arbeit so weit wie möglich anglichen. Aber dieser hier besaß viel mehr als normalerweise üblich. Segmente des Codes schienen keine anderen Zweck zu haben, als …

Einen Augenblick lang hätte der Wissenschaftler beinahe das Atmen vergessen. Ein Konzept entwickelte sich vage in seinem Gehirn, und er fürchtete schon, wenn er sich jetzt nur ein wenig bewegte, würde er es sofort verlieren.

Er speicherte das Out-Pilot-Programm ab und rief den Virus wieder auf den Schirm, um ihn erneut zu studieren und nach einer Bestätigung für seine Vermutung zu suchen.

Allmächtiger!

Der Virus hatte sich eine Hintertür offengelassen. Zwei bis drei Sekunden seines Codes halfen den Abkömmlingen durch den Sicherheitswall, sollten sie sich zu einem Angriff entschließen. Warum hatte der Programmierer das hinzugefügt? Welchem Zweck diente eine solche Maßnahme?

Dann glaubte Masada, die Antwort gefunden zu haben. Zuerst hielt er sie nicht für möglich, aber dann wurde ihm klar, daß keine andere Erklärung denkbar war.

Der Wissenschaftler ließ beide Programme vom Computer vergleichen und verlor dann einen wertvollen Moment damit, sich zurückzulehnen und die steifen Glieder zu strecken. Ein Blick aus dem Fenster belehrte ihn, daß die Sonne inzwischen auf- und wieder untergegangen war; vielleicht sogar mehr als einmal. Während seiner Arbeit an dem Virus hatte er jegliches Zeitgefühl verloren. Um nicht noch mehr Zeit zu verlieren, verzichtete er darauf, die Brainware nach dem heutigen Tag zu fragen (was hätte ihm diese Information auch schon genutzt?) und aß etwas. Noch während er überlegte, ob er sich kurz hinlegen sollte, hatte die Brainware ihm schon wieder etwas mitzuteilen.

TREFFEN MIT DEKAN SUMPTER UM 10:30 UHR

»Verdammt!« Jetzt mußte er sich die Uhrzeit geben lassen. Nur noch zwei Stunden bis zu der Besprechung. Er würde seine Arbeit bis dahin kaum mehr beenden können. Masada ließ sich vom Vid mit dem Büro des Dekans verbinden. Hoffentlich war der Mann schon dort eingetroffen und nicht gerade in einer Konferenz.

»Hallo, Dr. Masada, ich habe schon auf Ihren Anruf gewartet.«

Im ersten Moment hatte der Wissenschaftler Schwierigkeiten, von der klaren und unverschnörkelten Code-Sprache auf die vielschichtigen Kommunikationsformen der Menschen umzuschalten. »Wie bitte, Sir?«

»Gildemeister Hsing hat gestern mit mir über Ihre Verpflichtungen an der Universität gesprochen. Ich habe daraufhin Dr. Alesia gebeten, für Sie heute morgen zu übernehmen. Und Towcester vertritt Sie heute nachmittag. Wir würden Sie allerdings gern morgen bei der Komitee-Sitzung sehen, daß läßt sich leider nicht umgehen. Aber danach werden wir versuchen, ohne Sie auszukommen.« Er legte eine kleine Pause ein, und ein anderer Mensch hätte jetzt vielleicht etwas in seiner Miene lesen können. »Schließlich weiß ich doch, wie wichtig Ihnen die Arbeit für die Gilde ist.«

Was hatte der Offizier Sumpter erzählt, daß er sich mit allem einverstanden erklärte? Wenn Masada anders veranlagt gewesen wäre, hätte er jetzt vermutlich mit Mißtrauen reagiert. Aber so zeigte er sich froh, daß der Dekan ihm keine Steine in den Weg legte. »Danke, Sir.« Vermutlich hatte die Gilde eine größere Summe für irgendeinen der zahlreichen Universitäts-Fonds gestiftet, die Sumpter am Herzen lagen. Die Summe, die man Masada bot, ließ den Schluß zu, daß die Gilde in dieser Angelegenheit bereit war, tief in die Tasche zu greifen. Und der Dekan hatte sich nach großzügigen Spenden immer schon sehr zugänglich gezeigt.

Gildemeister Hsing.

Dem Wissenschaftler fiel erst jetzt auf, daß er den Mann gar nicht nach seinem Namen gefragt hatte und auch nicht nach seinem Rang. Ein Gildemeister stand sehr hoch in der Hierarchie, und der Umstand, daß so ein hohes Tier sich aus seiner Out-Welt-Station bemüht und die lange Reise, die hin und zurück ein Jahr währte, auf sich genommen hatte, bloß um sich mit Masada zu treffen ... die Gilde mußte festen Willens sein, ihn um jeden Preis zu gewinnen, gleich zu welchen Bedingungen. Sie hatte einen Mann geschickt, der über genügend Autorität verfügte, um bindende Zusagen zu geben. Offenbar würde der sich mit einem Nein nicht zufriedengeben.

Diese Erkenntnis erfüllte ihn mit neuer Energie, und der Umstand, daß er seiner akademischen Pflichten enthoben war, tat ein übriges. Der Wissenschaftler setzte sich das Headset wieder auf und studierte, was der Vergleich zwischen den beiden Programmen bislang ergeben hatte.

»Man nennt so etwas einen Verstecker«, erklärte er dem Offizier. »Ein ausgeklügeltes Programm, das in die Brainware des Out-Piloten eindringt, dessen Code ein paar neue Informationen eingibt und dann Sporen abwirft, um das Outernet zu infizieren. Und während der ganzen Zeit entwickelt es sich und auch seine Ableger immer weiter und schafft auch noch eine Hintertür in Ihren Sicherheitsprogrammen. Sobald also eines Tages eine Version entwickelt worden ist, die Ihre sämtlichen Geheimnisse aufspüren kann, besitzt sie auch noch die Möglichkeit, sich durch diese Hintertür unbegrenzt Zutritt zu verschaffen.«

»Warum hat der Virus unseren Out-Piloten angegriffen?«

»Ich glaube, dabei handelte es sich lediglich um einen bedauerlichen Zufall. Einen Nebeneffekt, wenn Sie so wollen, der eigentlichen Funktion des Virus ... Dieser

Feind hier wurde dazu geschaffen, während der Übergangsperiode des Piloten Daten zu sammeln. Vermutlich hat er gerade die Brainware Ihres Mannes dominiert, als der vollen Zugang zu seinen Schaltkreisen benötigte. Das muß ich zwar erst noch überprüfen, aber für den Augenblick würde ich unbedingt davon ausgehen.«

»Gut, gut.« Der Gildemeister nickte und schien diese Erklärung zu verdauen. »Meine erste Frage lautet: Können Sie den Virus stoppen?«

»Sie meinen, mit einem Antikörper-Programm? Ich würde annehmen, daß Ihre eigenen Programmierer so etwas längst geschrieben haben.«

»Sogar drei, um ganz genau zu sein. Doch das, was unsere Leute bislang geliefert haben, kann noch nicht hundertprozentig überzeugen. Wir hoffen, daß Sie uns mehr zu bieten haben.«

Masadas hervorragender Ruf rührte auch daher, daß er nie etwas versprach, was er nicht einhalten konnte. Deshalb dachte er jetzt sorgfältig nach, ehe er antwortete: »Was das rein Maschinelle angeht, kann ich Ihnen eine Lösung garantieren. Aber vergessen Sie bitte nicht, daß wir es hier auch mit dem menschlichen Gehirn zu tun haben. Jedes Programm, das durch ein Gehirn läuft, wird von diesem verändert. Sogar unser Virus wird davon betroffen werden, sobald er in ein Gehirn eindringt.

Was Sie nun wissen wollen, ist folgendes: Kann ich das Obermuster solcher Veränderungen und ihre Auswirkungen vorhersagen? Und auch noch ein System entwickeln, das in der Lage sein wird, jede mögliche Infektionsversion auszumerzen? Die Antwort auf beide Fragen lautet ja. Wenigstens kurzfristig. Langfristig sieht die Sache leider ganz anders aus.

Könnte jemand, der die irdischen Dinosaurier studiert hat, aufgrund seiner gewonnenen Daten vorhersagen, daß sich aus ihnen Vögel entwickeln würden? Und auch noch eine Falle entwickeln, um Millionen Jahre später, sagen wir, einen Eichelhäher darin zu fangen?

Ich kann Ihnen nur versprechen, mein Bestes zu tun. Aufgrund meiner Spezialperspektive dürfte das etwas mehr sein als das, was Ihre Programmierer zu leisten vermögen. Aber ob meine Arbeit perfekt ausfällt, nun, das möchte ich doch bezweifeln.«

Hsing nickte grimmig. »Und wie sieht es mit der Quelle des Virus aus?«

Der Wissenschaftler schwieg. Jede Antwort, die er hätte geben können, würde seine Verpflichtung für diesen Auftrag beinhalten, und er wußte nicht, ob er dazu schon bereit war.

Endlich entgegnete er: »Die Handschrift des Schöpfers wird irgendwo zu entdecken sein und läßt sich dann zurückverfolgen. In dem Virus finden sich einige Untermuster, die man als Belege für den Stil des Programmierers ansehen darf. Aber um auf andere Programme mit derselben Signatur zu stoßen, bräuchte man immense Datenspeicher und unbegrenzten Zugang zu –«

Er unterbrach sich, aber nicht früh genug.

»Das sollen Sie alles erhalten«, versicherte ihm der Offizier, »im Outernet.«

Masada schwieg. Immer noch plagten ihn Zweifel und Ängste.

»Was sonst noch?« drängte der Beauftragte.

»Wir müssen den Sporen auf die Spur kommen«, antwortete der Wissenschaftler und war froh über die kurze Ablenkung. »Feststellen, ob den Mutationen ein Grundmuster zugrunde liegt, das sich analysieren läßt.

Ein so guter Programmierer wird wohl kaum seinen Virus aussenden und dann darauf warten, daß der Zufall ihn irgendwann wieder in seine Reichweite bringt. Also wird der Code irgendwo ein Home-Muster enthalten – oder eine Adresse, über die der Programmierer ihn zurückholen kann. Wenn der Mann so hervorragend ist, wie ich befürchte, geschieht das erst nach vielen Mutationen und Evolutionen.«

»Mit anderen Worten, wir müssen warten, bis der Virus sich wieder auf den Heimweg macht.«

»Nein, nicht unbedingt. Möglicherweise stoßen wir im Mutationsmuster auf eine bestimmte Struktur und können von der aus extrapolieren. Oder …«

Masada wußte nicht mehr so recht weiter. *Das alles ist doch bloße Theorie,* sagte er sich. *In der Praxis ist so etwas noch nie durchgeführt worden.*

»Eine ziemliche Herausforderung, was?« meinte Hsing.

Ja, das konnte man wohl sagen. Eine einzigartige Aufgabe. Masada wußte nicht, ob ihm jemals etwas in dieser Größenordnung wiederbegegnen würde.

Sag es!

Der Wissenschaftler atmete tief durch. »Wieviel Freiheit würden Sie mir lassen?«

Der Gildemeister breitete die Arme aus. »Wir bringen Sie zu den Outer-Welten, und dort können Sie schalten und walten, wie Sie wollen. Wir bezahlen jede Reise, die Sie für notwendig erachten. Ihre Programminstinkte haben uns in der Vergangenheit stets gute Dienste geleistet. Wir setzen auch jetzt wieder unser ganzes Vertrauen in Sie. Die einzige Auflage, die wir Ihnen machen, ist, daß Sie sich regelmäßig bei unseren Stellen melden, damit wir Ihre Fortschritte verfolgen können.«

»Und diese Stellen werden sich nicht in meine Arbeit einmischen?«

Hsing schwieg einen Augenblick lang. »Darauf haben Sie mein Wort.«

»Gut«, sagte Masada und spürte die Macht, die den folgenden Worten innewohnte. Damit würde er sein Schicksal besiegeln; sich von tausend Zukunftsmöglichkeiten verabschieden, um einer einzigen zu folgen. Ihn schwindelte. »Also gut, ich bin dabei.«

Der Offizier reichte ihm die Hand, um den Handel abzuschließen. Der Wissenschaftler mußte sich zusammennehmen, um die Rechte des Mannes zu schütteln.

»Ich sorge gleich dafür, daß ein Debit-Konto für Sie eröffnet wird«, erklärte der Gildemeister. »Das nächste Shuttle startet am Zweitag in aller Frühe. Können Sie bis dahin reisefertig sein?«

Masada erwarteten Vorlesungen, Seminare und sonstige Verpflichtungen, aber darum konnte sich die Gilde kümmern. Niemand wagte es, sich dieser Organisation in den Weg zu stellen. Wer würde schon den Leuten widersprechen wollen, die als einzige den interstellaren Flug ermöglichten? Die Konsequenzen wären schrecklich.

Ein hoher Preis, dachte er, *und ich entscheide, wer ihn zahlt.*

»Dr. Masada?«

Er zwang sich zu einem Nicken. »Ja, bis dahin bin ich fertig.«

Damit war die Vereinbarung getroffen.

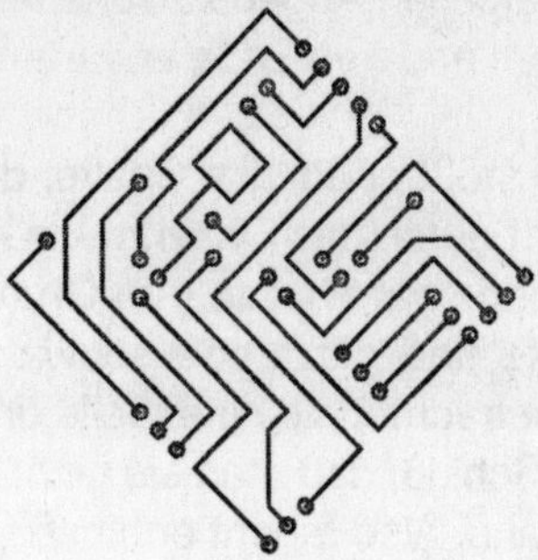

Natsiq

Das Eisfeld präsentiert sich wie ein Wald aus scharfen Kanten und Spitzen. Platten werden vom Druck der Jahreszeit hochgeschoben. Risse, Spalten und heruntergefallene Eisbrocken machen das Vorankommen auf der Oberfläche fast unmöglich. Der Natsiq weiß nicht, wo diese Barriere herkommt; denn er versteht die Gesetze des Eisriffs nicht. Er weiß nur, daß er diese endlose weiße Fläche überqueren will, daß die Reise nicht einfach wird und daß er sehr lange dafür brauchen wird.

Behutsam macht er sich auf den Weg und bewegt sich zuerst in Richtung Osten. Das endlose Weiß ist entmutigend, und die schiere Weite drückt auf ihn. Viele andere Wesen haben diese Reise versucht und irgendwann aufgeben müssen, um sich mit der kleinen Welt zufriedenzugeben, in der sie geboren wurden.
Aber nicht dieser Natsiq. Er ist fest entschlossen, diese Route trotz aller Hindernisse zu bezwingen

und mit eigenen Augen zu schauen, welche Wunder ihn am anderen Ende erwarten.

Plötzlich stößt er an eine Spalte, die wie ein Messerschnitt durch das Eis fährt. Ein Ainniq. Er bleibt stehen und späht hinein. Am Grund befindet sich eine kalte und glitzernde schwarze Fläche. Der Natsiq betrachtet sie eine Weile und kommt dann zu dem Schluß, daß man sie nicht von außen studieren kann. Also taucht er hinab.

Kälte umschließt ihn, und er gelangt in eine Welt der flüssigen Bewegung. Das Licht hängt kristallin in der Luft über ihm. Hier stehen keine Berge, und hier finden sich auch keine anderen Hindernisse. Dieselben Bewegungen des Körpers, die ihm oben auf dem Eis ermöglichen, einen Schritt zu tun, lassen ihn hier wie eine Kugel voranschießen. Eine Reise, die oben Tage oder Jahre dauern würde, läßt sich hier in einigen Stunden erledigen. Er saust unter dem Eisriff umher und zwischen den glänzenden Eisstalaktiten hindurch. Die Geschwindigkeit macht ihn trunken. Der Natsiq sieht keine Markierungspunkte, um seiner Reise eine Richtung zu geben, aber hoch über ihm leuchtet die Sonne hell und klar. Das Zeichen eines weiteren Ainniqs. Dorthin will er nun, an jener Stelle aufsteigen und seine Reise fortsetzen. Die Beschwernisse der Eisfläche lassen sich so umgehen.
Unter ihm bewegt sich etwas im Ozean, aber er kann die Zeichen nicht lesen. Ein Geräusch ertönt, aber er kann es nicht entziffern. Furcht legt sich um sein Herz, und er bemüht sich, schneller zu

schwimmen. Er ist nicht allein unter dem Eis. Hier lauert etwas auf ahnungslose Reisende. Ein Ungeheuer, das sich von allem ernährt, was von oberhalb des Ainniq kommt.

Der Natsiq spürt nun seine Nähe, aber er kann die Kreatur immer noch nicht sehen; denn seine Augen haben sich noch nicht so recht an diese Welt gewöhnt, und in der Dunkelheit erscheint ihm alles gleich. Aber er weiß, daß seine Furcht eine Fährte legt, der dieses Monster mit Leichtigkeit folgen kann. Ihm ist nicht klar, wie das möglich sein sollte, nur daß er sich nicht dagegen verteidigen kann. Ihm bleibt einzig seine Geschwindigkeit, angetrieben von seiner großen Angst. Vielleicht reicht die aus, ihn in Sicherheit zu bringen.

Der Natsiq schmeckt die Veränderungen im Wasser, als das Wesen immer näher kommt. Dann stößt er durch den Ainniq, gelangt zurück aufs Eis und bleibt dort keuchend liegen. Das Herz schlägt, als wolle es ihm aus dem Brustkorb springen. Wird das Ungeheuer ihm an die Oberfläche folgen? Starr vor Furcht liegt er da und wartet. Die Minuten vergehen, aber er sieht keinen Verfolger. Er weiß, daß es unten seine Kreise zieht und darauf wartet, daß er ins Meer zurückkommt.

Der Natsiq befindet sich nun jenseits der hohen Eisberge. Die Reise hat nur einige Minuten in Anspruch genommen. Andere Ainniq zeigen sich in der Ferne. Die könnte er ähnlich rasch erreichen. Wenn er nur noch einmal unter die Oberfläche taucht, gelangt er in kürzester Zeit überallhin.

Unbekannte Horizonte locken ihn wie Sirenengesang im vergehenden Tageslicht.

Der Sana wartet unten.

KAJA: ein Führer für Außenweltler
durch den
gueranischen Sozialkontrakt;
Band 1: Zeichen der Gilde

METROLINER: AURORA

Geh bloß nicht raus!

Da ist es nicht sicher genug!

Bleib lieber in deinem Zimmer!

Die Stimmen gaben keine Ruhe. Sie flüsterten nicht mehr wie Geister, sondern dröhnten so laut in ihren Ohren, daß Jamisia mitunter ihre eigenen Gedanken nicht mehr verstehen konnte. Wer hatte ihnen diese Macht verliehen, vielleicht ihre so dramatisch geänderten Lebensumstände? Oder bezogen sie die aus dem Programm des Tutors? Oder verlor die junge Frau langsam den Verstand? Erzeugte ihre jetzige Lage soviel Streß, daß sie nicht mehr normal funktionieren konnte und ihr Geist zusammenzubrechen drohte?

Das Mädchen besaß keine Möglichkeit, das zu überprüfen, hatte aber eine Heidenangst davor. Auf der Erde hatte man alle Arten von Wahnsinn schon vor langer Zeit besiegt und seine biologischen Wurzeln aus dem Gen-Pool entfernt. Fälle, die ein psychologisches Risiko bargen, wurden rechtzeitig isoliert, ehe der Schaden sich entwickeln und ausbreiten konnte. Nach dem Tod ihrer Eltern war sie von den Ärzten daraufhin genau untersucht worden. Schließlich ließ sich die Schwelle zur geistigen Instabilität rasch und unmerklich überschreiten. Und wie bei einer physischen Verletzung konnte man die geistigen Wunden am besten dann heilen, wenn sie noch frisch waren.

Jamisia war ihr ganzes Leben lang überwacht worden. Zuerst von der Regierung und dann – nach dem Tod der Eltern – von Shido. Also mußte mit ihr alles in Ordnung sein, oder? Wenn eine Anomalie vorläge, wäre die bei den routinemäßigen Checkups doch sicher längst entdeckt und behandelt worden, oder?

Die junge Frau war sich mit einemmal gar nicht mehr so sicher. Alles kam ihr jetzt fremd und bedrohlich vor. Ihre ganze Welt hatte sich in etwas Erschreckendes verwandelt, und die einzige Möglichkeit, deren Gefahren zu entgehen, bestand darin, daß sie in ihrer Kabine blieb und sich von den warnenden Stimmen plagen ließ.

Sie sind bestimmt schon längst hinter dir her! Du mußt etwas unternehmen!

Bleib hier, BLEIB HIER, bleibhier bleibhier, bleibhierbleibhierbleibhierbleibhier …

Verdammte Arschlöcher! Sie haben kein Recht –

»Aufhören!« jammerte das Mädchen. »Laßt mich endlich in Ruhe!«

Gab es irgendwelche Remotes in ihrem Zimmer? Saß irgendwo ein Arzt und beobachtete sie gerade jetzt, wie sie mit den unsichtbaren Stimmen sprach? Fragte er sich bereits, wann er sie abholen und einer Behandlung zuführen mußte?

Jamisia hatte die kleine Kabine mehrfach abgesucht und nichts gefunden, aber das besagte noch lange nicht, daß sie hier ungestört war. Shido hatte überall im Habitat seine Remotes installiert, und deren gesammelte Daten wurden von einem Computer analysiert. Shido ging es dabei aber weniger um Anzeichen von Geistesgestörtheit als vielmehr um Industriespionage. Zumindest hatte man es ihr so erklärt.

Konnte sie aber dasselbe von diesem Metroliner behaupten? Die Sicherheit an Bord dieses Schiffs basierte doch auf der Bewahrung des brüchigen Friedens zwischen Vertretern von Hunderten verschiedener Subspecies. Drei Jahre lang mußte Ruhe an Bord herrschen – bis zur nächsten Reise. Da wäre es doch eigentlich logisch, ebenfalls ein Überwachungssystem zu installieren. Vielleicht wurde man hier ja nicht von Computern, sondern von Menschen überwacht. Sie schauten bei einem ins Zimmer und hielten Ausschau nach irgendwelchen verborgenen Aktivitäten. Oder nach Ausbrüchen von Hysterie, um in einer Masterliste von psychologischen Störungen nachzusehen, ob solches Verhalten auf einem so großen Schiff noch tolerierbar war …

Hör auf, hör auf, höraufhöraufhöraufhörauf …

Stöhnend schob sie sich vom Bett und wischte sich mit einer Hand die Tränen aus dem Gesicht. Wenn sie drei Jahre lang nur in diesem Zimmer blieb, dann würde sie zweifelsohne verrückt werden. Der Raum reichte gerade für ihre persönlichen Bedürfnisse aus, beengte sie aber sehr. Auf einem so großen Schiff konnte sich nur der mehr Platz leisten, der über die nötigen Mittel verfügte. Jamisia hatte nicht zuviel für ihre Kabine ausgeben wollen, um ihr begrenztes Vermögen nicht schon erschöpft zu haben, bevor sie den Ainniq erreicht hatte.

Das Zimmer erschien ihr steril. In ihm fehlte es an allem, was eine Teenagerin normalerweise benötigte, um ihr Territorium zu markieren. Kein Nippes. In ihrer Hast hatte sie nur ein paar Kleidungsstücke einpacken können.

Das Mädchen atmete langsam ein und aus, um sich zur Ruhe zu bringen. Mit ihren Ängsten kam sie immer schlechter zurecht, dabei durfte sie nicht nachlassen, sie unter Kontrolle zu bringen. Wenn sie aufgäbe, wäre sie rettungslos verloren. Die Stimmen plapperten wieder, als sie vor den Kleiderschrank trat und aus den wenigen Sachen einen Null-G-Overall wählte.

Gott allein mochte wissen, wohin ihre Schritte sie heute lenken würden; da bereitete sie sich doch am besten auf alles vor. Langsam stieg Jamisia in das Stück und achtete darauf, den Stoff nicht zu zerdehnen oder zu zerreißen. Viel Geld war ihr nicht geblieben. Und bislang hatte sie auch keine neue Einnahmequelle entdeckt. Deswegen mußten ihre Sachen so lange wie möglich halten.

Die junge Frau getraute sich, einen Blick in den Spiegel zu werfen, sich ihrer eigenen Reflexion zu stellen und zu versuchen, sich selbst zu akzeptieren. Der Overall schmeichelte ihrer Figur und erzeugte dort Rundungen, wo ihr Körper sich noch nicht weit genug entwickelt hatte.

Einen Augenblick lang posierte Jamisia vor dem Spiegel, zog den Stoff an den Hüften zusammen, um sich mehr gewünschte Fülle zu verleihen. Sie war immer noch zwei E-Jahre zu jung, um ihre Figur von einem Spezialisten verändern zu lassen. Shido sah es nicht gern, wenn junge Heranwachsende sich bereits kosmetischen Operationen unterziehen wollten.

Aber dann fiel ihr ein, daß das Shido-Habitat vermutlich nicht mehr existierte. Und überhaupt konnte die ganze Erde ihr nichts mehr anhaben. Wenn sie genug Geld für eine Operation zusammenbrachte und dann auch noch einen Kosmetik-Therapeuten fand, der bereit war, seine Künste an ihr zu erproben, konnte sie alles werden, was sie nur wünschte. Größer oder kleiner. Runder oder dünner. Helle Hautfarbe oder dunkle, je nachdem, was in der laufenden Modesaison angesagt war. Die Vorstellung erfüllte sie mit einem bizarren Machtrausch. Auf Shido hatte man sie immer wie ein Kind behandelt. Deswegen war Jamisia auch recht kindlich geblieben. Aber Shido war nicht mehr.

Wo aber steckte sie jetzt?

Erwachsen bist du sicher noch nicht, erkannte sie nach einem Blick in den Spiegel, *aber auch kein kleines Kind mehr. Am ehesten irgendwo dazwischen.*

Die junge Frau zwang sich zu einer kritischen Bestandsaufnahme und versuchte herauszufinden, wie andere sie sehen mochten. Nicht gerade eine angenehme Übung. Bei früheren Gelegenheiten hatte das Übelkeit, sogar Brechreiz in ihr ausgelöst – und danach hatte sie sich für eine ganze Weile nicht mehr getraut, nochmals in den Spiegel zu sehen.

Im Habitat hatte sie einmal ihren Tutor danach gefragt, und der hatte sie daraufhin ganz merkwürdig angesehen, um dann zu bemerken, daß Jugendliche öfters Schwierigkeiten mit ihrem Äußeren hätten. Dies sei aber nur eine Phase, die vorüberginge ... Aber Jamisia hatte dabei den Eindruck gehabt, er habe sich alles in Gedanken notiert. Warum das? Was machte ihre Unsicherheit für ihn so bedeutungsvoll?

Das Mädchen hatte ihm allerdings nicht mitgeteilt, daß ihr eigener Körper ihr manchmal ... irgendwie fremd vorkam. So als gehöre er jemand anderem. So als habe sie fest damit gerechnet, andere Züge und Maße zu sehen als ihre wirklichen. Auch kam es ihr einige Male so vor, als stimme etwas nicht mit ihrer Größe; daß ihre Haut viel dunkler und nicht so blaß sein müßte; daß ihr Haar die falsche Farbe hatte, schwarz, blond oder eine der Kunstfarben, wie sie auf der Erde Mode waren – nicht aber so rotbraun wie das, was der Spiegel ihr zeigte.

Jamisia fiel kein Körperteil ein, das nicht schon einmal Zweifel in ihr ausgelöst hatte. An manchen Tagen kam ihr sogar nichts richtig vor. Und dann stieg solche Panik in ihr auf, daß das Alien im Spiegel anfing zu zucken und sich erbrach.

Aber nicht so heute. Jamisia atmete erleichtert aus. Heute sah alles an ihr so aus, wie es sein mußte.

Sicher ein gutes Omen, sagte sie sich.

Ach, wenn sie doch nur daran glauben könnte.

Mit zitternden Fingern löste sie die Türverriegelung und verfolgte ängstlich, wie eine Lücke entstand, durch die sie nach draußen treten konnte. Jamisia zögerte für einige Momente, nahm dann allen Mut zusammen und zwang sich hinaus auf den Korridor.

Die Stimmen in ihr kreischten und schrien, sie solle sofort in ihre Kabine zurück und sich dort verstecken, weil es sonst keinen sicheren Ort für sie gäbe.

Nein, wenn sie sich alles von den Stimmen vorschreiben ließe und sich stets nach ihnen richtete, würde sie tatsächlich noch wahnsinnig werden. Das Mädchen trat die erforderlichen drei Schritte von der Schwelle weg, damit der Türmechanismus ihre Abwesenheit registrieren und die Tür schließen konnte.

Sie hatte es geschafft! Sie war aus ihrem Zimmer gegangen! Wenn sie jetzt nur noch wüßte, wohin sie eigentlich wollte?

Der Metroliner war nicht nur riesengroß, er setzte sich auch aus zahllosen Ebenen zusammen. Und überall fanden sich diverse Vergnügungsstätten, um für jeden Geldbeutel etwas anzubieten. Ein Passagier würde eine halbe Ewigkeit benötigen, um das Schiff in seiner Gänze zu erkunden. Dazu reichten die drei Jahre Reisezeit nicht aus, nicht einmal die sechs Jahre eines Hin- und Rückflugs.

Eine kluge Einrichtung; denn diese Weitläufigkeit hatte sicher schon mehr als einmal Unruhen verhindert. Auf einer solchen Reise wuchsen Kinder zu Jugendlichen, Teenager zu Erwachsenen heran. Und in den Korridoren und Ebenen fanden sich genügend heimliche Ecken, um auch den rastlosesten pubertierenden Geist zu beschäftigen. Auf einem Metroliner konnten Rebellen ihren eigenen Stadtstaat gründen und darin die Sozialstruktur verwirklichen, die ihnen vorschwebte. Darin ließen sich sogar die physikalischen Strukturen des Schiffs umarrangieren, vorausgesetzt, man besaß das nötige Geld dazu.

Varianten fanden hier die Möglichkeit, sich komplett von den Echtmenschen an Bord abzuschotten. Und wenn es ihnen Spaß machte, konnten sie auch in aller Öffentlichkeit herumspazieren und sich an erschrockenem Keuchen oder leisen Stoßgebeten erheitern. Die Echtmenschen hingegen, die den Anblick ihrer mutierten Vettern nicht ertragen konnten, besaßen ihrerseits auch die Möglichkeit, sich in einen Teil des Schiffs zurückzuziehen, zu dem die Hausman-Varianten keinen Zutritt erhielten. Nicht selten entstanden auf Metrolinern für die Dauer von drei Jahren menschliche Refugien, in denen man sich der Illusion hingeben konnte, die Mutierten existierten überhaupt nicht.

Wo anfangen? Die Möglichkeiten, die sich Jamisia auf diesem Schiff boten, wirkten in ihrer Vielzahl im ersten Moment erschreckend. Fast wäre sie tatsächlich zurück in ihre Kabine geflohen. Allerdings nicht, um ihren Ausflug abzubrechen, wie sie sich rasch einzureden versuchte, sondern nur, um ihn um ein paar Stunden oder Tage zu verschieben …

Aber so etwas hatte sie schon einige Male getan, und heute würde es anders sein. Das Mädchen biß sich auf die Unterlippe, während in ihr die Entschlossenheit wuchs. In Ermangelung einer besseren Idee wandte sie sich dann nach links, zum Bug des Riesenschiffs, und schritt, um Würde bemüht, zu den öffentlichen Zonen.

Nach einigen Metern mündete ihr Flur in einen größeren Korridor und dort begegnete sie zum ersten Mal anderen Passagieren, zumeist Echtmenschen. Aber anscheinend hatten auch ein paar Varianten hier ihre Kabine, wenn sie sich nicht gerade auf dem Weg zu jemandem befanden, der hier wohnte.

Jamisia bemühte sich, diese Wesen nicht anzustarren. Der Tutor hatte ihr einmal erklärt, daß die Varianten im Up-and-Out nichts Ungewöhnliches seien und es dort als grobe Unhöflichkeit gelte, sie offen anzustarren. Aber verdammt, das fiel ihr so schwer!

Der erste, der ihr entgegenkam, sah aus wie eine Spinne und hatte fast überhaupt nichts Menschliches mehr an sich. Seltsam gewinkelte Beine ragten paarweise aus seinem Rumpf. Und daß er sich auf ihnen auch wie eine Spinne bewegte, wobei sein Leib sich parallel zum Boden bewegte, verstärkte nur den Eindruck von Fremdartigkeit. Ein dicker weißer Film bedeckte die Augen des Wesens, und als es an ihr vorüberlief, konnte sie nicht feststellen, ob es über eine normale menschliche Sicht verfügte oder sich auf mechanische Hilfen verlassen mußte.

Jamisia hob eine Hand zum Gruß und wandte dann rasch den Blick ab. Der Tutor hatte ihr gesagt, eine erhobene offene Handfläche sei in allen Kulturen bekannt und bei den Varianten gebräuchlich ... Aber was unternahmen die Kreaturen, die überhaupt keine Hände besaßen oder diese zur Fortbewegung nutzten? Würden sie sich über Jamisias Gruß freuen oder sich verhöhnt fühlen? Kein Wunder, daß Varianten-Diplomatie zu den sensibelsten Disziplinen gehörte.

Sie kam an einem Frisier vorbei, dessen Haut von überlappenden Schuppen bedeckt war, die an die Panzerung eines alten Erdreptils erinnerten. Danach begegnete ihr ein Lotha, dessen Gesichtszüge so wirkten, als seien sie nach dem Zufallsprinzip auf seinem mißgeformten Schädel plaziert worden. Etwas später kam ein Pärchen von Hellsgate heranspaziert. Deren lange, dürre Gliedmaßen zuckten konstant nach bestimmten Mustern – ihre Form der Kommunikation.

Sie alle sind Menschen, wiederholte sie sich, als eine Variant von Gehenna sie mit offener Verachtung anstarrte. Das Mädchen zitterte. *Jeder einzelne von ihnen gehört zur Menschheit, und die Unterschiede sind rein oberflächlicher Natur.*

Aber ganz so einfach verhielt es sich nun doch wieder nicht, wie sie sich eingestehen mußte. Sie sah Laki, deren mißgestaltetes Gehirn nicht in der gewohnten menschlichen Weise zu denken vermochte. Oder Yin, deren verkrüppelte rechte Kopfhälften die aberwitzigsten psychotischen Phantasien hervorriefen, während sie das mißgebildete linke Bein nachzogen.

Und dann traf sie auf einen Gueraner – die schrecklichsten Wesen von allen! Ihre geistige Instabilität wirkte wie ein offener Hohn aller Geisteskrankheiten der früheren Erde. Gueraner hatten mit den Echtmenschen ungefähr soviel gemein wie Jamisia mit den Varianten. Sie waren die fremdartigsten von allen, und daß sie äußerlich den Echtmenschen zum Verwechseln ähnlich sahen, konnte nur auf einen Irrtum der Biologie zurückzuführen sein.

Das Mädchen bog ab, bevor sie den ersten öffentlichen Platz erreichte, denn ihr stand nicht der Sinn nach einem Marktplatz mit all seinem Gedränge. Einmal hatte sie sich getraut, einen solchen Ort zu besuchen, und das sofort zutiefst bereut. Sie mochte auf der Erde geboren sein, war aber in einem Habitat aufgewachsen. Im Alter von zehn Jahren hatte sie das Gewimmel in den irdischen Städten mit all dem Geschiebe, den ständigen

Rempeleien, dem Gestank und der allgegenwärtigen Atmosphäre der Nervosität längst vergessen gehabt.

Vielleicht würde es ihr zu einem späteren Zeitpunkt möglich sein, besser mit Menschenmengen zurechtzukommen. Möglicherweise konnte sie dann sogar deren Energie und Rastlosigkeit etwas abgewinnen. Aber heute löste so etwas nur Panik in ihr aus, wie sie zu ihrer Schande bereits einmal erlebt hatte.

Die junge Frau warf einen Blick durch das Hauptportal, als sie den öffentlichen Knotenpunkt passierte, und starrte kurz auf die Waren von tausend Stationen und Habitaten, die an Displaybäumen feilgeboten wurden, in Wandregalen lagen oder vereinzelt auch an den Armen lautstark anpreisender Händler hingen. Es hieß, wenn irgendwo im Universum der Menschen irgendein Produkt hergestellt wurde, konnte man es auf den Märkten in einem Metroliner finden. Wenn Jamisia dies hier sah, glaubte sie das gern.

Spinnenseidentücher wehten, wenn Passagiere daran vorbeiliefen. Viele bestaunten und betasteten die zierlichen Edelsteine von Hellsgate, genossen bittersüßes Naschwerk von der Station Aires oder lauschten den Musikwürfeln von Candida. Dem Mädchen fiel auf, daß jeder hier ein Headset trug. Warum, war nicht erkennbar. Vermutlich handelte es sich um die neueste Modetorheit. Dabei hatte man sich keineswegs die normalen Geräte aufgesetzt, sondern trug die verrücktesten Kreationen.

Jamisia sah eine Frau, die ein Headset in Form eines goldenen Geiers trug, dessen feingearbeitete Schwingen sich über ihre Ohren legten. Eine andere hatte ihr Gerät mit Juwelen besetzt, deren Funkeln mit ihren Bewegungen changierte. Ein Mann hatte sein Headset mit einer Frisur von Silberfäden verwoben. Rund um seinen Kopf hingen kunstvolle Locken herab. Und wieder ein anderer hatte seinen Apparat mit Hörnern ausgerüstet, die über seinen Ohren aufragten. Wenn der Liner sich in der Nähe einer der Outspace-Stationen befunden hätte, hätte man ja noch einen Sinn darin erkennen können, daß jeder ein Headset trug, ermöglichte ein solches Gerät doch eine Verbindung zum Outernet und damit zu Milliarden anderen Lebewesen und Datenspeicher ... aber hier konnte man ihnen nur Nutzlosigkeit bescheinigen, allenfalls noch als bizarrer Kopfschmuck.

Hinter dem Markt öffneten sich mehrere Flyways. Das Mädchen blieb stehen und überlegte. Dann öffnete sie die Schleuse zum ersten freien Flyway und stieg hinein. Die meisten Flyways eines Metroliners dienten nicht nur dem Transport, sondern auch der Zerstreuung. Jamisia geriet in ein Null-G-Feld, und die durchsichtigen Wände erweckten den Eindruck, als sause man durch die Schwärze des Alls. Neben ihr summte eine silberne Halteleine, doch nach jahrelanger Übung im Habitat war ihr die Bewegung durch eine solche Röhre zur zweiten Natur geworden. Mit ein paar wohlplazierten Tritten stieß sie sich von der Wand ab und gewann ausreichend Geschwindigkeit, um durch die Röhre zu fliegen. An allen Seiten war sie von Sternen umgeben, in die die Stränge und Hecktentakel des Liners hineinzuragen schienen.

In einem Flyway herrschten Stille und Frieden, und selbst die Stimmen in ihr schienen vor Ehrfurcht verstummt zu sein. Aber die Freude währte nur kurz, dann tauchten rote Ringe vor ihr auf und mahnten sie abzubremsen. Jamisia schob die Füße gegen die Röhrenwand und verzichtete auch jetzt darauf, sich der Halteleine zu bedienen. Ihr Tutor hatte einmal gesagt, sie bewege sich in der Null-Gravitation wie eine Katze, aber der hatte ja keine Ahnung. Alle Habitat-Teenager hatten in den Flyways verbotene Rennen und anderen Schabernack unternommen.

Wohin war sie jetzt gelangt? Offensichtlich in einen ihr unbekannten Arm des Metroliners, in dem sich glänzende Domizile von unbekannter Bauart befanden. Ein Stück voraus erblickte sie einen offenen Platz, vermutlich ein Garten oder ein Park mit transparenter Decke.

Jamisia bewegte sich darauf zu und entdeckte einen Baum, dessen Äste sich auf das Wildeste ineinander verschlungen hatten, wie eine surreale Skulptur aus Borke und Chlorophyll. Lichter waren in die Wände eingelassen, die so hell leuchteten, daß man nicht hineinsehen konnte. Erst jetzt erkannte sie, daß sie dieses Gewächs schon bei ihrem Anflug gesehen hatte. Und nun wußte sie auch, was sie da vor sich hatte. Das Mädchen verließ den Flyway und stolperte bei den ersten Schritten, bis sie sich wieder an die Schwerkraft gewöhnt hatte.

Ja, tatsächlich, eine Gartenanlage, doch sicherlich die merkwürdigste, mit der das Schiff aufwarten konnte. Nur der eine Baum befand sich in ihr – genauer gesagt ein indischer Feigenbaum, der von der Erde stammen mußte. Falsche Gravitation und künstliches Sonnenlicht hatten bei ihm ein phantastisches Wachstum bewirkt. Doch die Schwerkraft wechselte, und die Sonnenlampen bewegten sich, und in Folge davon hatte der Baum sich gedreht, bis sich aus ihm etwas Monströses ... nein, Phantastisches entwickelt hatte. Ein ehrfurchtgebietender Anblick.

Die Stimmen in ihr unterhielten sich nur noch im Flüsterton, gaben wie stets ihre Kommentare zu allem und jedem ab, begnügten sich aber ausnahmsweise damit, im Hintergrund zu bleiben. Jamisia genoß die seltene Ruhepause. Wege führten durch das Unterholz und die Luftwurzeln. Vorsichtig trat sie auf eine, die ihr sicher genug erschien. Viele hoben oder senkten sich in solchen Winkeln, daß ein Mensch nur bei Null-G darüber wandeln konnte. Der Baum hatte sogar Handläufe und stufenähnliche Erhebungen gebildet, und während sie weiter und weiter lief, spürte sie das pulsierende Leben des Baums. Die Wurzeln schienen sich wie ein Gebirgsbach aus dem Stamm zu ergießen und sich auf dem Weg zu ihren Füßen zu vereinen.

Sekundär- und Tertiärstämme erhoben sich zu beiden Seiten des Pfads, und man konnte den Eindruck gewinnen, der Frühling stünde unmittelbar bevor, um im nächsten Augenblick den Baum zu neuem Leben zu erwecken. Die Wurzeln hatten sich zu Nischen und Lauben verwoben, und manche Ableger wuchsen zum Boden zurück, bis aus allem eine undurchschaubare und unentwirrbare Skulptur entstanden war.

Das Mädchen erkundete das Gewächs mit so lebhaftem Interesse, daß sie den Mann hinter sich zunächst gar nicht bemerkte; und auch nichts davon mitbekommen hatte, wie er sich von der Wand löste, um ihr auf ihrem Weg zu folgen.

Die Stimmen schrien ihr eine Warnung zu. Doch ihnen zum Trotz drehte Jamisia sich langsam um, um nachzusehen, wer da hinter ihr war. Ein junger Mann, kaum älter als sie selbst. Er trug die Uniform der Command-Crew, wirkte aber noch zu jung, um auf diesem Schiff als Offizier Dienst zu tun. Vermutlich ein Verwandter eines der Verantwortlichen, eher noch ein Sohn – und am wahrscheinlichsten ein junger Mann mit zuviel Zeit und Energie, der es kaum abwarten konnte, daß die dreijährige Reise endlich vorüberginge.

Die junge Frau stellte fest, daß er ziemlich gut aussah. Auf seine Weise. Schwarzes Haar und dunkle Augen. Hellbraunes Gesicht und ausgeprägte Züge. Schlank und gut gebaut … Erschrocken hielt Jamisia inne, als sie erkannte, wohin dieser Gedankengang führen würde. Rasch zwang sie ihr Bewußtsein, sich auf anderes zu konzentrieren. Dies hier war weder der rechte Ort noch die richtige Zeit, um mit jemandem zu flirten.

»Tut mir leid, wenn ich dich erschreckt habe.« Der Teenager lächelte.

»Hast du gar nicht«, entgegnete sie mit einem Achselzucken. »Ich hatte nur nicht damit gerechnet, daß mir jemand folgt.«

Er trat ein paar Schritte auf sie zu, kam ihr aber nicht zu nahe, wie sie dankbar registrierte. Vielleicht spürte er ja, wie sehr sie sich in der letzten Zeit vor allem gefürchtet hatte. Möglicherweise ahnte er etwas von ihren Stimmen. Wenn er nur ein unbedachtes Wort von sich gäbe, würden sie so laut kreischen, daß Jamisia in Panik die Flucht ergreifen würde.

Das Mädchen errötete, als sie ihn ansah. Sofort befahl sie ihrem Wellseeker, ihr ein leichtes Beruhigungsmittel zu verabreichen. Manchmal benötigte eine junge Dame so etwas.

»Du bist sicher aus dem roten Sektor, stimmt's?«

Jamisia antwortete nicht darauf. Woher wußte er das? Waren sie sich vielleicht schon einmal begegnet? »Justin Clarendon«, stellte er sich vor und streckte die Rechte aus.

NICHT! schrien die drei Stimmen wie aus einem Munde.

Du darfst ihn nicht berühren!

Aber die hatten meist etwas gegen physischen Kontakt, ganz gleich, in welcher Situation der erfolgen sollte. Das Mädchen hörte schon lange nicht mehr auf solche Warnungen.

»Jamisia … äh, Capra.« Sie schüttelte seine angenehm warme Hand. Etwas regte sich in ihr – ausnahmsweise nicht Angst, sondern etwas Fremdes und sehr Angenehmes. »Clarendon … ist das nicht …«

»Ja, ich fürchte, ich muß es gestehen.« Er zögerte und ließ dann ihre Hand los. »Von Captain Clarendon.« Der Junge grinste schief, und seine Augen lächelten. »Bringt mir aber keinerlei Vorteile. Außer wenn ich in irgendein Schlamassel gerate. Dann bricht die Hölle aus.«

Geh weg von ihm.

Jamisia, mußt du dich unbedingt in Schwierigkeiten bringen?

Diesmal gab sie den Stimmen recht. Für sie war es viel zu gefährlich, sich auf diesem Schiff mit jemandem zu unterhalten oder sich sogar auf ihn einzulassen. Immerhin hätte sie vorhin beinahe ihren neuen Nachnamen vergessen. Das konnte durchaus noch einmal passieren, und wenn sie sich dann als ›Shido‹ vorstellte … nicht auszudenken.

Doch auf der anderen Seite wehrte sich alles in ihr dagegen, von dem Jungen wegzugehen. Ihr Mund verzog sich zu einem Lächeln, und sie fragte: »Passiert dir das denn öfters?«

Wieder entsetzten sich die Stimmen, aber Jamisia hörte sie nur wie durch eine Wand.

Justin grinste breit. »Für manche hier an Bord ja.«

»Ich hätte nicht gedacht, daß man hier auf dem Liner irgendwas anstellen kann.«

»Oh, doch, einiges schon.« Der Junge kam noch einen Schritt näher. Jamisia wurde gleich warm, und sie konnte nicht vor ihm zurückweichen. Sie wollte das auch gar nicht. In dem E-Monat, den sie nun schon auf dem Schiff lebte, war sie jedem tiefergehenden menschlichen Kontakt ausgewichen; und jetzt mußte sie feststellen, daß es sie geradezu nach Gesellschaft dürstete. Ein paar Minuten mit diesem jungen Mann konnten doch wohl nicht schaden, oder?

»Hier gibt es einige Stellen, die für Erdmenschen verboten sind. Die Zugänge dorthin sind verschlossen oder werden streng bewacht. Wer sich in diesen Zonen erwischen läßt, den erwartet eine empfindliche Strafe.«

»Aber du hast dich nicht erwischen lassen, oder?«

Justin grinste über das ganze Gesicht. »Das kann ich ja wohl nicht öffentlich zugeben oder abstreiten, sonst bekäme ich neuen Ärger.«

Sein Lachen steckte an. Er strahlte Wärme aus und besaß ein gewinnendes Wesen. Zu einer anderen Zeit und an einem anderen Ort hätte Jamisia außerordentliches Interesse an ihm gehabt und es bestimmt nicht bei ein wenig Flirten belassen wollen. Doch so wie die Dinge für sie standen, durfte sie sich mit niemandem einlassen. Also zwang Jamisia sich dazu, nicht den Kopf schief zu legen, wie Jungs es zu mögen schienen, und erst recht nicht so zu lächeln, daß man es mißverstehen konnte. Und mochte es sie auch noch so jucken, sie würde nicht die Hand ausstrecken und ihn am Arm berühren. Den Drang dazu empfand sie allerdings als erfrischend.

Ja, erklärte der junge Mann, er habe sie schon früher gesehen, schon einige Male, und sich gefragt, wer sie sein mochte. Justin hatte auch die Schiffsunterlagen durchstöbert, um mehr über sie zu erfahren. Anscheinend gab es nur wenige Passagiere in ihrem Alter, die allein reisten; und von denen hatten die meisten sich verkaufen müssen, um die Passage bezahlen zu können.

Aber sie habe sich nicht verkauft und sei auch nicht vermögend – wie man ihr jetzt auch ansehen könne, da sie weder Schmuck noch andere Protzstücke trüge, um ihren Reichtum herauszukehren. Deswegen interessiere sie ihn, und so habe er beschlossen, sie zu suchen und ihr zu folgen.

Der junge Mann stand vor ihr, und alles an ihm signalisierte Jamisia, daß er sie gern näher kennenlernen wollte … Wie sehr ihr solche Aufmerksamkeit gefiel! Aber die Gefahr war einfach zu groß, sagte sie sich wieder und wieder. Leider. Das Mädchen durfte es nicht zulassen, daß jemand in ihr Leben trat. Am allerwenigsten Justin mit seiner selbstbewußten Ausstrahlung und den leuchtenden dunklen Augen. In seiner Gegenwart könnte sie sich zu leicht vergessen.

»Hör mal«, sagte sie schließlich und hatte Mühe, die Worte über die Lippen zu bringen, »ich muß jetzt wirklich wieder gehen. In meiner Kabine warten einige Dinge auf mich, die dringend erledigt werden wollen …«

»Ich begleite dich.«

»Nein, ich … nein, besser nicht, weil …« Sie bekam keinen zusammenhängenden Satz mehr zustande und ärgerte sich über ihre Hilflosigkeit. Streng dich gefälligst an, Mädchen. »Ich muß jetzt … weil … ich habe noch viel zu tun …«

Justin nickte langsam und schluckte die Abfuhr. Dann meinte er: »Ich würde dich gern wiedersehen, Jamie.«

Die junge Frau lief rot an. »Ich weiß nicht … Du bist ja … Ich glaube, es geht nicht …« Ihr wollte keine passende Lüge einfallen, und schließlich brachte sie überhaupt kein Wort mehr hervor.

»Du hast nicht nein gesagt.«

»Nein … ich meine, ja …« Sie schüttele den Kopf. »Ja, ich habe nicht nein gesagt.«

Der Junge grinste wieder. »Dann muß ich mir also etwas einfallen lassen, was dich interessieren könnte. Vielleicht irgendeine Zone auf diesem Schiff ausfindig machen, die du dir gern mit mir ansehen möchtest.«

Warum willst du mit mir zusammensein? hätte sie ihn beinahe gefragt. Was siehst du in mir? Aber sie nickte nur und sagte leise: »Ja, ich glaube, das könnten wir tun.«

GEFAHR GEFAHR GEFAHR!

Er wird zuviel über dich herausfinden!

Justin weiß bereits mehr, als dir lieb sein kann.

Wenn wir allein bleiben, sind wir viel sicherer.

Als sie sich wieder in der beruhigenden Isolation ihres Zimmers befand, begriff sie, wie seltsam die letzte Warnung geklungen hatte: *Allein sind wir sicherer …* Doch die Merkwürdigkeit der Formulierung ließ sie nicht schmunzeln, sondern frösteln.

Früher hatten die Stimmen sich direkt an sie gewandt oder untereinander gestritten. Niemals waren sie sich einig gewesen oder als Einheit aufgetreten.

Wieviel Macht ein einzelnes Pronomen doch haben kann, dachte das Mädchen. Ein kurzes, kleines Wort, das ihr jetzt große Angst bereitete, auch wenn sie sich keinen Grund dafür nennen konnte.

Wir.

Habe Weg nach Mohammed's City gefunden, lautete die Botschaft auf der E-Note. *Kommst du mit? J. C.*

Die Schiffsdatenbänke kannten keinen solchen Ort, aber vielleicht wurde er dort unter einem anderen Namen geführt. Wie dem auch sei, die Möglichkeit bestand durchaus, daß die ›Stadt‹ erst kürzlich gegründet worden war und noch keinen Eingang in die Unterlagen gefunden hatte. Oder es handelte sich dabei um einen Schimpf-, Spott- oder Slangnamen.

Habe Weg nach Mohammed's City gefunden.

Das bedeutete doch wohl, daß man normalerweise nicht an diesen Ort gelangte. Und daß selbst der Sohn des Captain-Generals offiziell keinen Zutritt besaß. Also hatte er sich etwas ausdenken müssen.

Kommst du mit?

Jamisia starrte die kurze Mitteilung lange an, während ihr langsam bewußt wurde, daß es darauf nur *eine* Antwort gab. Eine Woche lang hatte sie alle öffentlichen Orte gemieden – hauptsächlich in der Furcht, Justin dort über den Weg zu laufen.

In den vergangenen Tagen hatte sie die verstörendsten Träume gehabt. In einigen sah sie Shido brennen, andere hingegen waren so eindeutig sexueller Natur, daß sie zitternd und zutiefst beschämt daraus erwachte.

Jamisia hatte immer schon sehr intensive Träume gehabt. Sie gehörten zu ihrem Leben und auch zu der Last, die sie zu tragen hatte. Für gewöhnlich hatte sie nach solchen Alpträumen in ihrem Zimmer Gegenstände vorgefunden, die nicht dorthin gehörten. Oder Freunde hatten sie auf Dinge angesprochen, die sie nie gesagt hatte und an die sie sich auch nicht erinnern konnte. Manchmal war es dem Mädchen dann so vorgekommen, als hätten sich die Grenzen zwischen Wachen und Schlafen verwischt und die Alpträume seien in die Realität eingedrungen.

Ja, sagte sie sich, sie hatte allen Grund, auf der Hut zu sein und anderen Menschen tunlichst aus dem Weg zu gehen. Zu groß war die Gefahr, sie könnten herausfinden, daß sie anders war. Wenn das bekannt würde, könnte sie sicher alle Hoffnung auf den Ainniq begraben. Geistige Störungen wurden dort genausowenig akzeptiert wie körperliche Gebrechen, und die Gueraner untersuchten alle Reisenden peinlich genau. Nicht auszudenken, wenn Jamisia die Station erreichte, nur um dort mit dem nächsten Metroliner wieder nach Hause geschickt zu werden!

Die Vernunft gebot ihr, Justin nein zu sagen. Auch sonst sprachen alle Gründe dafür. Nur sein Gesicht hinderte sie daran. Und seine Augen. Und die gräßliche Langeweile, unter der sie hier litt. Das durfte aber nicht ausschlaggebend sein.

Doch ihre Antwort formte sich, als sei ihr Verstand gar nicht daran beteiligt. Dabei lag ihr doch nur die E-Note eines Fremden vor.

Gern, sandte sie Justin zurück. *Wo treffen wir uns?*

In der Röhre war es furchtbar eng; aber schließlich diente sie ja auch gar nicht dem Personentransport, sondern dem Luftstrom im Schiff. Wenn Jamisia den Kopf zu ruckartig hob, stieß sie an der Decke an, und so mußte sie wie eine Eidechse vorwärtskriechen. Einige Male sagte das Mädchen sich, daß menschliche Gliedmaße nicht für eine solche Bewegungsform geschaffen waren.

Hin und wieder stießen sie auf Kreuzungen, wo sie zu Justin aufschließen und wieder zu Atem kommen konnte. Doch die meiste Zeit krabbelten sie hintereinander, und Jamisia staunte, wie gut er vorankam. Offenbar kroch er öfter durch solche Röhren.

Endlich gelangten sie an eine Stelle, wo sich die Röhre verbreiterte. Der Junge drückte sich gegen eine Seite, damit das Mädchen neben ihn kriechen konnte.

Vor ihnen breitete sich ein Gitter aus einer feinen synthetischen Substanz aus, und dahinter …

»Wir müssen jetzt leise sein«, warnte er sie im Flüsterton. »Die Röhren wirken nämlich wie Lautsprecher.«

… dahinter erstreckte sich eine große Kammer voller bunter Buden, offensichtlich ein Markt. Doch es fanden sich weder hübsche Tuche noch Edelsteine, noch Kosmetik aus fernen Welten; eigentlich überhaupt nichts, was zur menschlichen Verschönerung diente. Dafür drangen die unterschiedlichsten Essensgerüche in die Röhre hinauf. Einige davon so scharf, daß sie in der Nase brannten. Einige Stände verkauften elektronisches Equipment, und überall liefen Menschen in einfachen Gewändern herum, um zu kosten, auszuprobieren oder zu feilschen. Jamisia hörte mindestens ein Dutzend verschiedener Sprachen, und jedermann hier trug einen Turban oder einen Fransenschal auf dem Kopf. Diese einfachen Menschen unterschieden sich in ihrem Äußeren doch erheblich von denen auf dem Marktplatz, auf den sie vor einigen Tagen einen Blick geworfen hatte.

»Und warum ist dieser Ort tabu?« fragte sie leise. Unten trat eine Frau ins Blickfeld. Zumindest glaubte das Mädchen in ihr eine Frau zu erkennen, denn ihr dunkles Gewand hing bis zum Boden und ließ nur Hände und Augen frei. Offensichtlich handelte es sich um Hoch-G-Kleidung, denn nur dort konnte man sich darauf verlassen, daß die Sachen nicht hochflogen. Jamisia fragte sich, was diese Frau wohl in einem Flyway tragen würde.

»Die religiösen Gesetze dieser Menschen erklären, daß Rechtgläubige nicht von Ungläubigen beherrscht werden dürfen«, flüsterte der Jüngling. »Die meisten modernen Sekten finden für solche Schiffsreisen Ausnahmeregelungen – schließlich handelt es sich dabei ja nur um eine reine Beförderung von einem Ort zum anderen –, aber für die Fundamentalisten dort unten stellt der Metroliner eine eigene Station dar. Deswegen können sie sich hier nicht niederlassen, solange ein Heide auf der Brücke das Sagen hat.

Ein kniffliges Problem, denn ihre Religion gebietet jedem einzelnen Gläubigen, einmal in seinem Leben auf die Erde zu reisen und die Stadt des Gründers zu besuchen. Dummerweise stellen die Metroliner die einzige Möglichkeit für eine solche Pilgerfahrt dar.«

»Aber es macht ihnen nichts aus, mit Heiden und Ungläubigen dasselbe Schiff zu bevölkern?« fragte sie verwirrt.

»Nein, sie haben sich abgegrenzt. Mehr noch, der gesamte Sektor steht unter ihrer Kontrolle. Diese Menschen befolgen hier allein ihre eigenen Vorschriften, und die Gesetze des Schiffs oder der Erde haben in dieser Zone keine Gültigkeit. Sie haben ihren eigenen Führer, der auch die Rechtshoheit besitzt, und der Captain-General hat hier keinerlei Autorität. Niemand von draußen mischt sich in ihre Angelegenheiten ein. Selbst dann nicht, wenn sie terranisches Recht verletzen.«

Sie drehte den Kopf und sah Justin an. In seinen dunklen Augen spiegelte sich das Licht des Marktplatzes wider. »Das ist ja unglaublich.«

Der Junge nickte. »Du verstehst jetzt sicher, warum sie sich von allen anderen abschotten. Wenn ein Streit zwischen ihnen und den anderen Passagieren ausbräche, würde es zu einem Blutvergießen kommen. Was würde dir besser gefallen, bei denen da zu leben oder so wie bisher?«

Jamisia fiel auf, daß er ihr beim Reden etwas nähergerückt war. Seine Seite berührte die ihre, aber sehr

sanft. Wenn sie gewollt hätte, hätte sie sich ein Stück von ihm entfernen können. Bis zur Seitenwand blieben ihr noch ein paar Zentimeter.

»Sieh nur«, forderte er sie auf und lenkte ihren Blick auf den Markt unter ihnen. Ein Mann mit einem langen Gewand war dort erschienen und wurde von einem Knaben begleitet. Der Junge trug nur eine zerschlissene kurze Hose und grobes Schuhwerk. Damit fiel er unter den einfachen, aber ordentlich gekleideten Menschen sofort auf. Der Mann tätigte einige Einkäufe und reichte alles Erstandene dem Knaben, der bald unter der Last wankte. Einige Päckchen waren groß und sperrig, und man konnte erkennen, wie sich seine Muskeln anspannten, um der Gewichte Herr zu werden.

»Ein Kontraktsklave!« entfuhr es dem Mädchen. Sie hatte schon davon gehört, auch wenn so etwas auf der Erde seit langem verboten war.

»Schlimmer«, murmelte Justin. Der Besitzer gab dem Knaben gerade ein paar barsche Anweisungen, und dieser lief rot an. »Vergiß nicht, die Gläubigen sind verpflichtet, eine solche Reise zu unternehmen. Wenn man es zu Lebzeiten nicht schafft, die Erde zu besuchen, gelangt man nach dem Tod nicht ins Himmelreich.

Also opfert jeder Gläubige irgendwann sechs Jahre seines Lebens und besteigt einen Metroliner; ganz gleich, ob er sich das leisten kann oder nicht. Andere Sekten haben einen Ausweg gefunden, indem sie auf den Außenwelten Heilige Stätten errichtet haben. So bleibt den Ärmsten unter ihnen wenigstens einen preiswerter Ersatz.

Aber die Fundamentalisten dort unten lehnen so etwas strikt ab. Ein jeder von ihnen muß einmal im Leben die Heilige Stadt besucht haben.« Er nickte in Richtung des Jungen, der immer noch mit seiner Last rang. »Diejenigen unter ihnen, denen es am nötigen Geld für die Pilgerreise fehlt, verkaufen sich einem anderen Gläubigen um den Preis für die Passage. Ja, man könnte so etwas Kontraktsklaverei nennen, nur läuft der Vertrag über gut sechs Jahre, und man hat keine Möglichkeit, sich vorzeitig freizukaufen. Und sobald man sich verpflichtet hat, schützen eine keine Gesetze mehr.«

Wie zur Bestätigung von Justins Worten kehrte der Knabe ihnen jetzt den Rücken zu, und Jamisia mußte die Faust an den Mund pressen, um nicht laut zu schreien. Die helle Haut des Jungen war kreuz und quer von Striemen überzogen. Manche noch frisch, andere bereits vernarbt. Spuren von einer einfachen Peitsche bis zu den Verbrennungen eines Elektrostabs.

»Der einzige Ort im Gilde-Kosmos, an dem Sklaverei noch existiert«, flüsterte er. »Wenn du mich fragst, dann finde ich es schon erstaunlich, daß man noch nicht dagegen vorgegangen ist.«

Seine Hand ruhte jetzt auf ihrer Seite, und deren Wärme ging ihr durch und durch. Als Jamisia sich dessen bewußt wurde, verfärbten sich wieder ihre Wangen. Der junge Mann gefiel ihr nicht nur, er löste auch einiges in ihr aus. Zu einer anderen Zeit hätte sie sich nun gegen ihn gelehnt oder ihm tief in die Augen gesehen oder ihm auf andere Weise ihr sexuelles Interesse signalisiert.

Aber hier? Niemals! Auf dem Metroliner war sie viel zu verwundbar, gar nicht erst zu reden davon, daß ihr Leben immer noch ein Chaos war. Und überhaupt konnte sie sich nicht auf eine neue Beziehung einlassen ...

Doch schade war es schon, sich zurückhalten zu müssen, sehr sogar. Jamisia fand einen Kompromiß. Sie würde nur ein oder zwei Zentimeter von ihm abrücken, gerade genug, um ihm klarzumachen, daß hier weder der rechte Ort noch die richtige Zeit für sexuelle Handlungen sei.

Aber das war leichter gesagt als getan. Ihr Körper weigerte sich schlichtweg. Sie gebot es ihm, befahl es ihm, zwang ihn, doch was tat das dumme Fleisch? Es drängte sich noch mehr an Justin. Jamisia erntete aus diesem Widerstreit nicht mehr als Übelkeit und Schwindelgefühl.

Ihre Hand fuhr wie von selbst hoch und streichelte die Wange des Jungen. Sie hatte überhaupt keine Kontrolle mehr über sich. So als gehöre der Körper einem anderen und sie säße als Geist darin gefangen, um ohnmächtig zuzuschauen.

Panik schloß sich wie eine eiskalte Hand um ihr Herz, und in Gedanken schrie sie, als ginge es um ihr Leben. Dann schlangen sich auch noch ihre Arme um Justin und zogen ihn zu sich …

NEINNEINNEINNEINNEIN

Ihre Lippen trafen sich, und sie küßten sich wie Verhungernde. Jamisia spürte, wie die Hitze in ihr wuchs … und sie verlor den letzten Rest an Kontrolle über sich. Einer seiner Arme lag jetzt auf ihrem Rücken, während die andere an ihrem Bauch hinauffuhr.

In Gedanken schrie sie immer noch wie am Spieß und bot all ihre verbliebenen Kräfte auf, um wenigstens ein Wort hinauszupressen … Aber nur ein wohliges Seufzen kam aus ihrem Mund, und ihr Körper drängte gegen den seinen, als wollte er ihn zu mehr ermuntern.

Jamisia kam es so vor, als seien alle Verbindungen zwischen ihrem Leib und ihrem Geist gekappt worden; als habe sich etwas Fremdes in ihr ausgebreitet. So saß sie im Gefängnis ihres Kopfes und konnte anfangen, was sie wollte, nichts führte zum Erfolg.

Seine Hand legte sich um ihre Brust, und heiße Lust ergoß sich wie eine Droge in ihr Gehirn.

NEINNEINNEINNEINNEIN

Doch genau in diesem Augenblick, als sie das Gefühl hatte, ihr Geist würde explodieren, gewann sie kurz die Kontrolle zurück, und der Körper gehörte wieder ihr. Die Hände gehorchten endlich, und laut keuchend stieß sie Justin grob von sich. Er prallte mit einem dumpfen Knall gegen die Seitenwand.

Bei anderer Gelegenheit hätte Jamisia sich vielleicht besorgt gefragt, ob man dieses Geräusch unten auf dem Markt gehört hätte; ob ihr Versteck nun entdeckt sei. Aber jetzt konnte sie sich darum genausowenig scheren wie darum, ob der Junge sich vielleicht durch ihre Tat verletzt hatte.

Mit Tränen in den Augen drehte Jamisia sich in der engen Röhre, bis sie den Weg zurückkriechen konnte, den sie gekommen waren, und krabbelte dann, so rasch es ging, los. Natürlich kam sie nicht so schnell voran, wie sie wollte, aber die Panik in ihr verlieh ihr zusätzliche Kräfte; und die ließ sie auch die vielen Male kaum spüren, bei denen sie sich Knie und Ellenbogen aufschlug. Bitte, lieber Gott, laß ihn mir nicht folgen! Und bitte, lieber Gott, laß mich auch den Weg nach Hause finden! Hoffentlich ergriff die seltsame Kraft, die sie vorhin völlig hilf- und willenlos gemacht hatte, jetzt auf der Flucht nicht wieder Besitz von ihr … und zwang sie womöglich, zu Justin zurückzukehren und mit dem fortzufahren, was sie gerade beendet hatte. Allein bei der Erinnerung brannte schon wieder ihr Gesicht.

Keuchend und mit blutig geschlagenen Ellenbogen erreichte sie die erste Kreuzung im Luftschachtsystem.

Erst hier wagte Jamisia, kurz innezuhalten und vorsichtig in die Röhre zurückzuspähen. Allem Anschein nach kam der Junge ihr nicht hinterher. Aber wenn er schon auf dem Weg war und sich Zeit ließ, weil er wußte, daß sie ihm hier nicht entwischen konnte? Von neuem wurde sie von Panik befallen, und sie verdoppelte ihre Anstrengungen, ohne allerdings auch doppelt so rasch voranzukommen. Sie mußte hier raus und fort von Justin, bevor sie die Kontrolle wieder verlor.

Was war das? schrie sie in Gedanken. *Was ist da geschehen? Was ist in mir vorgegangen?*

Sie erhielt keine Antwort. Entweder wußten die Stimmen nichts darauf zu sagen, oder sie schmollten.

Nach einer halben Ewigkeit erreichte Jamisia die Stelle, an der sie in das Ventilationssystem gestiegen waren. Keuchend und schluchzend (und ohne auch nur einen Moment lang darüber nachzudenken, daß man sie entdecken könnte) trat sie das Gitter los und schob sich durch die schmale Öffnung. Natürlich hatte sie mal wieder nicht mit der Schwerkraft gerechnet und verletzte sich bei der Landung auf dem Boden an der Hand. Der Schmerz trieb ihr die Tränen in die Augen, und sie heulte erst recht, als sie feststellen mußte, daß die Ärmel ihres Overalls durchgescheuert waren. Warmes, klebriges Rot rann träge von den Ellenbogen.

Das Mädchen verschränkte die Arme vor der Brust und lief los. In dieser Haltung hatte man einige Mühe, die Balance zu halten, und ihre Beine waren von der Panik noch wie gelähmt. Mehr als einmal stolperte sie und schlug der Länge nach hin, was ihrer verletzten Hand natürlich alles andere als gut bekam.

Bitte, ich will nur noch heil in der Kabine ankommen! Bittebittebitte …

Tunnel und Gänge, und dahinter noch mehr Tunnel

und Gänge. Jamisia wußte nicht, an wie vielen Passagieren sie vorbeikam. Die meisten starrten sie an und drehten dann rasch den Kopf weg. Offensichtlich hatte sie etwas an sich, das den Menschen unangenehm war oder ihnen sogar Angst einflößte.

Endlich fand sie sich in ihrem Sektor wieder und rannte laut schluchzend zu ihrer Kabine. Das verdammte Türschloß erkannte ihren Händedruck nicht an – das viele Blut darauf verschmierte die Linien. Sie wischte sich die Hand rasch am Bein ab, die Tür reagierte, und Jamisia fiel in ihr Zimmer.

»Schließen!«kreischte sie sofort, und dann war sie vom Rest der Welt isoliert.

Kaum hatte die Tür sich geschlossen, wurde ihr furchtbar übel. Doch nicht, als müsse sie sich übergeben, sondern eher so, als habe die Angst plötzlich genug Kraft gewonnen, um ihr ganzes Innenleben zusammenzuballen. Ihr Körper zuckte unkontrolliert.

Jamisia schaffte es gerade noch bis zum Waschbecken. Sie begann zu würgen und erbrach sich dann, als wolle der Magen alles Fremde und Schreckliche dieses Tages hinausbefördern. Das Mädchen übergab sich wieder und wieder, doch das fürchterliche Gefühl in ihr wollte nicht enden …

Endlich befand sie sich wieder in Sicherheit. In der relativen Sicherheit, die das Schiff ihr bieten konnte. Doch schon bald setzte die Erinnerung wieder ein. Hell und klar erlebte sie das noch einmal, was sich vorhin am Ende der Röhre getan hatte. Der blanke Horror, im eigenen Körper gefangen zu sein und nicht das geringste dagegen tun zu können. Ihre Arme und ihr Leib hatten sich wie eine Marionette bewegt, und jemand anderer schien die Fäden gehalten zu haben …

Und noch schlimmer war die Erinnerung an die befremdlichen Gedanken, die ihr dabei gekommen waren. Noch während sie versucht hatte, sich aus Justins Umarmung zu befreien, hatte ein Teil von ihr das genaue Gegenteil verlangt.

Ich werde definitiv verrückt. Und das kann Justin nicht entgangen sein. Wieviel Zeit bleibt mir noch, bis man mich wegbringt und behandelt? Wie lange noch, bis man mich in ein Schiff setzt, das zurück zur Erde fliegt? Gott, bitte, hilf mir!

Sie sank auf den Boden und lehnte sich an die Wand. Bitterer Gallengeschmack war in ihrem Mund. »Helft mir«, flüsterte sie. »Bitte, helft mir ...«

Aber niemand kam, um sie abzuholen oder ihr beizustehen. In diesem Augenblick hätte sie sich sogar über den Klang der Stimmen gefreut, waren die ihr doch wenigstens vertraut. Doch sie schwiegen beharrlich.

So als warteten sie auf etwas.

DREAMSCAPE 2.00000 LÄDT
...
START PROGRAMM
Ein Habitatraum, von oben durch eine Vidcam gesehen. Fünf Ärzte stehen um ein kleines Mädchen auf einem Stuhl herum. Auf ihren weißen Kitteln prangt das Logo der Shido-Corporation. Einer von ihnen hat sein Notebook gezückt und gibt etwas mit seinem Stylus ein. Das Mädchen hat die Augen geschlossen, der Atem geht rasch, aber gleichmäßig. Ein Headset sitzt auf seinem Kopf. Daran sind mehrere Kontakte angebracht, ebenso wie auf verschiedenen Partien ihres Körpers.

»Vielleicht sollten wir für heute Schluß machen«, meint einer der Mediziner.

»Ruhe!« herrscht der mit dem Notebook ihn an. Offensichtlich hat er hier das Sagen, denn der andere widerspricht nicht.

Der Chef läuft um den Stuhl herum und betrachtet das Mädchen von allen Seiten. Es ist jung und wirkt zerbrechlich. Gelb umrandete Flecke verunstalten Stirn und rechte Wange. Auf den ersten Blick sieht es aus, als würde es schlafen ... Aber schon auf den zweiten erkennt man das Zucken des Unterkiefers, und es hat die Hände zu Fäusten geballt. Danach hört man auch sein angestrengtes Atmen.

»Es ist doch noch viel zu früh, um zu Resultaten zu gelangen«, wirft eine Ärztin ein.

»Nein, ist es nicht«, entgegnet der Chef.

»Vielleicht haben wir bei der ersten Überprüfung etwas übersehen«, meint die zweite Ärztin.

Er starrte sie an, als gehe sie ihm gewaltig auf die Nerven. »Das Mädchen lag sechzehn E-Tage unter Schutt begraben, litt Schmerzen und machte sich wahrscheinlich keine Hoffnung mehr, jemals gerettet zu werden. Daß es überhaupt durchgekommen ist, grenzt schon an ein Wunder. Die Chance dazu stehen bei eins zu einer Million. Wollen Sie mir jetzt etwa erzählen, eine solche Erfahrung ließe sich ohne mentales Trauma überstehen? Da haben Sie aber noch einiges zu lernen.«

Der Chef dreht sich um und spricht zu jemandem, der sich außerhalb des Erfassungsbereichs der Kamera befindet. »Ich will ihre Erinnerungen haben, Shea. Wir müssen sie aufspüren und unter unsere Kontrolle bringen.«

Er sieht die Kollegen der Reihe nach an und beugt sich dann über das Mädchen. »Verstehen Sie denn nicht? Die Untersuchung ergab lediglich einen partiellen Zusammenbruch. Wenn wir nicht bald die richtigen neutralen Pfade stimulieren, wird sein Gehirn sicher einen anderen Weg finden, mit dem Trauma fertig zu werden.«

Damit wendet er sich erneut an die unsichtbare Medizinerin. »Versuchen Sie es noch einmal.«

Etwas später: Das Mädchen stöhnt leise, und die Hände entkrampften sich ein wenig. Eine Erinnerung ist in seinem Gehirn geweckt worden … aber nicht die richtige.

»327-A negativ«, meldet Shea.

»Nächste Sequenz fahren.«

Wieder etwas später: Maschinen und Apparate summen.

Das Mädchen windet sich im Stuhl, wirft die Arme hoch und steht auf mit einem erstickten Schrei. Schon nach dem ersten Schritt bricht es zusammen. Es schreit und kreischt wie ein Tier. Die blauen Flecke auf seinem Gesicht haben sich rot verfärbt und scheinen schmerzvoll zu glühen.

Eine der Ärztinnen will zu ihm, zögert dann aber und sieht zum Chef. Als der nickt, kniet sich die Medizinerin neben das Mädchen hin und versucht, es zu beruhigen.

Das ist natürlich sinnlos, weil das Headset das Gedächtniszentrum der Patientin direkt stimuliert, und von außen können weder Worte noch Berührungen zu ihm durchdringen.

Der Chef sieht sich das eine Weile lang an und ruft dann einen Techniker hinzu. Das Summen wird leiser und erstirbt ganz. Das Mädchen verbleibt erstarrt und hält immer noch die Arme hoch, als wolle es sich vor herabstürzenden Trümmern schützen.

Wie endlos lange ihm diese Erinnerung erscheinen muß. Panik und Hoffnungslosigkeit müssen sie bestimmen. Dann wimmert es, läßt die Arme sinken und rollt sich zusammen. Die Ärztin an seiner Seite hebt es hoch, und einen Augenblick lang ist die Patientin nicht mehr als ein schluchzendes Kind.

»Also gut«, sagt der Chef jetzt leise. Trotz der Wichtigkeit der Arbeit weiß er, wann man einem Patienten nicht mehr zumuten kann. »Das reicht für heute. Sensuzi, ich brauche diese Erinnerungen vollständig verzeichnet bis Freitag. Können Sie das schaffen?«

»Ja, Sir.«

»Dann beginnen wir nächste Woche mit Phase zwei.« Er sieht seine Mitarbeiter an, so als lese er von ihren Mienen ab, was in ihren Herzen vorgeht. »Wird sicher nicht angenehm«, warnt er sie. »Aber das haben Sie ja schon gewußt, als Sie sich für dieses Projekt gemeldet haben. Wenn jemandem von Ihnen Zweifel gekommen sein sollten, sollte er sie lieber jetzt vorbringen. Sobald das Projekt richtig angelaufen ist, kann ich solche Probleme nicht gebrauchen.«

Der Chef wartet. Keiner tritt vor. Er nickt.

»Also gut.« Der Arzt begibt sich zu der Medizinerin bei dem zitternden Mädchen, die gerade vorsichtig die Kontakte entfernt. »Wir sehen uns am Montag wieder, pünktlich um acht Uhr. Und wenn Ihnen bis dahin Bedenken kommen sollten, dann erinnern Sie sich ...« Er beugt sich über die

Patientin und streicht ihr schweißnasses Haar aus der Stirn. Keine Geste der Zuneigung, sondern eher der väterlichen Sorge, »… daß wir hier für die Zukunft der Erde arbeiten.«

DREAMSCAPE 2.10000 LÄDT
…
START PROGRAMM

Das Mädchen zerrt an den Gurten und schreit Obszönitäten hinaus. In seinen Augen brennt die Wut, und mit jeder Beleidigung fliegen Speicheltröpfchen aus seinem Mund.

»Macht mich los, verdammte Wichser!« Harte Worte von einem so jungen Mädchen. Seine Stimme klingt rauh und heiser wie die einer Erwachsenen. »Ich werde den Teufel tun und euch helfen. Habt ihr mich verstanden? Ihr verdammten Arschgesichter könnt euch euer Scheißprojekt sonstwohin stecken, und –«

Das Zischen einer Tanq-Pistole stoppt die Tirade. Das Mädchen erstarrt und öffnet verwirrt den Mund, so als habe man ihm plötzlich die Sprache genommen. Es seufzt noch einmal und fällt dann in einen tiefen Schlaf.

Der Chef beobachtet es und schüttelt dann enttäuscht den Kopf.

»Die können wir nicht gebrauchen.«

DREAMSCAPE 2.20000 LÄDT
…
START PROGRAMM

Das Mädchen reißt ängstlich die Augen auf. »Wer seid ihr?« fragt es bang. »Wo bin ich?« Es zuckt zusammen. »Warum ist es hier so dunkel?«

Der Chef blickt unwillkürlich auf die Deckenleuchte. Sie brennt hell wie eh und je. Dann schaut er auf die Patientin und schüttelt wieder den Kopf.

DREAMSCAPE 2.30000 LÄDT
…
START PROGRAMM

Das Mädchen wirkt verblüffend ruhig und gelassen. Wenn es spricht, hört es sich reif und ruhig wie eine Erwachsene an. »Ihr glaubt wohl, wir wüßten nicht, was ihr hier vorhabt, was? Aber wir wissen Bescheid, wir alle. Jamisia ist die einzige, die nicht durchblickt. Und natürlich auch Zanny, aber der ist ja noch so klein. Wir kümmern uns um ihn.«

Das Mädchen will die Arme heben, aber die Gurte hindern es daran. Es wirft einen ärgerlichen Blick darauf und zuckt dann die Achseln. »Wie barbarisch. Aber was kann man von euch schon anders erwarten? Ihr wißt ja noch nicht einmal so recht, was ihr hier eigentlich treibt, oder? Stolpert nur durch einen finsteren Raum und hofft, irgendwo einen Lichtschalter zu finden … Das gibt's ja gar nicht. Ihr habt keinen Schimmer, worum es hier geht.«

»Dann sag du es uns doch«, fordert der Chef die Patientin auf. Er und seine Kollegen sind so still wie ein Raubtierrudel bei der Beobachtung des Beutetiers. Man kann sogar ihr rasches und hungriges Atmen hören. »Erzähl uns, woran wir hier arbeiten und warum wir das tun.«

Aber der Kopf des Mädchens ist zurückgefallen, und es hat die Augen geschlossen. Es zittert, und man kann ihm nicht ansehen, ob es die Worte des Chefs überhaupt verstanden hat.

Plötzlich öffnet es die Augen wieder. Verwirrt und ängstlich sieht es sich um. Als es die Gurte entdeckt, kann es offensichtlich nicht fassen, daß man es gefesselt hat.

Als das Mädchen sich dann an den Chef wendet, kann man in seinen Augen seine Seele erkennen: jung, desorientiert und voller Furcht.

»Wo bin ich?« flüstert Jamisia.

DREAMSCAPE 3.00000 LÄDT
...
START PROGRAMM

Die Landschaft ähnelt stark der aus dem ersten Traumprogramm, doch diesmal liegt Nebel über dem Terrain. Man kann in keiner Richtung weiter als fünf Meter sehen. Wie ein dichtes Tuch liegt der Dunst über allem, und darin sind höchstens undefinierbare Schemen erkennbar.

Der Tutor ist bei ihr, doch auch er wirkt verwischt und undeutlich. Jamisia befürchtet, wenn sie ihn berührt, wird ihre Hand durch ihn hindurch fahren.

»Es gibt noch mehr«, teilt er ihr mit. »Bist du dafür bereit?«

Sie kann nur flüstern und hat selbst Mühe, ihre Worte zu verstehen: »Was geht hier vor? Warum sieht alles so ... so fremd aus?«

»Du kämpfst gegen DREAMSCAPE an, Jamie, weil du dich vor dem fürchtest, was es dir zeigen will.«

Sie rudert mit den Armen und entgegnet viel zu leise: »Ist so etwas denn möglich? Kann man ein Traumprogramm verändern? Ich dachte, du hättest einmal gesagt –«

»Den meisten ist das auch unmöglich. Aber was dich angeht ...« Er lächelt gezwungen. »Wir kennen das wahre Ausmaß deiner Fähigkeiten nicht, Jamie. Vielleicht kannst du auch ein Traumprogramm beeinflussen.«

Gestalten zeigen sich im Nebel. Zuerst nur Schatten, die aber beim Näherkommen Gestalt und Festigkeit annehmen. Ein junger Mann in einer zerrissenen Jacke und mit einem Taschenmesser am Gürtel. Eine Frau in einem konservativen Kleid und mit einer harten und kritischen Miene. Ein unordentliches Mädchen mit ungewaschenem blonden Haar, dessen Blicke hin und her sausen wie die eines gefangenen Tiers.

»Erkennst du sie wieder?« fragt der Tutor.

Ein Mädchen ist ungefähr in ihrem Alter, hat aber eine dunklere Haut und glattes schwarzes Haar. Haß oder Wut funkelt in seinen kalten Augen. – Ein anderes Mädchen ist viel kräftiger gebaut als sie und kratzt sich unablässig am Arm, als wolle es ihn zum Bluten bringen ...

Jamisia wünscht sich, daß dies nur Wesen aus einem Alptraum wären, daß sie sie ignorieren könnte, daß sie ihr vollkommen unbekannt wären. Aber sie befindet sich in einem Programm ihres Tutors, und der zeigt ihr nie etwas ohne Hintersinn.

Ja, sie erkennt die Gesichter wieder. Gott, ja, sie kennt sie nur zu gut. Wesen aus ihren tiefsitzenden Ängsten, aus ihren Nachtmahren …

… aus ihrem Spiegel!

»Nein«, krächzt das Mädchen. Es fährt einen Schritt zurück, und sein Verstand erkennt endlich die Zusammenhänge. »Nein!«

»Ein adaptiver Mechanismus«, erklärt der Tutor leise. Seine Stimme klingt freundlich, aber er starrt Jamisia so intensiv an, daß es ihr auf die Nerven geht. Der Mann studiert sie, registriert all ihre Reaktionen. »Zu früheren Zeiten eine durchaus verbreitete Störung, die heute dank des wissenschaftlichen Fortschritts kaum noch vorkommt. Wir erfassen die ersten Anzeichen schon im frühesten Stadium, analysieren die Traumaursache und bieten dem Gehirn andere Wege, sich selbst zu heilen … damit wird eine Fragmentierung verhindert.«

»Fragmentierung?« fragt sie leise.

»Du weißt doch genau, was das bedeutet«, fährt eines der weiblichen Wesen sie an. Es ist ihr dunkelhäutiges Spiegelbild. »Jetzt stell dich nicht so blöde an. Tu bloß nicht so!«

Der Tutor wirft der Dunklen einen zornigen, warnenden Blick zu und wendet sich wieder an Jamisia: »Man kannte früher auch andere Bezeichnungen dafür. Multiple Persönlichkeit. Schizophrenie … Aber damals besaß man allenfalls rudimentäre Kenntnisse über dieses Phänomen –«

»Was soll der Scheiß?« ruft der Junge mit der zerrissenen schwarzen Jacke. Er stampft auf den Tutor zu, als wolle er ihn zu Boden stoßen, aber seine Faust fährt durch den Mann hindurch. Dann baut er sich vor Jamisia auf und stemmt die Hände in die Hüften.

»Was der alte Sack dir sagen will, ist, daß wir einmal Bestandteil von dir gewesen sind. Erst der große Gott Shido hat uns ein eigenes Leben gegeben und uns gelehrt, wie wir uns erhalten und schützen können. Alles, was wir jetzt noch mit dir gemeinsam haben, ist, daß wir alle miteinander in deinem verdammten Körper stecken, den man wirklich zu nichts anderem gebrauchen kann, als –«

»Derik, bitte!« unterbricht ihn das stämmige Mädchen. Dessen Arme sind voller Narben; einige alt und verheilt, andere noch frisch. »Du weißt, daß es sich nicht so verhält.« Sie sieht jetzt Jamisia an und hört zum ersten Mal auf, sich an den Armen zu kratzen.

»Ja, wir waren einmal alle ein Teil von dir. Shido gab uns eigene Stimmen und bestärkte uns in unserer Individualität. Auch lehrte uns Shido, wenn wir wieder ein Teil von dir würden, wäre das für uns gleichbedeutend mit dem Tod. Also laß dir gesagt sein, Jamie, daß wir uns nicht reinlegen lassen. Wir lassen uns nicht unterdrücken, wie das einige von uns in der Vergangenheit getan haben.«

»Wir werden uns nicht zurückziehen und für dich Tussi sterben!« ruft Derik. »Denn genau so wird es dann kommen. All die Behandlungen, mit denen sie einen nach dem anderen von uns abgetötet haben –«

»Das nennt man Reintegration«, unterbricht ihn der Tutor.

»Von mir aus kann man es Scheißdreck nennen!«

Der Mann stellt sich direkt vor ihn, damit er keine weiteren Beschimpfungen von sich geben kann.

»Tut mir leid, Jamie. Ich hätte das Projekt gern gestoppt, aber als man mich hinzuzog, hatte man bereits fünf von ihnen aktiviert … und ihnen beigebracht, daß deine Heilung unwillkürlich in ihren Tod münden würde …«

»Das stimmt ja wohl auch«, beschwerte sich die Dunkelhäutige.

»Aber warum?« will Jamisia wissen. Vor Furcht sitzt ihr ein Kloß in der Kehle, und sie kann kaum noch sprechen. »Warum führte Shido ein solches Projekt durch? Ich verstehe das einfach nicht!«

Der Tutor zögert. Ist die Programmierung auf so etwas nicht vorbereitet? »Es handelte sich dabei um ein Experiment. Nur wenige kannten das ganze Ausmaß, und selbst die Mitarbeiter wußten nur über den Teil Bescheid, mit dem sie unmittelbar zu tun hatten. Das Ganze fand unter größter Geheimhaltung statt, weil das Projekt nämlich so unglaublich illegal ist. Mit einem Kind herumzuexperimentieren, das sich noch im Trauma befindet, und ihm dann auch noch die Segnungen der modernen Medizin zu verweigern … seine Seele zu bewegen, sich zu teilen …und immer weiter zu teilen …«

»Erzähl ihr doch von dem anderen«, verlangt die Dunkelhäutige herausfordernd. »Zeig ihr den, mit dem sie es zuerst versucht haben!«

»Von wem spricht sie?« will Jamisia wissen. Ihre Stimme zittert genauso heftig wie ihr Körper. »Was meint sie damit?«

Wieder zögert der Tutor. Dann treten die Wesen

beiseite und bilden für Jamie eine Gasse. Sie sieht den Mann ratsuchend an. Seine Miene ist voller Grimm, aber er nickt. Auf eigene Gefahr, scheint sein Blick zu sagen.

Jamisia bewegt sich vorsichtig durch die Gasse. Der Nebel lichtet sich etwas, so als sei auch ihm daran gelegen, ihr den anderen zu zeigen. Gebilde schälen sich aus dem Dunst. Bäume, Steine und noch mehr Menschen.

Dann liegt er vor ihr auf dem Boden. Er hat sich so eng zusammengerollt, daß die Arm- und Beinmuskeln von der Anstrengung zittern. Der Junge ist bleich und voller Schrammen. Seine blutunterlaufenen Augen haben sich mit Tränen gefüllt. Speichel rinnt ihm aus dem Mundwinkel und ist mit Blut vermischt, so als habe er sich auf die Zunge gebissen …

Aber sein Blick. Nacktes Entsetzen, so als löse ihr Erscheinen mehr Qual in ihm aus, als er ertragen könne.

Dann schließt sich der Nebel wieder über ihm und erlöst ihn von Jamisias Anblick. Sie selbst verdrängt dieses Grauen sofort aus ihrem Bewußtsein.

»Wer ist das?« flüstert sie.

»Jemand, dem man furchtbar weh getan hat«, antwortet die Dunkelhäutige hart, und ein anderes Mädchen fügt freundlicher hinzu: »Das hätte aus dir auch werden können, Jamisia. Aus uns allen, wenn Shido es gewollt hätte.«

Sie wirft einen hilfesuchenden Blick auf den Tutor.

»Die genauen Details kenne ich auch nicht«, sagt er. »Man hat mir meinen Platz in diesem Spiel zugewiesen und mir darüber hinaus nicht viel mitgeteilt. Aber was du da gerade gesehen hast …«

Er nickt in Richtung des leidenden Jungen im dichten Nebel. »Sie wollten es unbedingt mit ihm versuchen, Jamie, und waren gerade dabei, ihm eine unabhängige Stimme zu verleihen, als die Station angegriffen wurde. Vielleicht könnte ich dir mehr berichten, wenn sie mit ihrem Bemühen Erfolg gehabt hätten.«

Er tritt auf sie zu und legt ihr die Hände auf die Schultern. Ganz sanft und vorsichtig. So wie sie es bei ihrem Vaterersatz immer geliebt hat. Und dann spricht er mit freundlicher, sanfter Stimme zu ihr: »Aber das spielt jetzt keine Rolle mehr, Jamisia. Das weißt du doch hoffentlich, oder? Was immer Shido sich auch davon erhoffte, der Erfolg blieb ihm versagt. Jetzt bist du frei und solltest dir überlegen, wie du dein ganz eigenes Leben gestalten willst.«

»Und was wird aus denen?«

Der Tutor betrachtet die anderen, allesamt seine Schüler, und meint: »Ich hatte gehofft, daß die Fragmentation langsam heilen würde, nun da Shido euch nichts mehr anhaben kann. Aber offensichtlich habe ich mich geirrt. Der Umstand, daß dieses Programm läuft, besagt, daß einer deiner Teile versucht hat, dich zu übernehmen. Jetzt mußt du dich wohl oder übel damit arrangieren. Versuch die anderen Fragmente zu akzeptieren, Jamie, es bleibt dir nämlich nichts anderes übrig.«

»Mich übernehmen …« Plötzlich purzelt alles aus ihrer Erinnerung. Die Puzzleteile stürzen so rasch durcheinander, daß sie sie kaum ordnen kann. »Wann?«

»In der Röhre«, antwortet eine junge Frau anstelle des Tutors. Sie sieht Jamisia ähnlich, aber ihr Körper ist schon viel weiter entwickelt, und sie trägt einen auffälligen Overall. »Das hast du doch wohl noch nicht vergessen, oder?«

Jetzt sieht sie ihn wieder vor sich, den Moment mit Justin … und endlich versteht sie unter heftigem Erröten.

»Er sagt, wir müssen von nun an zusammenarbeiten«, erklärt die junge Frau. »Das heißt wohl, daß wir alles miteinander teilen müssen.«

Sie kommt näher, und Jamisia bemerkt einen feinen goldenen Nebel, der über ihrer Haut liegt. DREAMSCAPE stellt damit Parfüm und andere Gerüche dar. »Der Tutor sagt, nur wenn wir als Team zusammenhalten, können wir uns Shido vom Leib halten. Wir sind dazu bereit, Jamie, wie steht's mit dir?«

Das Mädchen bekommt keinen Ton mehr heraus und kann sich nicht vom Fleck rühren. Das Entsetzen sitzt ihr wie ein großer Stein im Magen, der sogar gegen die Lungenflügel drückt und sie am Atmen hindert.

»Ach, scheiß doch drauf!« schimpft Derik. »Die macht nie mit!«

Der Tutor hebt mit zwei Fingern ihr Kinn, bis sie ihn ansehen muß. »Jamie, möchtest du, daß alles wieder so wird wie im Habitat? Daß dir manchmal Stunden oder Minuten einfach fehlen? Daß sich ohne dein Zutun etwas in deinem Zimmer verändert? So etwas muß dir nie mehr widerfahren, denn hier hast du alle deine Teile beisammen.«

Tränen rollen ihr über die Wangen. »Ich will

nach Hause«, schluchzt sie leise. »Bitte, ich möchte nur noch nach Hause.«

»Ach, mein armes Mädchen.« Der Tutor schüttelt mitfühlend den Kopf. »Es gibt keine Zuhause mehr für dich. Tut mir wirklich leid.«

Als sie wieder schluchzt, nimmt er sie in den Arm und hält sie fest. »Wird schon alles wieder gut«, flüstert er ihr beruhigend zu. »Du bist stark und wirst es schon schaffen.«

Er drückt ihr väterlich einen Kuß aufs Haar.

»Versprich mir, daß du es wenigstens versuchen und mit ihnen zusammenarbeiten wirst. Mehr verlangen sie gar nicht von dir.«

»Und wenn ich keine Lust dazu habe?«

Er seufzt schwer. »Dann gewinnt Shido. Sie haben sich deinen jungen Geist vorgenommen und versucht, ihn zu zerstören ... Wenn du jetzt aufgibst, tragen sie den Sieg davon. Und meine jahrelangen Vorbereitungen für den Tag, an dem du deine Freiheit gewinnen würdest, wären vertan, Jamie ...« Ganz leise wiederholt er seine Aufforderung: »Versprich es mir, Jamie.«

Alle versammeln sich um die beiden und warten auf ihre Entscheidung. Wie oft hat sie diese Augen im Spiegel gesehen. Genau so schauen die anderen sie jetzt wieder an ...

»Was ...«, beginnt sie und schluckt, um den Kloß in ihrem Hals loszuwerden. »Was muß ich denn tun?«

»Die anderen als Teil deiner selbst akzeptieren. Mehr ist im Moment nicht erforderlich. Der Rest kommt dann später. Nimm sie in dich auf, Jamie, damit dein Leben wieder komplett wird.«

Männlich – weiblich. Dunkel – hell. Wut, Haß,

Mitgefühl und Sehnen … sie alle stellen einen Teil ihrer Seele dar.

Jamisia zittert, als sie sich das begreiflich zu machen versucht.

Wir gehen nicht von hier fort.

Wir können nur gemeinsam etwas bewirken, sonst bekommt Shido uns zu fassen.

Wir drehen hier nicht nur Däumchen, während du dich verdammt noch mal zierst!

Gibt es denn eine Alternative? Die Antwort ist ebenso klar wie unerfreulich.

»Also gut, ich will es versuchen«, flüstert Jamisia.

PROGRAMM ENDE

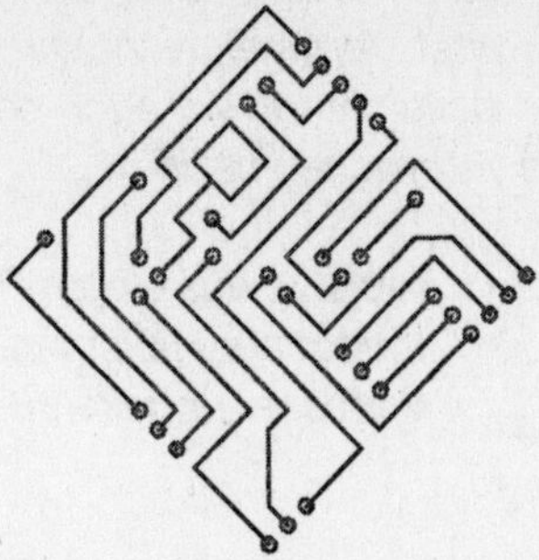

Wie können sie es wagen, hier herauszukommen, diese Kinder der Erde?

Wie können sie es wagen, die Früchte der Arbeit der Verdammten zu genießen und gleichzeitig unseren Namen verfluchen?

Sagt ihnen, daß sie hier draußen nicht willkommen sind. Schreit unsere Empörung hinaus in die Sterne!

Wir, die wir entstellt sind, haben nichts vergessen! Wir, die wir den kranken Samen tragen, werden niemals vergeben!

Unsere Verdammnis soll unser Stolz sein, jede Deformierung Quelle unserer Stärke, unsere zerschmetterte Herkunft die Grundlage unserer Einheit.

Jeder Variante soll voller Stolz erklären: Ihr seid die Abnormität, Terraner, nicht wir! Seid auf der Hut, denn vielleicht tun wir euch bald das an, was ihr an uns verbrochen habt!

(Auszug aus einem Propaganda-traktat der Hausman-Liga. Verfasser unbekannt.)

Guera Knotenpunkt

Tiananmen Station

Angetan in ihren Staatsgewändern und mit der Simba-Kaja-Maske auf dem Gesicht, erwartete Ihre Ladyschaft Alya Cairo, die Prima-Gildeherrin der Ainniq-Knoten, ihre Gäste.

Daß diese persönlich in der Gildehalle auf Tiananmen erschienen und nicht über Holocasts mit ihr in Verbindung traten, zeigte deutlich an, daß hochsensible Angelegenheiten zu besprechen waren. Die erwarteten Gildemeister hatten oft genug mit komplizierten Belangen zu tun und wußten daher, wie verwundbar ein Holo-Programm während der Übertragung sein konnte.

Doch nicht allein aus diesem Grund wollte Alya ihre wichtigsten Offiziere hier sehen. In Wahrheit genoß sie die Macht, wenn diese Herrschaften ihr persönlich gegenübertreten mußten – die fast greifbare Anspannung im Blick eines Untergebenen oder Rivalen. Auf einem Vidscreen oder Holo-Schirm konnte man das nie erfassen, mochten die Programme auch noch so gut sein. Dann fehlte einem das beinahe telepathische Gefühl dafür, was die anderen gerade dachten, was sie nervös und unruhig machte – oder wenn sie anfingen, sich zu fragen, ob das Kaja, das sie für dieses Treffen aufgelegt hatten, wirklich die beste Wahl gewesen war.

O ja, die Prima liebte die Macht, die sie in solchen Augenblicken verspürte ..., dann wurde ihr erst so recht bewußt, daß die Herrin der Gilde, die allen Transport zwischen den Außenwelten und damit den gesamten Handel kontrollierte, die mächtigste Frau in der ganzen Galaxis war. Vielleicht sogar der mächtigste Mensch, der jemals gelebt hatte.

So war es, und so sollte es auch bleiben.

Alya hatte für die Konferenz einen nicht zu großen und wie alle Besprechungsräume in der Gildehalle spartanisch eingerichteten Saal gewählt. Dafür waren weniger ästhetische als vielmehr praktische Notwendigkeiten ausschlaggebend gewesen. Viele Gildemitglieder besaßen deutliche sichtbare Handicaps oder andere Verstümmelungen. Da empfahl es sich, sie in einer einfachen Umgebung mit möglichst wenig Einrichtung zu empfangen.

Der Saal enthielt einen schiefergrauen Tisch mit zwölf Monitoren für ebenso viele Gäste. Dazu ein Dutzend passende Stühle. Alles in kontrastrierenden Farben gehalten: weiß zu schwarz, dunkelgrau zu perlgrau. Obwohl reichlich simple Programme für mangelhaft oder gar nicht ausgebildete Sinne zur Verfügung standen, weigerten sich viele Gildemitglieder, sich solcher künstlichen Hilfe zu bedienen. Infolge davon wären sie nicht in der Lage gewesen, Zier- oder Schmuckeinrichtung vom Hintergrund unterscheiden zu können; besser man verzichtete also gleich darauf. Die Stühle standen im rechten Winkel zum Tisch, und die Bildschirme waren auf den jeweiligen Platz ausgerichtet. Alles andere hätte die Zeit und die Energie eines ihrer liebsten Offiziere nur über Gebühr in Anspruch genommen.

Die Vorbereitungen waren getroffen.

Von ihren fünf höchsten Gildemeistern würden nur vier an dem Treffen teilnehmen. Alya bedauerte das, konnte jedoch nichts daran ändern. Luis Hsing befand sich immer noch auf dem Rückflug von Guera und würde erst in einem E-Monat hier eintreffen. So lange konnte und wollte die Prima nicht warten. Wenigstens hatte er seinen Bericht durchgefunkt, und auf den kam es ihr an. Hsing brachte den gueranischen Professor mit, und der arbeitete bereits an dem Problem. Inwieweit seine Mitarbeit sich als Segen erweisen würde, blieb erst noch abzuwarten.

Ich kann nur hoffen, daß Sie sich nicht geirrt haben, Hsing, sprach sie leise vor sich hin, als stünde der Mann, der Masada so dringend empfohlen hatte, direkt vor ihr. *Wehe, wenn der Mann uns noch mehr Probleme bereitet, als wir schon haben …*

Der Gedanke verdroß sie sehr, noch einen Monat auf den Gildemeister warten zu müssen. Aufgrund der menschlichen Demographie waren solche zeitlichen Verzögerungen allerdings die Regel. Für die Mehrzahl der Gildemitglieder stellte das Ainniq-System den Dreh- und Angelpunkt des Universums dar, und wie sie konnte auch Alya die hartnäckige Weigerung so vieler Menschen nicht verstehen, sich darauf einzustellen.

Wenn sie schon damals, in den Zeiten der zweiten Besiedlung, Prima gewesen wäre, hätte sie dafür gesorgt, daß die Heimatwelten der Menschheit verlassen worden wären. Sie hätten ihre Planeten mit all ihrem Dreck und meteorologischen Unbilden zugunsten der so viel moderneren und bequemeren Raumstationen aufgeben müssen. Daß man damals aber im Gegenteil den Erhalt dieser Welten bestärkt und sie nicht evakuiert hatte, verwunderte die Prima heute noch. Hatte man denn in jenen Tagen nicht begreifen wollen, wieviel effektiver es für die Menschen gewesen wäre, in den Stationen zu leben, die sich in Reichweite des Ainniq-Systems befanden? Dann bräuchten alle, gleich ob Echtmensch oder Variant, nur noch wenige Tage, um von einem Punkt zum anderen zu reisen. War das denn kein lohnenswertes Ziel? Hätte man dafür nicht auf Planeten und ähnliches verzichten können?

Aber nein, die Planetengeborenen wollten es nicht anders haben. Sie klebten an ihrer Scholle und ihrer Geschichte und waren nicht bereit, das um der Reisebequemlichkeit willen aufzugeben. Auf Guera, dieser immer noch dichtbevölkerten Welt, hielt man es ja nicht anders, obwohl man von dort ein halbes Jahr benötigte, um den nächsten Ainniq zu erreichen. Und dieser Professor, den Hsing abgeholt hatte, war zeit seines Lebens nie im Ainniq gewesen und hatte nicht einmal eine andere Außenwelt betreten ... Einfach unfaßbar, sagte Alya sich. Warum wollte jemand, der das ganze Universum bereisen konnte, sein Leben lang auf irgendeiner Welt hockenbleiben? Dazu noch jemand, der eine außerordentliche Bildung besaß. Nein, die Prima konnte so etwas einfach nicht verstehen.

»Euer Ladyschaft?«

Sie zuckte zusammen. Während sie noch ganz in Gedanken gewesen war, hatte Devlin Gaza den Saal betreten. Er bedachte sie mit einem leisen Lächeln, das für einen formellen Gruß etwas zu anzüglich ausfiel. An Tagen wie dem heutigen zog er es vor, sich ihr auf diese Weise zu nähern, und während der Konferenzen empfand sie seine Ehrerbietung als durchaus wünschenswert. Doch selbst in solchen Augenblicken vergaß Alya nie, daß sich ihre Beziehung nach den Besprechungen ganz anders gestaltete.

Seit zehn Jahren war Gaza nun schon ihr Liebhaber. Keine ihrer früheren Beziehungen hatte auch nur annähernd so lange gehalten. Aber von den Männern war ja auch keiner so wie Devlin gewesen. Zwischen ihr und

Gaza bestand keinerlei Wettbewerb, und ihm kam nie der Gedanke, ihre Autorität anzuzweifeln.

Als Chef der Programmentwicklungsabteilung in der Gilde besaß Devlin durchaus eigene Macht, und nominell war er der Prima direkt unterstellt. In der Praxis konnte er jedoch schalten und walten, wie er wollte. Alya verließ sich darauf, daß Gaza seine Sache gut machte, und mischte sich nur selten in seine Arbeitsabläufe ein. Vielleicht funktionierte es deswegen zwischen ihnen beiden so gut. Möglicherweise hatten sie es deshalb schon zehn Jahre miteinander aushalten können, während alle ihre früheren Beziehungen meist die ersten Wochen nicht überdauert hatten.

Gut vorstellbar aber auch, daß sie ihn einfach noch nicht überfordert oder mit ihrer Art vertrieben hatte. Wie hatte es der dritte Mann in ihrem Leben noch formuliert? In ihrem Leben gebe es nur die Arbeit, und alles andere müsse dahinter zurückstehen. Vor allem die Menschen, denen sie wirklich etwas bedeute.

»Die Exeter hat gerade angedockt«, meldete er. Kein Small talk, keine überflüssigen Gesten, nur Konzentration auf das Wesentliche. Ja, so brauchte sie ihn bei solchen Gelegenheiten. Devlin hatte, passend zum Anlaß, die aggressive Raj-Maske aufgetragen und die mit seinem gewohnten Nantana-Kaja kombiniert – die Bedeutung war für jeden Gueraner klar: *Ich bin bereit, mich auch mit Kleinigkeiten zu befassen, aber nicht mit Krimskrams.* »Varsav dürfte an Bord sein. Damit wären alle vier eingetroffen.«

»Gut. Karmen soll ihn gleich hierher führen.«

Bald würden sie alle an diesem Tisch sitzen. Nicht mehr lange.

Devlin nickte und schenkte ihr wieder dieses Lächeln. Dann überprüfte er die Stellung der Stühle und der Monitore. Vermutlich hielt er auch nach Staubkörnchen Ausschau. Offenbar bestand ihr Arrangement seiner Prüfung, denn Gaza veränderte nichts und stellte sich schließlich hinter eine der Sitzgelegenheiten, um so den Gästen zu begegnen.

Wenn Alya den Gildemeistern schriftliche Berichte auf die Plätze gelegt hätte, hätte er sie vermutlich so gedreht, bis sie sich in exaktem Winkel zur Tischkante befanden. Oder sie in ähnlicher Weise um die Bildschirme angeordnet. Manchmal fragte die Gildeherrin sich, welche fremde Formel in seinem Gehirn brannte und ihn zwang, seine Umgebung in einer Weise zu ordnen, wie es ihr nie in den Sinn gekommen wäre. Er war ihr Liebhaber, aber auch Gueraner. Mit anderen Worten, sie würde ihn nie zur Gänze verstehen können. Aber war es denn auf der Erde anders, wo alle sich einem einzigen Standard verpflichtet fühlten? Vermutlich nicht.

Nach Alyas Ansicht konnten sich zwei Völker noch so nahe kommen, der Abgrund zwischen ihnen würde sich nie vollständig schließen lassen. Gueras Abgründe waren tief und dunkel. Aber die von der Erde hatten sicher auch ihre Tücken. Wie hatte ein Philosoph es einmal zu deuten versucht? *Jeder Mensch ist für sich genommen für alle anderen vollkommen unbekanntes Terrain.*

Von der Tür ertönte eine Glocke. Jemand näherte sich. Alya straffte ihre Gestalt und strich mit ein paar eingeübten Handbewegungen ihre Robe glatt. Zeit für den Simba, die Kontrolle zu übernehmen. Die Botschaft dieses Kaja war einfach und absolut: *Anerkenne meine Dominanz, und alles steht bestens.* Das Tier, von dem diese Maske abgeleitet war, schickte andere für sich auf die Jagd. Daran tat es sich dann als erstes gütlich, und was übrigblieb, durften die anderen unter sich aufteilen. Der Simba tötete sofort und ohne Bedauern jedes Junge, das die Gene eines Rivalen in sich trug. Er scharte Weibchen und Nachwuchs um sich, die ihn uneingeschränkt als Herrn anerkannten und sich widerspruchslos seinem Willen beugten … Dafür schützte er sie und griff ohne Zögern jeden seiner Art an, der sein Territorium verletzte.

Die Prima lächelte, als ihr das alles durch den Sinn ging. Wie viele Jahre war es her, seit zum letzten Mal jemand gewagt hatte, in ihrer Gegenwart die Simba-Maske zu tragen? Bei ihm hatte es sich tatsächlich um einen Rivalen gehandelt. Aber um den mußte sie sich schon seit langem keine Sorgen mehr machen, und sie bezweifelte, daß sich überhaupt noch jemand an ihn erinnerte.

Die Tür glitt auf, und der erste Gildemeister trat ein. Ian Kent – groß, von ausgesuchtem Benehmen und gutaussehend – verbeugte sich vor ihr. Wie stets war sie fasziniert von der vollkommenen, fast schon unnatürlichen Ruhe, die dieser Mann ausstrahlte. Kent war einmal Out-Pilot gewesen und hatte damit die größte menschliche Macht schmecken dürfen … bis zu einem Andockunfall, der seinem Gehirn solchen Schaden zugefügt hatte, daß seine Pilotenkarriere ein vorzeitiges Ende fand. War diese Ruhe ein Nebeneffekt der Programme, die er zur Kontrolle seines tödlichen Syndroms nutzte? Oder entsprang sie einer natürlichen Veranlagung? Die gueranische Etikette verlangte von ihr, ihn niemals danach zu fragen und die Ruhe einfach als Tatsache zu akzeptieren.

»Ich fühle mich geehrt, mich wieder in Ihrer Gegenwart aufhalten zu dürfen.« Kent trug das gewohnte Natsiq-Kaja und hatte dem kaum Zusatzelemente beigefügt. *Ich diene der Gilde, und mehr braucht ihr über mich nicht zu wissen.* Der Saum seiner schweren schwarzen Robe im Außenweltlerstil berührte den Boden, und er trug sie schmucklos nach der Tradition, die so alt war wie das Ainniq selbst. Im Gegensatz zu den extrovertierten Terranern bedeckten Gueraner ihren Körper weitestgehend, vor allem in Gesellschaft von mißgebildeten Varianten.

Wie typisch für ihn, selbst bei einer so privaten Zusammenkunft das lange gueranische Schwarz zu tragen, dachte Alya. Aber nicht, um auf andere Rücksicht zu nehmen, sondern um darunter seine zerstörte Seele zu verdecken.

»Und mir ist es wie immer eine Ehre, Sie bei mir willkommen zu heißen«, grüßte die Prima ebenso formell zurück. Nachdem sie Kent Devlin kurz zugenickt hatte, wies sie ihm seinen gewohnten Platz ihr gegenüber zu.

Als nächster erschien Anton Varsav, der Gildemeister der Adamantine Station. Varsav stellte das genaue Gegenteil zur Ruhe Kents dar. Die Variation, die sein Gehirn beeinflußt hatte, sorgte dafür, daß der Mann sich ständig in Bewegung befand. Konstant zuckte etwas an ihm, und er verspürte darüber hinaus den Drang, alles und jeden in seiner Umgebung zu berühren. Ebenso wohnte ihm ein rastloser Geist inne, und bei jeder Verzögerung drohte er aus der Haut zu fahren. Des weiteren war er der Gilde wie ein Krieger mit Herz und Seele verbunden. Alya zweifelte keine Sekunde lang daran, daß er, sobald sich die Gelegenheit dazu bot, freudig einen Gladiatorenanzug überstreifen und jedem Bedroher eine blutige Lektion erteilen würde.

»Prima«, murmelte er, nahm ihre Hand und führte sie theatralisch an seine Lippen. Sie spürte, wie die Nerven unter seiner Haut zuckten – wie seine bewußten und unterbewußten Instinkte bei jeder Bewegung miteinander rangen. »Wie stets ist es mir die höchste Ehre, Ihnen dienen zu dürfen.«

»Ihre Dienste sind uns immer willkommen«, versicherte die Gildeherrin ihm und beobachtete ihn, wie er am anderen Ende des Tisches Platz nahm, dorthin, wo sich keiner der weiteren Gäste setzen würde. Seine Hände befingerten sofort den Monitor, betasteten und erkundeten ihn. Er trug wie Kent Schwarz, doch keine Robe, sondern nur einen engsitzenden glänzenden Overall, der seinen Armen und Beinen einen chitinhaften Schimmer verlieh. Und tatsächlich erinnerten seine scheinbar fahrigen, unkontrollierten Bewegungen eher an die eines Insektes als an die eines Menschen. Alya vermutete, daß er genau wußte, wie verstörend dieses Gehabe auf seine Umwelt wirken mußte und wie er das durch seine Kleidung betonte. Nein, Varsav konnte man wirklich nicht vorwerfen, seine Rivalen in Ruhe zu wiegen.

Als dritte zeige sich Sonondra Ra, eine hochgewachsene, schlanke und gutgebaute Frau, die gerade soviel Kleidung am Körper trug, um nicht gegen das Protokoll zu verstoßen. Doch dies nicht, um Aufmerksamkeit zu erregen, sondern um die Sensoren, die ihre Haut über und über bedeckten, möglichst viel Input zu ermöglichen. Wenn sie sich bewegte, funkelte sie wie ein Regenbogen. Die Kontakte waren in ihre kakaofarbene Haut eingelassen, und wenn man genau hinsah, konnte man darunter ein feines Netzwerk erkennen – die Pfade zum Weitertransport aller gewonnenen Daten.

Ra war aufgrund ihre Variation blind, aber die gueranische Wissenschaft hatte dafür einen Ersatz gefunden. Farben erschienen ihr als bestimmte Punkte auf ihrer Haut, und Schatten und Licht waren ihr wie eine zarte Berührung. Das alles hatte die Frau zu interpretieren gelernt. Anstelle der Augen trug sie facettierte Edelsteine, und warum auch nicht, waren die Sehorgane doch vollkommen nutzlos für sie. Wie bei Varsav vermutete die Gildemeisterin auch bei ihr, daß sie ihr befremdliches Äußeres bewußt einsetzte.

»Prima«, sagte Ra mit der musikalischen Stimme und in dem Akzent ihrer Paradise Station. Alya nickte ihr zu und fragte sich dabei zum wiederholten Mal, wie die Frau diese Geste wohl wahrnahm. Man konnte der Gildemeisterin nie ansehen, was gerade in ihr vorging, und auch ihr Kaja ließ keine Rückschlüsse zu. Die Maske setzte sich hauptsächlich aus Natsiq zusammen, in der sich einige Yuri-Elemente – das Zeichen des ergebenen Dieners – befanden. Ra war eine geborene Diplomatin und verstand sich darauf, der Prima zu Gefallen zu sein. Doch in dem Kaja fand sich auch das Muster Otta, das fröhliche Unterwerfung zum Ausdruck brachte. Eine eigenartige Wahl für eine solche Zusammenkunft. Doch wenn Alya recht darüber nachdachte, hatte sie diese Frau noch nie ohne Otta-Elemente erlebt.

Als letzte trat Chandras Delhi ein, eine ältere, gebrechlich wirkende Frau, der man die jahrelange Fehlfunktion der Muskeln nur zu deutlich ansah. Sie befand sich in einem Harnisch aus Hoch-Chrom, der sich auf ihre bloßen Gedanken hin bewegte. In dem Gestell wirkte sie wie ein Vogel in einem Käfig. Noch bevor sie in der Tür erschien, hörte man schon das Surren des Motors. Delhi hatte für alle kaum mehr als ein knappes Nicken übrig und nahm dann gleich ihren Platz nahe am Ausgang ein. Sofort begannen ihre Augen, nervös in alle Richtungen zu schauen, ohne länger als eine Sekunde an einer Stelle zu verharren. Ihr Hauptkaja – das Lilitu – warnte vor inneren Visionen, die so intensiv ausfallen konnten, daß Delhi in Konflikt mit der realen Welt geriet. Alya wußte aus leidvoller Erfahrung, wie schwierig mitunter mit dieser Frau auszukommen war. Aber das hatte sie sich wohl selbst zuzuschreiben. Den Simba verlangte nach offenen, direkten Demonstrationen seiner Dominanz, und der Lilitu war das genaue Gegenteil von Offenheit und Direktheit.

Da sich nun alle eingefunden hatten, ließ die Prima sich am Kopfende nieder. Fünf ihrer fähigsten Mitarbeiter saßen an dem Tisch, einer von ihnen ein Meister der Brainware-Theorie und die anderen mit passablen Kenntnissen. Allesamt waren sie auf Guera geboren, was vor allem besagte, daß man bei keinem von ihnen etwas vorhersagen konnte. Wie sollte man von einem Menschen etwas erwarten, dessen innere Realität einem vollkommen fremd war?

»Ich habe Sie hier zusammengerufen, um Ihnen einige bestürzende Neuigkeiten bekanntzugeben«, eröffnete Alya die Konferenz. »Möglicherweise sind Ihnen schon entsprechende Gerüchte zu Ohren gekommen. Ich hoffe aber, das ist nicht der Fall, denn wir haben alle nur erdenklichen Mittel ergriffen, um die Angelegenheit unter Verschluß zu halten. Leider breiten sich diese Ereignisse in einem Tempo aus, daß unsere sämtlichen Geheimhaltungsbemühungen bald zunichte gemacht sein werden.«

Sie visualisierte im Innernet des Raumes ein Icon, und auf allen zwölf Bildschirmen erschien dieselbe Darstellung. Die Offiziere drehten die Monitore so, wie es ihre Bequemlichkeit erforderte. Selbst Ra schaute konzentriert auf ihr Gerät, obwohl sie doch alle visuellen Informationen durch die implantierten Sensoren erhielt. Doch in ihren langen Jahren auf Paradise hatte sie sich eine ›normale‹ Körpersprache angewöhnt.

»Sie sehen vor sich eine Karte der Außenwelten. Jedes Auftreten des sogenannten Luzifer-Virus ist darauf verzeichnet.« Alles war in Schwarzweiß gehalten, was nicht unbedingt erforderlich gewesen wäre, weil Kents Brainware den Verlust seiner Farbsicht hervorragend kompensieren konnte; und zwar durch komplexe chromatische Tonfolgen. Dennoch gebot es die Höflichkeit, niemandes sensorische oder physische Nachteile offenbar werden zu lassen.

»Bislang konnten wir siebenundzwanzig verschiedene Sporen des Originals isolieren. Fünfundzwanzig davon wurden aufgehalten, bevor sie Schaden anrichten konnten.« Die Prima setzte eine grimmige Miene auf, um ihren Worten mehr Bedeutung zu verleihen. »Wie Ihnen bekannt sein dürfte, haben die beiden anderen uns beinahe ein Schiff und einen Piloten gekostet. Der eine Vorfall ereignete sich in Ihrer Sphäre, Varsav. Bringen Sie uns bitte auf den neuesten Stand der Nachforschungen.«

Der Gildemeister nickte, während seine Finger unentwegt Figuren auf der Tischplatte zeichneten. »Laut Bericht von MedTech können wir den Out-Piloten nicht mehr einsetzen. Die Schädigungen an seinem Gehirn sind zu gravierend. Als normalen Bürger vermögen wir ihn jedoch zu retten.«

Während der Ausführungen betrachtete die Prima verstohlen Kent, dessen Miene sich immer mehr verhärtete. Was jetzt in seinem Kopf vorgehen mochte, konnte man bestenfalls ahnen.

»... haben wir es hier auf den ersten Blick mit einem Luzifer-Virus zu tun«, sagte Varsav gerade. »Nur weist dieser Virus ...« Der Gildemeister zögerte und sah die anderen nervös an, so als versuche er abzuschätzen, wie sehr er ihnen vertrauen durfte. »Der Schaden, den er anrichtete, entstand nicht durch einen Zufall. Vielmehr hat der Virus den Piloten direkt und vorsätzlich angegriffen.«

Alya nickte ernst. »Aus diesem Grunde haben ich Sie persönlich hierher gebeten. Sie werden sicher verstehen, daß ich so etwas nicht über öffentliche Übertragungswege verbreiten wollte, nicht einmal in verschlüsselter Form.«

Die Gildeherrin beugte sich herausfordernd vor und stützte sich mit den Händen auf den Tisch. »Die ersten Luzifer-Generationen beschränkten sich darauf, in Brainware einzudringen und dort Daten zu sammeln. Wenn Piloten dabei zu Schaden kamen, stets in geringem Ausmaß, ließ sich das auf einen bloßen Zufall zurückführen. Neuere Generationen scheinen jedoch das Gehirn direkt anzugreifen, und damit ...«, sie atmete tief durch, »sehen wir uns einer neuen Qualität der Luzifer-Bedrohung gegenüber.«

»Können wir denn mit Bestimmtheit davon ausgehen, daß wir es hier mit einem Luzifer-Vertreter zu tun haben?« fragte Kent. Wie stets klang er ruhig und emotionslos. Im selben Tonfall hätte er auch über das Wetter auf Guera diskutieren können. »Gut vorstellbar, daß wir hier einen zweiten Virus erleben, der unabhängig vom ersten, womöglich auch von einer anderen Quelle losgelassen wurde.«

Alya nickte Devlin zu, damit er darauf antwortete.

»Natürlich können wir uns zum gegenwärtigen Zeitpunkt überhaupt nicht sicher sein«, begann der Programmier-Chef. »Wir können jedoch schon jetzt sagen, daß beide Viren aus derselben Quelle stammen. Das läßt sich zweifelsfrei belegen. Uns ist auch bekannt, daß es sich bei Luzifer um ein komplettes selbstevolvierendes Programm handelt. Theoretisch könnte es sich in jede Richtung entwickelt haben, warum also nicht auch in die, die wir jetzt vor uns sehen?« Er schüttelte frustriert den Kopf. »Täglich stoßen wir auf neue Sporen. Vielleicht entdecken wir bei einer die Antwort auf unsere Frage. Der einzige Mann, der über die nötige Visionskraft verfügt, um ein Muster in diesem Durcheinander zu entdecken, befindet sich noch auf dem Transport hierher …«

»Masada«, warf Delhi ein, so als wolle sie für sich selbst herausfinden, was dieser Name in ihr auslösen würde.

Alya nickte. »Ja, Dr. Masada.«

»Ist das nicht der Wissenschaftler, der behauptet, das Outernet sei eine Lebensform?« fragte Delhi spöttisch. »Glauben Sie wirklich, ein solcher Scharlatan könnte uns eine Hilfe sein?«

»Dieser ›Scharlatan‹, wie Sie sich auszudrücken belieben«, entgegnete die Gildeherrin, »ist der Hauptvertreter des Holismus, einer Theorie, die in Wissenschaftskreisen immer mehr an Bedeutung gewinnt. Außerdem behandelt er vornehmlich aus analytischen Gründen das Outernet als Lebewesen … also nicht ganz in der Weise, wie Sie es ihm unterstellen.«

»Und was bringt Sie zu der Überzeugung, daß dieser Professor die Neuentwicklung des Virus besser als unsere eigenen Experten interpretieren kann?« fragte Varsav scharf. »Immerhin besitzen wir hier Heerscharen von Fachleuten.« Er nickte in Richtung Devlin. »Und diese Menschen arbeiten bereits monatelang an diesem Problem. Masada hingegen wird ganz von vorn beginnen müssen.«

»Der Mann fängt nicht von vorn an, sondern hat die Reise genutzt, um an Luzifer zu arbeiten. In den vergangenen fünf Monaten hat er mir regelmäßig Updates seiner Forschung zukommen lassen. Der Umstand, daß er ein halbes Jahr Flug benötigt, um die Außenwelten zu erreichen, bedeutet ja nicht, daß unsere Datenübermittlung ähnlich langsam verlaufen muß. Masada befindet sich also auf dem neuesten Stand. Nur von dieser jüngsten Entwicklung weiß er noch nichts. Wie gesagt, in dieser Frage will ich mich keinerlei Funkverbindung anvertrauen. Und Sie werden auch tunlichst die Finger davon lassen …

Damit zu der Frage, ob Masada uns eine Hilfe sein wird oder nicht. Wir haben lang und breit darüber diskutiert, bevor wir uns dann für ihn entschieden haben. Ich sehe nicht ein, warum wir diese Argumente noch einmal auf den Tisch bringen sollten. Devlin Gaza sagt, wir brauchen ihn, und zu seinem Aufgabenbereich gehört, zu erkennen, wen oder was wir in dieser Hinsicht benötigen. Ich schlage vor, Sie beugen sich seinem Urteil. Ich selbst hege keinerlei Zweifel daran. Doch um letzte Zweifel zu zerstreuen, will ich Ihnen folgendes mitteilen.«

Sie aktivierte in ihrer Brainware ein Icon, und auf den Bildschirmen erschienen neue Displays. Die Gildemeister beugten sich sofort vor.

»Was Sie dort vor sich sehen, ist eine Zusammenfassung der ersten Analysen über das Luzifer-Potential. Wie Sie sofort erkennen werden, hat niemand die jüngste Entwicklung erkennen können … bis auf eine einzige Ausnahme.«

»Masada«, murmelte Ra.

Alya ließ einen Auszug aus den Übertragungen des Wissenschaftlers auf den Monitoren erscheinen. »Und da wir es hier mit echter Evolution zu tun haben, dürfen wir nicht davon ausgehen, daß dieser Virus seine Entwicklung auf die Pfade beschränken wird, die seine Schöpfer für ihn vorgesehen haben. Sein Primärziel besteht natürlich darin, am Leben zu bleiben und sich zu reproduzieren. Und wie alle anderen Lebensformen auch wird der Virus alles unternehmen, um dieses Primärziel zu erreichen.

Deshalb müssen wir uns auch auf die Möglichkeit einstellen, daß dieser Virus, wie viele biologische Infektionen auch, irgendwann feststellen wird, daß ein schwacher oder angeschlagener Wirtskörper seinen Reproduktionszyklus weitaus weniger beeinträchtigen wird. Und im entscheidenden Moment wird er alles tun, um seinen Wirt zu zerstören.«

»Ist das alles?« rief Varsav. »Ein paar Metaphern, aber nichts Konkretes!«

»Metaphern sind die Sprache des Lebens«, knurrte Ra. »Wenn der Luzifer-Virus wirklich lebt, wie unser Professor behauptet, dann darf man von ihm auch in Metaphern sprechen.« Sie hielt kurz inne. »Dieser Masada besitzt eine poetische Ader.«

»Wir reden hier über einen Iru«, wandte Varsav kopfschüttelnd ein.

»Aber seine Frau war auch Iru und Musikerin. Die Musik war ihre Welt. Für sie hätte Luzifer eine Art Diskordanz in einer ansonsten perfekten Symphonie dargestellt. Und vermutlich hätte sie ihn und seine Entwicklung mit den gleichen Bildern beschrieben.« Damit wandte sie sich an die Prima. »Bitte fahren Sie fort.«

»Das war nur eine Stelle aus fast zweitausend Seiten Analyse. Wie man mir versicherte, bedient sich der Großteil dieses Textes Begriffen, denen selbst unsere besten Programmierer kaum folgen können. Worauf ich aber eigentlich hinauswill: Masada hat das, was Sie dort auf dem Schirm sehen, vor fünf E-Monaten geschrieben. Also bevor der Virus seine Mutationen durchlief. Und lange bevor wir auch nur den ersten Hinweis darauf besaßen, daß Luzifer eines Tages unsere Piloten direkt angreifen könnte.«

»Also sollen wir Masada bewundern«, murmelte Delhi durch das Mikrophon an ihrem Hals. »Verstanden. Fahren wir jetzt bitte fort.«

Alya bemerkte, wie Devlin erstarrte. Wie gut er sie doch kannte. Oder, besser gesagt, den Simba. Hatte Delhi sie direkt provozieren wollen, oder hatte sich hier lediglich Altersstarrsinn bemerkbar gemacht? Die Prima erinnerte sich an zu viele ähnliche Gelegenheiten und wollte den Vorfall nicht als bloßen unbedachten Fauxpas abtun. Von nun an wollte sie Delhi scharf im Auge behalten.

»Vielleicht ist Ihnen noch nicht ganz klar geworden«, beharrte die Prima, »daß keiner unserer Wissenschaftler diese Entwicklung vorausgesehen hat! Und vielleicht sollte ich noch einmal betonen, daß wir es mit einem Virus zu tun haben, der aus dem ersten Luzifer entstanden sein könnte. Wir wissen es nicht und können nur feststellen, daß wir mit einer völlig neuen Bedrohung fertig werden müssen. Und besonders an Sie gerichtet, Herrin Delhi, wenn wir diesen Virus nicht bald in den Griff bekommen, können wir zusehen, wie unsere ganze Gilde kollabiert und infolge davon die ganze Zivilisation der Außenwelten vor die Hunde geht.

Das Ainniq-System verbindet die Menschenwelten. Wenn der Transport zwischen ihnen nicht mehr durchzuführen ist, werden wir ein Chaos erleben, wie es seit der Isolations-Periode nicht mehr dagewesen ist!«

Alya legte wieder eine Kunstpause ein, und ihre Pose warnte die Anwesenden, vor allem Delhi, davor, sie zu unterbrechen. »Gildemeister, jemand hat diesen Virus auf uns losgelassen. Dessen ursprüngliche Aufgabe bestand darin, uns auszuspionieren, genauer gesagt, die Programmierung unserer Out-Piloten zu kopieren und an seinen Absender zu übermitteln. Doch seitdem hat der Virus sich fortentwickelt. War das von Anfang an beabsichtigt? Haben die Luzifer-Entwickler ihn nur deshalb ins Outernet aufgespielt, um der Gilde die Daten zu stehlen – oder handelte es sich dabei lediglich um das erste Scharmützel in einem viel weitreichenderen Feldzug? Diese Fragen müssen von uns beantwortet werden, und zwar so rasch wie möglich!«

»Wer hätte etwas von einem solchen Virus?« warf Kent ein. »Ich könnte hier leicht tausend Firmen und Stationen nennen, die gern an unsere Daten gelangen würden … aber einen direkten Angriff auf uns starten? Nein, das würde keiner von denen wollen. Deswegen frage ich noch einmal: Wem würde unser Untergang nutzen?«

»Darauf sollten wir gleich eine Antwort finden. Und ich beauftrage meine fünf höchsten Offiziere damit.« Alya zeigte auf die vier anwesenden Gildemeister und den Platz des fehlenden Hsing. »Bringen Sie mir Ergebnisse. Besorgen Sie sie mir zügig. Ich verlange, daß jedes erdenkliche Motiv durchleuchtet wird, ganz gleich wie bizarr.

Wenn tatsächlich jemand beabsichtigt, die Gilde in die Knie zu zwingen, müssen wir herausfinden, wer davon profitieren würde. Welche Firmen, welche Einzelpersonen, welche Stationen oder welche radikalen politischen Parteien und Gruppen. Fangen Sie mit den Ermittlungen in Ihren eigenen Bezirken an. Später weise ich Ihnen weitere Bereiche zu. Richten Sie Ihr Augenmerk vordringlich auf die isolationistischen Stationen, auf unsere besonderen Freunde, denen es sehr gelegen käme, wenn die Gilde sie nicht mehr anfliegen könnte.

Varsav, in Ihrem Knotenpunkt sitzen die Neue Arier Nation und die Vereinigte Terranische Front. Kent, Sie nehmen sich die Hausman-Liga vor. Mir fallen spontan mindestens zwei Dutzend Stationen ein, die eigens zu dem Zweck gegründet wurden, alle Fremden fernzuhalten. Natürlich könnten es sich die meisten davon nicht leisten, vom Ainniq abgeschnitten zu werden, sind sie doch wie alle Außenwelten auf den Handel und den Nachschub angewiesen, den die Gilde ihnen verschafft. Doch haben sich dort vielleicht Gruppen gebildet, die bereit sind, das alles aufzugeben, wenn dadurch keine weiteren Fremden auf ihr Territorium gelangen.«

Varsav nickte grimmig. »Die Destiny Station haßt die Gilde aus tiefstem Herzen, weil wir ihnen das Gesetz des Universellen Zugangs aufgezwungen haben. Wenn es diese Verordnung nicht gäbe, sagt man dort, hätten sie ihre Heimat für sich allein, so wie es ihnen nach ihrem Geburtsrecht zustünde.«

Die Prima setzte ein grimmiges Lächeln auf. »Eine offene Provokation an alle Menschen, nicht wahr? Aber wir haben es ja nicht nur mit Destiny zu tun. Wie viele Stationen haben sich bis an die Zähne bewaffnet, bloß weil Fremde durch ihr Territorium befördert werden? Fast könnte man meinen, wir bedienten uns noch des alten Hausman-Systems und brächten Verderben über sie. Die Destiny Station steht übrigens ganz oben auf meiner Verdächtigenliste. Die weiteren Plätze können Sie nun auf Ihrem Bildschirm sehen.« Sie blitzte das entsprechende Icon an. »Lassen Sie diese Orte genauestens observieren. Jede Übertragung, jeder Besucher und jeder Abreisende müssen überprüft werden.«

»Das wird aber …«, begann Kent nachdenklich.

»Was? Zu teuer, zu kostenaufwendig? Dann fangen Sie am besten gleich damit dann, damit wir die Angelegenheit möglichst rasch hinter uns gebracht haben. Und bevor der Virus die Chance erhält, noch weiter zu mutieren.«

»Ich erkenne hier auf dem Monitor, daß Sie uns Stationen von anderen Knotenpunkten zugewiesen haben«, erklärte Ra. »Sollen wir uns dabei der Hilfe der örtlichen Gildemeister bedienen?«

»Nein.«

»Warum nicht?« wollte Varsav in beinahe unverschämten Tonfall wissen. »Seit wann trauen wir unseren eigenen Offizieren nicht mehr?«

»Die Prima hat nicht gesagt, daß wir uns auf eine Vertrauensmission begeben sollen«, murrte Delhi. »Keine vorschnellen Schlüsse, bitte.«

»Was ist denn jetzt schon wieder?« platzte es aus Varsav heraus.

Alya wartete, bis die Gemüter sich wieder beruhigt hatten, und alle Blicke sich erneut auf sie richteten. »Ich habe Ihnen ja bereits mitgeteilt, daß Masada die Reise dazu nutzt, an dem Projekt zu arbeiten. Vor einigen Tagen erreichte mich sein jüngster Bericht. Er macht mich darin auf etwas aufmerksam, das mich im ersten Moment zutiefst erschreckt hat. Und so bin ich zu dem Schluß gelangt, daß wir, solange wir nicht mehr wissen, äußerste Vorsicht walten lassen müssen.«

Die Gildeherrin sah die Offiziere der Reihe nach an, diesmal auch Devlin. Mit dem Nantana-Blick, dem nicht die kleinste Geste entging, um dem Betreffenden auf den Grund seiner Seele schauen zu können. Natürlich vertraute Alya diesen Menschen. Sie besaßen die höchste Sicherheitsstufe, und ihre Personal- und Dienstakten wiesen nicht die kleinste Illoyalität auf. Aber die Herrin hatte ihre hohe Stellung nicht durch Unvorsichtigkeit erreicht, und sie würde ihre Position jetzt erst recht nicht durch eine Unachtsamkeit in Gefahr bringen.

Selbst wenn keiner von ihnen Luzifer ins Netz gesetzt haben sollte, so könnte doch der eine oder andere von ihnen etwas damit zu tun haben. Sei es aus privater Gewinnsucht, sei es, um eine alte Rechnung zu begleichen. Gildemeister waren der Gilde in Treue verbunden, aber beim Umgang miteinander schreckten sie nur selten vor Schurkereien und Verrat zurück.

Natürlich ließ Alya diese Konferenz aufzeichnen. Später würde sie die Holos von diesen Personen peinlich genau durchgehen und deren Reaktionen auf ihre Eröffnungen analysieren. Vor allem nach der nun folgenden Ankündigung. Wenn sich überhaupt einer ihrer Offiziere verraten würde, dann am ehesten jetzt.

Ohne die Stimme zu erheben, erklärte die Herrin: »In unseren Reihen könnte sich ein Verräter befinden.«

»Einer von uns?« rief Varsav ungläubig.

»Wer?« wollte Delhi wissen. »Wen beschuldigt der Professor?«

»Unmöglich«, sagte Kent. »Ausgeschlossen.«

Devlin wirkte von allen am meisten schockiert. »Woher will der Mann das wissen?«

»Masada saugt sich nur etwas aus den Fingern«, schimpfte Varsav.

Ra sagte nichts.

»Wenn ich mehr darüber wußte, würde ich Sie davon in Kenntnis setzen«, versicherte die Herrin ihnen. »Jedenfalls haben Direktor Gaza und ich schon vor dieser Sitzung beschlossen, gewisse Daten nicht mehr ins Netz zu schicken, um für unser Projekt ein Maximum an Sicherheit zu erreichen. Aus den gleichen Gründen hält sich Dr. Masada mit weiteren Informationen ziemlich bedeckt. Ich werde mich wohl gedulden müssen, bis er hier eingetroffen ist.

Doch eines kann ich Ihnen schon jetzt mitteilen: Dr. Masada erklärt, seine Analysen des Virus hätten ihn zu der Überzeugung gebracht, daß ein Gildemitglied darin involviert sein muß.«

Wieder schwieg die Prima einen Augenblick lang, um in ihren Gesichtern zu lesen. Noch wirkten alle so wie immer. »Mit anderen Worten, bis zur Ankunft des Professors müssen wir unsere Geheimnisse sorgfältig hüten, sogar vor unseren eigenen Leuten.«

»Sie verlangen von uns zu glauben, daß ein Mitglied die Gilde verraten hat«, meldete Ra sich endlich zu Wort. »Ich halte das für ungeheuerlich.«

»Das habe ich nicht gesagt. Ich mache Sie nur darauf aufmerksam, daß durchaus die Möglichkeit dazu besteht. Wir müssen auf alles gefaßt sein, auch darauf, daß jemand, der die Uniform der Gilde trägt, Informationen über uns weitergegeben hat und das möglicherweise immer noch tut. Vielleicht vorsätzlich, vielleicht nur durch Unachtsamkeit.

Wenn Masada endlich da ist, wird er uns sicher mehr sagen können. Und danach können wir die Situation besser einschätzen. Bis dahin gehen wir allerdings besser vom Schlimmsten aus. Das bedeutet, niemandem zu vertrauen. Nicht einmal den anderen Gildemeistern.« Sie sah Devlin an. »Und auch niemandem in Ihrer Abteilung. Tut mir leid, Ihnen das sagen zu müssen, aber einige Ihrer Mitarbeiter pflegen Kontakte außerhalb der Gilde. Das macht sie in dieser Lage natürlich besonders verdächtig.«

»Einverstanden.« Gazas Miene verdüsterte sich, und Alya kannte ihn gut genug, um den Zorn zu ahnen, der in ihm kochte. Devlin war stolz auf seine Arbeit, und die

Vorstellung, daß einer seiner Mitarbeiter einen solchen Verrat begangen haben könnte, ging ihm sicher an die Nieren. »Verlassen Sie sich drauf: Wenn es in meiner Abteilung ein Sicherheitsleck geben sollte, werde ich es finden.«

Die Herrin nickte. »Also gut. Sie wissen jetzt Bescheid. Meine Damen und Herren, Sie gehören zu meinen zuverlässigsten Mitarbeitern. Alle Erkenntnisse gelangen nur an Sie und Hsing, das gilt auch für Masadas Arbeit. Wenn Sie mir etwas mitzuteilen haben, dann schicken Sie einen Kurier oder suchen mich persönlich auf. Nichts davon darf übertragen werden, auch nicht zwischen unseren Büros. Vergessen Sie bitte nicht, wer immer hinter dem Luzifer-Virus stecken mag, er hat unser Sicherheitssystem bereits einmal überlistet, und wir sollten nicht davon ausgehen, daß er dabei lediglich einen Zufallstreffer landen konnte. Deswegen erhöhen wir unsere Vorsichtsmaßnahmen so weit wie möglich.«

Erneut sah Alya die fünf an und spürte genau, daß sie später bei der Durchsicht der Bänder auf tausend Dinge stoßen würde, die ihren Verdacht hervorriefen. Sie vertraute diesen Männern und Frauen mehr als jedem anderen, aber in dieser Situation konnte sie sich einen solchen Luxus nicht mehr erlauben. Die Herrin würde von nun an auch die hohen Offiziere im Auge behalten. Und beim leisesten Verdacht, daß einer von ihnen ein unehrliches Spiel trieb, würde er die ganze Macht ihres Amtes zu spüren bekommen.

»Sollte die Notwendigkeit entstehen, doch etwas übertragen zu müssen, verwenden Sie dafür diesen Code.« Die Prima nickte Devlin zu, der daraufhin das entsprechende Programm auf die Brainware der Gildemeister lud. Alya lauschte der nun folgenden Stille und war sich der Schwachstellen bewußt, die selbst in dieser

Maßnahme steckten, etwa wenn die Binärcodes der einen Maschine durch das Netz eilten, um eine andere zu erreichen. Konnte jemand in dieser winzigen Zeitspanne Zugang zu diesen Daten erhalten? Und was, wenn sich bereits ein Invasionsprogramm in diesem Raum befand, um die Inhalte ihrer geheimen Zusammenkunft aufzuzeichnen?

Und wie sollten wir dem begegnen? Uns etwa wieder Kabel in die Köpfe stecken, wie man das früher getan hat? Oder uns selbst in unseren Schädeln isolieren, wie das die Terraner heute noch tun? Oder einfach hoffen, daß der Invasor nicht gerade dann unser Gehirn anzapft, wenn wir mit einem anderen in Verbindung stehen? Nein, in solch konstanter Furcht kann man nicht leben. Wenn der Gegner uns dahin treibt, daß wir nur noch mit Paranoia reagieren können, haben wir eine viel größere Schlacht verloren als die gegen Luzifer.

Aber die Herrin spürte die Furcht bereits in ihrem Herzen … und sie ahnte, daß es den anderen nicht besser erging.

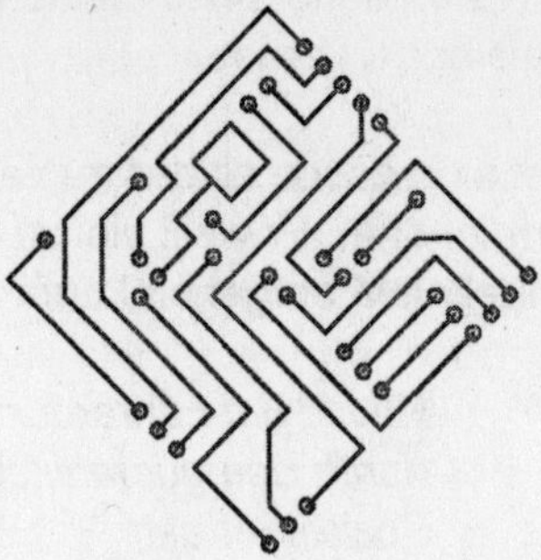

Tensan

Der Tensan ist rastlos und steht unter innerer Spannung. Er fühlt sich getrieben, etwas Bestimmtes zu tun, weiß aber nicht, worum es sich dabei handelt.

Er hat große Angst, so als stehe er davor, etwas ihm sehr Wichtiges zu verlieren, weiß aber nicht, welcher Gegenstand ihm abhanden kommen könnte.

Er verspürt Erregung, so als tue sich ihm ein ganz neuer Horizont auf, aber er hat keine Ahnung, wohin er sich wenden soll, sobald er dort angelangt ist.

Tief in seinem Innern spürt der Tensan, daß sein Leben sich von Grund auf und dauerhaft ändern wird. Aber er versteht diesen Prozeß nicht; denn nur die können den Wandel begreifen, die ihn bereits vollzogen haben.

Er verzehrt sich danach, zu etwas Größerem zu werden, als er bereits ist.

Er fürchtet sich davor, all das zu verlieren, was er bereits erreicht hat. Er weiß viel zu gut, daß er dem Wandel nicht entgehen kann.

KAJA: Ein Führer für Außenweltler durch den gueranischen Sozialkontrakt;
Band 2: Zeichen der Seele

Reijik Knotenpunkt

Reijik Station

Es fiel ihr nicht leicht, sich in ihrem Kopf sozusagen auf die Rückbank zu setzen, damit einer der Anderen die Kontrolle über den Körper übernehmen konnte und dessen Gefühle und Sinneswahrnehmungen in ihr Herz und ihre Seele drangen. Bei den ersten Malen konnte Jamisia nicht viel mehr tun, als sich in das Eckchen ihres Gehirns zurückzuziehen, das man ihr gelassen hatte, und dort lautlos vor sich hin zu jammern und zuzusehen, wie ihr Körper sich bewegte, als sehe sie sich selbst in einem Viddie.

Einige der Anderen behandelten sie freundlich. Einige waren auch sehr rücksichtsvoll. Selbst Derik schien in seiner rauhen Art zu verstehen, daß sein Macho-Gehabe zur Zeit nicht unbedingt angesagt war – konnte doch der schwache Geist dieses Körpers nur mit wenigen Herausforderungen fertig werden. Und im Grunde genommen kam Jamie gut mit ihm aus. Was sie verwunderte, denn sie hatte ursprünglich angenommen, mit ihm so manchen Kampf durchstehen zu müssen. Und sie mußte sich eingestehen, daß er mit seinen groben Manieren, seiner Gewalttätigkeit und mit einer aufgestauten Wut nur einen Bestandteil ihrer selbst darstellte. Wenigstens führte Derik sich nicht so selbstzerstörerisch auf wie Zusu. Nein, der Junge gehörte eindeutig zu den angenehmeren Anderen.

Verina war ihr ebenfalls lieb. Sie gab sich zwar kalt und unnahbar, wußte aber eine ganze Menge. Manchmal, wenn Jamisia vor Angst weder ein noch aus wußte, ertönte Verinas leise Stimme und gab ihr guten Rat. Wie zum Beispiel damals, als Zusu zum ersten Mal übernommen hatte … Jamie hatte entsetzt mitansehen müssen, wie diese Facette ihrer Persönlichkeit das Taschenmesser nahm und sich damit gezackte Linien in den Arm schnitt.

Selbsthaß, induziert von den Shido-Schuften, hatte Verina ihr zugeflüstert, während das Blut über die Haut lief. *Ohne Zusu besäße der keinen Ausfluß und würde dich irgendwann überkommen.* Jamisia sah erschrocken zu und ließ sich von der kühlen Stimme beruhigen. *Keine Sorge, wir lassen sie nie zum Äußersten gehen.*

Warum haben sie auf Shido das mit uns getan? fragte sie die Anderen. Die junge Frau sammelte alle nur greifbaren Teilchen, um sich ein Gesamtbild zu verschaffen. Mittlerweile hatte sie herausgefunden, was man ihr und den Anderen im Habitat angetan hatte. Aber das Motiv war ihr noch nicht klar.

Darauf gaben die Anderen nie eine Antwort.

Erstaunlicherweise kannten die Anderen sich untereinander ziemlich gut, so als seien sie Mitglieder in einem Geheimclub … und Jamisia hatte das Gefühl, gerade erst darin aufgenommen worden zu sein. Sie mußte noch die Regeln lernen und herausfinden, worum es in diesem Club eigentlich ging. Und das trieb sie noch in den Wahnsinn.

Die schlimmste von allen war Katlyn. Dabei wies sie weniger psychische Instabilität auf als der Rest; im Gegenteil, man mußte ihr unbedingt geistige Gesundheit zugestehen. Auch versuchte Katlyn nie, die Kontrolle an sich zu reißen, sondern wartete damit immer ab, bis sich eine geeignete Gelegenheit ergab. Und das konnte man wahrlich nicht von allen in ihrem Kopf sagen. In ihrer Gier, das Leben endlich in all seinen Spielarten kennenzulernen, rangen sie oft darum, den Körper zu übernehmen, und stießen Jamie auch dann in ihre Ecke zurück, wenn ihr das am wenigsten paßte.

Nicht so Katlyn. Die wartete immer, bis sich eine Gelegenheit ergab. Und genau das jagte Jamie solchen Schrecken ein. Sie errötete immer noch, wenn sie an Katlyns letzte Eskapade dachte. Justin und sie hatten sich im hydroponischen Garten getroffen, und er hatte den Zugang versperrt, damit niemand sie stören könnte. Und dann, inmitten all der exotischen Düfte, als der erhöhte Sauerstoffanteil Jamisia zu Kopf stieg, war Katlyns ungezügelte Hitze erwacht ... Gott, Jamie wußte nicht, was sie mehr beschämte: das, was ihr Körper getan hatte, oder das, was sie dabei empfunden hatte. Schon bei der Erinnerung daran fing sie wieder an zu zittern.

Im Grunde geht es Katlyn nur um Macht, flüsterte Verina. *Sex ist für sie lediglich ein Vehikel dazu. Eigentlich will sie die Mauern durchstoßen, die uns einschränken, und damit den Bemühungen der Ärzte trotzen, die unsere Freiheit ersticken wollten.*

Aber an dem Sex schien doch mehr zu sein. Jamie erlebte ihn in ihrer unerfahrenen Seele als etwas Rohes und Überwältigendes, als etwas, dem man sich nicht entziehen konnte. Auch hatte sie mittlerweile erfahren, daß ihr Körper selbst gar nicht so unerfahren war. Wenn Katlyn der Sinn danach stand, erzählte sie von ihren Abenteuern im Habitat ... Jamisia konnte sich an keinen einzigen dieser Vorfälle erinnern, weswegen sie sich deswegen nicht zu schämen brauchte. Ganz anders hingegen das, was Katlyn heute trieb.

Wir sind jetzt ein Team, entgegnete die Andere mit der gleichen verführerischen Stimme, mit der sie sonst

Männer in ihr Netz lockte. *Und so gefällt es mir auch viel besser. Keine Ärzte, vor denen man sich verstecken muß, und keine Geheimnisse, die bewahrt werden wollen … Also entspann dich, lehn dich zurück und genieße.*

Lusterfüllte Erinnerungen. Schändliche Erinnerungen.

Ihr müßt zusammenarbeiten, hatte der Tutor ihnen in der DREAMSCAPE-Vision aufgetragen – eine der vielen, die man ihrem Gehirn eingepflanzt hatte. Jede Nacht träumte sie mittlerweile etwas Neues, um durch die Zeit des Übergangs geführt zu werden. *Das ist eure einzige Hoffnung.*

Tränen standen ihr in den Augen. *Ja, ich will es versuchen. Ernsthaft.*

Teamwork …

»Jamie?«

Sie sah von ihrer Reisetasche auf und entdeckte Justin in der Tür. Wie stets löste sein Erscheinen Röte auf ihren Wangen aus. Jamisia wartete, daß Katlyn übernahm – denn eigentlich war der junge Mann deren Geliebter und nicht ihrer –, aber sonderbarerweise verhielt sie sich still. Ein gutes Zeichen – oder das genaue Gegenteil?

»Komm doch herein.«

Die junge Frau war gerade am Packen gewesen. Ihre gesamte Habe paßte in zwei Reisetaschen. Trotz der vielen verlockenden Angebote an Bord des Metroliners hatte sie sich nur sehr wenig gekauft. Ihre bescheidenen Mittel hatten sie sehr oft im letzten Augenblick zurückschrecken lassen. Meist hatte sie ihren Kleiderbestand aufgefrischt oder das eine oder andere Schmuckstück gekauft, das sich zu möglichst vielen Sachen tragen ließ.

Von den Modeströmungen, die in Intervallen an Bord eines solchen Schiffs aufkamen, hielt sie sich zurück. Keine Musikstücke – die, die sie von Shido mitgebracht hatte, mußten reichen. Keine Bücher – dafür gab es auf dem Liner genügend Büchereien, wo sie für sich und die Anderen etwas ausleihen konnte: Illustrierte für Katlyn, Krimis für Verina, Kampfsportzeitschriften für Derik oder Weltraumabenteuer für Raven – oder andersherum? Nun, da sich so viele ihr Bewußtsein teilten, herrschte in ihrem Gehirn das reinste Chaos.

Einen Augenblick lang sah es so aus, als wolle Justin auf sie zukommen und sie küssen. Jamisia riß sich zusammen, um nicht vor ihm davonzulaufen. Irgendwie fand sie ihn ja auch nicht übel. Und zu einer anderen Zeit hätte sie sich durchaus vorstellen können, etwas mit ihm anzufangen. Aber die Erinnerungen an ihr unfreiwilliges intimes Beisammensein mit ihm ließen sie stets zusammenzucken, wenn er sie berührte.

Verdammt, wo blieb Katlyn?

»Wir müssen reden«, sagte Justin nur.

Jamie wollte ihm schon sagen, daß der Abschied ihr genauso schwerfiele wie ihm, als sie in seine Augen schaute und keinen Ton mehr hervorbrachte. Nein, dem jungen Mann ging es nicht darum, daß der Metroliner nächste Woche sein Ziel erreichen würde. Und er schien auch nicht darüber klagen zu wollen, daß ihr Leben dann in verschiedenen Bahnen verlaufen würde (was Jamie mit Erleichterung und Katlyn mit Frust erfüllte). Außerdem hatten sie schon dutzendmal darüber gesprochen.

Justin hatte offenbar etwas viel Wichtigeres auf dem Herzen.

»Also gut.« Sie ließ sich auf der Bettkante nieder und wußte nicht so recht, worauf sie sich jetzt einstellen sollte. »Dann schieß los.«

»Nein, nicht hier.« Er sah sich nervös in der kleinen Kabine um und zeige dann nach draußen. »Komm mit.«

Verwirrt folgte Jamisia ihm auf den Flur hinaus. So wie heute hatte Justin sich noch nie aufgeführt. Sie fragte kurz die Anderen um Rat, erhielt von ihnen aber keine Antwort. Offenbar konnten sie mit diesem Verhalten auch nichts anfangen.

Sei vorsichtig, warnte Derik Jamie, als sie schweigend (nun ja, wenigstens nach außen hin) hinter dem Jüngling herlief.

Ein Passagier sollte nach dreijähriger Reise einen Metroliner eigentlich in- und auswendig kennen. Sollte man meinen. Aber Justin brachte sie an einen Ort, den sie noch nie gesehen hatte. Einmal benutzte er seine persönliche Karte, um eine versiegelte Tür zu öffnen; ein anderes Mal blieb er reglos vor einer Luke stehen – Jamie vermutete, daß seine Brainware gecheckt wurde.

Nach einer Weile gelangten sie in einen Teil des Schiffs, in dem sich keine Passagiere aufhielten. Leere Gänge und Türen, die sich nur durch ihre Nummer voneinander unterschieden, erwarteten sie an diesem kalten und wenigen angenehmen Ort. Jamie flößte diese Sektion Angst ein. War sie etwa schon einmal hier gewesen? Hatte man sie in diese Abteilung gebracht, um sie medizinisch zu untersuchen und zu entscheiden, ob man sie mitnehmen könne? Verina schien zu jenem Zeitpunkt die Kontrolle innegehabt zu haben und hatte sich alles eingeprägt, was es hier zu sehen gab …

Wie anders es mittlerweile in Jamies Gedächtnis aussah, nun da sie auch über die Erinnerungen der Anderen verfügte. Ob sie sich wohl je daran gewöhnen konnte?

»Hier hinein.«

Justin öffnete eine Tür zu einem kleinen Konferenzraum. Nach kurzem Zögern folgte Jamie ihm. An der einen Wand stand ein Tisch und ein paar Stühle, an der anderen war eine Computerkonsole angebracht. Keine Bilder, keine Beschriftungen und keine Spur davon, daß jemand sich hier noch vor kurzem aufgehalten haben könnte.

Der junge Mann schloß die Tür hinter ihnen, lief dann durch den Raum und schaute in alle Ecken. Dabei hielt er einen Sensor in der Hand, auf den er immer wieder schaute. Endlich schien Justin zufrieden zu sein. »Alles sauber«, murmelte er und steckte das Gerät wieder ein. Dann lehnte er sich gegen den Computer und sah die junge Frau an.

»Was soll das heißen?«

»Die meisten Sektionen des Schiffs können überwacht werden. Ich habe die entsprechenden Anlagen in diesem Raum ausgeschaltet. Frühestens morgen werden sie dahinterkommen.«

»Soll das bedeuten ...« Die plötzliche Erkenntnis traf sie wie ein Hammerschlag, »daß auch meine Kabine ...«

»Ich habe gesagt, ›können‹. Normalerweise ist die Privatsphäre unserer Passagiere oberstes Gebot. Glaub mir, an Bord würde eine Revolution ausbrechen, wenn wir uns nicht daran hielten. Aber der Captain-General hat das Recht, jemanden zu observieren, wenn die Sicherheit des Schiffs das erforderlich machen sollte. Deswegen sind alle Räume mit entsprechender Hardware ausgestattet. Aber mach dir keine Sorgen«, fügte er rasch hinzu, als er den Schrecken in ihren Augen sah. »Ich weiß zufällig genau, daß deine Kabine nie ausgespäht worden ist.«

»Aber vorhin warst du dir da nicht mehr so sicher«, entgegnete sie, und ihr Herz klopft immer lauter.

Justin zögerte, ehe er antwortete: »Sagen wir einfach, ich wollte kein Risiko eingehen.«

Damit stellte er sich vor sie und zog ein zusammengefaltetes Plastikblatt aus der Jacke. »Das ist heute eingegangen. Meine Eltern wissen nichts davon.«

Jamisia starrte ihn an, nahm das Schreiben, faltete es auseinander und las.

An Captain-General von Erd-Metroliner Aurora:

Nach uns vorliegenden Erkenntnissen hält sich unter Ihren Passagieren eine Flüchtige auf. Ihr richtiger Name lautet Jamisia Shido, und sie steht unter dem dringenden Verdacht, an der terroristischen Sabotageaktion vor drei Jahren beteiligt gewesen zu sein, in deren Verlauf das Shido-Habitat vernichtet wurde. Wir müssen sie unbedingt verhören und haben bereits alle Zugangsstationen der Erde informiert, Ausschau zu halten, ob Jamisia bei ihnen eintrifft. Selbstredend wären wir Ihnen für Ihre Mitarbeit zu großem Dank verpflichtet.

Die Shido hat nicht bereits beim Start der Aurora das Schiff bestiegen, sondern muß während der Reise zu Ihnen gestoßen sein. Sie ist mittlerweile neunzehn Jahre alt, und wir haben diesem Fahndungsbrief ein Foto aus der Zeit beigefügt, als sie noch auf dem Habitat lebte. Des weiteren finden Sie in der Sendung ein Computer-Update von ihrem vermutlichen heutigen Aussehen.

Uns liegen keine eindeutigen Erkenntnisse über die Brainware vor, die sie trägt. Leider kann sie also über diesen Weg nicht identifiziert werden. Aber wir haben alles mitgeschickt, was Ihnen sonst weiterhelfen könnte: Fingerabdrücke, Retina-, DNS- und Betawellen-Muster. Wir hoffen sehr, daß diese Unterlagen ausreichen, ihrer habhaft zu werden.

Wir bedauern außerordentlich, keinen Agenten auf der Station zu haben, der die Shido gleich in Empfang nehmen könnte. Glauben Sie uns bitte, eine solche Lösung wäre für alle Beteiligten die beste. Daher müssen wir Sie bitten, Jamisia zur Erde zurückzubringen, damit sie in drei Jahren dort den Behörden überstellt werden kann.

Sollte das unmöglich sein, ersuchen wir Sie, uns die Station zu nennen, zu der sie verschifft wird, und die dortigen Stellen zu benachrichtigen.

Wir bedanken uns im voraus für Ihre Mühen und verbleiben …

Jamie las das Schreiben zweimal und dann auch die Unterschrift: Earth Central Security and United Habitat Defense. Die beiden mächtigsten Sicherheitsorganisationen im Bereich der Erddomäne. Man wollte sie, und zwar dringend.

Urplötzlich kehrten all ihre alten Ängste zurück. Jamie wäre am liebsten davongelaufen und hätte sich irgendwo versteckt. Aber wohin auf diesem Schiff? Also zwang sie sich zur Ruhe, atmete tief durch, gab Justin das Blatt zurück und wartete.

»Nun?« fragte er leise.

Sie schluckte.

»Jamie?«

»Was willst du denn von mir hören?« entgegnete sie, um Zeit zu gewinnen. Gott, sie hatten alles mitgeschickt. Retinamuster, Betawellen … einfach alles. Kein großer Aufwand für die Linerbesatzung, sie zu scannen. Sie saß in einer Falle, aus der es kein Entrinnen gab.

»Erzähl mir, was du darüber weißt«, forderte der junge Mann sie auf. »Hilf mir, das alles zu verstehen.«

In wie vielen Träumen hatte der Tutor sie vor dem

Feind gewarnt? Wie oft hatte er ihr im DREAMSCAPE gesagt, daß ihre Brainware für Shidos Konkurrenten ein Vermögen wert sei und daß sie alles unternehmen würden, um derer habhaft zu werden? Wie töricht von ihr, sich hier auf dem Metroliner sicher zu fühlen! Anscheinend hatte sie das erste Gesetz des In-Raums vergessen: Menschen können nur langsam reisen, Daten aber mit Lichtgeschwindigkeit.

Die Daten hatten sie eingeholt.

»Jamie?«

Sie atmete nochmals tief durch und suchte nach einer plausiblen Lüge. Aber was konnte sie ihm sagen? Wie weit durfte sie ihm vertrauen? *Erzähl ihm alles,* drängte Katlyn, aber darauf wollte Jamisia nicht hören. Der Anderen saß der Verstand mal wieder zwischen den Beinen.

»Ja, ich stamme von Shido«, sagte sie langsam, und jedes Wort bereitete ihr Mühe. »Zumindest der Punkt stimmt.« Wie konnte sie ihn offen anlügen, und was würde er sofort durchschauen? Und woher sollte sie wissen, was alles in der Anlage enthalten war? Womöglich hatte Justin ihr längst nicht alles offenbart. Am sichersten erschien ihr jetzt, ziemlich dicht an der Wahrheit zu bleiben.

»Ungefähr zu der Zeit, als die *Aurora* von der Erde startete, kam es auf dem Habitat zu einer feindlichen Übernahme. Die Station wurde zerstört, und ich ...« Jamie sah ihn an und erkannte, daß er darüber informiert war, was mit Shido geschehen war. *Er hat sich erkundigt, bevor er zu mir gekommen ist.* Tränen traten in ihre Augen.

»Nun, ich konnte entkommen«, fuhr sie schließlich fort. »Jemand ... jemand aus meiner Familie ermöglichte mir, den Liner zu erreichen, damit ich zu meinen

Verwandten in den Außenwelten gelangen kann …« Noch einmal atmete sie tief durch. »Mein Vater arbeitete im Forschungsteam von Shido. Er hat mir oft von seiner Arbeit erzählt, und …« Die erste Träne rollte über die Wange und verriet ihre Angst. Jamie beschloß, sie zu ihrem Vorteil zu nutzen.

»Er ist tot«, schluchzte sie. »Kam bei den Explosionen um. Meine ganze Familie lebt nicht mehr.«

Jamie ließ nun ihren Tränen freien Lauf, und das nicht nur, um ihn weichzuklopfen. So lange war es her, seit sie alles verloren hatte. Hier auf dem Schiff hatte sie alles nur in sich hineingefressen.

Gut so, klasse, Mädchen, lobten die Anderen. *Laß die Tränen fließen. Gleich hast du ihn soweit.*

Und Justin reagierte in der gewünschten Weise. Er nahm sie in die Arme und hielt sie fest. Die Berührung kam ihr eigenartig vor, war er ihr selbst doch immer noch ein Fremder. Aber seine Wärme fühlte sich angenehm an, und erste Hoffnung sproß in ihr.

Verina kam ihr jetzt zu Hilfe und gab Jamie Antworten ein, die sie ohne auffälliges Zögern von sich zu geben versuchte: »Dads Forschungen unterstanden der höchsten Geheimhaltung. Shidos Konkurrenz würde ein Vermögen dafür bezahlen. Ich kenne natürlich nicht alle Details, weiß aber genug, um –« *Vorsicht!* warnte Derik. »Um mich vor den anderen Konzernen zu fürchten. Sie glauben bestimmt, daß ich wertvolle Informationen besitze – aber dem ist nicht so, ganz sicher nicht … Aber werden sie mir das glauben?«

Sie schaute Justin in die Augen und bemühte sich, den dringenden Wunsch nach männlicher Hilfe in diesen Blick zu legen. »Die Konkurrenz wird überall nach mir suchen, um mich auf die Erde zurückzubringen. Und sobald ich mich auf Terra befinde, gibt ihnen das herrschende Gesetz jedes Recht, in meinem Gehirn nachzusehen. Und dann werden sie … werden sie …« Sie schluckte mehrmals. »Das Verfahren ist nicht unbedingt sicher für mich. Gut möglich, daß ich …« Jamie zögerte, weil sie nicht zu haarsträubend klingen wollte. *Ach was! Jetzt steh es auch bis zu Ende durch!* »… daß ich diese Untersuchungen nicht überleben würde!«

Der junge Mann betrachtete das Schreiben nochmals und schien ihre Worte gegen die Signaturen der offiziellen Stellen abzuwägen. *Er gehört nicht zu den Konzerntypen,* stellte Verina nüchtern fest.

Wahrscheinlich irgendwo auf den Außenwelten aufgewachsen. Was du ihm erzählst, kommt ihm wohl eher vor wie aus einem Viddie. Vermutlich weiß er nicht genug über die Erdgesetze, um darüber zu urteilen, ob deine Ängste begründet sind oder nicht …

… Aber das kann auch unser Vorteil sein, meldete sich Derik. *Tapferer jugendlicher Held rettet junge Frau aus den Klauen des teuflischen Syndikats.* Irgendwer fing an zu kichern. *Scheiß drauf, uns bleibt keine andere Wahl. Mach weiter damit, Mädchen.*

Justin faltete das Blatt langsam wieder zusammen. Jamie beobachtete ihn angespannt und wagte nicht zu fragen, was er nun dachte oder beabsichtigte.

»Wenn du bei deinen Verwandten in den Außenwelten angekommen bist, befindest du dich dann in Sicherheit?« fragte er schließlich.

Ihr Herz klopfte so laut, daß sie schon befürchtete, nur die Hälfte seiner Worte verstanden zu haben. »Ja, ja, bestimmt. Die irdischen Gesetze gelten in den Außenwelten nur bedingt. Sobald ich dort bin, können die Konzerne mir kaum noch etwas anhaben.«

Er schwieg.

»Justin?«

»Meine Eltern haben das hier noch nicht gesehen.« Er ließ das Amtshilfeersuchen in der Jacke verschwinden, und ein leises Lächeln breitete sich auf seinen Lippen aus. »Ich schätze, das müssen sie auch nicht, oder?«

Super! jubelte Zusu, und Derik rief: *Du hast es geschafft, Mädchen!*

... Noch nicht, warnte Katlyn, er hat dir nur ein Angebot gemacht, aber das ist noch nicht beschlossene Sache.

Jamisia konnte sich bei all den Stimme in ihrem Kopf kaum noch auf ihre eigenen Gedanken konzentrieren. »Und wenn noch mehr solche Schreiben kommen?« fragte sie nervös. »Wenn sie es nicht bei diesem einen Ersuchen belassen?«

Er nahm sie wieder in die Arme und zog sie an sich. »Keine Bange, ich passe schon auf. Niemand auf diesem Schiff wird dich ausliefern, das garantiere ich dir.«

Justin küßte sie, und sie spürte, wie ihr die Kontrolle entglitt. *Wehr dich nicht dagegen, Jamie, laß los ...«* Sie gehorchte und sank zurück um derjenigen den Platz zu überlassen, die sich mit solchen Situationen besser auskannte und daraus ihren Nutzen zu ziehen verstand.

»Mein Held«, hauchte Katlyn.

Das Aussteigen vollzog sich überraschend unproblematisch, vor allem wenn man bedachte, wie viele tausend Menschen den Liner verließen. Diese Leistung erschien noch gewaltiger, wenn man sich vor Augen hielt, daß die Flugbegleiter in solchen Dingen kaum Erfahrung besaßen. Nach zwei Rundflügen hatte man als Steward soviel verdient, daß man sich beruhigt aus dem Dienst verabschieden konnte. Nur selten liebte jemand die Raumfahrt so sehr, daß er länger an Bord blieb. Natürlich wurde jede verfügbare Kraft bei diesem Manöver eingesetzt, und folglich bekam Jamie auch Justin nicht zu Gesicht.

Wer weiß, wozu das gut ist?

Der Antrag von der Erde steckte in ihrer Tasche, zusammen mit zwei weiteren, die später eingetroffen waren. Shidos Konkurrenten schienen nicht aufgeben zu wollen. Die junge Frau wagte nicht, darüber nachzudenken, was mit ihr geschehen würde, wenn diese Feinde Erfolg mit ihren Bemühungen hätten. Der Tutor hatte ihr im DREAMSCAPE-Programm alles mögliche mitgeteilt, nur nicht, was die Konkurrenten mit ihr anzufangen gedachten oder hinter was sie eigentlich her waren. Jamie sagte sich, daß der Tutor ihr nichts davon hatte verraten wollen, weil er befürchtete, daß sie mit diesem Wissen nicht fertig werden könnte.

Also werde ich es eben nie erfahren, dachte Jamisia, als sie zum letzten Mal die Kabinentür hinter sich schloß. *Und ich werde bestimmt nicht so blöd sein, auf die Erde zurückzukehren und Nachforschungen anzustellen.*

Es hieß, von den Stationskuppeln aus könne man einen Blick auf den Ainniq werfen. Aber als normaler Mensch hatte man dort wenig Chancen, weil alles an die Fenster drängte. Etliche Varianten rannten an ihr vorüber, um den Ausblick zu genießen. Alegonki mit langen, spinnenartigen Beinen, die sich hoch über die anderen erheben konnten; Salvationer, die mit ihren Klebfüßen leicht an den Scheiben hinaufzuklettern vermochten. Und auch andere, die aufgrund irgendeines körperlichen Vorteils gute Chancen auf eine hervorragende Sicht hatten. Auch ein paar Echtmenschen waren darunter, die auf ihr Glück bauten, einen Blick auf das wunderbarste aller Naturphänomene werfen zu können, auf den Riß im All, der den Menschen den Weg zu den Sternen ermöglicht hatte.

Wir sollten uns das auch ansehen, drängte Raven, aber die Anderen überstimmten sie. Derik faßte die vorherrschende Meinung zusammen: *Dafür haben wir jetzt wirklich keine Zeit, verdammt noch mal!*

Und Jamisia? Sie konnte an nichts anderes denken, als heil von diesem Liner zu kommen und allen weiteren Gefahren aus dem Weg zu gehen. Offensichtlich war die Mehrheit der Anderen damit einverstanden, denn von nun an hörte sie keine Einwände mehr.

Jamie hatte sich beide Taschen über die Schulter gehängt. Eine ziemliche Plackerei, aber leider unumgänglich. Sie wollte nicht noch mehr Zeit an der Gepäckkontrolle verlieren, wo zehntausend Menschen gleichzeitig versuchten, ihre Habe an sich zu bringen. Auf jedes Pfund Gepäckübergewicht wurde eine saftige Gebühr berechnet, aber das hatte viele nicht davon abgehalten, ihren gesamten Hausstand mit auf die Reise zu nehmen. Und für die Reichen spielte die Zusatzgebühr ohnehin keine Rolle. Davon abgesehen handelte es sich bei den meisten Passagieren um Auswanderer, die nie mehr auf die Erde zurückwollten. Und von denen konnte man kaum erwarten, irgendwelche wichtigen Gegenstände auf Terra zurückzulassen.

Jamie begegnete etlichen Reisebegleitern, die Servowagen voller Möbel und sonstigen Einrichtungsgegenständen bedienten. Und all dieses Zeugs stammte aus den Kabinen. Gott allein mochte wissen, was sich noch alles in den Frachträumen befand.

Einfach verrückt, dachte sie, während sie versuchte, in diesem allgemeinen Wahnsinn den Weg nach draußen zu finden. Derik hatte eine andere Bezeichnung dafür, die aber nicht zu Jamisias normalem Vokabular gehörte. Sie spürte, wie er einige Male nach oben drängte, wenn es in dem Gedränge kein Durchkommen mehr zu geben schien, aber er übernahm sie nicht. Der Junge mußte eine schwere Zeit durchmachen, denn Geduld gehörte nicht zu seinen starken Seiten. Die Anderen schimpften mit ihm, aber er ließ sich nichts gefallen. Der Streit in ihrem Kopf trug nicht eben dazu bei, ihre Nerven zu beruhigen.

Vielleicht ist inzwischen noch eine Nachricht von den Feinden eingegangen, dachte die junge Frau, als sie in die Transportröhre stieg. Der überladene Zug startete mit einem Ruck. *Womöglich warten sie draußen schon auf mich.* Wenn Justin nicht alle Schreiben hatte abfangen können? Oder wenn die Freunde sich vielleicht mit der hiesigen Station in Verbindung gesetzt hatten und die Polizei schon bereitstand, sie zu verhaften?

Schwer vorstellbar, entgegnete Verina. *Zuerst schleust man uns durch die Einwanderungsbehörde, und die wird von der Gilde bemannt. Ich bezweifle, daß Gueraner mit irdischen Konzernen zusammenarbeiten werden. Und die Konzerne können es sich kaum erlauben, die Gilde zu belügen. Die Folgen wären zu schwerwiegend.*

Jamie war noch nicht ganz überzeugt. *Sind Gildemitglieder denn vollkommen unbestechlich?*

Die Andere schien zu lächeln. *Nein, sicher nicht. Aber sie hassen die Erde wie niemand sonst, und deswegen brauchen wir kaum zu befürchten, daß einer von ihnen sich so weit herablassen würde, sich zum Büttel der Konzerne machen zu lassen.*

In ihrer Angst fielen Jamie tausend Gegenfragen ein. *Aber wenn sie Terra so sehr hassen, warum sind sie dann hier? Schließlich haben die Gueraner allen Menschen den Ainniq erschlossen. Ohne sie hätte kein Terraner das Sol-System verlassen können.*

Verina schien darüber nachzudenken. *Eine gute Frage.*

Und Derik fügte hinzu: *Hat mit der gueranischen Ethik zu tun. Was immer man sich auch darunter vorzustellen hat.*

Endlich erreichte sie den Ausgang und gelangte in eine Halle. Jamie stellte sich in die richtige Reihe, hängte sich die Reisetaschen anders um und reichte dem Beamten ihre ID-Karte. Er warf einen Blick darauf, nickte und gab sie ihr zurück.

»Überprüfung«, ordnete der Mann an, und im ersten Augenblick wußte sie nicht, was er von ihr wollte. Dann sah sie die kleine Scheibe, die er ihr hinhielt. Jamisia preßte sich das Stück an die Schläfe und rief das Brainware-ID-Programm auf, das ihre persönlichen Daten in den Empfänger einspeiste. Natürlich falsche Daten. In den letzten Monaten hatte sie gemäß den DREAMSCAPE-Instruktionen die ID-Programmierung verändert.

Offensichtlich hatte Jamie gute Arbeit geleistet, denn der Beamte nickte nur, nahm die Scheibe zurück und winkte sie weiter. Als sie sich in Bewegung setzte, lächelte er. »Ein Hauck 9200? Da haben Sie ein wirklich tolles Stück im Kopf.« Die junge Frau lächelte matt zurück und wußte nicht, was sie sagen sollte. Wie könnte sie auch, wußte doch nur Gott allein, was sie tatsächlich im Kopf trug. Und wenn man bedachte, daß ihre Brainware auf ein Dutzend verschiedener Persönlichkeiten mit jeweils eigenen Bedürfnissen reagieren mußte, war es doch verwunderlich, daß sich in ihrem Schädel überhaupt noch Platz für organische graue Zellen fand.

Jamisia passierte mehrere Kontrollen und wurde nirgends länger aufgehalten. Schon entspannte sie sich ein wenig, obwohl die Anderen immer noch zur Vorsicht mahnten. Himmel, wenn sie diese Bande doch nur für eine einzige Stunde zum Schweigen bringen könnte? Nur für eine Stunde!

Dann schob man sie in einen kleinen Raum, in dem

sich zwei Personen aufhielten. Eine davon war eine Frau, deren rechter Arm und rechtes Bein seltsam verdreht aussahen.

Der andere war Gueraner.

Ein Mann von einer unglaublich dominanten Ausstrahlung. Erst auf den zweiten Blick erkannte man, daß er über eine durchschnittliche Statur verfügte und auch sonst nur wenige Besonderheiten aufwies. Der Gueraner war von Kopf bis Fuß in Schwarz gehüllt, so daß man nichts von seinen Körpermaßen erkennen konnte.

Noch während Jamisia der Atem stockte, ahnte sie bereits, woher die merkwürdige Ausstrahlung des Mannes stammte. Er wirkte nicht durch seine äußerliche Erscheinung, sondern besaß wirkliche Macht. Ein Wort von ihm reichte aus, ihr die Freiheit zu geben oder ihr den Ainniq zu versperren. Ebenso wie es seine Rasse bestimmte, Planeten in die Gemeinschaft der Menschenwelten einzufügen oder sie auf immer auszusperren.

Und erst sein Gesicht ... Ein Blick darauf reichte ihr schon, um zu erkennen, daß es sich bei den schwarzen Linien auf seinen Zügen – sie erinnerten stark an die barbarischen Tätowierungen, die die primitiven Menschen vor Einführung der interstellaren Reise getragen hatten – um eine Kommunikationsform handelte, die mindestens ebenso ausdrucksstark war wie eine gesprochene Sprache und von manchen als der Telepathie überlegen angesehen wurde.

Die junge Frau fühlte sich verloren und wußte nicht, was sie dem Mann sagen sollte.

Der Gueraner schwieg zunächst, doch Jamie glaubte die Transmission zu spüren, die ihn mit dem Schiffscomputer verbanden. Dann sagte er nur: »Jamisia Capra?«

Sie nickte. Die erste Hürde schien genommen. Vielleicht ahnten die beiden ja, daß sie in Wahrheit anders hieß, doch lagen ihnen keine Erkenntnisse dafür vor.

»Die medizinischen Berichte ...« Wieder schwieg der Gueraner. Jamie war nicht schon auf der Erde an Bord gegangen, sondern erst später zur *Aurora* gestoßen. Deswegen lag über sie auch kein so umfangreiches Dossier vor wie über die anderen Passagiere. Doch die Tests, die man an Bord mit ihr durchgeführt hatte, mußten eigentlich den gueranischen Anforderungen Genüge tun.

Diese Rasse führte eine Liste mit etwa fünfzig Krankheiten oder medizinischen Konditionen, die dem Befallenen eine Reise durch den Gilderaum unmöglich machten. Die Gueraner gaben an, es handele sich dabei um extrem ansteckende Krankheiten, die verheerend unter den Bevölkerungen der Außenwelten wüten würden, hätten die im Lauf der Jahrhunderte doch ihre natürliche Immunität verloren. Kritiker der Gilde behaupteten dagegen, nicht nur Krankheiten würden ausgesondert, sondern auch bestimmte Genotypen. Man nehme nur die physischen und mentalen Typen der Erde mit auf die Reise, die genehm seien, und schicke den Rest wieder nach Hause.

Jamie hielt wieder den Atem an und erwartete sein Urteil.

»Sauber«, sagte der Gildevertreter nur. Dann hielt er ihr eine Scheibe entgegen. »Nur zur Bestätigung, Miss Capra.«

Jamisia streckte einen Arm aus, und er fuhr mit dem DNS-Sensor darüber. Die Scheibe summte erst leise und dann lauter. Die junge Frau hatte keine Ahnung, ob das für sie gut oder schlecht war, aber er schien damit zufrieden zu sein.

»Gut.« Der Gueraner zeigte auf die Tür. »Alles ist in Ordnung, Miss Capra. Bitte gehen Sie weiter.«

Die junge Frau zögerte kurz und verließ dann den Raum. Dabei mußte sie an der Variantin mit der verkrüppelten rechten Seite vorbei. Die Frau sah sie eigenartig an, sagte aber nichts und hielt sie auch nicht auf.

Damit hatte Jamisia alle Formalitäten hinter sich und konnte die Ankunftshalle verlassen. Draußen beluden Gueraner gerade einen Bus, in dem bereits zwanzig oder dreißig Passagiere Platz genommen hatten. Sie ließ sich beim Einsteigen helfen und fand einen freien Sitz am Fenster. In der Ferne funkelten die Sterne, und zwischen ihnen … war das schon alles, das bißchen Strahlenflackern? Bot der Ainniq keinen großartigeren Anblick?

Wir haben es geschafft! schrien die Anderen im Chor. Zum ersten Mal schienen alle einer Meinung zu sein. Jamisia lehnte sich an die gewölbte Scheibe und spürte die Anspannung der letzten Tage. Doch das hatte sie jetzt wohl erst einmal hinter sich. Bald würde sie sich im Gilderaum befinden, und dort schützte sie das Galaktische Gesetz vor der Gier und den Nachstellungen der konzernbestimmten Erde. Die Gueraner hatten kein Interesse an ihr, und der Arm von Shidos Feinden reichte nicht bis hierher.

Erst wenn ihr Out-Schiff irgendwo anlegte, erhielten die Feinde wieder eine Chance. Aber bis dahin würde sie sich etwas einfallen lassen, um ihnen erneut zu entkommen.

Ja, stimmte sie den Anderen zu, wir haben es wirklich geschafft.

Sie betastete das Icon, das sie am Hals trug, und suchte zwischen den Sternen nach dem Ainniq.

»Nun?« fragte der Gildevertreter.

Die Yin antwortete nach kurzem Zögern: »Sie hat Geheimnisse.«

»Da dürfte sie nicht die einzige sein.«

»Sie wird verfolgt.«

»Das wissen wir bereits.«

»Die junge Frau weiß, daß man hinter ihr her ist.«

Der Gueraner zuckte nur die Achseln. »Und was noch?«

Die Yin dachte kurz nach. »Anscheinend kennt sie die Gründe nicht, aus denen man sie verfolgt.«

»Mit anderen Worten, es brächte uns zum gegenwärtigen Zeitpunkt noch nichts ein, sie zu verhören.«

»Richtig.«

Der Gildemann zog einen zusammengefalteten Plastikzettel aus der Robe, schlug ihn auf und las ihn zum wiederholten Mal.

Uns liegen Erkenntnisse vor, daß sich unter Ihren Passagieren eine Flüchtige aufhält …

»Warten wir erst einmal ab, wohin die Capra sich wendet«, erklärte er. »Und dann sehen wir ja, wer ihr folgt.« Der Gueraner steckte das Schreiben wieder ein. »Und möglicherweise vergrößert sich ihr Wissen ja noch.«

»Wollen Sie das Out-Schiff denn nicht informieren?«

Er schloß kurz die Augen und sandte dem Raumer das Icon, daß er eine Verbindung herzustellen wünsche. Seine Gedanken verwandelten sich in einen Binär-Code, und binnen Sekunden hatte er Antwort erhalten.

»Erledigt«, sagte der Gildevertreter. »Man wird sie im Auge behalten.«

Die Tür öffnete sich automatisch. Ein junger Mann mit einer Reisetasche in der Hand trat ein.

Der nächste …

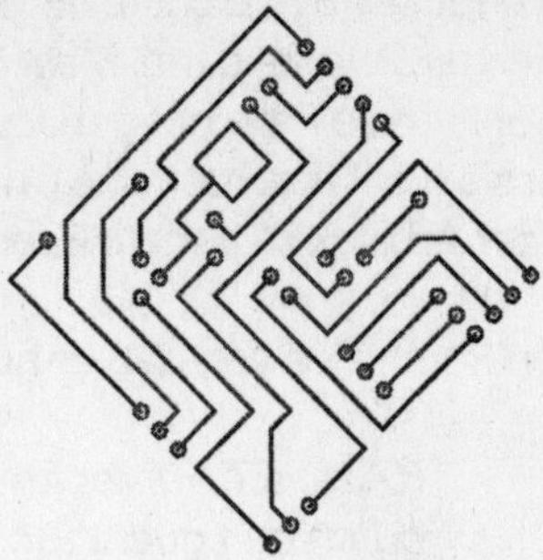

Assivak

Der Assivak spricht nicht mit seinem Feind, brüllt nicht und springt ihn nicht an. Normalerweise hält man ihn für tot, weil er so reglos daliegt und seine Kräfte schont. Wer lang und genau genug hinsieht, nimmt vielleicht das Zucken eines Lids oder eines Sensorhaars wahr; aber dafür muß man sehr viel Geduld aufbringen.

Der Assivak muß sich auch gar nicht bewegen, braucht nicht zu brüllen oder blitzschnell zuzuschlagen. Er ist vielmehr Architekt, der das baut, was ihm nutzt, und dann darauf wartet, daß diese Struktur ihren Zweck erfüllt. Er folgt seiner Beute nicht, denn die kommt zu ihm. Der Assivak jagt nicht, sondern empfängt. Sein Netz ist so gründlich und fein gewoben, daß jemand, der nicht genau hinsieht, es niemals entdecken wird … und dann ist es längst zu spät für ihn.

Niemand vermag auch nur zu ahnen, welche Gedanken dem Assivak durchs Gehirn gehen. Keine

Regung verrät seine Absichten. Er errichtet einfach seine Fallen und wartet dann. Mehr braucht er nicht zu tun. Wenn er die Falle gut gebaut hat, bemerkt das Opfer sie nicht und hat keine Chance mehr. Wozu sollte der Assivak also mehr Energie aufbringen?

Nur selten kommt es vor, daß er hungrig bleibt.

KAJA: Ein Führer für Außenweltler durch den gueranischen Sozialkontrakt;
Band 2: Zeichen der Seele

SERPENT'S REACH KNOTENPUNKT

SERPENT'S REACH STATION

Im Zentrum des Netzes wartete die Spinne still und geduldig. Kristalline Fäden erstrecken sich von ihren Füßen zu Knotenpunkt, Station, Out-Schiff und darüber hinaus. Viele tausend Fäden, alle so fein wie ein Gedanke, um die Menschenwelten zusammenzubinden. Hin und wieder erzitterte das Netz, wenn der eine oder andere Vorfall die angespannte Balance der Menschenmacht beeinträchtigte und das Wesen im Zentrum sofort seine Aufmerksamkeit darauf richtete. Schlanke Finger streichelten das Netz wie eine liebende Mutter und entlockten jeder noch so leisen Vibration ein Maximum an Daten.

Dicke Stränge führten zu jeder einzelnen Gildestation, schimmernde Datenautobahnen, die in der Seele der jeweiligen Gildemeister ihr Ziel fanden. Diese stellten die wichtigsten Fäden in der Architektur des Netzes dar. Wenn Hsing in seinem goldenen Palast nur ein Lid bewegte, erfuhr die Spinne im Zentrum sofort davon.

Wenn Ra sich einen neuen Liebhaber nahm, wußte die Spinne längst Bescheid. Wenn Kent oder Varsav nur einen Atemzug taten, schmeckte die Spinne die ausgeatmete Luft.

Zwanzig Stränge führten zu den wichtigsten Gildemeistern, zweihundert weniger dicke zu den anderen von minderer Bedeutung. Die Spinne konzentrierte sich jedoch auf die vier bedeutendsten Verbindungen. Die Prima hatte ihr die vier größten Rivalen selbst genannt.

Hsing. Ra. Varsav. Kent.

Die vier waren keine direkten Konkurrenten um die Macht, jedenfalls nicht im traditionellen Sinne. Chandras Delhi hatte bereits die höchste Stufe erreicht, die ein Mensch erklimmen konnte. Nur die Prima stand noch über ihr. Doch Macht konnte auch verlorengehen oder verspielt werden. Zweihundertundzwanzig Knotenpunkte mit ebenso vielen Gildemeistern existierten im Out-Raum. Keine besonders große Anzahl, wenn man an die Tausende von Gueranern dachte, die danach strebten, selbst einen solchen Posten zu besetzen. Und Delhis Untergebene suchten ständig nach einer Lücke in ihrem Panzer, um sie vom Thron zu stoßen.

Und was die Gildemeister selbst betraf, so behielten die sich auch untereinander im Auge. Delhis Station Serpent's Reach gehörte zu den begehrtesten Anlagen und befand sich genau in der Schnittstelle mehrerer großer Handelsrouten. Sie wußte, wie sehr die anderen danach trachteten. Nur ein kleiner Fehler, selbst ein flüchtiger Moment der Schwäche, konnte damit enden, daß sie ihre Paß-Codes jemand anderem überlassen mußte, ihrem Nachfolger.

Hsing. Ra. Kent. Varsav.

Jeder von ihnen besaß eine der wichtigeren Stationen, die vielleicht nicht so bedeutend wie Serpent's Reach sein mochten, aber doch ihren eigenen Wert besaßen. Von denen drohte Delhi nicht unbedingt Gefahr. Vermutlich verwendeten die vier ihre ganze Energie darauf, ihre eigene Stellung zu behaupten. So, wie sie es ja auch tat.

Ra brauchte man nun wirklich nicht zu fürchten. Eine oberflächliche Frau, die nur an ihr eigenes Vergnügen dachte. Sie würde kaum an den Intrigen teilhaben, mit denen die anderen sich so gern beschäftigten. Delhi beobachtete zwar auch Ra routinemäßig, erwartete aber von ihr keine nennenswerten Überraschungen.

Kent war seit dem Unfall nur noch ein Schatten seiner selbst, doch tief in seiner gepeinigten Seele kauerte noch immer ein wacher Verstand. Wer ihn unterschätzte, begab sich in große Gefahr. Delhi würde sich davor hüten.

Und Varsav? Der Mann war eine wandelnde Bombe, und niemand konnte voraussagen, wann er explodierte. Aber er galt zu Recht als gewiefter Stratege, der sich auch dem kleinsten Detail widmete – und das machte ihn in den Augen der Spinne doppelt gefährlich. Menschen wie er vermochten zu bestimmten Gelegenheiten das Netz zu spüren, das man gewebt hatte. Wenn er denn heftig und wild genug darin zappelte, könnte er die feinen Datenfäden zerreißen, mit denen die Spinne die anderen zu kontrollieren vermochte.

Hsing ... Normalerweise ein ausgesucht gefährlicher Gegner, den sie für gewöhnlich keinen Moment aus den Augen ließ. Aber er kehrte gerade von einer Reise zurück und hatte seine Station seit einem Jahr nicht mehr gesehen. Mindestens ein Dutzend seiner Untergebenen hatte sicher die Gelegenheit genutzt, an seinem Stuhl zu sägen, und dazu ausgeklügelte Pläne entwickelt. Hsing würde alles in seiner Macht Stehende unternehmen müssen, um seine Position wieder zu festigen und den Schaden zu beheben, den man in seiner Abwesenheit angerichtet hatte. Deswegen brauchte Delhi sich um diesen Gildemeister keine zu großen Gedanken zu machen. Noch nicht.

Fürchteten die anderen sie?

Delhi wußte, daß Kent vor ihr auf der Hut war. Aber

der Mann bestand eigentlich nur aus Angst. Selbst die beständige Zufuhr von Chemikalien in sein Blut – die Spinne war natürlich genauestens über die Art der Mittel und ihre Dosierung informiert – reichte nicht aus, ihm seine Furcht auf Dauer zu nehmen. Delhi wußte auch, daß Kent schon einige Male mit seinen dunklen Sinnen die Abwehr ihrer Domäne getestet hatte. Sie hatte nicht alle seine Bemühungen sofort abgewehrt. Besser, dem Feind die Daten zukommen zu lassen, auf die er auch von allein gestoßen wäre, als ihn unverrichteterdinge zurückzuwerfen, damit er einen neuen und besseren Angriffsplan ausbrütete; denn beim nächsten Mal würde er vielleicht mehr Erfolg haben.

Ihre Brainware gab ein Alarmsignal: Eine Lieferung traf ein. Sie gab den Befehl, die Nachricht auf ihr Sichtfeld zu bringen – eine Datenkapsel, abgefangen von der Reijik-Station. Die Botschaft war verschlüsselt, und Delhi warf nur einen kurzen Blick darauf, um sie gleich an ihre Dechiffrier-Abteilung weiterzugeben. Daten zu hijacken war nicht billig, aber damit hatte sie zu leben gelernt. Die Spinne blitzte ein Icon an und akzeptierte damit die Rechnung. Sie brauchte sich nicht die Mühe zu machen, die geforderte Summe von ihrem Konto auf das ihren Agenten zu buchen. Und in diesem Fall war es auch nicht erforderlich, den Beitrag zwischen anderen Belegen zu verstecken, damit niemand bei einer Untersuchung auf illegale Transaktionen stoßen könnte. Der Vorgang vollzog sich so automatisch wie das Atmen.

Befriedigt blitzte sie einige Icons in ihrer Brainware an, und das Gestell aus Plastikstahl, das ihren Körper trug, setzte sich in Bewegung. Natürlich hätte Delhi schon vor langer Zeit ihr Gehirn reparieren lassen können, damit sich danach ihre Beine aus eigener Kraft bewegten. Aber eine solche Operation barg ihre Risiken. Dieselben Techniken, mit denen die neuralen Pfade umdirigiert wurden, um effizientere Zellkombinationen zu finden, konnten den empfindlichen Denksystemen großen Schaden zufügen.

Eine Frau auf einem anderen Planeten hatte das einmal auf sich genommen und war bereit gewesen, ein paar flüchtige Gedanken zu opfern, um nicht mehr auf dieses Gestell angewiesen zu sein. Aber ein Gueraner würde so etwas nie tun. Sein Erbe lag im Geist und in der Seele, und wie alle ihrer Rasse bevorzugte auch Chandras Delhi das Gehirn in seiner natürlichen Form. Wenn sie dafür weitgehend auf ihren Körper verzichten mußte, dann sei's drum. Sie war ein Wesen des Verstandes und nicht des Fleisches.

Reijik-Station, dachte sie. Einer der Knotenpunkte, der der Mutterwelt Erde unterstand. Etliche Mitarbeiter der Spinne hielten sie für verrückt, weil sie soviel Energie auf diesen vergessenen Planeten verschwendete. Aber diese Männer und Frauen sahen das Universum eben nicht so wie die Gildemeisterin. Terra war so sehr von ihren Datenfäden umsponnen, daß sie diese Welt mit ihren inneren Sensoren oft wie einen Kokon wahrnahm. Das Netzwerk hatte sie so fest gesponnen, daß es nur selten einem Außenstehenden gelang, einen der Fäden zu lösen und genauer zu studieren. Nur wenigen war das die Mühe wert. Für die meisten Gueraner stellte die Erde etwas Überholtes aus der Vergangenheit dar, eine Welt, die sich zu sehr in ihre Konzernstreitigkeiten verstrickt hatte, um auf der galaktischen Bühne eine größere Rolle spielen zu können.

Und die Gueraner, die sich etwas mehr für das Schicksal des Heimatplaneten interessierten, hatten meist nur Verachtung für ihn übrig. Aber Delhi sagte sich, daß Terra der Wohnort von neun Milliarden Menschen und die Ursprungswelt von fünf weiteren Milliarden war. Die Vorfahren der Echtmenschen hatten es vorgezogen, zu Hause zu bleiben, während die Kolonisten von Guera, Yin, Frisia und anderen Planeten aufgebrochen waren, die Galaxis zu erobern. Dennoch fühlten die Echtmenschen sich ihren Hausman-Vettern überlegen und ließen sich das bei jeder Gelegenheit anmerken.

Wenn Terra sich näher an einem Ainniq befunden hätte, wäre es sicher schon längst zu einem Krieg gekommen. Die Variantenwelten hatten die unterschiedlichsten Interessen, doch wenn es gegen die Erde ging, waren sie sich mit einemmal einig.

In den Augen der Spinne waren das kurzsichtige Narren. So wie der Urozean Terras einst die Natur mit den Rohstoffen des Lebens versorgt hatte, so stellte ihre überfüllte Datensphäre heute die Grundlage für alle möglichen neuen Formen der Technologie dar ... Anscheinend war Delhi die einzige, die die Möglichkeiten der Erde zu erkennen schien, und das war ihr auch recht so. Je weniger Terra observierten, desto weniger würden versuchen, ihr die Ernte abspenstig zu machen, die sie eines Tages einzufahren gedachte.

Reijik-Station ... Ihre Finger zuckten in dem Gestellpanzer, während sie sich fragte, welche Mahlzeit ihr dieser Fang wohl bescheren würde.

»Verdammter Scheißdreck!« schimpfte Stivan.

Sein Mitarbeiter sah von seinem Kontrollpaneel auf. »Was ist denn los, Stiv?«

»Ach, nichts«, knurrte der Mann. »Überhaupt nichts.«

Zeile um Zeile eines Codes scrollte über den Bildschirm. Gehijacktes Material konnte man sich nur auf diese Weise vornehmen. Dazu mußte man nämlich die Brainware ausschalten, weil stets die Gefahr bestand, daß sich in diesem Code ein Sicherheitsvirus befand, der einem in den Kopf eindrang und dort sämtliche Kreisläufe zerkochte.

Aber so war das nun einmal. Stivan akzeptierte die Auflagen. Nur schien der Mist hier auf dem Schirm von einem Geisteskranken chiffriert worden zu sein. Seine Entzifferungsprogramme versorgten ihn mit Signalen, wie er sie noch nie gesehen hatte. Er hätte damit nur etwas anfangen können, wenn die Brainware aktiviert gewesen wäre.

»Scheiße!« Stivan schlug frustriert auf das Paneel und wandte sich vom Monitor ab. Einmal tief durchatmen. Zweimal. Luft anhalten, bis sechs zählen, dann ausatmen. Wenn er sich aufregte, pflegte er Fehler zu machen. Oft genug war ihm das schon passiert, und vor einiger Zeit hatte er seine Brainware darauf programmiert, nur dann auf die Start-Icons zu reagieren, wenn er ruhig und gelassen war. Theoretisch funktionierte das wunderbar, nur nicht dann, wenn er einfach nicht von der Stelle kam und dringend Zugang benötigte.

So wie jetzt.

Als er glaubte, sich wieder ausreichend im Griff zu haben, visualisierte er das Start-Icon, einen roten Drachen auf schwarzem Grund. Als Kind hatte er einmal eine solche Tätowierung gesehen, und die war ihm seitdem nicht mehr aus dem Sinn gegangen. Daraus hatte er ein komplexes Icon entwickelt und so in seinem Kopf programmiert, daß schon eine Abweichung von einem Nano die Funktion blockierte. Zu seiner eigenen Sicherheit erschien ihm das unabdingbar. Stivan Dici war geradezu besessen von seiner eigenen Sicherheit, was nicht verwundern konnte, weil seine Arbeit darin bestand, die Sicherheitsvorkehrungen anderer Systeme zu knacken.

Dreimal mußte er es versuchen, weil sein Blutdruck offenbar immer noch zu hoch war, dann reagierte die Brainware endlich. Die Dechiffrier-Daten waren Teil seines Arbeitsprogramms und beanspruchten eine größere Portion seines Brainware-Gedächtnisses, aber dieser Preis erschien ihm nicht zu hoch. Wozu sollte man diese Kapazität denn sonst nutzen? Etwa um dumme Viddies zu speichern?

Mit einem zweiten Headset lud er alle Informationen herunter, die er benötigte, und schloß es dann gleich an ein Antivirenprogramm an. Bei solchen Daten ging man besser kein Risiko ein. Dreißig Jahre hatte er damit zugebracht, Informationen über seltene und fremde Chiffrier-Techniken zu sammeln, und aus diesem Grund durfte er sich heute als einen der bestbezahlten Hacker der Galaxis bezeichnen. Aber das befriedigte seinen Ehrgeiz nicht …

Stivan versuchte, nicht daran zu denken, als er den neuen Input durch den Remote-Processor schickte. Und er bemühte sich, nicht ungeduldig zu werden, was ihm noch nie gut gelungen war. Ein Talent wie das seine verlangte nach Größerem und Besserem. Auch wenn ihm klar war, daß seine Chance eines Tages kommen würde, verdroß es ihn doch sehr, daß sie so lange auf sich warten ließ. Na gut, die Gildemeisterin überschüttete ihn mit Geschenken und Zuwendungen, weil er schon so viele hervorragende Dienste geleistet hatte. Und seine Mitarbeiter betrachteten ihn mit offener Bewunderung und Ehrfurcht. Das spürte er ganz genau und hob gern darauf ab.

»Na, was haben wir denn hier?« fragte er zum Beispiel, wenn er das Büro betrat. »Noch eine Kapsel von Danylon?« Die anderen starrten ihn dann fassungslos an und fragten sich, ob er wirklich nur einen Blick auf dieses Chaos von fremden Symbolen werden mußte, um auf die Lösung zu stoßen, für die sie Stunden benötigt hatten. Was sie nicht wußten, war, daß Stivan nur eine Schau abzog. Vor einiger Zeit war es ihm nämlich gelungen, sich in die privatesten Datenwege Delhis zu schleichen. Und seitdem vermochte er dort einzelne Informationen so vorsichtig herauszuziehen, daß keinerlei Alarm ausgelöst wurde. Natürlich war ihm dabei der Umstand zu Hilfe gekommen, daß er selbst ihre Sicherheitssysteme entwickelt hatte …

Unter anderen Umständen hätte er sich in diesem Hacker-Paradies sicher sauwohl gefühlt. Er durfte die Datenbanken der gesamten Galaxis plündern und hatte auch noch den Gilde-Status inne. Jedem anderen hätte das vermutlich mehr als gereicht. Aber nicht Stivan.

Er wollte die Station.

Delhi stand in der Hierarchie der Gilde nur zwei Stufen über ihm, und wenn die Prima jemanden dringend brauchte, konnte auch schon einmal die eine oder andere Sprosse auf der Karriereleiter übersprungen werden. Kein Hacker hatte es je zu einem Gildemeister gebracht, aber das bedeutete noch lange nicht, daß so etwas auf immer ausgeschlossen bleiben mußte. Für jemanden, der den Kriegscode von Termillian geknackt und Piratenfracht von Paradise gehijacked hatte, hielt das Universum nur noch wenige echte Herausforderungen bereit.

Ironischerweise konnte ihn genau das an die Spitze der Gilde befördern, weswegen die Meisterin ihn eingestellt hatte: Daten. Stivan wußte zwar nicht direkt, wonach er suchte oder was sich damit anfingen ließe, aber ihm war klar, daß sich irgendwo da draußen seine ganz persönliche goldene Gans befand.

Daten, die der Gilde höchst gefährlich werden konnten – oder sie noch stärker machten – und die von der Prima dringend gewünscht wurden. Derjenige, der sie ihr brachte, durfte die allerhöchste Belohnung erwarten. Delhi besaß das nötige Equipment, um an diese Daten zu gelangen. Und Stivan war gerissen genug, sie ihr unter dem Hintern wegzustehlen.

›Was wollen Sie dafür haben?‹ würde die Prima ihn dann fragen, und er würde ganz gelassen darauf antworten: ›Nun, auf meiner jetzigen Stelle kommen meine Talente nicht so recht zum Tragen. Vielleicht sollte ich sie höherenorts einsetzen.‹

Und wenn die Gildemeisterin ihm dann bedeutete, daß er durchaus einen Rang aufsteigen könne, würde er dagegenhalten, daß ein Mann, der die Gilde gerettet hätte, sicher mehr verdient habe. Und ob er so kühn sein dürfe, um eine eigene Station zu bitten?

Natürlich kam dafür nur eine in Frage – die von Delhi nämlich. Selbstverständlich mußte er die alte Schachtel vorher gründlich fertigmachen, damit sie keine Gelegenheit mehr hatte, sich an ihm für dieses Hintergehen zu rächen. Wenn sie allerdings zu seinen Gunsten ihren Status verlor, mußte er einen Weg finden, mit ihrem immensen Netzwerk fertig zu werden. Da es zu riesig war, um sich dagegenzustellen, blieb nur der Weg, das ganze Spinnennetz zu neutralisieren. Aber das ließ sich bewerkstelligen.

Immerhin spielen wir beide das gleiche Spiel. Und bei dem kann es nur einen geben, der die Regeln bestimmt.

Doch bevor es soweit war, mußte er an seine goldene Gans gelangen.

Er überprüfte, ob der Headset jetzt wirklich clean

war – so etwas ließ ihm keine Ruhe, und darauf begründete sich auch sein Erfolg –, und scannte noch einmal das mysteriöse Datenpaket. Stivan hatte so viele Instruktionen aufgeladen, daß sein Programm nun deutlich langsamer lief. Ungeduldig tappte er mit dem Stylus auf die Konsole. Wenn er an einem von den wirklich großen Rechnern sitzen würde, ginge alles bestimmt zügiger vonstatten. Aber man arbeitete nicht mit wertvollem Equipment an abgefangenen Daten. Erst letzte Woche hatten die Sicherheitsvorkehrungen bei einem gehijackten Paket von Paradise nacheinander fünf Remote-Einheiten durchbrennen lassen.

Ein rotes Licht flammte auf dem Schirm auf. Bingo. Er beugte sich vor und betrachtete die Daten, die jetzt über den Monitor abrollten. Stivan grinste. Ja, das war ein Erdcode, und ein verdammt alter dazu. Höchstens ein verschrobener Sammler hätte so etwas noch gespeichert … Verdammt, entweder hatte sich hier jemand einen Scherz erlaubt, oder er war auf etwas wirklich Wichtiges gestoßen.

Stivans Puls beschleunigte sich wieder, als er anfing, ein Safeguard nach dem anderen in dem Paket zu neutralisieren. Schon nach kurzer Zeit fiel ihm auf, daß sie sich nicht auf das ganze Paket bezogen, sondern nur auf einen winzigen Teil, der nicht mehr als ein paar Zeilen enthielt.

Als er sich dieser Sequenz näherte, ging sofort ein Alarm los, und er zog sich hastig zurück. Der Hacker spielte den letzten Teil des Suchprogramms noch einmal ab, um nach Kontamination Ausschau zu halten. Verdammt, wenn irgendein Virus in sein System eingedrungen wäre …

Stivan hatte schon zuviel investiert, um wieder ganz von vorn zu beginnen. Und wahrscheinlich würde ihm bei einem neuen Set genau das gleiche wieder passieren. Also mußte er hier und jetzt den Störenfried ausschalten. Er rief ein Vergleichsprogramm auf und ging die Software Byte für Byte durch. Die Konsole summte jedes Mal leise, wenn ein Teil des Invasions-Codes erreicht wurde. Aber der Hacker war viel zu beschäftigt, um darauf zu achten.

Was um alles in der Welt hatte er da vor sich? Warum wurde mitten im Programm eine Sicherheitseinrichtung gestartet? Eigentlich hätte sie sich gleich am Anfang befinden müssen, um das ganze Paket zu schützen. Welcher Sinn lag darin, einen winzigen Teil auf diese Weise zu sichern? Und wenn diese Sektion von einer anderen Quelle hinzugefügt worden war?

Stivan starrte auf den Schirm.

Eine Fremdquelle …

Gott im Himmel!

Das Dechiffrier-Programm hatte angehalten und erwartete neue Anweisungen.

Segment isolieren, gab er mit zitternden Fingern ein und wartete.

Der Rechner surrte, ein Geräusch, das er noch nie gehört hatte. Offensichtlich leistete das Programm Höchstarbeit. Es dauerte endlos lange, bis einige unlesbare Zeilen auf dem Monitor erschienen. Der Hacker setzte das Dechiffrier-Programm darauf an … und erhielt fünf neue Zeilen, die immer noch nicht zu lesen waren.

Stivans Herz raste schneller als je zuvor, und schon beschlich ihn das Gefühl, nach den Kollegen zu sehen, ob ihnen seine ungewöhnliche Aufgeregtheit aufgefallen war. Er konnte seine Finger kaum zur Ruhe zwingen, als er es mit einem neuen Scan versuchte. Der Computer meldete, daß er diesen Code knacken könne.

Alles in seinem Bauch zog sich zusammen. Ja, das mußte sie sein, seine goldene Gans!

Die fünf unlesbaren Zeilen verschwanden und wurden durch fünf neue ersetzt.

PROJEKT JANE BESTÄTIGT UAO
SUBJEKT HAT VERMUTLICH NOCH KEINE KENNTNIS
LETZTE ID: JAMISIA SHIDO
OUT-PILOT FÄHIGKEITEN NOCH LATENT
UNTER ALLEN UMSTÄNDEN FINDEN

Die restlichen Daten spielten keine Rolle, und Stivan warf nicht mal einen flüchtigen Blick darauf. Er konnte nur auf die fünf Zeilen starren.

OUT-PILOT FÄHIGKEITEN NOCH LATENT

Nur mit großer Mühe gelang es ihm, den Monitor zu verdunkeln. Das hätte ihm gerade noch gefehlt, wenn ihm jetzt jemand über die Schulter sehen würde.

Um Gottes willen!

Endlich fuhr er die Helligkeit wieder hoch und tippte ein:

SUCHE JAMISIA SHIDO

Vier lange Minuten suchte das Programm und meldete dann, daß drei Personen dieses Namens gefunden worden seien.

Viel mehr hätte es auch kaum sein können. Konzern-Namen wurden nur nach strenger Kontrolle vergeben, und es kam selten genug vor, daß überhaupt mehr als eine Person in einer Firma denselben Namen trug.

PLANET/GEBURTSSTATION tippte er mit zittrigen Fingern.

Diesmal erfolgte die Antwort schneller:

ERDE
HELLSGATE
ELISIA

Erde ... die Reijik-Station gehörte zum Einflußbereich Terras. Wenn also jemand eine Frau abfangen wollte, die von ihrer Heimatsphäre geflohen war, gehörte Reijik zu den wenigen Stellen in den Außenwelten, die Terra alarmieren konnten.

Das mußte die richtige Jamisia sein.

Stivan ließ sich alle Informationen geben, die der Computer über Jamisia Shido besaß. Nicht gerade viele. Die Erde behielt ihre Unterlagen lieber für sich und speiste sie nur selten ins Outernet ein. Aber an dieser Frau war so manches ungewöhnlich.

Vermutlich war sie an irgendeinem Geheimprojekt beteiligt gewesen, dachte er. Und das hatte vermutlich mit Out-Piloten zu tun ...

Der Hacker schickte Icon um Icon durch die Kontrollorgane, schnitt das Paket auf und pflückte die doppelt gesicherte Sequenz heraus. Danach schloß er das Paket wieder, und zwar so vorsichtig, daß niemand etwas von dem Eingriff bemerken konnte.

Vorsicht, ganz behutsam und gründlich. Delhi ist nicht auf den Kopf gefallen. Sie darf nichts entdecken.

Als das erledigt war, schaltete er das Decodier-Programm wieder ein. Später würde er auch darin alle Spuren löschen, damit niemand einen Hinweis auf seine Entdeckung erhalten konnte.

Für alle Welt würde es dann so aussehen, als habe er eine Stunde damit verbracht, ein Paket für seine Herrin zu öffnen.

Stivan setzte sich ein neues Headset auf, um den Wellseeker dazu zu bringen, genügend Sedativa in seinen Kreislauf zu bringen. Er war noch viel zu aufgeregt, um seine Brainware aktivieren zu können.

Als das geschehen war, lud er die Transmission in den Headset und von dort in den Speicher seiner Brainware. Daten von einem ultrageheimen Projekt – vielleicht sein persönlicher Durchbruch zum Weg nach ganz oben. Reijik hatte es von der Erde, Delhi hatte es von Reijik abgefangen, und er hatte es von Delhi gehijacked …

Ein gefährliches Unterfangen, aber jedes Risiko wert. Gott, ja, es war jedes Risiko wert.

»Herrin?«

Delhi drehte sich langsam zu ihr um. Ihr Panzer erlaubte keine raschen Bewegungen.

Jovanne, ihre Sekretärin, war erschienen. »Ich bringe das Log, nach dem Sie gefragt haben.«

»Ja, danke.« Die Gildemeisterin deutete auf den Tisch. »Ich sehe es mir später an.«

Die Herrin sah nicht mehr hin und bekam auch nicht mit, wie die große Anduluvianerin sich verbeugte und den Raum verließ. Delhi war mit den Gedanken ganz woanders.

Bei ihrem Netz.

Sie nahm sich gerade die feineren Fäden vor und benötigte dazu ihre ganze Konzentration. Hier erwarteten sie keine Datenberge, sondern feine Linien mit einzelnen Fakten, die wie in einer leichten Brise vor ihr auf und ab tanzten.

Jedes Mal, wenn eine neue Information ihrer Sammlung einverleibt wurde, empfand sie das auf diese Weise. Und wenn ein Faktum entfernt wurde, nahm die Herrin das wie eine Spinne wahr, die spürt, wie etwas in ihrem Netz verändert wird.

Manchmal erkannte Delhi kaum noch die Informationen, die vor ihr ausgebreitet lagen, sondern erging sich in der Schönheit ihrer Schöpfung. Das Outernet, das die anderen Menschen wahrnahmen, war kaum mehr als eine Reflexion dieser ultimativen Schönheit. Wie vielen mochte es vergönnt sein, dieses Netz so wie sie zu sehen? Wie viele konnten verstehen, daß die bloße Reinterpretation einzelner Daten Vibrationen erzeugte, die mitunter durch das gesamte Netz fuhren? Delhi hingegen konnte diese Vorgänge direkt verfolgen. Dieses Geschenk hatte ihr der Hausman-Effekt gemacht – ihr dafür allerdings die physische Beweglichkeit genommen.

Die Herrin war mit diesem Tausch mehr als zufrieden.

Vor kurzem hatte sie eine Anomalie entdeckt, und auf die konzentrierte sie sich jetzt mit ihren Analyseprogrammen. Über fünftausend Programme steckten in ihrem Headset und tauschten ständig Daten mit dem Inhouse-System aus, analysierten diese, fragten im Outernet nach, verglichen alle gewonnenen Erkenntnisse miteinander und suchten nach Übereinstimmungen und Mustern.

Das System stammte zum Teil aus ihrer eigenen Schöpfung, aber auch aus der eines längst verstorbenen Liebhabers, eines Sicherheitschefs (ebenfalls nicht mehr am Leben) und eines ihr werten Hacker (der zwar noch lebte, aber keine Erinnerung mehr an diese Arbeit besaß). Nur die Resultate der Suche wurden in ihr Headset eingespeist, wo sich besondere Sensoren ihrer annahmen.

Dank dieses Systems konnte Delhi selbst die verborgensten und unmerklichsten Spuren verfolgen; selbst solche, die ihren Hackern entgangen waren. Darauf gründete sich ihre Herrschaft über die Station, und mit ihr würde die Gildemeisterin ihre Position zu verteidigen wissen.

Das Netz blieb weiter vor ihrem inneren Auge bestehen und funkelte ähnlich einem Gehirn vor Aktivität ... Nach einer Weile löste sich ein Faden aus dem Gebilde, und dem konnte sie die nächste wichtige Information entnehmen.

Die Anomalie stammte von ihrer eigenen Station.

Ist ja interessant ...

Sekunden später bildeten sich neue Muster.

In meiner Zitadelle. Das wird ja immer besser ...

Mit grimmiger Miene suchte sie weiter nach der Quelle. Ihre Suchprogramme stießen auf ein unmerkliches Signal, weit unter dem Datenlevel gelegen, mit dem sie sich sonst befaßte. Vielleicht war dem ja keine besondere Bedeutung beizumessen.

Doch dann erinnerte sie sich an den ersten Grundsatz der Chaostheorie: Unendlich kleiner Input kann unendlich große Systeme verändern. Entschlossen setzte Delhi die Suche fort und fragte sich, worauf die Suchprogramme da gestoßen sein mochten.

Endlich erreichte sie das Ende des Fadens, und zu ihrem großen Erstaunen fand sie sich mitten in den Biologs ihrer engsten Angestellten wieder. Die Herrin betrachteten die Tabellen, entdeckte auf den ersten Blick aber nichts Ungewöhnliches.

Sie schaltete das Suchprogramm hinzu und stieß auf das Biolog eines ihrer Hacker – Stivan Dici. Wie seine Kollegen hatte er keine Ahnung, daß die Gildemeisterin regelmäßig seinen Wellseeker kontrollierte. Stivan hätte bestimmt darauf stoßen können, wenn er nur gewollt hätte. Aber weder er noch ein anderer hatten je Verdacht geschöpft. Wer kam schon darauf, daß die Chefin stündlich die Blutdruck-, Puls- und Respirationswerte ihrer Angestellten überprüfte?

Und hier lagen Stivans Werte vor ihr. Gestern eine Spitze auf dem Graph, in der vergangenen Nacht zwei. Ansonsten eine lange flache Ebene in der REM-Schlafphase ... aber heute eine ganze Serie von Spitzen, enger beieinander und häufiger als je zuvor.

Delhi vermutete, daß der Mann auf etwas ganz Besonderes gestoßen sein mußte. Vielleicht war ihm auch nur etwas zu Ohren oder eine wichtige Erkenntnis gekommen ... irgendeine Information, die ihn selbst noch im Traum beschäftigt und heute seine ganze Aufmerksamkeit gefunden hatte. Für einen Mann seines Alters und seiner körperlichen Konstitution war ein derart erhöhter Pulsschlag ungewöhnlich.

Die Herrin überprüfte Stivans medizinische Befunde und pfiff leise. Sehr ungewöhnlich sogar. Der Hacker hatte immer schon unter erhöhtem Blutdruck gelitten, aber die heutigen Ausschläge lagen deutlich über seiner Norm. Das konnte nur von einem Ereignis herrühren, das für ihn überraschend gekommen war. Delhi hätte ihr halbes Vermögen darauf verwettet, daß dem Mann irgendwelche Daten in die Finger gefallen waren.

Die Gildemeisterin sah nach, womit der Hacker sich bei der ersten Spitze beschäftigt hatte. Mit der Reijik-Kapsel. Er hatte den Großteil des Pakets entschlüsselt, aber das konnte nicht die Ursache für seine Erregung sein, denn die Daten enthielten lediglich Frachtlisten und Auftragsbestätigungen zwischen der Station und Terra. Natürlich ließe sich auch daraus etwas machen, und sie würde ihre Analysten daransetzen.

LOKALISIERE STIVAN DICI

Das Headset fand ihn binnen Sekunden und zeigte an:

PRIVATQUARTIER

Delhi nickte und fragte:

AKTIVITÄT

Wieder nur wenige Sekunden, dann:

DATENSUCHE/OUTERNET

Das sah Stivan gar nicht ähnlich. Ihr bester Hacker war normalerweise kaum aus dem Labor herauszubekommen, wo die Wände von papierdünnen Monitoren bedeckt waren und Schränke voll mit sterilem Equipment bereitstanden.

Warum diese Heimlichkeit?

Wie so viele Menschen, die nichts von ihr wußten, unterschätzte Dici sie offensichtlich. Sie schaltete den Computer auf die geheimen Kameras, die sie in seinem Raum angebracht hatte ...

Der Mann hockte dort auf seinem Bett, und Schweiß lief ihm über das Gesicht. Auch das paßte nicht zu ihm. Seine Hand lag auf einem Keyboard mit Symbolen, die ihr nichts sagten. Vermutlich handelte es sich dabei um Icons, die Stivan selbst entwickelt hatte. Delhi holte ihn über die Kamera näher heran und zeichnete die Symbole auf – und auch, welche davon er betätigte. Wissen lag darin verborgen, an das sie unbedingt gelangen wollte.

Doch gab es für sie nur eine Möglichkeit, an das zu kommen, was im Gehirn dieses Mannes steckte – allerdings zu einem hohen Preis. Von einem toten Gehirn konnte man keine Informationen mehr beziehen, weil die Brainware mit dem Ableben des Trägers automatisch abgeschaltet wurde. Andererseits konnte man einen Menschen auch nicht zur Herausgabe von Daten zwingen; ein Hacker wie Stivan würde zudem umfangreiche Safeguards in seine Brainware eingebaut haben, die beim ersten Anzeichen einer feindlichen Übernahme sofort alle sensiblen Daten löschten ...

Nein, Delhi hatte etwas anderes im Sinn, aber dieser Weg ließ sich nur einmal einschlagen; deswegen wollte sie erst noch etwas mehr herausfinden. Wenn ihr Appetit ausreichend geweckt war, um den Hacker zu opfern, würde sie keine Sekunde zögern.

Neue Daten trafen auf ihrem Monitor ein – sämtliche Datenanfragen Stivans. Gleichzeitig behielt die Herrin die Kameras im Auge. Der Mann führte offensichtlich private Nachforschungen durch. Sie entdeckte die Namen von einigen der mächtigsten Konzerne Terras und ahnte, daß der Hacker auf etwas wirklich Bedeutendes gestoßen war. Aller Wahrscheinlichkeit nach in der Reijik-Kapsel. Die Gildemeisterin ließ das Paket im Kopf ablaufen und schaltete ein Suchprogramm hinzu. Nichts von dem, was Stivan da untersuchte, fand sich in der Kapsel.

Also mußte er etwas aus dem Paket entfernt haben, und nach Delhis Gesetz stellte das ein schweres Verbrechen dar.

Du hast mich betrogen, dachte sie kalt. Damit hatte sie für den Hacker keine Verwendung mehr. Außer für die Daten in seinem Gehirn.

Stivan visualisierte das Such-Icon und gab den Namen JANET ein.

> 1. WEIBLICHER VORNAME – IN VARIATIONEN IN SIEBENUNDDREISSIG SPRACHEN BEKANNT; ABGELEITET VOM HEBRÄISCHEN JOHANNA (›GOTT IST GNÄDIG‹)
> 2. SIEBTER MOND VON HYDRA; BENANNT NACH DER FORSCHERIN JANET WITHERS
> 3. BEKLEIDUNGSFIRMA; GEGRÜNDET IM

EINUNDZWANZIGSTEN JAHRHUNDERT VON DER MODEDESIGNERIN JANET DYMACEA; HEUTE BESTANDTEIL DES MARANECK KONZERNS
4. VIDEO AUS DEM EINUNDZWANZIGSTEN JAHRHUNDERT; BEKANNT FÜR SEINE FREIZÜGIGEN …

Stivan ging langsam die Liste der gut zwanzig Begriffserklärungen durch. Jede davon konnte die Antwort enthalten, und doch erschien ihm keine stimmig. Schließlich gab er seufzend auf und ließ den Hauscomputer nach dem Begriff UAO suchen.

ABKÜRZUNG FÜR UP-AND-OUT; GEBRÄUCHLICH AUF DER ERDE FÜR DIE AUSSENWELT-ZIVILISATION (AINNIQ); ZUSAMMENGESETZT AUS UP (Planeten verlassen) UND OUT (weit draußen im Ainniq)

Der nächste Begriff: SUCHE JAMISIA SHIDO

MITGLIED DES SHIDO KONZERNS; GEBOREN AM 11. 1. 37 (ERDSTANDARDKALENDER) IN SOL CITY, USNA; ELTERN AM 12. 12. 43 BEIM EINSTURZ DES HAIDO CITY CENTER GESTORBEN; FORMALE ADOPTION DURCH SHIDO INTERNATIONAL AM 3. 1. 44; SEITDEM AUCH BEWOHNERIN DES SHIDO HABITAT; SEIT DEM 21. 3. 54 INFOLGE DER FEINDLICHEN ÜBERNAHME DES HABITAT DURCH TRIDAC ENTERPRISES VERMISST; VERMUTLICH TOT

Letzteres scheinen aber alle nicht so zu sehen, dachte der Hacker grimmig. Dann ließ er TRIDAC ENTERPRISES abrufen.

TERRANISCHER KONZERN; GEGRÜNDET 2013 (ALTER KALENDER); HAUPTZWEIG: BIOTECHNOLOGIE; NETZVERBINDUNGEN …

Nein, das würde ihn sicher nicht weiterbringen. An den Unterlagen eines so großen Konzerns hatte er stundenlang zu lesen, und die Informationen, nach denen er suchte, lagen vermutlich unter Bergen von wirtschaftsjuristischen Paragraphen verborgen, falls sie überhaupt zu finden waren.

Frustriert starrte er an die Decke. Eine Minute später schaltete sich sein Attention-Saver ein und zeigte ihm aufreizende Holos von nackten Frauen. Er verscheuchte sie mit einem ärgerlichen Schnauben und dachte nach.

Janet, ein weiblicher Vorname. Das Geheimprojekt war also nach jemandem benannt worden. Nicht unbedingt von dem Konzern, der dieses Projekt gestartet hatte; möglicherweise handelte es sich bei JANET um einen Codenamen der Personen, die das Projekt in ihren Besitz bringen wollten.

WIE VIELE JANET TRIDAC EXISTIEREN? fragte er den Computer.

15 PERSONEN DIESES NAMENS, erhielt er zur Antwort, und dann folgte eine Auflistung der Geburtsorte:

CASPAR
ERDE (2)
EUMENIDES
HELLSGATE
LORD`S KEEP (2)

NEW HEBRIDES (2)
NEW TOKYO
NEW WASHINGTON (2)
OBANTU
SINCLAIR

Also zwei auf Terra. Er rief ihre Bios auf und studierte sie genau.

Janet Austria Tridac arbeitete als Forschungstechnikerin in Tridacs Hauptquartier auf der Erde; Janet Tridac war Versorgungsarbeiterin auf dem Habitat des Konzerns im Orbit.

Die zweite Janet konnte der Hacker gleich streichen; denn niemand würde ein Geheimprojekt nach einer Arbeiterin benennen ... Allerdings bestand auch kaum die Chance, daß man ihm den Namen eines Mitwirkenden gegeben hatte. Die Konzerne mieden so etwas, damit der Betreffende sich nicht zu wichtig nahm; bei ihnen galt immer noch der alte Grundsatz: Ein Arbeiter, der seinen eigenen Wert genau kennt, stellt ein Sicherheitsrisiko dar.

Also rief Stivan alle Unterlagen von früheren, verstorbenen Janet Tridacs auf und stieß auf dreißig. Vermutlich hätte er noch etliche mehr gefunden, wenn die Erde alle ihre Daten überspielt hätte. Die Lektüre half ihm nicht weiter. Die terranischen Konzerne galten als notorische Geheimniskrämer, und Tridac bildete da keine Ausnahme. Der Hacker wiederholte den Vorgang mit Janet Shido und wurde wieder nicht fündig.

Oder aber die Antwort befand sich direkt vor seinen Augen, und er sah sie einfach nicht.

Stivan wandte sich wieder den fünf Zeilen zu. Das Geheimnis offenbarte sich ihm nicht. Wenn er sich doch nur besser auf solche Nachforschungen verstanden hätte! Als einer der besten Hacker fand er spielend bestimmte Daten und knackte ihre Codes. Aber wenn man von ihm verlangte, die entdeckten Stücke in die richtige Reihenfolge zusammenzufügen, versagte er.

Sein Sicherheitsprogramm sandte ihm eine Warnung. Seit über einer Stunde befand er sich schon online. Vor Jahren hatte er sein System darauf programmiert, ihn nach Ablauf einer gewissen Frist zu alarmieren. Damals war ihm nämlich der Gedanke gekommen, er könne sich eines Tages mit Informationen beschäftigen, von denen Delhi nichts zu wissen brauchte. Eine Stunde am Haussystem zu hängen bedeutete ein hohes Risiko. Jeder, der die Unterlagen durchging, würde darauf stoßen und sich fragen, was ein Hacker so lange dort getrieben hatte. Am besten hörte er jetzt auf und löschte seine Spuren. Stivan visualisierte eines der Icons, die ihm Zugang zu den Sicherheitsprogrammen der Herrin verschafften – und spürte einen rasenden Kopfschmerz. Nein, eigentlich weniger Schmerz als vielmehr vollkommene Verwirrung, so als sei sein Gehirn gelöscht worden. Ein fürchterliches Gefühl. Was war geschehen? Er mußte unbedingt versuchen –

mußte unbedingt versuchen –

mußte unbedingt –

mußte –

GOTT!

Tu

was,

egal

was …

Nichts. Vollkommene Stille um ihn herum und in ihm. Wo sich einmal Gedanken gedrängelt hatten, herrschte nun Leere. Er hörte nur das Rauschen seines Pulses.

BLUTDRUCK IM ROTEN BEREICH, warnte sein Wellseeker. Stivan konnte keine Maßnahmen anordnen. Nach einer halben Minute schaltete das System auf Automatik und leitete selbständig die Medikamentierung ein.

Einige Sekunden verstrichen, und sein Herzschlag verlangsamte sich allmählich. Nicht so der Druck in seinem Kopf.

Kein Denken.

Kein Gedanke.

Gefühle lösten sich in ihm ab und brachten keine einzige Erkenntnis oder Analyse. Primitive Emotionen, wie sie die niedersten Lebensformen empfinden mußten, die über keinerlei Verstand verfügten ...

Nackte Angst machte sich in ihm breit, so wie in einem Tier, das plötzlich die Witterung eines Raubtiers hinter sich ausmacht. Verzweiflung überkam ihn. So mußte sich ein Tier fühlen, daß sich selbst ein Bein abbiß, um aus der Falle zu kommen. Tränen traten ihm in die Augen, aber keine bewußte Trauer begleitete sie; denn in seinem Gehirn fand nicht die geringste Aktivität statt. Der Hacker konnte sich nicht einmal fragen, was eigentlich mit ihm geschehen war.

Nach einiger (endlos langer oder nur kurzer?) Zeit öffnete sich hinter ihm die Tür. Er drehte sich nicht um, denn zusätzlich zu seinen Gedanken war er auch jeglichen Willens beraubt. Aber der Wellseeker wurde wieder aktiv, als sein Blutdruck erneut anschwoll. Wer immer da gekommen sein mochte, blieb erst stehen und bewegte sich dann langsam auf ihn zu. Und mit dem Schrecken eines Tiers, das nicht mehr aus seiner Falle kam, vernahm er das Surren von Delhis Panzergestell.

Irgendwann rollte sie vor ihn.

»Aha, Stivan Dici, mein allerloyalster Mitarbeiter.« Sie sah ihn gründlich an, so als studiere die ihn. Ihr Blick war eisern, und er erzitterte darunter. »Vielleicht sollte ich Ihnen eine kleine Geschichte erzählen. Leider werden Sie nicht in der Lage sein, alle Feinheiten zu begreifen. Ihr Geist ist nämlich festgefroren und zum Nachdenken nicht mehr fähig. Aber ich glaube, daß Sie schon die Punkte begreifen werden, auf die es mir in der Geschichte ankommt.«

Die Gildemeisterin setzte sich wieder in Bewegung, bis sie sich hinter ihm befand. Der Hacker konnte sich nicht zu ihr umdrehen, und ihm blieb nichts anderes übrig, als ihr zuzuhören.

»Natürlich können Sie nichts von der kleinen Zeremonie wissen, wenn jemand in den Stand eines Gildemeisters erhoben wird. Sie ist uralt und wird im geheimen durchgeführt. Nach der Einsetzung steht der neue Stationsherr vor der Prima und darf einen Wunsch vorbringen, um seine neue Stellung zu unterstreichen. Nicht alle Meister begreifen, daß es sich dabei um einen Test handelt; und diejenigen, die es tun, mißverstehen ihn häufig. Diese erste freie Interaktion zwischen Meister und Prima stellt klar, wie ihre künftige Beziehung aussehen wird. Nur die wenigsten erkennen, welches Potential darin steckt.«

Bilder tauchten vor den Augen des Hackers auf, die das Hausnetz in sein optisches Zentrum einspeiste. Er sah einen Raum und darin eine Frau in der schwarzen Robe der Gilde, wie an dem goldenem Emblem auf ihrer Brust zu erkennen war. Seitlich hinter ihr stand wartend ein Mann ... Delhi gab Stivan ihre Erinnerungen an ihre Erhebung ein. Keine schwierige technische Leistung. Jeder Jugendliche in den Außenwelten beherrschte sie und spielte gern Freund oder Freundin einen Streich, indem er ihr oder ihm schmutzige Phantasien oder schockierende Bilder eingab.

»Einige frischgekürte Gildemeister erbitten nur eine

symbolische Gabe, glauben sie doch, daß ihre Treue hier getestet werden soll. Aber das sind Narren! Andere bitten um eine Anstellung für einen Verwandten oder Verbündeten. Die Liste ist so lang wie die Rolle mit den Namen der Gildemeister.

Immerhin geht es hier um das Problem, wie man das meiste aus einer solchen Gunst herausholen kann. Dieser letzte Teil der Zeremonie zeigt deswegen auch an, wie rasch der Betreffende denkt, wie sorgfältig er die verschiedenen Optionen abwägt und welche politischen Prioritäten er sich gesetzt hat …«

Die Herrin schwieg, um seinem hilflosen Gehirn eine unvollständige Frage einzugeben: *Wenn sie mir von diesen Geheimnissen berichtet …* Er reagierte wie gewünscht mit Panik.

»Nun, mir wurde dieser Wunsch ebenfalls gewährt, und in diesem Augenblick, der mir wie eine kleine Ewigkeit erschien, fragte ich mich, was mir am wertvollsten in der ganzen Galaxis sei – vorausgesetzt natürlich, die Prima könnte mir das auch beschaffen. Und mir wurde klar, daß ich hier nicht nur einem Test unterzogen wurde, sondern man mir auch eine wirkliche Belohnung in Aussicht stellte.«

Die Prima und der Mann hinter ihr warteten. Feine Fäden, die leise wie ein Spinnennetz zitterten, schienen die beiden miteinander zu verbinden.

»Endlich antwortete ich: *Ich erbitte ein Programm.*

Was für ein Programm?

Meine Gedanken rasten, und ich mußte mich mit aller Kraft konzentrieren: *Geben Sie mir ein Programm, mit dem ich einen Menschen seiner Initiative berauben kann. Man soll es in sein Gehirn einpflanzen können, und sobald man es aktiviert hat, sollen Körper und Geist des Betreffenden vollkommen passiv sein.*

Die Prima antwortete: *Es gibt nur wenige Programmierer, die so etwas schreiben könnten.«*

Vor Stivans Augen drehte die Prima sich zu dem Mann hinter ihr um. War das nicht Devlin Gaza? Er nickte der obersten Gildemeisterin unmerklich zu, und die Fäden zwischen ihnen zitterten etwas heftiger.

»Ja, das sollst du haben, erklärte die Prima mir dann.

Und ob du es glaubst oder nicht, genau dieses Programm habe ich eben aktiviert.« Die Bilder vergingen. »Noch habe ich deine Initiative nur eingefroren, aber ich kann dieses Zentrum in deinem Gehirn auch zerstören – und dich damit in ein Wesen verwandeln, das nur gehorchen, aber nie selbst aktiv werden kann.«

Delhi erschien wieder vor ihm und betrachtete ihn. »Heb den linken Arm, Stivan.«

Der Arm bewegte sich, als hinge er an den Fäden eines Puppenspielers. Als der Arm mit der Schulter eine Linie bildete, befahl die Herrin: »Stopp!«

Der Arm blieb in der Luft hängen.

»Runter damit.«

Er sank herab.

»Ausgezeichnet. Und jetzt wollen wir sehen, ob das mit den geistigen Befehlen auch so hübsch funktioniert.«

Sie begab sich an sein Keyboard und betrachtete die Symbole auf den Tasten. Plötzlich tauchte eines davon vor seinem geistigen Auge auf, und sein Gehirn reagierte sofort darauf. Das Symbol löste eine ganze Kaskade von Neuralverbindungen aus, und der Hacker konnte nichts dagegen tun. Stivan saß wie ein Zuschauer in seinem Kopf und verfolgte automatisch, wie ein Icon nach dem anderen auftauchte und wieder verschwand.

»Wunderbar. Gaza hat wirklich hervorragende

Arbeit geleistet.« Sie betrachtete ihn noch einmal aus ihren kalten Augen. »Ist gar nicht so einfach, ein menschliches Gehirn auszuforschen. Schon ein falscher Gedanke kann die ganze Brainware ausschalten. Wenn ein bestimmtes Icon auftaucht, aktivieren sich die internen Sicherheitssysteme und löschen jeden Input.

So etwas hast du sicher in deinem Kopf installiert, nicht wahr? Jetzt verstehst du bestimmt, warum mir keine andere Wahl blieb. Ach so, du kannst das ja nicht begreifen. Tut mir ehrlich leid, Stivan, du warst ein guter Mitarbeiter.«

Delhi beugte sich vor und starrte ihn an wie ein Raubtier, bevor es zustößt. »Sollen wir jetzt anfangen? Ja, ich wäre sehr dafür. Zunächst möchte ich mir deine jüngsten Entdeckungen ansehen und die in meine Speicher laden. Ja, tut mir leid, dein Gehirn geht dabei vermutlich drauf. Leider kann das Programm nicht anders laufen. Deswegen haben ich mir das auch für meine Feinde aufgehoben ... oder für Verräter.«

Die Gildemeisterin rief elektronisch alle Daten aus seinem Kopf ab. Wenn er nur wenigstens die Augen hätte schließen können. Aber auch das war ihm versagt, und so konnte er sie nur anstarren, bis es mit ihm vorüber war.

Der Assivak beugt sich über seine Beute. Das Tier kann sich nicht mehr rühren und erst recht nicht wehren. Seidenfäden haben es fest verschnürt, von Kopf bis Fuß. Die weiten Flügel, mit denen es einst über den Himmel zog, liegen nun wie angeklebt an den Seiten, und seine Augen können nur hilflos starren.

Natürlich war sein Ende schon am Anfang festgeschrieben. Jedes Wesen, das auch nur mit einem Fuß ins

Netz der Spinne tritt, gehört dem Assivak. Manchmal ist ihm nicht danach, das Opfer gleich zu verspeisen; aber irgendwann ist es dann doch soweit.

Genießerisch beugt der Assivak sich tiefer über die Beute und fängt an, ihr die Lebenssäfte herauszusaugen.

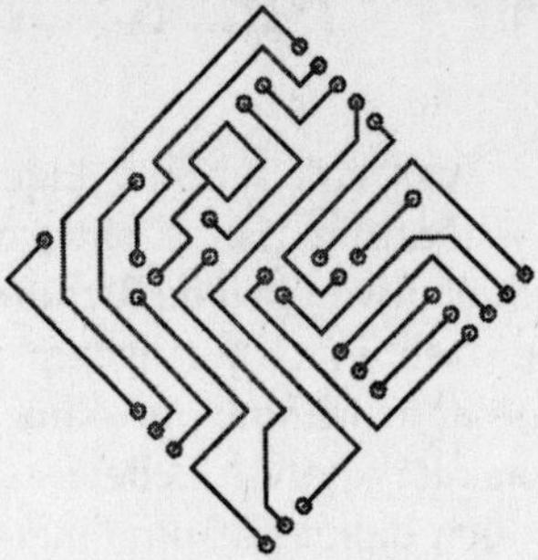

Was ist ein Genie, wenn nicht die perfekte Balance zwischen Inspiration und Durchhaltevermögen?

CHEULGU KIM
Alte Wahrheiten für ein neues Zeitalter

IN-SCHIFF: MERCURY

Der Harvester war eine ebenso eigentümliche wie wunderbare Schöpfung. Seine silbernen Schwingen breiteten sich meilenweit in jede Richtung aus, und das ganze Gebilde drehte sich mit jedem neuen Sonnenwind, der seine hauchdünne Substanz traf. So konnte es einem schon fast wie ein Lebewesen vorkommen, auch wenn es sich dabei nur um einen Konstrukt aus Menschenhand handelte.

Die meisten Flügel waren zur Zeit nicht auseinandergefaltet. Erst in einem fruchtbaren Sonnensystem wurden alle ausgefahren – wie bei einem großen Vogel, der alle Federn spreizt, um dem Wind möglichst viel Fläche zu bieten. Aber hier wehten nur flaue galaktische Brisen; nur noch ein Nachhall der Stürme, die auf der Milliarden Meilen entfernten Sonnenoberfläche tobten.

Unter den Schwingen befanden sich im Schutz von Wasserstoffkokons die Frachtstücke: Elemente von den Außenplaneten, meist winzige Proben, die sich nun im Mutterschiff befanden: wertvolle Metalle, radioaktive Stoffe, komprimierte Gase und alles andere, was die Knotenpunkte für ihren Aufbau und Erhalt benötigten. All dies war im Harvester gelagert, der auf seiner Reise Jahrzehnte unterwegs war.

Ja, in gewisser Weise eine Form von Leben, sagte sich Hsing, oder zumindest seine Quelle. So wie die Sonne über Guera auf diesem Planeten Leben ermöglichte, oder Sol auf der Erde, so erhielten die Harvester-Schiffe das Leben der Knotenpunkte. Die Stationen in den Außenwelten waren nahezu perfekt geschlossene Systeme, doch auch ihnen waren Grenzen gesetzt: wie oft man Materialien recyceln konnte; wenn Metall oder

Plastik so oft zu etwas Neuem umgewandelt worden waren, daß der Molekularzusammenhalt nicht mehr gewährleistet werden konnte. Die Erde sorgte für einen gewissen Ersatz, indem jedem Schiff, das von den Planeten kam, zur Auflage gemacht wurde, eine gewissen Menge Rohstoffe für den Bedarf der Gilde mitzuführen.

Doch diese Menge reichte gerade aus, neue Schiffe und Stationen zu bauen oder dringende Reparaturen durchzuführen. Ohne die Harvester, die ständig zwischen den Außenwelten unterwegs waren, hätte nicht genug Energie zur Verfügung gestanden, um die Menschen dort zu erhalten.

Der Gildemeister sah dem bizarren Schiff hinterher, bis es in der Ferne verschwunden war. Er stand nicht allein an dem Sichtfenster. Anhand des Abstands, den die Passagiere zu ihm hielten, konnte man leicht erkennen, welcher Rasse sie angehörten Die Gueraner hatten keine Scheu vor ihm, und sein Gildestatus versetzte sie nicht in Ehrfurcht. Die Varianten hielten sich respektvoll ein paar Schritte von ihm fern, und die Terraner auf dem Schiff mieden ihn, wo und wann sie nur konnten.

Fürchteten sie seine Macht, oder erschreckte sie der Umstand, daß man seine Variation nicht auf den ersten Blick erkennen konnte? Stieß die Echtmenschen vielleicht sein Kaja ab, das die Terraner als ›Kriegsbemalung von Wilden‹ zu schmähen pflegten? Was glauben sie denn? Daß er sie womöglich in den Kochtopf steckte, wenn sie ihm zu nahe kämen?

Dabei bestand die Ironie doch darin, daß Hsing sich seine Variation schon vor längerem hatte entfernen lassen. Einige nutzten diese Möglichkeit, aber längst nicht alle. In seinem Fall hatte die Operation nicht viel Umstände gemacht. Der Gildemeister hatte den Eingriff vornehmen lassen, sobald er alt genug gewesen war, um über sich selbst bestimmen zu dürfen. Und nicht ein einziges Mal hatte er die Entscheidung seitdem bereuen müssen.

Natürlich gab es da immer noch die Gueraner, die ihn beschuldigten, einmalige Möglichkeiten fortgeworfen zu haben; und diejenigen, die ihm vorwarfen, daß einige der größten Leistungen der Menschheit von Personen mit einer Körperbehinderung erreicht worden seien. Was ihn persönlich betraf, hielt er solche Anwürfe für reinen Quatsch. Mochten Gueraner wie Masada und sein Frau sich etwas von ihren Varianten versprochen haben, Hsing fragte sich lieber, was es einem menschlichen Geist schon nutzt, in einem Körper gefangenzusitzen, der nicht auf seine Befehle reagierte?

Er hielt Ra für verrückt, weil sie sich noch nicht längst den Augenschaden hatte beheben lassen. Und er wußte, daß selbst Delhi keine Sekunde gezögert hätte, ihren kaputten Körper gegen einen funktionstüchtigen einzutauschen. Einzig die Angst davor, durch die Operation auf Dauer ihren Geist zu verlieren oder Schaden daran hinnehmen zu müssen, hielt sie noch zurück. Sogar Masada hatte seinen Wellseeker darauf programmiert, seine schlimmsten sensorischen Verzerrungen zu dämpfen, weil die ihn bei der Arbeit behinderten.

Wir sind doch alle Menschen, oder? Aber das durfte er den Terranern natürlich nicht stecken. Bloß nicht. Schließlich nutzte es einem, das Mysterium um seine Person aufrechtzuerhalten.

Heute war es Hsing gelungen, für fünf Minuten nicht an das zu denken, was zu Hause vor sich gehen mochte. Das fiel ihm nicht leicht. Wenn ein Gildemeister seine Station für ein ganzes Jahr verließ, mußte er den Personen die Verantwortung übergeben, die nichts lieber taten, als selbst die Macht an sich zu reißen. Die Prima hatte ihm zwar versprochen, seine Interessen zu schützen, aber würde sie die subtilen Manipulationen mitbekommen, die dort vorgenommen wurden? Vermutlich erst dann, wenn es längst zu spät für Gegenmaßnahmen war. Einem Außenstehenden fehlte einfach der Einblick in das komplizierte Innenleben einer Station.

Man konnte eine solche Einrichtung nur kontrollieren, wenn man in ihrem Zentrum stand und sich um jede Kleinigkeit kümmerte. Die Untergebenen, die sich gegen einen verschworen, mußte man persönlich vor sich sehen, um an ihren Blicken und leisen Gesten zu erkennen, wie weit sie mit ihren Vorbereitungen gediehen waren.

Hier auf dem Schiff fühlte der Gildemeister sich hilflos, und das verdroß ihn manchmal bis zur Wut. Natürlich führten solche Gefühlsaufwallungen zu rein gar nichts, und er lehnte sie auch ab. Aber als Mensch war er ihnen unterworfen.

Die Prima hatte ihn nicht gezwungen zu reisen, ihm sogar die Wahl gelassen und versichert, sie würde auch jemand anderen finden, der diesen Masada abholte.

Aber Hsing hatte die Mission übernommen.

Er wußte, daß er das Schicksal der ganzen Gilde in Händen hielt, und das war schon ein eigenartiges Gefühl. In der Galaxis gab es vermutlich kaum zehn Menschen, denen die Prima einen solchen Auftrag anvertraut hätte, und ihn hatte sie als ersten gefragt. Den Gefallen, den er ihr damit tat, würde er eines Tages nutzen und im Gegenzug etwas von ihr einfordern können.

Damals hatte er geglaubt, diese Aussicht wiege jedes Risiko auf. Aber heute, acht Monate später, war er sich da gar nicht mehr so sicher. Wenn er nun auf seine Station zurückkehrte, um feststellen zu müssen, daß sich inzwischen ein anderer seines Thrones bemächtigt hatte? Wenn Hsing dann überhaupt mit dem Leben davonkäme, müßte er wieder ganz von unten anfangen – oder den kostbaren Gefallen einlösen, um dessentwillen er die Mission überhaupt übernommen hatte.

Wenn die Gilde den Virus unschädlich machen konnte, das wäre jeden Einsatz wert, hatte er sich damals ebenfalls gesagt. Und auch in diesem Punkt waren ihm inzwischen Zweifel gekommen. Ein Teil seines Bewußtseins merkte beharrlich an, daß ein erledigter Virus nur ein schwacher Trost für jemand sei, der gerade seine Station verloren hatte ...

»Gildemeister?«

Die unerwartete Stimme schreckte ihn aus seinen Gedanken hoch. Einer der Stewards stand in respektvollem Abstand da und hielt den Blick gesenkt. Sein Kaja bat darum, dem abgewandten Blick des Stewards keine zu große Bedeutung beizumessen, habe dies doch mit seiner Variation zu tun.

»Der Captain möchte Sie gern sprechen«, verkündete der Mann und fügte fast entschuldigend hinzu: »Natürlich nur, wenn das Ihre Zeit erlaubt.«

Hsing konnte den Tonfall des Stewards leicht interpretieren. Der Captain hatte sich deutlich unfreundlicher ausgedrückt, doch sein Bote wollte keinen Ärger auf sein Haupt laden und hatte die Worte deshalb höflicher gefaßt. Und die Hinzufügung stammte allein von ihm.

Wieder mußte der Gildemeister daran denken, wie eigenartig es ihn doch ankam, sich im Territorium eines anderen zu bewegen, wo sein eigener Titel so wenig Bedeutung zu haben schien. In jeder anderen Umgebung wäre der Captain auf den Knien herangekrochen und hätte auch sonst alles unternommen, den hohen Offizier nicht zu erzürnen. Aber wenn man zweimal sechs Monate mit fünfhundert Menschen auf einem Schiff eingesperrt war, dann betrachtete man den Mann aus anderen Augen, der hier die Verantwortung trug, alles zusammenhielt und auch noch dafür sorgte, daß die Passagiere sich nicht vor lauter Langeweile an die Kehle gingen. Ob das Hsing nun gefiel oder nicht, er mußte es akzeptieren.

»Aber gern«, entgegnete er daher. »Führen Sie mich bitte zu ihm.«

Der Captain hielt sich in einem kleinen Besprechungsraum unweit der Brücke im Bug des Schiffes auf. Der Gildemeister kannte diesen Raum zur Genüge. Zu Beginn der Rückreise hatte er eine Woche lang darum ringen müssen, daß Masada Zugang zu den Computerräumen des Schiffes erhielt, damit er dort seine Arbeit durchführen konnte. Der Captain hatte sich heftig gewehrt, aber Hsing hatte schließlich den Sieg davongetragen, wenn auch nur knapp. Ohne Zweifel verdroß das den Schiffsherrn immer noch, und ohne Zweifel sollte es bei der Besprechung erneut um dieses Thema gehen.

Die ganze Besatzung würde den Professor auf Händen tragen und ihm freudig alles auf dem Schiff überlassen, wenn sie wüßte, womit er sich beschäftigte. Leider darf ich ihnen das aber nicht mitteilen …

Der Captain wartete, bis der Steward den Gildemeister hereingebracht und sich wieder entfernt hatte. Der Schiffsherr war ein kräftiger Mann in der Mitte seiner Jahre, in denen er sich offensichtlich wohl zu fühlen schien. Die Verantwortung seines Amtes und die Freude an seinem Tun standen ihm deutlich im Gesicht geschrieben. Doch heute verzerrten Sorgenfalten sein

Simba-Kaja, und das sah Hsing nicht als gutes Zeichen an.

»Gildemeister«, sagte der Mann nur und bot ihm einen Platz an, aber Hsing blieb lieber stehen. Er würde sich nicht setzen, solange der Captain stand, hätte ihm das doch einen Nachteil verschafft. Der Simba drückte daraufhin Widerwillen aus, aber was hatte der Schiffsherr erwartet, immerhin stand der Gildemeister im Rang deutlich über ihm.

Ein richtiger Simba hätte jetzt geknurrt und eine Raubtierhaltung eingenommen. Hsing ließ sich nicht davon täuschen, daß der Captain davon Abstand nahm. Diese Reaktion mochte zwar nicht offen zutage treten, spielte sich dafür aber im Innern ab.

»Meine Offiziere melden mir eine Reihe von Problemen auf diesem Schiff.«

Der Gildemeister wartete höflich auf nähere Auskünfte.

»Zuerst hat es unsere Viddie-Bibliothek getroffen. Die Auswahl verringerte sich zunächst um zehn Prozent, dann um zwanzig und beläuft sich zum gegenwärtigen Zeitpunkt nur noch auf sechzig Prozent. Offensichtlich hat das Programm begonnen, die Streifen, die nicht häufig verlangt werden, zu löschen, um Platz zu schaffen …

Nun ist auch mein Nutrionist zu mir gekommen und hat gemeldet, daß seine Programme langsamer arbeiten. Kurz gefaßt, die Mahlzeiten sind nicht fertig, wenn die Passagiere in die Speisesäle kommen. Ich kann Ihnen versichern, daß so etwas auf einem so großen Schiff leicht zu Unruhen führen kann. Meine Aufgabe besteht darin, die Passagiere bei Laune zu halten, so wie Ihre darin besteht, sich nicht in meine Arbeit einzumischen.«

Der Gildemeister konnte sich kaum im Zaum halten.

Was soll ich denn damit zu tun haben? hätte er den Mann am liebsten angefahren. Aber einen Simba ging man nie direkt an, vor allem nicht als Nantana.

Er verlegte sich deswegen auf Höflichkeit. »Sie wissen, daß ich mich selbstredend nie in die Schiffsabläufe einmischen würde.«

Tatsächlich glätteten sich nun einige der Falten im Gesicht des Captains. »Ja, vermutlich würden Sie das nicht tun. Dafür aber um so mehr Ihr Mitreisender.«

»Dr. Masada?« Das überraschte ihn doch etwas.

»Vor einigen Monaten haben Sie mich gebeten, den Professor an unseren Prozessoren arbeiten zu lassen. Ich habe mich damals damit einverstanden erklärt, solange die Schiffsprogramme davon nicht beeinträchtigt würden.«

»Ich kann mir nicht vorstellen, daß er dem zuwidergehandelt haben sollte«, entgegnete Hsing. Als die Miene des Schiffsherrn sich wieder verfinsterte, fügte er hinzu: »Warum sollte Masada das tun? Was könnte er damit gewinnen?«

Wortlos reichte der Captain ihm einen Computerausdruck mit fünfzehn Plastikblättern: eine Aufstellung der Prozessorenbenutzung. Hsing gab sich Mühe, sich äußerlich nichts anmerken zu lassen.

Der Professor hatte sich recht freizügig des Innernets bedient, und zwar in einem Maße, daß das System nicht mehr so recht mitkam. Die Schiffskapazitäten hatten begonnen, einige periphere Dienste abzuschalten. Natürlich würde die Nahrungsproduktion nicht gänzlich eingestellt werden. Auch die Viddie-Versorgung oder eines der anderen gut zweihundert Systeme nicht, die die Passagiere für ihr Überleben oder ihre Zerstreuung benötigten.

Aber das System hatte hier ein Byte herausgenommen und auch dort einmal ein paar Millionen abgeknapst. Neunzehn Schiffssysteme waren davon bereits betroffen. Weitere siebenundzwanzig waren dafür vorgesehen, würde Masada damit fortfahren, die Prozessoren so stark zu belasten. Wenn das so weiterginge, würden die Schiffsprogramme binnen Tagen nur noch mit halber Kraft laufen. Hsing verstand jetzt, warum der Captain Sorgen hatte.

Als der Gildemeister von der Auflistung aufblickte, erklärte der Schiffsherr: »Sie tragen für den Professor die Verantwortung, und Sie haben darum ersucht, daß er an die Rechner darf. Gut, dann werden Sie sich jetzt auch um dieses Problem kümmern. Ich habe keine Ahnung, was Masada da eigentlich treibt, und Sie sagen mir nur, daß die Sache streng geheim sei. Meinetwegen, das ist Ihre Sache, und ich werde auch keine Fragen stellen, aber ich will den Mann aus meinen Schiffssystemen raushaben! Noch vier Monate Reise erwarten uns, und ich gedenke nicht, die mit einem Schiff durchzuführen, das aus dem letzten Loch pfeift!«

Der Gildemeister überlegte sich seine Antwort gut. »Selbstverständlich versteht Dr. Masada, welche Verantwortung er Ihnen und Ihrem Schiff gegenüber hat. Ohne Zweifel ist ihm entgangen, welche Auswirkungen seine Arbeit auf Ihre Systeme haben. Wenn ich ihm diese Aufstellung hier zeige, wird er bestimmt sofort entsprechende Vorkehrungen treffen.«

»Hoffentlich«, brummte der Captain.

Hsing kostete es große Anstrengung, den Raum zu verlassen, ohne den Schiffsherrn zurechtzuweisen. Innerlich kochte er. Nie hatte jemand, der unter ihm stand, es gewagt, ihn so zu behandeln. Hatte der Captain etwa vergessen, daß er und sein Schiff dumm dastehen würden, wenn es die Gilde nicht gäbe?

Aber, wie gesagt, man stritt nicht mit einem Captain auf dessen eigenem Schiff. Hsing beruhigte sich auf dem Weg zum Professor und sagte sich, daß er sich jetzt mit Wichtigerem befassen mußte.

Mit Masada.

Manchmal fragte er sich, ob das, was in dem Kopf des Wissenschaftlers vorging, überhaupt mit normalen Maßstäben erfaßt werden konnte. Oder unterschied sich Masadas Denkweise so sehr von der anderer Menschen, daß man ihn genausogut für einen Vertreter einer anderen Spezies halten konnte? Aber waren nicht alle Gueraner einander fremd? Besonders sein Iru-Kaja erschien ihm unvertraut, weil er die Nantana-Maske trug. Mit Hings Gesten und Signalen konnte ein Iru nichts anfangen.

Ach ja, die Freuden der gueranischen Gesellschaft …

Er ließ die öffentlichen Räumlichkeiten des Schiffs hinter sich und gelangte zu den kleineren Kabinen im Heck. Während dieser Schicht hielt sich hier kaum jemand auf. Die Passagiere vertrieben sich lieber die Zeit vor den Viddie-Schirmen und an den Spieltischen; denn hier im hinteren Teil vergaß man weniger leicht, daß man für ein halbes Jahr in einem Schiff steckte. Wenn man mit seinen Kabinennachbarn nicht auskam oder neue Horizonte entdecken wollte, war man im Heck schlecht beraten.

Er klopfte an der Tür des Professors an. Ein zweites Mal und auch noch ein drittes Mal, bis Masada endlich reagierte. Typisch für den Mann. Als die Tür sich automatisch öffnete, sah der Gildemeister sofort das, was er hier anzutreffen erwartet hatte.

Der Spezialist saß vor dem großen Schirm, den er von zu Hause mitgebracht hatte, und ließ vermutlich gerade irgendeine kodierte und unverständliche Version irgendeines Programms ablaufen. Der Schirm stand so, daß der Gildemeister nicht gleich einen Blick darauf werfen konnte. Aber das störte ihn nicht. Schon vor Wochen hatte Hsing feststellen müssen, daß die Dinge, mit denen Masada sich beschäftigte, für ihn völlig ohne Sinn waren. Und auch das bekümmerte ihn nicht. Einem Iru würde es sicher nicht gefallen, wenn er einem Außenstehenden seine Arbeit erklären sollte.

»Sehen Sie sich das an«, forderte der Professor ihn auf.

Wie bitte? Er sollte einen Blick auf Masadas Arbeit werfen? Für gewöhnlich empfand Masada Hsings Anflüge von Neugier als Belästigung. Zwar gab er dem Gildemeister dann Antwort, machte aber gleichzeitig unmißverständlich klar, daß er seine Einsamkeit vorziehe. Und nun lud der Meister ihn ein, sich sein Tun anzuschauen ... Was für eine Ehre! Fast hätte er darüber vergessen, daß er vermutlich nichts von dem begreifen konnte, was es auf dem Schirm zu sehen gab.

Doch als Masada den Schirm in seine Richtung drehte, erkannte er dort nicht Wirrwarr oder Chaos, und einen Augenblick lang vergaß er darüber alles andere, sogar den Grund, aus dem er hergekommen war.

»Was ist das?« fragte der Gildemeister.

Der Professor schob sich mit seinem Stuhl zurück, ohne den Blick nur einmal vom Schirm zu wenden. »Unser Virus«, antwortete er nur.

Auf dem Monitor schwamm ein Gebilde voller Anmut, das jedes Kind aus den Lehrprogrammen kannte. Die Ähnlichkeit war so groß, daß der Gildemeister mehrmals hinsehen mußte. Eine Doppelhelix – aber was hatte die mit Masadas Erklärungen zu tun? Wollte der Professor behaupten, der Computervirus besäße eine eigene DNS und sei lebendig? Also nicht nur ein Computer-, sondern ein biologischer Virus wie bei einer Infektionskrankheit?

Wenn der bedeutende Holist wirklich dieser Ansicht war, dann hatte er endgültig den Kontakt zur Realität verloren. Leben war doch beim Programmieren nur eine Metapher, aber keineswegs eine Zustandsbeschreibung. Das mußte doch auch diesem Wissenschaftler bewußt sein!

»Und was habe ich mir darunter vorzustellen?«, wollte Hsing wissen und stellte sich in Gedanken unangenehme Fragen: *Haben wir doch einen Fehler begangen und einen holistischen Fanatiker engagiert, der Phantasie und Wahrheit nicht auseinanderhalten kann? Habe ich meinen Gildemeisterstatus für einen Spinner aufs Spiel gesetzt? Dann stehe Gott mir bei!*

Aber als Masada antwortete, klang er nicht wie jemand, der jede Bodenhaftung verloren hatte. »Das ist eine Programmkarte des Virus. Natürlich nur ein Teil davon, aber ich kann Ihnen versichern, daß das ganze Gebilde so aussieht. Perfekt organisiert, vom ersten bis zum letzten Datenbit – wie das Leben selbst.«

Wenn der Professor ebenfalls Nantana gewesen wäre, hätte Hsing die letzte Bemerkung als Verspottung aufgefaßt. Aber Iru hatten nicht den geringsten Zugang zu Ironie, Scherz oder Satire.

Der Gildemeister trat näher heran und streckte eine Hand aus, als wolle er die Doppelhelix berühren. Langsam drehte sich das Gebilde, und Hsing bekam Teilstück um Teilstück zu sehen. »Und was ist das da?« fragte er und zeigte auf eine dünne gelbe Linie zwischen den beiden Hälften. »Das gehört doch wohl kaum hierher.«

»Wenn das ein lebendiges Wesen wäre, sicher nicht«,

antwortete der Professor und konzentrierte sich wieder auf die Anlage. Anscheinend gab er der Anlage über sein Headset etwas ein, denn auf dem Schirm vergrößerten sich plötzlich das Zentrum und der merkwürdige Zusatz. Feine Stränge verbanden die gelbe Linie mit dem Gebilde.

»Das ist der Speicher. Normalerweise wäre er mit den anderen Elementen integriert und stünde nicht so isoliert. Aber der Programmierer hat ihn dort angebracht, damit er die Symmetrie des Gesamtwerks nicht stört. Und daraus erkennen wir, daß unser Freund dem Virus vorsätzlich dieses Aussehen verlieh.«

»Sie scheinen sich in der Beurteilung seiner Motive ja ziemlich sicher zu sein.«

Masada tippte mit der Fingerspitze die vier Farben der Helix ab: Blau, Rot, Grün und Weiß. »Jede dieser Farben repräsentiert eine andere Form der Prozessorsequenz. Gleichzeitig treffen wir sie in den verschiedensten Kombinationen an, wie bei den Aminosäuren in der DNS. Jede weitere Farbe würde die Perfektion der Metapher zerstören ...«

Der Professor schüttelte den Kopf. »Der Mann hat das ganze Programm unter dem Gesichtspunkt geschrieben, die DNS nachzuahmen. Ein solches Muster erreicht man nur in mühevoller Kleinarbeit. Ich möchte die frustrierenden Momente nicht zählen, wenn er wieder einmal ein Code-Segment entfernen mußte, das zwar seinen Zwecken hervorragend diente, aber einfach nicht ins Bild paßte.«

»Warum? Ich meine, aus welchem Grund hat er das getan?«

»Eine gute Frage. Gewiß nicht aus Eitelkeit, denn die Aussichten, daß jemand auf dieses Basis-Muster stößt, sind verschwindend gering. Ich mußte über hundert

Fallen ausschalten, um überhaupt so weit zu kommen, und habe dabei zwei Dutzend Kopien des Virus verloren. Diese Fallen sind für Computerspezialisten von meinem Kaliber ausgelegt gewesen. Unser Freund hat das DNS-Muster also nicht geschaffen, um allseits bewundert zu werden; und wenn doch, dann nur von einem sehr ausgesuchten und verschworenen Kollegenkreis.«

»Dann haben wir es also mit einem Hacker zu tun?«

Der Wissenschaftler drehte sich zu ihm um. Er sprach kein Wort und bedachte ihn nur mit einem kurzen Blick, der besagte, daß er Hsings Intelligenz nach dieser Frage als äußerst begrenzt erachtete.

»Aber die treffen sich doch nur im geheimen … und geben untereinander gern mit ihren Taten an.«

»Nein, wir haben keine Schöpfung eines Hackers vor uns.«

»Sind Sie sich da ganz sicher?«

Masada sah ihn nicht einmal mehr an. Nach zwei Monaten gemeinsamer Schiffsreise kannte der Gildemeister den Mann gut genug, um zu wissen, daß er ungern äußerte, was auf der Hand lag. Besser gesagt, was für ihn offensichtlich war. Die Vorstellung, daß auch eine überflüssige Äußerung dem Gegenüber manchmal helfen konnte, einer Sache besser folgen zu können, schien seinem Wesen völlig zuwiderzulaufen.

»Woher wollen Sie das so genau wissen?« fragte Hsing noch einmal.

Ein seltsamer Zug huschte über Masadas Gesicht, den man vielleicht für ein Lächeln halten, sich darin aber absolut nicht sicher sein konnte. »Was Sie hier sehen, ist nicht das Muster eines Hackers. So denkt ein Hacker nicht, und so designed er nicht. Diese Leute sind vor allem ungeduldig und können es gar nicht abwarten, ihre Fähigkeiten an der Welt zu versuchen. Ein Hacker würde also niemals ein Programm schaffen, das darauf angelegt ist, den galaxisweiten Handel zusammenbrechen zu lassen – und dieses dann jahrelang zurückhalten, um es auf einem Level zu ordnen und zu perfektionieren, das kaum jemals einer zu Gesicht bekommt. Der Hacker will, daß andere sein Werk bestaunen.«

»Sie glauben wirklich, er hat Jahre darauf verwendet?«

»Zumindest mehrere E-Monate.« Er beschäftigte sich wieder mit dem Schirm. Eine Sektion des Virus verschwand und machte einer zweiten Platz; diese dann einer dritten. »Die Programmkarten eines Hacker-Virus sind komplex und sicher auch kunstvoll, erscheinen uns aber in ihrer Form viel chaotischer, sind aus diesem und jenem zusammengesetzt, gerade so, wie die Muse der Inspiration den Mann geküßt hat ... Was wir hier vor uns haben, wurde jedoch von einem geordneten Geist geschaffen. Ich möchte fast so weit gehen zu behaupten, dieser Virus stammt von einem Mann, der stolz auf seinen Ordnungssinn und seine Selbstdisziplin ist.«

Masada betrachtete nicht ohne Bewunderung den Vorbeizug der einzelnen Sektionen, ehe er fortfuhr: »Ich würde drauf wetten, daß dieser Designer eine konventionelle Ausbildung genossen hat, also in einer Schule war und sich nicht alles selbst beibrachte. Er ist der geborene Perfektionist, und das zeigt sich nicht nur in seinem tagtäglichen Leben, sondern auch in seiner Programmierarbeit. Er schafft nicht, um von andern Lob zu erhalten, er hat vielmehr Freude an seiner eigenen Schöpfung ...

Und was immer er auch mit diesem Virus vorhat, er hat ihn nicht aus einem Impuls heraus entwickelt und sicher auch nicht als Reaktion auf ein äußeres Ereignis ... Nein, unser Freund hat schon vor langer Zeit mit den Vorbereitungen begonnen und so lange daran getüftelt, bis jedes einzelne Byte perfekt war. Erst dann hat er den Virus auf die Galaxis losgelassen ...«

Der Professor lehnte sich zurück. »Wahrscheinlich beobachtet er auch jetzt noch die Entwicklung seiner Schöpfung, und dadurch können wir vielleicht an ihn herankommen. Zur Zeit suche ich in diesem Virus nach einer Home-Sequenz oder einem Muster, aus dem sich einmal ein solcher Code entwickeln wird. Dummerweise gibt es dabei unendlich viele Variationen, und ich weiß nicht, ob ich ihn so bald finden werde. Vor allem dann nicht, wenn dieser Code noch gar nicht existiert. Aber eines kann ich Ihnen versichern: Der Mann, der dieses Meisterwerk geschaffen hat, wird wissen wollen, wie sein Baby heranwächst.«

»Er könnte doch einfach die Sporen aus dem Outernet einsammeln«, bemerkte der Gildemeister. »So würde er im Lauf der Zeit alles bekommen, wonach er sucht, und ginge kein Risiko ein.«

»Einem anderen Programmierer würde das vielleicht genügen«, stimmte der Professor zu, »aber nicht unserem Freund. Dafür denkt und lebt er zu geordnet, denkt er in zu kontrollierten Bahnen. Ein solcher Mensch würde sich nicht der Gnade des Zufalls unterwerfen. Nein, er will Zeuge der ganzen Evolution mit allen ihren Variationen sein ... um notfalls Korrekturen vornehmen zu können, weil es sicher Dinge gibt, die er bei der Herstellung noch nicht voraussehen konnte. Aber auch das hat er bedacht, dessen bin ich mir ganz sicher.«

Hsing starrte den Wissenschaftler an, der sich wieder ganz mit seinem Virus beschäftigte und nicht mitzubekommen schien, wie der Gildemeister ihn ansah. »Sie scheinen ja tiefen Einblick in das Innenleben unseres Freundes genommen zu haben.«

Hatte Masada den Zweifel gehört, der dieser Frage innewohnte? Iru waren dafür bekannt, nicht zu wissen, was in ihrem Gegenüber vorging. Die Motive der anderen blieben ihnen fremd, und dieses Argument war ja auch gleich vorgebracht worden, als Hsing den Wissenschaftler als Berater vorgeschlagen hatte. Ein Iru konnte hervorragend kalte, tote Codes analysieren, wäre aber eine völlige Fehlbesetzung, wenn es darum ging herauszufinden, wer hinter diesem Anschlag steckte. Am Ende war man in der Gilde übereingekommen, es wenigstens mit Masada zu versuchen. Aber selbst Hsing hätte nicht erwartet, von ihm ein Persönlichkeitsprofil gesagt zu bekommen.

»Steckt alles im Code«, entgegnete der Professor nur, ganz wie man es von ihm gewohnt war: kalt, sachlich und unpersönlich. Natürlich, dachte der Gildemeister, der Virus enthielt die Essenz seines Schöpfers. Wer sich, wie Masada, intensiv mit solchen Dingen beschäftigte, fand die entsprechenden Hinweise und interpretierte sie auf seine Art. Der Wissenschaftler war eben der Ansicht, daß sich selbst menschliche Motive mit mathematischen Formeln zerlegen ließen.

Hsing sagte sich, daß Masada vermutlich keine Ahnung von seinem Genie hatte. Für ihn handelte es sich um Selbstverständlichkeiten, die er aus dem Virus herauslas. Und wer die nicht, so wie er, gleich entdeckte, mußte vermutlich nur gründlicher hinsehen.

Gepriesen seien die Gründer von Guera dafür, die besonderen Begabungen jedes einzelnen zu fördern, statt nach einer Heilung dafür zu suchen. Nur diesem Umstand war ein Genie wie Masada zu verdanken.

Kein Wunder, daß die meisten technologischen Neuerungen heutzutage von Guera kamen.

Die Erde hingegen, die einen strikten Standard von psychologischer ›Normalität‹ eingeführt hatte, konnte nur mit wenig Erfindungen aufwarten. Dem Himmel sei Dank, daß unsere Vorfahren Terra früh genug verlassen haben, sonst hätte man ihnen diese anomalen Gene auch genommen.

»Natürliche Evolution findet nur nach dem Zufallsprinzip statt«, erklärte der Professor jetzt. »Hier finden wir aber keine zufälligen Entwicklungen. Der Schöpfer legte vorher fest, wann und wie der Virus mutieren sollte, und wenn ich den entsprechenden Kontrollcode zu isolieren vermag, erhalte ich tieferen Einblick in die Denkweise des Schöpfers, und damit auch die Möglichkeit der Kontrolle über sein Werk. Und Antworten auf einige sehr wichtige Fragen.«

»Welche zum Beispiel?«

Der Wissenschaftler schien kurz zu überlegen, ob er dies einer Antwort würdig war oder nicht. »Der Virus benutzt ein Segment des Out-Piloten-Codes, um sich Zutritt zu verschaffen. Zur Zeit verwendet er einen Code, den er bei seinen früheren Invasionen gestohlen hat ... Ich möchte aber wissen, was vorher da war, vor dem ersten Mal, als er in das Gehirn eines Out-Piloten eingedrungen ist ...

Daraus können wir eine Menge lernen, Meister Hsing ... unter anderem auch, ob der Designer Zugang zu Gilde-Unterlagen besaß oder nicht.«

Hsing lief es kalt den Rücken hinunter. »Glauben Sie etwa, eines unserer Mitglieder könne etwas damit zu tun haben?«

»Zu diesem Zeitpunkt glaube ich noch gar nichts. Aber ich muß alle Möglichkeiten in Betracht ziehen ...

auch die weniger erfreulichen. Wenn ich den Virus zurückführen kann, kann ich Ihnen sicher mehr sagen.«

»Ich dachte, das hätten Sie bereits getan?«

»Nein, ich habe ihn dekompiliert, zerlegt. Rückführung bedeutet etwas anderes. Dabei geht es darum, die Quellencode-Wahrscheinlichkeit zu extrapolieren –« Er unterbrach sich, als ihm aus irgendeinem Grund bewußt zu werden schien, daß der Gildemeister ihm nicht folgen konnte.

»Also, ich versuche herauszufinden, wie die älteren Versionen des Virus ausgesehen haben. Daraus kann ich Schlüsse auf die Invasionssequenz ziehen, und das bringt uns dann zu neuen Antworten.«

»Eine umgekehrte Evolution?«

»Ganz genau.«

»Aber … aber wenn diese Schöpfung so komplex ist … wie …« Der Gildemeister suchte nach Worten. »Das wäre ja genau so, als wolle man nach nur einem Blick auf ein Kind herausfinden, wie sein Urgroßvater ausgesehen haben muß, oder? Theoretisch müssen doch tausend potentielle Vorfahren für jede Version des Programms existieren, nicht wahr?«

»Millionen, um genau zu sein. Und mit jeder neuen Generation potenziert sich die Anzahl.« Die Vorstellung schien ihn nicht im mindesten zu beeindrucken. »Ich hoffe, auf ein zugrundeliegendes Muster zu stoßen, von dem aus der Stammbaum sich zurückstutzen läßt.

Ist das geschafft, erlaube ich den wahrscheinlichsten Kandidaten für den Quellcode, sich zu reproduzieren und weiterzuentwickeln. Ihre Evolution vergleiche ich dann mit der tatsächlich erfolgten und kann schon nach wenigen Generationen die falschen löschen. Der Rest verrät uns dann genug über den Ursprung des Virus.«

Der Gildemeister starrte ihn an. »Haben Sie überhaupt eine Ahnung, wie viele Rohdaten Sie dabei benötigen?«

»Selbstverständlich. Mir bleiben hier immerhin noch vier Monate. Die Gilde schickt mir während der Reise keine Kopien vom gegenwärtigen Entwicklungsstand des Virus, weil sie feindliche Zugriffe befürchtet. Deswegen kann ich nur mit dem Material arbeiten, das mir bereits zur Verfügung steht.«

Er sah Hsing in einer Mischung aus leichter Belustigung und ehrlicher Neugier an. »Oder wissen Sie eine bessere Methode, wie ich mir hier die Zeit vertreiben soll?«

»Nein, natürlich nicht«, antwortete der Gildemeister rasch. Masada wandte sich wieder seiner Arbeit zu, so als sei alles gesagt. Wenig später fragte sich Hsing, ob der Professor bereits vergessen hatte, daß sich noch jemand im Raum befand.

»Ihre Rechnerkapazitätsansprüche bringen die Schiffsprogramme in Bedrängnis«, erklärte Hsing offen heraus und fast schon plump. Für einen Nantana sehr ungewöhnlich, aber bei einem Iru durfte man nicht lange wie eine Katze um den heißen Brei herumschleichen.

Einige Sekunden vergingen, dann hob der Wissenschaftler den Kopf. »Sind irgendwelche Programme geschädigt oder lahmgelegt worden?«

»Nein, noch nicht.«

»Dann brauchen wir uns ja auch keine Sorgen zu machen.«

Der Gildemeister trat vor Masada, um diesen zu zwingen, sich ihm wieder zuzuwenden. »Dr. Masada, der Captain hat mich dringend gebeten, mit Ihnen darüber zu sprechen.«

Der Professor sah ihn an, und leichter Verdruß lag in seinem Blick. »Bitte, dann sprechen Sie.«

»Sie monopolisieren die Schiffsprozessoren, und die Systeme laufen spürbar langsamer.«

»Gildemeister«, begann Masada in einem Tonfall, als spreche er zu einem Kind – oder zu einem Idioten, »ich habe Ihnen meine Arbeit erklärt. Sie verstehen hoffentlich die Bedeutung meiner Forschung. Darüber hinaus habe ich dem Captain versprochen, daß meine Berechnungen die Funktionstüchtigkeit des Schiffs nicht beeinträchtigen werden, und nach allem, was Sie mir gesagt haben, ist das ja auch nicht geschehen, oder?

Tut mir leid, wenn das eine oder andere System eine Nanosekunde langsamer läuft, aber leider ist dieses Schiff für meine Arbeit nicht gut genug ausgerüstet. Ich muß mich mit dem begnügen, was ich bekommen oder hier und da herausquetschen kann.

Die Ausrüstung, die ich mit an Bord gebracht habe, reicht aus, den Virus zu manipulieren, aber ich muß viel mehr tun, und mit dem, was ich von der Schiffskapazität für mich abziehe, bringe ich den Raumer nicht in akute Gefahr.«

»Das hat ja auch niemand behauptet!«

Die dunklen Augen des Professors verengten sich. Der Gildemeister hatte Masada noch nie wütend erlebt, und sonderbarerweise erleichterte es ihn, bei ihm eine so menschliche Regung zu erleben.

»Gildemeister, Sie haben mir diese Aufgabe übertragen, weil die Gilde sich akut bedroht sieht. Ein Virus, der in der Lage ist, Ihre Out-Piloten auszuschalten, treibt sich in den Außenwelten herum.

Damit bringt er die gesamte menschliche Zivilisation in Gefahr. Korrigieren Sie mich, wenn ich mich irre, aber ich wiederhole nur Ihre Worte.

Mir will es nun so scheinen, als sei die Bedrohung, mit der ich mich befasse, ein wenig bedeutender als die

Unannehmlichkeiten irgendeines reichen Touristen von Paradise, der sich nicht am neuesten Viddie von Ima Starshine aufgeilen kann. Sollte ich das falsch sehen, dann sagen Sie mir das bitte, und ich ziehe sofort alle meine Daten aus dem Innernet des Schiffs, damit der Captain wieder volle Kapazität hat.

Andernfalls möchte ich Sie dringend bitten, mich wieder an meine Arbeit zu lassen.«

Du Mistkerl hast genau gewußt, dachte Hsing, *bei welchen Systemen du dich bedienen konntest und was das auslösen würde. Du überläßt einfach nichts dem Zufall, oder?*

Er spürte seinen Ärger und unterdrückte ihn, weil der doch zu nichts führen würde. *Warum hast du mir nichts davon gesagt, damit ich vorgewarnt gewesen wäre?*

»Nehmen Sie in Zukunft wenigstens die Nahrungsprogramme aus. Damit der Captain Ruhe gibt.«

»Alles, was Sie mir vorenthalten, fehlt mir irgendwo.«

»Dr. Masada, die Nahrungs- und Gesundheitsprogramme sollen wie gewohnt laufen können. Überhaupt alles, was mit der Lebenserhaltung zu tun hat ... Und wenn Sie dort doch etwas abzapfen müssen, dann bitte nur so wenig, daß die Passagiere nichts davon merken. Können wir uns darauf einigen?«

»Und was ist mit dem Rest?«

Der Gildemeister war am Ende seiner Geduld angelangt und wollte zu einer deutlichen Entgegnung ansetzen. Doch dank seiner Selbstkontrolle bekam er sich rasch wieder in den Griff. Masada hatte ja recht. Seine Arbeit war zehntausendmal wichtiger als das Wohlbefinden einiger verwöhnter Touristen.

»Lassen Sie bitte Nahrung und Gesundheit in Ruhe. Was die anderen Programme angeht, darüber rede ich noch mal mit dem Captain.«

Gott, wie freute sich Hsing darauf, endlich wieder

nach Hause zu kommen. Natürlich hatte man ihm auf seiner Station längst Fallen gestellt und Verschwörungen gegen ihn geschmiedet. Ein ganzes Jahr hatte seinen Untergebenen dafür zur Verfügung gestanden, und diese Zeit hatten sie sicher bestens genutzt.

Aber mit solchen Bedrohungen kannte der Gildemeister sich aus. Eine erfrischende Abwechslung nach diesem Flug. Er verfluchte in Gedanken alle Iru und machte sich erneut auf den Weg zum Captain.

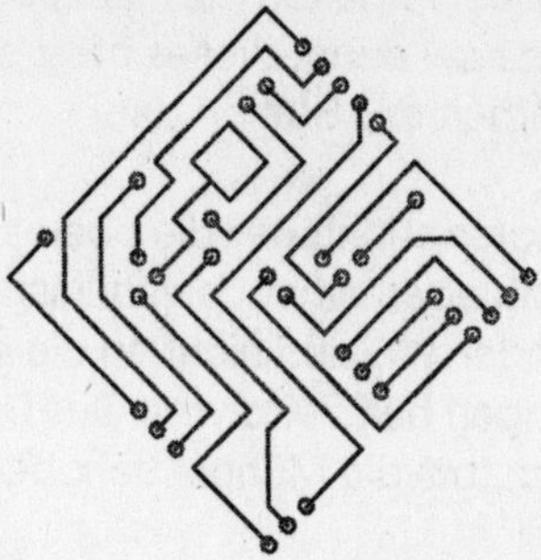

Jeder Knotenpunkt stellt die Unterbringung sicher, die sich nicht weiter als zehn Flugstunden vom nächsten Austrittspunkt aus dem Ainniq befinden darf.

Die Unterbringung hat von ausreichender Größe zu sein, um sämtliche durchreisenden Passagiere mit allem auszustatten, was sie an Versorgung und Verpflegung benötigen. Die Einrichtung muß dies für alle bekannten Menschenrassen und Typen ermöglichen.

Keinem Menschen, der durch den Ainniq reist, darf der Zugang zur Unterbringung verweigert werden.

Die Unterbringungskosten sind für alle Menschen gleich. Vor dem Gesetz und der Strafverfolgung werden alle Menschen gleich behandelt.

Einschränkungen und Verhaltensmaßregeln gelten für alle und sind im Rahmen der Gegebenheiten möglich.

Individuelles Verhalten darf nicht beeinträchtigt werden, es sei denn, dieses stellt eine Gefahr für die Sicherheit der Station dar.

Jeder Knotenpunkt, der die oben aufgeführten Dienstleistungen nicht gewährleisten kann oder sich in anderer Weise nicht an die aufgestellten Bedingungen hält, wird vom Out-Pilot-Flugplan gestrichen, bis die Mängel behoben sind.

Fehlerhafte Korrekturen an den Mängeln oder wiederholtes Fehlverhalten können zum dauerhaften Ausschluß und zur Isolation der Station führen.

Aus dem Grundvertrag der Ainniq-Gilde, Abschnitt vier (auch bekannt als Gesetz des Universellen Zugriffs)

METROLINER: AURORA

»Miss Capra?«

Verschwommene Gedanken, die sich nicht fassen ließen. Die Stimme hörte sich an, als spräche sie durch einen Meter dicke Watte.

»Miss Capra, können Sie mich verstehen?«

Sie kämpfte sich durch die dichten, warmen Tiefen zu der Stelle vor, an der ihre Stimme saß.

»Miss Capra, bitte antworten Sie.«

»Ich …« Sie atmete tief ein und mußte husten. Die Lungenflügel fühlten sich an, als seien sie mit Baumwolle gefüllt. »Ich … kann … Sie verstehen.«

»Fühlen Sie sich gut, Miss Capra? Dieses Programm erwartet von Ihnen eine Bestätigung.«

Jamisia suchte nach dem Display ihres Wellseekers. Der Schirm war leer. »Ich … weiß nicht … der Wellseeker …« Das Sprechen strengte sie wahnsinnig an.

Wo war sie hier überhaupt?

»Ihr Wellseeker wurde zu Beginn des Tiefschlafs ausgeschaltet. Das erwies sich als unumgänglich, weil er sonst in den Prozeß der Tiefschlafeinleitung eingegriffen hätte. Sie können ihn aber sofort wieder aktivieren, indem Sie das entsprechende Icon betätigen.«

Die junge Frau brauchte dafür eine Minute und fühlte sich danach immer noch schummrig im Kopf. Aber offensichtlich war der Wellseeker angesprungen. Er arbeitete allerdings etwas langsamer als normal. Nachdem er sie versorgt hatte, fragte er nach weiteren Maßnahmen. Sie visualisierte das Icon NEIN.

»Miss Capra, bitte geben Sie uns Ihren biologischen Status an.«

»Ich … bin okay.« Die Watte löste sich langsam auf, und sie hörte schon deutlich besser. Aus einiger Entfernung ertönten Schritte. »Alles in Ordnung.«

»Ihr Wellseeker zeigt nichts an, was eine externe Versorgung erfordern würde?«

Jamie warf einen weiteren Blick auf das Display. Der Wellseeker arbeitete wieder normal. »Nein, mir fehlt nichts.«

»Bestätigung erteilt. Damit ist Ihr Tiefschlafprogramm beendet. Wir wünschen Ihnen eine angenehme Reise.«

Langsam und vorsichtig öffnete Jamisia die Augen. Zuerst nahm sie nur Schemen wahr, und sie blinzelte, bis sie ihre Umgebung etwas genauer erkennen konnte. Sie lag in einer Schale oder Schote an einer Wand … zusammen mit einigen Dutzend weiteren …

Das Out-Schiff!

Alles fiel ihr wieder ein.

Die junge Frau setzte sich aufrecht hin. Einige andere Passagiere waren ebenfalls gerade geweckt worden und sahen sich wie sie benommen um. Gut zehn Schalen waren noch geschlossen.

Zweifellos wurden die Insassen gerade in ähnlicher Weise befragt. Während Jamie hinschaute, öffnete sich eine der Schalen, und ein Junge richtete sich langsam auf, mit dem sie auf der Reise ein paar Worte gewechselt hatte.

Ja, alles kam ihr jetzt wieder zu Bewußtsein. Die lange Fahrt zur Gilde-Station. Dann endlich die Starterlaubnis. Ihre Enttäuschung, als sie erfahren mußte, daß das Out-Schiff versiegelt würde und sie keine Möglichkeit hätte, einen Blick nach draußen zu werfen.

Mehr noch, für die Dauer des Flugs würden die Passagiere in Tiefschlaf versetzt.

Jamisia erinnerte sich, daß ein reicher Trottel die Gueraner zu überreden versucht hatte, bei ihm eine Ausnahme zu machen. Er bot ihnen Millionen, wenn sie ihn nur für eine Minute auf den Ainnniq hinausblicken ließen.

Doch die Besatzung war weder auf sein Geld noch auf seine Proteste eingegangen und hatte ihn wie alle anderen in eine Schale gelegt.

Die junge Frau hatte jedoch Gelegenheit erhalten, einen winzigen Augenblick lang nach draußen schauen zu können. Als der Bus die Gilde-Station erreichte, konnte man den Ainniq kurz sehen. Surreales Licht, ein sich bewegender Schleier und ein Aufleuchten, dann war alles vorbei gewesen. Jamisia drückte sich noch eine ganze Weile die Nase an der Scheibe platt, um mehr davon mitzubekommen. Aber wenn man nicht im richtigen Winkel draufschaute, konnte man gar nichts sehen.

Die Hälfte der Insassen hatte solches Glück nicht gehabt, und einer der Reiseleiter hatte ihr erklärt: »Da können Sie sich wirklich was drauf einbilden. Die meisten bekommen so etwas nie zu sehen.«

Ächzend stieg sie aus ihrer Schale und stellte sich hin. Etwas Schwerkraft herrschte auf dem Schiff, gerade genug, um sich auf den Beinen halten zu können. Die Gilde behauptete, alle Vorsichtsmaßnahmen würden allein zur Sicherheit der Passagiere getroffen.

Jamie wußte nicht, ob sie das unbesehen glauben konnte. Nun gut, im Ainniq hausten Ungeheuer, die jeden Eindringling angriffen, aber ob der Reisende allein durch geschlossene Fenster davor bewahrt werden konnte?

Oder dadurch, daß man sie in Tiefschlaf versetzte? Wollte man sie damit vor ihrer eigenen Angst schützen oder eher Störungen der Flugroutine vorbeugen?

Mittlerweile lag es Jahrzehnte zurück, seit die Gilde zum letzten Mal ein Schiff verloren hatte. Da konnte man ja nicht unbedingt davon ausgehen, daß jeder Reisende sich in akute Gefahr begab. Die junge Frau vermutete, die Gueraner wollten sich einfach nicht mit den ›Dreckfressern‹, wie sie die Planetenbewohner nannten, abgeben und verstauten sie lieber wie Frachtgut in irgendwelchen Schalen.

Wie dem auch sei, der Flug war vorüber. Jamie streckte sich und bemerkte eine Verfärbung am Arm. Der Wellseeker würde sich schon darum kümmern. Aber dann bemerkte sie, daß die anderen Passagiere ähnliche Male trugen. Was war während der Reise geschehen? Verklagen konnte man die Gueraner nicht, denn vor Reiseantritt hatte man eine Erklärung unterschreiben müssen, daß man die Linie nicht regreßpflichtig zu machen gedenke.

Als Jamisia sich halbwegs fit fühlte, hatten sich alle Schalen geöffnet, und überall auf dem Gang führten Passagiere ihre Lockerungsübungen durch. Eine Frau schien unter Atembeschwerden zu leiden. Zwei Flugbegleiter eilten zu ihr und schienen genau zu wissen, wie ihr zu helfen war: eine rasche Eingabe in ihr Headset, und die Frau konnte nach ein paar Zügen freier atmen. Offensichtlich kam so etwas öfter vor.

»Miss Capra?«

Sie drehte sich um und sah sich einem der Flugbegleiter gegenüber. »Ja?«

»Würden Sie bitte mitkommen?«

Zuerst begriff Jamie nicht so recht und schielte nach links und rechts. Offenbar gehörte das nicht zur Routine, denn außer ihr hatte man keinen Passagier angesprochen.

Da stimmt was nicht, warnte Derik.

Der Wellseeker meldete steigenden Blutdruck, und Jamisia wollte sich schon ein Mittel verabreichen lassen, als ihr einfiel, daß sie vielleicht gerade jetzt dringend einen klaren Kopf brauchte.

»Worum geht es denn?« fragte sie den Mann.

»Nur ein paar Fragen, Miss Capra. Dauert bestimmt nicht lange.«

»Dann hole ich nur rasch meine Taschen.« Komme, was wolle, ihre Sachen hatte sie lieber bei sich. Aber sie konnte die Minute auch gut nutzen, um sich einen Plan zu überlegen. Und um sich zu fassen, denn die Anderen gaben in ihrem Kopf keine Ruhe.

»Das wird nicht notwendig sein«, entgegnete der Flugbegleiter und faßte sie am Ellenbogen. »Man wird sich um Ihre Sachen kümmern.«

»Ich will sofort meine verdammten Taschen haben! Haben Sie mich verstanden, Blödmann? Und nehmen Sie gefälligst ihre Hände von mir, kapiert?«

Der Mann prallte zurück, und die anderen Passagiere hielten in ihren Streckübungen inne, um nichts zu verpassen.

Derik!

– Ich wollte nur behilflich sein.

Jamie begab sich in die Abteilung, in der man das Gepäck untergebracht hatte. Was war geschehen? Normalerweise kündeten die Anderen mehr oder weniger deutlich an, wenn sie die Kontrolle zu übernehmen gedachten. Aber Derik hatte sich einfach vorgeschaltet. Gott, wenn das jetzt zur Gewohnheit werden sollte …

Mach dir nicht ins Hemd, lachte Derik, *wir sind schließlich ein Team.*

Sie ließ sich die beiden Taschen aushändigen. *Gott, hört das denn nie auf? Ich möchte endlich wieder ich selbst sein!* »Gut«, erklärte Jamisia dem Flugbegleiter, »ich bin bereit.«

Er führte sie durch die Passagierräume in den vorderen Teil des Schiffs, wo die Kommandobereiche und die Unterkünfte der Besatzung lagen. Als sie an einer Stelle vorbeikamen, wo Arbeiter gerade einen Ausstiegstunnel anbrachten, überlegte die junge Frau kurz, ob sie nicht dorthin entwischen sollte … Aber nein, sie würde höchstens bis zum Zoll kommen. Besser, sie spielte ganz die Artige, dann hatte sie auch mehr Zeit, sich etwas auszudenken. Schließlich gelangten sie in einen Teil, in dem sich nur Gueraner in schwarzen Roben aufhielten. Jamie fing an zu zittern, als sie sich zwischen ihnen bewegte. Eine Reaktion, die ganz automatisch erfolgte und derer sie sich eigentlich schämte. Wenn sie schon den Anblick von Varianten mit allen möglichen Arten von Deformierungen ertrug, warum versetzten dieses Wesen sie in Angst? Vielleicht, weil sie wie Echtmenschen aussahen? Oder wegen ihres Geistes? Es hieß, daß die Variationen des gueranischen Geisteszustandes früher auch auf der Erde existiert hätten …

Zu ihrer großen Überraschung verließ der Flugbegleiter mit ihr am nächsten Ausstieg das Schiff und führte sie fort vom Zoll und durch einen langen Flur, in dem sich mehrere Büros befanden. Vor einer Tür blieb er stehen und öffnete sie.

»Hier hinein bitte, Miss Capra.«

Verwirrt trat sie ein und sah sich zwei Gueranern gegenüber. Die Gesichter waren so fremdartig bemalt, daß sie nicht darin lesen konnte.

Was wollen diese Typen?

Wieviel wissen sie über uns?

Jetzt gut aufgepaßt.

»Jamisia Capra?« Einer der beiden deutete auf einen Tisch, und sie begriff, daß er ihre Reisetaschen wollte. Die junge Frau stellte sie vor ihn hin.

»Sie kommen vom Lansing-Habitat?« fragte der andere und schwieg dann so, als lese er in seinem Kopf etwas von einem Display ab. Jamie sah auf sein Headset und entdeckte dann die vielen Auswüchse an der Decke. Natürlich, hier befand sie sich im Outernet. Wenn sie ihr eigenes Headset dabeigehabt hätte, hätte sie sich auch einklinken können. Die Verwunderung darüber verdrängte für einen Augenblick lang alle Ängste.

»Lansing-Habitat«, hatte der Beamte gefragt. Der falsche Wohnort gehörte zu der neuen Identität, die ihr Tutor für sie vorbereitet hatte. Warum fragte der Gueraner jetzt danach? War ihre Tarnung etwa aufgeflogen? Jamisia brachte nur ein Nicken zustande.

»Ich möchte Ihnen ein paar Fragen stellen, Miss Capra. Inzwischen kümmert sich mein Kollege um Ihr Gepäck und den Zoll, damit Ihnen keine weiteren Unannehmlichkeiten entstehen. Sind diese zwei Taschen alles, was Sie mitführen?«

Die junge Frau nickte wieder, diesmal aber deutlicher. Dabei warf sie einen Blick auf den Gueraner, der ihre Kleidung und ihr bißchen Schmuck durchsuchte. Was glaubte er denn, dort zu finden? Gott – sie hätte beinahe laut gelacht –, hielt man sie für eine Schmugglerin?

Nun, so ganz falsch ist das ja nicht, wandte Verina ein. *Du hast den wertvollsten Brainware-Prototypen von der Erde geschmuggelt, und wenn sie den bei dir finden …*

Aber bestimmt nicht in den Reisetaschen! lachte Derik.

Jamisia behielt den Gueraner an ihren Taschen im Auge, während sein Kollege ihr eine Frage nach der anderen stellte. Wie lange sie in dem Habitat gelebt habe; wann sie es zum letzten Mal für längere Zeit verlassen habe; ob sie innerhalb der letzten zehn Jahre eine Reise zur Erde unternommen habe; wie lange sie damals auf Terra geblieben sei …

Auf manche Fragen wußte die junge Frau keine Antwort. Sie entschuldigte sich damit, daß sie darüber nachdenken müsse – und nutzte die Zeit, um in ihren Dateien nach den entsprechenden Antworten zu suchen. Schließlich rief sie einfach ihr Tagebuch auf. Je enger sie an der Wahrheit bleibe, desto besser.

Nach einigen Minuten war die ganze Prozedur vorüber. Der Beamte hatte ihr eigentlich nur Standardfragen gestellt. Warum hatte sie überhaupt mit Schlimmerem gerechnet? »Das wäre alles, Miss Capra. Verzeihen Sie bitte die Unannehmlichkeiten.«

»War's das schon?« platzte es aus ihr heraus.

»Ja, natürlich«, versicherte ihr der Mann, und sein Kollege meinte: »Kommt nicht jeden Tag vor, daß ein Tourist sich darüber beschwert, wir hätten ihn nicht ausreichend gepiesackt. Hier bitte, Ihre Taschen.« Er hängte sie ihr um, obwohl sie das nicht wollte, und überprüfte auch den Sitz der Tragegurte. Der Gueraner half ihr tatsächlich!

Damit durfte Jamie den Raum wie jemand verlassen, der absolut nichts zu verbergen hatte … Man öffnete ihr sogar die Tür und wünschte ihr einen angenehmen Aufenthalt. Als sie sich in Richtung Zoll auf den Weg machte, hielt einer der Beamten sie zurück.

»Das ist schon erledigt. Die Einreiseerlaubnis wurde Ihnen bereits erteilt. Wir haben uns um alles gekümmert.«

Die junge Frau konnte ihn nur anstarren.

Tausende von Reisenden warteten vor den Zollkabinen. Wenn der Feind bereits seine Helfershelfer alarmiert hatte, würden sie dort warten, um sie abzufangen. In dem allgemeinen Gedränge würde man sie festnehmen oder entführen können, ohne allzu viel Aufsehen zu erregen. Und auch wenn die Feinde noch nicht wußten, wie Jamisia Shido alias Capra heute aussah, brauchten sie nur die Unterlagen der Einwanderungsbehörde zu konsultieren, um dort genügend Informationen über sie zu finden.

Sie beschleunigte ihre Schritte und blieb nach ein paar Metern stehen. Bloß keine Aufmerksamkeit erregen. Bestimmt hielten etliche Feinde nach ihr Ausschau. So lief Jamisia durch den Ausgang, den normalerweise die Besatzungsmitglieder benutzten. Niemand hielt sie auf.

Kein gutes Omen, oder?

Die beiden haben etwas gewußt, warnte Katlyn.

Und ob, stimmte Derik zu. *Aber warum haben sie uns dann gehen lassen?*

Ja, warum? Die junge Frau suchte nach Gründen, stieß statt dessen aber nur auf ihren eigenen Kummer. Warum war alles so unglaublich kompliziert geworden? Sie mußte alle Kraft aufbieten, nicht in Selbstmitleid zu ertrinken. Geistig, nicht eigentlich körperlich, wurde ihr furchtbar übel, und sie konnte sich kaum noch auf den Weg konzentrieren.

Ich muß unbedingt einen Ort der Ruhe finden, wo ich wieder zu mir kommen kann.

Der Gurt kniff sie in die Schulter, und sie befahl dem Wellseeker, den Schmerz zu lindern. Vorsichtig ging sie durch die Sicherheitsbögen und ließ sich von den Maschinen nach den Gütern und Substanzen untersuchen, die heute auf der Schmuggelliste standen.

Ich habe weder Waffen noch Explosivstoffe, noch Drogen

bei mir, nur ein paar Gramm Brainware, die ich mir am liebsten aus dem Kopf reißen würde. Und dann hätte ich noch ein Dutzend oder so Personen in meinem Schädel anzugeben, auf deren Besitz ich ebenfalls gern verzichten würde …

Keine der Schleusen schlug Alarm.

Die Promenade im Docking-Ring erschien ihr endlos, und überall befanden sich Reisende, größtenteils Varianten. Niemand schenkte der jungen Frau sonderliche Beachtung, und jeder schien in eine andere Richtung unterwegs zu sein.

Hier draußen nennen sie die Stationen Welten, ganz so, als handele es sich bei ihnen um Planeten.

An den Wänden hingen Viddie-Schirme und priesen dieses oder jenes Reiseziel an. BEGINNEN SIE IHRE ERSTE RUNDREISE DURCH DIE AUSSENWELTEN MIT UNS oder TAUSENDUNDEINE NACHT DER WUNDER oder ALLES SCHON GESEHEN – ABER NICHT BEI UNS!

Damit nicht genug, 3D-Buchstaben strahlten den Touristen ihre Botschaften entgegnen. In ihrem Zustand wurde es Jamie bald zuviel, und ihr Kopf schmerzte von dem Versuch, einen Sinn in dem Reklamebombardement auszumachen. Gott, war irgendein Mensch in der Lage, all diese Verlockungen, Ankündigungen und Verheißungen zu lesen? War es das, was sie auf den Außenwelten erwartete? Sie mußte sich an eine Wand lehnen und die Augen schließen. Als Jamisia sie wieder öffnete, rollten Leuchtbuchstaben über ihre Hand:

RÄUMLICHKEITEN AUCH FÜR DIE AUSGEFALLENSTEN WÜNSCHE.

Wohin jetzt? Im Metroliner hatte sie sich einiges zurechtgelegt und von ihren Anderen noch mehr Vorschläge erhalten. Nur leider hatte man sich auf nichts einigen können. Und jetzt mußte sie sich etwas einfallen lassen. Hier stand sie auf einer unbekannten Station, unendlich weit von der Erde entfernt und ohne Freunde, Verwandte, eine Arbeit oder sonstwas. Gott, wo sollte sie anfangen, und womit? Wieder traten ihr Tränen in die Augen.

Ein Quartett identisch aussehender junger Männer kam an ihr vorbei, und Jamie konnte sich nicht auf den Namen der Variante dieser vier besinnen. Auch die Bezeichnung für das nächste Wesen, dem statt Hals und Kopf Schlangententakel aus den Schultern wuchsen, wollte ihr nicht einfallen. Zwecklos, sich über so etwas den Kopf zu zerbrechen. Zuallererst sollte sie möglichst viel Abstand zwischen sich und dem Zoll bringen. Irgendwann würden die Feinde erkennen, daß sie dort vergeblich auf Jamisia Capra warteten.

Sie lief an zwanzig Gates entlang, und aus jedem ergossen sich neue Scharen von Echtmenschen und Varianten. Auf der gegenüberliegenden Seite passierte das gleiche, nur strömten hier die Touristen durch die Gänge, um sich an Bord zu begeben. Ein- oder zweimal blieb die junge Frau unwillkürlich stehen und starrte auf ein besonders befremdlich wirkendes Wesen … Wie fremd sie alle aussahen …

Warum ging ihr das so auf die Nerven? Weil sich hier mehr Varianten herumtrieben, als sie für möglich gehalten hatte? An Bord des Metroliners hatten sich hauptsächlich Echtmenschen und nur eine verschwindende Minderheit von anderen Lebewesen befunden. Aber hier auf der Station hatte sich das Verhältnis eindeutig umgekehrt. Sie kam an einem Gate vorbei, vor dem sich nur Wesen desselben Typs aufhielten. Ihre langen Gliedmaßen schienen mit einem natürlichen Panzer bedeckt zu sein. Jamie zwang sich, nicht hinzusehen, und suchte mit gesenktem Kopf nach dem Ausgang aus diesem Tohuwabohu. Vielleicht fand sie ja in der eigentlichen Station eine Möglichkeit unterzutauchen.

Ob die Feinde hier auf sie warteten? Vielleicht hatte Justin ja doch alle Schreiben abgefangen, und der Gegner hatte keine Ahnung, wohin die Gesuchte unterwegs war …

Verlaß dich mal lieber nicht drauf, entgegnete Derik hart. *Die komische Befragung vorhin war alles andere als ein Zufall. Hier geht irgendwas vor, und wir wissen nicht, was. Mit anderen Worten, wir müssen hier so schnell wie möglich raus!*

Dem konnte die junge Frau nur zustimmen. Der Weg durch die Gates war ihr versperrt, weil man dafür ein Paß-Ticket benötigte. Sie sah hierhin und dorthin, und zu ihrer großen Erleichterung wurde der Ring vor ihr deutlich breiter. Ein großer Platz schien sich dort zu befinden und unzählige Verkaufsstände zu beherbergen. Diverse Spezialitäten, Hardware, Nützliches und Unnützes wurden einträchtig nebeneinander angeboten. Die Düfte von den Imbißbuden ließen Jamie das Wasser im Munde zusammenlaufen, aber dafür war jetzt leider keine Zeit. Die Verkäufer waren sicher gern bereit, ihr die eine oder andere Frage zu beantworten …

… und dann sah sie das Schild.

ALLES FÜRS OUTERNET stand in großen goldenen Buchstaben über einem kleinen Laden. Sie kämpfte sich bis zum Tresen vor und entdeckt dahinter einen Holo-Verkäufer, eine 3D-Darstellung. Sei's drum, für den Anfang genügte das.

»Ich brauche ein Outernet-Link«, sagte sie und kramte in den Taschen nach dem Headset. »Für ein …

für ein Gerät …« Sie konnte den winzigen Aufdruck nicht entziffern und hielt dem Verkäufer das Teil hin.

Das Holo warf nur einen Blick darauf. »Für einen Shido 9135. Ein ausgezeichnetes Modell für die Innenwelten. Für hier in den Außenwelten würde ich Ihnen hingegen ein Nagoni 476 B Interface empfehlen und dazu ein Software-Paket mit –«

»Danke, aber für den Augenblick reicht mir das Interface!« unterbrach sie ihn, zückte ihren Debit-Chip … und hielt abrupt inne, als ihr bewußt wurde, was sie da zu tun im Begriff war. Die Feinde verfolgten bestimmt, ob ihre Kontonummer an irgendeinem Verkaufsstand auftauchte. Früher oder später mußte sie ja Geld ausgeben, und wenn man jemanden finden wollte, war das die sicherste Methode.

Jamisia kramte in ihren Taschen nach Geldchips. Am Boden fand sie eine Handvoll. Gott, bitte laß es genug sein. Sie kippte die Chips auf den Tresen und fing an zu zählen. Alle in der näheren Umgebung starrten auf die junge Frau, die auf so vorsintflutliche Weise bezahlen wollte. Einhundert … zweihundert … das dürfte reichen. Sie reichte dem Holo das Geld. Wenn er die Chips nicht akzeptierte, wäre sie wirklich aufgeschmissen.

Der Verkäufer starrte auf das Bargeld, und Jamisia hielt den Atem an. »Terranische Konzernwährung«, meinte er schließlich. »Ich muß Sie darauf hinweisen, daß wir bei solchen Zahlungsmitteln eine zusätzliche Gebühr von zwölf Prozent erheben, um die Kursschwankungen aufzufangen.«

»Okay, einverstanden. Wieviel macht das dann?«

Fast alles, was sie besaß. Am Ende blieben ihr nur noch drei kleine Chips, mit denen sie sich nicht einmal etwas zu essen kaufen konnte. Wenn die Imbißbuden überhaupt Geld annahmen. Sie mußte dringend jemanden finden, der ihre Debit-Karte verändern konnte.

Jamie überquerte den Platz und fand eine Ecke, in der kein Gedränge herrschte. Hier nahm sie sich die Zeit, die neue Software in ihr Headset einzugeben. Dummerweise zitterten ihre Hände, und sie konnte sie nicht zur Ruhe bringen. Gott, so hatte sie sich das erste Surfen im Outernet gewiß nicht vorgestellt. Endlich hatte sie das Interface aufgeladen, und kleine Icons blitzten vor ihren Augen auf. Als dann auch das ALL CLEAR erschien, atmete Jamisia erleichtert auf und startete die Software.

> WILLKOMMEN ZUM NAGONI 476 B INTERFACE
> UM IHNEN DEN HÖCHSTMÖGLICHEN NUTZEN IHRES GERÄTS ZU ERMÖGLICHEN BENÖTIGT DIE NAGONI CORPORATION EINIGE INFORMATIONEN BETREFFS IHRER FRÜHEREN NETZWERKNUTZUNG. DIESE ANGABEN

»Vergiß den Scheiß!« Derik hatte wieder übernommen, wurde aber von Raven ersetzt, die sich auch gleich der Brainware bediente. Mit atemberaubender Geschwindigkeit gab sie Icons und Codes in den visuellen Prozessor ein, von denen Jamie die meisten noch nie gesehen hatte.

> DANKE FÜR IHRE MITARBEIT: EINE VOLLSTÄNDIGE LISTE ALLER NAGONI PRODUKTE KÖNNEN SIE ÜBER FOLGENDE ADRESSEN BEZIEHEN

Nun fluchte auch Raven; allerdings nicht so farbig wie Derik. Raven verstand sich von allen im Kopf am besten auf Computer und Programmierung. Wenn sie das Interface nicht bald zum Laufen brachte, dann konnte das niemand.

Verdammt, sie wollte doch nicht mehr als eine Karte von der Station. Warum um alles in der Welt konnte die Erde nicht den Headset-Standard einführen, der für den ganzen Rest der Galaxis galt?

WILLKOMMEN IM OUTERNET GATEWAY

»Endlich!« rief Raven und drückte ein halbes Dutzend Messages weg, die dem Neuerwerber weitere mehr oder minder wichtige Mitteilungen zu machen hatten. Ihnen blieb nun wirklich keine Zeit mehr für solchen Mist.

Schließlich kam ein Display, das ihnen schon sinnvoller erschien:

BITTE GEBEN SIE IHRE BRAINWARE SPEZ ZUR REGISTRIERUNG EIN

Jamie gab die Spezifika für eine Hauck 9200 Modell 42 A durch. Natürlich befand sich das nicht in ihrem Kopf, aber sie kam sich schon ein wenig bedeutend vor, denn nur sehr wenige besaßen einen solchen Computer, und

Scheiße!

SCHEISSE!

Superscheiße!

Die junge Frau versuchte sofort, das Programm abzubrechen, aber es hatte den Kontakt mit der Outernet-Registrierung längst hergestellt und übertrug die Daten bereits. Jetzt mußten die Feinde wirklich nicht mehr lange nach ihr suchen! Wenn sie hier auf Jamisia warteten, konnten sie eigentlich davon ausgehen, daß ihr Opfer sich ein Interface besorgen würde, um so rasch wie möglich ins Outernet zu gelangen …

Die junge Frau rannte. Raven sucht in der Brainware immer noch nach Daten, und Jamisia konnte sich ganz darauf konzentrieren, die Beine zu bewegen. Nur fort von den Verkaufsständen. Tief im Innern wußte sie, daß sie damit einen Fehler beging, denn wer so schnell rannte, mußte einfach auffallen. Aber sie konnte sich einfach nicht dazu zwingen stehenzubleiben. Hinter jeder Ecke erwartete sie, von einer Gruppe Feinde angehalten zu werden. In ihrer Panik malte sie sich die schlimmsten Dinge aus –

Jemand packte sie am Arm und hielt sie fest. Jamisia erstarrte, so als hätten die Kreisläufe in ihrem Gehirn Schwierigkeiten damit, sich von der Panik auf die neue Situation umzustellen. Derik übernahm und wehrte sich nach Kräften. Fast wäre es ihm sogar gelungen, sich von dem Fremden loszureißen. Doch trotz all seines Mutes kam er mit dem zierlichen Frauenkörper nicht gegen den starken und kräftigen Gegner an.

»Ganz ruhig, Mädchen, ich will Ihnen nur helfen.«

Keuchend ergab sie sich. Der Fremde sah bis auf die blaue Haut fast wie ein Mensch aus. In ihrem Zustand konnte sie nicht unterscheiden, ob es sich dabei um eine Variation oder um eine rituelle Bemalung handelte.

»Jetzt beruhigen Sie sich doch. Tief durchatmen. Und dann erzählen Sie mir, was los ist.«

»Ich … ich …« Jamisia hatte die Kontrolle wieder inne, und während sie um Atem rang, fragte sie sich, was sie dem Mann sagen sollte. Einem Wildfremden konnte sie doch nicht einfach vertrauen. Gott allein mochte wissen, was er im Schilde führte … oder was er vorhatte, wenn er auch nur eine Ahnung davon erhielt, bei wem es sich um Jamie handelte. Auf der anderen Seite war sie dringend auf Hilfe angewiesen.

»Ich muß fort von hier. Vom Dockring.« Wenn der Mann sie nur fortbrächte, ganz gleich wohin, das würde ihr ja schon reichen.

Der Fremde zögerte kurz und zog Jamie mit sich durch das nächste Gate. Sie konnte sich nicht aus seinem Griff befreien, und im Grunde wollte sie das auch gar nicht. »Ich habe aber keinen –«, begann sie, und er flüsterte: »Still!«

Sie erreichten die Sperre, und er gab über das Headset seinen Paß-Code durch. Das Display zeigte Bestätigung an und wollte dann den Code der zweiten Person erfahren. Entsetzt erkannte die junge Frau, daß sie damit gemeint war. »Ich habe doch gerade gesagt …« Der Fremde kommunizierte weiter mit der Kontrolle. Dann öffnete sich die Sperre, und das Display verkündete: CAPTAIN OVERRIDE AKZEPTIERT

Der Mann ließ sie immer noch nicht los und zog sie weiter mit sich. Hinter ihnen schloß sich die Sperre wieder. Sie gelangten in ein kleineres Dock, und der Korridor führte zu einem Privatschiff, das gerade startbereit gemacht wurde. Jamisia sah den Mann an und fragte mit einem Blick: Ihr Schiff? Er nickte nur.

Die junge Frau warf einen Blick zurück. Niemand ohne korrekten Paß-Code würde durch die Sperre gelangen. Zum ersten Mal seit Stunden entspannte sie sich. Für den Augenblick schien sie in Sicherheit zu sein. Nun gut, dafür aber in der Gesellschaft von Fremden.

Erst als ihr Atem wieder normal ging, ließ der Captain sie los. »Wollen Sie mir jetzt verraten, was eigentlich vorgefallen ist?«

Jamie zögerte. Natürlich wäre es leicht und angenehm gewesen, ihm alles zu sagen und dafür seine Hilfe zu erhalten ... Aber nur ein Narr hätte so gehandelt. Sie dachte sich rasch ein paar Lügen aus, aber keine davon klang überzeugend genug. Eher hätte sie damit das Mißtrauen des Mannes geweckt.

Schließlich setzte sie ihre schönste Hilfloses-kleines-Mädchen-Miene auf. »Das geht nicht. Tut mir leid, aber ich kann es wirklich nicht sagen.« Einige Male war sie damit schon durchgekommen.

Vermutlich wollte er sich aber nicht damit zufriedengeben, doch in diesem Augenblick erschien ein schlanker Mann in einem Null-G-Overall.

»Du mußt dich jetzt von deiner kleinen Freundin verabschieden, Allo.« Er grinste. »Das Schiff startet gleich.«

Als er in Richtung des Raumers nickte, erkannte Jamie seine Variation. Anstelle von Haaren wuchsen ihm Tentakel aus dem Hinterkopf. Die junge Frau konnte sich nur noch an den Spitznamen für diese Menschen erinnern: Medusen.

»Ich habe das Mädchen hier draußen aufgegabelt. Sie rannte herum, als sei der Teufel hinter ihr her, und sie sagte, sie müsse schleunigst von hier fort ... will mir aber keinen Grund dafür verraten.«

»Tatsächlich?« fragte der Medusaner und sah sie an. »Wo soll's denn hingehen?«

Jamie wußte nicht, was sie antworten sollte. »Egal wohin.«

»Haben wir denn auch Geld?«

Die junge Frau nickte. »Für die Reise dürfte es reichen.«

»Aha«, lachte der Medusaner, und seine Tentakel fuhren dazu auf und ab.

»Das junge Fräulein möchte also eine Passage kaufen. Und was sagt unser illustrer Captain dazu?«

Der Blaugesichtige betrachtete sie, und Jamie hatte

das Gefühl, er könne ihr direkt in den Kopf sehen. Schließlich meinte der Captain: »Platz genug hätten wir ja. Und es wäre auch nicht das erste Mal, daß wir in letzter Sekunde einen Passagier bekommen ... Ich weiß allerdings nicht, auf was ich mich dabei einlasse. Zuerst müssen Sie mir sagen, was hier gespielt wird.«

An der Sperre ertönte eine Glocke. Jemand verlangte, durchgelassen zu werden.

Jamisia erstarrte, aber als die Sperre sich nach einer Weile noch nicht geöffnet hatte, ahnte sie, daß der Betreffende nicht den richtigen Code besaß.

Raven übernahm, und zum ersten Mal war Jamie froh, einem anderen die Initiative zu überlassen. Sie hörte sich selbst sagen: »Ich bezahle das Doppelte.«

Der Blaugesichtige antwortete nach kurzem Nachdenken: »Das reicht nicht. Nicht, wenn es Scherereien geben sollte.«

»Die sind nicht Ihr Problem.«

»Ach, und bloß weil Sie mir das sagen, muß ich das auch glauben?«

Raven sah ihn hart an. »Dann nennen Sie mir den Preis.«

Zu Jamies Überraschung fing der Captain an zu lachen. »Die Kleine gefällt mir, Sumi. Der Computer soll ihr eine Kabine zuweisen. Ich glaube, diesmal fliegen wir wieder mit einem Passagier.«

Der Medusaner zögerte. »Bist du dir auch ganz sicher, Boss?«

Die beiden Männer sahen sich an, dann gab Sumi nach und nickte. Der Blaugesichtige legte Jamie eine Hand auf die Schulter und setzte sie in Richtung Schiff in Bewegung.

»Sie verstehen doch sicher, daß ich ein wenig mehr erfahren möchte, oder, Miß ...«

»Raven«, antwortete die Andere. Zum ersten Mal nannte damit einer von ihnen einem Außenstehenden den Namen.

»Gut, Raven, ich lasse Sie jetzt in Ruhe, weil wir es eilig haben. Aber später erwarte ich, daß Sie mir einiges erzählen.«

»Ja, später. Dann bekommen Sie ein paar Antworten.«

Der Captain sah sie eigenartig an, so als sei ihm aufgefallen, daß sich irgend etwas an ihr verändert hatte.

»Dann mal los. Wenn Sie dringend von hier fort wollen, dürfen wir Sie nicht länger warten lassen.«

Bist du dir sicher, das Richtige zu tun? fragte Jamie.

Noch nie war ich mir sicherer. So kommen wir von dieser Station weg, denn es wäre zu gefährlich, noch länger hierzubleiben. Beruhige dich endlich.

Fremde Stimmen empfingen sie, und sie hörte die Variantenakzente von einem halben Dutzend Welten. Die Besatzungsmitglieder sahen sie eigenartig an. Lag das daran, daß man hier so selten einen Terraner zu Gesicht bekam?

Ohne Zweifel teilte der Captain ihnen gerade über Outernet das wenige mit, was er über sie in Erfahrung gebracht hatte. Jamisia hatte einmal gehört, daß so etwas so rasch wie Telepathie, in Form von visueller Information, vonstatten gehen könne.

Die junge Frau kam sich merkwürdig vor, wie sie das Schiff betrat, während rings herum Daten über sie ausgetauscht wurden. Sobald sie erst einmal ihr eigenes Interface zum Laufen gebracht hatte, würde sie an diesem Austausch teilnehmen können.

»Also, Leute, in einer Stunde legen wir ab«, verkündete der Blaugesichtige. »Tam, du kümmerst dich um die Gateway-Programme. Calia, du lädst die neuen Karten auf, und du, Sumi, führst unseren Gast zu den Kabinen.«

Jamisia drehte sich noch einmal nach der Sperre um und folgte dann dem Medusaner.

Endlich in Sicherheit. Wer weiß, wie lange?

So gelangte sie in den Bauch des Schiffs und ließ ihre Feinde wieder einmal zurück.

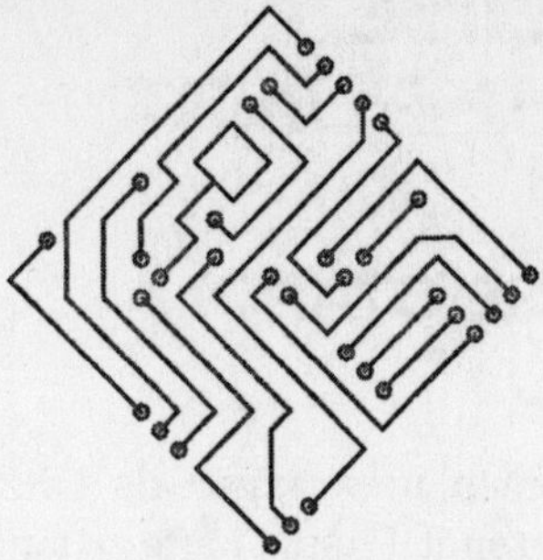

Jede Regierung hat dafür Sorge zu tragen, daß jedem Kind die Anlagen implantiert werden, die es zum Kommunizieren, Berechnen und Datenverarbeiten benötigt.
Die Regierungen haben gleichfalls sicherzustellen, daß ein jeder, gleich ob arm oder reich, Planetenbewohner oder Bewohner der Außenwelten, Terraner oder Variant, gleichen Zugang zum Outernet und dessen Ablegern erhält.
Wenn alle Regierungen das durchführen, werden wir eine Ära erleben, wie die Galaxis sie noch nicht gesehen hat: eine Zeit wahrer Gleichheit, großer Prosperität und Innovation, die nur dann erreicht werden kann, wenn jedes menschliche Wesen immerzu auf Höchstleistung funktioniert.

Neue Horizonte: Soziale Folgen der Zerebral-Technologie
(Historical Archives, Hellsgate Station)

PARADISE KNOTENPUNKT

PARADISE STATION

Die Ärzte kamen in weniger als einer Stunde, aber immer noch zu spät. Phönix hatte zu lange gezögert, sie zu rufen.

Dabei hätte er es besser wissen müssen. Und das brannte am tiefsten in ihm. Phönix hatte gemerkt, daß etwas mit Torch nicht stimmte, ganz und gar nicht, aber er hatte nichts unternommen.

Der Typ hatte angefangen, wie ein Spasti zu zucken, und das hätte Phönix Warnung genug sein müssen. Aber wer sich in Gefahr begab, kam darin um. Alles schon vorgekommen.

Irgendein Mist gelangt in deine Schaltkreise und von dort in dein Gehirn, und ehe man sich versieht, gibt deine Grayware Virenalarm und schaltet alles ab, was sie nicht dringend braucht, um den unerwünschten Besuch wieder loszuwerden.

Manchmal gingen dabei ein paar Körperteile offline, und das konnte verdammt unheimlich werden. Aber wer in seiner Gang hatte das nicht schon mindestens einmal erlebt?

Und als er Torch so daliegen sah, hatte er genau das angenommen. Der Typ hatte gerade neben ihm gearbeitet, als es ihn erwischte. Sein Arm hatte begonnen, unkontrolliert zu zucken, und das sah ganz schön scheiße aus, aber wie gesagt, so etwas konnte gelegentlich vorkommen. Wenn man im Netz war, brauchte man so was wie Arme und Beine eigentlich gar nicht. Und wenn die Grayware ein bißchen Extrakapazität brauchte, konnte sie sich die ja bei den Systemen besorgen, die Arme und Beine kontrollierten. Natürlich nur so lange, daß kein bleibender Schaden entstand. Aber jede Nano konnte wertvoll sein.

Phönix selbst hatte das ja auch schon durchgemacht. Er erinnerte sich, einmal tief in das Sicherheitssystem von Hellsgate eingedrungen zu sein, und dann war irgendwann der Ärger losgegangen. Er hatte einen Nervenkrieg mit dem dortigen Megacomputer geführt, und wieder einmal war es auf jede Nano angekommen. Also hatte seine Grayware die ganze untere Körperhälfte ausgeschaltet und die freigewordene Kapazität der Datenverarbeitung zugeführt. Für über eine Stunde! Mann, als das vorbei gewesen war, hatte er gar nicht schnell genug aufs Klo kommen können und gepinkelt wie nie zuvor.

Wenn er nicht die Kontrabande-Ware gehabt hätte, die ihn durchcheckte und ihm mitteilte, alles sei im grünen Bereich, hätte er vor lauter Panik sicher die Ärzte gerufen.

Aber wie hieß es so schön? Kommt in den besten Familien vor. Wenn man sich einen Kontrabande-Kreislauf ins Hirn schob, sollte man sich besser auf das gefaßt machen, was einen erwartete.

Ja, er hatte wirklich geglaubt, Torchs Zucken sei wieder so ein körperlicher Aussetzer. Er besah sich den Typen zweimal, um sicherzugehen, daß ihm nichts Ernsteres fehlte, aber Torch hatte wie immer ausgesehen. Na gut, die Augen waren geschlossen, und er gab irgendein Schnarchen oder Röcheln von sich. Aber Phönix kannte den Typen gut genug und ließ sich von ihm nicht verarschen.

Wenn Torch sich an die Arbeit machte, dann versenkte er sich so sehr darin, daß sein Körper in Urlaub fahren konnte, wenn nur der Geist unbeschwert durchs Netz zu surfen vermochte. So war der Typ ihm auch vorhin vorgekommen.

Wenn man mitten im Hacken war, mußte man sich manchmal daran erinnern, daß man nicht wirklich irgendwohin reiste, sondern nur das verdammte Outernet einem das Gehirn mit irgendwelcher Scheiße vollstopfte. Und zwar in einem Tempo, daß der Verstand das nur verarbeiten konnte, wenn er sich solche bizarren Phantasien ausdachte. Irgendwelche Traumlandschaften, um die Illusion zu erzeugen, man habe alles noch unter schönster Kontrolle.

Phönix haßte diese Märchenbilder. Er hatte ein Masterprogramm, dessen einziger Zweck darin bestand, ihm den Kopf von solchen Illusionen freizuhalten, damit er bei der Arbeit bei Verstand bleiben konnte. Aber Torch fuhr voll auf diese Scheiße ab. Er hatte sich auch so Zeugs ausgedacht und meinte, bei diesen Zufallsbildern handele es sich in Wahrheit um visuelle Zugangs-Codes zu tieferen Bewußtseinsebenen. Er zeichnete all diesen Mist sogar auf, um ihn sich später noch mal vorzunehmen und zu dechiffrieren. Aber so weit Phönix wußte, war nie etwas dabei herumgekommen.

Und jetzt war es zu spät.

Der Arzt, der sich über Torch gebeugt hatte, richtete sich wieder auf. Sie hatten den Typen an allerlei elektronischen Mist angeschlossen und wohl gehofft, ihm damit die Batterie wieder aufladen zu können. War aber nichts. Man brauchte Torch nur ins Gesicht zu sehen. Dann wußte man gleich, daß er tot war. Unwiderruflich. Sein Geist hatte sich wohl für eine Datenphantasie entschieden, die viel schöner war als das wirkliche Leben.

Der Arzt wandte sich an Phönix: »Ist das ein Moddie?«

Er konnte den Weißkittel nur anstarren. Was erwartete dieser Idiot denn von ihm? Etwa, daß jemand auf diese Frage mit ja antwortete? Late-Life-Modifikationen waren so ziemlich das Illegalste, was man sich vorstellen konnte. Und wenn die Ärzte hier nur die Hälfte von dem erführen, was sich alles in Torchs Kopf befand, würden sie sicher anfangen, bescheuerte, auf jeden Fall aber unangenehme Fragen zu stellen.

Der Arzt hob die Hände und meinte: »Ich will der Sache doch nur auf den Grund kommen, Mann.«

»Keine Ahnung«, sagte Phönix. »Warum? Meinen Sie, irgendwas hat ihm das Hirn zerkocht?«

»Ich glaube, sein Wellseeker ist nur noch Schrott. Wir wollten von ihm eine Totmeldung, aber er spuckt nur Unsinn aus.« Seine Kollegin packte den elektronischen Krempel zusammen, rollte die Kabel ordentlich ein, legte alles säuberlich in die Taschen zurück. Ein Witz. In Torchs vollgestopftem Saustall von einer Bude irgendwas ordentlich machen zu wollen, war ein Brüller. Die Härte. »Können Sie uns vielleicht einige Auskünfte über ihn geben?«

Phönix breitete in aller Unschuld die Hände aus. »He, Mann, er war nur ein Freund. Was immer er hier auch getrieben haben mag, mir hat er nix davon erzählt.« Dann atmete er tief durch und fragte mit seriöserer Stimme: »Kann ich eine Kopie von dem Totenschein haben?«

Der Arzt verzog nur das Gesicht. Aber die Tussi fragte: »Sind Sie denn mit ihm verwandt?«

»Klar doch, der einzige Verwandte, den er noch

hat.« Zur Vorsicht fügte er noch dazu: »Bin sein Cousin.«

»Und wie heißen Sie?«

»Randol G. Harrington. Genau wie sein Nachname. Bin ein Cousin väterlicherseits.« Phönix konnte sich ausrechnen, daß sie sich mittlerweile mit Torchs ID vertraut gemacht hatten. Also verriet er ihnen nichts, was sie nicht schon längst wußten. Doch die beiden Trottel starrten ihn immer noch ungläubig an, und er sagte: »Ehrlich, Mann.«

»Nun gut, Mr. Harrington, ich sag' Ihnen was.« Er tippte auf irgendeinen Knopf an seinem Ärmel, und die Tür ging auf. Zwei Sanis kamen mit einer Rollbahre herein. Der Arzt sagte ihnen, daß alles in Ordnung sei, und wandte sich dann wieder an Phönix: »Wir bringen ihn ins Stationslabor und holen alles aus ihm raus, um festzustellen, was zu seinem Ableben geführt hat.«

Die Sanis legten Torchs Leiche auf die Bahre und gurteten ihn an. »Wenn das erledigt ist und Sie tatsächlich mit ihm verwandt sein sollten, sorge ich dafür, daß Sie eine Kopie erhalten.«

Mehr konnte man im Augenblick nicht verlangen, und so setzte Phönix ein falsches Lachen auf: »Danke, das würde mich wirklich freuen.«

Solches Entgegenkommen war natürlich nicht umsonst zu haben. Phönix klickte ein Icon an und überließ dem Arzt ein hübsches Bakschisch. Der Mann zuckte nicht einmal mit einem Lid, als das Sümmchen bei ihm eintraf. Als der Arzt die nächste Botschaft aussandte, aller Wahrscheinlichkeit nach an seine Bank, schickte der Junge ihr einen Schnüffler hinterher. Nur für den Fall, daß der Arsch sein Versprechen vergessen sollte … Phönix besaß nun die Passcodes zum Konto des Mannes. Besser, man sicherte sich nach allen Seiten ab.

Torch ist gegangen …

Der Gedanke kam ihm urplötzlich und traf ihn ziemlich heftig. Als sie den Freund hinausbrachten, spürte Phönix in seinem Innern einen Stich und fühlte sich total desorientiert. War der Typ da auf der Bahre derselbe, der in die Gefängnisdatenbank der Dormia Station eingedrungen war und dort alle Gefangenencodes vertauscht hatte? Der den Weg in die Geheimarchive der Söhne der Ewigen Verdammnis gefunden und dort eine Blasphemie begangen hatte, von der die Sektenmitglieder schworen, dafür müßten sie bis ans Ende aller Zeiten in den Höllenfeuern schmoren? Derselbe, der Phönix' Strafregister ›bearbeitet‹ hatte, so daß man ihm, als man ihn zum vierten (oder schon fünften?) Mal verhaftete, keine Vorstrafen nachweisen konnte und ihn auf Bewährung freilassen mußte?

Gott, was hatten sie zusammen für Spaß gehabt? Phönix konnte sich nicht vorstellen, wie es ohne den Kumpel sein würde … Die Schar seiner Freunde verkleinerte sich zusehends. Zuerst war Chaos bei so einem verdammten Virus draufgegangen, dann hatte es Deth Warrior erwischt und nun Torch … Phönix brachte es nicht über sich, dem Freund ein letztes Mal ins Gesicht zu sehen. Tränen standen in seinen Augen, echte Tränen, nicht dieser Scheiß, den die Bioprogramme produzierten, wenn Diplomatie angesagt war.

Er mußte unbedingt an Torches Logs gelangen. Was hatte den Typen weggepustet? Wenn es sich dabei um denselben Virus handelte, der schon Chaos und Deth … nun, dann würde jemand dafür bezahlen, und nicht zu knapp. Ob ein Regierungsobjekt dahintersteckte, mit dem die Moddies allegemacht werden sollten, wie Deth behauptet hatte? Dann würde Phönix es diesen Drecksäcken heimzahlen, daß die Galaxis wackelte. Er hatte zu viele Freunde in zu kurzer Zeit verloren, um sich noch darum zu scheren, was das Establishment von seinen Methoden dachte.

Die Tür schloß sich hinter den Sanis, und er stand ganz allein in dem dunklen und vermüllten Apartment. Seufzend brachte er seine Gedanken auf online zurück. Zuerst die Arbeit, dann das Vergnügen. Wenn Mr. Bakschisch wieder in seinem Büro saß, mußte in Torches Unterlagen stehen, daß er tatsächlich einen Vetter namens Randol hatte. Das bedeutete, daß Phönix in die Unterlagen des Einwohnermeldeamts, von Med-Com und von jedem anderen System eindringen mußte, in dem die Familie des Freundes verzeichnet sein könnte, um sich dort irgendwo einzutragen ... Könnte auch nicht schaden, wenn er noch ein Testament von Torch verfaßte und das in die Datenbänke brachte – nur für den Fall, daß jemand auf die blöde Idee käme, Anspruch auf Torchs Sachen zu erheben.

Er fragte sich, ob man ihm wohl auch Torch' Modware überlassen würde.

Aber klar doch. Träum weiter, Phönix.

»Also gut, Mr. Devon, dann wollen wir mal.«

Natürlich ein falscher Name. Wer würde schon seinen richtigen angeben? Er versucht zu nicken, aber die Bänder, die seinen Kopf unten halten, hindern ihn daran.

»Ein letztes Mal noch, für unsere Unterlagen ...« Die Hand des Mediziners verschwindet aus seinem Sichtfeld, und kurz darauf hört er ein Klicken. Irgendein Gerät ist eingeschaltet worden. »Sie sind sich über die damit verbundenen Risiken im klaren? Hier geht es nicht darum, daß Schädigungen auftreten könnten.

Nein, einige Zellen werden auf jeden Fall betroffen werden. Kommt nur darauf an, welche. Ich kann nicht an Ihre Brainware heran, ohne durch einige graue Zellen zu schneiden. Damit gehen wir beide ein Risiko ein. Das verstehen Sie doch, oder?«

Er ist so vollgepumpt mit Medikamenten, daß er kaum noch klar denken kann. »Fangen Sie doch einfach an, ja?«

Aber kein Laserskalpell nähert sich seinem Schädel. Der Arzt schwadroniert immer weiter, als habe sich sein System aufgehängt. Glaubt er etwa, wenn er allen Scheiß, der irgendwie passieren könnte, aufzeichnen läßt, würde das seinen Arsch retten? Vor allem dann, wenn die Zombies von der Sicherheit ihn in die Mangel nehmen? Als wenn die Regierungsärsche einen Furz darum geben würden, ob man einen Moddie vor der Implantation ausreichend gewarnt hätte oder nicht.

Aber die Narkosemittel machen Phönix ganz dumm im Kopf und unterdrücken seine Ungeduld. Okay, denkt er, meinetwegen, soll er doch schwafeln, wenn er sonst keinen hochkriegt.

»Für eine gewisse Zeit werden Sie einen internen Druck verspüren. Der läßt sich leider nicht vermeiden. Ihr Körper braucht eben seine Zeit, um sich daran zu gewöhnen, daß ihm für seine Gehirnflüssigkeit nicht mehr soviel Platz zur Verfügung steht wie früher … Das Gehirn eines Kindes adaptiert im Wachstum alles mögliche, das eines Erwachsenen nur manchmal.«

Klar, das kennt er selbst zur Genüge, wahrscheinlich noch besser als der Kurpfuscher. Phönix war dabei, als ein Freund, dessen Bioware Amok gelaufen war, in die Leichenhalle eingeliefert wurde. Da steckt man sich irgend so ein Zeugs in den Kopf und drückt sich selbst die Daumen, daß es im gewünschten Moment aufhört zu wachsen; und daß das eigene Gehirn den Fremdkörper akzeptiert; und daß die Ärzte nicht aus Versehen zuviel kaputtgeschnitten haben … Gar nicht erst zu reden davon, daß das Zeug auch mit dem Rest von dem Schrott im Schädel kompatibel sein wird. Noch schlimmer ist die Hardware, die man sich erst in der fertigen Form in die Birne schieben kann; dann dafür muß irgendwelche Grayware Platz machen. Leider ist im Gehirn nicht alles sauber und eindeutig etikettiert; deswegen weiß der Arzt nie so genau, was er da wegschnippelt.

Aber gibt's dazu eine Alternative? Mit irgendwelchem überholten Scheiß durchs restliche Leben laufen? Klar, den Superreichen gefällt es bestimmt, was sie im Geburtszentrum an tollen Sachen in den Kopf implantiert bekommen, aber um die geht es hier nicht. Denn die erhalten das Schickste vom Neuesten, diese glücklichen kleinen Babies. Die werden sogar an einen Biomonitor gehängt, damit sichergestellt ist, daß auch alles so wächst wie vorgesehen.

Aber was den Rest der Bevölkerung angeht? Na ja … Das Gesetz garantiert jedem Kind die unmittelbar nach der Geburt vorgenommene Implantation einer Brainware – zur Not auch auf Staatskosten. Aber mehr regelt das Gesetz nicht. Vor allem nicht den Mindeststandard der eingepflanzten Geräte; oder mit wieviel Vorsicht die Quacksalber dabei vorzugehen haben. Ach Scheiße, Phönix kannte einen Typen, dem hatte man den Prozessor-Samen zu dicht an die Schädelwand eingesetzt. Das Ding wuchs einen Mikrometer, stieß dann gegen den Knochen und sagte sich: So, Ende der Reise. Der Typ war nicht blödsinnig, das konnte man wirklich nicht sagen, nur brachten seine inneren Kreisläufe

kaum mehr als ein billiges Schrottviddie zustande. Was soll man denn in so einer Lage machen? Immer nur lächeln und den lieben Gott einen guten Mann sein lassen?
Kommt ja gar nicht in die Tüte. Dafür hat man das Gehirn schließlich nicht im Kopf. Der liebe Gott mag sich ja irgendwie gedacht haben, die Graumaterie sei zum Denken da. Aber der denkende Mensch weiß, daß seine ultimative Aufgabe darin besteht, als Biotech-Interface zu fungieren. Hat Gott es vielleicht vermocht, die Gedanken der Menschen mit Lichtgeschwindigkeit durchs Universum sausen zu lassen? Kann Er vielleicht eine Kopie von einem uralten Dokument aufladen, das so zerbrechlich ist, daß man es niemals dem Sonnenlicht aussetzen darf? Und das alles im Zeitraum eines Augenaufschlags? Na gut, wahrscheinlich kann Er das, aber das scheint Er für sich behalten zu haben. Wollte es wohl nicht an seine Kinder weitergeben. Und was machte die Menschheit daraufhin? Genau, sie hat sich selbst geholfen.
Schneid mir endlich die Grayware auf, denkt Phönix. Setz die verdammten Samen ein, gib ihnen ausreichend Platz und laß uns dann gemeinsam abwarten, ob mein Gehirn die noch vertragen kann. Und an dem Stück Schädel, was du mir rausschneidest, darfst du gleich noch Scharniere anbringen, denn wenn Sitech oder Omniware was Neues oder ein Update rausbringen, will ich das auch in der Birne haben, kapiert? Schließlich lebt man nur einmal.

ABSCHLUSSBERICHT ÜBER DEN TOD VON BRENT HARRINGTON stand obendrauf.

Der Totenschein! In echt. Den man in der Hand halten oder sich in die Hosentasche schieben kann. Phönix zog es zwar vor, innerhalb seines Gehirns zu lesen, aber sei's drum. Irgendwer war irgendwo wohl auf den Trichter gekommen, daß ein Stück Plastikpapier dem tragischen Anlaß angemessener sei.

VERMUTLICHE TODESURSACHE:
WELLSEEKER-FEHLFUNKTION
VERMUTLICHE URSACHE DER
WELLSEEKER-FEHLFUNKTION:
SOFTWARE-INFEKTION
ILLEGALE MODIFIKATIONEN AN DER BRAINWARE DES OPFERS LASSEN WEITERE ANALYSEN NICHT RATSAM ERSCHEINEN.
FALLS DIE ANGEHÖRIGEN DES TOTEN EINE PRIVATE AUTOPSIE WÜNSCHEN, MÜSSEN SIE DAS FORENSISCHE LABOR DER STATION INNERHALB VON VIERUNDZWANZIG STUNDEN NACH ERHALTEN DIESER BENACHRICHTIGUNG DAVON IN KENNTNIS SETZEN.
WARNUNG: JEDER, DER MIT EINER SOFTWARE-AUTOPSIE BEAUFTRAGT WIRD, MUSS VORAB VON DER ANWESENHEIT ILLEGALER MODIFIKATIONEN IM KOPF DES TOTEN IN KENNTNIS GESETZT WERDEN. GEMÄSS PARAGRAPH …

Software-Infektion. Wellseeker-Fehlfunktion.

Was für ein Scheiß!

Phönix hatte ein unangenehmes Gefühl in der Magengrube, so was Kaltes, Klebriges und unzweifelhaft Bedrohliches. Bevor Torch das Licht ausgeblasen worden war, hatten sie nämlich an einem Software-Virus herumexperimentiert. So einen kleinen Mistkerl, den Chaos aus dem Outernet gefischt hatte. Ein massives, kompliziertes und intelligentes Ding. Doch, ganz schön beeindruckend. Chaos hatte sich den Virus zuerst angesehen, und als Folge davon war ihr das Gehirn zerkocht worden. Die Ärmste. Ein kluges Mädchen, aber immer vorneweg. Und auch nicht sehr vorsichtig. Vertraute lieber ihrem Instinkt, als irgendwelche Vorkehrungen zu treffen. Tja, das hatte sie nun davon.

Sie hatten Chaos' Tod über die Moddie-Netzwerke verbreitet, und tausend oder mehr anonyme Freunde aus allen Teilen der Außenwelten hatten ihr Beileid bekundet. Chaos war in der Community ziemlich beliebt gewesen, und das gehörte sich auch bei jemandem, der dafür gesorgt hatte, daß sämtliche Computer auf Hellsgate egal bei welcher Anfrage nur noch gelbe Smileys ausspuckten. Daran erinnerte sich jeder. Und dann hatte sie sich auch noch diesen Burschen angelacht, der früher Hacker gewesen war und seitdem für die Bullen arbeitete. Von dem hätte sie leicht alle geheimen Zugangscodes haben können, bloß die Beine breit gemacht, und er hätte alles ausgespuckt. Aber das ging Chaos gegen die Ehre. Sie wollte lieber alles selbst knacken.

Unter all den Beileidsbekundungen für Chaos fand sich auch ein Paket von Lisalia. Die dortige Community hatte ein paar Proben von einem widerlichen kleinen Virus entdeckt und geschickt. Und der kleine Racker sah genauso aus wie der, an dem Chaos gearbeitet hatte. Die Truppe um Phönix hatte eine Woche gebraucht, dem Virus die Zähne zu ziehen, damit man ihn wenigstens aufspielen konnte, ohne gleich einen Gehirnschlag zu bekommen. Tatsächlich, die beiden waren identisch. Das war Chaos' Killer.

Phönix hätte seine halbe Grayware darauf verwettet, daß auch Torch an dem Miststück gearbeitet hatte und davon weggepustet worden war. Vielleicht hatten sie dem Biest ja doch nicht alle Zähne gezogen. Vielleicht war das Ding aber auch so gemein, sich neue wachsen zu lassen. Phönix spürte, wie sich Haß in ihm zusammenballte. So stark hatte er den noch nie in sich gehabt. Wenn dieser Mistvirus Torch auf dem Gewissen hatte, dann … dann bedeutete das Rache bis aufs Messer. Ein toter Moddie konnte Zufall sein, zwei unter Umständen auch noch, aber drei – da steckte System hinter. Und so etwas durfte nicht unbeantwortet bleiben.

Ob die Regierung vorhatte, sich die Moddies ein für alle Mal vom Hals zu schaffen? Torch war davon überzeugt gewesen. Klar, es war kein Geheimnis, daß die freien Hacker jedermann ein Dorn im Auge waren, angefangen von den hohen Tieren bei der Gilde bis hinab zum kleinsten Schiffsangestellten. Jeder war irgendwann schon einmal von einem Hacker geleimt worden. Sei es, daß seine privaten Dokumente urplötzlich in Alttibetanisch verfaßt waren, sei es, daß bei irgendeiner Behörde von einem Tag auf den anderen alles zusammenbrach. Aber wenn alles und jedes in einer Station vernetzt war, ließen sich solche mehr oder weniger geschmackvollen Scherze einfach nicht vermeiden.

Die Mehrzahl aller Probleme verursachten ohnehin die Kids, die gar nicht wußten, was sie da anrichteten, und sich einen Spaß daraus machten, irgend jemandes Leben durcheinanderzuwirbeln. Diese Typen flogen dann auch ziemlich rasch auf und bekamen von der Regierung dann auch tüchtig eins auf die Pfoten. Danach waren die meisten dieser Kids gründlich kuriert.

Aber andere sagten sich, dann müßten sie beim nächsten Mal eben besser aufpassen. Und einige von ihnen wurden so gut, daß die Bullen sie wirklich nicht mehr erwischen konnten. Die anderen hatten Pech und wanderten für den Rest ihres Lebens in den Bau. Deswegen war Phönix ja auch mehr als froh gewesen, als Torch sein Vorstrafenregister gelöscht hatte …

Vielleicht war dieser Virus nun die Waffe von irgendwem, der es den Moddies heimzahlen wollte. Vielleicht jemand, dem man einen elektronischen Streich gespielt hatte, den dieser gar nicht lustig fand. Torch hatte immer gesagt, der Chaos-Killer sei von der Regierung geschickt worden, um die Hacker auf ihrem eigenen Terrain zu schlagen.

Wenn das stimmte, würden dort noch manchem die Augen aufgehen.

Alle Hacker hatten sich einem ungeschriebenen Gesetz unterworfen: Menschen durften nicht physisch zu Schaden kommen. Firmen, ja, Kontenverschiebungen, auch ja, und der Regierung eins auswischen, aber bitte. Doch niemals Individuen nachhaltig schädigen. Meinetwegen konnte man den ganzen Dockring von Paradise lahmlegen und zugucken, wie sich dort Panik ausbreitete, aber man murkste nicht in einem Med-Center herum.

Einem Politiker, der einen Anti-Moddie-Wahlkampf führte, ein paar tausend Sex-Anrufe auf die Telefonrechnung schmuggeln (und dann natürlich die Presse informieren), kein Problem. Oder einem Bankdirektor zu einem besonderen Erlebnis verhelfen, indem man ihn eines Morgens aufwachen ließ und er feststellen durfte, daß alles, was sich auf seinen Konten befand, irgendeiner obskuren Sekte zugeflossen war. Aber niemals Menschen in den Hunger treiben.

Gleichermaßen befleißigte sich auch die Regierung in ihren Bemühungen, der Hacker habhaft zu werden (bislang mit bemerkenswert geringem Erfolg), einer gewissen Rücksichtnahme. Anders gesagt, man ließ einen Hacker nicht zu Tode kommen.

Aber dieser Grundsatz schien irgendwie aufgehoben zu sein.

Phönix starrte auf den Virus, der auf dem Monitor zu sehen war. Er haßte ihn und bewunderte ihn, und er mußte ihn auf die Art und Weise auseinandernehmen wie Raubtiere ihre Beute. Phönix konnte es nicht leiden, an einem Monitor zu arbeiten, aber er würde nicht so dumm sein, sich das Ding in den Kopf zu laden. Natürlich war die Verlockung groß. Intern konnte man einen Code viel besser manipulieren als mit einem so vorsintflutlichen Rechner. Wahrscheinlich hatte die Kumpels eines Tages der Frust gepackt, und sie hatten sich das kleine Monster hochgeladen. Modware war bei solchen Attacken äußerst empfindlich, mangelte es ihr doch an den Safeguards, die man nur bei legalen Implantaten erhielt.

Phönix würde den Virus knacken. Ihn Stück für Stück auseinandernehmen und so lange ausquetschen, bis er all seine Geheimnisse preisgegeben hatte. Und er würde herausfinden, wer diesen Mörder ins System gesetzt hatte.

Und Gott helfe der Regierung, wenn sie die Finger da drinstecken hatte. Oder irgendein verdammter Politiker. Oder wer auch immer.

Das destruktive Potential von Phönix und seiner Truppe war generationenlang zurückgehalten worden, seit damals, während der terroristischen Aktivitäten im dritten neuen Jahrhundert. Der Himmel möge den Zombies beistehen, wenn sie in Geschichte nicht aufgepaßt hatten und glaubten, die Moddies ließen sich einfach reihenweise abmurksen.

Wenn die Hacker ausgelöscht werden sollten, würden die Außenwelten mit ihnen gehen.

Gott erbarme sich der ganzen Galaxis, wenn Torch recht behalten sollte!

Vertrauen ist ein Luxus, den sich diejenigen leisten können, die an der Macht sind. Diejenigen aber, die sich des Vertrauens bedienen, um seine Süße zu schmecken, werden früher, als ihnen lieb ist, sein Gift zu spüren bekommen.

GILDEMEISTER PRIMUS HARLAN,
Nagasaki
Erinnerungen

GUERA KNOTENPUNKT

TIANANMEN STATION

Die Prima klopfte an, bevor sie Devlins Büro betrat. Normalerweise machte sie sich nie die Mühe, aber manchmal schien es ihr geboten, ihrem Liebhaber etwas Respekt zu erweisen.

Sie gelangte in einen fast völlig dunklen Raum, in dessen Zentrum eine holographische Abbildung zu erkennen war: eine bizarre Sternenkarte. Die Gildeherrin konnte die Symbole für Terra und Guera ausmachen. Leuchtende Linien verbanden die beiden Planeten mit den vier Stationen, die zwischen ihnen lagen. Devlin befand sich mitten in der dreidimensionalen Abbildung und betrachtete einen Punkt, den so viele weiße Linien kreuzten, als blicke man in ein Seidenknäuel. Er drehte sich zu ihr um, und die Freude darüber, daß er nicht von einem Untergebenen gestört wurde, war ihm deutlich anzusehen. Die Herrin merkte ihm die Anspannung seiner Arbeit an.

»Sie sind gerade ziemlich beschäftigt?«

»Ja, wie immer.«

Das Display kam der Prima recht chaotisch vor, aber allem, was ihr Oberprogrammierer anfing, wohnte tiefste Ordnung inne. »Was ist das da?«

»Kommunikationsverbindungen zwischen Ihren treuen Untertanen, die kein größeres Glück kennen, als Ihnen dienen zu dürfen.« Er zeigte auf mehrere Leuchtpunkte: »Delhi – Kent – Varsav – Ra.«

»Sie hören sie ab?«

»Selbstverständlich. Haben Sie nicht selbst gesagt, daß sogar unter unseren engsten Vertrauten ein Verräter sein könnte? Davon abgesehen, hören sie mich vermutlich ebenfalls ab.«

»Vorausgesetzt, die Herrschaften besitzen das nötige Equipment dazu.« Die Prima lächelte. »Ich glaube, in dem Punkt bin ich ihnen doch etwas überlegen.«

Devlin freute sich über das Lob für sich und seine Abteilung. »So soll es auch bleiben. Gott stehe uns bei, wenn die Gildemeister eines Tages alle meine kleinen Tricks kennen ... Allerdings hat Delhi da ein paar Hacker, mit denen ich es nicht unbedingt auf ein Duell ankommen lassen möchte. Und Varsavs Sicherheitsabteilung sollte man auch nicht unterschätzen.«

Die Herrin trat näher heran und konnte jetzt erkennen, daß der scheinbar leere Raum zwischen den Stationen in Wahrheit von feinen Linien durchzogen war. Jede davon pulsierte in einem geheimnisvollen Rhythmus, der wohl nur für Devlin eine Bedeutung hatte. Ein anderer Programmierer hätte diese Daten sicher in Form von Zahlen festgehalten, aber ihr Liebhaber liebte die abstrakteren Formen; sein heimliches Talent, das ihm dabei geholfen hatte, alle Rivalen hinter sich zu lassen. Die Prima verstand nur selten, womit er sich gerade beschäftigte, aber hätte sie viel mit einem Programmierer anfangen können, dessen Arbeit für sie wie ein offenes Buch war?

Ihr Vorgänger hatte das anders gesehen und als Simba unter Simbas die Gilde mit eiserner Faust regiert. Sein Mangel an Subtilität hatte sich schließlich als sein großer Fehler erwiesen; und die Spezialität der Herrin bestand darin, die Schwachstellen anderer aufzuspüren. Deswegen saß sie heute an der Spitze, wohingegen das weitere Schicksal ihres Vorgängers, nun ja, unbekannt war.

»Und was sagt uns dieses Display?« wollte sie wissen.

»Daß Delhi mehr Aktivität als sonst an den Tag legt. Ich glaube, sie befaßt sich mit irgendeinem besonderen Projekt. Da wir wissen, was wir von ihr zu halten haben, sollten wir uns ebenfalls für diese Sache interessieren.«

Die Prima hörte den vorsichtigen Tonfall. »Sie glauben, daraus könnte eine Gefahr für uns erwachsen?«

»Alles, was diese Herrschaften treiben, kann für uns gefährlich werden. Wenn Ihnen etwas zustoßen sollte, kommen die Meister als Ihre Nachfolger in Frage, und dieser Gedanke kommt ihnen täglich. Wenn es mit Hilfe dieses Luzifer-Virus gelingen sollte, Sie vom Thron zu stürzen ...«

»Glauben Sie mir, daran denke auch ich täglich. Aber fahren Sie fort.«

»Kent ist auch ziemlich beschäftigt. Schon unmittelbar nach der Konferenz hat er damit begonnen, noch bevor er auf seine Station zurückgekehrt war. Nun gut, er war immer der fixeste von allen ... Vielleicht inspiriert ihn die Situation, in der wir uns mittlerweile befinden. Kent denkt immer noch wie ein Out-Pilot und sieht sich wahrscheinlich als natürlicher Beschützer seiner ehemaligen Kollegen ... Also würde ich darauf wetten, daß seine Aktivitäten etwas mit dem Virus zu tun haben. Wir sollten ihn weiter observieren, aber ich glaube kaum, daß er uns im Augenblick Anlaß zu Kopfschmerzen gibt.«

Alya überlegte, ob sie ihm das mitteilen sollte, was sie eben gehört hatte, und entschied sich schließlich dafür: »Mir ist nahegebracht worden, daß Kent etwas ... mit der ganzen Geschichte zu tun haben könnte.«

»Gibt es Beweise dafür?«

»Nein, noch nicht. Aber es heißt, er habe ein Motiv.«

Die Prima sah ihn direkt an und zeichnete mit ihrer Brainware seine Reaktionen auf, um sie später zu analysieren. (Verdammter Luzifer, der sie dazu zwang, ihren Liebsten wie einen Verdächtigen zu behandeln.) »Nun, sein Unfall und die dabei erlittenen Verletzungen sollen ihn sehr verdrossen haben.«

Devlin schwieg lange. »So sehr, daß er die anderen Out-Piloten dafür büßen lassen will? Daß er eifersüchtig auf sie ist?«

Die Herrin breitete ausweichend die Arme aus. »Bislang steht nicht mehr als ein vager Verdacht dahinter … Was glauben Sie denn?« Alya betrachtete ihn jetzt ganz genau.

»Natürlich wäre es möglich … wie überhaupt in diesem Fall nichts ausgeschlossen werden kann …« Devlin schüttelte den Kopf. »Nur gut, daß wir einen Unabhängigen mit der Untersuchung betraut haben … Kent könnte der Schuldige sein … Genau wie ich oder jeder andere. Deswegen wäre es besser, den Virus bis zu seiner Quelle zurückzuverfolgen, statt uns die Köpfe über die möglichen Motive seines Designers zu zerbrechen.«

»Ich fürchte, wir müssen beides tun«, entgegnete Alya. »Deswegen möchte ich Ihnen jetzt eine Frage stellen, die ich während der Konferenz für mich behalten habe, um Sie nicht vor den anderen bloßzustellen: Wie weit können Sie Ihren Mitarbeitern trauen?«

»Natürlich ist jeder einzelne von ihnen verdächtig.« Er lächelte schief. »Genau so, wie auch Ihre Untergebenen.«

Ja, dachte die Prima, jeder von ihnen, und die Gildemeister allen voran; aber auch ihr Liebhaber; und jeder Pilot und jede Sekretärin. Terra würde es sich Milliarden kosten lassen, an die Geheimnisse der Gilde zu gelangen, und vielleicht war jemand die Bestechungssumme zu verlockend erschienen.

Wem konnte sie überhaupt noch trauen?

Niemandem.

Manchmal haßte sie ihren Job wegen dem, was er aus ihr machte. Warum war es ihr nicht möglich, ihre Verantwortung abzustreifen und sich von ihrem Geliebten in die Arme nehmen zu lassen? Warum konnte sie die Paranoia ihres Amtes nicht vergessen? Vielleicht gelang ihr das ja eines Tages … doch bis dahin … Wie gut, daß Devlin sie verstand.

Alya zeigte auf Delhis Icon. »Dienen sie eher sich selbst oder der Gilde?«

»Irgendwie beiden.«

Die Herrin sah ihn streng an, aber nichts deutete darauf hin, daß er jemand Besonderen in Verdacht hatte. Vielmehr schien in seinem Blick das Wissen darum zu liegen, wie viele Leichen es gekostet hatte, bis Alya ganz nach oben gelangt war. Doch eigenartigerweise schien er sie nicht dafür zu kritisieren. Schließlich würde Devlin keinen Moment zögern, das gleiche zu tun; wenn er auch dank seiner Programmierfähigkeiten anders vorginge.

Der junge Mann hatte nicht so hart wie sie darum ringen müssen, einen Spitzenplatz zu erreichen. Ein Funke Menschlichkeit war ihm geblieben, und dafür schätzte Alya ihn um so mehr. Wenn sie ihm von ihren Plänen berichtete und dann Entsetzen in seinen Augen sah, wußte sie, daß sie zu weit gegangen war. Devlin war sozusagen der Lackmus-Test für ihre Moral.

»Hsing wird bald eintreffen«, bemerkte der Programmierer, und die Prima war ihm dankbar, daß er das Thema wechselte. »Ich nehme an, daß wir für die nächste Zeit keine Schwierigkeiten von ihm zu erwarten haben. Der Meister wird viel zu beschäftigt sein, seine Stellung wieder zu festigen.«

»Und Masada?«

»Trauen Sie diesem Fremden?«

»Sonst hätte ich ihm wohl kaum den Auftrag erteilt.«

»Und halten Sie ihn für geeignet?«

»Nun ...«, begann sie und zögerte. Wieviel mußte, wieviel durfte sie Devlin gestehen? Natürlich stand ihr in der Gilde niemand so nahe wie er. Aber nur ein totes Gildemitglied brauchte man nicht mehr zu fürchten. Doch in der Frage Masada blieb eigentlich nur eine logische Antwort. Die Prima brauchte einen unabhängigen Ermittler, und von allen dafür zur Verfügung stehenden Personen bot sich der gueranische Wissenschaftler am ehesten an.

Natürlich hatte Devlin seine Vorbehalte. Und er konnte seine Bedenken nirgends aussprechen, am allerwenigsten vor seinen Mitarbeitern.

So konnte sie ihm nur eine kurze Antwort geben und hoffen, daß er sie richtig verstand. »Nicht unbedingt.«

»Auf der Konferenz haben Sie sich aber noch ganz anders angehört.«

»Als Prima muß ich entschlossen klingen und meine Vorstellungen durchsetzen. Das verlangt mein Amt.« Als Devlin nichts dazu sagte, fuhr sie seufzend fort: »Ich glaube nicht, daß der Mann uns hintergehen wird. Und ich bin auch davon überzeugt, daß er nicht durch irgendeine Unachtsamkeit Gildegeheimnisse preisgibt. Als Iru fällt es ihm schwer, sich an neue Umgebungen anzupassen. Und ein Iru versteht sich auch kaum darauf, menschliche Signale zu empfangen oder zu deuten ... Kurzum, ist er bestechlich? Mit Sicherheit nicht. Aber kann man ihn hintergehen oder in eine Falle locken? Schon möglich, und darin sehe ich ein Risiko. Wir können nur das Beste hoffen.«

Devlin sagte noch immer nichts, stellte sich aber so nahe neben sie, daß sie seine Wärme auf ihrer Haut spüren konnte. Als Alya sich nicht von ihm entfernte – ein notwendiges Signal –, legte er ihr sanft eine Hand auf die Schulter. Sie bedeckte seine Hand mit der ihren.

»Wehe dem, der diesen Virus auf uns losgelassen hat …« Haß und Rachsucht schwangen in ihrer Stimme mit; denn nur vor Devlin konnte sie auf alle politischen und sozialen Rücksichtnahmen verzichten.

Sie drehte sich zu ihm um, und er nahm sie in die Arme. Und dann herrschte in der Zentrale der Gildenmacht nichts als Schweigen.

Denjenigen, die das Konzept eines direkten Interface-Networks unterstützen, muß man entgegenhalten, daß sie den Preis übersehen zu haben scheinen, den eine solche Maßnahme fordert, und das nicht nur in finanzieller, sondern auch sozialer Hinsicht.
Wer will denn schon eine Anlage haben, die zu jeder Minute des Tages weiß, wo man sich gerade aufhält? Und wer vertraut schon den Personen vollkommen, die eine solche Anlage konstruieren, die sie programmieren? Jedesmal, wenn man mit einer solchen Anlage in Kontakt tritt, hinterläßt man dort Spuren, wie Fingerabdrücke auf einem Glas. Und es bedarf nicht einmal eines hochbegabten Programmierers, um diese Spuren zu entschlüsseln.

MAXWELL ONEGIN
Moment mal!
(Historische Archive
Hellsgate Station)

IN-SCHIFF: EXETER

Erst als sie die Station und auch den Schiffsverkehr davor hinter sich gelassen hatten, lehnte Allo sich in seinem Pilotensessel zurück und fragte: »Was hältst du von der Kleinen?«

Sumi sah kurz auf, um einen Blick auf die Miene des Captains zu werfen – leer, keine Hintergedanken –, und meinte dann: »Bislang kann man noch wenig über sie sagen, oder?« Seine Tentakel bewegten sich, um etwas von dem mitzubekommen, was Allo dachte. »Meinst du, sie könnte uns was einbringen?«

»Ich glaube sogar fest daran, daß jemand viel Geld für sie bezahlen wird. Jedenfalls mehr, als sie uns für das Mitnehmen angeboten hat.« Er bestellte sich beim Versorgungsprogramm eine Tasse Tee mit Schuß. »Tam hat da so eine Hochsicherheitsmeldung aufgefangen. Kurz bevor die Kleine über uns gestolpert ist. Ein interessanter Zufall, was?«

»Ja, schon möglich.« Sumis Finger bewegten sich wie Tentakel über die Kontrollen. Der Medusaner zog eine manuelle Bedienung den visuellen Icons vor. »Willst du sie unter die Lupe nehmen?«

Ein Fach öffnete sich im Versorgungsprogramm. Zum Schutz wegen der Niedrigschwerkraft war der Becher fest mit einem Deckel verschlossen; dennoch erfüllte sofort der Duft von Kräutern und Alkohol den Raum. Der Captain nahm einen kleinen Schluck. Auf dem Bildschirm vor ihm war gerade der letzte Zipfel der Reijik Station verschwunden, und man konnte nur noch das friedliche Schwarz des leeren Raums sehen.

Doch so leer war das All gar nicht. In jeder Sekunde

kreuzten über eine Milliarde Sendungen das Nichts und enthielten alles, von den ersten Worten eines Säuglings bis zu den Geheimnissen, die Regierungen stürzen konnten. Juwelen der Finsternis. Wenn man seine Empfänger in die richtige Richtung ausrichtete, konnte man sogar Nachrichten von anderen Knotenpunkten auffangen – Nachrichten, die über die Oberfläche des Ainniqs hüpften, wie ein flacher Stein über ein Gewässer. Und diese Botschaften waren von allen die wichtigsten, bewahrten sie doch die Knotenpunkte davor, isoliert wie Planeten im All stehen zu müssen.

Die Wärme des Tees wanderte durch Allos Körper, und der Alkohol beruhigte seine Nerven. Unten im Frachtraum lag genug Rauschgift, um mit dem Erlös eine halbe Station kaufen zu können. Der Captain hatte es eilig, diese Ladung loszuwerden. Normalerweise beförderte er weniger gefährliche Waren, aber das Angebot war einfach zu gut gewesen. Wenn sie es tatsächlich schaffen sollten, ungehindert von Reijik zu entkommen, wäre das fast zu schön, um wahr zu sein. Die Crew hatte das Schiff fünfmal nach Schnüfflern abgesucht und keine gefunden; was aber nicht bedeutete, das keine angebracht waren. Allo hatte einmal zwei Jahre abbrummen müssen, weil er sich in dieser Hinsicht zu sicher gefühlt hatte.

»Das warten wir erst einmal in Ruhe ab.« Er sah hinüber zu Tam – zu einem der beiden Zwillinge, die man einfach nicht auseinanderhalten konnte; der andere mußte gerade irgendwo anders beschäftigt sein. »Hast du schon was über die Hochsicherheitsübertragung herausgefunden?«

Der Beliale schüttelte den kahlen Kopf. Er war klein, drahtig und bewegte sich mit der Ruckhaftigkeit eines Erdmännchens. »Noch nicht, Boss. Das Ding war nicht wie die anderen geloggt. Aber meine Nase sagt mir, daß wir auf ein Top Secret gestoßen sind.«

Wenn die Nachricht etwas mit dem Mädchen zu tun hatte, dann lag er mit seiner Vermutung goldrichtig. Hochsicherheitsübertragungen ließen sich nicht von jetzt auf gleich knacken. Am besten machten sie aber, daß sie von hier fortkamen. Der Funkspruch war aufgezeichnet, und sie konnten ihn später immer noch dekodieren. »Gut, dann gib mir Bescheid, wenn du weitergekommen bist.«

Er trank den Becher aus und warf ihn in die Abfallröhre. »Kommt ihr zwei hier ohne mich klar?« fragte er Sumi und Tam. Beide nickten.

»Gut«, sagte Allo mit einem letzten Blick auf den Bildschirm, »dann will ich mich jetzt mal um unseren Gast kümmern.«

Sie war eigentlich ziemlich hübsch – auch wenn ihr die Anspannung deutlich anzusehen war und ihre Haut einen ungesund bleichen Farbton angenommen hatte. Sie trug das Haar kupferrot, so wie es bei der Schickeria von Paradise gerade angesagt war – eine wirklich gute Arbeit, vorausgesetzt, das war nicht ihre echte Farbe. Der Körper schien nicht mit Implantaten und sonstigen Zusätzen verändert worden zu sein, und ihre schlanke Gestalt ließ es nicht an den richtigen Rundungen mangeln. Große Augen, zierliche Nase und die Lippen weder zu schmal noch zu voll. Obwohl sie unverkennbar Terranerin war, gefiel sie Allo auf Anhieb. Normalerweise hätte er bei einer Erdgeborenen keinen zweiten Blick verschwendet.

Offensichtlich hatte die Kleine eine Scheißangst, auch wenn sie das zu verstecken versuchte. Als sie ihn hereinließ und erkannte, stand die Furcht deutlich in ihren Augen geschrieben. Wie bei einem kleinen Tier, hinter dem ein großes Raubtier her ist. Vermutlich lag er mit diesem Bild gar nicht einmal so falsch, sagte er sich.

Ja, die Kleine muß ein Vermögen wert sein. Stellt sich nur die Frage, wer dieses Vermögen zu zahlen bereit ist.

Er nickte kurz zum Gruß und trat ein. Allo verstand sich darauf, sich so zu bewegen, daß keine Bedrohung von ihm ausging, und auch seiner Stimme einen Unschuldstonfall zu verleihen. Diese Gabe hatte ihm schon einige Male durch den Zoll geholfen.

»Raven, nicht wahr?«

Sie starrte ihn erschrocken, fast verständnislos an. »Ja«, antwortete sie dann kaum hörbar und so, als wüßte sie ihren eigenen Namen nicht.

Oder sie hat für einen Moment vergessen, welchen Namen sie uns angegeben hat. Die Geschichte wird ja immer besser.

»Ich bin Allonzo Porsha«, stellte er sich vor und hielt ihr die rechte Hand entgegen, »und hier so was wie der Captain und der Pilot.«

Keine Reaktion von ihrer Seite. Nur die blauen Augen betrachteten ihn eindringlich. Ein seltsames Blau, wie man das sonst bei den Erdlern nicht zu sehen bekam. »Aber alle sagen nur Allo.«

Endlich streckte sie ihre Hand aus und schüttelte mit kaum wahrnehmbaren Druck die seine. »Raven Capra«, sagte sie und beobachtete ihn weiter.

»Wohin möchten Sie denn, Capra?«

Sie zuckte die Achseln und wich dann seinem Blick aus. Er vermutete, sie wollte auf diese Weise verhindern, daß er zuviel aus ihrer Miene herauslesen konnte. »Egal wohin.«

»Keine Freunde ... oder Familie?«

Raven schüttelte nur den Kopf. Sie wollte ihm anscheinend nicht den kleinsten Hinweis geben.

Na gut, Trotzköpfchen, wenn du es unbedingt so haben willst. Tam-Tam haben dich in null Komma nichts durch die Datenbänke laufen lassen.

»Aber Sie haben genug Geld mit, um sich diese kleine Spritztour leisten zu können.«

Wieder nickte sie und schien dann zu begreifen, daß sie schon ein wenig mehr preisgeben mußte. »Meine Eltern waren ziemlich vermögend.« Wie eigenartig sie sprach. So als müsse sie sich jedes Wort erst zurechtlegen. Und dabei beobachtete sie ihn genau, als versuche sie festzustellen, wie ihre spärlichen Auskünfte bei ihm ankamen. »Sie sind beide tot. Bei einem Unfall ums Leben gekommen. Ich bin hier herausgekommen, weil ich zu Verwandten wollte. Aber die sind auch gestorben, während ich noch auf dem Metroliner war.«

Unverkennbar eine Lüge, da brauchte er nicht einmal seine besonderen Talente zu bemühen. Allo wartete eine Minute, ob noch mehr käme, und als das nicht der Fall war, meinte er: »Sie hatten es ziemlich eilig, von der Station wegzukommen.«

Raven biß sich nur auf die Unterlippe, schwieg aber beharrlich.

»Hören Sie, als ich zugesagt habe, Sie auf unserem Schiff mitzunehmen, geschah das nur unter der Bedingung, daß Sie mir etwas mehr berichten. Also, warum fangen wir nicht gleich damit an?«

Das Mädchen entfernte sich von ihm, doch diesmal waren ihre Bewegungen nicht von Angst und Nervosität gekennzeichnet, sondern eher aggressiv zu nennen. Eine verblüffende Verwandlung. »Sie werden schon noch die Antworten auf Ihre Fragen erhalten. Eines sollen Sie aber gleich wissen, ich habe einiges zu erledigen, was Sie nicht das geringste angeht. Also bedrängen Sie mich nicht.«

Allo schwieg. Die Chemie in der kleinen Kabine hatte sich gerade deutlich verändert. Das Mädchen, das ihm jetzt so trotzig entgegenstarrte, unterschied sich eindeutig von der Raven, die ihn eingelassen hatte. Was war geschehen? Normalerweise verstand sich der Captain sehr gut darauf, in Menschen und Mienen zu lesen, aber diese junge Frau war ihm ein absolutes Rätsel.

Er beschloß, die Befragung fürs erste einzustellen. Schließlich konnte er sie zu einem späteren Zeitpunkt wieder aufnehmen.

»Sie sagten, Sie könnten für die Passage bezahlen.«

Raven zog einen Debit-Chip aus dem Gürtel. Mehrere Holos leuchteten auf der Oberfläche. Genau die Icons, die von einer Menge Konzernwährung kündeten. »Ja, das kann ich durchaus.«

Er streckte die Hand nach dem Chip aus.

»Aber erst bei Ankunft.«

»Nein, jetzt.«

»Das ist mein Geld.«

»Aber mein Schiff.« Als sie sich weiterhin weigerte, ihm den Chip zu geben, sagte er: »Hören Sie, ich habe Sie nicht gekannt und trotzdem mitgenommen. Jetzt ist es für Sie an der Zeit, auch etwas Vertrauen zu mir zu entwickeln.«

Allo bemerkte ihr Zögern und verstand. Offensichtlich hatte sie Angst davor, den Chip einzusetzen. Aber warum?

»Nicht in der Nähe dieses Knotenpunkts.«

Klar. Wenn jemand nach ihr suchte, brauchte er eigentlich nur darauf zu warten, daß sie ihr Konto belastete. Ohne Geld kam man nicht weit. Und an Geld gelangte man nur über einen Automaten. Sobald aber der Chip Kontakt mit dem Outernet aufnahm, entstanden diverse Signale, die leicht von den Verfolgern wahrgenommen werden konnten.

Der Captain überlegte kurz, ob er Raven in die Enge treiben sollte, um mehr von ihr zu erfahren. Aber ein Blick in ihr Gesicht belehrte ihn, daß er sich die Zähne an ihr ausbeißen würde. Von dem verängstigten kleinen Mädchen schien nichts mehr übriggeblieben zu sein. Besser er wartete ab, bis sie sich nicht mehr in einer solchen Stimmung befand.

»Gut, einverstanden. Aber halten wir doch die Transaktion jetzt fest und führen die Überweisung später durch. Wir schicken das Signal erst aus, wenn wir einen anderen Knotenpunkt erreicht haben. Darauf gebe ich Ihnen mein Wort.«

Raven schien mit sich zu ringen. Er spürte, daß sie dringend jemanden vertrauen mußte. Offensichtlich war das ihre Schwachstelle. Und wenn sie jemanden zum Reden brauchte, nun, da würde ihm schon etwas einfallen.

»Okay«, sagte sie.

Mit harmloser Miene führte er sie zum nächsten Dataport. Erst als sie ihren Chip hineinschob und ihm den Rücken zukehrte, visualisierte er das Icon, das ihn über das Internet des Schiffs mit den Tams verband.

SIE STELLT EINE VERBINDUNG HER. ALLES MITSCHNEIDEN.

Allo wußte nicht, welcher der beiden Belialen seinem Befehl nachkommen würde, wie er überhaupt die Denkweise dieser Wesen nicht verstehen konnte. Der Captain kannte die Zwillinge seit nunmehr fünf Jahren und konnte sie immer noch nicht auseinanderhalten. Dabei konnte er noch von Glück sagen, es nur mit einem Paar zu tun zu haben, denn Beliale kamen in der Regel als Drillinge, Vierlinge oder in noch größerer Zahl zur Welt. Eine der sonderbarsten Schöpfungen von Mutter Natur ... oder besser gesagt von Vater Hausman.

Raven blickte von dem Dataport auf.

»Zehntausend«, teilte er ihr mit. Das war genug, damit sie sich einbilden konnte, ihn teuer zu bezahlen, und tief genug angesetzt, um die Möglichkeiten des Chips nicht zu überfordern. Die junge Frau zuckte ob dieser Summe, gab sie dann aber ein.

Allo nannte ihr seine Bankverbindungen, und sie gab diese in ihren Chip ein. Der Captain vermutete, daß dieses kleine Stück Plastik auf der Erde das Neueste vom Neuesten war. Mochte Raven jetzt auch in Nöten stecken, sie war als verwöhntes Kind reicher Eltern aufgewachsen.

Als alles wie besprochen erledigt war, meinte er: »Sehen Sie, Sie können mir vertrauen.«

Die junge Frau nickte, sagte aber nichts. Offensichtlich fühlte sie sich in seiner Gesellschaft nicht wohl. Vielleicht hatte er seine Autorität zu sehr heraushängen lassen, und sie fürchtete Behörden oder überhaupt alle Personen, die etwas zu sagen hatten ...

TAM? SCHON WAS GEFUNDEN?

Er erhielt sofort Antwort.

CHIP LAUTET AUF DEN NAMEN JAMISIA CAPRA: AUSGESTELLT AUF DER ERDE IN LANSING STATION – NOCH NICHT VIEL BENUTZT. ICH KOMME AN DAS KONTO NICHT RAN, WEIL ICH DAZU INS OUTERNET MÜSSTE, UND DAS HAST DU JA UNTERSAGT.

Die junge Frau sah ihn mißtrauisch an und schien zu spüren, daß er Worte las, die vor seinen Augen scrollten. Allo lächelte. »Ich lasse Sie jetzt für eine Weile allein. Neben dem Bett ist eine Kommstation angebracht.« Mit sorgenvoller Stimme fügte er hinzu: »Sie sollten sich jetzt wirklich etwas ausruhen. Sie sehen mir ganz so aus, als könnten Sie etwas Schlaf gebrauchen.«

Die angebliche Raven schaute auf das Bett – eine einfache Raumfahrerliege ohne besonderen Komfort, aber für jemanden, der schon eine ganze Weile auf der Flucht war, sicher ein wahrer Traum.

»Wohin ist das Schiff unterwegs?« fragte sie.

»Zur Paradise Station. Wenn Sie wollen, können wir Sie dort absetzen. Oder aber ein neues Arrangement treffen.«

»Paradise?« Sie verzog das Gesicht, als sage ihr der Name irgend etwas. »Nein, kenne ich nicht«, sagte sie dann aber.

»Ein Touristenknotenpunkt. Dort treffen Sie Vertreter fast jeder Rasse an, und dort dürfte es Ihnen nicht schwerfallen, in Kontakt zu kommen mit … nun ja, mit wem auch immer sie wollen. Außerdem kann man da leicht untertauchen.«

Und gewisses Frachtgut rasch loswerden.

»Das wäre gut«, flüsterte sie und wirkte plötzlich um Jahre gealtert. »Danke, vielen Dank.«

»Schlafen Sie gut.«

Du darfst ihm nicht trauen, Jamie.

Doch, kannst du wohl. Hör nicht auf sie.

Du würdest besser –

»Haltet die Klappe, ihr alle!« Trotzdem meldete sich Verina zu Wort:

Sprich nicht so laut. Du weißt nicht, ob wir abgehört werden.

Gott, wenn das noch lange so weiterging, würde sie wirklich wahnsinnig.

Hör zu, noch einmal Verina, *wir sind von der Station weggekommen, das war für uns erst einmal das wichtigste. Wer immer auch nach uns sucht, weiß jetzt nicht mehr, wo er noch nach uns Ausschau halten soll. Das Schiff fliegt zu einem anderen Knotenpunkt und macht es unseren Feinden noch schwerer. Damit haben wir etwas Zeit zum Nachdenken gewonnen.*

Ich möchte mir gern das Schiff ansehen, schmollte Raven.

Später, beschied Verina sie. *Als erstes sollten wir den Debit-Chip verändern, damit man uns nicht mehr so leicht auf die Spur kommen kann. Du bist doch unsere Spezialistin dafür, Raven.*

Was soll sie denn schon groß machen? schimpfte Derik. *Zaubern, oder was?*

Das würde ich gern sehen, warf eine Kinderstimme ein, die Jamisia noch nicht mit Namen kannte.

Aufhören! Aufhören! AUFHÖREN! kreischte Jamie in Gedanken und preßte die Hände an die Schläfen. Die anderen schwiegen tatsächlich, wohl erschrocken über ihren plötzlichen Ausbruch.

Ich glaube nicht, daß Allo uns auch nur ein Wort abgekauft hat, sagte Jamisia deutlich ruhiger. *Deswegen wird er uns weiterhin Fragen stellen oder jemanden aus seiner Crew auf uns ansetzen. Also müssen wir uns eine Geschichte ausdenken, die er akzeptieren kann.*

Er wird uns gleich durchschauen, jammerte Zusu. *Dafür sind wir einfach nicht gut genug.*

Du mußt nicht von dir auf andere schließen, knurrte Derik.

Katlyn, die normalerweise bei solchen Debatten schwieg, schaltete sich überraschenderweise ein: *He, habt ihr schon vergessen, daß wir zusammenarbeiten wollen? Teamwork und so?*

Das schien die anderen zum Nachdenken zu bringen. Einen gesegneten Augenblick lang trat Ruhe ein.

Wir brauchen hier auf dem Schiff einen Verbündeten, schlug Katlyn dann vor. *Jemanden, den wir für uns einsetzen können ... und der uns warnt, wenn Gefahr droht. Mir gefällt nämlich nicht, wie hilflos wir hier draußen sind.*

Einen Geliebten? fragte Zusu argwöhnisch.

Gott, geht das jetzt schon wieder los? stöhnte Derik.

Jamisia fragte sich, wie es wohl wäre, wenn sie im Hintergrund ihres Kopfes saß und zusehen mußte, wie Katlyn ein Besatzungsmitglied verführte. Zu ihrer Überraschung kam ihr die Vorstellung nicht mehr so ekelerregend vor wie früher. Sollte sie sich etwa daran gewöhnen? Ein schrecklicher Gedanke.

Hat jemand eine bessere Idee? fragte Katlyn in die Runde.

Zögernd verneinten die Anderen.

Und du, Jamie?

Noch nie hatte einer von ihnen um Erlaubnis gefragt, ob er die Kontrolle übernehmen dürfe. Eine ganz neue Entwicklung, und Jamisia wußte noch nicht, wie sie darauf reagieren sollte.

Ich bin mit allem einverstanden, was uns irgendwie weiterhilft.

Der jungen Frau klopfte das Herz schneller, und mit ihr schienen alle zu spüren, daß ihre Zusammenarbeit eine neue Qualität entwickelt hatte. Die Anderen waren ihr jetzt nicht mehr so fremd, wenn auch noch lange nicht so etwas wie ihre Familie.

Okay, sagte Katlyn, *wenn sich eine Gelegenheit ergibt, werde ich sie wahrnehmen. Bis dahin würde ich vorschlagen, daß wir uns mit dem Schiff vertraut machen.* Sie gluckste. *Einen Varianten hatte ich noch nie, mal ganz was Neues.*

Sumi wurde die Aufgabe übertragen, sich mit der Passagierin anzufreunden. Im Grunde hätte jeder aus der Crew diese Aufgabe bewältigen können, aber Allo selbst fiel nach dem mißlungenen ersten Kontakt aus. Tam und Tam, oder kurz Tam-Tam, würden die Erdenfrau nur verwirren, und Celia pflegte einen solchen Haß auf alle Terraner, daß sie in diesem Fall von vornherein ausschied.

Natürlich hatte auch Sumi Vorurteile gegen die Echtmenschen, und er wußte, daß er an sich arbeiten mußte, um sich Raven gegenüber nichts davon anmerken zu lassen. Für den Medusaner gehörte das Mädchen eben zu der Rasse, die ihre Kolonisten in der größten Not im Stich gelassen hatte. Zugegeben, der Hausman-Effekt hatte Terra in Panik versetzt. Die menschliche Evolution war plötzlich in tausend verschiedene Richtungen auseinandergedriftet ... Aber mußte man dann unbedingt radikal alle Verbindungen kappen? Immerhin hätten doch Roboter in den Schiffen fliegen können.

Als Sumis Vorfahren ihre ersten bescheidenen Unterkünfte errichtet hatten, war der Isolationsvorhang gefallen, und der hatte die Kolonisten erst einmal von allem abgeschnitten, was sie noch so dringend benötigten, um halbwegs existieren zu können. Den ersten Winter hätten sie beinahe nicht überlebt, weil die hartherzige Erde ihre mißratenen Kinder verbannt hatte ...

Ja, Sumi haßte wie jeder Variant die Terraner, aber im Gegensatz zu Celia konnte er erkennen, daß Raven oder Jamisia oder wie auch immer zu jenem Zeitpunkt noch gar nicht gelebt hatte und deswegen nichts dafür konnte. Deshalb versuchte er, zwischen ihr und seinen Gefühlen für die Erde zu unterscheiden.

Seine natürliche Gabe prädestinierte ihn zusätzlich für den Auftrag. Die Medusaner besaßen dank ihrer

Variationen eine geschärfte sinnliche Wahrnehmung, mit deren Hilfe er hinter Ravens Geheimnis zu kommen gedachte. Als er ihr zum ersten Mal begegnet war, hatten seine Tentakel den sauren Geschmack ihrer Angst wahrgenommen – in Form von hormonellen Molekülen, die sie ausatmete oder die von ihrer Haut abgesondert wurden, dann durch die Luft trieben und von den feucht beschichteten Gebilden an seinem Hinterkopf aufgefangen wurden. Nur die wenigsten ahnten, wie sehr Sumi sich auf die Tentakel verlassen konnte und wieviel sie ihm über sein jeweiliges Gegenüber verrieten. Allo gehörte zu den wenigen, und er hatte daher gerade ihn dazu ausgesucht, sich näher mit der jungen Frau zu befassen.

Kein Problem für ihn ... wenn Raven nur nicht von der Erde gekommen wäre.

Er klopfte an der Kabinentür an, und sie rief: »Wer ist –« Erst jetzt schien ihr klarzuwerden, daß es ihr wirklich egal sein konnte, wer von der Besatzung gekommen war. »Öffnen«, befahl sie, und die Tür glitt auf.

Sumi registrierte sofort, daß ihr heute ein anderer Geruch entströmte. Furcht war zwar noch darunter, aber längst nicht mehr der dominierende Faktor. Seine Tentakel schoben sich sofort vor, um mehr wahrzunehmen. Doch als er den entsetzten Blick auf Ravens Gesicht sah, zog er sie wieder zurück.

Aha, die junge Erdenfrau war also nicht an den Anblick von Varianten gewöhnt. Dann würde er also noch behutsamer vorgehen müssen, damit Raven sich langsam an seine ›Deformität‹ gewöhnen konnte. Erheblich mehr Rücksicht, als die Erde seinen Vorfahren gegenüber an den Tag gelegt hatte.

»Ich wollte nur nachsehen kommen, ob Sie hier alles haben, was Sie brauchen.«

Sie hatte den Monitor ausgefahren und las dort irgendeinen Text. Er würde sich mit Tam beraten müssen, inwieweit man in ihre Privatdateien eindringen sollte. Vielleicht hielten sie für den Anfang besser etwas Abstand, um das Mädchen nicht unnötig zu verschrecken.

Für ihn bot Raven einen seltsamen Anblick, wie sie so mit dem Headset auf dem Kopf vor dem Bildschirm saß. Wie jemand aus einem weit zurückliegenden Zeitalter. Aber er hatte gehört, daß die Erdlinge ihre Brainware noch nicht so weit umgerüstet hatten wie die Menschen hier draußen in den Außenwelten. Ohne darüber nachzudenken, visualisierte er ein Icon und ließ sich das zeigen, was sie gerade las.

Allgemeine Informationen aus der Schiffsbibliothek über die Paradise Station. Gut, das durfte sie. Er gab eine rasche Botschaft an Tam durch, den Zugang der Passagierin zur Schiffsbibliothek zu überwachen und notfalls einzuschränken.

»Ich glaube, ich habe alles«, antwortete sie und lächelte süß. »Ich bin Ihnen ja so dankbar, mich mit an Bord genommen zu haben. Ohne Sie hätte ich gar nicht gewußt, was ich machen soll.«

Ein bißchen dick aufgetragen vielleicht, aber wenigstens bot sie ihm damit die Möglichkeit, ein Gespräch mit ihr zu beginnen. Aber er durfte ihr jetzt um Himmels willen nicht die wichtigen Fragen stellen. Diesen Fehler hatte der Captain begangen.

»Hätten Sie vielleicht Lust, sich das Schiff anzusehen? Ich könnte Sie ja ein wenig herumführen, wenn Sie möchten.«

Raven starrte ihn an, aber ihr Blick war vollkommen leer. Wenn sie das Headset noch aufgehabt hätte, was aber nicht der Fall war, hätte Sumi vermutet, sie kommuniziere gerade mit dem Schiffsnetz. Sehr eigenartig. Hatten die Erdlinge vielleicht eine Brainware entwickelt, mit der man direkten Zugang zum Outernet hatte? Das war schon einmal versucht worden und hatte in einer Katastrophe geendet. Man benötigte einfach einen Zwischenträger, um den ganzen elektronischen Müll fernzuhalten, der sonst Salat aus den Neuronen machen konnte.

Raven trug kein Headset, kommunizierte aber offensichtlich mit jemandem …

Jagte man sie vielleicht, weil sie irgend etwas Besonderes in ihrem Kopf sitzen hatte?

Dann würde ich mich vermutlich auch auf der Flucht befinden.

»Ja, das würde mir gefallen, glaube ich«, entgegnete sie unvermittelt, erhob sich und nahm das Headset an sich. Also brauchte sie doch so ein Gerät.

Er führte sie durch die wenigen Abteilungen des Frachtschiffs, die man gefahrlos einem Fremden zeigen konnte. Nicht eben viel, aber was sollte er machen, wenn die Hälfte des Frachtraums voller Schmuggelgut war? Raven beschwerte sich aber nicht und wünschte auch nicht, noch weitere Teile zu sehen.

Sumi empfing von ihr die widersprüchlichsten und verwirrendsten Signale, die ihn in ihrer Gesamtheit vor ein Rätsel stellten. Offensichtlich beschäftigten seine Kopftentakel sie sehr. Der Medusaner wußte, daß deren Bewegungen einen Terraner schon gehörig erschrecken konnten. Er hatte sie heute hochgebunden, so daß er aussah, als trüge er wie ein exotischer Erdenvogel einen Kamm auf dem Kopf.

Also gut, für Raven war er hier so fremd und neu, daß sie ganz einfach alles anstarren mußte. Aber dann gab es da auch Momente, wo sie ihm sehr nahe kam, viel zu nahe. War das auf der Erde so üblich? Auf Terra herrschte Überbevölkerung, und vielleicht hatte man daher schon aus praktischen Erwägungen die Privatsphäre längst aufgegeben. Allerdings rückte die junge Frau ihm nicht so sehr auf die Pelle, daß er vor ihr zurückwich. Aber sie hielt sich dicht an der Grenze zu seinem persönlichen Freiraum auf, und das mehrfach, so als wisse sie ganz genau, wie weit sie gehen durfte.

Diese Nähe bereitete ihm Unbehagen, und er konnte froh sein, daß sie nicht an Medusaner gewöhnt war. Sonst hätte sie ihm an den Zuckungen der Tentakel seine Nervosität deutlich anmerken können.

Als sie dann jedoch die Brücke erreichten, änderte die junge Frau ihr Verhalten erneut grundlegend. Mit gezielten Schritten und voller Neugier bewegte sie sich durch den Kontrollraum und wanderte von einem Paneel zum nächsten, so als habe sie Sumi vollkommen vergessen. Dabei murmelte sie vor sich hin und schien sich alles genau einzuprägen.

Natürlich tat sie damit nichts Verbotenes. Aber der unvorbereitete Wechsel kam ihm doch unheimlich vor.

Calia saß gerade an den Kontrollen und ließ ihm eine Botschaft zukommen: HÄLTST DU DAS FÜR KLUG? Er antwortete ihr nicht, weil er viel zu sehr damit beschäftigt war, Raven zu beobachten.

Während sie von einem Stück Hardware zum nächsten ging, gab sie Kommentare ab: »Aha, einen Austin Navi-Comp … trifft man nicht oft in Schiffen von dieser Größe an … und gekoppelt mit einem Microtech 912-EX-Amp …«

Die junge Frau gab nur noch technisches Kauderwelsch von sich, bis Calia von ihrer Arbeit aufsah und ihn fragte EINE INGENIEURIN?

KEINE AHNUNG, gab er zurück und checkte rasch

das Schiffsnetz, um festzustellen, ob das Mädchen von dort ihre Kenntnisse bezog. Immerhin hatte sie unterwegs ihr Headset aufgesetzt. Aber nein, sie hatte sich dort nicht eingelogged.

Woher kannte sie sich dann so gut aus?

Am Ende mußte Sumi sie buchstäblich von der Brücke ziehen, weil sie mit ihrer Inspektion gar nicht mehr aufhören wollte. Im ersten Augenblick wirkte Raven wütend, weil er sie nicht weitermachen ließ. Doch dann war sie wieder ganz gelassen.

»Wo haben Sie denn soviel über Technik gelernt?« fragte er und erwartete keine offene, ehrliche Antwort. Aber vielleicht verriet sie sich ja durch eine unbedachte Äußerung.

Sie drehte sich zu ihm um und sah ihn aus diesen eigentümlichen blauen Augen an. Nein, die konnten nicht echt sein, entschied er.

»Ich lese ziemlich viel«, antwortete sie in einem Tonfall, der ihm anzeigte, daß sie nicht weiter über dieses Thema zu reden wünschte.

Der Medusaner führte sie zu ihrer Kabine zurück – eigentlich nicht mehr als ein kleiner Raum mit einer Schlafgelegenheit. Aber für jemanden, der sich auf der Flucht befand, mußte das ausreichen. Calia sandte ihm die Botschaft, daß sie immer noch damit beschäftigt sei, die aufgefangenen Meldungen zu dekodieren … Mit etwas Glück würden sie bald mehr über Raven/Jamisia wissen.

Sumi arbeitete schon seit zwanzig Jahren bei Allo und wußte ziemlich gut, wie der Verstand des Castilianers arbeitete. Aus allem, was an Bord gelangte, mußte ein Profit zu schlagen sein – Passagiere inklusive.

Er hoffte, daß der Captain das Mädchen noch eine Weile auf dem Schiff belassen würde. Sie interessierte ihn rein intellektuell. Sumi wollte unbedingt herausfinden, was hinter ihrem merkwürdigen Benehmen steckte.

Vor der Tür verabschiedete er sich von ihr und wollte sich zurückziehen, als sie ihm eine Hand auf den Arm legte.

»Ja?«

Die junge Frau schien etwas sagen zu wollen, schloß dann aber den Mund wieder.

»Raven?«

Sie sah ihn eigenartig an, so als wisse er nicht, wen er mit diesem Namen anspreche.

Jetzt legte sie ihm die Hand leicht wie eine Tänzerin auf die Schulter. Neugierig schob sich ein Tentakel vor und strich sanft über ihre Finger. Er nahm Anspannung und weibliche Ausstrahlung wahr. Auch wenn er nicht sehr geübt darin war, das zu interpretieren, was Echtmenschen von sich gaben, glaubte er doch, eine gewisse sexuelle Bereitschaft zu spüren.

Aber das war doch unmöglich. Weder von ihrer noch von seiner Seite. Er hätte sich vor einem engeren Kontakt mit einer Terranerin angewidert zurückziehen müssen. Doch seltsamerweise erregte ihn die Vorstellung, und er mußte den Wellseeker aktivieren, um sich zu beruhigen.

Vor allem durfte er die Erdenfrau jetzt nicht abschrecken.

Ein geheimnisvolles Lächeln spielte um ihre Lippen, so als wisse sie ziemlich gut, was ihm gerade durch den Kopf ging … und daß die Vorstellung sie nicht im geringsten abschreckte. Dann zog sie die Hand so langsam zurück, daß die Finger über seinen Overall streiften. Sofort fing Sumis Herz an, schneller zu schlagen. Wieder mußte er seinen Wellseeker bemühen. In

Zukunft durfte er Raven nur mit einem ausreichenden Vorrat an Sedativa begegnen; die würde er dringend brauchen.

»Vielen Dank«, sagte sie »… für die Besichtigung.«

Er murmelte etwas zum Abschied und zog sich ungelenk auf den Gang zurück.

Würmer.

Kein anderer Vergleich fiel ihr für diese widerlichen Tentakel ein. Feuchte, sich windende Würmer. Jamisia erinnerte sich, wie der Tutor sie einmal aufgefordert hatte, einen Regenwurm zu berühren, damit sie ihn nicht nur mit dem Computer, sondern auch mit den Sinnen wahrnehme. Ihr war dabei kotzübel geworden. Später hatte er ihr Bilder von sich paarenden Regenwürmern gezeigt. Die beiden hatten in einer gelatineartigen Masse gelegen, und Jamie hatte sich unwillkürlich vorgestellt, diesen Schleim berühren zu müssen. Nur das rasche Eingreifen des Wellseekers hatte sie davor bewahrt, sich sofort zu übergeben.

Würde der Wellseeker ihr auch jetzt helfen können …

Wie kannst du nur mit dem Gedanken spielen, mit Sumi etwas anzufangen? fragte sie Katlyn und kratzte sich unablässig an der Stelle, über die der Tentakel gefahren war. Die Vorstellung, sich mit diesem Varianten sexuell einzulassen und dabei die widerlichen Tentakel überall am Körper zu spüren …

Jamisia beugte sich über den Bettrand und erbrach sich, ehe ihr einfiel, daß es hier keine Reinigungsroboter gab und sie die Schweinerei selbst aufwischen mußte.

Du mußt noch viel, viel erwachsener werden, riet Katlyn ihr.

Gott, warum konnten die Anderen sie nicht in Ruhe lassen? Wenigstens eine Stunde lang.

»Ich will wieder normal sein«, flüsterte sie.

Das ist jetzt für dich der Normalzustand, erhielt sie von Verina zur Antwort. *Ein Zurück gibt's nicht mehr.*

Also gewöhnst du dich besser daran, fügte Derik hinzu, *und das am besten schnell.*

»Ich hab's!« rief Tam.

Allo und Sumi rissen sofort den Kopf hoch. Auf diese Ankündigung hatten sie schon die ganze Zeit gewartet.

»Das müßt ihr euch selbst ansehen.«

Das Schiffs-Innernet lud den decodierten Text in die Brainware auf, und Sumi schloß die Augen, um ihn besser lesen zu können.

Zuerst bekamen sie ein Bild zu sehen. Eindeutig von der Frau, die ihre Kabine bewohnte, doch schon vor einigen Jahren aufgenommen. Sie sah wie das reiche, verwöhnte Mädchen aus, als das der Captain sie gleich eingeschätzt hatte. Sumi schätzte, daß ihre Kleidung und ihr Schmuck gut und gerne tausend Konzern-Einheiten gekostet haben mußten, und das ohne Designer-Logo.

Er scrollte den Text ab, bis er auf die Übersetzung stieß:

GESUCHT: JAMISIA SHIDO (REIST WAHRSCHEINLICH UNTER FALSCHEM NAMEN) / FLÜCHTIG VOM TERRANISCHEN CORPORATE COUNCIL
STEHT UNTER DRINGENDEM VERDACHT TERRORISTISCHER AKTIVITÄTEN / WIRD DRINGEND IM ZUSAMMENHANG MIT DER

ZERSTÖRUNG DES SHIDO HABITATS GESUCHT
NACH VERHAFTUNG SOFORT IHRE GESAMTE COMPUTERWARE KONFISZIEREN
UNTER GAR KEINEN UMSTÄNDEN DARF IHR ZUGANG ZUM OUTERNET GEWÄHRT WERDEN
NACH FESTNAHME SOFORT LEITSTELLE INFORMIEREN
WEITERE INSTRUKTIONEN VON DORT ABWARTEN
ES FOLGEN WEITERE DATEN

»Aha«, meinte Allo, »unsere kleine Freundin ist also Terroristin. Was hältst du davon, Sumi?«

Der Medusaner dachte kurz nach. »Eigentlich schwer vorstellbar. Aber ganz ausschließen kann man das wohl nicht.«

»Sie entspricht hundertprozentig der Personenbeschreibung«, wandte Tam ein. »Wenn eine terroristische Vereinigung jemanden mit einem bestimmten Auftrag ausschickt, dann doch sicher eine Person, die viel zu unschuldig wirkt, um Verdacht auf sich zu ziehen. Also ein Mädchen wie Jamisia.«

»Ich glaube, irgendwer will sie unbedingt haben«, sagte der Captain. »Wenn ein Erd-Habitat zerstört wurde, muß es dabei um etwas ziemlich Großes gehen. Irgendwo da draußen sitzt jemand, dem jede Lüge recht ist, wenn er Jamie nur in die Finger bekommt. Was meinst du, Sumi?«

Der Medusaner dachte an das Mädchen, und was ihm dabei in den Sinn kam, paßte kaum in den Rahmen dieser Besprechung. »Ich bezweifle, daß sie etwas mit dem Anschlag auf das Habitat zu tun hat oder überhaupt Terroristin ist. Im Out-Raum gilt so etwas als unverzeihliches Verbrechen. Niemand würde ihr Unterschlupf gewähren... Ich glaube, dieses Risiko würde sie nicht eingehen, dafür fehlt es ihr eindeutig an ...«

»Entschlossenheit?« schlug Allo vor.

»Mumm?« ergänzte Tam.

»Nein, Gerissenheit«, führte Sumi seinen Satz zu Ende. »Ein Terrorist weiß sich besser zurechtzufinden als dieses Mädchen. Er würde nicht so ziellos durch den Dockring irren und sich auch eine bessere Geschichte ausdenken, als sie es getan hat. Und er wüßte auch, wie er an Geld käme, ohne dabei aufzufallen.«

»Richtig.« Allo nickte. »Deswegen sollten wir wohl davon ausgehen, daß diese Angaben hier getürkt sind. Wer immer sie zusammengestellt hat, muß seiner Sache verdammt sicher sein ... Immerhin soll man sich an das TCC wenden, also ganz nach oben ...«

»Ja, verdammt weit oben«, murmelte Tam.

»Mit anderen Worten«, schloß der Captain, »wer immer sie in die Finger bekommen will, muß verdammt reich, verdammt mächtig und zu allem entschlossen sein. Irgendwelche Einwände?«

Das war nicht der Fall.

»Gut. Sumi, du behältst sie weiter im Auge. Versuch, ihr Vertrauen zu gewinnen und etwas aus ihr herauszulocken. Wir müssen herausfinden, wer genau hinter ihr her ist, und ich fürchte, wir müssen dabei sehr vorsichtig vorgehen. Beschäftige sie, bis wir unsere Fracht losgeworden sind, und danach konzentrieren wir uns ganz auf die Kleine.«

»Allo, ich –«

»Was denn?«

»Nichts«, antwortete der Medusaner leise. Seine Tentakel lagen dicht am Kopf, um nichts preiszugeben. »Nicht so wichtig.«

»Tam, versuch die Sendungen bis zu ihrem Ausstrahlungsort zurückzuverfolgen. Bis dahin sehen wir zu, daß wir den Mist in den Frachträumen möglichst rasch loswerden. Wir haben jetzt etwas viel Wertvolleres an Bord.«

»Meinst du wirklich, daß sie uns viel bringen kann?«

»Ich habe nicht den geringsten Zweifel. Die Frage ist nur, wer bereit ist, für sie zu zahlen.«

Gott schütze uns vor einer Erde, auf der alle Menschen gleich sind. Gott schütze uns auch vor einer Kolonie, die sich so etwas zum Ziel gesetzt hat; oder überhaupt vor einer Kultur, in der Gleichheit die Norm ist.
Gott, gib mir lieber tausend verschiedene Völker, jedes mit seiner eigenen Sprache, seinem eigenen Gott und seinen eigenen Träumen, und ich werde sie zu einer größeren Nation zusammenschweißen als zehntausend genmanipulierte Duplikate das je sein können. Denn meine Nation wird den Funken der Größe in sich haben, während die anderen nur für ihre Konformität, ihre Mittelmäßigkeit und ihre vorgeformten Träume leben.

Im Chaos herrschen: Die Gründung der Guera-Kolonie
(Historische Archive, Hellsgate Station)

GUERA KNOTENPUNKT

TIANANMEN STATION

Masada bekam es erst mit der Angst zu tun, als die Station in Sichtweite war.

Er hatte sich immer schon darauf verstanden, alles zu ignorieren, was ihn bei seiner Arbeit behinderte. Als Iru besaß man diese Gabe eben. Auch vermochte er inzwischen, die Teile seines Bewußtseins abzuschalten, die als die Quelle einer Irritation erkannt worden waren. Mittlerweile übernahm die Brainware diese Aufgabe, so daß er sich darum gar nicht mehr kümmern mußte. Doch da er sich schon als junger Mann in dieser Kunst geübt hatte, beherrschte er auch heute noch den einen oder anderen Trick.

Solange die Station nicht direkt vor dem Schiff auftauchte, gelang es Masada rasch, sie vollkommen zu ignorieren. Als Hsing zu ihm kam und sagte, es sei höchste Zeit zu packen, schaffte es der Professor, nicht über den Grund dafür nachzudenken. Auch nicht, als die Gravitation infolge des Abbremsmanövers anstieg. Und selbst, als aus den Lautsprechern die Verhaltensmaßregeln während des Ausstiegs bekanntgegeben wurden, prallte das wirkungslos an dem Professor ab.

Aber jetzt … nein, nun ging das nicht mehr. Die Tiananmen Station füllte alle Fenster und Bildschirme aus. Der Sitz der Gildeherrschaft, das Zentrum der menschlichen Galaxis, ließ sich genausowenig ignorieren wie die Gründe für seine Anreise. Selbst als Iru nahm er wahr, wie die anderen Passagiere ihr Verhalten änderten. Sie befanden sich nun in Reichweite des Outernets, und die meisten Mitreisenden hatten bereits darauf reagiert. Kinder, die vorher herumgelaufen waren und gelärmt hatten, saßen nun still in irgendwelchen Ecken. Erwachsene murmelten vor sich hin, ohne jemanden in ihrer Umgebung anzusprechen. Andere standen an den Fenstern und starrten hinaus, weil sie gerade Nachrichten von Freunden oder Angehörigen, über die Station selbst oder über irgendwelche ökonomischen Entwicklungen erhielten.

Guera besaß natürlich sein eigenes Netzwerk, und auch Raumschiffe besaßen ausreichende Möglichkeiten, Reisende während des Flugs mit Daten oder Unterhaltung zu versorgen. Doch dies alles war nichts im Vergleich zum Outernet, das weit mehr leistete, als nur Informationen und Kommunikation anzubieten. Das Outernet verband die Welten miteinander und übertrug derart rasch Nachrichten durch den Ainniq, daß die Entfernung zwischen Adressat und Absender jegliche Bedeutung verloren hatte. Tausend Kolonien waren auf diesem Weg miteinander verknüpft und bildeten eine Art Gestalt-Bewußtsein, zu dem jeder Mensch Zugang besaß. Eine Mitteilung in Hellsgate, die nur an einige wenige Empfänger gerichtet war, konnte dennoch durch die halbe Galaxis gelangen und beispielsweise in der Börse auf dem fünf Knotenpunkte entfernten Sanctuary für Turbulenzen sorgen.

Mit anderen Worten, im Outernet herrschte das Chaos. Soviel Input gelangte in das riesige System, daß niemand mehr seine Funktion exakt vorhersagen, geschweige denn den Komplex als Ganzes verstehen konnte. Masada hatte die Theorie aufgestellt, daß dieses System lebendig sei, und folgerichtig bezeichnete man seine Teile mit Begriffen aus der Biologie. Die Menschen konnten das Outernet nicht mehr kontrollieren, sondern nur noch füttern, locken oder sonstwie zu beeinflussen versuchen.

Die Menschen spürten tief in ihrem Innern, daß sie beim Eintritt ins Outernet auf eine höhere Existenzstufe gelangten. Die Video-Spiele, Wirtschaftsdaten oder Chat-Center, die sie in dem System nutzten, stellten nur die Oberfläche einer Kreatur mit eigenem Herz und eigener Seele dar.

Der Professor hatte die Erforschung dieses Komplexes sein Leben gewidmet.

Und selbst heute noch jagte das Outernet ihm die allergrößte Angst ein.

Die Menschen auf dem Beobachtungsdeck waren ihm nun vollkommen fremd, nicht allein deswegen, weil sie mit dem Outernet in Verbindung standen, sondern viel eher wegen der lockeren Art, mit der sie Nachrichten empfingen oder Befehle eingaben. Sie gaben halbfertige Sätze von sich oder stierten wie Betrunkene vor sich hin. Das, was ihnen zu fehlen schien, fand in ihren Köpfen statt.

Ein Jugendlicher stampfte über das Deck und stieß finstere Drohungen aus. Offensichtlich befand er sich mitten in einem Fantasy-Programm. Der Iru fühlte sich von diesem Treiben bedroht, wie ihm überhaupt das Universum an sich immer schon wie ein fremder Ort vorgekommen war. Gleichzeitig fühlte Masada sich in seinen Ängsten vor den Out-Welten bestätigt. Er mußte seinem Wellseeker befehlen, ihm Beruhigungsmittel zu verabreichen.

In einem solchen Zustand durfte er nicht vor die Obersten der Gilde treten. Zu viele Nantana trieben sich dort herum, und auch einige andere Kaja, die in der Lage waren, selbst aus seinen belanglosesten Gesten allerlei herauszulesen. Wenn sie seine Ängste gleich registrierten, würden sie ihn wohl kaum noch mit Respekt behandeln.

Fürchtete er die Nantana etwa jetzt schon? fragte er sich erschrocken. Eine ebenso neue wie verstörende Vorstellung. Schließlich gehörten auch die Nantana zu seinem Volk. Offensichtlich machte ihm die Reise doch sehr zu schaffen.

Er atmete tief durch und schloß die Augen. Sein Herzschlag beruhigte sich bereits, und der Wellseeker zeigte kein flammendes Rot mehr an, versorgte ihn aber immer noch.

Wie waren die Menschen eigentlich in den Zeiten vor Einführung von Brainware und Wellseeker zurechtgekommen? Masada wollte lieber nicht darüber nachdenken. Unbekannte neue Horizonte lagen vor der Menschheit; konnten die noch schrecklicher werden als die furchtbare Hilflosigkeit, die hinter ihr lag?

Zur Zeit durfte man sich einer der wenigen gesunden Entwicklungsphasen in der Geschichte erfreuen. Geist und Maschine waren so vollkommen austariert, wie man sich das perfekter nicht mehr vorstellen konnte.

Lebewesen neigen zu Veränderungen, hatte er selbst einmal geschrieben, *und niemand vermag diese Wandlungen vorherzusagen.*

Du mußt dir angewöhnen, nicht soviel nachzudenken und statt dessen mehr du selbst zu sein, hatte seine Frau ihn des öfteren ermahnt. *Genieße das Leben, und analysiere es nicht andauernd.*

Was hatte sie denn schon gewußt?

Seine Frau war doch genauso wie er innerlich getrieben gewesen, auch wenn sie das nie hatte zugeben wollen. Nur drückte sie sich nicht wie er in Binärcodes, sondern in Musiknoten aus. Wenn sie in ihrer sogenannten ›meditativen Stille‹ dasaß und angeblich von keinerlei Gedanken geplagt wurde, entstanden gleichwohl in ihr ganze Symphonien. Noten fügten sich in ihrem Kopf zusammen wie in seinem Fakten, und sie hatte genausowenig auf die Welt der Musik verzichten können wie er auf die der Logik.

Also, was hatte sie schon gewußt?

Hatte Masada sie geliebt? Die gueranische Wissenschaft war sich immer noch nicht schlüssig, ob so etwas einem Iru überhaupt möglich war. Und kein Iru verstand die Sprache der Liebe gut genug, um das für sich bestätigen oder verneinen zu können.

Aber Masada vermißte sie immer noch.

Die Prima empfing ihn höchstpersönlich in ihren Privatgemächern. Damit drückte sie natürlich für alle Welt aus: *Dieser Mann gehört allein mir.* Der Professor ließ sich davon wenig beeindrucken. Hierarchien und Statussymbole bedeuteten ihm wenig, und es wäre ihm lieber gewesen, man hätte ihn gleich zu seiner neuen Wirkungsstätte geführt, statt ihn mitsamt einer Ehrenwache zur Gildeherrin zu bringen.

Doch so ließ er das Bedürfnis der Simba nach Pomp und Ritual über sich ergehen und tröstete sich damit, daß auch Alya mit seinem Iru-Verhalten unglücklich sein würde. Die gueranische Gesellschaft bestand eben aus einem ganzen Netzwerk gegenseitiger Toleranz und hätte ohne es nicht funktionieren können.

Etwas später kam er mit Devlin Gaza zusammen, und diese Begegnung bedeutete ihm schon erheblich mehr.

Der Professor war mit der Arbeit des Oberprogrammierers vertraut und schätzte den Mann sehr. Devlin verlangte von seinen Mitarbeitern viel, und verblüffenderweise erfüllten sie oft genug seine Vorgaben. Masada ließ sich nicht von Dingen wie gesellschaftliche Stellung, Reichtum, gewandtes Auftreten oder den anderen Tugenden beeindrucken, für die die Nantana berühmt waren. Aber Gaza besaß die Gabe, die er wirklich schätzte – die des Nachdenkens nämlich. Die beiden hatten früher schon zusammengearbeitet, und Masada hatte es in den letzten Jahren immer bedauert, daß sie nicht häufiger zueinanderfanden.

Doch nun hatte Luzifer sein gräßliches Haupt erhoben.

Devlin war mittlerweile nur noch selten als Programmierer aktiv. Die mehrere hundert Untergebenen nahmen ihm den Großteil der Arbeit ab, vor allem die Abwehr der tausend und mehr elektronischen Angriffe, die die Gilde tagtäglich über sich ergehen lassen mußte; meist stammten die von Amateur-Hackern, die sich vor ihren Freunden beweisen oder sich einen besonderen Kick verschaffen wollten. Nur selten entstand dabei ein größerer Schaden im System.

Bis Luzifer aufgetaucht war.

Masada konnte sich denken, daß Gaza und seine Crew schon alles in ihrer Macht Stehende versucht hatten. Seit einem Jahr arbeiteten sie bereits an dem Virus. Der Professor hatte während der Reise einige Berichte erhalten, die ihm jedoch aus Sicherheitsgründen nur wenig Konkretes mitteilen konnten. Dennoch hatte er zwischen den Zeilen die wachsende Frustration dieser Männer und Frauen herauslesen können.

Wir freuen uns schon darauf, in Ihnen jemanden gefunden zu haben, der das Problem aus einer anderen Perspektive angehen wird, hatte im letzten Bericht gestanden.

Und nun stand er dem Mann gegenüber, der als einer der hellsten Köpfe in der Galaxis galt: schlank, leichte Bräune, weiche Züge, die den Gesichtsknochen etwas von den harten Winkeln nahmen, kurzgeschnittenes blondes Haar und dunkle Augen. Er trug einen einfachen Overall, und nur ein kleines Rangabzeichen über der Brust verriet, daß er zum engsten Kreis der Prima gehörte. Ein unprätentiöser, geradeaus denkender Mann ganz nach des Professors Geschmack.

»Dr. Masada, wir sind froh, Sie endlich bei uns zu haben.« Er reichte dem Gast nicht die Hand, wohl aus Respekt vor seinem Kaja. Auch hielt er aus dem gleichen Grund auf Abstand. Dem Professor fiel aber auf, daß Devlin wie von selbst und ohne hinzusehen genau im Zentrum des Bodenmusters zu stehen kam. »Ich fühle mich geehrt, Sie wiederzusehen.«

Auch wenn Masada nicht beurteilen konnte, ob eine Bemerkung ehrlich gemeint war oder nicht, spürte er jedoch, daß der Mann die Wahrheit gesagt hatte. »Die Ehre ist ganz auf meiner Seite. Ich verfolge Ihre Arbeit schon seit Jahren mit höchstem Interesse.«

Devlin schien nach diesen Worten etwas lockerer zu werden. Hatte er Konkurrenz erwartet oder gar gefürchtet, Masada vor die Nase gesetzt zu bekommen? »Genau wie ich die Ihre, Professor. Immerhin sind Sie der Mann, der den Hellsgate-909-Antikörper entwickelt hat. Wenn diese Geschichte hier vorüber ist, würde ich mich gern mit Ihnen zusammensetzen und etwas fachsimpeln.«

Nur wenige Menschen konnten Masada mit einer solchen Einladung eine große Freude bereiten. »Das wäre mir die höchste Ehre.« Der Professor war sogar ein wenig rot geworden. Rasch ließ er das vom Wellseeker bereinigen. In einer solchen Situation eine biologische Regung zu zeigen kam ihm äußerst geschmacklos vor.

»Ich habe einige Werte, die ich gern mit Ihnen überprüfen würde«, erklärte Masada dann. »Und dann wären da auch ein paar Simulationen, die –« Er unterbrach sich, weil er befürchtete, in seiner Hast die Etikette verletzt zu haben. »Natürlich erst, wenn wir mit der Arbeit beginnen.«

Gaza lächelte. »Warum stürzen wir uns nicht gleich hinein? Hier essen, trinken und schlafen wir mit Luzifer. Ich führe Sie durch Ihren neuen Wirkungsbereich und gebe Ihnen dabei ein Update über alles, was wir während Ihrer Reise erreicht haben. Ich fürchte nur, das ist nicht allzu viel.«

Während sie durch dreifach gesicherte Türen ins Herz des Rechenzentrums vordrangen, informierte Gaza den Professor über die jüngsten Mutationen des Virus. »Das verdammte Ding evolviert schneller, als wir mit unseren Antikörperprogrammen nachkommen können. Jede neue Generation scheint um ein Vielfaches tödlicher zu sein als die vorangegangene. Vermutlich ist es nur noch eine Frage der Zeit, bis Luzifer etwas oder jemanden außerhalb der Gilde angreift, und dann …«

»Bricht auf den Stationen das Chaos aus«, schloß Masada.

»Die Folgen wären verheerend. Stationen sind keine Planeten, und wenn dort Panik ausbricht, dann in abgeschotteten Gängen, aus denen niemand entkommen kann. Auf einem Planeten kann man schlimmstenfalls woanders hingehen, auf einer Station hingegen nicht. Panik ist für uns gleichzusetzen mit Tod und Untergang.«

Sie erreichten die letzte Sicherheitssperre. »Ich fürchte, wir kämpfen jetzt auch gegen die Uhr. Gerüchte über einen tückischen Virus sind nach außen gedrungen, und meine Mitarbeiter haben schon mehrere Signale von Personen außerhalb der Gilde aufgefangen, die auf der

Suche nach Luzifer sind. Der Virus ist so gut designed, daß ich mir kaum vorstellen kann, jemand stößt durch Zufall auf ihn. Wir selbst haben ihn ja auch erst entdeckt, als er im Gehirn eines Piloten ausgebrochen ist …«

»Und Sie haben vielleicht hier eine undichte Stelle«, entgegnete der Professor.

Devlin legte warnend einen Finger an den Mund.

Sie gelangten in einen Raum voller Konsolen und Arbeitsstationen. Einige Männer in schwarzen Uniformen mit silbernen Stahlhauben, von denen mehrere Drähte wegführten, arbeiteten hier. Auf ein knappes Zeichen Gazas hin verließen sie ihre Plätze und begaben sich nach draußen. Erst als alle verschwunden waren, sprach der Chefprogrammierer wieder.

»Dies ist Ihre neue Wirkungsstätte, Professor. Sicher, diskret und von allen anderen Systemen auf der Station abgeriegelt. Hier steht ein Hauck 6700 Z für Sie bereit. Einer von fünf Prototypen. Mit dessen Speicher können Sie fünf Millionen Kopien des Virus simultan durchlaufen lassen. Aus naheliegenden Gründen gibt es hier drin keine direkte Verbindung zum Outernet. Wir haben statt dessen ein dreistufiges Relais eingerichtet, über das Sie ins Outernet senden oder von dort Informationen beziehen können, ohne daß jemand in der Lage ist, Ihrer Datenspur bis hierher zu folgen.«

Kein direkter Zugang zum Outernet. Masada spürte, wie der Druck in seiner Brust sich ein wenig löste. Er spazierte durch den Raum und besah sich jede einzelne Hardware. »Sieht alles sehr neu aus.«

»Ist es in den meisten Fällen auch und dann noch fünfmal sterilisiert, nur um ganz sicher zu sein. Die Masterkopien des Virus sind sicher in meinem Büro untergebracht. Proben von ihm befinden sich an einem anderen Ort. Sie werden alles, was Sie brauchen, also auf die althergebrachte Weise transferieren müssen. Aber das erscheint Ihnen bestimmt auch sicherer als eine direkte Übertragung.«

»Ja, ganz richtig.« Masada erinnerte sich an die Warnungen, als er sich die erste Kopie des Virus angeschaut hatte. Im höchsten Maße ansteckend. Alle Programme, die mit Luzifer in Berührung kamen, liefen Gefahr, sich zu infizieren. Nichts, mit dem der Virus in Kontakt gekommen war, durfte im Outernet zurückgelassen werden, ohne daß es vorher Byte für Byte mit einer Kopie des Originals verglichen wurde. Bei der geringsten Abweichung hatte man es umgehend zu vernichten. »Wie viele Kopien des Virus stehen uns zur Verfügung?« fragte der Wissenschaftler.

»Wir lagern hier über dreißigtausend Exemplare von zweitausendsiebzehn verschiedenen Sporen. Täglich kommen neue hinzu, und zwar von allen Stationen der Außenwelten. Das verdammte Zeug vermehrt sich wie Unkraut.«

Masada runzelte angesichts dieser Zahlen die Stirn. Das hatte er so nicht vorhergesagt. Lag er mit seinen Berechnungen falsch, oder hatte die Gilde es einfach nicht vermocht, mehr Sporen zu sammeln. Letzteres war bei Devlins Effizienz eigentlich kaum vorstellbar.

»Wir sind auf Generationenmarkierungen gestoßen«, fuhr der Chefprogrammierer fort, »und die erleichtern uns die Auslese doch sehr.«

»Fein«, lobte der Professor. »Ich kann es kaum erwarten, einen Blick auf Ihre Sammlung zu werfen.«

Das war nur die halbe Wahrheit. Am liebsten hätte er sich gleich in die Arbeit gestürzt, und eigentlich steckte er schon mittendrin. Masada lauschte nur mit einem Ohr Gazas Ausführungen, während sein Verstand bereits einige Berechnungen durchführte. Nur eiserne

Selbstdisziplin konnte ihn davon abhalten, überhaupt nicht mehr hinzuhören. Als sein Blick auf ein Terminal fiel, war es um seine Höflichkeit endgültig geschehen.

> 12.12.57 – 9 Sporen auf folgenden Stationen gesammelt: Hellsgate, Etherea, New Hope (2), Anachron Nova –

»… daß wir eine undichte Stelle haben sollen?« sagte Gaza.

Der Professor zwang sich, dem Mann wieder zuzuhören. »Wie bitte?«

»Wie sicher können Sie behaupten, daß wir eine undichte Stelle haben sollen?«

»Ich würde meine Karriere drauf verwetten.«

Selbst Masada fiel auf, wie die Miene Devlins sich verfinsterte. Da der Mann mehrere Sekunden lang kein Wort von sich gab, nutzte der Professor die Gelegenheit, seine Beobachtung an das Sozialdaten-Programm in seiner Brainware durchzugeben. Er erhielt die Auskunft, daß der Chefprogrammierer eine feindselige Haltung eingenommen habe und zornig sei. Beides richte sich aber nicht unbedingt gegen den Professor.

Masada konnte ihn verstehen. Wenn einer aus seinem Stab Verrat begangen hatte, dann fiel ein Schatten davon auch auf seinen Chef. Vielleicht groß genug, daß es ihn den Kopf kostete.

Der Professor erkannte, daß es für die Führer der Gilde um mehr ging, als nur einen aggressiven Virus auszuschalten. Karrieren standen auf dem Spiel, und die Außenweltpolitik würde danach nicht mehr so aussehen wie vorher. Zum ersten Mal begriff er, warum die Gilde unbedingt einen außenstehenden Fachmann hinzugezogen hatte. Nur so konnte sichergestellt werden, daß persönlicher Machterhalt und Forschungsarbeit nicht ständig in Konflikt miteinander gerieten. Er allein hatte durch Luzifer nichts zu gewinnen oder zu verlieren. Hinzu kam der in diesem Fall erfreuliche Umstand, daß ein Iru unfähig war, komplexere menschliche Motivationen zu erkennen.

Also hatte man sich mit Bedacht für ihn entschieden, seine Stärken und Schwächen berücksichtigt. Masada mußte der Gildeführung zugestehen, die logischste Entscheidung getroffen zu haben.

»Berichten Sie mir bitte von Ihren Ergebnissen«, forderte der Chefprogrammierer ihn auf.

Sie gingen weiter durch den Raum, und der Professor spürte, wie seine Aufmerksamkeit immer wieder zu der großzügigen Ausstattung und der modernsten Hardware abwanderte. Zu leicht konnte es ihm jetzt passieren, daß er sich davon ablenken ließ. Oft genug schon hatten seine Begleiter das mit Empörung zur Kenntnis genommen. So befahl er seinem Masterprogramm, seine Sicht um einige Punkte zu senken. Er hatte das Programm selbst entwickelt, und wenig später erschien ihm alles in dem Saal trist, grau und an den Rändern verschwommen.

»Ich habe den Virus zurückgeführt«, begann er und entdeckte zu seinem Stolz, daß Gaza eine Braue hochzog. Was für ein seltenes Vergnügen es doch war, mit jemandem zu reden, der einen auch verstand. »Nachdem ich alle falschen Fährten ausgeräumt hatte, blieben einige Formen übrig, die dem Ur-Luzifer am ähnlichsten sein dürften. Daraufhin habe ich analysiert, welche Programmelemente diesen Proben gemeinsam waren, und das Resultat davon zeigt uns das Profil des Original-Luzifer, des Virus, wie er ursprünglich entwickelt worden ist.«

»Wie zuverlässig ist dieses Profil?«

»Einige Teile sind natürlich präziser als andere. Ich habe meine Fortschritte dokumentiert, und die können Sie sich gern ansehen, komplett mit meinen sämtlichen Fehleinschätzungen und Irrtümern. Das alles befindet sich in dem Datenmaterial, das ich der Prima übergeben habe.«

»Gut, das werde ich mir bestimmt ansehen. Aber jetzt erzählen Sie mir lieber etwas über die undichte Stelle.«

Masada atmete tief durch, wußte er doch genau, daß er dem Mann jetzt allerlei Unangenehmes zu berichten hatte. »Während der Tests an den Tausenden von Proto-Viren entdeckte ich, daß diejenigen, die dem Original ähnlich sind, allesamt eine Gemeinsamkeit aufweisen. Im Zentrum ihres Suchprogramms fand sich ein Gildecode-Fragment. Sehr gut versteckt und fast nicht aufspürbar, aber doch unbezweifelbar ein Gildecode.«

Devlin starrte ihn an und schien um Worte zu ringen. »Luzifer wurde zu dem Zweck geschaffen, in unsere Programme einzudringen und sie zu kopieren. Gewiß stammen die Fragmente daher, und –«

»Nein.«

»Wie können Sie sich da so sicher sein?«

»Alle Tests beweisen das eindeutig. Tut mir leid, Ihnen das so sagen zu müssen, und ich bin mir auch über die damit verbundenen Implikationen im klaren, aber an der Schlußfolgerung ist nicht zu rütteln. Vielleicht ist der Virus ja von außen gekommen, aber eindringen in die Gildespeicher konnte es nur mit der Hilfe von jemandem, der direkten Zugang zu den Sicherheitsprogrammen besitzt.«

Gaza kehrte ihm den Rücken zu, vermutlich, um sich nicht anmerken zu lassen, was in seinem Innern vor sich ging. Die Mühe hätte er sich sparen können, denn der Professor war nicht fähig, in seiner Miene zu lesen.

»Wenn das stimmt …«, sagte Devlin schließlich, mühsam beherrscht. »Das heißt ja wohl nicht mehr und nicht weniger, als daß ein Gildemitglied die Gilde verraten hat.«

Masada schwieg, weil es nicht zu seinen Gepflogenheiten gehörte, etwas Offensichtliches zusätzlich zu kommentieren.

»Aber warum? Wieso hat er nur einen winzigen Teil des Codes herausgerückt? Warum nicht den ganzen? Wieso hat er dem Feind nicht das gegeben, wofür dieser bezahlen wollte?«

»Vielleicht hat der Verräter geglaubt, auf diese Weise die Chancen zu minimieren, erwischt zu werden.«

Gaza drehte sich wieder zu ihm um.

»Ja, vermutlich glaubte er, auf diese Weise könne die Spur nie bis zu ihm zurückverfolgt werden. Die Komplexität seiner Schöpfung gab ihm ja auch Grund dazu. Luzifer würde in aller Ruhe seine Daten einsammeln und sie am gewünschten Ziel abliefern … Und davon ganz abgesehen, es ist theoretisch unmöglich, einen so komplizierten und so weit evolvierten Virus bis zu seinem Ursprung zurückzuverfolgen.«

»Nichts ist unmöglich.« Masada lächelte. »Wenn jemand nur bereit ist, sich auch durch den größten Datenberg zu wühlen. Wer weiß schon, Direktor, wie alles gekommen wäre, wenn die Reise nicht so lange gedauert hätte? Wenn Sie mir frischere Daten geschickt hätten, wäre ich mit denen vielleicht zu beschäftigt gewesen und hätte das Vorhaben auf Eis gelegt, auf Luzifers Ursprung zu kommen … Aber so, wie es nun einmal gekommen ist, habe ich die Ur-Version entdeckt. Die Analyse der Implikationen muß ich leider Ihnen überlassen, denn ich bin kein Experte auf dem Gebiet menschlicher Motivationen.«

»Ja, darum kümmern wir uns«, versprach Gaza ihm grimmig. »Großer Gott, es könnte sogar jemand aus meinem Team gewesen sein ... Aber zuerst will ich mir unbedingt Ihre Ergebnisse ansehen. Für voreilige Schlüsse ist es jetzt noch viel zu früh.«

»Ich bin überzeugt, daß Sie meine Ergebnisse höchst überzeugend finden werden.«

»Um was für einen Code handelt es sich? Wer könnte Zugang zu ihm haben?«

»Es handelt sich um ein Segment aus der Out-Pilot-Programmierung. Dazu haben Ihre Mitarbeiter Zugang, natürlich auch die Prima und sicher einige Gildemeister. Selbstverständlich auch die Out-Piloten. Und, nicht zu vergessen, die Schar derjenigen mit entsprechend hoher Sicherheitsstufe.«

»Dann haben wir es nicht mit einem einfachen Gildemitglied zu tun, sondern mit jemandem aus der Führungsschicht.«

Wieder schwieg Masada.

»Wer tut uns so etwas an? Warum läßt er seine eigenen Out-Piloten ermorden?«

»Das war eine spätere Entwicklung, Direktor. Gut möglich, daß der Luzifer-Designer gar nicht vorhatte, einen so tödlichen Virus zu schaffen.«

»Nein«, entgegnete Gaza mit brennendem Blick. »Er hat es gewußt. Jemand, der in der Lage ist, einen solchen Virus zu erschaffen, ist sich auch darüber im klaren, was sich aus ihm entwickeln wird ... Jemand muß ihm soviel Geld geboten haben, daß ihm die Konsequenzen gleichgültig waren.«

Devlin schlug mit einer Faust gegen die Wand. »Wenn ich den Burschen ausfindig gemacht habe, werde ich ihn mit meinen eigenen Händen zerreißen. Er soll leiden, wie noch nie ein Mensch gelitten hat; denn er hat die Gilde verraten, und er hat mich verraten … Und was die Leute angeht, die ihn bestochen haben – ich werde persönlich dafür sorgen, daß sie nie wieder einen Ainniq zu sehen bekommen. Ihre Heimatwelt soll verrotten und nie wieder von der Gilde angeflogen werden. Als sichtbare Warnung an alle, die glauben, sie könnten die Hausman-Kinder hintergehen –«

»Ich glaube nicht, daß wir Hausman auch dafür verantwortlich machen können.«

Devlin starrte ihn an, und es sah ganz so aus, als wolle er sich auf den Wissenschaftler stürzen.

Doch rasch beruhigte sich der Chefprogrammierer wieder.

»Tut mir leid, aber Sie müssen verstehen, daß mir die Sicherheit der Gilde obliegt. Und diese Geschichte … Man kommt sich so vor, als habe man sein Leben damit zugebracht, eine Festung zu errichten und stark zu machen, bloß um dann festzustellen, daß irgendein Schwein heimlich die Tore geöffnet und den Feind eingelassen hat …«

Er atmete vernehmlich aus.

»Wir müssen den Verräter unbedingt aufspüren. Und ihm dann eine Strafe auferlegen, die allen klarmacht, daß die Gilde nicht mit sich spaßen läßt.«

»Ich kann Ihnen nur dabei helfen, den Code zu analysieren«, sagte der Professor. »Die weiteren Fragen müssen von anderen beantwortet werden.«

»Natürlich, Masada, Sie haben vollkommen recht. Ich muß mich wohl nochmals bei Ihnen entschuldigen. Gewiß hat es Sie frustriert, während der langen Reise hierher von allen neuen Entwicklungen abgeschnitten zu sein. Sagen Sie mir bitte, was Sie für Ihre Arbeit benötigen, und Sie werden alles erhalten, gleich ob Ausrüstung, finanzielle Mittel oder Personal.«

»Danke, Direktor.«

»Und wir anderen ...« Er schloß kurz die Augen. »Wir anderen versuchen herauszufinden, wer in der Gildehierarchie Gründe zu haben glaubt, sich gegen sein eigenes Volk zu wenden.« Devlin sah sich in dem Raum um, und alles darin schien zu seiner Zufriedenheit zu sein. »Keine Bange, wir werden ihn finden.«

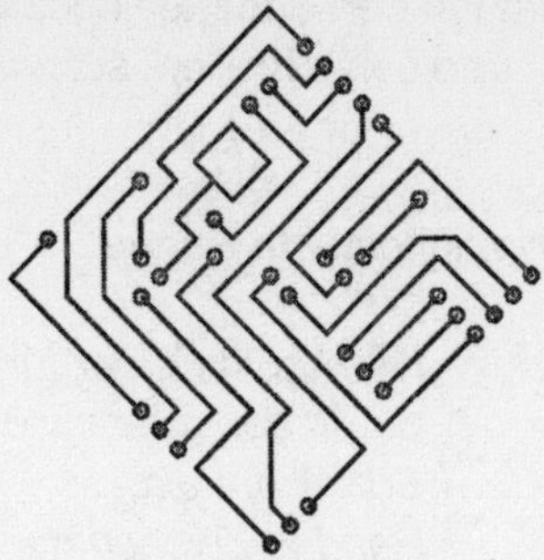

BAKIRA

Schwarz wie die Nacht und schwarz wie der Tod schleicht der Bakira unsichtbar durch Schatten und folgt dem Geruch seiner Beute. Kein Gelände erscheint ihm zu schwierig oder zu gefährlich, und kein Feind ist grimmig genug, ihn abzuschrecken.

Der Bakira jagt, wann und wo er will, und nichts und niemand stellt sich ihm in den Weg. Wenn das Opfer in das Territorium eines anderen Raubtiers flieht, schert das den Bakira wenig. Er begibt sich, wohin er will, jagt, was er will, und stiehlt anderen die Beute, ohne deswegen Gewissensbisse zu bekommen.

Man nennt ihn den Schattenjäger. Rot sind sein Herz und seine Krallen, schwarz ist seine Seele.

Er ist der manifestierte Hunger.

KAJA: Ein Führer für Außenweltler durch den gueranischen Sozialkontrakt,
Band 2: Zeichen der Seele

HARMONY KNOTENPUNKT

TRIDAC STATION

Im Konferenzraum herrschte Dunkelheit.

Ein einzelnes Holo glühte im Zentrum, die blaubraune Kugel der Erde. Stationen, Habitate und kleinere Einheiten umflogen sie wie ein Asteroidenschwarm. Die Darstellung wirkte düster und trug wenig dazu bei, den Raum zu erhellen.

Miklas Tridac bemerkte einen Schatten zwischen den Schatten und hüstelte, um eine Reaktion zu erzwingen. Doch weiterhin Schweigen.

»Sie haben mich gerufen?«

Das Display erlosch, und die Deckenbeleuchtung schaltete sich ein, gerade so viel, daß er am Ende des langen Tischs eine Frau erkennen konnte.

»Berichten Sie mir von dem Mädchen«, befahl sie. Ihre Züge blieben weiterhin im Dunkeln.

Tridac trat ans andere Tischende, wo ein Stuhl für ihn bereitstand, ließ sich aber nicht darauf nieder.

»Wir haben sie verloren.«

Wenn das in der Frau Ärger erzeugte, so ließ sie sich nichts davon anmerken. Natürlich nicht. Man wurde kaum Vizepräsidentin eines terranischen Konzerns, wenn man jede emotionale Aufwallung öffentlich zur Schau stellte.

»Die Einzelheiten«, verlangte sie.

»Sie ist unter dem Namen Jamisia Capra auf einem Metroliner gereist. Unter diesem Namen ging sie auch durch den Zoll. Und danach verliert sich ihre Spur.«

»Ich habe doch Leute zu den Zoll- und Einwanderungsstationen geschickt.«

»Die Gilde hat Jamisia aus der Warteschlange geholt und sie in einem abgesonderten Verfahren überprüft. Während unsere Leute noch nach ihr Ausschau hielten, gelangte sie schon in den Dockring.«

Er spürte jetzt, wie ihre Wut wuchs, wußte aber noch nicht, gegen wen sie sich richtete. »Wir hätten den ganzen Ring überwachen sollen.«

Tridac wollte etwas entgegnen, aber sie winkte herrisch ab. »Der Zoll war das Nadelöhr, in dem wir sie garantiert zu fassen bekommen würden ...« Die Vizepräsidentin zögerte kurz und fuhr dann mit eisiger Stimme fort: »Dann weiß die Gilde jetzt also Bescheid.«

»Wieviel wird man dort denn herausgefunden haben?«

»Genug, um zu wissen, daß das Mädchen etwas Besonderes ist. Das reicht für die Gilde, um Jamisia im Auge behalten zu wollen, wenn nicht mehr.«

»Man hat sie aber gehen lassen.«

»Ja ... vermutlich, um festzustellen, wohin sie sich wendet. Sicher wissen sie zu wenig und glauben, Jamisia könne ihnen mehr verraten, wenn sie frei bleibt.«

»Was wissen wir denn eigentlich über sie?«

Die Augen der Vizepräsidentin starrten ihn kalt an. Wenn einem etwas an seinem Job lag, fragte man eine Konzernvertreterin nicht nach solchen Dingen. Er konnte nur hoffen, daß ihr Vertrauen in ihn groß genug war.

»Wir wissen, daß es sich bei dem Mädchen um ein Experiment handelt. Dieses Experiment dauert noch an oder wurde unterbrochen – sollte es sich aber als Erfolg erweisen, wird es die Gilde vom Thron stürzen. Deswegen haben wir erhebliche Risiken auf uns genommen, Jamisia in unsere Gewalt zu bringen.« Sie schwieg. »Mehr brauchen Sie nicht zu wissen. Mehr wäre … gefährlich für Sie.«

»Ich danke für Ihr Vertrauen.«

»Mit Vertrauen hat das nichts zu tun. Wir müssen das Mädchen finden, und Sie leiten unsere Suche.«

Die Vizepräsidentin erhob sich, kam auf ihn zu und gelangte ins trübe Licht. Ihre Züge wirkten wie aus Eis gemeißelt. Auf ihrem Ärmel prangte das Logo des Star-of-Earth-Konzerns: drei ineinander verwobene Dreiecke mit einem Stern in der Mitte.

»Sie werden Jamisia finden. Nicht mehr und nicht weniger. Ganz gleich, welche Kosten Sie verursachen, und ganz gleich, wie viele Personen Sie dafür benötigen. Finden Sie das Mädchen unter allen Umständen.«

»Aber –«

»Jamisia steckt irgendwo da draußen. Irgendwann muß sie ans Outernet. Irgendwann wird sie Geld abheben wollen. Je länger sie sich da draußen aufhält, desto mehr Spuren wird sie in den Datensystemen hinterlassen.

Wenn das alles nichts fruchtet, gehen Sie eben mit einem Biokenn-Programm durch alle Sicherheitssysteme der Außenwelten. Werben Sie Moddies an, die Schnüffler ins Outernet stellen sollen. Geben Sie ihnen, was sie verlangen. Aber um Himmels willen, teilen Sie den Burschen nicht mit, worum es geht. Haben wir uns verstanden?«

»Jawohl.«

»Rechnen Sie damit, daß die Gilde ähnliche Anstrengungen unternimmt. Behalten Sie diese Leute also ebenfalls im Auge. Gut möglich, daß sie über Informationen verfügen, die uns noch fehlen. Ich selbst werde alle möglichen Datalines anzapfen, und wenn ich auf etwas für Sie Relevantes stoße, lasse ich es Sie sofort wissen.«

Die Vizepräsidentin sah ihn direkt an. »Wir brauchen Jamisia lebend und unverletzt, um in aller Ruhe das untersuchen zu können, was Shido mit ihr angestellt hat … Was die Gilde angeht, so kennt man dort vermutlich nur Gerüchte über Shidos Projekte. Man wird ihrer also gern habhaft werden wollen, um herauszufinden, was an diesen Gerüchten dran ist. Doch im Zweifel wird die Gilde sich sagen, daß eine tote Jamisia für sie keine Gefahr mehr darstellen kann. Wenn der Aufwand für die Gilde zu groß wird oder die Gefahr besteht, daß das Mädchen ihnen endgültig entkommt, wird man diese kleine Jagd lieber heute als morgen beenden.«

»Verstehe.«

»Das kann ich nur hoffen.« Die Frau stützte sich auf den Tisch, und das goldene Logo an ihrem Ärmel funkelte. »Wenn auch nur die winzigste Chance besteht, mit Hilfe dieses Mädchens das Monopol der Gilde zu brechen, dürfen wir nichts unversucht lassen, sie in die Hände zu bekommen.«

»Jawohl.«

Die Vizepräsidentin richtete sich zu ihrer vollen Größe auf. Mit ihren über ein Meter achtzig bot sie einen imposanten Anblick. »Geben Sie Ihr Bestes, und schrecken Sie vor nichts zurück. Im Verlauf Ihrer Suche … werden Sie wohl oder übel an die Grenzen des Gesetzes stoßen. Wenn Sie diese überschreiten müssen …«

Dann lassen Sie sich bloß nicht erwischen, beendete er in Gedanken den Satz und räusperte sich. »Der Konzern würde mir in dem Fall keine Rückendeckung geben.«

»Wie schön, daß wir uns so gut verstehen. Wir alle

müssen den Regeln gehorchen, die die Gilde aufgestellt hat. Zumindest so lange, wie ihr Monopol hält. Unternehmen Sie also nichts, was die Gilde verärgern könnte.«

Die Vorstellung, daran beteiligt zu sein, wenn der Gilde ihre absolute Macht genommen würde, erfüllte Tridac mit Erregung. Das wäre eine wahrhaftige Revolution!

»Danke, daß Sie gekommen sind, Miklas. Halten Sie mich regelmäßig auf dem laufenden.«

»Ja.«

Er verbeugte und entfernte sich. Tridac mußte sich jetzt um Ausrüstung und Personal kümmern. Die Suche begann jetzt erst richtig. Und wenn es ihm gelingen sollte, Jamisia aufzugreifen, würde vielleicht er bald am anderen Ende des Tisches sitzen.

Das Fremde stößt uns ab.

Es zieht uns aber auch an, fasziniert uns und beherrscht unser Denken.

Wie viele Kriege sind in der langen Menschheitsgeschichte allein wegen dieser beiden antagonistischen Instinkte geführt worden?

DUAEN CORREN,
Über die menschliche Natur

IN-SCHIFF: EXETER

Sie wurden ihre verbotene Fracht in einer kleinen privaten Station am anderen Ende des Knotenpunkts los. Der Ort gehörte einem Tech-Baron, der mehrere Milliarden schwer war, aber Sumi vermutete, daß der Mann, der ihre Ware in Empfang nahm und auch die Bezahlungen regelte, eher auf eigene Rechnung arbeitete.

Sie gelangten in eine phantastische Station mit viel Pomp und Glitzer, als seien sie in einen Vergnügungspark gelangt. Aber wenn man genug auf dem Konto hatte, brauchte man sich um Stil und Geschmack nicht mehr zu scheren. Warum sonst waren so viele superreiche Terraner hierher gekommen, um sich den einen oder anderen Traum zu erfüllen?

Die Summe, die sie für die Drogen erhielten, entsprach kaum ihren Erwartungen – woanders hätten sie leicht das Doppelte bekommen –, und Allo überlegte schon, ob sie nicht einen Fehler gemacht hatten. Schließlich nickte der Captain steif, und die Boter der Station begannen damit, die Fracht zu löschen.

Sumi wollte ihren Geschäftspartner warnen, nach der Transaktion die Logs der Boter zu löschen, damit ihm niemand auf die Spur kommen konnte. Aber Allo schüttelte den Kopf in seine Richtung. Der Mann hatte ihre Lage ausgenutzt und ihnen unverschämt wenig geboten. Wenn er in seiner Eitelkeit nicht daran dachte, daß ein simples Boter-Log ihn ins Gefängnis bringen konnte, dann geschähe ihm das nur recht.

Tam scannte die ganze Zeit über die Aktivitäten in der näheren Umgebung, und als alle Kisten von Bord geschafft waren, beeilte man sich, von hier fortzukommen.

Und sich dem nächsten Projekt zuzuwenden.

Dem Mädchen.

Natürlich hatte die Passagierin mit dazu beigetragen, die Drogen so billig abzustoßen. Allo wollte nicht versuchen, das Rätsel um Jamisia zu lösen, während er die Frachträume voller illegaler Waren hatte. Und daß er schließlich den niedrigen Erlös akzeptiert hatte, bewies nur, um wieviel wertvoller er das Mädchen einschätzte.

Sumi mußte die ganze Zeit an Raven/Jamisia denken. Sogar während der Frachtlöschung, wo er doch eigentlich die Augen hätte offenhalten und die Arbeit überwachen müssen.

So etwas sah ihm gar nicht ähnlich.

Der Medusaner war gern mit Frauen zusammen, aber nur selten beschäftigte ihn eine so intensiv wie Raven. Waren ihre blauen Augen der Grund dafür? Oder die Berührung ihrer Haut? Oder etwa das Geheimnis, das sie umgab? Oder gar der Umstand, daß sie Terranerin war?

Er schüttelte sich bei dieser Vorstellung und versuchte, sich auf die Werte zu konzentrieren, die der Bildschirm anzeigte. Der Captain schätzte ihn dafür, daß er ein zuverlässiger Arbeiter war, den nichts erschüttern konnte. Da würde es ihm gar nicht gefallen, daß sein Sumi gerade jetzt daran dachte, daß dieses Erdenmädchen nicht entsetzt vor ihm zurückgewichen war. Der Medusaner befahl seinem Wellseeker, gründlich auf alle Anzeichen von sexueller Erregung zu achten und Gegenmaßnahmen zu ergreifen. Allo sollte keinen falschen Eindruck gewinnen.

Aber gegen die Träume konnte auch der Wellseeker nichts unternehmen. Sonderbare Mahre, in denen sich Sex, Schuldgefühle und Rassenhaß auf merkwürdige Weise vermischten. Zog ihn der Reiz des Verbotenen zu ihr oder die Vorstellung, eine echte Erdenfrau in den Armen zu halten und sie ebenso zu spüren wie sie ihn.

Früher hatte Sumi immer über die Männer gelacht, die sich regelmäßig mit terranischen Huren einließen, um allen Haß auf die Mutterwelt an ihnen abzulassen und sie zu demütigen. Aber wollte er denn etwas anderes?

Wenn ihn keine anderen Motive antrieben, würde er sich auf gar keinen Fall mit Raven einlassen dürfen; denn das Mädchen konnte kaum etwas für die Verbrechen ihrer Vorfahren. Solange er sich über seine Gefühle nicht im klaren war, würde er sich besser auf die Arbeit konzentrieren.

Doch sie wollte ihm einfach nicht aus dem Kopf gehen.

Am Bett waren Gurte angebracht. Zwei längs und zwei seitlich. Jamisia betrachtete zweifelnd die stabilen Plastikstreifen und sah dann wieder Calia an.

»Die sind für den Sprung«, entgegnete die Variante zum wiederholten Mal und mit deutlicher Ungeduld. Sie war es satt, dieser Terranerin jede Kleinigkeit erklären zu müssen, und ihre Stimme hatte mittlerweile einen Tonfall angenommen, als hätte sie eine komplette Idiotin vor sich. Mit ihren breiten Schultern und muskulösen Armen konnte sie sich solche Arroganz erlauben, und das glatte gestreifte Fell, das der Hausman-Effekt ihrem Volk mitgegeben hatte, verlieh ihr zusätzlich ein raubtierhaftes Aussehen.

»Das Headset wird Sie in Schlaf versetzen, und während Sie schlafen, möchten Sie wohl nicht aus dem Bett plumpsen und sich irgendwo das zarte Näschen anstoßen, oder?« Calia schnaubte und wandte sich zum Gehen. »Eigentlich kann es mir ja egal sein. Von mir aus können Sie den Flug auf dem Kopf stehend hinter sich bringen.«

Damit hatte sie den Raum verlassen. Jamisia starrte ihr sprachlos hinterher und nahm dann wieder die Gurte in Augenschein. Offensichtlich hatten diese Dinger einen Zweck, aber unheimlich waren sie ihr doch.

Verdammt, die dumme Kuh kann Terraner auf den Tod nicht ab, was? bemerkte Raven.

Die hassen uns doch alle, wandte Verina ein, *sie spricht nur offenbar aus, was die anderen denken.*

Als könnten wir was dafür, schimpfte Derik. *Okay, unsere Vorfahren waren eben Arschlöcher. Aber die sind lange tot, und wir sind jetzt hier.*

Wir haben doch gar nichts Schlimmes getan, jammerte Zusu.

Verina fing an, ihnen einen Vortrag über die frühere Isolationspolitik der Erde zu halten, und weil sie dabei beiden Seiten gerecht zu werden versuchte, führten die Anderen schon bald wieder ihre geliebte Debatte.

Die Argumente rasten durch Jamisias Kopf, und ein weiteres Mal kam sie sich wie ein Schlachtfeld vor, auf dem sich ihre Mitbewohner austobten. »Okay, das ist ja alles sehr interessant«, schritt sie schließlich ein, »führt uns aber rein nirgendwo hin. Wir können uns die Geschichtsbücher später immer noch anschauen und sollten jetzt lieber damit fortfahren, einen Plan zu schmieden.«

Zu ihrer Überraschung schienen alle damit einverstanden zu sein. Die rationaleren unter den Anderen wenigstens, denn Jamisia konnte immer noch das unaufhörliche Weinen des kleinen Jungen hören, den die Mitbewohner ihr damals im DREAMSCAPE gezeigt hatten. Einen Knaben, der nackt und zitternd auf dem Boden kauerte und sich überhaupt nicht beruhigen wollte. Jamie hatte sich nie bei den Anderen erkundigt, was ihm widerfahren sei, und wollte das auch lieber nicht wissen.

Was würde wohl geschehen, wenn dieser kleine Junge jemals die Kontrolle übernähme?

»Also, wir sollten –«

Die junge Frau wurde von einem Klopfen an der Tür unterbrochen. Während die sich fragte, ob man sie belauscht haben mochte, verlangte sie zu erfahren, wer draußen sei.

»Sumi.«

Katlyn übernahm sofort den Körper und bat den Medusaner herein, während sie den anderen mitteilte, daß sie geradezu unverschämtes Glück hatten. Die meisten Anderen hatten nämlich behauptet, Sumi würde nicht zurückkehren; nur Katlyn hatte es besser gewußt.

Die Tür glitt auf, aber der Mann trat nicht ein, sondern blieb etwas unbeholfen auf der Schwelle stehen. Jamisia hatte Mitleid mit ihm, aber Katlyn versicherte ihr, daß Männer sich immer verlegen fühlten, wenn eine Frau sie verlockte – so als würden sie sich als Opfer fühlen und nicht so recht wissen, wie dieses Spiel ausginge. Wenn man einen Mann erst einmal so weit habe, könne man ihn um so leichter um den Finger wickeln.

»Treten Sie doch näher«, forderte Katlyn Sumi mit Stimme und Gestik eines Wesens auf, das männlichen Beistand sucht.

Unsicher trat er einen Schritt in die Kabine. Seine Körperhaltung sprach Bände – bis hierher und nicht weiter. »Der Captain meinte, ich solle nach Ihnen sehen, bevor wir in den Ainniq eintauchen.« Als die junge Frau nicht antwortete, trat er nervös von einem Fuß auf den anderen und fragte: »Oder fehlt Ihnen etwas?«

Katlyn sah ihn an, als wisse sie nicht so recht. Dann

warf sie einen zögerlich weiblichen Blick auf die Bettgurte. Sumis Instinkt zwang ihn, noch einen Schritt näher zu kommen, und damit konnte die Tür sich selbständig schließen. Katlyn lächelte den Anderen zu.

»Das ist nur eine Sicherheitsvorkehrung für den Flug«, versicherte der Medusaner ihr rasch. »Darüber müssen Sie sich überhaupt keine Sorgen machen.«

Gott, der macht es einem ja wirklich einfach, dachte Katlyn. Wenn es hier nicht um so viel ginge, wäre er mir schon zu langweilig geworden.

»Wo soll es denn hingehen?« fragte sie laut. »Sie sagten doch gerade, wir flögen durch den Ainniq, also ...«

»Zum Knotenpunkt Paradise.« Sein Blick wanderte durch das Zimmer, erfaßte Reisetasche, Headset, Bildschirm und überhaupt alles, nur nicht sie selbst. »Die Station ist riesengroß. Von dort kann man überallhin kommunizieren.«

Katlyn nickte brav, als sei dies wirklich interessant, aber in ihrem Innern drängte Raven nach oben: *Da stimmt was nicht. Laß mich besser mit ihm reden.*

Aber die Verführerin ließ sich nicht beirren: *Kommt überhaupt nicht in Frage.*

»Also Paradise«, murmelte Katlyn, und weil er sie gerade nicht anblickte, bewegte sie sich noch ein Stück näher an ihn heran. Wenn ihm das nicht paßte, konnte er sich ja von ihr entfernen, aber damit hätte er sich eine Blöße gegeben. Männer waren besonders verwundbar, wenn sie sich eine Blöße gegeben hatten. »Davon habe ich schon gehört«, redete sie weiter. »Ist es denn dort wirklich so interessant, wie die Reiseprospekte einem verheißen?«

»Interessant?« Jetzt fiel ihm auf, wie dicht sie vor ihm stand, aber er wich nicht zurück. »Eine merkwürdige Beschreibung für den Ort.«

»Wie würden Sie ihn denn beschreiben?«

Katlyn hörte seinen Ausführungen gar nicht zu und ließ ein selbst zusammengestelltes Pornoprogramm ablaufen, um sich in die nötige Stimmung zu versetzen. Dabei nickte oder lächelte sie in regelmäßigen Abständen, um dem Medusaner das Gefühl zu vermitteln, sehr interessiert zu lauschen.

Die Verführerin spürte, wie alles in ihr auf die Viddiebilder reagierte – so sehr, daß der Wellseeker sich meldete. Ihre Körpersprache war mittlerweile so eindeutig, daß selbst ein Außenweltler sie nicht mißverstehen konnte. Zumindest ihren erhitzten Geruch mußte der Medusaner mitbekommen. Sie erinnerte sich, von der erhöhten sinnlichen Wahrnehmungsfähigkeit dieser Rasse gelesen zu haben.

Tatsächlich geriet Sumi ins Stottern. Verlor er bereits die Kontrolle über sich? Katlyn spürte, wie die Anderen und auch Jamisia näher herandrängten, um nichts zu verpassen.

»Ich habe gehört, dort gäbe es alle nur denkbaren Vergnügungen«, flüsterte sie, ganz dicht vor ihm stehend. Seine Tentakel reckten sich bereits in ihre Richtung. Sumi atmete tief durch und starrte an ihr vorbei.

Katlyn wußte, daß dies der entscheidende Augenblick war. Würde der Medusaner dem Drang seines Körpers folgen oder dem Wellseeker befehlen, die Hormone zu beruhigen? Ihr Herz schlug schneller, sowohl vor Spannung als auch vor eigener Erregung.

Er atmete rauh aus, und die Tentakel kamen ihr näher. Sie wirkten röter als vorher, und eine fremde Hitze wallte über Katlyn. Die Vorstellung einer Berührung durch den Alien erregte sie zusätzlich. Wie mochte es sein, von den Hausman-Deformationen angefaßt zu werden? Besaß er weitere ›Besonderheiten‹, die es zu entdecken und zu erkunden galt? Oh, diese Begegnung versprach tatsächlich ganz außergewöhnlich zu werden.

»Ja, so heißt es«, flüsterte Sumi heiser, und Katlyn konnte sich schon nicht mehr an die Frage erinnern, auf die er antwortete. Sanft und langsam berührte sie seine Wange und durchstieß damit die letzten Barrieren zwischen ihnen.

Seine starken, großen Hände legten sich auf ihre Schultern und wanderten die Oberarme hinab. Katlyn spürte sein Zögern, so als müsse er sich erst vergewissern, daß er ihre Einladung nicht mißverstanden hatte.

Dann senkte er den Kopf, bis seine Lippen die ihren trafen, und sie schlang ihm die Arme um den Hals. Ein halbes Dutzend warmer Tentakel betasteten ihre Arme, glitten unter die Ärmel ihres Overalls und erkundeten ihre Haut. Die Berührung erschien ihr gleichzeitig widerlich und so erotisch, daß sie es kaum noch aushalten konnte. Selbst seine Lippen schmeckten fremd, und er zog sie noch näher an sich heran. Er öffnete den Verschluß ihres Overalls und strich ihr mit der anderen Hand über die Schulter, und –

Katlyn zuckte vor Schmerz zusammen. Nur kurz, aber lang genug für ihn, um das zu bemerken. Er legte die Hand wieder auf die Schulter und drückte auf die Stelle. Diesmal keuchte sie vor Schmerzen – so als habe man ihr eine Nadel ins Fleisch gestochen.

Sumi starrte sie verwirrt an und schien eine Erklärung zu verlangen. Dann schien er zu einem Entschluß gelangt zu sein und legte rasch ihre Schulter frei. Dabei öffneten sich weitere Verschlüsse und entblößten Teile ihrer Brust. Doch davon bekam er nichts mit; er interessierte sich nur noch für einen roten Kreis, den er auf ihrer Schulter entdeckt hatte.

»Was ist das?«

»Nichts. Da habe ich mich wohl gestoßen. Vor zwei Tagen oder so.« Sie versuchte, seine Hand zu entfernen, und wurde von Zweifeln überfallen. Warum hatte der Wellseeker das Mal nicht längst entfernt?

Die Tentakel waren abgekühlt und zogen sich von ihr zurück. Sumi hatte sich von einem Liebhaber in einen Raumfahrer zurückverwandelt, der eine Gefahr erkannte, wenn er sie sah. »Wo haben Sie sich das zugezogen? Wie konnte es dazu kommen?«

»Spielt doch keine Rolle, oder?« Aber er schien nicht nachgeben zu wollen. »Ich bin auf der Reijik Station in ein Büro geführt und dort kurz befragt worden. Dann half mir jemand, die Reisetasche zu schultern, und dabei spürte ich kurz einen stechenden Schmerz –«

Er drückte mit dem Daumen auf die Stelle. Die Schmerzen waren jetzt so stark, daß sie schrie.

»Verdammte Scheiße«, murmelte Sumi.

»Was ist denn?« wollte Katlyn wissen, die es allmählich mit der Angst zu tun bekam.

»Eine Verletzung, die längst verheilt sein müßte«, sagte er leise. »Nur ist das nicht geschehen ... Haben Sie denn keinen Wellseeker online?«

»Natürlich!« gab sie etwas barsch zurück, weil sie spürte, daß sich alles in eine Richtung bewegte, die sie nicht gewollt hatte und noch weniger kontrollieren konnte. Damit kam sie nicht zurecht, und sie war schon bereit, Jamisia wieder nach oben zu lassen. »Was ist denn?« fragte sie noch einmal, als sie dem Medusaner ansah, daß er mit den anderen im Schiff kommunizierte.

»Bei wem waren Sie vor zwei Tagen? Und wer hat Ihnen geholfen?« fragte er statt dessen.

»Zwei Männer ... von der Gilde ...«

Er fluchte lautstark, und sie zuckte innerlich zusammen.

»Verdammt, die Gilde hat uns gerade noch gefehlt!«

Calia kam mit einem Medikoffer herein. »Was gibt's denn?«

»Ich glaube, ein Implantat. Sieh dir das hier mal an.« Er drehte Katlyn herum, damit die Frau den Rücken betrachten konnte. Calias Blick fiel kurz auf die halb entblößte Brust der Terranerin, und sie verzog angewidert das Gesicht.

»Sie sagte, das Mal sei zwei Tage alt.«

Die Frau stieß einen spitzen Fingernagel an die Stelle. »Eine äußere Verletzung müßte längst verheilt sein ...«

»Das habe ich mir auch gesagt.«

Die beiden unterhielten sich, als sei Jamisia gar nicht mehr vorhanden. »Was ist es denn?« fragte sie ängstlich.

Beide wandten sich ihr zu. Calia betrachtete sie mit unverhohlener Kälte, aber in Sumis Blick stand Mitgefühl geschrieben. »Ihre Gilde-Freunde haben Ihnen etwas eingepflanzt. Calia holt das jetzt raus.«

Die Frau öffnete den Koffer und entnahm ihm etwas. »Sie soll sich setzen«, schnarrte sie. Während Sumi Jamie zum Bett führte, öffnete sie noch einmal die Tür, und Allo kam herein.

»Was geht hier vor?«

»Ich fürchte, wir haben noch einen Passagier«, antwortete Calia. »Vermutlich ein Implantat ...« Sie brachte an einer silbernen Röhre einige Ringe an, »aber das werden wir gleich herausfinden.«

Katlyn hatte sich längst zurückgezogen, und während Jamisia noch unschlüssig war, übernahm eine andere Persönlichkeit die Kontrolle.

»Davon habe ich doch nichts gewußt«, jammerte Zusu.

»Halt sie doch still«, raunzte Calia. Ihrem Blick war anzusehen, daß das Leiden der Erdenfrau ihr Befriedigung verschaffte. Dann stellte sie sich hinter die Passagierin und setzte die Spitze der Röhre an das Mal.

Plötzlich biß etwas in Jamies Schulter, und sie schrie. Sumi hielt sie fest, während die silberne Sonde immer tiefer in ihr Fleisch eindrang. Ein Zentimeter, zwei, drei, vier ... Dann ein Klicken, mehr zu spüren als zu hören, und Calia rief: »Hab' ich dich!«

Sie zog die Sonde wieder heraus, und der Wellseeker schlug Alarm. Warum hatte sie die Erde verlassen müssen? Geschah ihr eine solche Behandlung nicht recht?

Etwas blutendes Rotes hing am Ende der Röhre, so dünn wie ein Haar und gerade mal zwei Zentimeter lang. Das Ding bewegte sich, als sei es lebendig. Spitzen wurden ausgefahren und wieder eingezogen. Jamisia wurde von dem Anblick furchtbar übel.

»Ein Sucher«, erklärte Calia.

Sumi fluchte schon wieder.

Dem Captain war keinerlei Emotion anzumerken. »Von der Gilde?«

»Dazu muß ich den Burschen erst säubern und untersuchen«, antwortete die Frau und hielt den Sucher ins Licht. »Biotech, kann nicht anders sein, wenn er die Wellseeker-Programme umgehen konnte ... gut möglich, daß sie wirklich nichts davon gewußt hat.«

»Was ist das?« fragte Zusu ängstlich.

»Ein Gerät, um Ihnen auf der Spur zu bleiben«, antwortete Allo.

»Jemand will nicht, daß Sie verlorengehen«, erklärte Sumi, »vielleicht, um Ihnen in Zukunft folgen zu können. Nach dem, was Sie berichtet haben, sucht die Gilde nach Ihnen. Vermutlich hat der Sucher ein paar Bakterien aufgenommen, sonst wäre die Rötung nicht zu erkennen gewesen.«

»Mistiger kleiner Stinker«, sagte Calia. »Was fangen wir jetzt mit ihm an?«

Allo wußte, was hinter ihrer Frage steckte, denn sie bewegte auch ihn. Wer ist so sehr hinter diesem Mädchen her? Aber sie jetzt danach zu befragen war sicher nicht geboten. »Wir werden das Ding bei der nächstbesten Station los. Steck sie irgendeinem Touristen in die Tasche ... Verdammt, wenn die Gilde unseren letzten Deal aufgezeichnet hat!«

Er wandte sich an Jamie, und trotz der blauen Streifen in seinem Gesicht war ihm die Erregung deutlich anzusehen. »Sie haben uns womöglich in eine schlimme Lage gebracht, Jamisia. Rücken Sie endlich mit der Sprache heraus, damit wir erfahren, was hier gespielt wird!« Der Captain atmete tief durch und fuhr etwas sanfter fort: »Wir können Sie kaum schützen, wenn wir keine Ahnung haben, wer hinter Ihnen her ist.«

Derik beschwerte sich und wollte das nicht glauben, aber Zusu behielt die Kontrolle. Sie zog die Knie an und schlang die Arme um die Beine – so wie jemand, der sich unbedingt schützen will.

»Sie weiß nichts«, verteidigte Sumi sie.

Der Captain preßte die Lippen zusammen, nickte dann aber. »Also gut, dann reden wir später noch mal darüber. Mal sehen, ob der jungen Dame bis dahin irgend etwas eingefallen ist, was ein wenig Licht in dieses Dunkel bringt ... Calia, halt den Sucher bei Körpertemperatur. Nur für den Fall, daß sonst ein Signal an die Gilde ausgesandt wird und sie erfahren, daß man das Ding entdeckt hat.«

Allo sah den Medusaner und das Mädchen an. Zusu liefen unaufhörlich Tränen über die Wangen. Dem Captain kam dieser Nervenzusammenbruch eigenartig vor. Das paßte so gar nicht zu dem Mädchen, das ihm in die Arme gelaufen war.

»Es kann sein, Jamisia, daß Sie uns eine Menge Scherereien machen werden.« Er hatte versucht, freundlich zu klingen, aber die junge Frau zog sich nur noch mehr in sich selbst zurück. »Sie werden uns doch dabei helfen, dieses Geheimnis zu lüften, oder? Sonst weiß ich beim besten Willen nicht, wie ich Ihnen helfen kann.«

Selbst Zusu bemerkte, daß der Mann ihr etwas verschwieg und seine Worte nicht der Wahrheit entsprachen. Deswegen hatte sie auch keine Skrupel, selbst mit einer Lüge zu antworten. »Ich will ja mitarbeiten, aber wirklich, ich habe Sumi schon alles gesagt, was ich weiß.« Zu ihrer Verblüffung schien der Captain ihr zu glauben. Die Tränen hätten das bewirkt, teilte Katlyn ihr mit. Manche Männer verwechselten das nämlich mit Ehrlichkeit.

Gut gemacht, lobte Verina, *wenn wir nur zusammenhalten, stehen wir das alles durch.*

Allo verließ die Kabine, und Zusu war mit Sumi allein. »Tut mir leid«, sagte sie leise und hoffte, er würde verstehen, daß sie damit alles meinte, was zwischen ihnen vorgefallen war.

Der Medusaner sah sie nicht an. »Wegen diesem verdammten Sucher müssen wir jetzt noch ein paar Stunden in diesem Knotenpunkt bleiben. Legen Sie sich doch etwas hin, und entspannen Sie sich. Calia wird schon herausbekommen, um was für ein Implantat es sich handelt, und dann finden wir vielleicht ein paar Antworten.«

Er sagte aber nichts davon, ihr weiterhin helfen zu wollen. Gut möglich, daß er eine solche Lüge in diesem Augenblick nicht über die Lippen brachte.

»Es tut mir alles so schrecklich leid«, sagte Zusu noch einmal.

Der Medusaner erhob sich und verließ den Raum. Zuerst sah es so aus, als würde er sich nicht noch einmal nach ihr umdrehen. Doch an der Tür blieb er stehen und sah sie an. In seinem Blick stand ebensoviel Mitgefühl wie Frustration. »Wird schon alles gut werden.« Damit war er fort.

Jamisia wollte nun, da sie allein waren, wieder die Kontrolle übernehmen, aber Zusu bat, sie noch für ein paar Momente behalten zu dürfen. Alle Verzweiflung, tausend Ängste und die vielen anderen Dinge, die sie bedrückten, mußten einfach hinaus.

Die Anderen verstanden.

Und sie ließen sie hemmungslos weinen.

Wer den Terraner gut kennt, weiß, wie er handelt, sobald er in die Weiten des Alls hinausgelangt ist: Er wird sofort Stationen mit festen Wänden und verschließbaren Türen bauen, um seine Mitmenschen draußen zu halten. Stellt nicht die ganze Geschichte Terras eine einzige Folge von Abschottungsbemühungen dar; wurden nicht die meisten Kriege um rassische oder kulturelle Abgrenzungen geführt?

MARIO TALRAND,
Die neuen Isolationisten

ADAMANTINE KNOTENPUNKT

ADAMANTINE STATION

Gildemeister Anton Varsav war die Ruhe selbst.

Seine Untergebenen fürchteten diesen Zustand.

Das freute ihn sehr.

Die anderen Menschen auf der Station wußten, daß es Zeit wurde, sich Sorgen zu machen, wenn er nicht mehr rastlos hin und her lief und keinen Moment stillsitzen konnte.

Dann war sein Gehirn nämlich auf etwas gestoßen, das ihn außerordentlich beschäftigte und seine gesamte Konzentration erforderte. Für gewöhnlich handelte es sich dabei um eine Gefahr, einen Konflikt oder um Rache.

Dann bekamen sie es mit der Angst zu tun.

Und so sollte es auch sein.

Varsav hatte die vergangene E-Woche mit der Überprüfung der Isolationisten verbracht und sich mit den beiden abartigsten Stationen im gesamten zivilisierten Out-All beschäftigt.

Er hatte Traktat um Traktat der New Terran Front studiert, in der ein ums andere Mal die natürliche Überlegenheit der Echtmenschen beschworen wurde. Wie so oft hätte der Gildemeister deren Vertreter am liebsten am Kragen gepackt und sie angebrüllt: ›Warum sind Sie überhaupt nach hier draußen gekommen, wenn Ihnen alle Varianten so widerlich sind? Warum sind Sie nicht mit Ihrem Hintern zu Hause geblieben, um dort in aller

Abgeschiedenheit Ihre ach so kostbaren Gene zu hegen und zu pflegen?‹

Noch schlimmer als die New Terran Front erschien ihm die New Aryan Nation. Diese selbsternannten Neuen Arier sahen nicht einmal die Echtmenschen als Krönung der Schöpfung an, sondern nur einen kleinen Teil davon. Wenn man deren Vertreter mit ihren gengesteuerten Zügen, ihrer Einheitshaut und -haarfarbe vor sich sah, konnte einem schon die Galle hochkommen. Und man erhielt einen Eindruck davon, welche Zustände auf der alten Erde geherrscht haben mußten, um eine solche Bewegung hervorzubringen.

Wie sehr es diese Leute verdrießen mußte, ausgerechnet von einem Mann regiert zu werden, der in ihren Augen ein deformierter Alien war. Von einem Varianten, der sie dazu zwang, den Gesetzen der Gilde Folge zu leisten und der mit seinem Entstelltsein so umging, als sei sie etwas vollkommen Natürliches.

Aber Varsav haßte diese Isolationisten genauso sehr wie sie ihn. Wie sehr wünschte er sich, das Gilde-Gesetz würde ihm eine Möglichkeit offenlassen, sie zu zerquetschen, um das Universum ein für allemal von dieser Pest zu befreien.

Doch das Gesetz ließ sich nicht ändern. Was nicht bedeutete, daß er die Neuen Terraner und die Arier bei der geringsten Übertretung mit aller Härte bestrafen würde.

Der Gildemeister betete darum, daß die Isolationisten hinter dem Luzifer-Virus steckten. Oder zumindest ihre Hände dabei im Spiel hatten. Dann könnte er endlich zuschlagen – ihre Stationen zu Staub zermahlen und den dann abgepackt in Tüten an Touristen verkaufen, damit ihre Überreste als Warnung an alle Missetäter bis in die letzte Ecke der Galaxis gelangten.

Varsav tat alles, was die Gilde von ihm verlangte, und noch etwas mehr. Er hatte so viele Spionageprogramme in seinen Knotenpunkt gesteckt, daß man kaum eine Fahrkarte kaufen konnte, ohne das der Meister davon erfuhr. Und da nun von ihm gefordert wurde, die Isolationisten zu überwachen, verdoppelte er seine Anstrengungen noch.

Kein Schreiben der Neuen Terraner oder Arier kam ungelesen an ihm und seinen Mitarbeitern vorbei, und zur Sicherheit ließ er sich auch noch die Mitteilungen der reichen Stationsbesitzer vorlegen. Jeder andere wäre unter dieser Anstrengung zusammengebrochen oder unter der Datenflut begraben worden. Doch für Varsav stellte das alles nicht mehr als eine Herausforderung an seinen Geist dar. Und alles, was irgendwie von Belang war, fügte sich in seinem Kopf wie Puzzleteile aneinander.

Diese Gabe hatte er Hausman zu verdanken, und er kam viel zu selten dazu, sie in ihrem ganzen Ausmaß einzusetzen. Die Untergebenen wußten nichts von diesen Fähigkeiten. Ihnen fiel nur auf, wieviel gleichmäßiger ihr Herr sich bewegte, wieviel ruhiger er sprach. Und weil sie es nicht verstanden, fürchteten sie ihn in solchen Zeiten nur noch mehr.

Das war gut so.

Tag für Tag stürzte Varsav sich mit neuem Eifer in die Arbeit und fühlte sich dabei, als könne er nach langer Untätigkeit die Glieder wieder strecken. Natürlich delegierte er die Datenanalyse und gab seinen Mitarbeitern bestimmte Schlüsselworte und Wendungen, nach denen sie Ausschau halten sollten. Doch keiner von ihnen erhielt genug Informationen, um sich daraus ein genaueres Bild machen zu können.

Anders als seine Kollegin Ra traute er keinem

Hacker, nicht einmal den eigenen. Für ihn stand fest, daß dasselbe Talent, das sie so wertvoll machte, eine Kehrseite hatte: Man wußte nie im voraus, was diese Leute als nächstes taten. Schon so mancher Gildemeister war von einem unzufriedenen Hacker mit Zugang zu empfindlichen Daten gestürzt worden. Nein, Varsav würde nie den Fehler begehen, auch nur von einem seiner Mitarbeiter anzunehmen, er verhalte sich ihm gegenüber loyal.

Aber seine Untergebenen konnten ihm dabei behilflich sein, die Sendungen auf Schlüsselbegriffe zu durchsuchen und so eine gewisse Vorauswahl zu treffen. Warum sich mit den zehn Millionen täglich anfallenden Privatnachrichten beschäftigen, die ohnehin niemanden interessierten.

Der Gildemeister wußte genau, daß irgendwo in den unzähligen Mitteilungen der entscheidende Hinweis steckte. Und wenn er sich dennoch irren sollte, ließe sich immer noch etwas manipulieren.

Ahnte die Prima überhaupt, welche Macht sie ihm in die Hände gelegt hatte? Nur eine kleine Notiz über Luzifer, und er konnte sofort eine Gildearmee aussenden, um ein furchtbares Exempel an den Isolationisten zu statuieren.

Er brauchte nur eine ihrer Stationen zu zerstören. Die anderen würden dann vor Angst so sehr bibbern, daß er sie bis ans Ende seiner Tage nach seiner Pfeife tanzen lassen konnte. Ohne die Macht, die er von der Prima erhalten hatte, wäre ihm das nie möglich gewesen.

Die Mistkerle waren schuldig, gar keine Frage. Und wenn sich nichts finden ließ … nun, allem konnte nachgeholfen werden. Die Gilde würde über das ungeheure Datengebirge staunen, das er bewältigt hatte, und gar nicht erst auf die Idee kommen, seinen Bericht in Frage zu stellen. Für ihn hingegen bedeutete es keine Mühe, hier noch eine Kleinigkeit hinzuzufügen und dort eine Winzigkeit wegzunehmen – Hauptsache, es ging den Isolationisten an den Kragen.

Der Botschafter der New Terran Front war ungehalten. Geradezu feindselig. Für ihn war es eine Zumutung, dieselbe Luft wie ein Variant atmen zu müssen.

»Die Grenzen unserer Station sind verletzt worden.«

Varsav, der bis jetzt gesessen hatte, sprang auf und lief unruhig auf und ab. Diesen verdammten Isolationisten gelang es doch immer wieder, ihm auch noch den letzten Rest Ruhe zu nehmen. Gott, wie er sie haßte.

»So, so, Ihre Grenzen wurden verletzt. Wodurch? Eine Ladung Touristen? Einen Harvester? Ein kleines Transportschiff, das seinen Kurs falsch berechnet hat und versehentlich eine Million Meilen an Ihrem Außenring vorbeigeflogen ist?« Diese Bande hatte sich schon tausendmal und öfter über solche Vorkommnisse beschwert. Natürlich ging er jedem einzelnen Zwischenfall nach, wie es sein Amt erforderte. Das bedeutete aber nicht, daß er sich auch noch darüber freuen mußte.

Dem Botschafter war die Verärgerung anzumerken. »Es handelte sich um eine Kapsel.«

Der Gildemeister blieb stehen und starrte den Mann an. »Eine erbärmliche Kapsel? Wegen so einem winzigen Ding kommen Sie in mein Büro? Und wie nah ist der Pod an Ihre Station herangekommen? Auf zwei Millionen Meilen oder noch mehr?«

»Auf sechstausend Meilen.«

Varsav stutzte. Nur sechstausend Meilen. Daran ließ sich nichts mehr beschönigen. Jede normale Station hätte das auch als Verletzung ihrer Grenzen angesehen.

»Also, es handelte sich um eine Kapsel?«

Der Botschafter reichte ihm ein Blatt Plastikpapier. Varsav konnte kaum der Versuchung widerstehen, das Blatt zu nehmen und den Neuterraner dabei zu berühren. Ha, das würde ein Spaß! Der Mann würde sich wahrscheinlich die Haut von der Hand entfernen lassen. Womöglich würden seine Gesinnungsgenossen ihn sogar erschießen, um ihre Station von jeder Verunreinigung freizuhalten. Aber nein, zuerst die Pflicht. Vielleicht beim nächsten Mal.

Der Gildemeister überflog die Beschwerde und runzelte die Stirn. Nein, das las sich gar nicht gut. Er würde tatsächlich etwas unternehmen müssen. »Wann kam es zu diesem Vorfall?«

»Vor zwei Erdtagen.«

Varsav schnaubte. »Und da kommen Sie erst jetzt? Wo soll ich das Ding denn jetzt noch finden?« Er wußte genau, warum es so lange gedauert hatte. Während der Eindringling unbekümmert seiner Wege fliegen konnte, hatte der Große Rat der New Terrans getagt. Zwei Dringlichkeitssitzungen. Mindestens, wenn nicht mehr. Und bei denen waren dann mehrere Unterausschüsse eingesetzt worden. Wenn es je zu einem Krieg zwischen den Terranern und den Varianten kommen sollte, hatten letztere wenig zu befürchten …

Wenn die Erdlinge nicht den Terrorismus als Waffe wiederentdeckt hätten. Terra würde nicht zögern, Anschläge auf die Außenstationen durchführen zu lassen. Jeder einzelne davon könnte bis zu einer Million Tote fordern …

»Wir erwarten, daß Sie die Grenzen unserer Station schützen. So wie es im Stationsvertrag festgeschrieben wurde.«

»Nun gut«, entgegnete der Gildemeister nach einer

Pause. »Sie haben recht. Dieser Vorfall erfordert eine genaue Untersuchung. Hat die Kapsel Ihrer Station in irgendeiner Weise Schaden zugefügt? Oder Ihre Kommunikation behindert?«

»Nein.«

»Oder sonst etwas angerichtet, was die Station oder ihre Bewohner beeinträchtigt hat?«

Der Botschafter verzog wütend das Gesicht: »Der Pod hätte uns ausspionieren können. Daten abfangen und weitergeben. Ich glaube, es ist Ihre Aufgabe, das herauszufinden.«

Der Gildemeister kratzte mit den Fingernägeln an einer Statue, die die Spuren zahlloser solcher Behandlungen aufwies. »Haben Sie seine Flugbahn erfaßt und auf den Ursprungsort zurückberechnet?«

»Wir haben alles in unserer Macht Stehende getan«, erklärte der Diplomat steif und drückte damit aus, daß sie nicht viel erreicht hatten. Was den Gildemeister nicht sonderlich verwunderte.

»Gut. Ich werde Ermittlungen anstellen. War das alles?«

Der Botschafter schien mit sich zu ringen, um nicht das zu äußern, was ihm eigentlich auf der Zunge lag. Das wäre doch einmal etwas erfrischend Neues, dachte Varsav, denn dann hätte er die Möglichkeit, ebenfalls nicht länger aus seinem Herzen eine Mördergrube machen zu müssen.

Aber der Mann riß sich zusammen und murmelte: »Ja, das wäre alles.« Er betrachtete den Gildemeister mit einem mißgünstigen Blick, zog sich jedoch zurück, als ihm nichts mehr einfiel, was seine Anwesenheit hier länger rechtfertigen konnte.

Als der Neuterraner fort war, hätte Varsav den Bericht am liebsten in die Abfallröhre geworfen. Doch das ging leider nicht. Die New Terran Front besaß das Recht, jeden Eindringling in ihr Hoheitsgebiet abzuschießen. Daß die Isolationisten das unterlassen hatten, war sicher nicht auf Menschenfreundlichkeit zurückzuführen, sondern eher darauf, daß die Geschütze dieser Trottel im entscheidenden Augenblick in eine andere Richtung ausgerichtet gewesen waren.

Im Grunde konnte der Gildemeister froh sein, es nur mit einer Kapsel zu tun zu haben, die vor zwei Tagen der Station zu nahe gekommen war. Nicht auszudenken, wenn irgendein harmloser Tourist vom Kurs abgekommen und von diesen Extremisten in seine Atome zerblasen worden wäre.

Er rief einen seiner Abteilungsleiter und übergab ihm die Beschwerde. Sollte der doch untersuchen, ob sich noch irgend etwas feststellen ließ. Vermutlich war der Pod längst an einer anderen Station gelandet oder hatte den Knotenpunkt verlassen. Zwei Tage im Out-Raum waren eine verdammt lange Zeit.

Also würde er einen Bericht aufsetzen lassen und der Front schicken. Die Neuterraner würden schimpfen und klagen, aber das war man ja nicht anders gewohnt.

Und was die Kapsel anging, nun, vermutlich hatte es sich nur um ein paar verrückte Kids gehandelt, die jemandem einen Streich spielen oder eine Mutprobe ablegen wollten. Jede neue Generation von Jugendlichen dachte sich neuen Schabernack aus.

Wenn er diese Burschen zu fassen bekam, würde er persönlich dafür sorgen, daß sie einen Strafaufsatz schreiben mußten. »Warum ich die Isolationisten nicht ärgern darf.« Oder besser noch: »Wie kann ich es anstellen, mich in meiner Jugend nicht so blöd anzustellen, daß ich den Eintritt ins Erwachsenenalter verpasse?«

Varsav hatte gerade Ruhezeit, als ihn die Nachricht erreichte. Doch das störte ihn nicht weiter, solange ihn etwas Wichtiges erwartete.

»Sie wollten doch sofort informiert werden, wenn wir etwas Interessantes von den Terrafrontlern aufgefangen haben«, meldete der Direktor seiner Programmierabteilung.

Der Gildemeister war sofort hellwach, setzte das Headset auf und sagte: »Dann lassen Sie mich das mal sehen.«

Er schloß die Augen, um den Text besser lesen zu können.

ÄRGER STEHT BEVOR / DER FEIND SUCHT KINDER / ALLE SO RASCH WIE MÖGLICH NACH HAUSE SCHICKEN / LUX AETERNA

Varsav las die Botschaft dreimal. Verdammt, das sah wirklich gut aus.

»Wo haben Sie das her?«

»Wurde vom Hauptcomputer der Isolationisten abgeschickt.«

»Und an welche Adresse?«

»Wir arbeiten noch an den Codes. Ich dachte, Sie wollten lieber gleich informiert werden.«

»Ja, das ist richtig. Danke.« Gott, sie hatten die Bastarde endlich erwischt. Vielleicht sogar ein Hinweis auf Luzifer?

Der Gildemeister atmete tief durch, um sich nicht von seinem Triumphgefühl überwältigen zu lassen. Der verdammte Virus hatte zwei seiner Out-Piloten getötet. Einer der Männer war in seinen Armen gestorben. Varsav hatte dem Luzifer-Schöpfer daraufhin furchtbare Rache geschworen. Wer seine Piloten angriff, griff damit ihn selbst an.

Er las die Nachricht zum vierten Mal. Der Tonfall war

eindeutig verschwörerisch … Sein Blick fiel auf das Datum.

Vor zwei Tagen.

Bei den ungeheuren Datenmengen konnte es zu solchen Verzögerungen kommen. Vermutlich war die Datenspur längst erkaltet …

Die Isolationisten würden ihn kaum in ihre Stationscomputer schauen lassen. Nicht ohne Durchsuchungsbefehl der Prima, und auch dann nur unter Protest …

Zwei Tage …

Zwei Tage …

Warum ließ ihn dieser Gedanke nicht mehr los? Er versuchte, ihn zu verdrängen und sich lieber wieder auf die mögliche Verbindung der Front zu Luzifer zu konzentrieren.

Wenn diese Leute nun den Virus freigesetzt hatten …

Zwei Tage.

Was hatte der verdammte Botschafter vor ein paar Stunden gesagt? Varsav rief die Beschwerde der Neuterraner auf seinen Schirm … eine Kapsel eingedrungen, vor zwei Tagen …

Der Gildemeister fluchte laut.

»Sir?«

Er schaltete die Verbindung ab und fluchte so lange, bis er sich gereinigt und leer fühlte.

Danach konnte er wieder klar denken.

Die Kapsel war ungefähr zur selben Zeit in das Hoheitsgebiet der Front eingedrungen, als man dort die Nachricht abgeschickt hatte.

Die Neuterraner waren eindeutig in irgendeine Schurkerei verwickelt, oder? War das nicht der entscheidende Hinweis? Nun brauchte er keine Beweise mehr zurechtzubiegen, oder?

Aber wenn es sich bei dieser Nachricht nun nicht um eine handelte, die von den Offiziellen der Neuterraner stammte?

Varsav lief wieder unruhig auf und ab. Man könnte es doch einfach so hinstellen, als handele es sich dabei um ein offizielles Dokument der Isolationisten. Kein Problem, nur …

Dann würde es keine weiteren Ermittlungen mehr geben.

Und die wahre Quelle Luzifers würde nie gefunden werden.

Er dachte an den sterbenden Piloten und an seinen Racheschwur. Ihm wurde klar, daß er den Designer des Virus noch mehr haßte als die Neuterraner. Bei letzteren handelte es sich lediglich um ärgerliche Störenfriede, aber ersterer brachte Menschen um. Seine Leute. Ein persönlicher Angriff, den er nicht vergeben konnte.

Wenn er jetzt die Front anschwärzte, würden die Ermittlungen eingestellt.

Warum hatte Gott ihm soviel Macht verliehen, wenn er sie nicht einsetzen konnte?

Varsav blieb vor dem Spiegel stehen. Nein, nicht Gerechtigkeit bewegte ihn, sondern Rache. Die Pflicht ging ihm über alles, so oder so.

Mit einem Knurren gab er seinen Mitarbeitern neue Anweisungen.

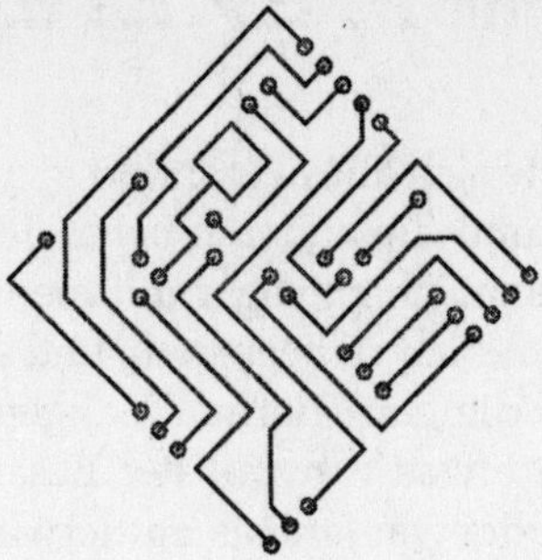

TANJII

Der Tanjii hat niemals Angst. Denn nur Wesen, die allein sind, fürchten sich. Der Tanjii aber ist niemals allein.

Wenn er schwach ist, unterstützen ihn andere. Wenn er stark ist, unterstützt er andere. Das Auf und Ab der gegenseitigen Abhängigkeiten ist ihm so natürlich wie der Pulsschlag in seinen Adern.

Gemeinschaft bedeutet Stärke.

Einsamkeit bringt Angst.

Isolation ist Tod.

KAJA: Ein Führer für Außenweltler durch den gueranischen Sozialkontrakt
Band 2: Zeichen der Seele

IN-SCHIFF: EXETER

Irgendwie hatte sich alles verändert.

Allo, Sumi und die anderen behandelten sie immer noch höflich, versuchten sogar mit mehr oder weniger Erfolg, ihr freundlich zu begegnen, und stellten ihr weiterhin Fragen, die ganz normal klangen, es aber nicht waren. Irgend etwas war mit der Besatzung vor sich gegangen ... Oder war Jamisia mittlerweile so paranoid geworden, daß sie den Bemühungen ihrer Umgebung nur noch mit Argwohn begegnen konnte?

Angefangen hatte alles, als Calia ihr den Sucher aus der Schulter gezogen hatte ... In jenem Augenblick ging eine Veränderung mit der Besatzung vor. Auf den ersten Blick war alles geblieben wie vorher, doch wenn man genauer hinsah, spürte man andere Emotionen und Motive.

Wie dem auch sei, sie mußte so bald wie möglich von hier fort.

Die Erkenntnis stammte von Derik. Verina schlug sich bald auf seine Seite, und dann immer mehr, bis sogar die Kinder-Anderen zustimmten und in Jamisia Einigkeit herrschte wie nie zuvor. Nur Zusu hatte sich in die hinterste Ecke zurückgezogen und nahm an der Beratung nicht teil.

Die Anderen forderten die junge Frau auf, nicht länger nur etwas mit sich machen zu lassen, sondern selbst aktiv zu werden. Der Feind hatte sie aus ihrer Heimat vertrieben, sie auf dem Metroliner in ihrer Bewegungsfreiheit eingeschränkt und auch hier in die Kabine verbannt.

Sie mußte etwas unternehmen.

Aber was?

Jamie hatte Mühe, sich auf die aktive Rolle einzustellen. Ihr ganzes Leben lang hatten andere für sie gesorgt, hatte sie sich auf andere verlassen. Auf dem Shido-Habitat hatte sie das sorglose Leben eines Partygirls geführt, nur ihr Vergnügen gekannt und sich darauf verlassen, daß der Konzern sich um alles andere kümmern würde …

Leider war dann doch alles ganz furchtbar anders gekommen.

Bislang hatte sie ihr sorgloses Leben noch nicht abgelegt.

Nun mußte sie sich wohl oder übel anstrengen, aktiver aufzutreten.

Sie betrachtete sich im Spiegel. Schon lange erschien es ihr nicht mehr wie ein Rätsel, daß sie sich manchmal sehr fremd war. Mehrere Persönlichkeiten in sich wohnen zu haben, kam ihr zwar immer noch eigenartig vor, es hatte aber viel von seinem ursprünglichen Schrecken verloren. Sie war nicht allein. Zusammen mit den anderen würde ihr schon ein guter Plan einfallen. Zumindest aber eine Möglichkeit, ihr Leben in den Griff zu bekommen.

Wird auch höchste Zeit, knurrte Derik.

Der Captain hatte gesagt, sie würden noch ein paar Tage warten, bis sie die Weiterfahrt antraten. Zuerst mußte der Sucher einem anderen ›übergeben‹ werden, damit die Gilde sich auf eine falsche Fährte locken ließ.

Allo hatte ihr etwas später berichtet, wie Tam das angestellt habe. Der Beliale hatte sich für eine Weile in einem Hotel herumgetrieben und nach einer geeigneten Person Ausschau gehalten. Die fand er in einer übergewichtigen Touristin, die sich auf einer Rundreise befand und nicht allzu intelligent wirkte. Sein Zwilling hatte derweil Tickets und Gepäck der Frau durchsucht und bestätigt, daß es sich bei ihr um das geeignete Opfer handele. Die Tour führe sie jeden Tag zu einem anderen Ziel, und das einen ganzen Monat lang. So würde die Gilde erst nach Ablauf dieser Zeit Zugriff auf den Sucher erhalten – und ihren Irrtum entdecken.

Damit befand sich Jamisia für eine gewisse Frist in Sicherheit.

Zumindest vor der Gilde.

Ganz anders verhielt es sich mit der Crew. Immer wieder fiel ihr auf, wie zwei zusammenstanden und miteinander tuschelten. Oder wie sofort Schweigen einkehrte, wenn sie einen Raum betrat. Und überhaupt, wenn die Besatzungsmitglieder mit ihr redeten, gaben sie viel öfter Belangloses von sich als früher ... so als warteten sie auf etwas.

Vielleicht bildete sie sich das aber auch nur ein. Warum sollten diese Menschen ihr etwas antun wollen? Möglicherweise setzten die Anderen mit ihren diversen Ängsten und Obsessionen ihr solche Gedanken ein. Tat sie den Menschen auf diesem Schiff mit ihren Verdächtigungen nicht Unrecht?

Jetzt stell dich nicht wie eine blöde Tussi an, schimpfte Derik. *Die Crew hat etwas vor, und das müssen wir herausfinden.*

Die Anderen stimmten ihm zu. Nicht einmal die Kinder hatten Einwände. Zum zweiten Mal innerhalb kurzer Zeit herrschte vollkommene Übereinstimmung. Offensichtlich mußte sie jetzt wirklich aktiv werden.

Einige Stunden, bevor sie die Out-Station erreichten, von der aus es ins Ainniq ging, erschien Tam in ihrer Kabine. Der kleine Mann sah sie nur selten direkt an. An seinen Fingern klebten wie falsche Fingernägel die unterschiedlichsten Werkzeuge.

»Bin nur gekommen, um Ihr Headset zu justieren«, erklärte er ihr. »Für den Ainniq.«

»Und was genau wollen Sie tun?«

»Ihn programmieren«, erklärte er, als handele es sich um eine Selbstverständlichkeit. Seine flinken Finger öffneten das Gehäuse des Headsets, und er tippte mit einer dünnen Metallstange an seinem rechten Zeigefinger mehrfach auf etwas Glitzerndes. Dann schien er mit seinem Werk zufrieden zu sein und schloß das Gerät wieder.

Jamisia wartete, bis der Mann wieder ansprechbar wirkte und ihr das Headset zurückgab. »So, fertig.«

»Was haben Sie denn da gemacht?« fragte die junge Frau.

Irritation huschte über seine Miene, und dann schien er sich wieder mit den anderen zu beraten. Offensichtlich teilte er den anderen mit, daß die dumme Erdkuh ihn mit blöden Fragen aufhalte. »Habe die Auszeit programmiert.«

Raven meldete sich in ihrem Kopf und drängte sie nachzubohren. »Und was habe ich mir darunter vorzustellen?«

Der Beliale verdrehte die Augen. Sicher nicht ohne Grund. Hier draußen in den Außenwelten hätte jedes Schulkind Bescheid gewußt. Aber Raven wollte erfahren, wie Tam auf ihre Fragen reagierte.

»Wir reisen durch den Ainniq«, erklärte er mit erzwungener Höflichkeit. »Unser Schiff ist Klasse C, und das bedeutet, wir dürfen während des Fluges an Bord bleiben. Die Gilde nimmt uns in Schlepptau, besteht aber darauf, daß wir sediert oder eingefroren werden.«

»Woher weiß die Gilde denn, daß wir dem Folge leisten?«

Er starrte sie an, als sei sie der dümmste Mensch in der ganzen Galaxis. »Angeblich hat die Gilde ein Programm, das das Schiff nach Betawellen absucht. Vielleicht ist das nur ein Gerücht. Aber wer will schon das Risiko eingehen? Immerhin wird jeder, der den Gilde-Anordnungen nicht gehorcht, von weiteren Flügen durch den Ainniq ausgeschlossen.« Er schüttelte den Kopf, als sei die bloße Vorstellung lachhaft. »Und zu sehen bekommt man ohnehin nichts. Während des Fluges sind wir vollkommen isoliert.«

»Und was haben Sie da in meinem Headset programmiert?«

»Theta-Schlaf. Wirklich das Beste für uns. Alle bis auf den Captain begeben sich in den Theta-Schlaf. Glauben Sie mir, eine Sedierung hätte viel mehr Umstände gemacht.« Ein neuer Gedanke schien ihm zu kommen. »Hören Sie, um überhaupt hierher zu gelangen, müssen Sie doch schon einmal durch den Ainniq geflogen sein.«

»Ja, einmal. Auf dem Weg von der Erde nach Reijik. Da habe ich aber die ganze Zeit geschlafen.«

»Ist wirklich besser so. Man braucht eine besondere Lizenz, um wach bleiben zu dürfen.«

»Und Allo besitzt eine solche Lizenz?«

Der Beliale zögerte kurz und nickte dann. Jamisia war sich sicher, daß der Captain sich diese Sonderlizenz nicht auf normalem Weg besorgt hatte. Vielleicht gestohlen? Wohl eher gefälscht. Und plötzlich wurde ihr auch bewußt, womit diese Leute ihren Lebensunterhalt verdienten. Viele kleine Beobachtungen fügten sich zu einem Gesamtbild zusammen. Diese Menschen waren Schmuggler, und Gott weiß, was sonst noch. Jamie sagte sich, daß Allo sich während des Ainniq-Fluges bestimmt nicht schlafen legte; dazu fürchteten die Schmuggler die Gilde viel zu sehr. Wer konnte schon wissen, ob das Schiff nicht nach verbotener Fracht durchsucht wurde, während dort alle sediert in ihren Kojen lagen?

»Der Captain muß sich um verschiedene Dinge kümmern, nicht wahr?« Die junge Frau bereute die freche Frage, kaum daß sie sie ausgesprochen hatte. Doch Tam schien das nichts auszumachen. »Allo versucht es zumindest. Na ja, noch fünf Stunden bis zum Ainniq. Die letzte Warnung erfolgt dreißig Minuten vor dem Eintauchen. Bis dahin müssen Sie alles vertäut haben. Nach der Sirene legen Sie sich aufs Bett, schnallen sich an, lassen den Wellseeker den Rest besorgen und wachen in Paradise Station wieder auf.«

Der Beliale wollte endlich gehen, aber sie hatte noch einige Fragen auf dem Herzen. »Warum zwingt die Gilde uns, den Flug im Schlaf zu verbringen? Haben sie Angst, wir könnten irgend etwas im Ainniq sehen ... oder was?«

Das ließ ihn tatsächlich innehalten, und er verfluchte wohl schon sein Schicksal, zu ihr geschickt worden zu sein. »Im Ainniq lauern mörderische Raubwesen. Hat man Ihnen denn überhaupt nichts beigebracht? Die reißen Ihnen die Seele aus dem Leib und fressen sie auf. Nun, wie es heißt, sollen gewisse Gehirnaktivitäten diese Biester anlocken. Die Gilde will das aber nicht bestätigen. Eigentlich teilt sie überhaupt nichts von dem mit, was sich im Ainniq wirklich tut.«

Er schwieg, und Haß trat in seinen Blick. Aber ausnahmsweise nicht auf die Erdenfrau, sondern auf die Gilde. »Soviel ich weiß, müssen wir uns in den Theta-Schlaf begeben, weil die Drachen uns dann nicht bemerken. Mit der Sedation verhält es sich ebenso. Wir tarnen uns also, um unbemerkt durch den Ainniq zu fliegen.«

Doch so leicht kam er Jamie nicht davon. »Aber der

Out-Pilot muß doch wach bleiben, sonst könnte er das Schiff nicht steuern, oder?«

»Ja, natürlich. Vielleicht ist das auch der Grund dafür, warum nicht alle Schiffe heil ankommen. Aber das sind nur Gerüchte, klar? Die Gilde wird den Teufel tun und uns über ihre Schulter blicken lassen. Nur ihre Piloten können ein Schiff sicher durch den Ainniq bringen, und mehr brauchen wir nicht zu wissen ...« Er schloß die Augen, um auf seine Uhr zu sehen. »Packen Sie alles zusammen, und machen Sie sich bereit.«

Diesmal sah Tam sie wirklich an und nicht eigentlich an ihr vorbei; so als wolle er ihr deutlich machen, daß nun mit der Fragerei ein Ende sei. »Eine Stunde nach der Reise werden Sie von dem Programm geweckt. Sie haben wirklich keinen Grund, sich Sorgen zu machen.«

Als er die Kabine verlassen hatte, machte sich sofort mindestens ein halbes Dutzend Stimmen in ihrem Kopf bemerkbar. Alle warnten davor, der Crew zu trauen, aber jeder hatte eine andere Theorie, was die Gilde oder der Captain ihr während des Tiefschlafs antun würde.

Jamisia nahm das Headset in die Hand und betrachtete es. Was mochte sie erwarten, wenn sie es aufsetzte? Raven, die sich von den Anderen am besten mit Programmierungen auskannte, wußte auch nicht so recht, was Tam da angestellt haben mochte. Die Furcht der Verzweiflung umschloß Jamies Herz, und sie umklammerte das Gerät so fest, als wolle sie es zerbrechen ...

... und aus den Tiefen ihrer Seele drängte jemand wie ein Feuersturm nach oben, kam wie eine Explosion zwischen die Anderen und verbreitete eine ungeheure Wut. Zusu verkroch sich sofort, und Jamisia wäre ihr gern gefolgt.

»Einen Scheiß auf diesen Mist!« rief Derik, der den

Anderen jetzt wie ein Sturmwind des Zorns erschien. »Ist das alles, was ihr draufhabt? Ich zeige euch, was es heißt, zur Tat zu schreiten!«

Die junge Frau verfolgte entsetzt, wie ihre eigene Hand das Headset in eine Ecke schleuderte. Das Gerät prallte ab und flog dank der Nieder-Schwerkraft durch die Kabine. Als es endlich auf dem Boden lag, hob sich ein Fuß, um es zu zerschmettern.

NEIN!

Jamie tauchte wieder nach oben und versuchte, die Kontrolle zurückzugewinnen. Aber Derik war viel zu stark und schien auch nicht vorzuhaben, sich verdrängen zu lassen. »Haltet euch zurück!« knurrte er. »Wenn ihr schon nichts zustande bringt, zeige ich euch jetzt, was getan werden muß!«

Er bewegte wieder den Fuß, doch Jamisia konnte ihn so weit aus dem Gleichgewicht bringen, daß er das Headset nicht traf. Danach kamen Verina, Raven, Katlyn und sogar Zusu Jamie zu Hilfe, um Derik mit gemeinsamen Kräften zu bezwingen.

Doch er war unglaublich stark, und die wahnsinnige Wut, die sich in ihm aufgestaut hatte, verlieh ihm zusätzliche Kräfte. Derik war unter den vielen Persönlichkeiten die des Beschützers und Rächers, und selbst alle anderen zusammen konnten ihn nicht zurückdrängen.

Derik, sei kein Idiot. Verina versuchte, mit ihm zu verhandeln. *Wenn du das Headset kaputtmachst, merken sie gleich, daß etwas nicht stimmt.*

Während er nachdachte, meldete sich Zusu: *Ich möchte nicht ohne Headset durch den Ainniq fliegen …*

Halt die Klappe, brachten die Anderen sie im Chor zum Schweigen.

Derik?

»Was?«

Als erstes solltest du nicht laut reden. Du weißt nicht, ob sie uns abhören.

Er atmete tief durch. *Okay.* Derik gab ihnen nur ungern recht, zog aber den Fuß von dem Headset zurück. Er spürte, wie sie sich bereithielten, wieder mit ihm zu kämpfen. Verdammte Weiber!

Verina meldet sich wieder: *Gut, wenn du so sehr dagegen bist, setzen wir das Gerät eben nicht auf. Aber du darfst es nicht zerstampfen, hörst du? Das ist viel zu gefährlich.*

Zusu fing an zu weinen. Die Kinder bekamen es mit der Angst zu tun und fielen in ihr Heulen ein. Die Kombination von Jammern und Deriks Wut bereiteten Jamisia Übelkeit. Wenn sie die Kontrolle innegehabt hätte, hätte sie sich jetzt übergeben.

Derik wandte sich an die Anderen: *Ich lasse das Headset in Ruhe, versprochen. Aber wir setzen es nie mehr auf. Weder im Ainniq noch sonstwann. Verdammte Arschlöcher! Wer weiß, was sie mit dem Ding angestellt haben? Also hört gut zu. Wir werden uns nicht aufs Ohr legen, sondern wach bleiben. Haben wir uns verstanden, Mädels?*

Glücklich mit dieser Lösung war keine von ihnen, aber alle behielten ihre Zweifel für sich. Bis eines der Kinder fragte: *Und was ist mit den Drachen?*

Auf die lassen wir es eben ankommen. Wenn sie uns fressen, dann wenigstens nicht im Schlaf.

Aber sie wollen unsere Seele fressen!

Zornig schleuderte Derik das Headset wieder an die Wand. *Scheiß auf die Drachen und auch auf dieses Schiff mitsamt seiner Besatzung! Ihr habt gesagt, daß wir etwas unternehmen müssen. Ihr wollt nicht mehr herumsitzen und euch von anderen manipulieren lassen. Habe ich recht, oder was?*

Wieder wußten die Anderen zuerst nicht, wie sie reagieren sollten. Dann stimmten einige leise zu.

Gut, Leute, dann übernehme ich hiermit offiziell die Kon-

trolle. Wenn eine von euch glaubt, sie könne das besser als ich, dann nur zu. Ihr könnt wählen, aber wenn ihr mich bestätigt, will ich kein Gejammer, keine Einwände und kein sonstiges Gemecker hören, klar?

Diesmal entstand eine längere Pause, und am leisen Gemurmel konnte er erkennen, wie wenig den Mädchen das paßte. Aber nach einer Weile wurde ihnen klar, daß keine von ihnen seinen Job übernehmen wollte. So bestätigten sie ihn. Selbst Jamisia erklärte sich einverstanden und fühlte sich in Deriks Wut und Kraft sonderbar geborgen. Ja, sollte er für eine Weile übernehmen, und die Zeit konnte sie nutzen, sich etwas zu entspannen. Das taten die Anderen doch auch, wenn sie sich von irgendeiner Situation überfordert fühlten. Außerdem war ja noch Verina da, die auf den Jungen aufpassen konnte.

Komm, ich zeige es dir, sagte eine Stimme zu ihr, nahm sie bei der Hand und führte sie hinab in warme Dunkelheit.

Wo es nur Frieden gab.

Derik knöpfte gerade den Overall zu, als es an der Tür klopfte. Erschrocken fummelte er an den Verschlüssen, weil es ihm peinlich war, daß ihn jemand nicht vollständig bekleidet sehen würde.

Sumi wartete draußen.

Derik, soll ich nicht lieber … fragte Katlyn.

Verpiß dich, das gilt für euch alle. Und vielen Dank für euer Vertrauen.

Der Medusaner kam herein. »Wir nähern uns der Out-Station. Ich wollte nur nachsehen, ob Sie mit allem zurechtgekommen sind.«

Sumi betrachtete ihre Rundungen, und Derik setzte

sich so aufs Bett, daß der Alien so wenig wie möglich zu sehen bekam. »Ich denke schon, danke.«

»Brauchen Sie noch irgendwas?«

»Nein … wirklich nicht.«

Derik, der Mann sendet dir Signale aus, von denen du nichts mitzubekommen scheinst. Vielleicht sollte ich doch besser …

Er setzte ein Lächeln auf und sandte ihr ein scharfes Nein. Was bildete die Tussi sich ein? Wollte sie den Medusaner jetzt verführen? Sie hatten wirklich Besseres zu tun.

»Ja, dann …« Sumi blieb unschlüssig stehen und schien darüber nachzugrübeln, warum Jamisia sich jetzt so eigenartig verhielt. »In dreißig Minuten ist es soweit. Sie setzen das Ding da jetzt besser auf.«

Derik schenkte ihm sein schönstes Lächeln und nahm das Headset auf. Dann senkte er schüchtern den Blick. »Sumi, es tut mir leid, aber ich fühle mich nach der Geschichte mit dem Sucher immer noch etwas durcheinander. Nach dem Flug geht es mir bestimmt besser.«

»Ist doch verständlich.« Er wirkte jetzt nicht mehr so verkrampft. Offensichtlich war der Medusaner nur hergeschickt worden, um zu kontrollieren, daß sie auch wirklich das Headset aufsetzte.

Sumi wartete tatsächlich, bis Derik das Gerät übergestülpt hatte, und verließ dann mit einem Nicken die Kabine.

Die jungen Frauen hatten inzwischen eine andere Beschäftigung gefunden. Raven hatte sich eine Ecke der Brainware reserviert und ging die Daten durch, die sie von der Schiffsbibliothek aufgeladen hatte. Verina und Katlyn schauten sich Viddies von Paradise an. Und die anderen, nun, die taten im Grunde das, was sie immer taten. Doch alle schienen auf die eine oder andere Weise darum bemüht, Informationen und andere Hilfen für den Augenblick zu finden, wenn sie den Flug hinter sich hatten.

Derik aktivierte ein Icon, mit dem sichergestellt wurde, daß sein Gehirn während der nächsten Stunden keinen Input von externen Quellen erhielt, weder vom Headset noch von sonstwoher. Er hatte das unangenehme Gefühl, daß Tam mehr als nur eine Falle gelegt hatte.

Als der entscheidende Augenblick kam, legte Derik sich brav auf die Liege und gurtete sich an. Kaum steckten die Kontakte im Schloß, zogen die Riemen sich fester um ihn. Glaubten sie denn, ohne diese Dinger würde er aus dem Bett fallen, oder was? Die Gurte preßten auf die vielen Gegenstände, die er sich in die Overalltaschen gestopft hatte, und er mußte sich mehrfach drehen und winden, damit zumindest die Absätze der hochhackigen Schuhe nicht zu tief in seinen Oberschenkel stachen.

Hoffentlich hatte Sumi nicht bemerkt, wie ausgebeult die Taschen wirkten. Das könnte den ganzen schönen Plan zum Scheitern bringen. Verdammte Gurte!

Jetzt lag er ganz allein mit seinem weiblichen Körper und dem laut klopfenden Herzen da. Der Wellseeker wollte keine Ruhe geben, und schließlich gab Derik nach und ließ sich ein wenig von dem Adrenalin neutralisieren, das durch seinen Kreislauf pumpte. Er brauchte den Stoff später sicher dringender, und jetzt machte er ihn nur unruhig.

Der Junge versuchte, sich zu entspannen, aber zuviel ging ihm durch den Kopf. Er ging ein hohes Risiko ein. Wenn sich nun wirklich Drachen da draußen herumtrieben, die in der Lage waren, menschliche Gedanken zu wittern? Es war durchaus schon vorgekommen, daß Schiffe anscheinend unbeschädigt aus dem Ainniq gekommen waren und niemand an Bord mehr lebte. Wenn er nun durch seine Weigerung, das Headset aufzusetzen, alle in die größte Gefahr brachte?

Er ließ sich ein Beruhigungsmittel verabreichen. Warum machte ihn diese Geschichte so nervös? Mädchen ließen sich von so etwas ins Bockshorn jagen, aber er doch nicht, oder?

Mehrere Stöße gingen durch das Schiff. Derik vermutete, daß etwas den Raumer gepackt hatte und in den Gilde-Transporter zog. Alle an Bord würden sich nun im Tiefschlaf befinden. Nur Allo war noch wach. Würde er überprüfen, ob alle an Bord das Headset aufgesetzt hatten? Nein, vermutlich nicht. Der Captain hatte sich um andere Dinge zu kümmern. Vor allem auf die Gilde achtzugeben. Wenn sie seiner Schmuggelei auf die Schliche käme.

Die Gilde ist auch hinter uns her, meinte einer der Anderen. *Warum?*

Darum können wir uns immer noch kümmern, wenn wir auf Paradise angekommen sind.

Das Schiff ruckte wieder, und diesmal schabte etwas über die Hülle. Derik wartete angespannt. Von weit her kamen Geräusche, die er eher spürte als hörte. Und dann glaubte er, auch menschliche Stimmen zu vernehmen. Waren die Gildeleute so nahe? Derik mußte sich geirrt haben. In dem Frachtraum, in den man das Schiff befördert hatte, gab es keine Luft. Wozu auch? Wenn es im Transit zu Problemen kommen sollte, würde eine Evakuierung der Passagiere nicht helfen.

Lange Zeit tat sich nichts. Der Wellseeker wollte ihm mehr Sedativa verabreichen, aber Derik lehnte wütend ab. Er mußte jetzt einen klaren Kopf behalten, um im Notfall Allo und die anderen abzuschütteln.

Das Schiff ruckte, und er hielt den Atem an.

Endlich schien es loszugehen, aber die Bewegung ließ sich nicht mit der normalen Raumfahrt vergleichen. Deriks Magen zog sich zusammen, als sie in den Ainniq eindrangen. Würde er den entscheidenden Augenblick des Eintritts spüren? Oder die Drachen, die seine Witterung aufnahmen? Panik wuchs in ihm, als ihm klar wurde, daß er hier festgeschnallt lag, während die gefährlichsten Raubtiere der Galaxis sich vielleicht schon über ihm zusammenrotteten.

Derik schaltete den Wellseeker ab, der ihn unablässig plagte. Er biß die Zähne zusammen, als das Gildeschiff einen scharfen Schwenk zu fliegen schien. Im normalen Raum kam es nicht zu solchen ruckartigen Manövern.

Die Passage zog sich endlos hin.

Der Junge glaubte mittlerweile fest daran, außerhalb des Schiffs etwas wahrzunehmen. Hungrige Bestien, die immer näher kamen. Natürlich bildete er sich das nur ein. Das zumindest versuchte er sich einzureden. Aber das half ihm nicht ein bißchen. Und er spürte jede Flugbewegung am ganzen Körper. Einmal glaubte er, etwas unglaublich Kaltes greife nach seiner Seele. Derik war sich sicher, diesmal endgültig einen Schritt zu weit gegangen zu sein und ein zu hohes Risiko auf sich genommen zu haben. Der Schweiß lief in Strömen und näßte die synthetische Matratze unter ihm.

Konnte man im Ainniq im Wachzustand wahnsinnig werden? Wäre das nicht eine viel logischere Erklärung dafür, warum man ihn nur im Tiefschlaf durchqueren durfte? Das Schiff flog eine so scharfe Kurve, daß die Gurte tief in sein Fleisch schnitten.

Die Anderen wurden immer unruhiger, und er gab ihnen zu verstehen, daß er ihr Gejammer jetzt wirklich nicht gebrauchen konnte. Nach dem nächsten Schwenk gelangte ein gallebitterer Geschmack auf seine Zunge.

Ein Schiff flog, solange es konnte, geradeaus. Wenn es also abbiegen mußte, dann sicher, um einem Hindernis auszuweichen. Mit anderen Worten, da draußen war wirklich etwas. Und so rasch, wie die Ausweichmanöver nun aufeinander folgten, konnte das nur eines bedeuten.

Derik schloß die Augen und versuchte vergebens, nicht über die Hindernisse nachzudenken. Jagten die Drachen allein oder in Rudeln?

Einige Schiffe schaffen es nicht …

Die Kinder fingen an zu weinen.

Verdammt, sie hatten einen Fehler gemacht.

Derik fing an, von zehntausend an rückwärts zu zählen. Wenn er bei eins angelangt war, müßte Paradise erreicht sein. Mittlerweile weinten mehrere Kinder. Er wünschte, er hätte sie wie früher anschnauzen können und sie wären dann still gewesen. Aber Derik war selbst so sehr von Furcht bestimmt, daß seine Stimme keine Autorität mehr ausstrahlen würde.

Neuntausendachthundertdrei …

Ein Ruck ging durch die Struktur, als sei das Schiff gerade noch rechtzeitig einem Hindernis ausgewichen. Sein Herz klopfte so heftig, daß er schon befürchtete, es würde ihm die Rippen brechen. Derik mußte alle Konzentration aufbieten, um weiterzählen zu können.

Achttausenddreihundertsechsundfünfzig …

Wie schaffte der Out-Pilot das bloß? Was mußte der Mann für Nerven haben, wenn er zwei Stunden lang immer wieder Monstern auswich, ohne sich dabei in die Hose zu machen? Dabei legte er für Gildemaßstäbe nur einen kürzeren Flug zurück. Manche Reisen durch den Ainniq dauerten bis zu fünf Stunden an.

Sechstausendfünfhundertzweiundneunzig …

Die Piloten sind keine normalen Menschen mehr, informierte ihn eine Stimme. Verina? *Der Hausman-Antrieb hat ihre Gehirne so verändert, daß sie sich auf dieser Ebene zurechtfinden. Nur sie können das …*

Derik fiel auf, daß er nicht mehr zählte. Rasch fing er wieder an. Die Sekunden dehnten sich, und er roch den Gestank seiner eigenen Furcht.

Als endlich das mahlende Geräusch wieder ertönte und das Schiff andockte, war Derik selbst kurz davor, sich in die Hose zu machen.

Er wartete, bis der Raumer sich nicht mehr bewegte und Stille einkehrte; dann löste er die Gurte. Der Overall klebte ihm am Körper. Hoffentlich befanden sie sich nicht mehr im Ainniq. Sonst würde er etwas wirklich Dummes tun.

Derik schlich zur Tür, lauschte und öffnete sie dann vorsichtig. Zwei oder drei der Mädchen in seinem Kopf warfen einen bedauernden Blick zurück, weil so vieles hierbleiben mußte: Erinnerungsstücke aus der Teenagerzeit, Nippes und Krimskrams. Verdammt, dachte er, sie wissen doch, warum es nicht anders geht. Natürlich waren die Tussis strikt dagegen gewesen und hatten buchstäblich bis zum Schwarzwerden diskutiert. Bis schließlich doch noch die Vernunft gesiegt hatte. Wenn die Crew nachschauen kam und feststellte, daß die Kabine leergeräumt war, wüßte sie gleich, daß die Flucht geplant worden sei. Wenn aber Taschen und sonstiges hier noch herumlagen, würden die Schmuggler vermuten, das Mädchen sei in Panik fortgelaufen, und wahrscheinlich über das dumme Ding lachen.

Nichts rührte sich im Schiff. Lagen alle noch im Tiefschlaf? Derik bewegte sich über den Gang und wurde mehrmals daran erinnert, daß er mit den vollgestopften Taschen schlechter vorankam und sich nicht überall durchquetschen konnte.

Die ersten Minuten waren die gefährlichsten, aber Derik war bereit, sich dem zu stellen. Der beschleunigte Herzschlag verlieh ihm nun Antriebskraft, und die Adrenalinzufuhr tat ein übriges.

Irgendwann hörte er von der Brücke Geräusche. Er schlich darauf zu und vernahm Allos Stimme. Aha, der Captain war also tatsächlich wach geblieben. Außerdem mußte er das Schiff ja ins Dock fliegen, das erledigte die Gilde sicher nicht für ihn. Als Derik noch näher kam, schwieg Allo. Offensichtlich gab er weitere Anweisungen über das Headset.

Hinter ihm ertönte ein Geräusch, und er fuhr zusammen. Erschrocken hielt er den Atem an und drückte sich in eine Nische. Die Schritte kamen näher. Kurz bevor sie ihn erreichten, bogen sie jedoch ab. Derik erhaschte einen Blick auf fleischige Tentakel, die aus einem Kopf wuchsen, aber nach dem Schlaf schlaff herabhingen. Sumi schien als erster aufgewacht zu sein, denn niemand folgte ihm.

»Was ist mit Tam und Calia?« rief der Captain.

»Dürften in zehn Minuten bei uns sein.«

»Und das Mädchen?«

»Tam meinte, sie schläft noch etwa zwei Stunden.«

Jemand kicherte.

Derik bewegte sich vorsichtig fort von der Brücke, hin zur Hauptausgangsschleuse. Als er an Bord gekommen war, hatte sie weit offengestanden, doch während des Fluges hatte man sie geschlossen. Er mußte warten, bis man sie entriegelte. Sein Puls hämmerte wie im Takt zu einem Rock-Viddie. Und er fühlte sich auch eher wie in einem Film als wie im richtigen Leben. Der Junge betete darum, daß nicht gerade jetzt die harten Action-Szenen kamen.

Neben der Schleuse befand sich ein Schirm. Derik

verfolgte darauf, wie das Schiff am Hauptdockring vorbei zu einer der kleineren Anlegestellen flog. Er zählte sechs davon, die wie Elektronen um die eigentliche Station angebracht waren. Schließlich wurde klar, welchen davon der Captain ansteuerte, und Raven prägte sich das Symbol ein. Der Junge wußte, daß er seinen Teil der Aktion beinahe erledigt hatte und für den weiteren Plan die Hilfe der Anderen erforderlich war.

Viele Lichter brannten rings um ein offenes Dock, und Derik hörte wieder Stimmen von der Brücke. Wahrscheinlich unterhielt sich Allo mit dem Stationsoperator.

Die Öffnung war gerade groß genug, um das Schiff durchzulassen. Haltekräne schwenkten auf den Raumer ein, und wenig später schlossen sich die Klampen an den Flanken. Der Captain schaltete die Triebwerke aus, und die Kräne beförderten das Schiff weiter. Sie gelangten ins Dunkle, nur hier und da huschten Lichter vorbei. Derik kam sich vor wie in einer Geisterbahn. Wenn er nicht so nervös und angespannt gewesen wäre, hätte er den Anblick durchaus genießen können.

Dann hörte jede Bewegung auf. Ein dumpfes Rumsen, leichte Vibrationen und danach nichts mehr. Derik verkrampfte. Würden sie die Schleuse jetzt öffnen oder erst dann, wenn sie benötigt wurde? Wenn letzteres passierte, würde er selbst versuchen müssen, die Verriegelung zu lösen. Derik wartete ziemlich lange, wollte sich dann am Kontrollbord zu schaffen machen und bezähmte sich noch einmal. Geduld hieß jetzt die Devise, und bloß nichts Unüberlegtes tun.

Wieder näherten sich Schritte von der Brücke. Verdammt, er hatte gehofft, mehr Zeit zu haben. Wenn sie die leere Kabine entdeckten, bevor die Schleuse sich geöffnet hatte … Mit allen vier konnte er es kaum aufnehmen.

Ein Zischen über ihm ließ ihn zusammenfahren. Das rote Licht über der Schleuse wurde gelb und dann grün. Die Innentür öffnete sich, und Derik zögerte keine Sekunde. Er glaubte, jemand käme von der Brücke hierher. Die Außenschleuse würde er niemals allein öffnen können. Er entdeckte eine Nische an der Seitenwand und verkroch sich dort.

Calia kam zur Schleuse. Ausgerechnet sie. Sie betrat den Schleusenraum und öffnete die Außentür. Fremdartiges Licht drang ein, aber keine Geräusche. Vermutlich lag ein Transitkorridor vor ihnen und der eigentliche Ring befand sich erst dahinter.

Der Junge hielt den Atem an. Calia warf einen letzten prüfenden Blick auf die Kontrollen und kehrte dann zur Brücke zurück. Kaum hatte sie den Schleusenraum verlassen, huschte Derik aus der Nische. Wenn er jetzt schnell genug hinauskam und auch noch ein Quentchen Glück hatte, würde noch eine Weile vergehen, ehe sie sein Verschwinden bemerkten.

Doch das Schicksal wollte es anders.

Calia schien etwas vergessen zu haben, denn sie kehrte genau in dem Augenblick zu der Schleuse zurück, als er aus der Nische gekrabbelt kam. Als er die Außentür erreichte, keuchte Calia und fluchte leise. War sie bewaffnet? Würde sie ihn niederschießen?

Der Junge sprang nach draußen und brachte dank der Nieder-Schwerkraft die Rampe in zwei weiten Schritten hinter sich. Der Korridor war höchstens fünf Meter lang, und an seinem Ende befand sich eine Irisschleuse. Derik konnte nur darauf hoffen, daß sie sich automatisch vor ihm öffnete. Sein Leben hing davon ab. Er versuchte, nicht daran zu denken, daß Sumi und Allo größer, stärker und schneller waren als er – oder daran, daß die Schleuse sich nicht von allein öffnete. Er hörte, daß Calia ihm folgte. Offensichtlich hatte sie die Brücke alarmiert.

Er warf sich gegen die Iris –

– und sie tat sich bereitwillig vor ihm auf. Calia war noch weit genug entfernt, so daß die Tür sich hinter ihm wieder schließen würde. Wahrscheinlich gewann er ein paar wertvolle Sekunden, weil seine Verfolgerin erst durchgab, daß ›Jamisia‹ bereits auf den Ring gelangt sei.

Nach dem Sprung kaum wieder auf den Beinen, rannte er los, als gebe es kein Halten mehr. Er lief und lief wie ein dummes Erdenmädchen, das in seiner Panik glaubte, nur Wegrennen könne es noch retten, und nicht ahnte, daß es sich mit dieser hastigen Bewegung nur noch verdächtiger machte.

Er hörte, wie die Korridortür sich hinter ihm wieder öffnete. Der Junge bog in einen Seitengang ab, damit seine Verfolger ihn nicht gleich erblicken könnten. Natürlich hatten mehrere Touristen das fliehende Mädchen gesehen, und Allo und seine Truppe konnten sie befragen. Aber solche Reisenden neigten dazu, sich erst einmal zu empören, ehe sie in der Lage waren, konkrete und sachliche Hinweise zu geben. Auf diese Weise würde er wiederum ein paar Sekunden gewinnen.

Wohin? fragte er Raven.

Sie zeigte ihm eine Karte von der Station, die sie auf dem Schiff eingespeichert hatte. Diesmal würden sie nicht blindlings vor den Verfolgern fliehen. An der nächsten Kreuzung bog Derik nach links ab und betete darum, daß die Schmuggler ihn noch nicht erspäht hatten.

Er brauchte ungefähr hundert Meter Vorsprung, dann würde alles klappen. *Wo ist die nächste Toilette?* fragte er Raven.

Sie dirigierte ihn um eine weitere Biegung, und er verlangsamte seine Schritte, um in der Menge unterzutauchen –

– und erreichte die öffentliche Bedürfnisanstalt. Die erste Kabine war besetzt, die zweite aber frei. Er betätigte den Öffnungsmechanismus und sprang hinein. Die Tür schloß sich quälend langsam, und er konnte nur hoffen, daß die Verfolger nicht gesehen hatten, wie er hier hineingegangen war. Andernfalls säße er jetzt in der Falle.

Kaum war die Kabine geschlossen, fing er schon an, sich auszuziehen. Unter dem Overall traten ein metallischer Minirock und ein bauchfreies Top zutage. Er trat die schweren Schuhe von den Füßen, kramte in den Overalltaschen und stieg in die Pumps.

Inzwischen würden sich Allo, Sumi und die anderen sagen, daß sie das Mädchen aus den Augen verloren hatten, und anfangen, Passanten zu befragen. Ob jemand bemerkt hatte, wie sie in den Toilettenraum gegangen war? Stand vielleicht schon einer der Schmuggler am Ausgang, um sie abzufangen?

Er rollte die Schuhe in den Overall ein und schob beides in eine Tragetasche. Jetzt noch die Haare. Derik zog das Allzweckmesser aus dem Overall und sah bei der Arbeit lieber nicht in den Spiegel. Die Mädchen hätten sonst bestimmt Schreikrämpfe bekommen. *Haare wachsen nach,* tröstete er sie und fing an, nach Gefühl hier, da und dort Locken und Strähnen wegzuschneiden. Die losen Haare warf er in die Abfallröhre, und als er glaubte, genug weggeschnippelt zu haben, warf er einen vorsichtigen Blick in den Spiegel.

Seine Haare sahen aus, als ob ein Hagelsturm über ein Getreidefeld gefahren war, und bestenfalls konnte man die Frisur als asynchron bezeichnen. Derik kaufte mit seinem letzten Geldchip Wasser und fuhr sich damit durch die Stoppeln. Die Feuchtigkeit ließ das Haar nachdunkeln und bildete aus den Stoppeln spitze Stacheln.

Wieviel Zeit hatte er schon hier verbracht? Wenn sie wirklich darauf warteten, daß er endlich herauskäme? Er zückte die Dose mit dem Silberpuder, und Katlyn übernahm.

Das ist nun wirklich nichts für einen Mann.

Sie zog sich einige Streifen von dem Silber, das hervorragend mit ihrem Rock harmonierte, auf Stirn und Lider, atmete danach tief durch und öffnete die Tür.

Niemand war zu sehen.

Katlyn stolzierte wie eine junge Frau, die nur Parties im Kopf hat, in den hochhackigen Schuhen los.

Die Tasche mit den wenigen Habseligkeiten hing von ihrer Schulter, und im Gehen rollte sie den Rock am Bund zusammen, bis er gerade noch den Po bedeckte. Ebenso faltete sie den Saum des Tops, so daß eine Andeutung der Brustunterseite zu erkennen war. Lächelnd fiel sie in einen Schritt, der diese Freizügigkeit noch unterstrich. Niemand würde ihr zuerst ins Gesicht sehen.

Die junge Frau hielt nicht nach Allo und seiner Crew Ausschau und benahm sich auch sonst nicht auffällig, sondern bewegte sich wie jemand, der hier zu Hause war und sich wohl fühlte. Die Schmuggler hätten ihr schon aus nächster Nähe direkt ins Gesicht sehen müssen, um sie wiederzuerkennen, aber so dicht würde sie niemanden an sich herankommen lassen.

Allo und die anderen glaubten sicher, sie liefe noch irgendwo in dem Overall herum und wisse vor lauter Panik nicht, wohin sie sich wenden sollte. Wenn sie inzwischen ihre Kabine durchsucht hatten, war ihnen wohl kaum aufgefallen, daß nur wenige Teile fehlten.

Der Plan bestand ja gerade darin, sie nach der Falschen Ausschau halten zu lassen.

Mit ihrem Party-Outfit fiel sie in der Menge kaum auf. Raven hatte festgestellt, daß hier auf Paradise die Menschen nur ihrem Vergnügen nachgingen. Sie begegnete Frauen, die nicht mehr als Bodystockings trugen, oder ganz Nackten, die ihren Körper bemalt hatten. Eine andere trug einen Strauß Federn auf dem Kopf, die an ihr herabhingen, sonst nichts. Ein drei Meter großer Variant hatte sich lediglich etwas Lebendiges um die Hüften gebunden, und Katlyn wollte lieber nicht zu genau hinsehen.

Als sie um eine Ecke bog, entdeckte sie den Captain.

Fast wäre Katlyn stehengeblieben und hätte sich rasch umgedreht. Doch dann zwang sie sich weiterzugehen, als läge nichts Besonderes an. Außerdem mußte sie davon ausgehen, daß die Schmuggler ausgeschwärmt waren.

Wenn sie jetzt floh, würde sie vermutlich einem von ihnen in die Arme laufen.

Ängstlich fragte sich die junge Frau, ob ihre Tarnung ausreichte. Sie erreichte einen Imbißstand, blieb davor stehen und inspizierte das Angebot. Sie beugte sich vor, so daß der Rock noch ein Stück höher rutschte, und wußte, daß sich nun erst recht kein Mann mehr für ihr Gesicht interessieren würde.

Tatsächlich blieben etliche männliche Touristen hinter ihr stehen, tuschelten miteinander und grinsten. Katlyn wußte aus Erfahrung, daß Männer achtlos an einem Dutzend nackter Frauen vorbeilaufen konnten, aber wenn eine ein Stück Stoff trug, das nur ein wenig verhüllte, kamen sie aus dem Gaffen nicht mehr heraus. Sie kicherte leise und bedauerte, daß sie kein Geld hatte, um sich wirklich etwas zu essen zu kaufen.

Nach einer Weile entfernte sie sich mit gelangweilter Miene von dem Stand, so als habe sie nichts für ihren verwöhnten Geschmack finden können, und warf einen vorsichtigen Seitenblick dorthin, wo der Captain eben gestanden hatte. Er war nicht mehr zu sehen.

Vorsicht, er kann sich immer noch ganz in der Nähe aufhalten.

Katlyn spazierte weiter und ließ sich von Raven die Richtung vorgeben. Sie schlenderte ganz gelöst und sexy, und nichts deutete mehr darauf hin, daß sie sich auf der Flucht befand und verfolgt wurde. Die junge Frau brachte drei Kreuzungen hinter sich, dann waren es fünf, und nach der zehnten entspannte sie sich.

So weit würden die Raumfahrer ihr nicht folgen, und als Schmuggler konnten sie sich auch nicht um Hilfe an die Polizei wenden.

Endlich gelangte sie zu den Flyway-Röhren. In dem Outfit sicher ein Vergnügen für alle anderen. Aber sie konnte nicht schon wieder die Kleidung wechseln. Katlyn stieß sich ab und lächelte allen zu, die grinsend und feixend auf sie starrten.

Der Flyway brachte sie in einen der inneren Ringe, von dem aus sie in die eigentliche Station gelangte. Dort angekommen, fiel die Anspannung endgültig von ihr ab. Sie fühlte sich erschöpft. Die Füße taten ihr weh, und sie hatte großen Hunger. Sie mußte unbedingt ihr finanzielles Problem lösen. Katlyn blieb mitten in einer Mall stehen und sah sich zum ersten Mal um. Menschen jeden Alters und aller Variationen strömten hierhin und dorthin. Eigentlich hätte dieses Gewimmel sie überwältigen müssen, aber sie spürte etwas anderes:

Sie hatte es geschafft!

Die Schmuggler mußten sich über kurz oder lang eingestehen, daß sie das Mädchen verloren hatten. Und wenn sie ihre Karten richtig ausspielte, würde auch die Gilde nicht wissen, wohin sie sich begeben hatte; und dafür mußte sie Allo dankbar sein. Der Himmel mochte wissen, was die Gilde von ihr wollte.

Also gut, ihr mangelte es an hundert und mehr Dingen, aber sie besaß eines, das man nicht für Geld kaufen konnte: Sicherheit. Wenn sie aufpaßte, würde man sie in dieser nach Hunderttausenden zählenden Menge niemals wiederfinden.

Ihr nächstes Ziel lag etwa vier Meilen entfernt, wie Raven ihr durchgab.

Sobald das Geschiebe etwas nachließ, würde sie die hohen Schuhe ausziehen und barfuß laufen. Katlyn flüsterte unentwegt ein Wort vor sich hin: frei! Was für ein eigenartiges Gefühl, das sie erfrischte und mit Hoffnung erfüllte.

Die Neigung der jungen Männer, sich darin zu beweisen, anderen einen Streich zu spielen oder sonstwie Unfug anzurichten, steigert sich proportional zum Fortschritt der Technologie. Die neuen Geräte, die uns Erwachsenen als wunderbare Neuerung oder tatsächliche Erleichterung erscheinen, stellen in ihren Augen nichts mehr als lustige Spielzeuge dar, an denen sie sich und ihren rebellischen Geist erproben können, Hauptsache, es geht gegen das Establishment.

HAROLD E. RUTHERFORD, ESQ.
Die Gefahren des Fortschritts:
Eine Warnung vor den neuen
Telephonapparaten und anderen
modernen Geräten
(Historische Archive,
Hellsgate Station)

PARADISE KNOTENPUNKT

PARADISE STATION

Phönix konnte sich kaum noch daran erinnern, was Schlaf bedeutete. So etwas tat man doch irgendwie, wenn einem nicht gerade ein Virus durch den Kopf spukte, oder?

Hatte eine solche Zeit jemals für ihn existiert? Und wenn ja, würde sie irgendwann einmal zurückkommen?

Phönix saß wie besessen an der Arbeit, aber das störte ihn wenig. Offensichtlich gab es ein Gen für Besessenheit, und das trat bei allen Hackern deutlich zutage. Er konnte seine eigene Obsession leicht an der Unordnung auf dem Boden ablesen: überall zerknüllte Papiere von Schoko- und Energieriegeln, dazwischen zerdrückte Softdrinkdosen. Phönix konnte sich nicht erinnern, wann er das alles zu sich genommen haben sollte. Aber Nahrung bedeutete neue Energie, und oft stopfte er sich bei der Arbeit irgend etwas in den Mund.

Der Virus war alles, was für ihn zählte.

Phönix fand rasch heraus, warum Chaos von ihm fasziniert gewesen war. Er erkannte auch, warum sie und später Torch sich den Virus in den Kopf gesetzt hatten. Das Gebilde war einfach ultrakraß. Manchmal wollte er mit der Hand in den Monitor greifen, um ihn zu berühren und zusammenzufalten – nur um festzustellen, wie er dann reagierte. Aber Phönix würde ihn niemals in sein Gehirn lassen. Das wäre buchstäblich Selbstmord.

Er hatte auch eine entsprechende Warnung an die Kollegen in den anderen Stationen geschickt.

Seufzend griff er nach der nächsten Softdrink-Box und fluchte leise, als er feststellen mußte, daß sie leer war. In Momenten wie diesen waren ihm schon die fünf Schritte bis zum Cooler zuviel.

Schließlich stand er doch auf und zwang sich, zu der Kühleinheit zu gehen. Seine verkrampften Muskeln protestierten. Er stellte eine neue Dose hinein. Fünf Sekunden, dann wäre die Flüssigkeit gekühlt und für ihn genießbar.

Fünf Sekunden.

In der Zeit konnte man eine Nachricht nach Hellsgate schicken. Oder eine ganze Flut von Destruktionsprogrammen loslassen. Oder spüren, daß einem ein mörderischer Virus in den Kopf eingedrungen war. Phönix haßte es, soviel Zeit zu vergeuden.

Er nahm die Box wieder heraus und trank die Flüssigkeit aus Zucker und Stimulanzien, denen man etwas Lebensmittelfarbe beigegeben hatte. Der Geschmack war eher lausig, aber das kalte Gebräu erfrischte seine Zunge und seinen Rachen. Phönix leerte die Dose, zerdrückte sie und warf sie in Richtung Recycler. Schon wieder daneben. Was nicht verwundern konnte, richtete er seine Aufmerksamkeit doch längst wieder ausschließlich auf den Bildschirm.

Der Virus verschwand urplötzlich und machte einem weißen Fleck Platz.

Scheiße …

Er starrte einige Sekunden lang auf das weiße Leuchten. Wenn man mit soviel illegalem Zeug herumhantierte, mußte man sich eben von Zeit zu Zeit auf eine Panne einstellen. Einmal hatte er sogar vor Wut mit der flachen Hand auf die Hardware geschlagen.

Als sich nichts tun wollte, befahl er der Brainware, online zu gehen, und fütterte die Kontrollcodes ein, die sein System zurückholen würden. Irgendwer pfuschte an seiner Hardware herum. Wehe, wenn das einer von seinen Kumpels war. Nein, besser es wäre ein Moddie, denn wenn ihm die Bullen oder die Zombies irgendwie auf die Spur gekommen wären …

Jetzt tauchten Zahlen auf dem Bildschirm auf. Zehn … Neun … Acht …

Phönix ließ den Countdown mit wachsender Frustration über sich ergehen. Verdammt, wenn dieses Arschloch einen Teil seiner Arbeit an dem Virus gelöscht hatte! Das einzige, was schlimmer war als ein Krieg zwischen Hackern und Regierung, war eine andauernde Vendetta zwischen Moddies.

Endlich Null. Die Zahl explodierte, und aus dem Rauch stieg ein Atompilz auf.

Aha.

HAU AB, ARSCHLOCH sandte Phönix seinem alten Kumpel Nuke entgegen.

SEHE ICH DA TATSÄCHLICH EINEN MONITOR? WAS MACHST DU MORGEN? HÖHLENMALEREI?

NEIN/ DANN SCHICKE ICH DENEN VIREN INS SYSTEM, DIE MIR AUF DEN SACK GEHEN

AU BACKE/ JETZT HÄTTE ICH ABER FAST EINEN RIESENSCHRECKEN BEKOMMEN

Phönix mußte grinsen. Nuke konnte man einfach nicht böse sein. Der Typ besaß ein Super-Ego und war ausgeflippt, aber waren das nicht alle in der Truppe? Vermutlich eine Berufskrankheit. Aber Phönix wollte an seinen Virus zurück und gab durch:

HAT DEINE WIRKLICH SPANNENDE GESCHICHTE AUCH EINE POINTE?

ÄH POINTE? HM JA GEWISSERMASSEN

KOMM ENDLICH ZUR SACHE

OH DA HAT JEMAND ABER FURCHTBAR SCHLECHTE LAUNE/ TUT MIT LEID FÜR DICH P/ DANN SUCHE ICH MIR EBEN EINEN ANDEREN DUMMEN

LECK MICH DOCH/ ALSO WAS LIEGT AN?

Zuerst tat sich gar nichts. Aber Phönix wußte, daß Nuke etwas sehr Dringendes auf dem Herzen haben mußte.

ETWAS IST AUS DEM DOCKRING GEKOMMEN/ SEKTOR GRÜN/ ALSO DIREKT BEI DIR UM DIE ECKE

Phönix runzelte die Stirn. Grün war einer der inneren Ringe, der für kleinere Schiffe bestimmt war. Meist wurde hier der Reiseverkehr zwischen den vielen Habitaten von Paradise abgewickelt ... oder er wurde von Raumern angeflogen, die unbemerkt nach Paradise gelangen wollten. Der Zoll behielt Grün ständig im Blick, drückte aber auch schon einmal ein Auge zu. Auf Paradise wußte jeder, daß die Hälfte des Schmuggelguts, das in den Knotenpunkt gelangte, von Grün kam. Wenn sich dort also etwas getan hatte, das einen Hacker dazu bewegte, sich bei Phönix zu melden ... alle Overrides zu durchbrechen, die er um sein System gelegt hatte ... dann konnte man schon einmal eine Minute von seiner kostbaren Arbeitszeit opfern.

ALSO WORUM GEHT'S?

Codezahlen flogen über den Bildschirm.

HE NICHT SO SCHNELL! WAS SOLL DAS GANZE?

ERKENNST DU DAS DENN NICHT? SCHANDE ÜBER DICH! EIN ERDCODE FÜR ETWAS VERDAMMT WICHTIGES! STEHT AUF EINEM DEBITCHIP

Geld? Ein Konto?

WO HAST DU DEN DENN HER?

VON EINER BRAUT AUS REIJIK/ SIE WILL MIR FÜNFTAUSEND GEBEN, WENN ICH WAS VON IHREM KONTO ABHEBE, OHNE DASS JEMAND ETWAS MERKT/ SCHEINT ABER KNIFFLIG ZU SEIN UND ICH WEISS DASS DU AUF SOLCHE FÄLLE SPEZIALISIERT BIST

Phönix dachte kurz nach.

ICH KANN ES MIR JA MAL ANSEHEN

EHRLICH? MANN JETZT KANN ICH MICH ABER BEGLÜCKWÜNSCHEN

WO STECKST DU DENN?

95 BAY WEST 36C. Die Adresse war natürlich falsch, man konnte ja nie wissen, wer gerade mithörte. Die richtige würde Phönix im mitgesandten Code finden.

KOMMST DU?

VIELLEICHT

BEEIL DICH/ IST HEISS

WER: DIE BRAUT ODER DER CHIP?

GENAU

Die Schrift und das Weiß verschwanden vom Schirm, und der Virus zeigte sich wieder. Phönix betrachtete ihn eine Minute lang und fluchte. Nuke hatte es geschafft, ihn für die Sache zu interessieren. Verdammt, der Typ lebte ein ganzes Stück weg. Seufzend nahm er seinen Backpack auf und befahl seiner Grayware, die Adresse zu dekodieren.

Zweimal mit dem U-Zug umsteigen, zweimal durch einen Flyway und dann noch ein strammer Fußmarsch bis zu Nukes Loch. Schon auf dem Weg zum Zug meldete sich der Wellseeker und erinnerte ihn daran, wie wenig körperliches Training er hatte. Phönix nickte grimmig und schritt aus. Wenigstens wohnte Nuke auf derselben Station wie er. Heutzutage mußte man ja schon für Kleinigkeiten dankbar sein.

Die Adresse befand sich in einer der großen Malls, die Paradise wie eine Kruste umgaben. Wer auch immer aus dem Dockring gekommen war, hatte einen langen Marsch auf sich genommen, um zu Nuke zu gelangen

Wohin Phönix auch kam, er geriet in dichtes Gedränge. Allen Bewohnern von Paradise war diese Überfüllung ein gewohnter Anblick, und jeder kannte das Summen der Stationen, die Kommunikation und Transport der Touristenströme regelten. Der Einrichtung dieses Netzes hatte Paradise es hauptsächlich zu verdanken, daß es heute als die Touristenhochburg schlechthin galt. Viele andere Stationen waren dem Ansturm nicht gewachsen gewesen. Deswegen hatte man für die Besucher Sonderstationen eingerichtet, über die diese Nachrichten an Freunde und Verwandte loswerden konnten, ohne die eigentlichen Kommunikationslinien von Paradise zu berühren.

WO STECKST DU?

UND WO BIST DU?

Phönix sah sich um. Die Läden, die Holo-Leuchtreklame, dazwischen die Verkehrsschilder.

AM MATA HARI CONCOURSE, AN IRGENDEINER ARKADE

AM MATA HARI GIBT'S FÜNF ARKADEN

Fluchend suchte er nach einem markanteren Zeichen. Plötzlich schrie jemand in der Spielhalle, und über dem Dach erschienen Riesen-Hololeuchtbuchstaben: BIG WINNER – BIG WINNER – BIG WINNER. Schon drängte die Mall-Polizei in die Arkade, um den Gewinner zu schützen (wofür sie dann später eine Gebühr entrichten mußte). An diesem Ort würde man mit dem

Hauptgewinn keine fünf Minuten überleben. Phönix flashte Nuke dieses Schauspiel.

AHA CESAR'S DEN! BIST NICHT MEHR WEIT/ GEH JETZT NACH WESTEN

Vor Phönix' innerem Auge erschien eine Straßenkarte, und er folgte der angegebenen Route. Für ihn kam es kaum überraschend, daß er bald die Souvenirshops und Spielhöllen hinter sich ließ und in die Service-Trakte geriet. Autoboter schwebten und rollten durch die Gänge. Überall prangten Gildeplaketten, damit niemand auf die Idee kam, sich hier zu vergreifen und Mama Ra, die Stationsherrin, unglücklich zu machen. Dabei konnte man schon in Versuchung geraten. Die Boter trugen Speisen, Schmuck und andere Güter zu den Hintertüren der Geschäfte.

Durch den nächsten Flur gelangte er in einen großen Raum, der wohl einmal als Lagerhalle gedient hatte und jetzt mit allem möglichen vollgestopft zu sein schien, was wohl irgendwie im Weg gestanden hatte oder aus anderen Gründen zwischengelagert werden mußte. Phönix ging jede Wette darauf ein, daß viele der Kisten hier illegal verschoben wurden.

Die Karte führte ihn vor eine Tür zu seiner Linken, und als er die Hand auf die Klinke legte, erlosch Nukes Wegbeschreibung. Dafür öffnete sich die Tür schon bei seiner ersten Berührung.

Sein Freund legte ihm zum Gruß eine Hand auf die Schulter. Phönix hielt den Raum eher für ein Büro als für eine Wohnung, und ganz sicher hatte Nuke ihn nicht ordnungsgemäß angemietet. Er hatte den Typen schon ein paar Male besucht, und war jedes Mal in ein solches dubioses Loch gelangt. Vielleicht besaß Nuke überhaupt kein richtiges Zuhause. Auf Paradise war die Warteliste für Wohnungen sehr lang, und wer noch nicht an der Reihe war, mußte sich eben anderweitig behelfen.

»Worum geht's?«

Der Freund nickte in Richtung Hintertür und lächelte geheimnisvoll. Nuke war so bleich, daß man die blauen Adern in seinem Gesicht und an seinem Hals sehen konnte. Von Solarstudios schien er noch nie etwas gehört zu haben. »Sie sitzt da drin. Ich stelle dich ihr gleich vor. Was hältst du von dem Zeug, das ich dir geschickt habe?«

»Ziemlich unangenehme Sicherheitscodes.«

»Das war noch gar nichts. Warte, bis du den Rest gesehen hast.« Er warf einen vorsichtigen Blick auf die Tür. »Ich glaube, sie hat keine Ahnung, und das heißt wohl ... Ach, Scheiße. Irgendwer hat das alles für sie programmiert, ohne ihr einen Ton zu sagen.«

»Vielleicht hat sie's ja geklaut.« Das würde ihm die Arbeit etwas erschweren, ihn aber nicht im mindesten moralisch belasten.

»Glaube ich nicht. Hab' zwar keine Beweise dafür, aber irgend so ein Gefühl sagt es mir. Außerdem sieht die Kleine nicht danach aus.«

»Sprach unser großer Frauenkenner.«

»Kannst mir ruhig vertrauen. Warte nur, bis du sie gesehen hast.«

»Wie bist du denn an sie geraten?«

»Die Braut ist in Grün im Second-Hand-Viertel herumgelaufen und hat überall fallenlassen, daß sie jemanden für eine ungewöhnliche Deprogrammierung braucht.« Er grinste. »Gar nicht so dumm von ihr. Na ja, wie dem auch sei, Petroy hat sie an mich vermittelt.«

»Verdammt, sie könnte von den Bullen sein!«

»Petroy war nicht der Ansicht. Außerdem hat die Kleine sich nicht wie 'n Bulle aufgeführt. Hat niemandem erzählt, was sie genau will, sondern immer nur Andeutungen gemacht.«

»Und Petroy hat sie einfach hierher geschickt? Wirklich diskret, das muß ich sagen.«

»Du hast mit diesen Leuten nicht so viel zu tun wie ich. Man kennt sich, und manchmal kommt was Interessantes dabei heraus. Außerdem muß man ja wirklich was tun, um voranzukommen. Wie findest du denn deine Klientel?«

Klientel? Mann, so was konnte nur Nuke einfallen. Phönix grinste breit, und sein Freund entgegnete leicht empört: »Weißt du, einige von uns müssen arbeiten.«

Phönix hob abwehrend die Hände, weil er keinen Streit mit Nuke wollte. Alle Hacker gaben sich eine besondere Bezeichnung für ihre Tätigkeit. Phönix selbst tauchte in den Gelben Seiten als ›Technology Consultant‹ auf.

»Weiß sie, daß du mich hinzugezogen hast?«

»So in etwa.«

»Also nicht. Weswegen bin ich dann hier? War gerade in der Gegend, und schau auf einen Höflichkeitsbesuch herein? Und dabei sehe ich zufällig einen Hochsicherheits-Debit-Chip herumliegen und sage, kann ich da mal einen Blick drauf werfen, oder was?«

»Na ja, so ganz genau habe ich mir das noch nicht überlegt.«

»Gott! Also gut, dann zeig mir den Chip.«

»Das Mädchen willst du nicht sehen?«

Na ja, er konnte ja mal einen Blick drauf werfen. Irgendwie verlangte das wohl auch die Höflichkeit. »Okay.«

Als die beiden hereinkamen, stand sie auf und grüßte verkrampft, was Bände sprach, wie wenig sie sich mit solchen Situationen auskannte.

»Hey, Kandra, das ist mein Freund ... Michal.« Die Moddies hielten ihre Namen untereinander natürlich nicht geheim, banden sie aber auch nicht jedem Fremden gleich auf die Nase. Nuke flashte zu Phönix, daß auf dem Chip der Name Jamisia Capra stehe. Phönix zuckte die Achseln. Wenn sie ein Alias benutzen wollte, bitte sehr, ihn störte das nicht.

Aber Nuke hatte recht. Die Braut sah scharf aus. Auch das Gesicht war ziemlich hübsch. Nur die Frisur sah scheiße aus. Er fragte sich, auf welcher Station so etwas gerade Mode sein mochte. Und er hätte ihre Augen mal gern ohne die viel zu dick aufgetragene Schminke gesehen.

»Michal versteht sich ganz gut auf solche Probleme«, sagte Nuke gerade.

Kandra, Jamisia oder wie auch immer wirkte nervös und schien so etwas noch nie gemacht zu haben. Vielleicht hatte sie es mittlerweile auch mit der Angst zu tun bekommen, jetzt hier ganz allein mit zwei wildfremden jungen Männern herumzusitzen, die jeden Moment auf die Idee kommen konnten, die Situation auszunutzen ... Phönix hätte fast laut gelacht. Warum zog sie sich dann so an?

»Darf ich mir den Chip mal ansehen?«

Als das Mädchen zögerte, reichte Nuke ihm die kleine Karte. »Sie möchte gern was von ihrem Konto abheben, ohne daß man ihre Spur zurückverfolgen kann.« Er nickte in Richtung eines kleinen Tisches in einer Ecke, wo er zu arbeiten pflegte. Im Gegensatz zum Rest der Räumlichkeiten war dort alles sauber und ordentlich.

Phönix schüttelte den Kopf und lud sich den Chip direkt in den Kopf. Er besaß genügend Sicherheitsvorkehrungen, um mit dem Mist fertig zu werden, der auf dieser Karte enthalten sein mochte. Der Hacker schaltete auf Icon-Eingabe, damit seine Systeme nichts von dem fremden Chip in seine Brainware brachten. Chaos und wohl auch Torch waren gestorben, weil sie diese Vorsichtsmaßnahme nicht ergriffen hatten.

Dann trat er an den Schreibtisch in der Ecke und ließ sich daran nieder, schloß die Augen und startete den Chip-Code. Wie aus weiter Ferne hörte er, wie Nuke sich mit dem Mädchen unterhielt.

Der Chip wies etliche Sicherheitssysteme auf, und jeder Amateur hätte sich bestimmt darin verfangen. Wenn Phönix etwas wissen wollte, sah er nicht von der Arbeit auf, sondern flashte die Frage an Nuke, der sie sich von Kandra beantworten ließ und dann an ihn weitergab. Einmal mußte er sich direkt an das Mädchen wenden, weil der Chip eine Stimmprobe des Kontoinhabers verlangte ... seltsam, diese Sektion war mindestens zehnmal so lang und komplex, wie Phönix es je gesehen hatte. Da er jetzt doch nicht hinter dieses Rätsel schauen konnte, verschob er dieses Problem auf einen späteren Zeitpunkt.

Nach einer halben Stunde fühlte er sich sicher genug, das Konto direkt anzugehen. Zuerst einmal bestand das Problem darin, daß das Konto auf der Erde eingerichtet war. Ein Transfer über eine Bank in den Außenwelten hätte damit Monate gedauert. Aber Phönix traute sich zu, da einen effektiveren Weg zu finden.

Aber das Konto wurde bei der First Bank of United Terra unterhalten, und die besaß auf den Gildewelten Dependancen. Als nächstes waren die Sicherheitssperren dran. Mehr als man normalerweise bei einem Bankkonto antraf, aber dafür auch viel altmodischer. Offensichtlich hatte man das ganze Sicherheitssystem seit Jahrhunderten nicht mehr überholt, sondern einfach eine Neuerung nach der anderen hinzugegeben. Mit anderen Worten, hier wurde kein Geistesblitz von ihm erwartet, sondern echte Fleißarbeit.

Tja, was hätte er auch anderes von der Erde erwarten sollen? Die neueren Sicherheitssysteme auf den Außenwelten besaßen besonders tückische Fallen, die auf den ersten Moment nicht als solche erschienen, sondern wie ein Haufen Müll, der weggeräumt werden mußte. Während man sich damit aufhielt, nutzte das System diese Sekunden, um den Eindringling bis zu seiner Quelle zurückzuverfolgen – davon schien man auf Terra noch nichts gehört zu haben.

Nachdem Phönix die Passwörter geknackt hatte, sagte er sich, er könne durchaus einen Blick auf das Konto selbst werfen. Noch besaß er keinen direkten Zugriff darauf, aber er würde feststellen, um welche Summen es hier ging. Er gab den entsprechenden Code ein –

– und alles in ihm, von der Brainware bis zum Instinkt, schlug Alarm. Phönix kannte das Gefühl gut genug, um zu wissen, daß etwas wirklich Fieses auf dem Weg zu ihm war. Er brach den Kontakt sofort ab und löschte alles, was er bislang herausgefunden hatte. Doch damit war er viel zu langsam. Sein einziges Glück bestand darin, daß der Angriff von einem anderen Knotenpunkt erfolgte.

Am Anfang hatte er aus Sicherheitsgründen einen Umweg über Reijik eingelegt. Das kam ihm jetzt zugute, weil er auf direktem Weg nach Paradise zurückkehrte und so etwas Zeit gewann. Dennoch spürte er schon einen mächtigen Schnüffler hinter sich. Während er noch alle Hinweise auf sein Eindringen löschte, wäre er dem Angreifer fast in die Arme gelaufen.

Nuke bemerkte, daß etwas nicht stimmte, und fragte

ihn, was los sei. Phönix gab ihm keine Antwort, weil er dazu nicht genug Kapazität hatte.

Endlich konnte er den Schnüffler in einem Logik-Loop in Reijik festsetzen. Das Ding würde zwei bis drei Minuten brauchen, um sich daraus zu befreien. Phönix zog sich in ein öffentliches Netz zurück und legte dort tausend falsche Fährten. Der Schnüffler würde sich darin selbst lahmlegen. Phönix lehnte sich zurück und spürte, wie sich die Verkrampfung in seiner Brust löste. Verdammt, das war knapp gewesen. Er wußte nicht, ob die Jagd Minuten oder gar Stunden angedauert hatte. »Gib mir was zu trinken, ja?«

Seine Brainware hatte etwas von dem Code des Verfolgers kopiert, und das sah er sich jetzt genauer an. Nichts von dem üblichen Sicherheitskram der Banken … wahrscheinlich war der Schnüffler nicht einmal von der First United geschickt worden … So etwas Heimtückisches hatte er noch nie erlebt.

Mädchen, du hast dir ein paar wirklich gefährliche Feinde angelacht.

Er öffnete die Augen und stellte fest, wie verklebt sie waren. Eine Menge Echtzeit war vergangen. Nachdem er die Box von Nuke ausgetrunken hatte (eine widerlich schmeckende Flüssigkeit, aber wenigstens kalt), wandte er sich an die beiden.

»Dein Konto ist wirklich von einem Haufen Zeugs umringt. Die Sicherheitssysteme der Bank sind eigentlich kein Problem. Aber irgendwer da draußen hält ein Auge drauf, wer sich deinem Konto nähert, um dann sofort zuzuschlagen.«

Das Mädchen schloß die Augen und sah vollkommen entmutigt aus. Herrgott, er hatte doch nur gesagt, es sei schwierig, aber das hieß doch nicht, daß es unmöglich wäre.

Dann ging jedoch eine merkwürdige Verwandlung in ihr vor. Sie setzte sich aufrecht hin und wirkte nicht mehr so verletzlich. Als sie die Augen wieder öffnete, hatte er den Eindruck, eine vollkommen andere junge Frau vor sich zu haben.

»Also kommen wir nicht an das Geld heran.«

»Das habe ich nicht gesagt.«

Sie sah ihn wartend und voller Hoffnung an. Zum ersten Mal bemerkte er das Blau ihrer Augen. Eine eigenartige Farbe, dachte er, sicher nicht natürlich. Ihr Blick wurde glasig, so als kommuniziere sie im Outernet.

Aber sie hatte doch gar kein Headset auf!

Konnte das Mädchen sich direkt ins Netz schalten? Ohne Headset oder Interface? Keine beruhigende Vorstellung. Schließlich gab es einen Grund, warum niemand direkt über das Gehirn ins Outernet ging. Zu viele Viren trieben sich dort herum, die einem die Brainware, die Grayware und alles andere im Schädel zerkochten.

Aber das würde erklären, warum eine ziemlich mächtige Gruppe hinter ihr her war.

»Also, ich kann an dein Geld heran. Aber was kommt danach? Wenn jemand hinter dir her ist, der über dein Konto an dich herankommen will, dürfte es nur noch eine Frage der Zeit sein, bis er die Spur wieder aufgenommen hat. Ich kann dir helfen, aber dafür brauche ich mehr Daten.«

»Welche?«

Wenn er überhaupt etwas erfahren wollte, mußte er die Gelegenheit jetzt beim Schopf ergreifen. »Wer ist dir auf den Fersen?«

Sie lächelte frustriert. »Wenn ich das wüßte.«

»Was wollen sie denn von dir?«

Das Mädchen schüttelte den Kopf. Er konnte nicht

erkennen, ob sie ihm die Wahrheit gesagt hatte oder nicht. Immerhin war er für sie ein Fremder. Aber sie hatte auch keine andere Wahl. Wenn die junge Frau an ihr Geld wollte, mußte sie sich an jemanden wie ihn wenden.

Und wenn sie irgend etwas im Kopf sitzen hat, das für ihre Verfolger wertvoll ist? Wieder schien sie mit jemandem in ihrem Kopf zu kommunizieren. Nur kurz. Was ging in dem Mädchen vor?

Selbst für ein Moddie konnte es ganz schön gefährlich werden, sich auf solche Sicherheitssysteme einzulassen. Und das erst recht, wenn man nicht wußte, wer auf der anderen Seite saß und warum.

Aber wenn das Mädchen irgend etwas Besonders im Kopf sitzen hatte, gab es nur eine Möglichkeit, mehr darüber zu erfahren.

WAS DAGEGEN WENN ICH DEN FALL ÜBERNEHME? flashte er Nuke.

MANN ICH DACHTE SCHON DU WÜRDEST NIE FRAGEN / WORAUF WARTEST DU NOCH?

Phönix wandte sich an die junge Frau: »Unter diesen Bedingungen fällt mir die Arbeit viel schwerer.«

»Tut mir leid, aber ich weiß wirklich nicht mehr.« Von einer Sekunde zur anderen wirkte sie wieder verschüchtert und ängstlich. Konnte sie das etwa nach Belieben ein- und ausschalten? »Kannst du mir trotzdem helfen?«

»Sie hat mir fünftausend für den Job geboten«, warf Nuke ein.

Das Mädchen sah Phönix an, als wolle sie fragen, ob er damit einverstanden sei.

»Wenn wir an das Konto kommen«, er lächelte, »schuldest du mir fünf Riesen.« Nuke hätte die Sache auch erledigen können, war aber ziemlich faul und hätte angesichts dieser Schwierigkeiten sicher ein fremdes Konto um den gewünschten Betrag erleichtert.

Phönix aber liebte die Herausforderung. Schon den Bullen und Zombies das Leben schwerzumachen bescherte ihm Nervenkitzel. Und wenn jemand an das Mädchen heranwollte, der noch viel bösartiger und mächtiger war als die Bullen, konnte er kaum widerstehen. Wahrscheinlich hatte Nuke ihn genau aus diesem Grund kontaktiert.

»Wo bist du denn untergekommen?« fragte Phönix das Mädchen.

»Na ja, ich habe noch nichts gefunden. Aber vielleicht kannst du mir etwas empfehlen. Vielleicht ein Hotel, das nicht sofort Geld sehen will.«

In diesem Augenblick kam er zu dem Schluß, daß er den Fall auch wegen ihr übernommen hatte – was bei ihm wirklich Seltenheitswert hatte. Normalerweise nahm er Menschen nur über ihr Headset wahr.

»Ich habe noch ein freies Zimmer. Chaos hat dort –« Er schwieg, atmete tief durch und schluckte. »Eine Freundin, die bei mir gelebt hat. Ich muß dich aber warnen, ist nicht sehr ordentlich in der Bude.«

»Hört sich gut an«, sagte sie. »Danke.«

Ihre Stimme klang jetzt richtig mädchenhaft. In wie viele Personen konnte sie sich verwandeln, und das in null Komma nichts?

Paß auf, daß du dir an der nicht die Finger verbrennst. Oder Schlimmeres, warnte eine innere Stimme.

Jede neue Technologie bringt neue Verbrechensformen und neue Sicherheitssysteme hervor. Genau das ist die Dynamik, die unseren modernen Fortschritt vorantreibt. Nicht Träume noch Ideale, sondern das simple Verlangen der Kriminellen, an etwas zu gelangen, das ihnen nicht gehört, und der dringende Wunsch der anderen Seite, sie daran zu hindern.

DR. AMY LAN,
Tapfere neue Schlachten
Mutige

REIJIK KNOTENPUNKT

IN-SCHIFF WAYWARD

MAYDAY ... MAYDAY ...

Das gefürchtete Notruf-Signal flammte grellrot in allen Köpfen auf.

MEDIZINISCHER NOTFALL ... UNSERE MEDIZINISCHEN PROGRAMME REICHEN NICHT ... BRAUCHEN DRINGEND HILFE ...

»Ein Transportschiff«, teilte der Pilot dem Captain der *Wayward* mit. »Wollen Sie genauere Identifizierung?«

»Nein, das hat noch Zeit.« Das rote Icon gab keine Ruhe. Verdammt, warum ausgerechnet jetzt? Das Schiff transportierte Hochsicherheitsdaten, und die wollte der Captain so rasch wie möglich abliefern.

Aber man durfte niemanden hilflos im Raum zurücklassen. Nicht nur der Stationsmeister riß einem deswegen den Kopf ab. Auch die Gilde sah das nicht gern und drohte, den Missetäter mitten im Ainniq und ohne Raumanzug von Bord zu stoßen.

»Rufen Sie das Schiff.«

Das Notrufsignal erlosch, und nach einer halben Minute meldete der Pilot: »Sie sagen, ein Datenabsturz im Med-Programm hat einem Offizier die Brainware gegrillt, und mit ihren Basisprogrammen können sie den Schaden nicht beheben. Sie erbitten Zugang zu unseren Med-Programmen, damit sie den Mann wenigstens notdürftig versorgen können.«

Der Captain nagte an seiner Unterlippe und dachte

nach. Jemandem in Not zu helfen war eine Sache, einen Fremden an Bord zu lassen eine ganz andere; vor allem, wenn der sich auch noch ans Innernet anschließen wollte. Schon gar nicht bei seiner Fracht.

»Also gut«, erklärte er schließlich. »Arrangieren Sie Rendezvous. Teilen Sie ihnen mit, daß wir den Patienten und eine, ich wiederhole, eine Begleitperson an Bord lassen. Und die erhalten nur begrenzten Med-Zugang. Frank, sichern Sie unsere sämtlichen anderen Programme so dicht ab, daß nicht einmal die Hacker der Hölle hineingelangen können.«

Der Pilot wollte widersprechen, aber der Captain winkte ab. »Ja, ich weiß, daß das nicht geht. Aber tun Sie wenigstens so, ja?«

Frank verließ den Kurs und steuerte den Transporter an. Verdammt, dadurch verloren sie viel Zeit. Der Captain hatte sich einen guten Ruf als zuverlässiger und pünktlicher Lieferant erworben. Aber hatte er eine andere Wahl?

Die Gilde ließ ihm keine.

Der Captain nahm sich die Daten des Schiffs vor. Privater Transporter mit Lizenz für Out-Raum. Wahrscheinlich ein Kurier, der für die Großen kleinere Dienste ausführte. Von denen traf man hier jede Menge an. Diese Leute lebten von der Hand in den Mund, mit anderen Worten, sie konnten sich nicht die Backup-Programme und Updates für ihre Med-Dateien leisten.

Frank würde die eigenen Med-Programme isolieren. Wenn die Fremden wieder weg waren, würde er alle Hardware im Schiff durchgehen und auf Viren untersuchen. Und das zweimal. Nein, fünfmal.

Sie erreichten das Ziel schneller, als er befürchtet hatte. Beide Transporter dockten aneinander an, und nach zehn Minuten waren sie miteinander verbunden.

Die Schleuse öffnete sich, und eine Null-G-Bahre schwebte herein. Ein kleiner, haarloser Humanoid lag darauf und zuckte und strampelte unter den Gurten.

Warum hat man ihn nicht sediert, dachte der Captain. Oder vielleicht hat man das ja, und mehr ließ sich mit ihren Mitteln beim besten Willen nicht für ihn tun. Dann erschienen zwei weitere Gestalten. Ein Mann, der als Terraner hätte durchgehen können, wären da nicht die blauen Streifen in seinem Gesicht gewesen, und ein weiterer Zwerg, der dem auf der Bahre wie ein Zwilling glich.

Bevor der Captain protestieren konnte, stellte sich der Blaue vor: »Gestatten, Allonzo Porsha, ich kann Ihnen gar nicht sagen, wie dankbar wir Ihnen sind.« Er schüttelte dem Captain die Hand. »Wo dürfen wir unseren Kameraden hinbringen?«

»Ich habe nur den Verletzten und eine Begleitperson erlaubt!«

Der andere Variant fing schrecklich an zu jammern und zu heulen und warf sich über den auf der Bahre.

»Ein Belialer«, erklärte Porsha, als sei damit alles gesagt.

Das gefiel dem Captain zwar nicht, aber auch dagegen konnte er wenig tun. Bei dieser Rasse galten Zwillinge (oder Drillinge, Vierlinge oder wie viele auch immer) als eine Person. Er mochte sich noch so sehr darüber ärgern und sich von diesen Leuten hereingelegt fühlen, ihm blieb nur übrig, sich zu fügen. »Also gut.«

Der Captain wartete, bis die Schleuse geschlossen war (ehe noch mehr an Bord kamen), und gab Frank ein Zeichen, sie in die medizinische Abteilung zu führen. Er selbst wollte im Hintergrund bleiben und die Fremden nicht aus den Augen lassen. Woher sollte er wissen, daß es sich bei ihnen nicht um Piraten handelte. Wenn man die erst einmal an Bord hatte, war es meist schon zu spät.

Ein Icon leuchtete auf und teilte ihm mit, daß das Innernet des Schiffs abgeschaltet war. Damit war den Fremden zumindest die Möglichkeit genommen, in den Schiffsdateien herumzuschnüffeln.

Der Kleine auf der Bahre schien wirklich schlimm dran zu sein. Frank half Porsha, den Verletzten an die Med-Konsole anzuschließen. Der Fremde nahm dann einige Einstellungen vor, und Frank nickte. Wenn sie irgendeine Schurkerei planten oder nur falsch blinzelten, würde der Captain sofort einschreiten.

Der Beliale fing an zu schreien und epileptisch zu zucken. Der andere rannte sofort zu ihm und wollte nicht weichen, bis der Blaue ihn ärgerlich beiseite stieß. Der Captain erinnerte sich, daß Belialer-Paare sich so gut wie niemals trennten.

Endlich erschlaffte der Verletzte und schien zu schlafen oder in ein Koma gefallen zu sein. Der andere hockte in einer Ecke und wimmerte vor sich hin. Porsha ignorierte ihn und bediente weiter die Konsole. Frank und der Captain verfolgten wie Falken auf der Jagd jede seiner Bewegungen.

Schließlich nickte der Blaue und nahm sein Headset ab, und dem Verletzten schien es tatsächlich etwas besserzugehen.

Damit war die Sache wohl erledigt. Mit ein bißchen Glück würden sie es vielleicht doch noch pünktlich schaffen.

»Ich weiß gar nicht, wie ich Ihnen danken soll«, sagte Porsha.

»Das war doch wohl eine Selbstverständlichkeit«, wehrte der Captain ab, der die Fremden nur loswerden wollte. »Vergessen Sie's.«

Der Blaue schien zu verstehen und unternahm keine weiteren Konversationsversuche. Der Captain hatte seiner Pflicht Genüge getan und wollte jetzt wieder an seine Arbeit. Er hatte die Fremden höflich behandelt, aber auch Höflichkeit hatte ihre Grenzen.

Sie führten die drei (oder zwei) zur Schleuse zurück und ließen sie hindurch. Die ganze Besatzung stand mit gezogenen Waffen (natürlich hinter dem Rücken gehalten) bereit. Aber die Fremden machten keine Schwierigkeiten.

Dennoch konnte man nicht vorsichtig genug sein.

»Alles checken«, befahl er Frank. »Sämtliche Gateways in der Med.«

Er würde keine fremden Viren auf seinem Schiff dulden. Oder den Versuch, seine sicherheitsempfindlichen Daten zu stehlen. Vielleicht hatte es sich ja wirklich nur um einen Notfall gehandelt.

Aber man konnte nicht vorsichtig genug sein.

Einem alten Piratenaberglauben zufolge, durfte man die Beute erst inspizieren, wenn man außer Hörweite des Opfers gelangt war. Natürlich war so etwas im Weltraum unsinnig, aber irgendwie hatte sich dieses Ritual erhalten können und wurde immer noch streng befolgt.

»Tam?«

»Alles geritzt, Boss. Habe es direkt unter der Konsole plaziert. Auf mich hat ja sowieso keiner geachtet. Und das finden die nie, nicht einmal durch einen dummen Zufall.«

»Ausgezeichnet.« Sie würden in einigem Abstand neben der *Wayward* herfliegen, nahe genug, um Niederstärken-Transmissionen zu empfangen. In einigen Stunden würde Calia das Signal aussenden, um den versteckt angebrachten Transmitter zu aktivieren, über den man ins Innernet des Schiffs gelangte. Der mißtrauische Captain würde dann alle Untersuchungen längst eingestellt haben, und Tam konnte sich nach Belieben in die dortigen Datenbänke einhacken.

Ein Trick, den man nicht zu oft einsetzen durfte, der aber immer funktionierte.

»Allo, wir werden angerufen«, meldete Sumi. »Offenbar vom Zoll.«

Der Blaue spürte, wie seine gute Laune schlagartig verpuffte. »Was wollen sie?«

»An Bord kommen und unser Schiff durchsuchen.«

Der Zoll flog gelegentlich umher und hielt alle Schiffe an, die ihm begegneten. Die meisten Schmuggler waren schlau genug, ihre Ladung in einer Privatstation zu bunkern, bevor sie eine offizielle Station anflogen. Und so blieb dem Zoll wenig mehr übrig als solche Maßnahmen durchzuführen, um jemanden zu erwischen.

Aber warum gerade jetzt?

»Was hältst du davon?« fragte er den Medusaner.

»Wenn wir sie nicht an Bord lassen, kriegen wir Ärger.«

Ja, leider. Im Weltraum galt man als schuldig, bis man seine Unschuld bewiesen hatte – mochte das Gesetz auch das Gegenteil behaupten. Außerdem waren die Zollbeamten bewaffnet.

Und sollten besser nicht erfahren, daß wir das auch sind.

»Calia?«

»Wir haben nichts Schlimmes an Bord. Nach der letzten Drogenladung haben wir gründlich saubergemacht und auch die Logs frisiert.«

Wie gern hätte er dem Zoll entgegnet, sie sollten sich verziehen und ehrliche Menschen ihrer Arbeit nachgehen lassen ... und ohne richtigen Durchsuchungsbefehl würden sie das vielleicht sogar tun. Aber man konnte einen drauf lassen, daß der Zoll einen in der nächsten Station gründlich in die Mangel nahm. Und auch in der übernächsten. Und ebenso in der überübernächsten ... Außerdem hatte Calia gerade gesagt, daß das Schiff nie sauberer gewesen sei als heute.

»Tam, ich will, daß unsere Programme –«

»Sind schon längst von den Hauptspeichern heruntergelöscht.«

Er konnte stolz auf seine Crew sein. »Dann überprüft sie, ob sie echt sind.«

Einen Augenblick später meldete Sumi: »Sieht so aus, als wären sie wirklich vom Zoll.«

War das nun ein gutes oder ein schlechtes Omen? »Also gut, sag ihnen, sie dürfen an Bord.«

Das Schiff brauchte eine halbe Stunde, um sie zu erreichen, und noch einmal so lange, um anzudocken. Allo kochte innerlich, aber er mußte sich auf die Spielregeln dieser Leute einlassen. Laut Gesetz konnten die Beamten ohne Durchsuchungsbefehl nicht viel tun. Aber wenn er nur falsch hustete, konnte man ihm das als Widerstand gegen Ermittlungsbeamte auslegen, und dann wäre kein Durchsuchungsbefehl mehr erforderlich.

Allo haßte dieses Spiel, doch bis jetzt hatte er es immer noch gewonnen.

»Allonzo Porsha?«

»Ja.«

»Ist dies Ihr Schiff?«

Er unterdrückte eine gehässige Bemerkung. »Ja.«

Die Beamten stellten sich vor, er nannte ihnen die Namen seiner Besatzungsmitglieder. Dann verlangte ihr Anführer, durchs Schiff geführt zu werden. Sumi erbot sich –

– und urplötzlich hatten die Zöllner ihre Waffen gezogen. Alles ging so schnell, daß Allo kaum reagieren konnte. Noch während er nach seiner Waffe griff, traf ihn eine ätzende Chemowolke, die in Augen und Rachen brannte. Er konnte nichts mehr sehen und mußte furchtbar husten.

Allo brach zusammen und spürte den Drang seines Magens, alles zu erbrechen. Er zitterte von dem Gift so sehr, daß er sich nicht einmal auf die Icons konzentrieren konnte. Als er schließlich auf dem Bauch lag, stach etwas in seinen Arm. Sein Wellseeker schlug Alarm.

Ein Brennen breitete sich in seiner Brust aus, und seine Glieder zuckten unkontrolliert. Wie durch einen Nebel bekam er Kampfgeräusche mit. Aber die Geräusche waren nicht richtig, so als könne seine Gehirn keinen Input mehr akzeptieren.

Gott, was wollten diese Arschlöcher?

Jemand packte ihn am Kragen und zog ihn hoch. Der Ruck war zuviel für ihn, und er übergab sich. Die Masse schmeckte nicht nach Galle, sondern nach Säure. Der Zöllner zog ihn unbeeindruckt mit sich auf sein Schiff.

Allo stolperte über einen Körper und konnte nur Regenwurmtentakel ausmachen. Und Blut. Hatten sie seine gesamte Crew umgelegt? Er wollte nach ihnen rufen, doch nur Würgen kam aus seiner Kehle.

Jemand schlug hart an seinen Hinterkopf.

Er nahm nur noch Schwärze wahr.

Sinnlose Geräusche. Verzerrte Farben. Aufgelöste Formen. Und viel zu helles Licht. Er wollte ihm ausweichen, aber das ging nicht. Hatten sie ihn paralysiert?

Allo blinzelte mehrmals, und vor ihm regte sich etwas. Menschen?

»Er wacht auf.«

Wieder stach etwas in seinen Arm, und eine Hand schien sein Herz zu umschließen und fest zuzudrücken. Der Wellseeker rührte sich nicht. Allo versuchte zu sprechen, aber immer noch ohne Erfolg. Der Druck um sein Herz ließ etwas nach, und in seinem Kopf entstand ein Lebensfunke.

»So, jetzt wollen wir uns aber unterhalten.« Etwas Kaltes drang in seine Nase, gefolgt von einem scharfen Geruch, der ihn ins Hier und Jetzt zurückholte.

Allo befand sich in einem großen Raum ohne nennenswerte Einrichtung. Zwei Männer standen vor ihm. Er konnte sich vom Hals abwärts nicht bewegen.

Er versuchte, den Kopf zu schütteln, um dem grellen Licht zu entgehen. Zwecklos. Jeder einzelne Nerv in seinem Körper brannte, und er hatte das Gefühl, von innen heraus zu zerschmelzen.

Allo wollte schon schreien, aber ehe er sich darauf konzentrieren konnte, war dieser Schmerz schon wieder vorüber – er hatte nicht einmal eine Sekunde lang gedauert.

Er keuchte, und alles drehte sich vor ihm.

»Sehr gut, Mr. Dietrich«, lobte der erste Mann. Allo konnte nun etwas mehr erkennen, aber nichts ergab für ihn einen Sinn.

»Hören Sie«, krächzte er, »ich weiß nicht, was Sie wollen, aber Sie sollen -«

Wieder diese furchtbaren Schmerzen. Nur für ein paar Nanosekunden.

»Sollen wir seinen Wellseeker wieder anschließen?« fragte er zweite Mann.

»Nein, noch nicht«, entschied der erste.

»Mr. Porsha, wir möchten Ihnen ein paar Fragen stellen. Und wie Sie sicher bereits hinreichend feststellen konnten, bekäme Ihnen Kooperation deutlich besser.«

Allo versuchte sich gegen die Schmerzen zu wappnen, aber die bloße Erinnerung daran bewirkte, daß er unkontrolliert zitterte.

»Sie haben verstanden. Fein.«

Ein Gesicht mit stechenden Augen tauchte direkt vor ihm auf. Offensichtlich ein Terraner.

»Beginnen wir doch mit der Reijik-Station.«

Was sollte das denn heißen? Oh, Scheiße! Die Drogenladung!

»Warum?« flüsterte er, um Zeit zu gewinnen.

»Casalz. Sagt der Name Ihnen etwas?«

Und ob. Casalz gehörte die Station, zu der sie die Drogen gebracht hatten. Dieser verdammte Idiot dort war natürlich aufgeflogen und hatte sie jetzt mit in die Sache hineingerissen –

Ein knapper Schmerzstoß schleuderte ihn aus seinen Überlegungen.

»Ich habe Casalz gesagt.«

»Ja«, ächzte Allo und haßte sich für seine Schwäche. »Ich erinnere mich.«

»Sie haben dort eine gewisse Fracht gelöscht. Woraus bestand die?«

Allo nahm allen Willen zusammen. Doch dann hob der Mann eine Hand, und der Schmerz ließ Allo winseln.

»Was für Waren?«

Waren sie vielleicht unwissentlich in das Territorium eines Drogen-Barons eingedrungen? Oder hatten sie Ware verkauft, auf die jemand anderer Anspruch erhob? Normalerweise folterte der Zoll Verdächtige nicht.

Der Mann hob wieder die Hand, und Allo begriff, daß er nichts würde für sich behalten können. »Sana«, antwortete er; die Bezeichnung für eine besonders schlimme Droge.

»Wußte Ihre Besatzung davon?«

Ob sie noch lebten? Sumi, Calia und die Tam-Tams? Verhörte man sie gerade so wie ihn? Wenigstens sollte er versuchen, seine Besatzung zu retten.

»Nein, nein ... sie hatten nur Kenntnis davon, daß eine Fracht abzuliefern war, aber nicht, woraus die bestand. Ich erzähle meinen Leuten noch lange nicht alles. So ist es für alle Beteiligten sicherer.«

Sein Gegenüber spreizte bedrohlich die Finger, und Allo machte sich auf die nächste Schmerzwoge gefaßt. Aber diesmal blieb er unbehelligt.

»Sie sollten mich besser nicht anlügen, Porsha.«

»Ich sage die Wahrheit, das schwöre ich.«

»Wer hielt sich während dieser Fahrt noch auf Ihrem Schiff auf?«

Er zögerte zu lange. Wieder glühten seine Nervenbahnen auf, und danach konnte er kaum atmen.

Die grauen Augen des Mannes kamen ihm ganz nah, und Allo las den Tod in ihnen. Der würde ihn erwarten, wenn er nicht kooperierte. Andernfalls gab es für ihn nur neue Schmerzwogen, doch dann nicht für Sekunden, sondern sicher für Minuten, wenn nicht gar für eine Stunde.

»Porsha?«

Warum schweigen? Seine Freunde waren entweder gefangengenommen oder tot. Ihre Namen anzugeben konnte ihnen also kaum noch schaden, oder?

»Sumi Ireta, Calia Donelly und Tam-Tam.«

»Sind das alle?«

»Meine Besatzung –«

Neuer Schmerz. Ganze Sturzbäche, ein Ozean des Glühens.

»Ich formuliere die Frage anders: Wer ist zu jener Zeit zu Ihnen an Bord gekommen?«

Das Mädchen …

»Lassen Sie meine Crew frei. Die wissen ohnehin nichts.«

Der Gildevertreter drehte sich um. Allo konnte nicht erkennen, zum wem oder was er schaute.

»Also gut«, meinte der Mann dann. »Sie erzählen uns alles, was wir wissen wollen, und wir werden Ihre Besatzung … nicht verhören.«

Warum dieses Zögern? Waren seine Freunde längst tot? Oder wurden sie gerade einer ähnlichen Folter unterzogen?

»Also gut, Ihre Crew bleibt am Leben, und Sie werden sterben«, verkündete der Mann und drehte sich wieder zu dem Unsichtbaren um. Dann: »Sie haben die Wahl.«

»Eine junge Frau kam zu uns«, flüsterte Allo.

Er spürte, daß die Gildemänner genau darauf gewartet haben mußten. Für diese Information schienen sie über Leichen zu gehen.

»Erzählen Sie uns von ihr.«

Allo überlegte, was er preisgeben sollte, kam aber nicht weit, weil neue Schmerzwogen ihn durchfuhren.

»Wir warten.«

»Sie hieß Jamisia Capra, stellte sich aber als Raven vor. Die Kleine war vor irgendwem auf der Flucht, ich weiß aber nicht, vor wem!« fügte er hastig hinzu und sah seinem Peiniger an, daß er ihm das nicht unbedingt glaubte. Gott, eine neue Schmerzattacke würde er nicht überstehen. Jeder Atemzug bereitete ihm Mühe.

»Blutdruck in der roten Zone«, meldete der andere Mann von seinen Kontrollgeräten.

Der mit den grauen Augen starrte ihn streng an.

»Sie kam über den Dockring gerannt und lief uns direkt in die Arme. Mehr weiß ich wirklich nicht über sie. Ihren richtigen Namen haben wir von dem Debit-Chip, den sie bei sich trug. Wir wollten in der nächsten Station mehr über sie in Erfahrung bringen.«

»Warum?«

Das Denken fiel ihm schwer. Die Worte wollten sich kaum zu Sinneinheiten zueinanderfügen. »Weil jemand ... hinter ihr her war. Weil wir ... uns dachten ... sie würde uns ... ein hübsches Sümmchen einbringen.«

Der Peiniger drehte sich wieder zu dem Unsichtbaren um. Zum ersten Mal meldete der sich zu Wort: »Er weiß tatsächlich nichts.«

»Wo ist sie jetzt?« fragte der mit den grauen Augen.

Wo? Rasch nachdenken, ehe die Schmerzen wiederkommen.

»Keine Ahnung ... haben sie auf Paradise verloren ...«

Wie durch einen Nebel bekam er mit, daß er dem Mann etwas Wichtiges mitgeteilt hatte. Gut. Sehr gut. Vielleicht würden die Schmerzen jetzt ausbleiben. Er hatte das Gefühl, von seinem Körper getrennt zu werden.

Der Unsichtbare sagte noch etwas, das Allo aber nicht mehr verstehen konnte. Dann trat er vor und präsentierte sein Gildezeichen.

Tosende Schwärze überkam den Schmuggler und trug ihn an einen Ort, wohin kein Schmerz ihm folgen konnte.

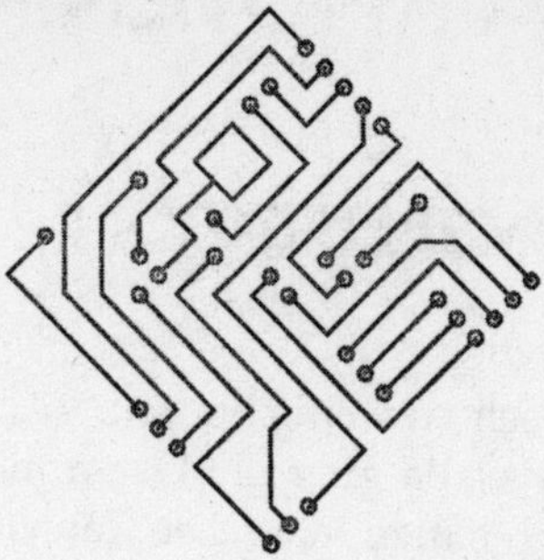

OUTERNET VORHERSAGE

Nachdem durch den gestrigen Börsen-Crash auf Hellsgate ein Staudruck ausgelöst wurde, arbeiten die Rechner in den Fünf Knotenpunkten heute nur mit halber Leistung. Kunden sollten sich auf Verspätungen in der Warenbeschaffung, bei Kontenbewegungen und bei der Investment-Analyse gefaßt machen. Datenstaus sind in allen Bereichen zu erwarten.

Alle betroffenen Stellen sind bereits informiert, vor allem die Reise- und Touristen-Services. Northstar Hotels, eine der führenden Hotelketten auf Salvation, meldet vom Büro auf Aires den Verlust ihrer Reservierungsdaten. Wenn Sie während der letzten zwölf Stunden über Northstar Aires einen Urlaub gebucht haben, überprüfen Sie bitte bei der Hauptniederlassung den Eingang derselben.

GUERA KNOTENPUNKT

TIANANMEN STATION

Es waren einfach zu wenig Sporen.

Professor Masada ging die Daten mehrmals durch, und dann noch einige Male. Die Zahlen blieben falsch und entsprachen bei weitem nicht dem, was er draußen vermutete.

Er schob sich mit dem Stuhl vom Schreibtisch zurück und schloß die Augen. Der Wellseeker teilte ihm mit, daß er seinen heutigen Kalorienbedarf noch längst nicht gedeckt hatte. Masada wollte ihn abschalten, als ihm einfiel, daß eine kleine Pause ihm durchaus guttun könnte.

Der Mensch war eben nicht dazu geschaffen, den ganzen Tag auf einen Bildschirm zu starren. Und nach all dem Frust der letzten Stunden war der Professor fast schon soweit, sich Luzifer direkt in den Kopf zu laden, um unmittelbar an dem Mistding arbeiten zu können.

Aber nur fast.

Seufzend schloß er die Programme und sicherte die gewonnenen Daten. Er hatte fünf hochkomplexe Sicherheitssysteme installiert, und die Wahrscheinlichkeit, daß jemand sie alle umgehen konnte, war so gering, daß er sich darum keine Sorgen zu machen brauchte.

Allerdings wußte niemand besser als Masada, daß kein System existierte, in das nicht jemand eines Tages gelangen würde.

In der nächsten Abteilung arbeiteten sechs Gueraner. Zwei Nantana, drei Natsiq und ein Yuki. Allesamt Gildemitglieder und Angehörige von Gazas Team. Als Iru hätte er sich zu dem Yuki gesellen können, aber nur wenn der allein gewesen wäre. Aber in der Gesellschaft der anderen war ihm das unmöglich. Vor allem dann nicht, wenn sie so eng beisammensaßen und so fröhlich lachten. Wie sehr vermißte Masada den geordneten Lehrbetrieb seiner Heimat; dort spürte man menschliche Gesellschaft ohne den Streß eines individuellen Kontakts. Nicht zum ersten Mal erlebte er hier auf Tiananmen Schwindelgefühle; die stellten wohl die Kehrseite seiner besonderen Begabung dar.

Er bestellte sich ein Sandwich (künstliches Fleisch ›à la Paradise‹, was immer das auch beinhalten mochte) und eine Tasse Tee. Der Wellseeker informierte ihn nach jedem Bissen, wie viele Kalorien er noch zu sich nehmen müsse.

Die ganze zurückliegende Woche hatte er mit Luzifer verbracht. Gaza hatte, wie nicht anders zu erwarten, hervorragende Arbeit geleistet und Proben von jeder Generation des Virus gesammelt. Aber schon nach dem ersten Tag war dem Professor klargeworden, daß er noch viel mehr Daten benötigt, die er sich wohl selbst besorgen mußte.

Masada entwickelte Siebprogramme und schickte diese zu den Knotenpunkten. Dazu sandte er Schnüffler aus, die auf die Datenspeichersequenzen Luzifers ausgerichtet waren. Und dann hieß es für ihn warten und die neuesten, immer schneller tötenden Mutationen zu studieren.

Im Outernet fanden sich auch jetzt einfach nicht genug Sporen des gefährlichen Virus.

Der Professor hatte berechnet, wie oft Luzifer sich inzwischen repliziert haben mußte. Doch selbst bei großzügigsten Toleranzen entsprach die Menge der aufgefundenen Viren lediglich zehn Prozent des von ihm gefundenen Werts.

Masada hätte darauf schwören können, daß die fehlenden Sporen sich irgendwo da draußen herumtrieben. Und was ihn noch beschäftigte: Warum hielten sie sich nicht mehr im Outernet auf, um dort ihr Zerstörungswerk fortzusetzen?

Als er sein bescheidenes Mahl beendet hatte, kehrte er in sein dreifach gesichertes Labor zurück. Die meisten Programmierer hätten gesagt, man müsse verrückt sein, um soviel Zeit mit einer numerischen Diskrepanz zu vergeuden, aber Gaza verstand den Wissenschaftler. Als Masada ihm davon berichtet hatte, hatte er nur eine Frage gestellt: »Was benötigen Sie für dieses Problem?« und ihm so rasch wie möglich alles besorgt. Der Chefprogrammierer schien fest davon überzeugt zu sein, daß Masada das Problem knacken würde.

Der Professor selbst war sich da gar nicht so sicher. *Das Problem liegt irgendwo dort draußen. Du mußt nur einen Weg finden, dorthin zu gelangen.*

Nachdem alle Suchmethoden bislang keinen Erfolg gebracht hatten, sandte er Spezialversionen Luzifers in alle wichtigen Knotenpunkte und gab ihnen ein Homesignal ein. Kein ungefährliches Unterfangen, einfach so Kopien des Virus ins Outernet zu entlassen, aber ihm blieb mittlerweile keine andere Wahl.

Jeden Tag konnte eine neue Mutation zutage treten, die nicht nur Netzwerke oder Gildeeinrichtungen attackierte, sondern auch normale Menschen. Und das würde den Untergang der Galaxis einläuten.

Masada war ja schon dankbar, daß die Medien noch keinen Wind von dem Virus bekommen hatten. Aber woher sollten sie auch? Die Gilde hatte gewiß kein Interesse daran, die Sache publik zu machen, und der

Designer der Urform hatte die größten Anstrengungen unternommen, seine Schöpfung so lange wie möglich geheimzuhalten.

Der Professor fragte sich, ob der Designer bereits ahnte, daß die Gilde nach ihm suchte. Ohne Zweifel hatte er von Anfang an mit dieser Möglichkeit gerechnet und Programme in Luzifer eingebaut, mit denen die Gilde in die Irre geführt werden sollte. Wenn Masada also den verdammten Virus bis zu seinem Ursprung zurückverfolgen wollte, mußte er sich etwas einfallen lassen, das der Schöpfer nicht bedacht oder schlicht übersehen hatte … irgendeine unbedeutende Datenfolge, deren Tarnung ihm nicht nötig erschienen war.

Als er wieder vor dem Schirm saß, ärgerte er sich über die Beschränkungen, die eine solche Arbeitsweise mit sich brachte. Er kam einfach zu langsam voran. Wann immer er glaubte, irgendein Geheimnis Luzifers enträtselt zu haben, überraschte der Virus ihn mit einer weiteren Mutation.

Masada schickte einen Befehl an die Datenbänke der Gilde, ihm alles zu schicken, was mit seinem persönlichen Icon versehen war. Ein langwieriges Unterfangen, aber leider unumgänglich. Wenn er direkt ins Outernet eindrang, würde der Designer sehr bald entdecken, daß man ihm auf der Spur war, und Masadas Signal bis zu seinem Ursprung zurückverfolgen. Sich mit einem so gefährlichen Programmierer einzulassen, wagte der Professor zu diesem Zeitpunkt noch nicht.

Daten von Hellsgate, Reijik, Salvation und anderen trafen bei ihm ein. Alle mit den falschen Zahlenwerten. Er erhielt auch Antworten auf direkte Anfragen bei Gildemeistern, die sich sämtlich auf einen gemeinsamen Nenner bringen ließen: ›Noch nichts.‹ Delhi und Varsav luden ihn ein, sich persönlich auf ihren Stationen umzusehen, wenn er glaube, daß ihn das in irgendeiner Weise weiterbringen würde.

Und dann war da noch eine versiegelte Sendung, die er gleich öffnete –

Er hielt den Atem an. Sein eigener Code. Sein Home-Programm. Masada lud die Sendung auf den Bildschirm.

Der Professor hatte einige harmlose Versionen des Virus hergestellt, die keinen wirklichen Schaden anrichten konnten, und sie mit einer Alarmsequenz versehen, die ihm sofort Bescheid geben sollte, wenn jemand sich an ihnen zu schaffen machte.

Und dieses Alarmsignal sah er hier vor sich.

Sollte er Gaza davon in Kenntnis setzen oder lieber warten, bis er mehr herausgefunden hatte? Das Signal konnte auch durch einen bloßen Zufall, ein automatisches Sammelprogramm oder dergleichen, ausgelöst worden sein. Oder seine Luzifer-Version war in einem Antivirenprogramm gelandet und dort sofort ausgesondert worden.

Oder der Feind hatte sich damit beschäftigt …

Eine eigentümliche Erregung befiel den Professor, die bei normalen Menschen einem sexuellen Höhepunkt oder bei Gläubigen einer religiösen Erscheinung glich. Masada breitete die Nachricht aus, die in dem Fund steckte.

Jemand hatte seine Spionagespore abgefangen, und die hatte sofort das Signal ausgesandt. Nun mußte er herausfinden, wo die Spore verschwunden war, und nach dem Programm suchen, das dahinter steckte.

Masada rief ein Lokationsprogramm auf und gab ihm alle Informationen ein. Eine Sekunde verging, die ihm wie eine Ewigkeit vorkam. Dann:

ZIELKNOTENPUNKT: SALVATION

ZIELSTATION: AIRES
ZIELSYSTEM: NORTHSTAR HOTELS
SUBSYSTEM: RESERVIERUNGEN

Der Professor starrte ungläubig auf den Schirm. Eine Hotelkette? Vielleicht hätte ein Nantana sofort etwas damit anfangen können, er hingegen nicht. Aber er mußte ja auch nur belegen, daß die Sporen direkt in den Reservierungscomputern des Northstar Hotels verschwanden. Danach konnte die Gilde sich um den Rest kümmern.

Northstar muß aber noch lange nicht der Schuldige sein. Das Abgangprogramm sitzt lediglich in seinen Rechnern. Ein einfacher Angestellter könnte dahinterstecken, ohne daß die Geschäftsführung etwas weiß. Oder ein Hacker könnte dort eingedrungen sein.

Aber er könnte auch auf die erste Spur des Feindes gestoßen sein.

Gleich wie, Masada wollte die Spur selbst verfolgen.

Doch dazu mußte er persönlich ins Outernet und sich dem tödlichen Virus und den Datenbergen stellen, die kein Mensch mehr kontrollieren konnte.

Er schaltete den Bildschirm aus, schloß die Augen und saß mit zitternden Händen da.

Eines Tages mußt du dorthin.

Was erwartete ihn denn schon im Outernet? Nichts weiter als Daten, auch wenn er das System selbst lebendig genannt hatte. Glaubte er denn wirklich, es würde ihn verschlingen und auffressen?

Er stand auf und streckte methodisch seine Glieder.

Nur Daten. Davor wirst du dich doch nicht fürchten, oder?

Sie erschien ihm im Traum und sah genauso aus, wie er sie in Erinnerung behalten hatte. Perfekt zurückgestecktes schwarzes Haar und blaues Kleid.

Sie spielte ihm etwas auf dem Klavier vor, und er wußte, daß sie tot war, ließ sich davon aber nicht den Genuß vergällen.

Nur Daten. Alles nur Daten.

Als er den Kopf hob, sah sie ihn aus ihren sanften Augen an.

»Und was ist mit der Liebe?«

»Nur Daten des Herzens.«

»Und die Sehnsucht?«

»Nur Daten der Seele.«

»Und die Furcht?«

Darauf wußte er keine Antwort.

Sie küßte ihn auf die Nasenspitze und löste sich dann in chemische Symbole und Daten auf.

Was ist mit der Furcht?

Natürlich ließ sich das nicht in seinem Labor bewerkstelligen. Hatte man den Raum doch ausdrücklich nicht mit einem Outernet-Anschluß versehen, um jedes Risiko auszuschließen.

Aber wo sollte er hin? Alle Räume auf dieser Station waren ihm unbekannt, und normalerweise brauchte ein Iru Monate, um sich an eine neue Umgebung zu gewöhnen – und er hielt sich gerade erst eine E-Woche hier auf.

So blieb ihm nichts anderes übrig, als sich in seine Privatkammer zu begeben und dort einzuschließen. Erst stand Masada nur wie erstarrt da, dann bewegte er sich unter Aufbietung aller Willenskraft zum Schreibtisch, von dem aus er den relativ kleinen Punkt an der

Ecke sehen konnte, von wo aus sein Signal durch die ganze Galaxis gelangte.

Der Professor setzte sich das Headset auf, legte die Magnete auf die Kontakte und stellte sich einen Wärmeschwall vor, sobald er online war; was natürlich völliger Unsinn war.

Nachdem er alles geregelt, justiert und eingerichtet hatte, gab es kein Zurück mehr.

Wenn du es jetzt nicht tust, wirst du nie dazu in der Lage sein.

Masada schloß die Augen und bereitete sein Gehirn auf das Interface vor. Seine Handflächen schwitzten, und er versicherte sich selbst, daß es wirklich nichts zu fürchten gab ... höchstens daß ein paar Datenpiraten seine Signale abfingen und veränderten oder aber in dunklen Kanälen verschwinden ließen ... oder daß es zu einem Datenstau käme ...

ONLINE, informierte ihn sein Headset.

Zögernd begab der Professor sich ins Outernet. Icons von Gateways tauchten vor ihm auf und dazu die Symbole der Gilde, die man erst neutralisieren mußte, um überhaupt Zugang zum Netz zu erhalten. Als Masada endlich drin war, mußte er auch noch das Leitsystem ausschlagen; das war nur etwas für die Menschen, die mit dem bloßem Code nichts anzufangen wußten.

Der Professor atmete tief durch, checkte die mitgeführten Suchprogramme und suchte nach dem Weg zur Station Aires. Bis der freigegeben wurde, kam es zu einem Stau von mehreren Sekunden. Sofort befiel ihn Panik, und seine Phantasie erwachte zum Leben. Ihm blieb nichts anderes übrig, als sich vom Wellseeker mit Sedativa helfen zu lassen.

Nur ein riesiges Datennetz, das sich über die gesamte

Galaxis erstreckt. Ganz so wie zu Hause, wenn du an deinem Schreibtisch sitzt.

Nein, ganz so war es nicht. Daheim konnte er sich in aller Ruhe Zugriff auf seine Bibliothek verschaffen, während er hier draußen in ein Tollhaus geriet. Tausend verschiedene Programme drangen im Outernet in jeder Sekunde auf einen ein. Allerlei Daten, dazu Spiele, halblegale Vergnügungen und Massen von Reklame. Die meisten User behalfen sich mit ihrem Headset, um einen Weg durch diesen Wust zu finden. Aber das war für jemanden, der die Codes selbst studieren wollte, nicht möglich.

Schon nach wenigen Sekunden spürte er Kopfschmerzen. Endlich fand er einen halbwegs ruhigen Zugang zum Hauptprozessor von Northstar und glitt dank seinem Codeknacker hinein.

Er mußte einigen Sicherheitsprogrammen ausweichen; nichts Kompliziertes, einfache Virensucher. Kein Wunder, dachte Masada, daß Hacker sich hier so sehr zu Hause fühlten. Er, der an die Gildeprogramme gewöhnt war, hätte angesichts der simplen Schnüffler fast laut gelacht. Ein richtiger Hacker ließ sich von so etwas genausowenig aufhalten wie er.

Vielleicht sind sie deshalb so scharf auf die Gildeakten, dachte er, hier draußen finden sie ja doch keine echte Herausforderung.

Doch während er sich auf dem Weg zu den Reservierungen befand, begegnete er immer häufiger fragmentierten Dateien. Sonderbar zerrissenen Gebilden. Vor einer hielt er an und speicherte sich Teile davon auf, um sie später zu untersuchen. Insgesamt gesehen, schienen die Schäden nicht planvoll hervorgerufen worden zu sein. Auch liefen die Programme hier viel langsamer, als er erwartet hatte. Eines schien sich im Kreis zu drehen und spuckte immer wieder die gleiche Anordnung von Datenmüll aus.

War Luzifer hier am Werk gewesen?

Seine eigenen Steuerprogramme beschleunigten unvermittelt, und er stabilisierte sie rasch. So etwas konnte im Datenozean geschehen und war im Grunde nichts Ungewöhnliches. Dennoch befiel ihn wieder Panik – vor allem, als er feststellen mußte, daß er durch dieses Manöver den Reservierungen sehr nahe gekommen war. Dateien öffneten sich wie Blüten vor ihm und hießen ihn willkommen.

Der Professor aktivierte ein Ankerprogramm und checkte rasch seinen Code. Er hatte niemals den Befehl gegeben, direkten Kontakt mit den Reservierungen aufzunehmen. Was ging hier vor?

Eigentlich hätte er sich hier inmitten von stabilen, einfachen Daten wiederfinden müssen. Buchhaltung, Zimmerreservierung und Abbuchungen. Doch die Codes schienen im Fließen begriffen zu sein: einige strebten hinaus, während fremde hereinkommen wollten. Masada konnte die Ursache dafür nicht erkennen und nahm sicherheitshalber wieder einige Proben.

Eine im Grunde normale Outernet-Anomalie?

Der Professor suchte nach ordnungsgemäßen Daten. Reservierungen, Bestätigungen und dergleichen.

Er fand keine.

Masada begriff, daß er es hier nicht mit einer Anomalie zu tun hatte, sondern mit etwas künstlich Geschaffenem. Höchstwahrscheinlich steckte nicht das Hotelmanagement dahinter. Dieses Gebilde hatte vermutlich auch seinen entschärften Virus eingefangen, genau so, wie es jedes andere Programm festsetzte, das zu nahe herankam.

Eine Dead Zone, in die Daten nur hinein-, aus der sie aber nicht wieder heraus konnten.

Ein wenig enttäuschte ihn diese Entdeckung, bedeutete sie doch, daß hier nicht der Schöpfer Luzifers am Werk war, sondern die Probe nur aufgrund eines dummen Zufalls Alarm gegeben hatte. Auf der anderen Seite machte ihn diese Zone doch neugierig, und er vermutete einen Hacker dahinter.

Er selbst hatte einmal folgendes geschrieben:

Neugier ist das Lebensblut des Hackers, und nur, indem man seine Neugier kitzelt, kann man ihn kriegen.

Masada sandte eine kurze Botschaft in die Dead Zone.

Eine Sekunde verging. Eine zweite.

Hallo, ich bin hier draußen und beobachtete dich. Möchtest du gern wissen, wer ich bin?

Vier Sekunden. Fünf Sekunden.

Das Ankerprogramm zeigte an, daß die Parameter sich verschoben.

Sechs Sekunden.

Etwas tastete nach ihm, vorsichtig, rasch und subtil. Aber nicht schnell genug. Kaum war der Kontakt hergestellt, loggte er sich auf das Signal ein und folgte ihm bis zu seiner Quelle.

Sein Hacker befand sich nicht auf seiner Heimatstation, was Masadas Position verbesserte. Sie standen sich auf gleichem Terrain gegenüber.

Er folgte dem Signal zu einer anderen Station. Der Weg dahin war mit Sperrcodes übersät, denen er regelmäßig ausweichen mußte. Doch der Professor ließ nicht locker.

Eine zweite Station, und dann eine dritte. Dazwischen ein Hagelschauer von Sperren und Störungen. Sein Gegner wollte ihm durch bloße Schnelligkeit entkommen, aber da war er bei Masada an den Falschen gelangt. Der Professor geriet in den Hauptprozessor einer Station –

– und hundert verschiedene Pfade breiteten sich vor ihm aus, die sich immer weiter aufteilten, bis ihre Anzahl die Tausend deutlich überschritten hatte.

Verdammt, dieses System war vorab eingerichtet worden. Deswegen hatte sein Gegner auch das Risiko auf sich genommen, den Professor kurz zu inspizieren, wußte er doch, daß man ihm nicht bis zu seiner Quelle folgen konnte.

Masada mußte sich eingestehen, daß er als Hacker gerade eine Jagd verloren hatte. In der Zeit, die er benötigte, um nur ein halbes Dutzend dieser Pfade zu untersuchen, wäre sein Gegner längst Off-Line. Ohne Zweifel wähnte der Bursche sich bereits in Sicherheit.

Nur war er das noch lange nicht.

Mit der Sorgfalt und Umsicht, mit der der Professor vor einiger Zeit Luzifer zurückverfolgt hatte, setzte er nun Programme an, die jeden einzelnen dieser Wege überprüften. Er ging davon aus, daß sie lediglich den Datenfluß behinderten und alle Programme verlangsamten, die auf Verfolgung angelegt waren. Nur ein Pfad stand offen. Und sobald er den aufgespürt hatte, würde er seine Schnüffler hindurchschicken. Und die würden ihm irgendwann – o ja, bis dahin konnte einige Zeit vergehen – verraten, woher das ursprüngliche Signal gekommen war.

Damit würde er zwar weder an den Namen des Hackers noch an andere Informationen über ihn gelangen, aber wenigstens einen Ansatzpunkt gefunden haben.

Masada schickte die Schnüffler aus und kehrte nach Aires zurück. Die Dead Zone existierte nicht mehr.

Dafür türmten sich bei den Reservierungen Berge von eingefangenen Daten.

Und dort fand er auch seinen Luzifer. Reglos hing er im Zentrum der ehemaligen Falle. Zufrieden rief der Professor das Home-Signal auf.

Keine Reaktion.

Er starrte auf seinen Code und gab ihn noch einmal durch. Bis ihm die Erkenntnis dämmerte, daß dies nicht sein Luzifer war, seine entschärfte Version.

Nein, hier hatte er einen echten Virus vor sich. Und vermutlich hatte der entflüchtete Hacker mit diesem Luzifer gearbeitet.

Mit klopfendem Herzen fing er die tödliche Spore in einem Netz von Codes ein. Niemals hatte er sich einem Luzifer ohne den Schutz eines Interfaces genähert. Aber Masada konnte ihn nicht einfach hier zurücklassen. Jede Sekunde konnten Northstars Sicherheitssysteme heranstürmen, um die Datenpfade zu bereinigen und den Müll fortzuräumen.

Vorsichtig, und ohne den Virus aus dem Auge zu lassen, kehrte er zurück an den Schreibtisch seiner Kammer, wo er schwitzend und mit schweißverklebtem Haar hockte.

Behutsam wie jemand, der eine scharfe Bombe hält, lud er den Luzifer in einen sterilen Chip und versiegelte den rasch. Damit begab er sich dann in sein Labor, um ihn genauer zu untersuchen.

Nach fünf Stunden wußte er, daß die Spore verändert worden war. Aber nicht von der Gilde.

Nach sechs Stunden kehrte einer seiner Schnüffler zurück und berichtete, von wo das Signal gekommen war.

Von Paradise.

Wie ironisch, daß eine der furchtbarsten Konditionen, unter denen Menschen leiden, mit unserer Eroberung der Sterne verbunden ist. Wie schade, daß der Mensch in seinem Ringen, sein eigenes Schicksal zu meistern, beinahe sein eigenes genetisches Muster ausgelöscht hat. Und wie erstaunlich, daß nur hier auf Guera das Potential, das darin steckt, erkannt, gepflegt und schließlich dazu gebracht wurde, uns zu dienen.

GILDEMEISTERIN ARIANNE BERLIN
›Wächter des Schicksals‹: Programmatische Rede an die 421. Gildemeister-Konferenze, Guera Knotenpunkt, Tiananmen Station

PROSPERITY KNOTENPUNKT

PROSPERITY STATION

Gildemeister Ian Kent nahm die Außenwelt als Ort der Ruhe wahr. Grautöne herrschten in einem Universum voller geordneter Formen und Emotionen vor. Graue Gebäude, perlweiße Himmel, aschfarbene Menschen. Erröten sah er als dunkleres, Erbleichen als helleres Grau. Und in ihm der beständige Fluß der Chemikalien. Wenn er genau zuhörte, vernahm er sogar das sanfte Tröpfeln der Sedativa, die seine Verzweiflung dämpften, bis auch sie farblos wie seine Welt geworden war.

Sein Palast war prächtig ausstaffiert und eingerichtet, auch wenn er wenig davon mitbekam; denn seine Untergebenen hatten ihm nie erklärt, welche Farben hier zur Anwendung gekommen waren – und er hatte nie danach gefragt. Obwohl seine Augen noch hervorragend sahen, war das Gehirnzentrum der Farberkennung unrettbar zerstört.

Plötzlich war alles vorüber gewesen. Nur eine Sekunde der technischen Fehlfunktion, Feedback in seine Neuralkreisläufe, ein greller Blitz … und danach das Erwachen in der Hölle.

Man hatte ihm gesagt, er habe großes Glück gehabt. Der Schaden beschränke sich nur auf die optische Erfassung, und dort sei lediglich ein kleiner Teil zerstört. Nicht auszudenken, wenn der Verstand nicht mehr funktioniert hätte oder er verkrüppelt worden wäre. So ist es viel besser für Sie, das werden Sie schon sehen.

Narren!

Hüte dich vor dem rot fauchenden Drachen. Erinnerungen aus dem Ainniq, aus glücklicheren Tagen, bei denen sich ihm der Magen zusammenkrampfte. Was war rot?

In den Außenwelten konnte man auch ohne Farbsicht zurechtkommen. Ein graues Leben führen. Und am Ende eines ganz natürlichen grauen Todes sterben.

Aber nicht so im Ainniq.

»Sir?«

Kent blickte von seiner Arbeit auf und sah Chesare Arbela, seinen Sekretär. Der Mann hatte sich schon vor langem an die ruhige, passiv scheinende Art seines Chefs gewöhnt und sich entsprechend angepaßt. So wirkte auch Arbela niemals in Eile oder nervös. Andere in der Station empfanden es als störend, wie gut die beiden aufeinander eingespielt waren, und tuschelten hinter ihrem Rücken.

Der Gildemeister hingegen empfand es als zutiefst beruhigend, einen Mann um sich zu haben, der sich so hervorragend auf seine Wesensart verstand. Arbela konnte der Dunkelheit in der Seele seines Chefs entgegentreten und sie aushalten.

Früher hatte Kent erklärt, die Flüge als Out-Pilot seien sein Sicherheitsventil, denn nur dann konnte er das Monster freilassen, das in ihm gefangensaß. Das war für ihn wahres Leben gewesen, eine urtümliche Existenz, in der Menschen vor Drachen flohen, um nicht deren Beute zu werden …

Doch das war ihm seit dem Unfall genommen. Und was war an dessen Stelle getreten? Papierkram. Verwaltungsaufgaben. Gelegentliche diplomatische Missionen.

Nicht unbedingt das, wonach seine Seele verlangte.

»Was gibt's, Che?«

»Die jüngsten Berichte der Liga, Sir.« Der Sekretär legte einen Chip vor ihn.

Kent lud ihn sich in das Headset. Er überflog die Daten und stellte fest, daß alles in Ordnung war. Etwas weniger Nachrichten als üblich, aber noch kein Grund zur Besorgnis.

»Sonst nichts?«

»Nein, Sir.«

War das nicht alles eine einzige Zeitverschwendung? Warum mußte er die Hausman-Liga observieren, um den Saboteur zu erwischen, der die Gilde beunruhigte? Ausgerechnet die Liga. Technisch gesehen, wurde sie zu den Isolationisten gerechnet, und die standen bei der Prima ganz oben auf der Verdächtigenliste.

Aber die Hausman-Liga ehrte alle Hausman-Kinder und forderte, daß die Außenwelten ihnen allein gehören sollten. Und keinem Erdgeborenen dürfte der Zutritt gewährt werden. Wenn der Transport durch den Ainniq gestört wurde, wie durch den Luzifer-Virus, würde das viel eher die Varianten als die Terraner treffen. Natürlich handelte es sich bei der Liga um Extremisten, aber nicht um die von der dummen Sorte, wie so manche andere.

»Danke, Che.«

Der Sekretär zog sich zurück.

Damit war das erledigt, und er konnte sich wieder der Ausspionierung von wirklich gefährlichen Feinden widmen: die Männer und Frauen, die an der Spitze der Gilde standen, die offiziell als seine Verbündeten galten. Aber wer von den Gildemeistern glaubte schon daran?

In diesem E-Monat war der Wettbewerb zwischen ihnen sogar noch heftiger als sonst – dank des tödlichen Virus. Die Prima hatte ihre fünf liebsten Gildeoffiziere zu sich bestellt und damit das Schlachtfeld abgesteckt. Kent wußte, wenn er sich nur eine Blöße gab, würden die anderen nicht zögern, um über ihn herzufallen.

Selbst Ra, die sich wie ein Partygirl gab, das nur nach Amüsement suchte und wenig im Kopf hatte. Kent traute ihr am wenigsten von allen, wußte er doch selbst am besten, was sich alles hinter einer Fassade verbergen konnte.

Wie seine Kollegen beschäftigte auch er ganze Abteilungen von Kommunikationsspezialisten, um den Nachrichtenverkehr seiner Rivalen zu kontrollieren. Seit der Konferenz bei der Prima mußten seine Mitarbeiter Überstunden einlegen – und das nur offiziell wegen dem Luzifer-Virus.

Delhi würde eine solche Lage genießen; denn eine Schlange schlug gern dann zu, wenn das Opfer abgelenkt war. Varsav war ebenfalls tückisch und verschlagen, aber nicht so voller Bosheit wie Delhi. Hsing hingegen hatte seit seiner Rückkehr noch immer alle Hände voll damit zu tun, seine eigene Position abzusichern; dennoch ließ Kent auch ihn genau überwachen.

Er hielt nach Ungewöhnlichem Ausschau. Eine auch nur kurzfristige Kommunikationssteigerung erweckte sofort seine Aufmerksamkeit. Wie zum Beispiel vor einem E-Monat bei Delhi. Kent setzte alles daran, hinter den Grund dafür zu kommen.

Er beschäftigte sich gerade mit den Delhi-Berichten, als ihm ein sonderbarer Gedanke kam.

Der Gildemeister klinkte sich aus, kehrte in die reale Welt zurück und versuchte, das zu erhaschen, was in seinem Hinterkopf rumorte.

Nicht unbedingt eine Steigerung der Kommunikationsaktivität, sondern eher das Gegenteil – eine Senkung.

Kent lud sich den Liga-Chip wieder in das Headset und ging die Daten von neuem durch. Nein, keine Steigerungen … aber vielleicht eine auffällige Senkung. Er verband sich mit dem Hauscomputer und ließ ihn die Kommunikationen der Liga für den gesamten vergangenen Monat durchkämmen.

Die Werte waren bemerkenswert gleich.

Bis vor kurzem.

Kent rief seinen Sekretär zurück.

Arbela zeigte sich ein wenig irritiert, weil so etwas nicht zu den Gepflogenheiten seines Herrn gehörte.

»Waren die Berichte komplett?« wollte der Gildemeister wissen.

»Wie jeden Tag, Sir.«

»Sind Sie sich absolut sicher? Ist wirklich nichts weggelassen worden?«

»Nein, Sir, aber ich kann das natürlich gern überprüfen.«

»Tun Sie das, bitte.«

»Darf ich vielleicht fragen, Sir …«, meinte Arbela.

»Sagen wir einfach, die Liga verhält sich ungewöhnlich still. Ich weiß zwar noch nicht, was das zu bedeuten hat, aber ich werde es herausfinden.«

Leichter gesagt als getan. Ihm fielen auf Anhieb hundert Gründe ein, warum es zu einer gesteigerten Kommunikation kommen könnte, aber für das Gegenteil davon?

Das muß nicht unbedingt etwas mit Luzifer zu tun haben, aber jede ungewöhnliche Entwicklung mußte überprüft werden.

»Also, überprüfen Sie die Berichte, und von heute an werden wir uns die Liga-Übertragungen noch genauer ansehen. Dieses Schweigen beschäftigt mich sehr. Haben wir Informanten auf der Liga-Station?«

»Ja, Sir, zwei. Soll ich mich mit ihnen in Verbindung setzen?«

»Nein, zum jetzigen Zeitpunkt erscheint mir das zu riskant. Gehen wir zunächst nur die Datenanalyse an. Danach wissen wir wenigstens, wonach wir fragen müssen ... Das Ganze mag sich als harmlos herausstellen, aber auch dafür verlange ich eine Bestätigung.«

»Natürlich, Sir.«

Kent verließ sich voll und ganz auf seinen Sekretär. Wenn es etwas zu finden gab, würde Arbela darauf stoßen. Und wenn es zu schwierig würde, hatte man ja immer noch die Agenten. Der Gildemeister hatte auf jeder Station Spitzel sitzen. Wie sollte man sonst seine Feinde kontrollieren?

Seufzend ging er ein weiteres Mal die Liga-Daten durch.

Arbela lief durch den Palast und erteilte nach links und rechts Befehle. An die Programmierer, die Analysten und überhaupt alle, die mit der Überwachung zu tun hatten. Die Hauptaufgabe des Sekretärs in diesem Haus bestand darin, dieses Orchester zu leiten und zu dirigieren.

Natürlich würde er dieser Arbeit nachkommen. Arbela rief einen Kurier zu sich.

Wie froh Kent sein mußte, einen Mann wie ihn zu haben, der ihm schon seit vielen Jahren so treu diente und auf den er sich so sehr verlassen konnte.

Der Kurier sah wie ein ganz normaler Jugendlicher aus und hatte ein ausdrucksloses Gesicht. Beides das Ergebnis von chirurgischen Eingriffen. Kuriere waren wertlos, wenn sie aufgrund körperlicher Besonderheiten sofort auffielen.

Der Sekretär zog einen Chip aus der Tasche, den er schon vor Wochen vorbereitet hatte, und lud ihn dem Jungen in die Brainware. Der Vorteil dieses Kuriers bestand darin, daß Datenpiraten kaum nach unauffälligen Jünglingen Ausschau hielten. Und selbst wenn sie ihn durch einen dummen Zufall doch ergriffen, konnten sie den Code kaum knacken. Dazu war nur der Empfänger in der Lage.

BEWEGUNG IST IN DAS STILLE WASSER GERATEN / MASSNAHMEN EINLEITEN

So lautete die knappe Botschaft auf dem Chip. Arbela sah dem Kurier hinterher und dachte, daß nun bald das Spiel so richtig beginnen würde.

Solange man nicht versteht, wie der Feind denkt – und zwar so gut, daß man in seine Identität schlüpfen kann –, solange darf man sich nicht einbilden, ihn jemals kontrollieren zu können.

DR. KIO MASADA,
Der Feind unter uns

PARADISE KNOTENPUNKT

PARADISE STATION

Nach dem Abenteuer bei Northstar war Phönix immer noch ziemlich mulmig zumute.

Natürlich war er auch früher schon in Fallen getappt, aber dieser Bursche schien von einem ganz besonderen Kaliber zu sein. Viel zu clever für einen Sicherheitsbeamten ... womöglich ein Kollege, ein Hacker?

Einige seiner Diversionsprogramme meldeten sich zurück. Die schickte er gelegentlich aus, um festzustellen, wer hinter ihm her war. Nicht oft, denn die Sache war riskant: Alles, was seine Signatur trug, konnte zu ihm zurückverfolgt werden.

Wie war der Typ bloß so rasch und geschickt an den Safeguards vorbeigekommen?

Phönix lehnte sich zurück und betrachtete die Rückkehrer. Wieder schüttelte er erstaunt den Kopf. Er mußte mehr erfahren und kehrte ins Northstar-System zurück. Mal sehen, wie viele von seinen Gateways noch übrig waren. Und wer versucht hatte, durch sie hindurchzukommen.

Jedes einzelne.

Und zwar immer von demselben Programm.

Zwanzig oder dreißig ausprobierte Gateways, das wäre normal gewesen. Selbst bei fünfzig hätte er sich noch nicht allzuviel gedacht. Aber jedes einzelne von den hundert Haupt- und tausend Nebengateways? Wie bizarr! Welches System arbeitete auf diese Weise, wo doch klar sein mußte, daß man den Gesuchten danach nicht mehr aufspüren konnte?

Phönix wurde nervös. Er verstärkte seine Haus-Sicherheitssysteme und schickte Schnüffler aus, die nach der Signatur des Burschen suchen sollten. Einerseits freute er sich darüber, jemandem mit einer solchen Ausrüstung entkommen zu sein. Andererseits machte es ihm doch Sorgen, daß man mit solchem Equipment hinter ihm her war.

Die Schnüffler würden nach dem Typen suchen. Was ihn jetzt viel mehr beschäftigte, war der Umstand, daß er eine Kopie des Virus hatte zurücklassen müssen. Erst hatte er sich für eine Weile nicht nach Northstar zurückgewagt, weil sich dort bestimmt noch immer sein Verfolger herumtrieb.

Und später war der Virus nicht mehr dagewesen. Einfach so vom Cyber-Horizont verschwunden. Phönix ärgerte sich wahnsinnig über all die nun vergeudeten Stunden, die er an dem Ding gearbeitet hatte. Gerade er, der in seinen Kreisen einen gewissen Ruf zu wahren hatte, hatte ein solche Kopie verlieren müssen.

»Hallo?«

Die unerwartete Störung riß ihn aus seiner Konzentration. Nein, Chaos hätte das nie getan, ihn mitten in der Arbeit angesprochen. Aber die war ja tot. Er drehte sich um.

»Tut mir leid, ich wollte dich nicht stören.«

Das Mädchen, das Nuke angeschleppt hatte.

Wie weich und verletzlich sie heute wirkte. So als habe sie im Schlaf alle Selbstsicherheit verloren. Er zog den zweiten Stuhl unter dem Schreibtisch hervor und schob ihn ihr hin. Die Kleine trug eines von Chaos' Hemden, doch als er genauer hinsah, erkannte er, daß das Stück eigentlich ihm gehörte. Chaos mußte es für sich beschlagnahmt haben. Mit den großen Augen und dem zu weiten Hemd sah das Mädchen wie ein Kind aus, das seine Eltern verloren hat.

Eigenartigerweise wirkte sie damit attraktiver als gestern … »Ähem, möchtest du frühstücken?«

Die Kleine sah sich mit zweifelnder Miene in dem Durcheinander seiner Wohnung um, und er betrachtete sie. Das Haar lag jetzt flach am Kopf, und man konnte nun richtig erkennen, wie furchtbar sie zugerichtet war. Gab es wirklich eine Welt, auf der so etwas Mode war. Fast könnte man meinen, böse Menschen seien mit Gartenscheren über ihr Haar hergefallen.

Auf Hellsgate mochte es ja egal sein, wie jemand herumlief, aber hier auf Paradise besaß man doch so etwas wie Stilempfinden. Mit dem Haarschnitt fiel sie deutlich auf, und das war bestimmt das letzte, was sie wollte.

Das Mädchen zog die Knie an und schlang die Arme darum. Seltsamerweise berührte ihn das sehr.

»Ja, das würde ich, glaube ich, gern.«

Sie hörte sich hungrig an. Warum hatte sie dann vorher nicht nach etwas zu essen gefragt? Womöglich hatte sie sich nicht getraut, weil sie nicht wußte, wo die Grenzen seiner Gastfreundschaft lagen.

»Was möchtest du denn haben?«

»Was hast du denn hier?«

Phönix stand auf und schlängelte sich durch den schmalen Gang zwischen der Hardware zum Keeper. Der enthielt meistens Saft oder Softdrinks, aber dann fand er einige Schachteln mit Eßbarem. Er las ihr die Etiketten vor und wartete darauf, daß sie sich für etwas entschied.

Jamisia wählte ein Eipulvergericht, und er beschloß, das auch zu versuchen. Während Phönix beides dreißig Sekunden lang erhitzte, suchte er nach sauberem

Geschirr. Normalerweise aß er direkt aus der Schachtel, aber heute hatte er schließlich Besuch. Mit Mühe und Not fand er zwei Teller, kühlte noch zwei Dosen Saft und ließ sich dann mit ihr in dem Durcheinander nieder.

Wie hübsch sie war. Heute erschien sie ihm noch attraktiver als gestern. So wie das Mädchen jetzt aussah, bewegte sie sein Herz (während ihr gestriges Outfit allein auf den Unterleib abgezielt hatte). Als Phönix spürte, wie er errötete, wandte er sich rasch wieder seiner Arbeit zu.

Er entschied sich dann aber dagegen, weil es unhöflich war, in Gesellschaft zu arbeiten. (Gott, seit wann störte ihn das denn?)

Jamisia hatte ihre Mahlzeit beendet, und er fragte sie, ob sie noch mehr wolle. Die junge Frau gab keine Antwort, aber er sah ihr deutlich an, daß sie noch lange nicht gesättigt war. Also nahm er die nächste Schachtel – in Schokolade geschwenkte Kartoffelstücke, ein Überbleibsel von Chaos – und reichte sie ihr. Jamisia starrte darauf, nahm dann aber tapfer die Gabel und aß alles auf … also kam sie von einer Welt, auf der man Tischmanieren kannte.

»Also, Jamisia«, begann er dann und legte eine kleine Pause ein, um zu sehen, wie sie darauf reagierte, beim richtigen Namen angesprochen zu werden, »mir kommt es so vor, als hätten wir es hier mit einem größeren Problem zu tun als bloß einem Konto.«

Sie starrte ihn aus riesengroßen Augen an und schwieg, irgendwie geistesabwesend, so als finde in ihrem Kopf eine Debatte statt. Daß er sie mit Jamisia angesprochen hatte, schien sie nicht im mindesten zu beunruhigen.

»Könnte sein«, antwortete sie ausweichend.

»Der Sicherheitsangreifer gestern kam nicht wegen

deines Kontos, sondern weil er für jemanden Informationen über dich beschaffen wollte. Also paß auf, wenn du mit dem Drogengeschäft zu tun hast oder sonst was Illegales machst, dann solltest du dich für die Mahlzeit bedanken und von hier verschwinden.«

»Und wenn ich nichts damit zu tun habe?«

Dann könnte sie bleiben ... Darüber hatte Phönix noch gar nicht nachgedacht. »Na ja, du befindest dich hier auf Paradise, und hier haben ziemlich viele Menschen etwas gegen gewissen Dinge. Ich gehöre dazu und hätte ungern etwas zu tun mit ...«

»Ich habe nichts mit Drogen zu schaffen«, versicherte sie ihm und richtete sich auf. Jetzt wirkte sie nicht mehr weich und verletzlich, sondern härter und selbstbewußter. Wie machte sie das bloß?

»Es geht um Industriespionage«, erklärte sie. »Mein Vater war in der Forschungsabteilung eines terranischen Konzerns beschäftigt. Er kam ums Leben, und die Konkurrenz glaubt, ich wüßte, worum es bei seinen Projekten gegangen sei.«

»Und, weißt du darüber Bescheid?«

Nach kurzem Zögern antwortete sie: »Nein.«

Industriespionage. Gott, das erklärte natürlich so einiges. Die Leute, die hinter Jamisia her waren, würden nicht locker lassen, bis sie gefunden war. Hunderte von Programmen mußten zur Zeit das Outernet nach ihr durchkämmen – und sich die Haare zu verschandeln oder sich einen falschen Namen zu geben half einem da nicht lange.

Die Erdkonzerne waren in den Außenwelten dafür berüchtigt, sich nicht im mindesten um lokale Gesetze zu kümmern. Vor kurzem erst hatte ein Bericht die Runde gemacht, daß ein Konzern die Station eines Konkurrenten gesprengt habe. Unter den Varianten würde ein solches Vorgehen zu Aufruhr führen. Aber ob die Terraner, die Jamisia haben wollten, sich davon abschrecken ließen?

Die betreffenden Konzerne hatten bestimmt längst ihre geballte Macht aufgeboten, um das Mädchen zu finden. In allen Stationen würden Schnüffler herumschwirren. Allein hatte sie kaum eine Chance, dieser Hardware auch nur für eine kurze Frist zu entkommen. Und er selbst könnte in die größten Schwierigkeiten geraten, wenn er ihr half. Ganz abgesehen von dem vielen illegalen Zeug in seinem Kopf. Am besten ließ er die Finger von der Sache.

Nur …

Einer solchen Herausforderung hatte er noch nie gegenübergestanden. Ganz zu schweigen davon, daß man ein Mädchen wie Jamisia nicht einfach abwies.

»Hör zu, ich könnte dir helfen. Gerade checken ein paar Programme von mir das Outernet. Bald sind wir in der Lage, einen Blick auf ihre Daten zu werfen.«

»Ich werde dich dafür bezah –« Sie unterbrach sich, lief rot an und senkte den Kopf. »Tut mir leid, das ist mir nur so herausgerutscht …«

»Höchstens mit dem Geld, das ich dir besorge.« Er grinste. »Frisia leidet unter einer hohen Staatsverschuldung. Da macht es nichts, wenn noch ein paar Tausender dazukommen.«

Ihre Augen strahlten ihn an, und das machte ihn froh. Bislang war es ihm noch nicht sehr oft gelungen, eine junge Frau zu beeindrucken oder zum Lachen zu bringen. Die meisten Tussis interessierten sich nämlich nicht dafür, was er mit all dem Equipment in seinem Kopf anfangen konnte.

Er erhielt ein rotes Signal und stand mehrere Sekunden reglos da, während er die Nachricht studierte.

»Was ist denn los?« fragte Jamisia besorgt.

»Einer meiner Schnüffler scheint etwas Interessantes gefunden zu haben.« Er gab ihr zu verstehen, daß sie schweigen solle, und schloß die Augen. Ja, das war einer von seinen, und er brachte einen Code mit, der länger war als sein eigener.

Ein Programm, mit dem man rechnen mußte, wenn ein großer Konzern mit im Spiel war.

»Gesichtserkenner«, erklärte er dem Mädchen und las die letzten Bits. »Sucht nach dir.«

»Was bedeutet das?«

»Dieses kleine Programm wandert von einer Sicherheitskamera zur nächsten und zapft deren Aufnahmen an. Es klappert das Material dann nach allem ab, was auf deine Beschreibung zutrifft: Körpergröße, Geschlecht, eventuelle Variationen ... Die filtert es dann heraus und legt das Raster mit den spezifischeren Angaben auf: Knochenstruktur und ähnliches, das nicht leicht verändert werden kann.«

»Und könnte ein solches Programm mich entdecken? Auch auf einer so riesigen Station?«

»Nur wenn du an einer der öffentlichen Überwachungskameras vorbeiläufst. Und selbst dann würde der Erkenner noch eine ganze Weile brauchen, bis er dich einwandfrei identifiziert hätte. Wenn sich zu viele Terranerfrauen auf Paradise aufhalten, kommt das Programm kaum mit der Identifizierung nach ...

Was mir viel mehr Sorgen macht, ist der Umstand, daß jemand überhaupt soviel Zeit und Mühe investiert, um an dich heranzukommen. Die Polizei hat mit diesem System einige Erfolge errungen. Meist dann, wenn die gesuchte Person sich nicht gerade in einer Privatstation aufhält ... oder jemand ihre Programme manipuliert.«

»Könntest du das tun?«

»Aber logo.« Phönix war bereits zugange, das Programm zu bearbeiten, indem er hier und da ein paar Codesegmente entfernte und durch eigene ersetzte. »Wenn ich damit fertig bin, könntest du dich direkt vor eine Kamera stellen und vor ihr Grimassen schneiden, das Programm würde dich nicht erkennen. Es bewegt sich dann weiterhin durch die Station, findet aber niemanden. Deine Feinde werden glauben, du seist nicht mehr auf Paradise.«

Als alles erledigt war, überprüfte er das Programm, um festzustellen, ob er nichts vergessen oder übersehen hatte, und entließ es dann wieder ins Netz. Er untersuchte jetzt seine anderen Schnüffler zu Ende, gratulierte sich im stillen, daß er Jamisia so sehr beeindruckt hatte, und –

»Phönix?«

Ein winziges Programm am Ende eines seiner Schnüffler. Jemand versuchte, ihn auf diese Weise aufzustöbern. Er hatte eines seiner Programme gefunden und war ihm bis zur Quelle gefolgt.

»Phönix, ist alles in Ordnung?«

Er versiegelte das verdammte Ding, überschüttete es geradezu mit Sicherheitscodes. »Ja, bestens, alles bestens«, antwortete er.

Jemand war hinter ihm her und hätte beinahe Erfolg gehabt. Er hatte vor dem Mädchen so sehr angegeben, daß er darüber seine eigene Sicherheit vergessen hatte. Verdammt, das sah ihm überhaupt nicht ähnlich. Ein Hacker durfte sich solche Sorglosigkeit nicht erlauben. Erst recht nicht jemand in seiner Situation.

»Phönix?«

Er hörte, daß sie Angst bekommen hatte. »Nur eine kleine Programmierpanne«, beruhigte er Jamisia, aber sie fiel nicht auf diese Notlüge herein. »Hör zu, ich muß etwas tun, das sich nicht von hier aus erledigen läßt. Du bleibst hier. Ich bin für eine Weile fort.«

Phönix sah ihr an, daß sie ihn dazu bringen wollte, hierzubleiben oder aber sie mitzunehmen. »Du bist hier sicher«, erklärte er ihr. Solange du nicht online gehst, kann dich niemand finden. Und ich bleibe bestimmt nicht lange weg.« Er kritzelte ihr etwas auf einen Zettel. »Das ist Nukes Nummer. Wenn du zu nervös wirst, ruf ihn an. Aber keine Bange, bin gleich wieder da.«

Er wußte, daß sie ihm nicht glaubte. Kunststück, er war ja selbst nicht davon überzeugt.

Ein Sandkorn versteckst du am besten nicht in einer Kiste, sondern draußen am Strand.

Phönix hatte den Spruch in einem alten Viddie gehört und ihn im Gedächtnis bewahrt (natürlich mußte er erst in einer Bibliothek nachforschen, was Sand überhaupt war; aber nachdem er es erfahren hatte, erschien ihm das Bild noch schlüssiger).

Er wollte zu einer entfernten Mall fahren, weit genug weg von zu Hause, um ans Netz zu gehen. Nach einer Weile hatte er den gewünschten ›Strand‹ erreicht. Hier fanden nur wenige Touristen her, und die Einheimischen nutzten diese Mall um so lieber. Tausend oder mehr Paradisaner hatten sich eingefunden, um einzukaufen, zu bummeln, sich in ein Restaurant zu setzen oder, besonders bei den Kids in dieser Saison beliebt, einfach nur herumzuhängen.

Natürlich traf man hier auch auf die Virts: Eine Frau hockte auf einer Mauer und strahlte fast schon blödsinnig fröhlich. Offensichtlich ließ sie gerade im Kopf ein virtuelles Glücksprogramm ablaufen. Ein Pärchen lief kichernd und errötend umher; offensichtlich genossen die beiden gerade ein Porno-Band. Und nicht zu vergessen die Fantasy-Freunde. Man erkannte sie am ehesten daran, daß sie unvermittelt herumsprangen und mit imaginären Monstern kämpften oder aber finstere Flüche vor sich hin murmelten.

Ein Jugendlicher saß da und lächelte breit jeder vorbeikommenden Frau hinterher. Entweder besah er sich gerade ein Programm, das alle Frauen nackt erscheinen ließ; oder eines von den ganzen neuen, die Smiley-Sticker auf deren Pobacken erscheinen ließen. Phönix kannte sich damit aus. In seiner Jugend hatte er auch alles ausprobiert und genau wie die Kids heute die Erwachsenen schocken wollen.

Er gelangte in eine Ecke, in der sich mehrere Fantasy-Anhänger niedergelassen hatten, um ein virtuelles Gruppenerlebnis zu genießen. Offiziell wurden solche Gruppenspiele als Störung des Straßenverkehrs angesehen; aber die Bullen drückten gern mal ein Auge zu.

Phönix wußte, daß er im richtigen Teil der Mall angelangt war. Er mußte jetzt nur noch eine Stelle finden, wo er nicht auffiel, wenn er wie in Trance wirkte.

Als die gefunden war, rief er gleich das Programm auf, das ihn zu Hause so in Unruhe versetzt hatte. Vorsichtig öffnete er das gefährliche kleine Ding – ein Schnüfflerprogramm, das direkt auf seine Brainware ausgerichtet war. Nicht auf sein Headset, wie üblicherweise vorgegangen würde.

Dieser Mistkerl konzentrierte sich direkt auf die Brainware – das Gerät, das man nicht durch den Kauf eines neuen Interfaces verändern konnte.

Überhaupt nicht gut …

Bislang hatte das Ding noch keinen Schaden angerichtet, aber das mußte ja nicht unbedingt so bleiben. Vielleicht hatte der Schnüffler nur die Aufgabe, ihn zu lokalisieren, um in dem Fall sofort ein Signal an den Sender abzuschicken. Daran hatte Phönix das Programm in letzter Sekunde hindern können.

Nun mußte er feststellen, wo dieses Ding hergekommen war und wer in den Besitz seiner Brainware-Spezifika gelangen konnte. Das Ganze kam ihm wie ein Spionage-Viddie vor.

Aber Jamisia war real. Genauso wie die Personen, die nichts unversucht lassen würden, sie in die Hände zu bekommen. Er senkte die Lider ein Stück weit, um sich besser konzentrieren zu können, aber auch um den Eindruck zu erwecken, vor sich hin zu dösen.

Im Kopf nahm er den Schnüffler Stück für Stück auseinander, der gleich versuchte, sein Signal abzusenden. Aber dagegen hatte Phönix Vorsorge getroffen. Allerdings mußte er herausfinden, wo dessen Ziel lag, wenn er bei diesem kleinen Katz-und-Maus-Spiel Sieger bleiben wollte.

Plötzlich verblaßte der Code vor seinen Augen und machte einem Graphik-Programm Platz. Funkelnde Sterne tauchten vor Phönix' Sicht auf. Ein Teil seines Verstandes warnte ihn, daß es sich dabei um eine Falle handeln könnte, aber er war viel zu neugierig, wie es weiterging.

Aus den Sternen wuchs die Paradise Station hervor. Verdammt, an was war er da geraten? An einen Werbespot für Urlaub auf Paradise?

Dann kam auch noch eine Eddress, und danach verging alles, bis nur noch Schwärze übriggeblieben war.

Der Schnüffler hatte sich selbst zerstört, bevor Phönix etwas dagegen unternehmen konnte. Vermutlich um ihm keine Gelegenheit zu geben, sein kleines Geheimnis zu entdecken.

Er öffnete die Augen und versuchte, seine Gedanken

zu ordnen. Der Fremde hatte ein Programm ausgesandt, Phönix zu suchen. Als es ihn gefunden hatte, mußte es natürlich versuchen, ein Signal zurückzuschicken. Doch als Phönix es daran hinderte, verwandelte es sich in einen Werbespot und löste sich auf.

Was sollte das?

Alle Erfahrung sagte ihm, daß er bloß die Finger von der Eddress lassen sollte. Etwas Riskanteres konnte man kaum noch anfangen ... Aber welcher Hacker hätte einer solchen Versuchung widerstanden? Der Programmierer, der das Ding losgeschickt hatte, war sehr gut, und er schien Respekt vor Phönix zu haben.

Er mußte natürlich gewisse Vorkehrungen treffen. War sein Gegner selbst auch Hacker? Sich überhaupt so etwas auszudenken sprach schon dafür. Allerdings paßte so einiges nicht zusammen. Auf jeden Fall schien der Bursche es wert zu sein, sich mit ihm zu messen.

Phönix stand auf und bestieg den nächsten U-Zug und suchte sich eine freie Bank. Die Outernet-Anschlüsse an der Decke lockten. Bei der Geschwindigkeit des Zugs würde er alle paar Minuten den Prozessor wechseln. Wenn jemand ihm folgte, würde er ständig neu justieren müssen und damit viel Zeit verlieren.

Er loggte sich ein und rief die Eddress auf. Natürlich steuerte er sie nicht direkt an. So dumm konnte nur ein Anfänger sein. Zuerst zur Tiananmen Station, dann zur Transportabteilung eines örtlichen Bauunternehmens, von dort zur Universität und so weiter.

Ob der Fremde ihn bereits beobachtete? Wenn er Schnüffler aufgestellt hatte, hatte Phönix sicher etliche davon alarmiert. Er überlegte gerade, ob er ihm eine Botschaft schicken sollte, als plötzlich alles vor ihm weiß wurde.

Phönix war so angespannt, daß er befürchtete, sein

Herz würde stehenbleiben. Doch bevor er auf diese Entwicklung reagieren konnte, tauchte ein Bild vor ihm auf.

Ein mächtiger Vogel mit strahlenden Schwingen, der sich aus einem Scheiterhaufen erhob – sein eigenes Logo. Sein Phönix!

Ihm wurde noch mulmiger zumute als vorhin. Er rief mehrere Programme auf, um die Kontrolle zurückzugewinnen, aber jedesmal stieß er gegen sein Logo. Nach Atem ringend, saß Phönix da.

WER BIST DU?

Die Vögel vergingen, und eine Antwort erschien.

EIN SUCHER

Er fragte nicht, wonach sein Gegenüber suchte. Nur Amateure stellten solche Fragen. Und nur Amateure gaben darauf Antwort.

VIELLEICHT KANN ICH HELFEN

antwortete er und wartete.

Eine Datenkapsel erschien vor ihm. Wieder konnte er der Neugier nicht widerstehen. Phönix aktivierte vorsichtshalber ein Antivirenprogramm und öffnete dann vorsichtig die Kapsel.

Nur um sie nach dem ersten Blick gleich wieder zu schließen.

Sein Herz hämmerte wie verrückt. Kaum etwas konnte einen so sehr erschrecken, wie dem Todesvirus von Angesicht zu Angesicht gegenüberzustehen.

Scheiße!

Er wickelte rasch ein paar zusätzliche Sicherheitsprogramme um die Kapsel und fragte:

NORTHSTAR?

JA

Scheiße! Superscheiße!

WARUM?

fragte sein Gegenüber.

Superscheiße.

Okay, denk jetzt in Ruhe nach. Wenn er derjenige ist, der den Mistvirus designed hat, dann will er wissen, warum du an seinem Werk herumhantiert hast. Darauf kannst du keine Antwort geben.

Aber wenn er wirklich der Schöpfer wäre, hätte er dir längst so ein Ding in den Kopf schicken können …

Jetzt wurde Phönix erst so richtig klar, welches Risiko er eingegangen war, als er die Kapsel öffnete. Aber eigentlich war ihm ja bislang nichts Schlimmes passiert. Daraus ließ sich messerscharf schließen, daß der Fremde nicht der Designer sein konnte. Warum aber interessierte er sich dann für den Virus? Und für ihn?

HAT FREUND GETÖTET

antwortete er schließlich. Als darauf keine Reaktion erfolgte, fragte er:

UND WARUM DU?

Nach langem Warten:

ER TÖTET

Phönix stockte der Atem.

DU SUCHST NACH IHM?

Diesmal ließ die Antwort noch länger auf sich warten, was Phönix nicht verwunderte. Natürlich jagte der Fremde den Virus, aber er mußte sich erst vergewissern, wen er mit Phönix vor sich hatte, ehe er sich offenbaren durfte. Und da kein Zweifel daran bestehen konnte, daß es sich bei dem anderen um einen Hacker handelte, würde er wissen, wie er das anstellen mußte.

ICH SUCHE NACH SEINEM SCHÖPFER

Phönix atmete tief durch.

DITO

Nach einem Augenblick des Nachdenkens fügte er hinzu:

UND ANDERE AUCH

Die Reaktion erfolgte sofort:

KENNST DU IHRE ARBEIT?

Eine Falle?

NUR DIE ABER NICHT IHRE NAMEN

Das war nicht einmal gelogen, traten Moddies und andere Hacker doch nur unter Künstlernamen auf.

WIR SOLLTEN UNSERE ERGEBNISSE VERGLEICHEN

Hoffentlich tat er jetzt das Richtige, aber der Fremde schien mehr über den Virus zu wissen als Phönix' ganze Gemeinde.

SCHON MÖGLICH

Er glaubte, Chaos vor sich zu sehen, die ihn anflehte, dafür zu sorgen, daß keine weiteren Moddies dem Killer zum Opfer fielen.

ABER NICHT HIER ZU UNSICHER

Schockiert starrte er auf die Antwort:

EINVERSTANDEN NUR PERSÖNLICH

Hatte der Mann einen Knall? Wer steckte da am anderen Ende? Ein Hacker hätte so etwas nie vorgeschlagen. Die trafen sich nur in ihren elektronischen Foren und bekamen sich ihr Leben lang niemals zu sehen. Phönix dachte gar nicht daran, zu irgendeinem Unbekannten ins Büro zu marschieren und seelenruhig abzuwarten, was sich dort ergeben würde.

AUSGESCHLOSSEN

sandte er und bereitete sich schon darauf vor, den Kontakt abzubrechen.

DU WIRST KOMMEN UND ZWAR FREIWILLIG WENN ES SOWEIT IST

Darunter als Logo nur ein Name:

MASADA

Was?

Das Signal erlosch. Obwohl Phönix alles versuchte, konnte er die Verbindung nicht wieder herstellen.

Masada? Etwa Dr. Kio Masada, der das einzige Handbuch über Computersicherheit geschrieben hatte, das von den Moddies anerkannt wurde? Den alle Hacker liebten und gleichzeitig haßten, weil er sie so gut zu verstehen schien?

Der Dr. Masada?

Unmöglich. Da hätte man ja genausogut Gott online begegnen können.

Aber wer benutzte diesen Namen?

Er löschte seine Innensicht, um in die reale Welt zurückzukehren, fand sich im U-Zug wieder und kam an Stationen vorbei, die das Aussteigen nicht lohnten.

Masada. Von wegen.

Beim Sex geht es nicht um Geschlechtliches, sondern um Macht.

Die körperlichen Freuden beim Sex sind für denjenigen, der sich auf dieses Spiel versteht, nur so etwas wie eine angenehme Dreingabe.

SHARON GREER
Die menschliche Dynamik

PARADISE KNOTENPUNKT

PARADISE STATION

Sie wartete auf Phönix' Rückkehr. Was hätte sie auch sonst tun sollen? Er hatte ihr zwar versichert, hier sei sie sicher, aber so ganz überzeugt war sie nicht. Fürs erste konnte sie natürlich hier in der Wohnung des jungen Mannes bleiben, der sie offensichtlich als geheimnisvoll und attraktiv empfand …

Irgendwie mußte sie ihn dazu bringen, tiefere Gefühle für sie zu entwickeln. Wenn all ihre Geheimnisse enträtselt waren, würde er andere, interessantere Dinge finden. Dann wäre sie wieder ganz allein.

Jamisia brauchte einen Hacker, um in den Außenwelten überleben zu können. Doch fürchtete sie sich vor dem Augenblick, in dem er mehr über sie erfahren wollte. Wenn er entdecken mußte, daß sie ihm nicht mehr mitteilen konnte, als sie bereits getan hatte. Würde er ihr glauben oder sich enttäuscht von ihr abwenden?

Aber Phönix war ein Mann und konnte manipuliert werden. Eine kluge Frau vermochte es, um einen Mann ein Netz von Emotionen zu spinnen – fein genug, daß er es nicht bemerkte, und doch so fest, daß er sich nicht mehr daraus befreien konnte. Natürlich ließ sich so etwas nicht im Nu weben, aber in ihrer Lage mußte sie es darauf ankommen lassen.

Katlyn erklärte den Anderen, wie sie vorzugehen gedachte, und die Anderen überließen ihr die Kontrolle. Die Anderen drängten nahe heran, um wie von einer

Galerie aus alles beobachten zu können. Selbst Derik fand sich ein, der sich sonst bei Katlyns Eskapaden in den Hintergrund verzog.

Stell dir das nur nicht zu einfach vor, warnte er sie.

Dann mach dich mal auf eine Überraschung gefaßt, entgegnete sie.

Kurz darauf öffnete sich die Tür, und der Hacker kehrte heim. Katlyn erhielt Gelegenheit, ihn zum ersten Mal richtig in Augenschein zu nehmen. Ziemlich groß und etwas schlaksig; langes blondes Haar, lose zurückgekämmt; eigentlich sah er nicht schlecht aus, obwohl er um sein Äußeres nicht viel zu geben schien, wie man an seiner wahllos zusammengestellten Kleidung erkennen konnte. Aber sie hätte es schlimmer antreffen können.

Offenbar befand Phönix sich gerade wieder in irgendeinem dieser Hacker-Tagträume und bemerkte sie zunächst gar nicht. Katlyn sagte sich, daß es sich dabei wohl um seinen Normalzustand handelte.

»Oh, Jamisia, tut mir leid, daß es doch etwas länger gedauert hat, aber ich -«

Er hielt mitten im Satz inne und sah sich mit offenem Mund in seinem Apartment um. Katlyn setzte eine Miene vollkommener Unschuld auf: »Ich wollte mich nur ein wenig nützlich machen, nach allem, was du für mich getan hast.« Das Ganze untermalte sie mit einem leichten Zittern der Unterlippe, so als befürchte sie, ihr Werk könne ihm nicht gefallen.

Phönix rannte kreuz und quer durch die Wohnung und starrte hierhin und dorthin. Der Wandel, der sich in dem Apartment vollzogen hatte, war nicht gerade spektakulär, kam für ihn aber dennoch so überraschend, daß er seine Sprache noch immer nicht wiederfand. Das ganze schmutzige Geschirr gespült und eingeräumt.

Tisch und sonstige Ablagen abgeräumt. Phönix taumelte wie in Trance durch seine Bleibe.

Er ist bestimmt wütend auf uns, jammerte Zusu.

Halt die Klappe.

Der Hacker rannte zu seinem Schreibtisch, es schien, als wollte er entsetzt aufschreien. Aber Jamisia hatte auf Katlyns Anweisung hin keines von seinen Heiligtümern auch nur angerührt, sondern nur drum herum gewischt.

Tief in seiner Seele schien er zu wissen, was hier gespielt wurde, und Katlyn sah ihm an, daß er um Worte rang. Aber diese Sprache beherrschte er nicht. Wie die meisten Männer kannte er sich mit entschiedenem Vorgehen, mit klaren, knappen Anweisungen und zielgesteuerter Handlungsweise aus. Aber im Reich der Andeutungen, der subtilen Hinweise und der Intuition verirrte er sich rettungslos. Kurzum, dieses Spiel beherrschte er nicht.

»Du ... hast aufgeräumt.«

Sie senkte die Lider und setzte eine Miene der Unsicherheit auf. Katlyn hatte bereits erkannt, daß er auf weibliche Hilflosigkeit am ehesten reagierte, also spielte sie gern und hemmungslos auf dieser Klaviatur. »Ich hoffe, das macht dir nichts aus, aber ich habe hier so lange herumgesessen, und so, wie es hier aussah ...« Es gelang ihr zu erröten, ein kleines Meisterwerk. »Da dachte ich mir, die Wohnung könne so etwas vertragen.«

Ich habe deinen Ausflug genutzt, hier mein Territorium zu markieren. Nicht zu offen und direkt, daß du sofort einschreiten würdest, sondern subtil, so daß du mich überall spürst, egal, wo du dich gerade aufhältst.

Als Phönix nichts darauf sagte, meinte sie: »Ich habe versucht, nichts Wichtiges -«

»Nein, hast du nicht, hast du ja auch nicht«, sagte er rasch und wie erwartet, um dann zu grinsen. »Sieht toll aus. Danke.«

Sie strahlte ihn an, und an diesem Lächeln hatte sie lange gearbeitet.

Das ist ja langweilig, der ist viel zu einfach, beschwerten sich einige der Anderen.

Beschwert euch nicht, freut euch lieber darüber, tadelte Raven sie.

Der Hacker ließ sich an seinem Schreibtisch nieder und wirkte vollkommen erledigt. Katlyn hätte es sich nicht besser wünschen können. Als er sich den Nacken rieb, trat sie hinter ihn. Ein verspannter Rücken? Hervorragend. »Hast du alles erledigen können?«

Phönix fing zu fluchen an und unterbrach sich gleich verlegen. Katlyn hätte fast gelacht, weil sie von Derik schon wirklich schlimmere Sachen gehört hatte.

»Na ja, mehr oder weniger.« Er zuckte zusammen, als er ihre Hände auf seinen Schultern spürte. Die Finger strichen über die verspannten Muskelpartien. »Ah … ja … Nun, ich habe die Person gefunden, nach der ich suchte. Ich weiß aber nicht so recht, er hat mir einen eigenartigen Namen genannt – Masada.«

»Und wer ist das?«

»Ein bedeutender Outernet-Theoretiker und … Oh, das tut gut.« Er entspannte sich sichtlich. »Der Bursche hat 'ne Menge drauf, aber er ist niemals Masada.«

Katlyn öffnete sein Hemd, und als ihre Finger auf seine Haut trafen, zuckte er wieder zusammen.

Jetzt nur nichts überstürzen.

Er mußte weiterreden, weil das Schweigen ihm zu intim erschien. »Wirklich hübsch, was du aus meiner Bude gemacht hast. Ich meine natürlich, daß du so etwas überhaupt gemacht hast.«

Ihre Hände erreichten seine Brust, und sie beugte sich so dicht über ihn, daß er ihre Wärme spüren mußte. Er zitterte leicht. »Du hast doch so viel für mich getan«, entgegnete sie leise. Ihre Berührungen erregten und verwirrten ihn gleichzeitig. Sehr gut. Männer waren am leichtesten zu kontrollieren, wenn man sie aus dem inneren Gleichgewicht gebracht hatte.

Phönix stand schließlich auf und trat zwei Schritte nach rückwärts, um aus ihrer Reichweite zu kommen. *Das ist ganz normal,* versicherte sie den Anderen, *so etwas gehört zum Spiel.*

»Ich … äh … ist schon okay, ich habe dir gern geholfen …« Er fummelte an irgendeinem Teil auf seinem Schreibtisch herum und schien angestrengt nach einer Tätigkeit zu suchen, die er jetzt dringend erledigen mußte.

Katlyn näherte sich ihm nicht. Man durfte das Opfer nicht nervös machen, sonst würde es endgültig entfliehen, und man mußte wieder ganz von vorn anfangen. Was unter anderen Umständen kein Problem für sie dargestellt hätte.

Endlich hob er den Kopf und sah sie an. Das war ihr Stichwort. Sie bewegte sich auf ihn zu, ohne den Blick von ihm zu wenden – und vor allem, ohne ein Wort zu sagen. Als er den Mund öffnete, legte sie ihm einen Finger auf die Lippen.

Mein süßer, kleiner Hacker, das ist alles ein Märchen. Ein hübsches Mädchen voller Geheimnisse liegt in deinen Armen, und du willst es. Das konnte ich dir gestern schon ansehen. Du kennst weder seinen Namen noch seine Geschichte, aber in seinem Kopf steckt etwas, über das du gern mehr erfahren möchtest, und das ist für dich sexier als alle hübschen Mädchen von Paradise zusammen. Kannst du widerstehen? Nein, wozu auch?

Diesmal versuchte er nicht, ihr zu entfliehen. Sie mußte auch nicht seine Arme um sich legen. Er setzte noch einmal zu dem Versuch an, etwas zu sagen, den sie aber mit einem langen Kuß zunichte machte.

Kaum ein Mann konnte einer solchen Verlockung widerstehen, und dieser hier bildete keine Ausnahme.

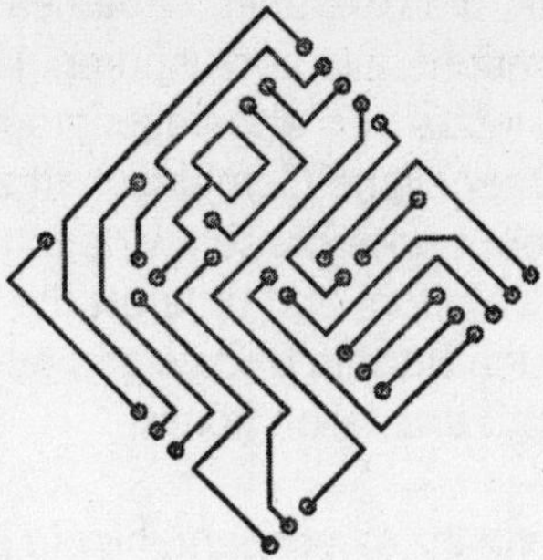

Völker der Erde

Wir sind zu euch zurückgekehrt.

Durch Himmelslandschaften, wie eure Wissenschaft sie nicht einmal erahnt, und durch Gefahren, wie ihr sie euch nicht vorstellen könnt, sind wir vom nächsten Transitpunkt aus drei Jahre lang geflogen, um Terra zu erreichen. Wir sind erschienen, um euch zu verkünden, daß der Mensch sich von neuem aufmacht, die Sterne zu erobern. Und wir bieten euch an, diesen Triumph mit uns zu teilen.

Erkennt die tiefere Bedeutung dieser Botschaft, und laßt euch nicht von meinem Äußeren täuschen. Meine Rasse gehört zu den wenigen da draußen, die euch äußerlich ähnlich geblieben sind. Darüber hinaus sind alle Hausman-Mutationen, die ihr so gefürchtet habt, Wirklichkeit geworden. Die Galaxis ist angefüllt mit Wesen, die ihr nicht als Menschen wiedererkennen würdet und die sich doch als solche bezeichnen.

Mein Volk, die Gueraner, haben es sich zur Aufgabe gemacht, alle aufzuspüren, jede einzelne, auch die letzte und abgelegenste Kolonie, um sie in die menschliche Gemeinschaft zu führen. Dieses Angebot unterbreiten wir auch euch. Laßt ab von der Isolation, und umarmt die Sterne. Wir führen euch dorthin und zeigen euch, wie ihr die Galaxis mit uns teilen könnt.

Doch wenn ihr es vorzieht, hier in Einsamkeit zu bleiben, so sollt ihr wissen, daß wir unser Angebot nur einmal machen. Meine Besatzung und ich haben sechs Jahre unseres Lebens geopfert, um zu euch zu gelangen und danach in die Heimat zurückzukehren. Ein zweites Mal wird ein gueranisches Schiff das nicht auf sich nehmen.

Und was die Hausman-Kinder angeht, so habt ihr sie als das zu akzeptieren, was sie sind.

Dann werden sie euch vergeben.

Entscheidet euch.

SUCHKOMMANDANT HARIMAN ALEXANDRIA,
aus seiner Fernsehansprache an die Erde
(Historische Archive, Hellsgate Station)

GUERA KNOTENPUNKT

TIANANMEN STATION

Die Glocke läutete, und Dr. Masada wußte, daß Besuch vor der Tür stand. Keine willkommene Unterbrechung seiner Arbeit, aber wenn man sich zu Besuch aufhielt, mußte man sich an gewisse Gepflogenheiten halten.

»Wer ist da?«

Ein Gildebote teilte ihm mit, daß Gildemeister Anton Varsav ihn sehen wolle.

Varsav? Der Offizier? Warum machte er sich persönlich auf den Weg zu ihm? Dem Professor fiel kein Grund ein ... bis auf den, daß der Gildemeister etwas entdeckt haben mußte, das sich nicht über die normalen Kommunikationslinien verbreiten ließ.

Er stand auf und wandte sich zur Tür. »Teilen Sie dem Meister mit, daß ich ihn im vorderen Empfangsraum sehen werde.«

Trotz einer gewissen neugierigen Erregung nahm Masada sich die Zeit, alle Programme abzuschalten und die Sicherheitsvorkehrungen zu überprüfen. Hatte er die Zeichen richtig gedeutet? Er kannte sich mit den Sitten und Gebräuchen auf den Stationen nicht aus. Aber er hatte noch nie davon gehört, daß ein Gildeoffizier aus nichtigem Anlaß eine solche Reise antrat.

Der Professor legte den Weg zu dem Empfangsraum rasch zurück. Varsav wartete bereits auf ihn. Ein dunkler, beeindruckender Offizier, dessen Augen nicht stillzustehen und alles in dem Raum aufzunehmen schienen. Gleichzeitig fuhren seine Hände und Finger über alles, was in ihre Reichweite kam. Sein Kaja setzte sich aus einem Natsiq und einigen Shru-Elementen zusammen. Dann stellte er sich, ohne die Rechte zu reichen, als Stationsmeister von Knotenpunkt Adamantine vor.

Masada war es ganz recht, daß es nicht zu einem Körperkontakt kam. Die Rastlosigkeit des Shru war Gift für seine Nerven. Er stellte sich ebenfalls vor.

Varsav deutete auf die Stühle, und die beiden nahmen einander gegenüber Platz. Die Hände des Gildemeisters fuhren jetzt ruhelos über die Nachbarsitzgelegenheiten. Zu Masadas Freude kam er dann auch gleich auf den Grund seines Besuchs zu sprechen.

»Ich bringe eine Nachricht, die meine Mitarbeiter von einer der Stationen in meinem Knotenpunkt aufgefangen haben. Der Wohnort terranischer Extremisten.« Er schnaubte so vernehmlich, daß selbst der Professor darin tiefe Verachtung erkennen konnte. »Diese Botschaft war an die terranische Zwischenstation in den Außenwelten gerichtet.«

Masada nahm das Blatt entgegen und las den kurzen Text:

ÄRGER STEHT BEVOR / DER FEIND SUCHT KINDER / ALLE SO RASCH WIE MÖGLICH NACH HAUSE SCHICKEN / LUX AETERNA

Er las die Nachricht dreimal und wußte dann vor lauter Fragen nicht, wo er beginnen sollte.

Varsav deutete das Schweigen zu lange: »Wir haben jede einzelne Meldung in meinem Knotenpunkt gelesen, und … Nun, was halten Sie davon?«

»Ich glaube, das könnte Teil der Luzifer-Geschichte sein. Aber bei so wenig Text kann man das natürlich nur schlecht sagen. Was bedeutet ›Lux Aeterna‹?«

»Ewiges Licht. In der terranischen Religionsmythologie war Luzifer der Engel des Lichts. Und deshalb gehörte der Begriff auch zu meinem Suchraster.«

»›Feind sucht Kinder‹, das könnte eine Anspielung auf die Daten sein, nach denen ich gerade suche …« Der Professor schüttelte den Kopf. »Da scheinen Sie eine sehr vertrauliche Botschaft abgefangen zu haben … Und die war unterwegs in Richtung Erde?«

»Nein, zur terranischen Zwischenstation.« Seine dunklen Augen starrten den Wissenschaftler an. »Die Station, die das abgeschickt hat, könnte sich aber mit der Erde gegen uns verschworen haben, oder? Um unsere Geheimnisse zu stehlen und dann unsere Piloten auszuschalten. Diese Extremisten hassen uns Varianten aus tiefstem Herzen und verbreiten auf ihren Outernet-Seiten Aufrufe zu Anschlägen gegen uns.«

Masada nickte. Ja, das paßte alles zusammen. Die Nachricht stellte nur eine kleine Spur dar, aber in einem solchen Krieg mußte man auch dafür dankbar sein. Er würde den Text genauer untersuchen und festzustellen versuchen, ob Varsavs These bestätigt werden konnte.

»Wir beginnen damit, daß wir uns das Mail Drop der Botschaft –«

Er erstarrte, als der Gildemeister ihm unvermittelt eine Hand auf den Arm legte.

»Es gibt noch mehr.«

Masada zog seinen Arm zurück.

Varsav zog ein weiteres Blatt aus der Hemdtasche, und der Professor erkannte sofort den Audit-Weg für die Nachricht. Lange Codes, die angaben, wo der Text verfaßt, auf welcher Maschine geschrieben und wann und wo er abgeschickt worden war. Der Seriencode stimmte auf beiden überein. Auch der, der irgendwo in den anderen Angaben verborgen lag und an dem sich überprüfen ließ, ob jemand den Text nachträglich verändert hatte.

Er sah den Gildemeister an und wartete auf eine nähere Erklärung.

»Ja, sehen Sie das denn nicht?« erregte sich der Offizier. »Ich dachte, das genau sei Ihr Spezialgebiet!«

»Hier steht der Weg verzeichnet, den die Nachricht von der Station der Neuen Terranischen Front zu ihrem Ziel zurücklegen sollte, bevor Sie sie abgefangen haben. Alle Codes darauf zeigen an, daß dieser Pfad nicht manipuliert worden ist. Glauben Sie mir, die hier enthaltenen unsichtbaren Codes lassen sich auch nicht fälschen.«

Varsav rieb mit beiden Händen über den Tisch, vor und zurück, rasch und immer wieder. »Das Gerät, Mann, der Rechner, der die Botschaft abgeschickt hat!«

»Ein Sonroya XSE 200+ ...« las der Professor vor und wußte immer noch nicht, worauf der Gildemeister hinauswollte. »Einer der besten tragbaren Computer. Und von jemandem, der Luzifer entwickelt hat, darf man wohl annehmen, daß er –«

»Begreifen Sie denn nicht?« Er riß das Blatt an sich und wedelte damit vor Masadas Gesicht herum. »Sonroya, eine Firma auf Frisia! Eine Varianten-Firma. Auf der Station leben terranische Extremisten, die nicht einmal dieselbe Luft wie wir atmen wollen! Und diese Leute sollen ihre Geheimbotschaften auf einem Variantengerät abschicken? Das kann ich mir wirklich nicht vorstellen.«

Beide schwiegen, bis der Professor schließlich fragte: »Wollen Sie damit andeuten, die Nachricht stamme nicht von der Neuen Front?«

»Ganz recht.« Varsav plumpste erschöpft auf seinen Stuhl zurück. »Endlich verstehen Sie.«

Der Wissenschaftler nahm sich die Blätter noch einmal vor. »Na ja ... laut den Audit-Codes muß die Nachricht aber von der Station abgeschickt worden sein –«

Der Gildemeister ließ ihn nicht ausreden. »Wir haben noch etwas: Ein Mecho-Pod ist wenige Stunden vor Absenden der Botschaft in das Hoheitsgebiet der Station eingedrungen. Ich wette zehn zu eins, daß diese Kapsel ein Signal der Station abgefangen hat, um an die Codes zu gelangen, genauer gesagt, um den eigenen Text darunter einzufügen und den ursprünglichen zu löschen.

Wir konnten die Spur des Pods verfolgen, doch das verdammte Ding ist in eine Harvester-Station geflogen und dort zerschellt. Vermutlich absichtlich. Wir haben die Trümmer eingesammelt, konnten darauf aber nichts von Bedeutung entdecken.«

Er rieb unentwegt die Hände aneinander.

»Wie können wir jetzt herausfinden, wer dahintersteckt? Und warum sie unbedingt die Audit-Codes der Neuen Front haben wollten.«

Masada verstand nicht, warum der Offizier nicht schon längst von selbst darauf gekommen war: »Wir sehen mal in der terranischen Zwischenstation nach.«

»Um herauszufinden, für wen die Nachricht bestimmt war?«

»Unter anderem.«

Alle so rasch wie möglich nach Hause schicken.

In seinem Kopf fügten sich alle Verdachtsmomente und vagen Vermutungen zu einem Gesamtbild zusammen. Und dieser Text stellte aller Wahrscheinlichkeit nach den Schlüssel dazu dar.

»Ich werde das in meinem Labor untersuchen.«

Und Sie können dann daraus Ihre große Verschwörungstheorie weben und die Schuldigen bestrafen.

Der Professor war verdammt froh, daß er damit nichts mehr zu tun haben würde.

Er wollte los, aber der Gildemeister legte ihm schon wieder eine Hand auf den Arm. »Sie haben das wegen mir so hingebogen, wissen sie doch, wie sehr ich diese Extremisten verabscheue. Wahrscheinlich haben sie sich gesagt, sobald ich irgendeine Verbindung zur Neuen Front entdecken würde, würde ich gleich Himmel und Hölle in Bewegung setzen, um diesen Burschen den Garaus zu machen ... Damit hätte ich ihnen genau in die Hände gespielt.«

Höflich, aber bestimmt befreite Masada seinen Arm. »Dann können wir ja froh sein, in Ihnen einen so logisch denkenden Mann vor uns zu sehen, der sich nicht von irgendwelchen Emotionen zu Taten hinreißen läßt.«

Der Offizier starrte ihn an und brach dann in schallendes Gelächter aus.

Mit Varsav im selben Raum konnte man kaum arbeiten. Endlich fand Masada eine Sitzhaltung, in der er den zappeligen Gildemeister nicht mehr sehen konnte. Der Gildemeister durfte ihn gern bei der Arbeit beobachten, er konnte ihn ja nicht daran hindern.

Der Wissenschaftler loggte sich wieder ins Outernet ein, und diesmal fiel ihm das nicht mehr so schwer wie noch beim ersten Mal.

Dennoch fühlte er sich dort noch lange nicht zu Hause. Wie konnte sich jemand freiwillig in diesen Wust von Werbung, Sonderangeboten und ähnlichem begeben, wo Icons einen sofort in eine Traumwelt entführten, wenn man einen Moment lang nicht aufpaßte.

Masada sehnte sich nach der Einfachheit des gueranischen Netzwerks zurück, wo man nur das geboten bekam, was man verlangte. Wann hatten diese Menschen hier vergessen, daß das Outernet eigentlich der Förderung der Kommunikation unter den Menschen dienen sollte und nicht ihrer Verhinderung.

Mit einiger Konzentration gelang es ihm, den Weg zur terranischen Zwischenstation zu finden. Die war nicht so groß wie andere in den Außenwelten, und auch in den Datenströmen ging es ruhiger zu.

Die Erde förderte auf ihren Stationen keinen Tourismus, und wer hier landete, flog meist mit der erstbesten Gelegenheit weiter.

Nach dem, was Masada gerade im Chaos des Outernets mitgemacht hatte, kam ihm dieser Ort wie ein Paradies der Ruhe vor.

Zu schade, daß er die nicht für eine Weile genießen konnte. Aber wenn diese Spur wirklich zum Designer von Luzifer führte, durfte er keine Zeit verlieren.

Einen Weg durch die Gateways der Station zu finden erforderte weniger Geistesblitze als vielmehr Fleißarbeit. Wann hatte Terra zum letzten Mal seine Masterprogramme ge-updatet? Masada konnte die Sicherheitshürden leicht umgehen. Die meiste Kommunikation aus dem Outernet wartete, verpackt in kleinen Päckchen, auf eine der periodischen Transmissionen zur Heimatwelt.

Während er mehrere Schnüffler aussandte, kam ihm der Gedanke, daß bisher alles ein wenig zu einfach gegangen war. Ob ihn vielleicht jemand hierhaben wollte?

Die Mail-Sammelstelle lag in einem abgeschlossenen System, in das man zwar hineingelangen, aber aus dem man nicht wieder hinauskonnte.

Eine Sonde oder einen Schnüffler hineinzuschicken

half einem kaum weiter, weil diese Geräte kein Signal herausschicken konnten.

Dem Professor blieb nichts anderes übrig, als einen Teil dieses Programms auseinanderzulegen, und das erforderte wieder viel Zeit. Auch waren hier strengere Sicherheitsvorkehrungen angebracht – ein Hinweis darauf, daß er sich an einem Transferpunkt für sensible Daten befand.

Varsav lief hinter ihm auf und ab. Ein Programmierer hätte gewußt, daß man jetzt nicht stören durfte, aber der Gildemeister schien sich nicht an solche Feinheiten halten zu wollen. Als der Mann auch noch anfing, vor sich hinzumurmeln, hätte der Wissenschaftler sich fast nicht mehr konzentrieren können – und das Gateway schloß sich wieder. Masada schottete sein Gehör ab, um sich von dem Offizier nicht länger ablenken zu lassen.

Schicht um Schicht schnitt er die Wand auf, bis er endlich hindurch war. Er wartete kurz, ob sein Eindringen irgendeine Reaktion auslöste. Das war nicht der Fall. Dennoch bewegte er sich nun mit größter Vorsicht, wollte er nicht unwissentlich in eine Falle des Luzifer-Erfinders treten.

Ungefähr eine Million Datenpäckchen warteten hier darauf, zu Erde geschickt zu werden. Ohne Zweifel wären sie längst auf ihrem Weg, wenn die Nachricht von der Neuen Front durchgekommen wäre. Doch sicher würden diese Sendungen bald regulär verschickt werden.

Wo sollte er in dieser Menge beginnen? Er scannte die Sendungen auf Länge, Verschlüsselung und Ursprung. Die Nachrichten stammten von allen Orten der Außenstationen.

Aber keine einzige war dechiffriert.

Und alle besaßen die gleiche Länge.

Sein Puls beschleunigte sich, und tief in seinem Innern ahnte er bereits, worum es sich bei diesen Päckchen handelte. Er überprüfte alle Angaben noch einmal, um ganz sicherzugehen. Dann öffnete er eine der Sendungen.

Varsav schien etwas bemerkt zu haben und trat näher. Masada spürte den Mann unangenehm nah hinter sich. Wie gut, daß er nichts hören konnte.

Vor allem dann, wenn er den gefährlichsten Code der gesamten Galaxis vor sich hatte.

Luzifer.

Masada verschloß das erste Päckchen wieder und öffnete ein zweites. Und ein drittes.

Alle fehlenden Sporen waren hier versammelt. Nun wußte der Wissenschaftler, warum die aufgefundenen Sporen mit der Zahl der von ihm errechneten nicht übereingestimmt hatten.

Luzifer-Versionen aller Generationen warteten hier darauf, verschickt zu werden. An ihren Schöpfer? Die Vorstellung raubte ihm den Atem.

Masada hätte zu gern einige Kopien genommen, wagte das aber zum jetzigen Zeitpunkt nicht, wollte er doch keine Spur hinterlassen.

Wer immer den Virus geschaffen hatte, hatte genau gewußt, was er tat, und würde peinlich genau auf irgendwelche Störungen achten.

Dennoch mußte der Professor alle Willenskraft aufbieten, um sich von diesem Mail-Drop zu lösen. Er zog sich zurück, und hinter ihm schloß sich die Gateway-Mauer gleich wieder.

Luzifer.

Masada löschte sorgfältig alle Spuren seiner Anwesenheit und kehrte in die reale Welt zurück. Sein Kehle war wie ausgedörrt, so als habe er Stunden im Outernet verbracht.

»Und, was ist?« drang es an sein Ohr, kaum daß er sein Gehör wieder eingeschaltet hatte.

»Luzifer. Alle Informationen, an denen dem Designer lag, liegen dort verpackt, um zur Erde geschickt zu werden. Die ›Kinder‹, die nach Hause kommen sollen.«

»Nach Terra«, zischte Varsav.

»Ja.«

»Das bedeutet … heißt ja wohl …, daß dieser Virus von der Erde stammt?«

»So sieht es aus.«

»Aber … aber …«

»Es muß nicht die Erde als Ganzes sein«, meinte Masada. »Womöglich steckt nur ein Konzern dahinter.«

»Vielleicht. Oder aber einige haben sich zusammengetan. So etwas hat es früher schon gegeben. Und wenn eine offizielle Erdstelle dahintersteckt?«

Beide wagten nicht, sich das vorzustellen.

»Werden Sie Gaza informieren?« fragte der Gildemeister schließlich.

»Das gehört zu meinem Aufgabenbereich, also werde ich auch das übernehmen.«

Aber vorher würde er noch viele Daten benötigen, um sich absolut und hundertprozentig sicher zu sein. Das Gewicht des Universums schien in diesen Sekunden auf seinen Schultern zu lasten.

»Ja, ich werde den Direktor davon in Kenntnis setzen.«

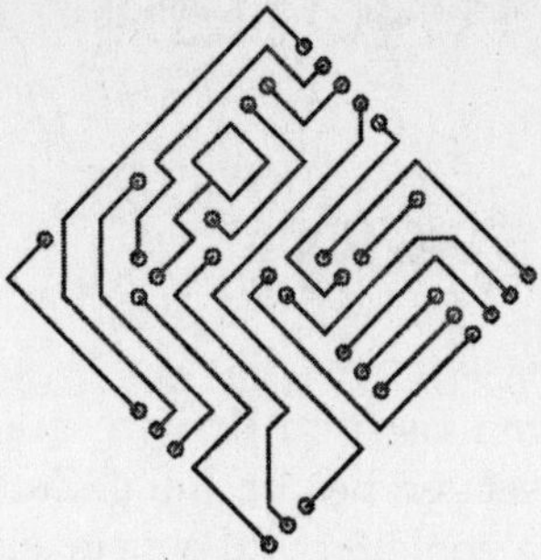

Alle Daten hinterlassen Spuren.
Jede Suche nach Daten hinterläßt Spuren.
Jedes Löschen von Daten hinterläßt Spuren.
Und das Fehlen von Daten kann unter den richtigen Umständen die deutlichste Spur von allen hinterlassen.

DR. KIO MASADA,
Der Feind unter uns

REIJIK KNOTENPUNKT

TRIDAC STATION

Auf dem langen Tisch im Konferenzraum lagen noch die Reste der letzten Besprechung. Zerdrückte Kaffee-Boxen, lose Datenblätter und ein einzelner Stylus.

Sie stand am Ende des Tisches und schien gerade in einer Sendung oder inneren Konversation versunken zu sein. Er trat vorsichtig ein, und als sie ihn nicht zu bemerken schien, gab er ein Hüsteln von sich.

Einen Augenblick später, in dem sie wohl die inneren Programme geschlossen hatte, drehte sie sich zu ihm um.

»Miklas. So früh hatte ich Sie noch nicht erwartet. Ich nehme an, Sie können mir etwas Erfreuliches berichten. Schließen Sie bitte die Tür.«

Als er ihrer Aufforderung Folge geleistet hatte, setzte sie sich mit dem Sicherheitszentrum in Verbindung und gab die Codes ein, mit denen sämtliche Kameras in dem Raum abgeschaltet wurden.

»Bitte, beginnen Sie.«

»Wir wissen jetzt, wo sich das Mädchen aufhält.«

Ihre Augen funkelten kurz. Die einzige Regung in der ansonsten steinernen Miene. »Sind Sie sich auch ganz sicher?«

»Ja. Ich habe ein Gesichtserkennungs-Programm geschrieben, um damit nach ihr zu suchen, und das an alle größeren Stationen geschickt. Bis auf drei konnte das Programm überall durch alle Sicherheitssysteme schlüpfen.«

»Und damit haben Sie Jamisia aufgespürt? Das ging aber wirklich schnell.«

»Ich habe vierunddreißig Kopien abgesandt und die gestern überprüft. Dreiunddreißig waren unverändert.«

»Und die letzte?«

»Daran waren Manipulationen vorgenommen worden. Von einem geschickten Programmierer. Und zwar so, daß der Sucher das Mädchen nicht mehr identifizieren konnte, sollte er auf sie stoßen.«

»Unsere kleine Freundin ist nicht dumm. Auf Reijik konnte sie den Sicherheitskräften entwischen, und die Gilde hat sie auch noch nicht zu fassen bekommen. Wir dürfen also davon ausgehen, daß sie die richtigen Kontakte gesucht und gefunden hat.«

»Niemand kann auf Dauer in den Außenwelten untertauchen, weil er überall Daten hinterläßt«, erklärte Miklas. »Daß wir noch nicht auf Jamisias Spur gestoßen sind, bedeutet, daß sie Hilfe hat. Hilfe von Leuten, die meine kleinen Spielzeuge stören würden. Genau aus diesem Grunde habe ich die Sucher ausgesandt. Natürlich hätte ich das Mädchen damit auch direkt finden können, was mir aber unwahrscheinlich vorkam. Viel eher ging ich davon aus, indirekt auf sie stoßen. Und das ist mir nun gelungen.«

Sie verzog kurz die dünnen Lippen. »Ja. Gute Arbeit, Miklas. Und wo steckt sie nun?«

»Auf Paradise Station. Und wenn das Mädchen von dort weiterzieht, werden wir das ebenfalls erfahren. Denn dann wird die Manipulation wieder vorgenommen.«

»Paradise ist eine ziemlich große Station.«

»Dafür wissen wir aber jetzt, daß wir nach einem Hacker Ausschau halten müssen. Nach jemandem, der jede Spur löscht, die sie irgendwo hinterläßt.« Er legte eine Kunstpause ein. »Wir werden sie bald haben.«

Sie sah ihn lange und hart an.

»Gut gemacht. Aber vergessen Sie eines nicht: Das Ziel heißt, sie lebend zu bekommen, bevor die Gilde zugeschlagen hat.«

»Natürlich.« Er verneigte sich, damit sie den Triumph auf seinem Gesicht nicht bemerken konnte. »Sie können sich darauf verlassen.«

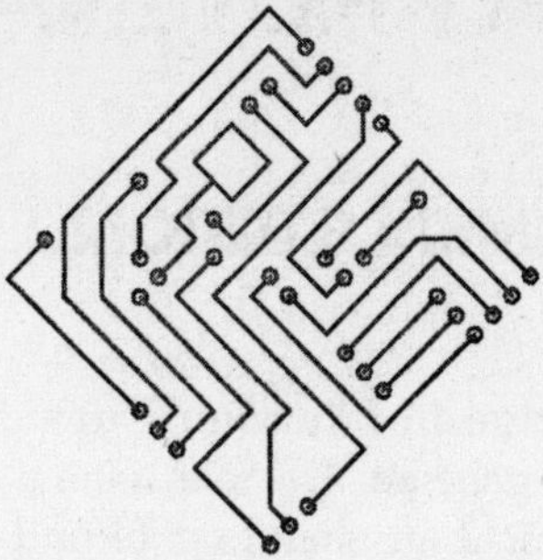

In früheren Zeiten hieß es: Wissen ist Macht. Wieviel mehr trifft das auf unsere Gesellschaft zu, wo die kleinsten Daten einem die Tür zu einem ganzen Schatzhaus an Geheimnissen öffnen können.

SORTEY-6
Über die Kraft des Menschen

GUERA KNOTENPUNKT

TIANANMEN STATION

Kio Masada hatte die Prima und Direktor Gaza zu einer Unterredung gebeten. Da man einem Iru die innere Gemütslage nicht ansehen konnte und er auch äußerlich stets in Schwarz auftrat, merkten die beiden ihm nicht an, daß er unter einer schweren Last litt; mußte er doch das Verdammnisurteil über eine Welt sprechen.

Die Prima traf sich mit den Männern in einem kleinen Konferenzraum im Innenring der Station. Masada war ein Raum so recht wie jeder andere, war er hier doch nicht zu Hause. Dennoch erschien ihm diese Station noch anheimelnd gegenüber dem, was ihn bald erwartete; immerhin traf man hier nur Gueraner an.

Die Herrin erschien in formeller Robe und zeigte damit an, daß nach dieser Besprechung offizielle Termine auf sie warteten. Der Professor fragte sich, ob sie die nach seiner Ankündigung noch wahrnehmen wollte. Gaza zeigte sich in normaler Arbeitskleidung, und Masada fiel auf, daß er den Direktor in der letzten Zeit nur noch unregelmäßig zu Gesicht bekommen hatte. Ob man ihm inzwischen so weit vertraute, daß man nicht mehr ständig nach ihm schauen mußte?

Devlin aktivierte die Sicherheitssysteme des Raums, die Schallabdichtung, die Datenfilter und die Überwachungskameras.

»Nun, Dr. Masada«, begann die Prima, »ich nehme an, Sie wollen uns etwas mitteilen.«

Er atmete tief ein und richtete seinen Blick nach

innen, um sich zu sammeln. Die beiden sahen ihn so erwartungsvoll an, daß er ihren Blicken auswich. »Es könnte sein, daß ich die Quelle Luzifers entdeckt habe.«

Die beiden starrten noch intensiver, und er betonte: »Ich sagte, es könnte sein.«

»Bitte berichten Sie«, drängte der Direktor.

»Nach meiner Theorie hat der unbekannte Designer den Virus derart geschaffen, daß er ihn beobachten und gegebenenfalls feinabstimmen kann. Dazu muß eine Sammelstelle bestehen oder ein Homing-Muster in Luzifer selbst. Als ich hier angekommen bin und mit meiner Arbeit begonnen habe, fiel mir bald auf, daß ein Großteil der Sporen nicht entdeckt worden war – und das schien meine Theorie nur zu bestätigen. Entweder hatte jemand die weiterentwickelten Viren aus dem Outernet genommen oder sie zum Studium an einem bestimmten Punkt gesammelt.

Diesen Ort habe ich nun gefunden.«

»Wo ist er?« rief die Herrin sofort.

Nun mußt du es sagen und die betreffende Welt ihrem Schicksal überlassen.

»Im Erd-Knotenpunkt. In der Zwischenstation.«

Auch wenn er so sachlich und ruhig wie immer geantwortet hatte, erzielte er mit diesen Worten eine ähnliche Wirkung, als hätte er sie laut hinausgeschrien. Viele Gueraner hielten Terra immer noch für den Feind und trauten der Welt jede Schurkerei zu. »Die Viren wurden dort in einem Mail-Drop gesammelt, um an die Mutterwelt weitergeschickt zu werden. Ich habe über eine Million von ihnen gesehen.«

»Die Erde!« zischte der Direktor. »Das hätten wir uns ja gleich denken können.«

Die Prima brachte ihn mit einer erhobenen Hand

zum Schweigen. »Ich hoffe, die Viren waren deaktiviert?«

»Ja.«

»Dann wissen wir jetzt also auch, wie man diese Dinger unschädlich macht, oder?«

»Leider noch nicht, Herrin, aber das ist nur eine Frage der Zeit. Ich konnte den Mail-Drop einige Male besuchen, bevor die Sendung rausging, und habe einige Kopien gemacht. Wenn wir die mit denen derselben Generation in unseren Speichern vergleichen, stoßen wir sicher darauf, wie man sie ausschaltet.«

»Das hat jetzt oberste Priorität«, erklärte die Prima. »Die Jagd auf den Designer muß noch etwas warten. Solange Luzifer das Leben unserer Leute bedroht.«

»Bei allem Respekt«, wandte der Direktor ein, »wenn wir zulassen, daß die Spur kalt wird ...«

»Beide Ziele schließen einander doch nicht aus«, bemerkte der Wissenschaftler. Warum konnten Menschen nicht beim Thema bleiben? Er hatte doch noch einiges mehr zu erkunden. »Direktor Gaza besitzt Kopien von nahezu allen Evolutionsstufen des Virus. Die Vergleichsarbeit kann auch ohne mich durchgeführt werden. Währenddessen werde ich von beiden Seiten aus die Datenspur aufrollen. Ich weiß noch nicht, woher Luzifer gekommen ist, dafür aber um so besser, wohin er geht.«

»Das haben Sie auch herausgefunden?« fragte die Herrin.

Noch eine überflüssige Frage. Das hatte er doch gerade gesagt, oder? Aber der Respekt vor der Gildeherrin zwang ihn zu einer Antwort: »Ja.«

»Zur Erde?« platzte es aus Gaza heraus.

Masada nickte. Und nun mußte er das aussprechen, was schon seit Tagen in ihm widerhallte. »Zur ECS.«

»Die Earth Central Security?« entfuhr es der Prima.

Der Professor nickte wieder.

Die Herrin lehnte sich schwer in ihrem Sessel zurück, und Gaza murmelte etwas nicht Druckreifes vor sich hin.

Luzifer war nicht das Werk eines Konzerns im Krieg gegen die Konkurrenz, sondern stammte aus dem Zentrum der Erdautorität selbst. Von den Persönlichkeiten, die dafür verantwortlich waren, daß Terra ein angesehenes Mitglied der galaktischen Gemeinschaft blieb.

Aber die Erde hatte Guera betrogen.

Den Vertrag gebrochen.

Die ganze Menschheit in Gefahr gebracht.

»Sind Sie sich da auch ganz sicher?« fragte die Herrin mit eisiger Stimme. »Ist kein Zweifel möglich?«

Masada zog einen Chip aus seinem Headset und legte ihn dem Direktor hin. »Überzeugen Sie sich selbst. Darauf finden sie alle Daten. Transfer-Codes für den Mail-Drop und so weiter. Ich habe selbst einen Transfer verfolgt, um mich davon zu überzeugen, daß die Codes nicht gefälscht waren. Und so besteht nicht der geringste Zweifel.

Eine Million Luzifer-Sporen wurden über offizielle Kanäle zur ECS auf die Erde geschickt. Wer sie dort aber in Empfang genommen hat, entzieht sich leider meiner Kenntnis.«

»Sie konnten der Spur nicht folgen?« fragte die Herrin mit gerunzelter Stirn.

Gaza antwortete an seiner Stelle. »Vergessen Sie bitte die Entfernung und die damit verbundene zweimonatige Verzögerung nicht.« Er tippte mit einer Fingerspitze auf den Chip. »Aber das hier sollte vollauf genügen.«

Der Professor konnte sich vorstellen, was der Mann

dachte. Endlich hatten sie den Feind, der ihre besten Programme infiziert und die Out-Piloten angegriffen hatte. Die Rache würde unweigerlich folgen. Interstellare Isolation für die Erde. Und diesmal würde sich kein gueranischer Suchtrupp auf den Weg machen.

Doch damit konnte Masada sich jetzt nicht befassen. Zu viele andere Dinge galt es noch zu erledigen. Also faltete er die Hände vor seinem Bauch zusammen und erklärte: »Das ist natürlich nur das eine Ende des Weges.«

»Luzifer kehrt zur Erde heim«, entgegnete der Direktor gepreßt. »Das bedeutet doch wohl auch, daß er von dort gekommen ist, oder?«

»Vielleicht«, antwortete der Professor nur. Spekulationen fielen nicht in sein Gebiet. »Dafür liegen uns noch keine Beweise vor. Und selbst wenn Terra der Absender gewesen sein sollte, kann man nicht ausschließen, daß noch andere ihre Hände im Spiel haben. Vergessen wir nicht, daß Gildemeister Varsav die Nachricht abfing, die den Verdacht auf die irdischen Extremisten lenken sollte.«

»Lenken sollte?« fragte die Prima.

»Das Signal stammte von der Neuen Front. Worauf sich natürlich auf eine Verbindung zwischen ihr und Terra schließen ließe. Nur glaubte Varsav, daß das Signal nicht von der Station abgeschickt wurde.«

Gaza sah man an, wie angestrengt er nachdachte. »Sie haben doch sicher die Audit-Codes überprüft, oder? Also ist das Signal nun von der Station gekommen oder nicht?«

»Die Botschaft trug die Audit-Codes der Neuen Front, aber der Gildemeister ist fest davon überzeugt, daß nicht die Extremisten sie abgeschickt haben. Varsav scheint seine Leute dort ziemlich gut zu kennen.«

»Und worauf wollen Sie hinaus?« fragte die Herrin. Daß jemand die Codes der Front benutzt hat, um sie als Verdächtige dastehen zu lassen?«

»Das ist jedenfalls die Ansicht des Gildemeisters.«

»Und, teilen Sie die?«

»Ich kann nur mit Daten etwas anfangen, und bevor ich mir darüber ein Urteil bilden kann, brauche ich mehr Daten. Wir kennen jetzt den Zielpunkt Luzifers und auch den vermutlichen Ort seiner Entstehung. Aber das reicht noch nicht aus, noch lange nicht. Außerdem wurde bei dem Virus ein Gilde-Code verwendet, und deshalb müssen wir immer noch von einem Verräter in unseren Reihen ausgehen.«

»Sie haben diesen Verdacht also noch nicht aufgegeben?« fragte die Prima düster.

Mußte man ihr denn alles mehrmals sagen? »Im Gegenteil, ich bin überzeugter davon als zuvor. Wenn wir die Erde bestrafen, ohne den Designer aufzuspüren, bleiben wir immer noch angreifbar. Womöglich wird der Schöpfer sich dann etwas noch viel Todbringenderes einfallen lassen ... erst recht, wenn er von der Erde stammt und glaubt, seine Heimatwelt rächen zu müssen.«

»Sie haben mich überzeugt, Dr. Masada«, erklärte die Herrin. »Die Gilde ist Ihnen zu großem Dank verpflichtet. Wenn Sie für Ihre Arbeit noch irgend etwas benötigen, dann lassen Sie es mich umgehend wissen.«

Er schüttelte den Kopf. »Nein, ich habe bereits alles, was ich brauche. Aber ich fürchte, ich werde reisen müssen. Andere forschen ebenfalls an Luzifer. Und die besitzen Zugang zu Daten, die mir noch nicht zur Verfügung stehen.«

»Etwa Gilde-Daten?«

»Nein«, entgegnete der Professor.

»Dr. Masada ...«, begann die Prima langsam.

»Ich kenne die Sicherheitsrisiken, und Sie können sich darauf verlassen, daß ich Vorsicht walten lasse.«

»Zu wem wollen Sie?«

»Ich kann keine Namen nennen. Noch nicht. Außerdem möchte ich nicht, daß Sie diese Personen observieren lassen. Das könnte sie abschrecken, und damit wäre keinem von uns gedient.«

»Ich hoffe, Sie kommen rasch voran«, bemerkte Gaza. »Sonst entdecken unsere Feinde, daß Sie hinter ihnen her sind und zerstören alles Beweismaterial.«

»Ja, Direktor, da haben Sie recht. Wir beginnen einen Wettlauf mit der Zeit.« Er nickte den beiden zu, doch sie hingen ihren Gedanken nach und schauten grimmig zurück.

Selbst in einer Welt ständiger Kommunikation und konstanten Datenflusses haben sich die alten Formen des Sozialverhaltens immer noch erhalten.

SORTEY-6
Über die Kraft des Menschen

PARADISE KNOTENPUNKT

PARADISE STATION

Im Casino Royal herrschte an diesem Abend wieder Hochbetrieb.

Reiche aller Variationen drängten an die Spieltische, und jeder trug erlesene Abendkleidung und kostbaren Schmuck zur Schau. Zurückgezogene rote Samtvorhänge gaben den Blick auf zwei künstliche Monde frei, die die Nacht erhellten.

In einer solchen Umgebung fiel selbst Sonondra Ra nicht sofort auf, und ohne ihr Kaja hätte man sie für eine Terranerin halten können, denn ihre freizügige Kleidung enthüllte mehr, als Gueraner üblicherweise zeigten. Erst auf den zweiten Blick entdeckte man die zahllosen Edelsteine, die in ihre kupferfarbene Haut eingelassen waren. Und erst die Augen. Der, den die Juwelenirisse ansahen, wußte genau, daß er gemeint war, und würde diese Augen nie wieder vergessen.

Die Gildemeisterin ließ sich nicht ankündigen und betrat ohne großen Pomp den Saal. Wer sie sah, nickte ihr zu oder verbeugte sich und erhielt dafür von ihr ein Lächeln. Ra schien ein bestimmtes Ziel zu haben, denn sie eilte an den meisten Tischen vorbei und blieb erst an dem stehen, an dem ein offenkundiger Terraner gerade einen Stapel gewonnener Chips mit einem Daumenabdruck kennzeichnete. Die Gildemeisterin berührte ihn nur leicht an der Schulter und schritt dann weiter – bis zu einer Tür, hinter der sie ein üppig ausgestatteter

Ruheraum erwartete. Der Spiegel ließ sich darauf einstellen, die Gäste im Saal zu beobachten. Doch die Herrin hatte anderes im Sinn.

Kurze Zeit später trat der Terraner in den Raum. Er nahm gleich ihre Hand und führte sie an ihre Lippen. Sie drückte zum Gruß leicht seine Finger. »Ich nehme an, du hast schon wieder gewonnen.«

»Ist schließlich mein Casino.«

»Du bist ein richtiger Teufel, Sergey.«

»Und du die Herrin aller Wiedergeburten des Satans.« Er trat einen Schritt von ihr zurück und verschränkte die Arme vor der Brust. »Wie darf ich dir heute nacht dienen? Oder zeigst du dich nur, um uns alle zu beschämen und uns daran zu erinnern, daß die Erde längst nicht mehr alles besitzt, was im Universum schön und kostbar ist?«

»Du bist immer noch ein Meisterschmeichler.«

»Das bringt mein Beruf so mit sich. Und ich kann dem Schicksal nicht genug dafür danken, eine Herrin gefunden zu haben, die einer jämmerlichen Kreatur wie mir auf ihrer Station Unterschlupf gewährt.«

»Was für ein Glück für dich, daß deine Geschäfte sauber sind.« Und mit einem Lächeln fügte sie hinzu: »Die meisten jedenfalls.«

Er lachte, aber es klang wie einstudiert. »Was kann ich denn nun für dich tun, Herrin meines Herzens? Abgesehen natürlich von meinen persönlichen Aufmerksamkeiten, die man kaum Dienste nennen kann, sondern schon inbrünstige Verehrung nennen muß.«

»Neigst du da nicht ein klein wenig zur Übertreibung?«

»Im Gegenteil, du scheinst meine Fähigkeiten zu unterschätzen.«

»Heute, mein Lieber, benötige ich etwas Süßeres als

die Liebe, und auch etwas, das sich noch schwerer finden läßt.«

»Und was könnte das sein?«

»Informationen über ... sagen wir terranische Angelegenheiten.«

»Meine Königin, du vermagst uns mit deiner Schönheit derart zu blenden, daß wir frohen Herzens unsere Rasse verraten würden.«

»Unsinn. Ich habe dich den Standort für dein Etablissement frei wählen lassen, ich halte dir die Polizei vom Leib und ich gewähre dir andere Vergünstigungen.« Sie berührte sein Kinn mit einem ihrer langen, silberbelegten Fingernägel. »Das dürfte dir mehr wert sein als meine Schönheit.«

»Eine schwierige Entscheidung.«

»Davon abgesehen, bist du gar kein richtiger Erdling, sondern nur ein Terraner, der hier draußen auf den Außenwelten geboren wurde und kein allzu großes Bedürfnis verspürt, die Mutterwelt jemals zu betreten.«

»Nun, ich habe gehört, sie leiden dort unter ziemlicher Luftverschmutzung.«

»Und ich habe gehört, daß du mit denen Geschäfte betreibst, die diese Luft einatmen.«

»Wenn das wirklich der Wahrheit entspräche, würde ich das dennoch nie zugeben.«

»Ach, Sergey, Geheimnisse sind so langweilig.«

»Nichts würde mich mehr betrüben, als dich zu langweilen. Wie kann ich ein Lächeln auf deine Lippen zaubern? Du weißt, daß ich dir nichts ausschlagen kann.«

Sie hob eine Hand, um ihn abzuwehren, weil er ihr während der letzten Worte immer näher gekommen war. »Gewisse Konzerne halten sich hier auf und stören meine Sicherheitssysteme. Ständig muß ich ihre dummen kleinen Kameras aus meinen Systemen fischen, ich komme kaum noch zu etwas anderem. Und im Zoll liegen ein paar Kisten mit Teilen herum, die zusammengebaut doch sehr nach Waffen aussehen würden. Ich habe mich gefragt, ob du vielleicht weißt, warum die Erde all dieses Zeugs hierher schickt.«

Diesmal kam er ihr nicht näher, und sein Lächeln verlor einige Grade seiner Wärme.

»Was für eine wundervolle Antwort. So knapp und doch so präzise«, spottete die Gildemeisterin.

»Ich weiß nicht allzu viel darüber ... Dahinter steckt ein Konzern namens Tridac. Eines der größten und in seiner Wahl der Mittel am wenigsten zimperlichen Erdunternehmen.«

»Also ein Hai unter Haien. Fahr bitte fort.«

»Gewissen Gerüchten zufolge suchen sie nach etwas, das der Konzern Shido entwickelte. Shido gibt's mittlerweile nicht mehr, und das, was man dort geschaffen hat, soll sich nun in den Außenwelten herumtreiben.«

»Tatsächlich. Und dieses *Etwas* ist dabei nicht zufällig auf meine Station gelangt?«

»Zumindest scheint Tridac davon auszugehen.«

»Dieses Etwas besitzt nicht zufällig die Form eines Erdenmädchens? Ich frage nur, weil hier einige Kameraschnüffler herumschwirren und nach einer jungen Frau suchen.«

»Woher soll ich das wissen, Herrin? Deine Informationsquellen sind doch deutlich besser als meine.«

»Ach, da bin ich mir gar nicht so sicher. Nun, wie dem auch sei. Meine Quellen deuten darauf hin, daß die Gilde vor ein paar Wochen die Spur dieses Mädchens verloren hat. Ich muß gestehen, daß die Kleine anfängt, mich zu interessieren. So viele Mächte sind hinter ihr her. Du weißt nicht zufällig, aus welchem Grund?«

»Oh, verzeih mir, aber du scheinst meine Kontakte zu

überschätzen. Wie käme ich wohl an Gildegeheimnisse heran?«

»Aber du könntest mir sagen, was man so aus der terranischen Gerüchteküche hört, oder? Ich weiß aus zuverlässiger Quelle, daß die Erdlinge kein Wort sagen können, ohne daß du davon erfährst.«

»Du schmeichelst mir.«

»Blödsinn. Ich passe nur auf, was sich um mich herum tut.«

»Selbstverständlich. Nun, es heißt, Shido habe Experimente betrieben, um Zugang zum Ainniq zu erhalten. Mehr als das, sie wollten eigene Out-Piloten bekommen und das Gilde-Monopol brechen.«

»Das wäre aber gar nicht gut.«

»Kommt ganz darauf an, wo man investiert hat, Herrin. Ich habe gehört, Tridac-Aktien stehen im Moment ganz ordentlich, und mir gleich am Montag ein Paket besorgt.«

»Sergey, es gibt wichtigere Dinge als Geld.«

»Nein, meine Königin, da irrst du dich. Alles kann gekauft werden, und jeder hat seinen Preis.«

»Und wie lautet deiner?«

Jetzt näherte er sich ihr wieder, und sie breitete die Arme aus. Seine Finger fuhren über die Sensoren in ihrer Haut, und sie küßte ihn mit aller Leidenschaft. Danach hielt er sie in den Armen: »Mein Preis wurde gerade bezahlt, und nun bin ich für niemandem mehr zu haben.«

»Wie schön für mich.« Ihre Finger fuhren durch sein Haar. »Ich muß mehr wissen, Sergey. Du wirst von nun an meine Ohren sein. Wer ist diese junge Frau, oder was ist sie? Wer ist hinter ihr her, und aus welchem Grund?«

»An die Gilde komme ich nicht heran.«

»Die kannst du getrost mir überlassen, diese erbärmlichen kleinen Gildemeister, die glauben, mich unterschätzen zu dürfen. Kümmere du dich um die Terraner, und ich erledige den Rest.«

Sie küßte ihn wieder. »Ja, wirst du das für mich tun?«

Er antwortete ihr sofort, aber nicht mit Worten.

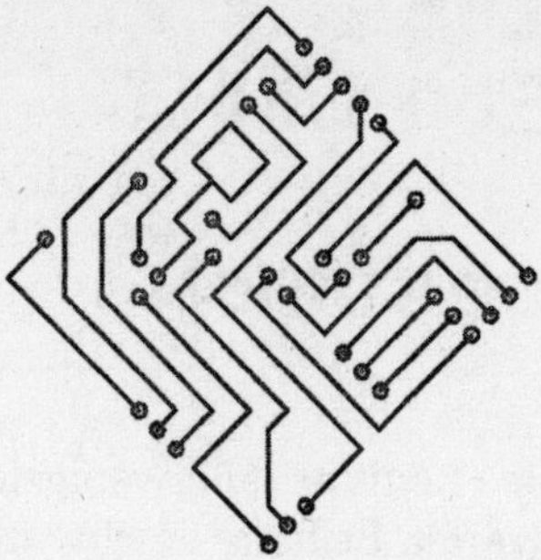

Man nehme einen grenzenlosen Datenspeicher.
Schließe hundert Billiarden menschliche Gehirne daran an, Terraner wie Varianten.
Ermögliche ihnen Zugang zu allem, auch zu einem interaktiven Netz.

Glaubt jemand, er könne voraussagen, was sich daraus entwickeln wird? Oder daß man das kontrollieren könne?

Ich halte beides für unmöglich.

DR. KIO MASADA
Der Pygmalion-Faktor

PARADISE KNOTENPUNKT

PARADISE STATION

Von Nuke hätte Phönix am allerwenigsten einen echten Vid-Anruf erwartet. Er hätte geschworen, der Freund wüßte nicht einmal, wo die Anlage in dem Durcheinander in seiner Wohnung überhaupt zu finden sei, geschweige denn, wie man sie benutzte.

Aber da tauchte er urplötzlich auf dem Bildschirm auf und sagte: »Scheiße, Mann, du wirst nie raten, was passiert ist.«

Phönix schaltete die Viruscodes, an denen er gerade gearbeitet hatte, ab und zeichnete ein Kaja-Muster auf Nukes Gesicht. »Wenn ich deine lieblichen Züge so sehe, kann es sich ja nur um etwas sehr Wichtiges handeln.« Er versah ihn auch noch mit Teufelshörnern. Jamisia kicherte im Hintergrund.

»Ernsthaft, Mann, ich mache keine Witze. Die Sache ist ultrakraß. Rat mal, wer zu uns auf die Station gekommen ist.«

Im Moment hatte Phönix keine Lust darauf, mit Nuke zu blödeln oder Spielchen zu spielen. Er hatte einen neuen Ansatz an dem Virus ausprobiert, der vielversprechend zu sein schien. Außerdem war da noch die Kleine, und … ja, das Mädchen.

Verblüffend, wie einem die Programmiererei plötzlich nicht mehr ganz so wahnsinnig spannend vorkommen konnte.

»Sag es mir einfach, ja?«

Nuke verzog das Gesicht, als habe man ihn zutiefst verletzt, und sagte dann unvermittelt: »Dr. Kio Masada!«

Phönix fiel der Unterkiefer herunter.

»He, Mann, bist du noch da?«

Jamisia ging zu ihm, hütete sich aber, in den Erfassungsbereich der Kamera zu treten. Schließlich brachte Phönix krächzend hervor: »Du willst mich verarschen!«

»Quatsch, Mann, ich schwör's dir. Er traf heute mit einem öffentlichen Raumtransporter hier ein. Mit einem falschen Paß. Wenn ich nicht zufällig einen oder zwei Blicke in die Verkehrsdaten geworfen hätte, wäre er mir nie aufgefallen. Wir beiden sind die einzigen, die davon wissen. Was glaubst du, was der Doc hier will? Ich habe mir schon überlegt, der ganzen Truppe Bescheid zu sagen, aber die würden entweder vor ihm auf die Knie fallen, um ihn anzubeten, oder ihn in Stücke reißen, um an das zu gelangen, was sich in seinem Kopf befindet.«

Phönix konnte es kaum glauben, aber er ahnte, was den Professor hierher geführt hatte.

»Wahrscheinlich letzteres. Gerüchteweise soll er selber Moddie sein.«

»Gueraner knallen sich nicht den Kopf mit irgendwelcher Hardware voll. Außerdem dachte ich, der Mann würde seinen Planeten niemals verlassen. Warum hat er das getan?«

»Keine Ahnung. Was glaubst du denn?«

Masada war inkognito auf Paradise eingetroffen. Nur Moddies würden das herausfinden. Und der Professor würde genau damit rechnen. Phönix bemerkte, daß er Nukes letzte Sätze nicht mitbekommen hatte.

»Äh, Nuke, tut mir leid und danke für die Info, aber ich habe hier etwas wahnsinnig Wichtiges zu erledigen.«

»Du willst doch wohl nicht Hals über Kopf aus deinem Loch, oder?«

Phönix überlegte kurz und beschloß, den Freund zu belügen. »Nein, woher denn?«

Nuke sah ihn ungefähr eine Minute lang an und meinte dann: »Gut. Denn wenn du etwas Dummes tun und ihn aufsuchen würdest, müßtest du ins Waterfall-Hotel, im Roten Bezirk, wo er in Zimmer 1214 unter falschem Namen abgestiegen ist. Aber das würde dir ja nie einfallen, nicht wahr?«

»Selbstverständlich nicht, das wäre doch wirklich blöd. Danke, Nuke, du hast was bei mir gut.«

»Mach dir deswegen keinen Streß, ich nehme Daten, wie üblich.«

Masada war hier.

Gott ...

»Michal?«

Er hatte sich mit ihm persönlich treffen wollen und seine Ankündigung wahrgemacht.

Phönix schüttelte den Kopf und drehte sich zu Jamisia um. Sie trug wieder eines von seinen Hemden.

»Was ist denn los?«

Persönlich treffen ...

»Ich habe doch neulich Kontakt mit jemandem gehabt. Nun, er ist hier und scheint sogar echt zu sein. Und er will mich sehen.«

Ihre Augen wurden vor Schreck ganz groß, und er versuchte, sie zu beruhigen: »Keine Panik, das hat nichts mit dir zu tun.« Wie gelang ihr das bloß, binnen einer Sekunde von normal auf verschüchtert oder auf ... na ja, auf das umzuschalten, was letzte Nacht passiert war. Fast kam es ihm so vor, als hätte er es mit mehreren Frauen zu tun.

Natürlich hatte er keinen Grund, sich zu beschweren.

Sie war süß, sie mochte ihn, und in ihrem Kopf befand sich jede Menge High-Tech. Er legte ihr einen Arm um die Schultern. »Du brauchst dir wirklich keine Sorgen zu machen, ich bin bald wieder da.«

Sie sah ihn vorwurfsvoll an. »Roter Bezirk, das ist doch ziemlich weit von hier, oder?«

Verdammt, woher wußte sie das?

»Ich möchte hier nicht allein herumsitzen und warten.«

»Keine gute Idee, dich draußen zu zeigen.«

»Aber du hast doch gesagt, du hättest die Schnüffler ausgeschaltet.«

»*Einen!* Und ich habe keine Ahnung, wie viele noch herumschwirren.«

Am Ende setzte Jamisia sich natürlich durch. Sie redete pausenlos auf ihn ein, bis ihm keine Gegenargumente mehr einfielen.

»Also gut, aber die Sache ist hochbrisant, und du solltest –«

Sie erstickte seine weiteren Ausführungen mit einem langen Kuß.

Eigentlich wußte Jamisia gar nicht so richtig, warum sie unbedingt mitgehen wollte.

In seiner Wohnung wäre sie wirklich sicherer aufgehoben gewesen, und sie würde bestimmt nicht aus Angst vor dem Alleinsein ziellos aus dem Apartment rennen.

Vielleicht lag es an den Träumen, die sie in der letzten Zeit hatte. Sie gelangte nicht direkt zurück ins DREAMSCAPE, aber die Träume schienen etwas damit zu tun zu haben. Und wenn sie erwachte, hatte sie stets das Gefühl, etwas herausfinden zu müssen.

Doch die Träume waren viel zu chaotisch, um sich bei Tag analysieren zu lassen. Einmal sah sie darin Wasserbewohner, die ein Fell trugen und ihr vage bekannt vorkamen. Doch nach dem Aufwachen konnte sie mit diesen Wesen nichts mehr anfangen. Mehrmals begegnete sie in den Träumen Gueranern, und sonderbarerweise machten sie ihr mit ihrer grimmigen Gesichtsbemalung keine Angst; im Gegenteil, sie fühlte sich zu ihnen hingezogen. In einem anderen redete ein Gueraner mit einer schwarzen Maske oder etwas in der Art auf sie ein, doch sie konnte kein Wort davon verstehen.

Und oft lief sie zu dem sich zu Tode ängstigenden Kind unter den Anderen. Jedesmal lag der kleine Junge nackt und verloren im Gras. Im Traum rannte Jamisia zu der Stelle, an der sie ihn zuletzt im DREAMSCAPE gesehen hatte, und fürchtete die ganze Zeit, er könne nicht mehr dort sein. Was hätte es zu bedeuten, wenn er verschwunden wäre?

Aber vielleicht wohnte den Träumen auch gar keine Bedeutung inne. Womöglich sah sie den furchtsamen Knaben so häufig, weil in ihrem Rechenzentrum so viele Ängste …

Hatte sie gerade Rechenzentrum gedacht? Sie klang ja schon wie Michal. Wie sonderbar, an jemanden zu geraten, der ebenfalls zwei Identitäten besaß. Im Normalleben Michal, und als Hacker Phönix.

Nach ihrer ersten Nacht hatte er mehr von ihr erfahren wollen. Sie lag in seinen Armen und hätte ihm so gern ein paar Fakten genannt. Womöglich war er der einzige, der ihr sagen konnte, was sich in ihrem Kopf tat. Und das wenige, das sie über ihre Brainware wußte, durfte sie auf Anweisung des Tutors nicht preisgeben.

Armer kleiner Hacker. Da lag er neben seiner Traumfrau und hatte keine Ahnung, welche weiteren Wunder sie bereithielt. Ihre Prozessorkapazität war der seinen um das Zehn- wenn nicht Hundertfache überlegen. Wenigstens glaubte sie jetzt den Grund für diese Menge zu kennen: Eine normale Brainware konnte niemals mit einem Dutzend verschiedenen Persönlichkeiten im selben Kopf fertig werden, die auch noch unterschiedliche Wünsche und Bedürfnisse hatten.

Wer hatte ihr das angetan? Und warum?

Wenigstens sind wir bei Phönix ein bißchen sicher, bemerkte Zusu. Selbst Derik schien nichts gegen den Hacker einzuwenden zu haben. Und Verina meinte: *Wenigstens haben wir jetzt ein paar Tage Ruhe, in denen wir neue Kräfte sammeln können. Und Phönix kann die Verfolger auf falsche Spuren lenken. Was wollen wir mehr?*

Ja, was? Sollte ihr Leben denn immer so weitergehen? Nein, da mußte mehr drin sein, und die Träume waren der Schlüssel dazu.

Deswegen wollte sie mit Michal gehen. Er war auf dem Weg zu einem Gueraner, und erst wenn sie dem von Angesicht zu Angesicht gegenüberstand, konnte sie an die Geheimnisse in ihrem Innern gelangen.

Der Rote Sektor lag tatsächlich am anderen Ende der Station. Sie nahmen mehrere Flyways, und Phönix beobachtete, wie Jamisia alle Sehenswürdigkeiten bestaunte. Goldene Ringe schwebten vor dem Kosmos, und hier standen die Sterne dichter beieinander als bei den meisten anderen Stationen. Alles hier mußte einer Erdgeborenen fremd vorkommen. Nicht einmal die künstlichen Monde, die zum Vergnügen der Touristen am Himmel hingen, wirkten vertraut.

Der Hacker fragte sich auch, ob seiner Freundin die Schwerkraft nicht eigenartig vorkäme, die hier nicht von der Masse eines Planeten, sondern von einem Generator erzeugt wurde. Auch das ein Gefühl von Künstlichkeit. Dafür gab es auf Stationen aber keine der Naturkatastrophen, die man in Viddies von der Erde des öfteren zu sehen bekam. Phönix hatte sich oft gewundert, wie die Terraner mit ihrem Leben überhaupt zu Rande kamen, wenn ständig Flutwellen, Erdbeben, Vulkanausbrüche, Staubstürme und ähnliches drohten. Natürlich konnte man auf einem Planeten auch die Atmosphäre nicht regulieren und mußte mit dem vorliebnehmen, was Umweltverschmutzung und Klimaschwankungen übrigließen.

Der Rote Bezirk lag im inneren Touristenring, und das Waterfall gehörte zu den modernsten Bauten auf der Station. Den Haupteingang erreichte man durch einen Wasserfall, dessen nasse Massen jedoch von künstlicher Schwerkraft hochgehalten und abgelenkt wurden. Zu einer anderen Gelegenheit hätte Phönix sich das sicher gern zusammen mit Jamie angesehen, aber wenn Masada höchstpersönlich auf dieser Welt weilte, konnte er kaum noch an etwas anderes denken. Jamie war von dem Anblick allerdings so hingerissen, daß er ihr anbot, in der Lobby auf sie zu warten.

Aber das war ihr natürlich auch wieder nicht recht, und sie sagte, sie wolle lieber mit ihm zusammenbleiben.

Als sie dann vor der Zimmertür standen, zögerte Phönix natürlich, und seine Hand zitterte so sehr, daß er sie kaum an die Tür legen konnte.

Jetzt reiß dich aber zusammen. Masada ist auch nur ein Mensch.

Tapfer berührte er mit der Handfläche die ID-Platte und nannte seinen Hacker-Namen. Die Tür öffnete sich.

Der Raum war angefüllt mit Papierbergen, zahllosen

Chips und dem besten und teuersten tragbaren Computer, den man sich nur vorstellen konnte. Doch alle Hardware war vergessen, als sich weiter hinten ein Mann erhob und auf ihn zukam.

Dr. Masada.

Er sah genauso aus wie auf den Bildern, und doch wieder ganz anders. Vor allem viel kleiner. Das Kaja auf seinem Gesicht bestand nur aus eckigen Linien und verlieh ihm etwas Bedrohliches. Jamisia schob sich auch gleich hinter Phönix, als der Mann näherkam. Sie hatte noch nie einen Gueraner aus der Nähe gesehen.

»Professor?« Der Hacker reichte ihm die Hand. Masada ergriff sie jedoch nicht. »Äh ...« brachte der Junge nur hervor.

»Ich habe Sie bereits erwartet«, erklärte der Wissenschaftler und schien erst jetzt das Mädchen zu bemerken. Phönix beeilte sich zu erklären: »Sie ist okay.«

»Angesichts dessen, was wir zu bereden haben, muß ich Sie fragen, ob Sie für die junge Dame garantieren können.«

Phönix wußte nicht so recht, was das zu bedeuten hatte, nickte aber.

»Gut, dann akzeptierte ich sie.«

Er deutete auf den großen Tisch in der Mitte des Zimmers, und Jamisia zog es vor, sich auf dem Sofa an der Wand niederzulassen, um sich diskret herauszuhalten.

Der Hacker ließ sich dem Professor gegenüber nieder und konnte den Blick nicht von dem Mann wenden. Masada hingegen sah ihn nur selten an und Jamie noch weniger.

»Freut mich, daß Sie kommen konnten«, begann der Gueraner ohne Wärme oder Andeutung eines Lächelns. »Ich werde gleich zur Sache kommen und mich kurz fassen. Luzifer -«

»Wer?«

Der Wissenschaftler blinzelte mehrmals, so als verstehe er die Unterbrechung nicht. »Äh ja, wir haben dem Virus diesen Namen gegeben.«

»Verstehe. In meinen Kreisen nennt man ihn nur ›Kleiner Teufel‹ oder ›Motherfucker‹.«

So etwas wie ein Lächeln huschte über Masadas Gesicht. »Ich muß zugeben, daß auch diese Namen passend sind. Aber lassen Sie mich fortfahren. Ich jage Luzifer, und diejenigen, in deren Diensten ich stehe, wollen den Designer aufspüren, vor Gericht zerren und des interstellaren Terrorismus anklagen. Wäre das auch in Ihrem Sinne?«

Verdammt, der Virus hatte Moddies getötet. »Und ob.«

»Während meiner Nachforschungen in verschiedenen Datenbahnen bin ich mehrfach auf Ihre Signatur gestoßen, Mr. Phönix. Ich halte das für sehr riskant. Andere könnten auf die Idee kommen, Sie hätten etwas mit Luzifer zu tun.«

»Hören Sie, dieses Ding hat einige meiner Freunde getötet!«erregte der Junge sich. »Wenn Sie glauben, ich wäre an seiner Entwicklung in irgendeiner Weise beteiligt, dann –« Ein neuer Gedanke kam ihm und ließ ihn kurz innehalten. »Sie haben meine Signatur entdeckt? Ich habe doch alle Spuren gelöscht.«

»Ja, ich kann mir vorstellen, daß Sie das glauben.«

In diesem Augenblick wurde Phönix erst so richtig bewußt, wem er da gegenübersaß. Die meisten Moddies würden nicht einmal vor einem Mord zurückschrecken, um jetzt an Phönix' Stelle sein zu dürfen. Vor lauter Ehrfurcht vergaß der Hacker völlig, was er hatte sagen wollen.

»Ich habe den Eindruck gewonnen, daß Sie und Ihre Freunde ebenfalls hinter Luzifer her sind.«

»Na ja, man tut, was man kann«, brachte Phönix stammelnd hervor.

»Und dabei sind Sie sicher auf Informationen gestoßen, die mir bei meiner Arbeit noch verborgen geblieben sind.«

»Sie … Sie wollen meine Daten? Und was springt für mich dabei heraus?«

»Nennen Sie mir Ihren Preis.«

»Den sollten Sie eigentlich kennen.«

Masada sah ihn an, und Phönix konnte nicht einmal ahnen, was nun im Kopf dieses Mannes vor sich ging. Vermutlich wog er ab, inwieweit er den Hacker in sein Vertrauen ziehen durfte. Moddies waren schließlich dafür bekannt, kein Geheimnis für sich behalten zu können.

Der Wissenschaftler warf einen kurzen Blick auf Jamie. Sie verstand das Zeichen und zog sich ins Schlafzimmer zurück. Dann wandte Masada sich wieder an den Jungen. »Ich arbeite für die Gilde.«

Phönix' Herz setzte kurz aus. Diese fünf knappen Worte waren so etwas wie ein Kooperationsvertrag, den er nur noch unterzeichnen mußte. »Und wieso interessiert die Gilde der Virus?«

»Das darf ich leider nicht mitteilen.«

»Niemals?«

»Das habe ich nicht gesagt.«

»Dann bin ich jetzt dabei?«

»So weit, wie wir einen Außenstehenden einbeziehen können.«

Bei einem anderen wäre das Phönix eindeutig zu wenig gewesen. Aber bei Dr. Masada … Er konnte seine Begeisterung kaum im Zaum halten. Der Moddie würde nicht nur den Tod seiner Freunde rächen, sondern auch mit dem bedeutendsten Wissenschaftler der

Moderne zusammenarbeiten! »Okay, was wollen Sie von mir wissen?«

»Wo sind Sie auf Luzifer gestoßen? Wer arbeitet sonst noch an seiner Analyse?«

»Das ist aber ziemlich viel.«

Der Professor sagte nichts.

»Also gut, ich kann Ihnen diese Daten geben.«

»Fein. Wo ist Luzifer am längsten aktiv gewesen?«

»Nun, im Knotenpunkt Prosperity. Die dortigen Moddies sind vor vier oder fünf Jahren auf einen merkwürdigen Code gestoßen. Damals wußten sie noch nicht, was sie da vor sich hatten, aber mittlerweile erklären sie, das müsse die Urform von Ihrem Luzifer gewesen sein. Nicht mehr als ein Fragment, das vermutlich einem Testlauf unterzogen wurde.«

»Weisen die Fragmente die gleiche Programmierungskarte auf?«

»Hä?« machte Phönix.

Masada zog ein Plastikblatt aus dem Stapel und gab sie dem Jungen.

»Das ist Luzifers Programmierkarte?«

»Richtig.«

»Ultrakraß, ganz konkret kraß.«

Eine Doppel-Helix, das Symbol des Lebens.

»Junge! Dieser Bursche muß komplett bekloppt sein.«

»In der Gilde bezeichnen wir das zwar anders, aber Ihre Beschreibung trifft es ebenso gut.«

Phönix gingen unzählige Fragen durch den Kopf, aber nach der ersten Aufregung sagte er sich, daß wohl kaum eine davon beantwortet werden könnte. Wenn er Glück hatte, konnte er im Lauf der Zeit mehr von dem Professor erfahren, aber bis dahin mußte er wohl viel Geduld aufbringen.

Ganz davon zu schweigen, daß er seinen Kumpels kein Sterbenswörtchen davon mitteilen durfte. Wirklich ärgerlich.

Dafür wollte Masada aber um so mehr von ihm erfahren. Da der Junge nicht so recht wußte, was den Professor interessierte und was nicht, erzählte er ihm einfach alles über die Bemühungen der Moddies.

Der Tod der Freunde interessierten den Wissenschaftler sehr. Offensichtlich hatte er nicht damit gerechnet, daß Luzifer wahllos zuschlug. »Der Virus war nicht darauf angelegt, Außenstehende zu ermorden«, bemerkte er einmal.

Phönix hätte zu gern erfahren, wen der Mann mit ›Außenstehende‹ meinte, aber er hatte kaum damit begonnen, als der Professor ihn mit einem warnenden Blick zum Schweigen brachte. Verstand er unter ›Außenstehende‹ alle Menschen, die nicht der Gilde angehörten?

»Vielleicht konnte der Designer nicht hundertprozentig voraussehen, daß Modifikationen in der Brainware seinen Virus beeinflussen würden«, dachte Masada laut. »Oder etwas anderes hat die Mordsequenz ausgelöst … Also gut. Sie waren mir eine große Hilfe, aber ich hatte nichts anderes erwartet. Wäre es möglich, daß ich mit Ihren Freunden auf Prosperity spreche?«

»Schon möglich. Aber die Typen dort sind ziemlich paranoid. Sie müßten sich schon persönlich dorthin bemühen.«

»Davon bin ich ausgegangen. Natürlich darf nichts über irgendein Netz ausgetauscht werden.« Er lächelte matt. »In der letzten Zeit scheine ich mich häufiger auf Reisen zu begeben.«

»Ich wundere mich sowieso, daß Sie Guera überhaupt verlassen haben.«

»Sicher nicht so sehr wie ich.« Masada erhob sich. Die Unterredung war beendet. »Ich melde mich bei Ihnen.«

Phönix stand ebenfalls auf und wußte nicht, wie er sich verabschieden sollte. Sicher würde der Mann ihm noch immer nicht die Hand geben wollen. »Ich … es war mir eine große Ehre.«

»Danke.« Er warf einen Blick auf die geschlossene Schlafzimmertür. »Ich hoffe, Ihrer Freundin ist das Warten nicht zu lang geworden.«

»Sie ist hart im Nehmen.«

Masada sah ihn an. »Wenn wir das erledigt haben, gebe ich Ihnen die Deaktivierungscodes für Luzifer. Dann dürfen Sie die gern im Outernet verbreiten. Ich nehme an, Sie werden daran mehr Freude haben als ich.«

Er sollte die Codes bekommen? Er, Phönix, sollte Luzifer den Saft abdrehen? Unter Moddies wurden so Legenden geboren. Für eine solchen Preis würde er gern den Mund halten.

Erst später kam ihm der Gedanke, daß Masada ihn in- und auswendig kannte.

Phönix ging zum Schlafzimmer und hoffte, Jamie gräme sich nicht zu sehr darüber, von allem ausgeschlossen worden zu sein. Aber immerhin hatte er sie gewarnt. Außerdem hätte sie vermutlich kaum ein Wort von dem verstanden, was die beiden Männer miteinander beredet hatten.

Natürlich würde sie Fragen stellen, und da mußte er sich einige Antworten ausdenken. Und noch ein paar bessere, weil sie nicht die einzige sein würde, die etwas erfahren wollte.

Was sollte er nur Nuke erzählen?

Grüne Felder. Blauer Himmel.

Jamie kennt diesen Ort.

Sie läuft an den Bäumen vorbei und sucht nach dem Feld, auf dem sie einst die Anderen getroffen hat. Sie muß sie rasch finden, weil er sonst fort ist.

Wieso? Kann er überhaupt verschwinden?

Jamisia fängt an zu laufen, und die Landschaft wird immer vertrauter. Dies ist die Erde, und hier muß er sein.

Aber sie kann ihn nicht finden. Ist er fort? Panik beschleicht sie. Ihr Herz schlägt immer schneller.

Und dann sieht Jamie ihn ein paar Meter vor sich im Gras. Erleichtert schreitet sie auf ihn zu. Der Himmel wird dunkler, und Wind bläst ihr ins Gesicht. Aber das macht ihr nichts aus, Hauptsache, er ist noch da.

Sein nackter kleiner Körper ist schweißbedeckt und zittert. Sie spürt die Angst, die aus seinen Poren zu strömen scheint und stärker ist als alles, was ein Mensch ertragen kann. Und doch geht er an ihr nicht zugrunde. Er muß unglaublich stark sein. Nein, nicht an Kräften, sondern an Ausdauer.

Jamie kniet sich neben den wimmernden Knaben ins Gras und hält ihm eine Hand hin. Sie darf ihn nicht berühren, das weiß sie von früheren Begegnungen; denn mehr als alles andere scheint er sie zu fürchten.

Sie wartet.

Er dreht sich langsam zu ihr um.

Seine Finger kriechen auf ihre Rechte zu. Sie hält den Atem an, weil sie spürt, wie entscheidend dieser Augenblick ist. Seine Rechte nähert sich eindeutig der ihren.

Er erreicht sie, berührt sie, sieht ihr in die Augen.

Dunkle Augen, so schwarz wie das Universum selbst.

Schwarze, eckige Linien zeichnen sich auf seinem Gesicht ab und erinnern sie an jemanden …

»Jamie?«

Erschrocken kann sie das Bild nicht mehr halten. Sie braucht eine Minute, um sich zurechtzufinden.

»Ist mit dir alles in Ordnung?«

»Aber klar. Ich muß wohl eingeschlafen sein.«

Eine Lüge. Sie ist wach gewesen, wenn auch an einem anderen Ort.

Phönix hilft ihr vom Bett. Der Traum kam, weil sie ihn gerufen hatte. Konnte sie das noch einmal bewirken? Hatte der Tutor vielleicht weitere Dreamscape-Bänder in ihrem Gehirn untergebracht?

Sie verabschiedeten sich von dem Professor. Phönix war sichtlich begeistert und aufgeregt von dem Treffen. Gut so, dann würde er erst einmal nichts von ihrem nachdenklichen Schweigen mitbekommen.

Gueraner stellen offensichtlich den Schlüssel dar. Doch was soll ich eigentlich über sie wissen?

Als sie endlich zu Phönix' Wohnung zurückkehrten, waren sie beide ziemlich müde. Jamie hatte sich während des ganzen Rückwegs in frustrierendem Dialog mit den Anderen befunden. Die meisten konnten ihr keine Antwort auf ihre Fragen geben, aber einige verhielten sich verdächtig still. Wußten sie etwas, verrieten es ihr aber nicht?

Sie dachte viel an das Traumbild. Wenn es ihr nun gelänge, es nach Belieben aufzurufen und dann gründlicher zu erforschen. Hoffentlich drängten sie sich nicht aus eigenem Antrieb in ihr Leben. Mit einem Dutzend Personen im Kopf fertig zu werden war schon anstrengend genug, da konnte sie nicht auch noch Traumbilder gebrauchen, die ihr den Zugang zur Realität versperrten.

Sie erreichten den Flur, in dem Michals Wohnung lag, und Jamie hoffte, Katlyn habe nicht wieder etwas vor, weil sie jetzt nur noch schlafen wollte.

Als er die Tür geöffnet hatte, trat sie ein, und eine der Stimmen warnte sie:

Hier stimmt etwas nicht ... der Schreibtisch, sieh doch!

Jamisia warf einen Blick auf das Hardware-Chaos und erinnerte sich vom Putzen an die Anordnung. Ja, tatsächlich, der Chips-Stapel links war verschwunden ... und der am Tischrand auch ...

Sie faßte den Hacker am Arm, warf ihm einen warnenden Blick zu und nickte in Richtung Schreibtisch. Phönix erstarrte, sah sich rasch um und stellte fest, daß noch anderes in Unordnung gebracht worden war. Jemand mußte hiergewesen sein und schien etwas gesucht zu haben.

War er noch hier? Oder kam er wieder?

Die Schlafzimmertür war geschlossen.

Sie wies Phönix schweigend darauf hin, und er erbleichte. Der Hacker hielt sie jetzt fest und erklärte mit erzwungener Unbesorgtheit: »Mensch, ich habe ganz vergessen, daß wir gar nichts zu essen im Haus haben. Sollen wir uns was im Schnellimbiß holen? Ist nur ein paar Blocks von hier.«

»Ja, das würde mir gefallen.«

Sie zogen sich rasch aus der Wohnung zurück. Vielleicht etwas zu rasch. Die Schlafzimmertür öffnete sich zischend. Etwas Kleines kam auf Jamisia zugeflogen und streifte sie am Oberarm. Der Wellseeker warnte sie sofort: FREMDE SUBSTANZ IN EPIDERMIS EINGEDRUNGEN.

Phönix schubste sie auf den Flur und schloß die Wohnungstür. Er starrte sie ein paar Sekunden lang an und verriegelte sie elektronisch.

»Das dürfte ihn für ein paar Sekunden aufhalten«, murmelte er und zog Jamie mit sich. Sie hörte Lärm. Der Unbekannte versuchte bereits, die Tür zu öffnen.

Sie rannten den Flur hinunter, bogen in einen anderen ab, liefen ins nächste Stockwerk hinunter, bogen wieder ab. Schritte ertönten hier und dort.

»Da entlang!« zischte Phönix und stieß sie in einen neuen Gang. Jamie wäre beinahe von den Füßen gerissen worden. Konnte er denn nicht sehen, daß sie sich kaum noch auf den Beinen hielt. Was immer man ihr in den Arm geschossen hatte, hatte sich mittlerweile bis zum Gehirn vorgearbeitet.

Sie konnte nicht mehr unterscheiden, ob die Schritte, die sie hörte, ihre eigenen oder die der Verfolger waren. Oh, es mußten mehrere sein. Sicher hatten sie nur einen in der Wohnung warten lassen, und die anderen hatten sich im Gebäude versteckt, um alle Fluchtwege abzuschneiden.

Jamisia erinnerte sich plötzlich, daß sie sich schon einmal in einer ähnlichen Situation befunden hatte. Vor drei Jahren, als das Shido-Habitat überfallen worden war. Jamie stolperte, und Phönix mußte sie auffangen.

Unvermittelt blieb er vor einer Wand stehen, konzentrierte sich, und eine Klappe öffnete sich. »Da hinein!« Sie kletterte umständlich durch die Öffnung und fiel auf der anderen Seite auf den Boden. Er kam hinterher, schloß die Klappe wieder und hob sie hoch. Beide hielten den Atem an. Die Schritte kamen immer näher –

– und liefen an der Klappe vorbei.

»Die kommen bestimmt wieder«, flüsterte sie, und ihre eigene Stimme kam ihr fremd vor.

»Aber wenigstens haben wir etwas Zeit gewonnen.« Er wollte mit ihr weiter, aber die Beine gehorchten ihr einfach nicht mehr. Schließlich legte Phönix ihr einen

Arm um die Hüften und zog sie mit sich. Jamie stolperte und kam immer schlechter voran. Das Gift hatte ihren ganzen Körper erfaßt, und sie wußte nicht, wie lange sie noch bei Bewußtsein bleiben würde.

Phönix blieb plötzlich stehen, und sein Blick wurde glasig. »Nuke will versuchen, die Zugangssysteme zu schließen, damit sie hier nicht hereinkönnen.« Er sah sie an. »Was ist mit dir?«

»Nichts«, antwortete sie und lächelte matt.

Er schob sie durch einen langen Gang voller Röhren und Kabel und schien genau zu wissen, wohin er wollte. Ständig knickten ihr die Beine ein, und ein komisches Prickeln erfüllte ihre Lunge bei jedem Atemzug. Sollte das Gift sie umbringen oder nur betäuben?

»Scheiße!« murmelte der Hacker. »Nuke sagt, daß sie ins System eindringen konnten und jetzt mit Wärme-Scannern nach uns suchen. Na ja, wenigstens wissen wir jetzt, daß das nicht Ras Leute sein können, denn die hätten nicht einbrechen müssen, sondern die Codes gekannt.«

»Kannst du irgend etwas tun?«

»Nuke versucht, sie zu blockieren, meint aber, das sei nicht einfach.«

»Kannst du ihm helfen?«

»Nicht, solange ich vor diesen Typen davonlaufe. Wollen wir hoffen, daß Nuke sich an alles erinnert, was ich ihm beigebracht habe.« Die Notlichter gingen an und wieder aus. An und aus.

»Das System ist verwirrt. Zu viele fummeln daran herum. Komm, wir müssen weiter!«

Er schob sie jetzt vor sich her, doch sie kam kaum zwei Schritte weit. Jamies rechte Seite war vollkommen gefühllos. Über kurz oder lang würde ihr schwarz vor Augen werden. Vielleicht sollte er sie zurücklassen, um sich selbst in Sicherheit zu bringen. Die Männer waren bestimmt nicht hinter ihm, sondern hinter ihr her.

Phönix stand noch dort und schien gerade wieder eine Nachricht zu erhalten. »Ras Leute kommen herein.«

»Ist das gut oder schlecht?«

»Ich hoffe, gut.«

Der Hacker schien neue Informationen zu erhalten. »Sie haben mitbekommen, daß jemand gewaltsam ins System eingedrungen ist. Nuke meint, Ra wisse nicht, wer wir sind, wolle aber nachsehen, wer hier solchen Radau veranstaltet. Die Gildemeisterin wird sicher nicht begeistert sein, wenn sie entdeckt, daß ein Killerkommando auf dieser Station sein Unwesen treibt ... Wir sollten uns zu ihren Leuten durchschlagen. Dort sind wir vorläufig in Sicherheit.«

So viele Gruppen und Mächte waren hinter ihr her, warum dann nicht auch Ra? Tränen traten ihr in die Augen, und sie sank an der Wand hinab. Die orangefarben blinkenden Lampen kamen ihr wie Goldfische vor.

Der Boden löste sich von ihren Füßen, und ihr Kopf sackte plötzlich zur Seite. Dann lag sie auf seiner Schulter, und ihre Arme und Beine hingen schlaff herab.

Unter dem zusätzlichen Gewicht kam Phönix nicht sehr schnell voran. Jamisia ging alles mögliche durch den Kopf, ohne daß sie einen dieser Gedanken festhalten konnte. Während er mit ihr davoneilte, hüpfte ihr Kopf auf und ab.

Nach Minuten oder Stunden blieb er stehen und legte sie sanft auf den Boden. Wie durch einen Schleier erkannte sie eine Schleuse, und Phönix machte sich an der Kontrollbox zu schaffen.

»Nuke sagt, Ras Leute sind hier. Wenn wir sie erreichen, nehmen sie uns vielleicht in Schutzhaft.«

Hörte sie wirklich Schritte?

Ras Leute gehörten der Gilde an, und die war hinter ihr her. Davon wußte Phönix nichts. Sie mußte ihn unbedingt warnen, aber kein Laut kam über ihre Lippen.

»Hoffentlich habe ich auch wirklich Nuke empfangen. Die Burschen könnten sich durchaus in die Verbindung eingeklinkt haben. Aber uns bleibt wohl keine Wahl.«

Die Schleuse glitt auf, und er hob sie auf die Arme. Sie gelangten in einen Korridor, und schon nach wenigen Augenblicken stürmten Uniformierte auf sie zu. Jamie verschwamm alles vor den Augen, aber sie erkannte die Waffen in den Händen der Männer.

Phönix sagte etwas zu ihnen, aber das Rauschen in ihren Ohren war so laut, daß sie kein Wort verstehen konnte. Die Uniformierten umringten sie.

Lichter, Geräusche und Farben erloschen. Jamie wollte sich aufrecht halten, aber das Gift erwies sich als stärker.

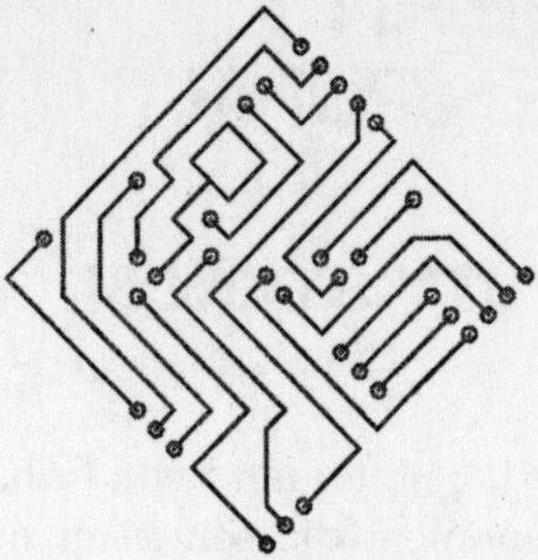

Wie könnt ihr von der menschlichen Seele sprechen, die ihr sie doch vor langem verstoßen habt? Glaubt ihr denn, wenn ihr hier ein Gen entnehmt und dort eins hinzufügt, wenn ihr die Anordnung der Chemikalien verändert, daß ihr dann nicht die Summe des Ganzen umwandelt?

Wir auf Guera erhalten die Seele in ihrer natürlichen Form. Wir beziehen Stärke aus ihrer Schwäche, Weisheit aus ihren Fehlern und Freude aus ihren besonderen Empfindlichkeiten. Ihr seht auf uns und entdeckt nur Krankheit und einen Fluch, aber wir erkennen in uns das unverfälschte Potential der Menschheit.

Wir erfreuen uns unseres natürlichen Zustands, und uns kommt überhaupt nicht in den Sinn, uns dafür zu entschuldigen.

DR. ALEX ROME,
Die heilige Seele

PROSPERITY KNOTENPUNKT

PROSPERITY STATION

Ein langer Tag lag hinter Ian Kent. Er haßte die Pflichten und Zeremonien, die sein Amt als Gouverneur eines Knotenpunkts ihm aufbürdete. Dann fühlte er sich wie ein Bürokrat, und das rief ihm schmerzhaft ins Gedächtnis zurück, was er früher einmal gewesen war und nie wieder sein konnte.

Auf dem Weg zu seinen Privatgemächern löste er den Verschluß seines Umhangs und ließ ihn fallen. Der Wellseeker pumpte heute mehr Tranquilizer als sonst in seinen Kreislauf; so viel, daß ihm das Denken mitunter schwerfiel.

Er hatte die Dosis senken müssen und spürte seitdem Schmerzen. Als er die Treppe erreichte, mußte er sich am Geländer festhalten. Nein, keine neuen Operationen mehr, um seinen Zustand vielleicht bessern zu können. Zuviel Schaden war bereits angerichtet worden.

Heute abend würde er sein Studio aufsuchen.

Kent entledigte sich aller Kleidung bis auf die Uniform der Out-Piloten, die er wie Unterwäsche trug. Er konnte nicht ohne sie aus seinen Gemächern treten, auch wenn sie ihn an manchen Tagen mit furchtbarer Wucht daran erinnerte, was er einst gewesen war.

Der Gildemeister trat in die Küche und fand dort sein Abendessen vor. Irgendeine graue Paste mit farblosem Fleisch. Er schlang es mechanisch auf dem Weg zum Studio hinunter.

Als sich die Tür hinter ihm schloß, fühlte er sich wie in einer anderen Welt. Im Zentrum des Raums stand eine Konsole, ein halbkreisförmiger Schreibtisch komplett mit Headset. An den Wänden hingen selbstgemalte Bilder, in denen er nur Grau auf Grau erkannte. Verwirrende Kompositionen mit gebrochenen Landschaften, scharfkantigen Rissen oder Tentakeln, die sich aus Nebeln lösten. Aber auch einfache Zusammenstellungen von elementaren Grundformen. Manch einer würde stöhnen, diese Bilder seien dem Hirn eines Wahnsinnigen entsprungen, und vielleicht hatten sie damit recht.

Ian hatte sich oft gefragt, ob er den Verstand verloren hatte.

Seufzend warf er einen Blick auf die verstörenden Gemälde. Jedes einzelne drückte ein neues Stadium seines Scheiterns aus. Das, was er auf ihnen darstellen wollte, war ihm immer wieder entglitten; denn er hatte sein inneres Bild des Ainniqs verloren, nach dem er so sehr dürstete.

Hier in diesem Studio wollte er das Universum der Out-Piloten wiedererschaffen, um sich an diesen Ort zurückziehen zu können. Andere waren schon daran gescheitert. Wie konnte er mit seinem verkrüppelten Gehirn hoffen, besser als sie zu sein?

Zum wiederholten Male fragte er sich, ob es nicht besser sei, seinem Dasein ein Ende zu machen. Der Wellseeker meldete, daß die Sedativawerte gesunken seien. Ohne die Mittel würde er außerhalb des Ainniq nicht funktionieren können.

Wir tragen menschliche Körper, aber ohne Drogen und Medikamente können wir keine Menschen sein. Nur im Ainniq bedürfen wir dieser Mittel nicht und können wir selbst sein.

Er wollte so gern wieder er selbst sein. Und wenn es nur für einen kurzen Augenblick sein könnte.

Hüte dich vor dem rotfauchenden Drachen.

Kent ließ sich hinter der Konsole nieder und legte die Hände auf die Kontrollen. Er rief seine Krankenkarte auf. OUT-PILOT-SYNDROM stand dort zu lesen und darunter die diversen Mittel, die dagegen verabreicht wurden. Nur wenn er alle einnahm, konnte er frei von Furcht und halbwegs menschlich funktionieren.

Ein Icon schaltete den gesamten Mechanismus ab. Aber das betätigte man nicht außerhalb des Ainniqs. Kent schloß die Augen, bis nur noch Schwärze um ihn war, und visualisierte dann das Icon.

SIND SIE SICH SICHER?

fragte die Brainware.

JA, VOLLKOMMEN

In den ersten Sekunden würde er gar nichts spüren. Seine Finger flogen über die Knöpfe und bereiteten ein Plastikblatt für eine neue Bildkomposition vor. Seine Hände zitterten. War es schon soweit?

Die Kontrollen waren denen auf einem Transportschiff nachgebildet. Als Ian aufblickte, entstanden die Weiten des Normalraums vor seinen Augen. Irgendwo dort mußte sich die Anomalie befinden, die Ainniq genannt wurde. Aber er mußte näher heran, um ihn zu entdecken.

Wie eine Wunde würde er sich zwischen den Sternen zeigen, und Kent mußte sein Schiff mitten hinein steuern …

Er keuchte, und seine Hände umklammerten die Kontrollen. Kent wußte, daß er sich nicht mit einem neuen Bild beschäftigte, aber irgendwie handelten seine Hände wie aus eigenem Antrieb. Das Herz in seiner Brust klopfte in einem fieberhaften Rhythmus, und der Wellseeker sandte ihm eine Warnung nach der anderen.

Ian verstand nicht, was der Mechanismus ihm mitteilte. Er wußte nur, daß er in den Ainniq mußte, weil er nur dort Sicherheit finden konnte.

Kent steuerte das Schiff in die Eintrittsposition. Die Out-Pilot-Programme, die sich immer noch in seinem Kopf befanden, wurden aktiviert. Doch erst, wenn er in den Ainniq eingedrungen war, würde sich das Syndrom in seiner ganzen Macht zeigen.

Kent gierte danach und fürchtete sich zugleich davor. Er kannte das Syndrom in seiner ganzen Schrecklichkeit. Diese Krankheit war so verheerend, daß sogar die Gueraner, die sonst allen mentalen Varianten tolerant gegenüberstanden, sie mit Medikamenten und Programmen bekämpften. Doch man konnte dieses wilde Tier nur ruhigstellen, aber nie zähmen.

Wenn der Moment gekommen war und Kent das geheime Universum in all seiner Pracht sehen könnte, würde das Syndrom in seinem Kopf zu wildem Leben erwachen, seine geistige Gesundheit verschlingen und sein Blut mit heißem rotem Terror anfüllen …

Keuchend lehnte Ian sich zurück. Was wußten diese Narren in der Gildeverwaltung schon von diesem Augenblick, in dem alle Zivilisation von einem abfiel und man nur noch vom nackten Überlebensinstinkt regiert wurde.

Ich brauche das … ganz dringend sogar …

Schweiß brach ihm aus. Jahre lag sein letzter Flug zurück … oder? Mit einemmal war er sich gar nicht mehr sicher. Hatte er nicht erst letzte Woche einen Geleitzug in Sicherheit geflogen? Und vor einem Monat die Passagiere in ihren Pods gerettet?

Warum zitterten seine Hände so? Warum wurde der

Drang, im Syndrom unterzugehen, mit einemmal so übermächtig? Fürchtete er etwa, jemand oder etwas könne ihn daran hindern?

Ein Tosen erfüllte seine Ohren, laut wie tausend Stimmen, die gleichzeitig brüllten. Er kannte das Geräusch gut und wußte, was es anzeigte. Wo war der Ainniq? Er mußte ganz in der Nähe sein ...

NOTFALL NOTFALL NOTFALL warnte der Wellseeker.

LEBENSERHALTUNGSSYSTEM GESTÖRT LEBENSERHALTUNGSSYSTEM GESTÖRT LEBENSERHALTUNGSSYSTEM GESTÖRT

Da lag er, wie ein Fehler in einem ansonsten makellosen Kristall. Man konnte den Ainniq erst sehen, wenn man sich über ihm befand. Doch war man einmal in dieser Position, breitete er sich mit diesem besonderen Licht aus.

NOTFALL NOTFALL NOTFALL

Kent hatte Mühe zu atmen. Er keuchte und brachte sein Schiff in den richtigen Einflugwinkel. Etwas schien sich auf seine Brust zu legen, und rote Punkte tanzten vor seinen Augen.

Der normale Raum zerriß, und schon stürmten Monster auf ihn zu; die Drachen des Ainniq. Sie fauchten ihre Wut und ihren Hunger hinaus, und er spürte, wie sie auf ihn zurasten. Tausende und Abertausende, so als habe die Hölle ihre Pforten geöffnet.

Die Kontrollen unter seinen Fingern verschwanden, und auch das Headset war fort. Nackt schwebte er durch den Ainniq und fand statt Sauerstoff nur eiskaltes Vakuum für seine Lunge. Verzweifelt versuchte er sich zu orientieren, aber seine Gedanken hatten allen Zusammenhalt verloren. Kristalle bildeten sich auf seiner Haut, auf den Lippen und im Haar.

Die Monster versammelten sich um ihn, und stärker noch als der Hunger funkelten Tücke und Bösartigkeit in ihren Augen. Sie waren gekommen, um Rache zu nehmen, weil er ihnen in so vielen Jahren immer wieder ein Schnippchen geschlagen hatte.

Wo ist dein Schiff, Menschlein?

Warum fliehst du nicht in einer deiner winzigen Kapseln?

Wohin sollte er fliehen, da ihm doch nicht einmal mehr die Sinne gehorchten.

Dann fiel der erste Drache über ihn her, doch nicht, um ihn zu zerfleischen, sondern um ihm die Seele aus dem Leib zu reißen. Andere schlossen sich an, und bald tat der ganze Schwarm sich an ihm gütlich.

NOTFALL

NOTFALL

NOTFALL

FEHLFUNKTION

BIOSYSTEME IM ROTEN BEREICH

Du wußtest doch, Ian Kent, daß wir am Ende siegen würden, oder?

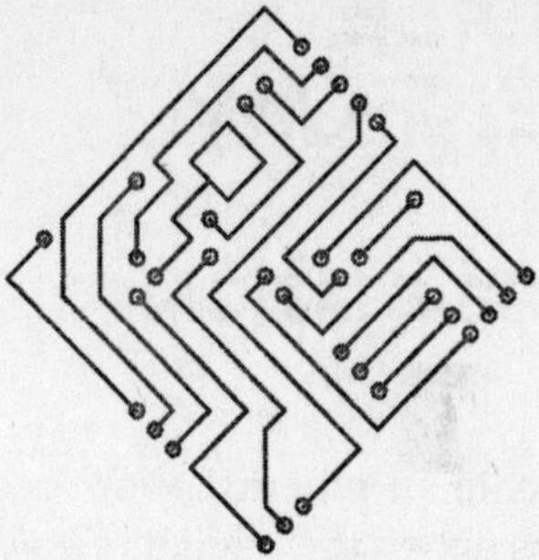

OTTA

Andere arbeiten, um leben zu können. Der Otta arbeitet, um zu spielen.

Andere essen, weil sie Hunger haben. Der Otta ißt aus Freude am Geschmack.

Wieder andere lieben, um die Einsamkeit zu vertreiben. Der Otta liebt, um Freude zu schenken.

Einige verachten ihn, andere beneiden ihn, aber eines trifft mit Sicherheit zu: Wer seine Natur nicht teilt und nicht an seinen Spielen teilnimmt, kann ihn nie wirklich verstehen.

KAJA: Ein Führer für Außenweltler durch den gueranischen Sozialkontrakt
Band 2: Zeichen der Seele

PARADISE KNOTENPUNKT

PARADISE STATION

Jamisia erwachte in einem Labor. Leuchtbuchstaben über ihr, Holos neben ihr, bemalte Gesichter vor ihr. Sie brauchte einen Moment, um die Kontrolle über ihren Körper zurückzugewinnen, und fürchtete schon, einer der Anderen würde übernehmen. Doch angesichts der Gildemitarbeiter schien keiner von ihnen große Lust darauf zu verspüren.

Woher weiß ich, daß das Gildeleute sind?

Raven meldete sich: *Weil ich es dir gesagt habe. Ich habe mich über sie und ihre Kajas informiert.*

Wenigstens schienen einige Teile von ihr noch zu funktionieren.

»Kandra?« Eine bemalte Frau beugte sich über sie. »Wir möchten mit Ihnen reden. Geben Sie bitte ein Zeichen, daß Sie mich verstehen können.«

Einige Sekunden lang wußte Jamie nicht, mit wem die Frau da sprach. Dann fiel ihr ein, daß sie auf Paradise den Namen Kandra angenommen hatte. Offensichtlich hatte Phönix ihn diesen Leuten genannt.

»Ich …«, begann sie, und ihr wurde sofort schwindlig. »Es geht so …«

Auf dem tätowierten Gesicht konnte sie leider keine Regung erkennen. »Das Sprachzentrum funktioniert also noch.« Etwas löste sich von ihren Armen und Füßen, und ein Halbzylinder zog sich von ihrem Körper zurück. »Sieht auch insgesamt nicht schlecht aus. Ich glaube, das Schlimmste haben wir hinter uns.«

Phönix' Gesicht tauchte vor ihr auf, und sie fragte: »Was?«

»Man hat dir ein Nervengift verpaßt«, erklärte er grimmig. »Das sollte dich auf Dauer lähmen. Nur dein Gehirn wäre wach geblieben, damit man es befragen könnte. Zumindest vermuten das die Ärzte hier.«

»Könnte auch sein«, korrigierte ihn die Frau, »daß die Lähmung nur zeitlich begrenzt auftreten sollte. Das haben wir noch nicht genauer untersuchen können.« Irgend etwas daran klang falsch, und Jamie vermutete, daß Phönix' Version der Wahrheit näherkam.

Starke Hände packten sie an den Schultern. »Versuchen Sie, sich aufrecht zu setzen. Wir helfen Ihnen.«

Die junge Frau ließ sich anheben, und alles drehte sich vor ihr. Sie beugte sich vor, weil ihr alles hochkam, und jemand hielt ihr eine Tüte hin, die sie rasch füllte.

»Das ist okay, war zu erwarten. Jetzt geht es Ihnen sicher etwas besser.« Man reichte ihr ein Tuch, und sie wischte sich damit über das Gesicht. Jamisia fühlte sich tatsächlich nicht mehr ganz so schlimm, so als habe der Magen alles Gift aus Körper und Seele von sich gegeben.

»Sie haben wirklich Glück gehabt. Wenn das Projektil tiefer eingedrungen wäre, hätte Ihr Körper mit dem Gift nicht mehr fertigwerden können.«

»Danke ... wahrscheinlich haben Sie recht.« Sie schien sich in einer medizinischen Station zu befinden, und ein halbes Dutzend Gueraner hielt sich hier auf. Und das Bett, auf dem sie lag –

Schreien, Schreien, denn der Schmerz endet nie. Die Furcht und das Verlassensein. Hier drüben bin ich. Komm zu mir zurück.

»Was ist mit dir?« fragte Phönix besorgt.

Erinnerungen, Erinnerungen ... Schmerz und Verlorensein ... Komm zu mir, laß mich nicht allein!

Jamie keuchte, und ein Mediziner eilte zu ihr und legte ihr etwas Kaltes auf die Stirn.

»Kandra? Kandra?« rief die Frau. Wen meinte sie? Hier gab es niemanden dieses Namens. »Kandra, sehen Sie bitte in das Licht. Direkt vor Ihnen. Konzentrieren Sie sich darauf.«

»Ich messe einen Anfall«, erklärte eine Männerstimme.

Etwas zischte an ihrer Halsseite, und wenig später sah sie Licht.

»Gott ...« Die schreiende Stimme in ihrem Kopf wurde leiser, aber sie hörte sie noch lange wie ein leises Echo. »Was war denn das?«

»Situation hat sich wieder stabilisiert«, meldete der Mann.

»Kandra, Sie werden eine Weile hierbleiben müssen, sonst erleiden Sie einen Rückfall.«

»Nein.« Irgend etwas an den medizinischen Gerätschaften, die sie umgaben, hatte eine tiefsitzende Erinnerung ausgelöst. Sie durfte nicht hierblieben, sonst konnte das jederzeit wieder passieren. »Nein, ich kann nicht hierbleiben.«

Jamie hörte Jammern und Weinen. Sie wußte, von wem das stammte. Der alte Schmerz hatte den kleinen Jungen geweckt.

Phönix half ihr, aus dem Bett zu steigen. Die Ärzte debattierten noch miteinander, ob die Patientin wirklich entlassen werden könne, aber Jamisia hörte gar nicht hin.

Die Anderen gaben keine Ruhe, und Zusu heulte, bis Jamie laut »Ruhe!« rief. Alle im Raum drehten sich erschrocken zu ihr um, sogar Phönix.

Tränen der Niedergeschlagenheit stiegen ihr in die Augen. Niemandem konnte sie die Wahrheit über sich sagen, nicht einmal dem Hacker. Auf immer würde sie mit diesen Stimmen im Kopf durchs Leben gehen müssen, und sie befürchtete, dafür nicht genug Kraft zu haben …

Jamie spürte, wer ihr diese Gedanken eingab: *Zusu, zurück mit dir, dafür haben wir jetzt wirklich keine Zeit.*

»Wo sind wir hier?« flüsterte sie Phönix zu.

»Im Gildehauptquartier.« Er wirkte nervös. »Ras Soldaten haben uns hierhergebracht. Du hattest das Bewußtsein verloren. Die Ärzte meinten, du müßtest sofort behandelt werden. Wenn du dich besser fühlst, will sie uns sehen.«

»Wer, Ra?«

»Ja.«

Das gefiel ihr überhaupt nicht. Wenn die Gildemeisterin sich persönlich mit ihr befassen wollte, konnte das nur bedeuten, daß sie etwas über das terranische Mädchen in Erfahrung gebracht hatte. Warum wußte alle Welt etwas über sie, wo sie doch selbst keine Ahnung hatte, was mit ihr geschehen war?

Jamie war es leid, ständig davonzurennen. Und ihre Verfolger schienen nicht aufgeben zu wollen. Mit all den kleinen Tricks ließen sie sich immer nur für kurze Zeit aufhalten. Wie lange würde sie noch hier draußen in den Außenwelten durchhalten können?

Zusu, verschwinde endlich …

Aber die Andere hatte sich schon vorhin zurückgezogen. Diesmal war die Verzweiflung echt.

Jamie stand auf wackligen Beinen da. »Bring mich hier raus, ja? Ich möchte woanders warten.«

»Meine Gäste treffen für gewöhnlich nicht ganz so angeschlagen hier ein«, begrüßte Ra sie.

Die Gildemeisterin bot einen Anblick, wie man ihn so leicht nicht vergißt. Bis auf zwei Stoffstreifen war ihr Körper unbedeckt, und auf der Haut funkelten unzählige Edelsteine. Die Linien ihres Kajas wirkten nicht ganz so abstoßend wie die anderer Gueraner und kündeten von fremden Riten und Geheimnissen.

Ra ließ den beiden zu essen bringen und bestand darauf, daß sie sich erst stärkten, ehe sie mit ihrem Bericht begannen. Die jungen Leute langten kräftig zu.

Jamisia fürchtete sich vor dem Augenblick, in dem ihr Fragen gestellt werden würden. Dabei wollte sie dieser Frau vertrauen, strahlte Ra doch etwas aus, das sie beruhigte. Aber durfte sie auf dieses Gefühl hören?

Du weißt, daß unsere Geheimnisse etwas mit der Gilde zu tun haben, sagte Raven. *Ohne Hilfe der Gilde werden wir nie erfahren, was mit uns los ist.*

»Berichten Sie mir doch bitte, wer hinter Ihnen her ist«, begann die Gildemeisterin.

»Ich wünschte, das könnte ich.« Die junge Frau seufzte. »Leider weiß ich auch nicht mehr als das, was Michal bereits ausgesagt hat. Wir kamen zu seiner Wohnung, gerieten dort in einen Hinterhalt, liefen davon und fanden Ihre Leute.«

Ra lächelte amüsiert. »Meine Liebe, ich bin über mehr informiert, als Sie vielleicht glauben. Ihr junger Freund hier und seine Kumpel haben sich recht frei in meinen Netzen bewegen dürfen. Woher ich das weiß? Nun, einige der besten Hacker arbeiten für die Gilde.«

»Die besten gueranischen«, wandte Phönix ein.

Wieder lächelte die Gildemeisterin. »Nicht unbedingt. Manchmal finden wir auch woanders eine Perle. Nun ja, die Konkurrenz schläft nicht. Heutzutage kann man die Gilde nicht mehr ohne eine Armee von Daten-Freaks führen, und wenn man freiwillig auf gute Kräfte verzichtet, kommt bald ein anderer daher, der solche Bedenken nicht teilt. Wir können uns nicht allein auf Gueraner beschränken, dafür ist unser Gen-Pool zu klein.«

»Sie vertrauen Außenstehenden Ihre Arbeit an?« Der Hacker konnte das kaum glauben.

Ra lächelte breiter, und nun konnte man sehen, daß ihre Zähne in allen Farben des Regenbogens leuchteten. »Einigen ja, anderen von Zeit zu Zeit.« Damit wandte sie sich wieder an die junge Frau: »Viele Personen machen Jagd auf Sie. Sie dürfen mein Haus jederzeit verlassen, aber bitte bedenken Sie, daß man draußen Ihre Spur rasch wiederaufnehmen kann, und wo wollen Sie dann unterkriechen?«

Sie trank einen kleinen Schluck, ließ Jamisia aber nicht aus dem Blick. »Ich biete Ihnen hier Sicherheit und Unterkunft. Doch möchte ich erfahren, wem ich Unterschlupf gewähre und warum.«

Jamie sah Phönix ratsuchend an, aber er schien auch nicht zu wissen, wie sie sich entscheiden sollte. Wurde es nicht langsam Zeit, jemandem sein Vertrauen zu schenken?

Am Ende überzeugte sie die Erkenntnis, daß alles wieder von vorn beginnen würde, wenn sie das Angebot der Herrin jetzt ausschlug. Jamisia konnte nicht bis an ihr Lebensende davonrennen. Die Anderen bestärkten sie darin. Sogar Zusu war einverstanden.

»Ich heiße Jamisia Capra«, begann sie dann zögernd.

»Nicht doch«, tadelte die Gildemeisterin sie. »Ihr Name lautet Shido, und Sie sind vor drei Jahren von der Erde geflohen, nachdem Tridac Ihr Habitat gesprengt hatte. Seitdem reisen Sie unter falschem Namen und sind mehr Feinden entkommen, als Sie vermutlich ahnen. Tridac glaubt, daß in Ihrem Kopf Geheimnisse stecken, mit denen die Erde den Ainniq gewinnen und die Gilde entthronen kann. Warum fangen wir nicht auf dieser Grundlage an und ersparen uns damit eine Menge Zeit?«

Die junge Frau war sprachlos.

»Sagen Sie bloß, das haben Sie nicht gewußt.«

»Was den Ainniq betrifft ... nein, das ist mir neu. Aber mir hat ja nie jemand etwas gesagt.«

»Wie superb. Da jagt man Sie mit einer ganzen Armee durch die Außenwelten, und Sie wissen nicht einmal, worum es sich dreht? Erzählen Sie mir jetzt bitte alles, was Sie wissen, und dann sehen wir weiter.«

Jamie sah wieder den Hacker hilfesuchend an, aber der meinte nur: »Das mußt du selbst wissen. Ich weiß noch immer nicht, was hier gespielt wird.«

Die Anderen rieten ihr dringend zu, nur Zusu fürchtete sich wieder.

»Also gut«, sagte die junge Frau, »aber ich sage Ihnen gleich, daß ich nur wenig weiß.« Und sie berichtete von der Nacht, in der ihr Tutor sie geweckt hatte. Jamie erzählte von der Flucht, der Verfolgung, den Explosionen und wie sie in einem Pod entkommen war; aber sie verschwieg die Stimmen in ihrem Kopf. Das war ihr doch zu persönlich, und außerdem hätte man sie dann bestimmt für geistesgestört gehalten.

Phönix sah sie die ganze Zeit mitfühlend und ergriffen an, aber sie richtete nicht ein einziges Mal den Blick auf ihn. Als Jamie fertig war, schwiegen alle für eine Weile.

»Und Ihr Geheimnis ...«, sagte Ra dann. »Sie haben also keine Ahnung.«

Wieder befielen Zweifel Jamie. Wer konnte schon

sagen, ob die freundliche Art der Gildemeisterin nicht bloß Fassade war? Und wenn sie jetzt etwas Falsches sagte, würde Ra sie dann sofort verhaften lassen?

Die Anderen drängten sie, nun reinen Tisch zu machen. Die Stimmen waren sich nur selten einig, doch in diesem Punkt gab es bis auf Zusu keine Widerrede.

Jamisia atmete tief durch. »Der Tutor sagte mir beim Abschied, daß die Feinde mein Gehirn wollten, denn darin sei alles verborgen.« Sie wagte nicht, Phönix anzusehen, weil sie unbedingt Ras Reaktion erfahren wollte.

Doch die Gildemeisterin ließ sich nicht anmerken, ob sie das Mädchen einsperren, hinrichten oder ihr den Kopf öffnen lassen wollte. Ganz ruhig fragte sie: »Und das ist jetzt alles?«

»Ja, das schwöre ich.«

»Möchten Sie, daß wir die Geheimnisse in Ihrem Kopf lüften?«

»Ja … nein … ich meine, natürlich. Aber wie wollen Sie das anfangen?«

»Nun, wir werfen einfach einen Blick in Ihr Gehirn.« Als Jamie zusammenzuckte, fügte sie rasch hinzu: »Keine Angst. Zufällig ist gerade einer der führenden Programmierexperten bei mir zu Gast. Mal sehen, ob er nicht eine Idee hat. Unter das Laserskalpell können wir Sie immer noch legen.«

»Dr. Masada?« fragte Phönix.

»Genau der. Er hat hier in Gildeangelegenheiten zu tun, aber ich glaube, er kann ein paar Minuten erübrigen. Vor allem bei jemandem, der für die Gilde von einiger Wichtigkeit sein dürfte.«

Sie kehrten in die medizinische Station zurück, wo der Professor sich gerade aufhielt. Dr. Masada schien kaum überrascht zu sein, die beiden jungen Leute wiederzusehen – wie an dem leisen Lächeln zu erkennen war, mit dem er den Moddie empfing: »Ich hätte mir gleich denken können, daß die junge Dame, die Sie neulich mitgebracht haben, mehr zu bieten hat, als es auf den ersten Blick den Anschein hatte.«

Für Jamie bedeutete es eine ziemliche Belastung, in das Labor zurückzukehren, das so unangenehme Erinnerungen in ihr hervorgerufen hatte. Auch kehrte die alte Uneinigkeit in die Reihen der Anderen zurück. Während die einen sofort wieder hinauswollten, drängten die anderen Jamisia, tapfer bis zum Ende auszuhalten.

Sie mußte sich auf einen Operationsstuhl begeben, und schon der bloße Anblick ließ sie erzittern. Jamie spürte, daß einige der Anderen sich ziemlich genau an diese Apparatur erinnern konnten.

Ängstlich sah die junge Frau Ra, Dr. Masada und Phönix an und hoffte, daß ihr Vertrauen nicht enttäuscht wurde. Aber wen, außer diesen dreien, hatte sie denn schon in der Galaxis? Gehorsam legte sie sich in den Stuhl und ließ sich angurten. Als Masada die Anlage einschaltete, zog sich alles in ihr zusammen. Sie griff um sich, fand eine Hand und drückte sie fest. Zu ihrem Glück gehörte sie Phönix, der ihr aufmunternd zulächelte.

Aber was wußte er schon von dem, was wirklich in ihr vorging. Schreie rasten durch ihren Kopf, und sie wußte nicht, wie lange sie das Geheule noch ertragen konnte. Warum hatte sie nicht gefragt, wie lange diese Prozedur dauern würde?

»Alles mit Ihnen in Ordnung? Sind Sie bereit?« fragte jemand, und es gelang ihr tatsächlich zu nicken.

Und nach einigen Minuten war alles vorüber. Sie durfte den Stuhl verlassen und fiel ihrem Freund in die Arme. Ra beobachtete sie, aber Jamisia wagte nicht, die Herrin anzusehen.

Dann schaltete der Wissenschaftler das Display ein, und ihre Ängste waren wie weggewischt.

Ihr Kopf erschien als Hologramm vor ihnen. Noch während Jamisia staunend hinsah, verschwanden ihr Gesicht und die Schädelknochen. Das Gehirn lag weitgehend im Schatten, und Masada bewegte die wenigen Lichtzonen hin und her.

»Schön, dann wollen wir mal sehen, was wir da haben.« Er justierte den Lichtbereich, und sie erkannten die Brainware.

Phönix murmelte aufgeregt vor sich hin, und die Gildemeisterin atmete scharf ein. Selbst Masada runzelte die Stirn.

Ihr Kopf schien mehr Brainware als Gehirn zu enthalten. Darin fanden sich nicht nur die üblichen kleinen Prozessoren mitsamt ihren Verbindungen, sondern mindestens ein halbes Dutzend weitere Bioware-Cluster. Einer davon schien wie eine Spinne unterhalb der Schädeldecke angebracht zu sein, ein anderer ruhte in der Ritze zwischen den Gehirnhälften, und überhaupt schien man jede freie Stelle ausgefüllt zu haben.

»Wie lange sind Sie schon modifiziert?« fragte der Professor.

»Du bist eine Moddie?« entfuhr es Phönix.

»Ich … keine Ahnung«, antwortete Jamie verwirrt. Im Erdsystem waren solche Modifikationen weitgehend unüblich und außerdem verboten. »Ich kann mich nicht erinnern … Sind Sie sich da sicher?«

»Der Prozessor dort ist Standard und wird kurz nach der Geburt implantiert. Aber was den Rest angeht …

Ich würde vermuten, man hat zwei- oder dreimal einen Eingriff bei Ihnen vorgenommen. Aller Wahrscheinlichkeit nach in den ersten Lebensjahren ...« Er sah Jamisia an. »Sie können von Glück sagen, daß Ihr Gehirn überhaupt noch funktioniert. Wer immer Ihnen das angetan hat, hat ein großes Risiko auf sich genommen.«

Shido. Ihr Heim und ihre Familie. Die sollten diese Experimente an ihr vorgenommen haben? Warum? Um den vielen Personen in ihrem Kopf Rechnerkapazität zu geben? Dem ganzen Dutzend? Zu welchem Zweck? Sie trat vor und wies mit einer Hand auf eine bestimmte Stelle des Hologramms.

»Hinter dem sind sie also her ... Und was ist das?«

»Nein, kaum«, widersprach Masada und drehte die Gehirndarstellung. »Ich fürchte, bei dem hier handelt es sich lediglich um einen Ansammlung von Bioware-Implantaten, die ohne Sie wertlos sein dürfte. Die Frage, die wir uns stellen müssen, lautet vielmehr so: Wofür brauchen Sie das alles?«

Niemals könnte sie ihm die Wahrheit sagen. Auf gar keinen Fall ihm gestehen, daß sie ein Dutzend Personen in ihrem Kopf beherbergte. Aber warum hatte Shido das getan? Höchstens, weil alle einem bestimmten Zweck dienten. Doch welchem?

Wo steckte die Lösung dieses Rätsels?

Jamie wollte etwas sagen, aber Ra hob die Hand und gebot ihr zu schweigen. Die Gildemeisterin sagte kein Wort und schien eine Nachricht zu erhalten. Dann ließ sie die Hand wieder sinken und verkündete mit heiserer Stimme:

»Ian Kent ist tot.«

Solange Terraner sich unter uns aufhalten, müssen wir Zeit und Energie mit ihrer Ignoranz und ihrer herablassenden Art vergeuden. In ihrer Vorstellung werden wir immer Bürger zweiter Klasse bleiben. Und für uns werden sie immer unwillkommene Eindringlinge sein.

Wäre es nicht für alle Beteiligten das beste, wenn jeder seiner eigenen Wege ginge?

(Auszug aus einem Propaganda-flugblatt der Hausman-Liga; Autor unbekannt)

PROSPERITY KNOTENPUNKT

PROSPERITY STATION

Dr. Masada ließ sich von einem Out-Schiff Ras nach Prosperity befördern. Der Hacker begleitete ihn, um dort die Daten seiner Freunde entgegenzunehmen. Der Professor wollte den Tod des Gildemeisters untersuchen.

Phönix war ziemlich frustriert, daß er die Reise durchschlafen mußte. Er hatte gehofft, auf einem privaten Gildeschiff seien die Bestimmungen nicht so streng, aber der Pilot wollte keine Ausnahme dulden. Und mit so einem Mann stritt man nicht.

Die Gilde verlor schon seit längerem kaum noch Schiffe im Ainniq; aber gelegentlich kehrte ein Transporter doch mit einer Ladung Toter oder überhaupt nicht zurück.

Kent war tot. Der ehemalige Out-Pilot, der sich mit dem tödlichen Syndrom und dem surrealen Zwischenuniversum bestens auskannte. Verbittert und verkrüppelt hatte er seine letzten Jahre verbracht.

Dem verstorbenen Gildemeister traute niemand zu, einen Virus wie Luzifer entwickelt zu haben, aber er hatte vielleicht dennoch seine Hand im Spiel gehabt. Hatte er den ehemaligen Kollegen die Freiheit und Macht des Ainniq-Fluges so sehr geneidet, daß er sie vernichten wollte?

Devlin Gaza vertrat diese Ansicht, und Kent stand auf der Verdächtigenliste ganz oben. Das Syndrom bewirkte eine geistige Instabilität, die man mit Medikamenten aufhalten, aber nie ganz beheben konnte. Das Syndrom suchte nach Feinden, sonst wandte es sich gegen den Träger selbst. Und wenn Kent nicht mehr den Monstern im Ainniq begegnen konnte, hatte er sich dann eigene Feinde geschaffen?

Masada dachte nicht zu intensiv darüber nach, weil menschliche Regungen und Motive ihm fremd waren. Dafür grübelte er über das Mädchen mit der vielen Brainware im Kopf. Phönix hatte darauf bestanden, sie mit auf die Reise zu nehmen. Die Gildemeisterin hatte nur unter der Bedingung zugestimmt, daß Jamisia sich ausschließlich auf Gildegrund aufhalten dürfe. Der Professor wußte, daß Ra hoffte, der Trip würde neue Erkenntnisse über die wahre Bestimmung der jungen Frau bringen, aber er hatte da so seine Zweifel.

Möglicherweise hatte Jamie auch etwas von dem Syndrom in sich. Aber sicher nicht viel, sicher nicht genug, um für die Gilde eine Bedrohung darzustellen. Wenn sie sich wie ein normaler Terraner bewegen und wie ein solcher reden konnte, ohne ständig Medikamente zugeführt zu bekommen, eignete sie sich kaum zum Out-Piloten. Ra hatte sie untersuchen lassen und festgestellt, daß die Mittel nicht vom Wellseeker eingegeben wurden.

Der Wissenschaftler freute sich schon auf die Daten, die Phönix ihm von dessen Freunden übergeben wollte. Was scherten ihn da die Bemühungen der Erde, endlich eigene Out-Piloten zu bekommen? In all den vergangenen Jahrhunderten hatten sie experimentiert und Versuche angestellt – und waren doch nie ihrem Ziel nähergekommen.

Und nun, nachdem Luzifer entdeckt war, würde man Terra isolieren. Sollten die Echtmenschen doch in ihrer

Überbevölkerung versauern und sich der Wahrheit stellen, daß sie das Unglück selbst über sich gebracht hatten. Die meisten Außenwelten würden den Tag der Verurteilung noch viele Jahre als Feiertag begehen.

Er selbst würde Eingang in die Geschichtsbücher finden und mit Ruhm und Ehrungen überhäuft werden. Masada war sich nicht sicher, ob ihm das gefallen würde.

Die Holodarstellung zeigte den Körper so, wie man ihn im Studio aufgefunden hatte. Was immer Kent umgebracht hatte, mußte ihm große Schmerzen zugefügt haben. Die Augen weit aufgerissen, die Hände in den Boden verkrallt und das Gesicht eine Fratze des Grauens.

Masada kniete längere Zeit vor dem Leichnam. Er war zwar kein Gerichtsmediziner, aber das, was er hier zu sehen bekam, brachte ihn zu der Überzeugung, den Todesbericht genauestens studieren zu müssen.

Phönix hatte ihm mitgeteilt, daß Luzifer in diesem Knotenpunkt zum ersten Mal erprobt worden sei. Wie paßte Kent in dieses Bild?

»Was halten Sie davon?« fragte Gaza, der sich ebenfalls hierherbemüht hatte.

»Er ist unter entsetzlichen Qualen gestorben.« Der Professor stand auf und betrachtete die Bilder an den Wänden. Verzerrte Landschaften und irreale Gebilde. Was mochte den Gildemeister nur bewegt haben, als er diese Kunstwerke schuf? »Nach einem fürchterlichen Leben. Woran ist er gestorben?«

»Wellseeker-Fehlfunktion mit anschließendem Herzversagen. Ich habe den Bericht noch nicht gelesen, aber es sieht ganz so aus, als hätten sich die Safeguards ausgeschaltet.«

»Könnte er das selbst getan haben?«

»Ja, aber das System hätte sich beim ersten Anzeichen einer Unregelmäßigkeit selbsttätig wieder einschalten müssen. Hat es aber nicht. In seinem Blut fand sich ein so hoher Adrenalinwert, daß die Safeguards sich zehnmal aktiviert hätten.«

»Ein Muster, das uns nicht ganz unbekannt sein dürfte.«

»Sie meinen Luzifer?«

»Ja.«

»In den Out-Piloten-Programmen findet sich nichts davon«, entgegnete der Direktor. »Ich lasse gerade den Wellseeker untersuchen. Wenn der Virus oder eine Abart davon darin festgestellt würde –«

»Dann hätten die Leute, die Luzifer freigesetzt haben, auch Ian Kent auf dem Gewissen.«

»Genau.«

»Welche Informationen könnten sie bei ihm gesucht haben?«

»Ich vermute, diesmal ging es nicht um Daten. Diesmal waren sie auf Mord aus.«

»Woher wollen Sie das so genau wissen?«

»Das Timing, Dr. Masada. Wir haben gerade die Quelle Luzifers entdeckt und eine potentielle Verschwörung terranischer Isolationisten. Beziehungsweise eine, die man uns vorgaukelte. Aber wir sind nicht darauf hereingefallen und suchen weiter. Deswegen hat die andere Seite beschlossen, Beweismaterial zu vernichten. Und das befand sich in Kents Gehirn.«

Der Direktor nickte langsam. »Gehen wir also einmal davon aus, daß Kent Teile des Out-Piloten-Codes an seine irdischen Kontaktleute weitergegeben hat. Vermutlich hat er geglaubt, daß man ihm nie auf die Spur kommen könnte. Aber dann sind Sie auf den Plan getreten und haben uns gesagt, daß es in unseren Reihen ein undichte Stelle gebe. Unsere Ermittlungen führten uns immer näher zu ihm.

Also hat er die Nachricht abgeschickt, die die Terranische Front in Mißkredit bringen sollte; denn trotz der Zusammenarbeit hatte Kent nichts für die Erde übrig. Das Ganze sollte uns von ihm ablenken. Und wenn wir darauf hereingefallen wären, hätten wir die Suche ja auch längst eingestellt.

Daraus ergeben sich zwei Möglichkeiten. Entweder hat Terra sich an ihm rächen wollen, oder Luzifers Schöpfer spürte, daß wir ihn bald enttarnen würden, und wollte alle Spuren beseitigen.«

Der Professor stand unbewegt da. »Sie scheinen wirklich von Kents Mitschuld überzeugt zu sein.«

»Alles spricht dafür. Natürlich müssen wir erst die Untersuchungsergebnisse abwarten, aber ich hege keinen Zweifel am Ergebnis.«

Arbela, Kents Privatsekretär, erschien in der Tür. »Direktor, die Untersuchungen liegen vor. Ich lasse sie Ihnen ins Büro des Gildemeisters überspielen.«

»Kommen Sie mit«, forderte Gaza den Professor auf. Auf dem Weg zum Büro fragte er ihn: »Ich habe gehört, Sie sind in Begleitung hierher geflogen.«

»Ja, ein Moddie von Paradise und seine Freundin sind mitgekommen. Er hat hier Freunde, die uns vielleicht ein wenig weiterhelfen können. Der junge Mann ist schon auf dem Weg zu seinen Kumpanen, und die junge Frau wartet in Kents Galerie. Wachen vor den Türen sorgen dafür, daß sie uns nicht im Weg herumsteht.«

»Inwieweit können die Hackerfreunde uns denn weiterhelfen?«

Masada zögerte. Er hätte lieber auf Phönix' Rückkehr

gewartet, um einen vollständigen Bericht abzuliefern, aber die Höflichkeit gebot, dem Direktor eine Antwort zu geben.

»Nun, sie haben selber an Luzifer gearbeitet, auch wenn sie nicht wußten, worum es sich bei diesem tödlichen Virus handelt. Sie wollen den Prototyp schon vor fünf Jahren entdeckt haben. Das ließe den Schluß zu, daß der Designer hier zu Hause ist.«

»Nun, das bestätigt doch wohl den Verdacht gegen Kent.«

Der Wissenschaftler schüttelte den Kopf. »Nein, so ein genialer Programmierkünstler war Kent nicht. Wer immer den Virus hier probelaufen ließ, wollte Ergebnisse sehen und wußte, was er tat. Nein, hier muß noch jemand im Spiel sein, und vielleicht können die hiesigen Hacker uns einen Hinweis auf ihn geben.«

Sie erreichten das Büro, und Devlin bemerkte: »Sie sind fest entschlossen, jeden einzelnen aufzuspüren, der mit Luzifer zu tun hat, nicht wahr?«

»Deswegen haben Sie mich doch von Guera geholt, oder?«

Dunkle Bücherregale und schwarzes Mobiliar kennzeichneten den Raum und spiegelten die Stimmung wider, in der sich der Gildemeister in seinen letzten Jahren befunden hatte. Keine Fenster, keine Sichtschirme, so als sei ihm schon der bloße Anblick des Weltraums zuwider gewesen.

Arbela wartete hier auf sie und zeigte auf einen Monitor. »Der Scan ist auf etwas gestoßen.« Er hielt den Männern einen Chip hin. Masada wollte ihn nehmen, aber Gaza war schneller. Das verwunderte den Professor.

Der Direktor legte den Chip ein, scrollte die Angaben und hielt an, als Masada etwas auffiel.

Ein Virus.

»Ähnelt Luzifer«, bemerkte der Professor. »Der gleiche Stil. Jeder Programmierer hinterläßt so etwas wie seinen Fingerabdruck. Gewisse Codefolgen, die nur er so schreibt. Ich habe Luzifer sechs Monate lang studiert und kenne ihn nun in- und auswendig. Deswegen vertrauen Sie mir bitte: Dieser Virus stammt vom Luzifer-Schöpfer. Fahren Sie weiter ab.«

Kurz darauf ließ er wieder anhalten.

»Da haben wir den Killer. Er drang auf geradem Weg in die Safeguards ein und hat sie unbrauchbar gemacht. Sobald das Syndrom in Kent freigelassen würde, würde das ganze System zusammenbrechen. Der Wellseeker fiel aus und konnte keine Anweisungen mehr geben, welche Medikamente in den Kreislauf gelangen sollten.«

»Also Mord. Das würde für meine Theorie sprechen.«

»Ja, Direktor.«

Gaza trommelte nervös mit den Fingern auf dem Tisch. »Wenigstens brauchen wir uns jetzt nicht mehr über die undichte Stelle den Kopf zu zerbrechen. Am besten kehren wir gleich zurück und berichten der Prima von dieser Entdeckung.«

»Reisen Sie nur schon voraus. Ich möchte erst noch erfahren, was der Junge mir mitzuteilen hat.«

»Ist das denn jetzt noch so wichtig?«

»Vielleicht, vielleicht auch nicht. Aber ich möchte ganz sichergehen. Einige Fragen sind noch nicht zufriedenstellend beantwortet.«

»Ich scheine Sie unterschätzt zu haben, Professor.« Er lehnte sich zurück, wirkte jedoch keineswegs entspannt. »Keine Sorge, Dr. Masada, das soll mir nicht noch einmal passieren.«

Jamisia hielt sich in einem Saal voller merkwürdiger Bilder auf. Man hatte ihr gesagt, sie solle hier warten, bis man sie holen käme.

Der verstorbene Gildemeister schien sich als Freizeitkünstler betätigt zu haben. Alle Gemälde in diesem Raum stammten von ihm.

Sie wagte sich nicht vorzustellen, wie es in dem Mann ausgesehen haben mußte. Jedes einzelne Bild zerrte an ihren Nerven und stieß sie ab. Dennoch mußte sie immer wieder hinsehen. Ein Gemälde zog sie besonders an. Darauf war eine verwinkelte, zerklüftete Landschaft zu sehen, deren Teile sich beim Betrachten neu zusammenzufügen schienen.

Etwas Kaltes und Dunkles regte sich am Rand ihres Bewußtseins. Einer der Anderen? Er kam ihr nicht bekannt vor und wirkte gefährlich. Je öfter sie ihm erklärte, er solle sich wieder verziehen, desto weiter rückte er nach oben. Warum halfen die Anderen ihr nicht?

Jamisia wollte sich von dem Bild entfernen, aber ihre Füße rührten sich nicht … so als gehörten sie ihr nicht mehr. Und schlimmer noch, der ganze Körper schien von ihr abgetrennt zu sein. Die Anderen tuschelten in ihrem Kopf, und sie konnte keinen Kontakt zu ihnen herstellen.

Was war mit ihrem Körper? Wollten die Anderen ihn besitzen? Oder … ein schrecklicher Gedanke kam ihr. Sie wollten sie verstoßen und den Körper auf Dauer übernehmen. Seit Monaten warteten sie auf eine passende Gelegenheit. Hatten die ganze Zeit freundlich zu ihr getan, damit ihr kein Verdacht käme und sie ihnen vertraute.

Deswegen hatten sie wohl auch im Habitat nie direkten Kontakt mit ihr aufgenommen. Dort hatten sie wohl fest mit ihrer Chance gerechnet, an ihren Platz zu treten. Doch dann hatte Jamie in die Außenwelten fliehen müssen, und da hieß es für die Anderen erst einmal umzudenken. Um sich hier draußen umorientieren zu können, mußten sie Jamisia erst einmal funktionstüchtig halten.

Wie bekämpfte man eine Schar von Feinden im eigenen Kopf? Sie erinnerte sich, daß Verina ihr gezeigt hatte, wie man in der inneren Dunkelheit versank und sich von jeglichem Input ausschloß. O ja, natürlich, genau das hatten sie mit ihr vor. Wenn Jamie endlich dort eingeschlossen und von allem abgeschnitten wäre, könnte sie nie wieder nach oben gelangen.

Verdammt, wo war Phönix? Sie wollte zur Tür rennen und nach ihm rufen. Doch dann fielen ihr weitere Dinge ein. Katlyn hatte den jungen Mann übernommen, ihn verführt und dafür gesorgt, daß er sich in sie verliebte. Phönix war nicht ihr Freund!

Die Furcht überkam sie wie ein schreckliches Gewicht, und sie spürte, wie sie tiefer und tiefer sank. Die Anderen tauchten über ihr auf, doch nicht, um ihr herauszuhelfen, sondern um sie zurückzustoßen, sollte sie wieder nach oben kommen.

Dies war der Augenblick, auf den sie so lange gewartet, auf den sie so lange hingearbeitet hatten.

Nein, ich gehe nicht dorthin, schrie sie, sank aber tiefer und immer tiefer. *Ihr sollt mich nicht haben …*

Geschafft! schrie Derik. *Jetzt ziehe ich ihr den Stecker heraus.*

Nur noch Schwärze.

»Michal Andres, das ist Devlin Gaza, Programmierdirektor der Ainniq-Gilde. Direktor, Mr. Andres ist … Freiberufler.« Phönix konnte dem Mann ansehen, daß er genau wußte, was Masada da umschrieb.

»Der Professor sagte, Sie hätten Informationen für uns.«

Der junge Mann räusperte sich. An Masada hatte er sich mittlerweile gewöhnt, wohl auch, weil sie beide sich in vielen Punkten ähnlich waren. Aber Gaza gehörte zu den drei mächtigsten Männern der Galaxis, wie Phönix erfurchtsvoll feststellte. Trotzdem fühlte er sich unwohl.

»Ja, ich habe hier ein paar Freunde besucht.« Er rang um Worte. Angesichts einer solchen Persönlichkeit kamen ihm ungekannte Hemmungen. »Trash, mein Kumpel, hatte noch eine Kopie von den damaligen Viralfragmenten.« Er zog einen Chip aus der Tasche. »Ist alles hier drauf, und noch ein paar andere Sachen, die er und seine Kumpel aufgefangen haben.«

Er hielt ihn dem Professor hin, doch wieder reagierte Devlin schneller.

»Alles geschah vor fünf Jahren«, fuhr Phönix fort, nachdem er sich einen Moment lang über das Verhalten des Direktors gewundert hatte. »Offenbar hat hier jemand ein paar Probeläufe mit Luzifer durchgeführt. Also nicht mit den Teilen, die einem das Gehirn zerkochen, und, ja eigentlich nur mit dem Replikationsmodell, und –« Verdammt warum geriet er vor diesem Mann auch noch ins Stottern?

»Fünf Jahre kommen ziemlich genau hin«, warf Masada ein.

»Glauben Sie wirklich, daß jemand soviel Zeit auf den Virus verwendet hat?« fragte Gaza.

»Natürlich. Luzifer ist ein Meisterwerk. Der Designer ist Perfektionist und brauchte deswegen so lange, um sämtliche erforderlichen Tests durchzuführen und dem Virus den letzten Schliff zu geben. Und auch noch dafür zu sorgen, daß man ihm nicht auf die Spur kommen kann.« Er lächelte in Richtung Phönix. »Nur hat er offensichtlich nicht mit ›Freiberuflern‹ gerechnet.«

»Ich habe einen Freund, der sich ziemlich intensiv mit der Hausman-Liga beschäftigt«, fuhr der Moddie fort und bemerkte, daß Gazas Miene sich verfinsterte. »Und er meinte, zwischen der Liga und dieser Station hier habe es in der letzten Zeit eine Menge Kommunikation gegeben. Alles chiffriert und supergeheim. Seiner Ansicht nach gingen die meisten Nachrichten direkt ins Büro des Gildemeisters.«

Beide Männer wirkten betroffen, sagten aber nichts. Offensichtlich überlegten sie, wieviel sie ihm anvertrauen durften, ohne ihn in allzu viele Gildegeheimnisse einzuweihen.

»Die Liga haßt die Erde«, sagte Masada schließlich, »und möchte, daß Terra vom Ainniq abgeschnitten wird. Seit vielen Jahren arbeitet sie auf dieses Ziel hin. Vielleicht dauert ihnen das alles zu lange, und sie wollten jetzt den Gang der Ereignisse etwas beschleunigen.«

Damit schien der Professor an die Grenzen des Erlaubten gestoßen zu sein. Phönix spürte geradezu, wie vieles in diesem Raum ungesagt blieb, und er ahnte, daß er hier in eine Sache verwickelt worden war, die alles bisher Dagewesene übertraf.

»Ich glaube, wir haben eine Menge zu bereden, Dr. Masada«, sagte Gaza jetzt. »Aber nicht hier, sondern auf Tiananmen.«

»Wie Sie wünschen.«

»Dann kehren Sie bitte mit unserem jungen Freund hier nach Paradise zurück und setzen ihn dort ab. Wir treffen uns dann bei der Prima.«

»Wenn die Hausman-Liga etwas damit zu tun hat –«

»Später, bitte. Kent war offensichtlich mit den Feinden der Gilde im Bunde. Wir sollten kein Wort mehr darüber verlieren, solange wir uns in seinem Haus aufhalten.«

Der Professor nickte.

»Während Sie unterwegs sind, will ich mir die Hauscomputer einmal näher ansehen ... Wenn Mr. Andres mit seinen Ausführungen recht hat, stehen wir vor einer sehr viel komplizierteren Situation.«

»Selbstverständlich, Direktor.«

»Vielen Dank für Ihre Hilfe, Mr. Andres.«

»Gern geschehen.« Phönix lächelte, bis Devlin den Raum verlassen hatte, dann mußte es heraus: »Scheiße!«

Masada trat zu ihm und legte ihm eine Hand auf die Schulter. »Wenn die Prima Ihnen keine große Belohnung gibt, werde ich das nachholen.«

»Eine Belohnung? Verdammt, darum geht es mir doch jetzt gar nicht.«

»Sobald die ganze Geschichte vorüber ist, werde ich Ihnen alles erklären, was ich weiß. Und was Gaza angeht, so war es wohl offenkundig, daß er Ihnen nicht traut. Aber mal anders gefragt, würden Sie sich denn vertrauen?«

»Um Himmels willen!« grinste der Junge.

»Gut. Dann holen Sie jetzt Ihre Freunde.«

Jamisia hockte in der Galerie auf dem Fußboden. Alle Farbe war aus ihrem Gesicht gewichen, die Augen waren blutunterlaufen, und sie wirkte, als sei alle Lebensenergie aus ihr gewichen.

Phönix wußte nicht, was er sagen sollte oder konnte,

und half ihr wortlos hoch. Sie folgte ihm willig, doch schon nach wenigen Schritten warf sie sich ihm in die Arme. Er hielt sie fest und spürte, daß sie weinte, auch wenn keine Tränen flossen.

»Es wird schon alles gut werden.« Wie sollte er dieses Versprechen einlösen?

Devlin verabschiedete die drei höchstpersönlich am Dock, wechselte noch ein paar Worte mit dem Professor und winkte auch Phönix zu, doch ohne ihn wirklich anzusehen.

Das Schiff wurde versiegelt und legte ab. Arbela erschien und stellte sich neben Gaza. Die beiden sahen dem Transporter nach, der sich auf den Weg in den Ainiq machte.

Der Direktor sah den Privatsekretär an.

»Das Spiel ist etwas zu komplex geworden. Höchste Zeit, ein paar Figuren vom Brett zu entfernen.«

Das einzige, was schlimmer ist, als ein Ziel nicht zu erreichen, ist, ein Ziel zu verfehlen und den Rivalen triumphieren zu sehen.

SORTEY-6
Über die Kraft der Menschen

GUERA KNOTENPUNKT

TIANANMEN STATION

Die Holosendung nahm nur langsam Farbe und Gestalt an, während die Computer die chiffrierten Codes entwirrten. Eine volle Minute verging, und die Prima nutzte die Zeit, um die Berichte, die sie gerade studiert hatte, beiseite zu schieben und sich auf das nun folgende Gespräch zu konzentrieren.

Endlich war eine Frau in einem Gestell zu erkennen, die Gildekleidung trug und sich formell verbeugte.

»Chandras Delhi«, sprach die Gildeherrin sie an.

Etliche Sekunden vergingen, bis die Antwort kam.

»Meine Prima, ich hoffe, ich komme nicht ungelegen.«

»Nein, Sie sind mir immer hoch willkommen. Wie stehen die Dinge auf Ihrer Station?«

»Ach, Sie wissen doch, immer nur Arbeit, nichts als Arbeit. Meine Suchteams haben ein Sonnensystem entdeckt, daß nur drei Monate entfernt liegt. Wir schicken bald Harvester dorthin.«

»Sie expandieren also immer noch?«

»Mir liegen zwei Anfragen von Frisia und eine von Belial vor. Wenn wir noch ein System finden, könnten wir beide Seiten befriedigen. Ach ja, auch ein Erd-Konzern hat sich gemeldet, aber dessen Antrag werde ich wohl ablehnen.«

Alya wußte, daß die Gildemeisterin jetzt langsam auf den Punkt kam.

»Die Erdmenschen haben ein Recht darauf, sich im All niederzulassen. Wenn Sie ihnen eine neue Station verweigern, sollten Sie gute Gründe dafür nennen können.«

»Oh, die habe ich. Mehrere Konzerne haben ihre Trupps in die Außenwelten geschickt, um ein Mädchen zu suchen. Eine gewisse Jamisia Capra. Vielleicht haben Sie schon einmal von ihr gehört, Prima.«

Die Herrin ließ sich nichts anmerken.

»Offenbar hat die junge Frau die Erde verlassen und dabei ein paar Geheimnisse mitgenommen. Anscheinend etwas, womit die Macht der Gilde gekappt werden soll und Terra die Kontrolle über die Sterne erringen kann.«

»Ach, meine Teure, solche Geschichten höre ich seit Jahren. Verzeiht mir, wenn ich inzwischen skeptisch geworden bin.«

Die Alte verzog das Gesicht. Natürlich mußte sie erfahren haben, daß auch Alyas Leute hinter dem Mädchen her waren; aber das durfte Delhi nicht ansprechen, weil sie damit sonst verraten hätte, wie intensiv sie die Station der Prima abhörte.

»Wenn es diese junge Frau wirklich gibt«, fuhr die Gildemeisterin dann fort, »könnte sie sich tatsächlich als Gefahr für die Gilde herausstellen.«

»Wenn jemand die Gilde bedroht«, versicherte die Prima ihr, »hat er nicht mehr lange zu leben.«

»Vielleicht würden Sie aber erst feststellen wollen, wie gefährlich diese Person wirklich ist. Man könnte ihr ja zum Beispiel auf der Spur bleiben und zusehen, wer sonst noch etwas von ihr will.«

»Ja, das könnte man natürlich tun. Aber warum besorgt Sie das?«

»Nun ja, sie könnte ja in die Hände von jemandem geraten, der sie für seine ganz eigenen Ziele einsetzen will.«

»Haben Sie jemanden in Verdacht?« fragte die Prima.

»Nun, ein Gildemeister vielleicht?«

»Anwesende natürlich ausgeschlossen.«

»Selbstverständlich.«

»Denn wenn das Mädchen bei Ihnen wäre, würde sie in Sicherheit sein, und niemand müßte sich Sorgen machen.«

»Ganz richtig.« Die Alte nickte.

»Aber wenn ein anderer Meister sie in die Finger bekäme, sähe die Sache nicht mehr so beruhigend aus, oder?«

»Zum Beispiel jemand, der sich der Gilde nicht so aus tiefstem Herzen verpflichtet fühlt.« Delhi schaute grimmig. »Der gern riskante Spielchen eingeht und uns damit alle in Gefahr bringen könnte.«

»Doch nicht etwa einer meiner Gildemeister? Denen kann ich voll und ganz vertrauen.«

»Ihrer Loyalität, ja, Prima, aber nicht immer ihrem Urteilsvermögen.«

»Und Sie glauben, daß, wenn einer von diesen das Mädchen in seine Hand bekäme, wir von der Gilde in großer Gefahr schwebten?«

»Ihre bloße Existenz ist schon eine Bedrohung für uns. Und wenn ein Gildemeister sie in seinen Besitz gebracht hat, um so mehr.«

»Wenn ich Sie recht verstehe, verlangen Sie, daß man das Mädchen sofort töten sollte, damit uns in Zukunft keine unliebsame Überraschung blüht?«

»Ja, Prima, genau das ist meine Ansicht.«

»So, so ...«, sagte Alya. »Was für ein Glück für uns alle, daß dieser Fall noch nicht eingetreten ist. Aber danke für Ihre Warnung, ich werde die Angelegenheit im Kopf behalten.«

»Sie ehren mich, Herrin.«

»Ihr Rat ist mir stets sehr willkommen.«

Die beiden verabschiedeten sich förmlich voneinander, und aufgrund der Zeitverzögerung zog das Ritual sich endlos lange hin.

Glauben Sie etwa, Chandras Delhi, ich wüßte nicht genau, was Sie wollen?

Alya nahm sich den letzten Bericht wieder vor, der sich zufällig mit Jamisia Capra befaßte.

Sie selbst wollten das Mädchen gern in Ihre Hand bekommen, und jetzt ärgern Sie sich schwarz, weil jemand Ihnen zuvorgekommen ist. Deswegen möchten Sie Jamisia lieber beseitigen; denn wenn Sie sie nicht haben können, dann auch niemand anderer. So sieht Ihr Politikverständnis aus, nicht wahr? Kontrolliere soviel wie möglich, und vernichte den Rest.

Sie überflog den Bericht, der Jamisias Ankunft in Ras Palast beschrieb.

Was natürlich nicht heißen soll, daß Ihr Stil nicht manchmal der richtige ist.

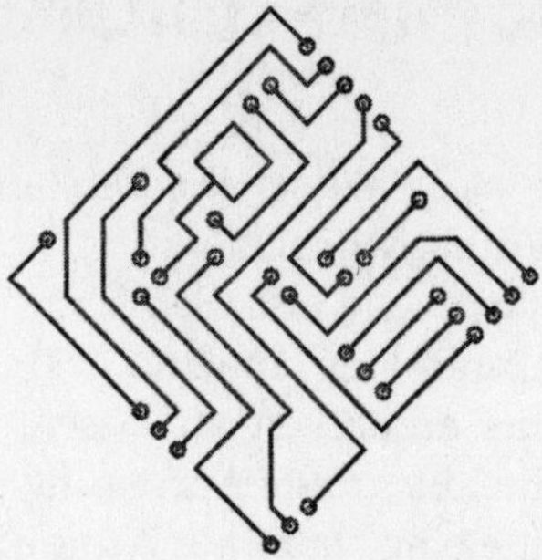

Wenn man ein wahrhaft fremdes Wesen sehen will, sollte man tief in den Terraner hineinschauen. Hinabtauchen in die Schicht, die schon vorhanden war, als der Mensch weder aufrecht gehen noch sprechen konnte. Dann wird man feststellen, daß sich der damalige Mensch kaum von dem heutigen zivilisierten unterscheidet.

Man studiere dann die Teile seiner Seele, die sich vor dem Tageslicht verbergen, die Eigenheiten und Kapriolen der Unsicherheit und die inneren Konflikte, die die Grundlage des Individuums darstellen. Dort stößt man dann auf ein bis zur Unverständlichkeit fremdes Wesen von beeindruckendem Potential und eine ebenso großen Kraft zur Selbstzerstörung.

TYE CHIVAL,
Über das Menschsein

OUT-SCHIFF DIONYSUS

Jamisia fühlte sich, als sei ihr Verstand durch einen Fleischwolf gedreht worden.

Während Phönix sie aufs Schiff und zur Schlafstelle für den Ainniq-Flug brachte, versuchte sie, sich äußerlich nichts anmerken zu lassen. Aber in ihrem Innern herrschte die größte Aufregung. Das Erlebnis in dem Raum hatte eine klaffende Wunde in ihr hinterlassen.

Was war dort überhaupt mit ihr geschehen?

»Geht's dir gut?« fragte der Moddie. Sie sah ihm an, daß er ihr helfen wollte, aber nicht wußte, wie oder wo. Und Jamie konnte es ihm ja nicht sagen. Wenn er wenigstens bei ihr bliebe, das wäre ihr schon ein großer Trost.

»Ja, danke«, antwortete sie ihm.

Phönix legte ihr die Gurte an und begab sich dann zu seiner eigenen Schlafstelle. Bei ihrem ersten Ainniq-Flug war Jamisia enttäuscht gewesen, nichts von dem Zwischenuniversum zu sehen. Jetzt war sie froh, es schlafend durcheilen zu müssen.

Seufzend schloß sie die Augen, spürte die Vibrationen der Schiffstriebwerke und visualisierte das Icon, das sie in den Theta-Schlaf versetzen würde. Sie ließ sich fallen und geriet in den tiefsten Schlaf

DREAMSCAPE 99.0000
LÄDT
...

Das Land sieht viel dunkler aus, und Sturmwolken ziehen über den Himmel.

Irgend etwas stimmt hier nicht.

Die Anderen sind alle bei ihr, und jetzt erkennt sie

auch, wie ähnlich sie aussehen. Nicht wie eineiige Zwillinge, mehr wie Cousinen und Vettern.

Der Tutor tritt zu der Gruppe. Er wirkt sehr ernst.

»Ich hatte gehofft, dieser Tag würde nie kommen.« Der Tutor schüttelt den Kopf. »Ach, Jamie, ich habe alles getan, um dich zu schützen. Du ahnst nicht, wie viele Programme ich in deinen Kopf gegeben habe, um es nicht zu diesem Tag kommen zu lassen. Doch jetzt ist es nun einmal geschehen.«

Die schwarzen Wolken bedecken mittlerweile den Großteil des Himmels.

»Nun will ich dir auch noch das letzte erzählen, und glaub mit, mehr weiß ich wirklich nicht. Ich habe nicht zu dem Team gehört, das an dir die Experimente durchgeführt hat. Ich habe ihre Berichte geschrieben, aber sie haben mir nicht alles gesagt. Und dazu hatten sie ja auch keinen Grund, nicht wahr? Schließlich habe ich am Ende gegen sie gearbeitet.«

Auch wenn er nur ein Programm und nicht real ist, kommt es Jamie so vor, als ringe er hart mit sich.

»Der Ainniq stellt den Schlüssel zum interstellaren Handel dar. Doch auf der Erde wissen wir nur wenig über diese Zone. Die Gilde behält lieber alles für sich, um die anderen Welten von sich abhängig zu machen.

Meine Arbeitgeber haben versucht, das Gilde-Monopol zu brechen.

Wir wissen nämlich, daß ein Pilot durchaus im Ainniq navigieren kann. Hin und wieder versucht es ein Terraner sogar, wenn er glaubt, nur noch dort einen Kick bekommen zu können. Die meisten kehren nie zurück … einige aber doch.

Von diesen wenigen Überlebenden wissen wir, daß das Zwischenuniversum so fremd ist, daß kein menschlicher Verstand es je verstehen kann. Jeder nimmt den

Ainniq anders wahr, und die Erfahrung ist in jedem Fall traumatisch-chaotisch.«

Die beiden sehen sich an, und das Mädchen erkennt, wie ernst es dem Tutor ist.

»Im Ainniq leben Raubtiere. Die Out-Piloten nennen sie Drachen. Wir wissen weder, was sie sind, noch wie sie dorthin kommen noch wovon sie sich ernähren. Nur eine Erkenntnis liegt uns vor. Diese Monster scheinen uns als Nahrung anzusehen. Wenn man den Ainniq durchfliegen will, muß man sich darauf verstehen, ihnen auszuweichen. Alle anderen werden verschlungen.

Unsere Maschinen und Sensoren aber können diese Kreaturen nicht wahrnehmen. Auch der normale Menschenverstand sieht und hört sie nicht. Und damit kommen wir zu dir, Jamie.«

Starker Wind bläst, und der Himmel scheint die Farbe der Angst anzunehmen.

»Weißt du, unter gewissen Umständen vermag ein Mensch, Dinge im Ainniq wahrzunehmen, wie zum Beispiel die Drachen. Er muß sich dazu in einen Zustand versetzen, der ihn unter anderen Umständen in den Wahnsinn treiben würde. Ich weiß, daß du diese Erfahrung gemacht hast, denn sonst wäre dieses Programm nicht aufgerufen worden.

Jamie, du trägst diesen Zustand, bei dem es sich eher um eine Krankheit handelt, in dir. Und die muß vor kurzem aktiviert worden sein.«

Was meint er damit? Etwa das Erlebnis in der Galerie … Sie erinnert sich an die wiederkehrenden Erinnerungen, das Bild von dem furchtsamen Knaben im Gras, und … Mein Gott, ist er etwa diese Krankheit?

Der Wind bläst eisig heran, und die ersten Tropfen fallen vom Himmel.

»Jamisia, der Preis für die Sterne lautet Geistes-

gestörtheit. Das wissen wir auf der Erde schon seit vielen Jahren. Worauf wir uns bislang aber noch nicht verstanden, war, wie man diesen Wahnsinn kontrollieren kann, so daß er nur im Ainniq zutage tritt.

Deswegen haben die Shido-Forscher gewisse Experimente an dir durchgeführt; denn sie kannten keinen anderen Weg, ihr Ziel zu erreichen. Man hat deine Seele in verschiedene Teile aufgespalten. Tut mir leid wegen all der Schmerzen, die du erleiden mußtest, aber es ging nicht anders.

Die Wissenschaftler glaubten nämlich, daß sie den Wahnsinn beherrschen könnten, wenn sie ihn in einer einzelnen Person einzusperren vermöchten. Wenn diese dann auf Wunsch nach oben kommen und sich später wieder zurückziehen würde, hätte man den perfekten Ainniq-Piloten gefunden. Deswegen haben sie auch Raven zur Schiffspilotin ausgebildet, denn der kleine Junge ließ sich einfach nichts beibringen.«

Jamie denkt an ihn, wie er wimmernd im Gras liegt und auf ewig in seinem psychischen Alptraum gefangen ist. Warum hat er sich gerade in der Galerie gezeigt?

»Also schön, und wo liegt der Haken? Du hast gesagt, etwas sei schiefgegangen. Sag es mir!«

»Die Antwort könntest du dir eigentlich selbst geben. Die Aufteilung der Personen ist nicht konsequent genug. Der Wahnsinn dringt leise in deinen Verstand ein.

Der Junge ist stärker, als die Forscher erwartet hatten. Mit anderen Worten, es dürfte nicht ratsam sein, die Experimente zu ihrem Abschluß zu bringen. Bislang bist du die dominante Persönlichkeit geblieben, weil die Anderen diesem Arrangement zugestimmt haben. Der kleine Junge kennt solche Abmachungen aber nicht, könnte sie auch nie verstehen. Wenn du ihn einmal die Kontrolle übernehmen läßt, zieht er sich womöglich nie mehr zurück.«

Jamie steht niedergeschmettert da und erinnert sich an das Erlebnis in der Galerie. Wieviel Angst sie gehabt hat, als die Anderen sie in das Loch stießen … Wenn das nur ein schwacher erster Eindruck von der Macht des kleinen Jungen gewesen ist, was wird dann erst geschehen, sobald er seine ganze Stärke entfaltet?

»Ich habe immer darum gebetet, daß es nie soweit kommen würde«, sagt der Tutor noch einmal.

Blitze zucken über den Himmel –

– und ein Schrei zerreißt die Finsternis.

Der Tutor vergeht und kehrt zurück. Ein zweiter Schrei, und ein dritter. Die Anderen werden durchsichtig und vergehen mit dem Tutor zu binärem Chaos.

Panik befällt Jamisia, weil sie nicht verstehen kann, was hier vor sich geht …

Sie läuft. Sie rennt. Es regnet Schreie vom Himmel. Wo ist der Junge? Sie muß ihn finden. Einmal wollte er sie berühren, und in jenem Augenblick wirkte er ganz normal.

Der Boden erbebt, und das Gras löst sich in einen Code auf.

Nein! Nicht jetzt! Nein! Noch nicht!

Sie muß doch den kleinen Jungen finden …

DREAMSCAPE ABGEBROCHEN
WELLSEEKER OVERRIDE
THETA-SEQUENZ ABGEBROCHEN

Sie war wach.

Jamisia brauchte ein wenig, um sich zurechtzufinden. Und noch etwas länger, um zu erkennen, daß sie sich immer noch im Passagierraum des Out-Schiffes befand ... und daß sich außer ihr niemand hier aufhielt. Die Gurte von Phönix' Schlafstatt hingen schlaff herab.

Noch einmal ein Schrei – nicht aus dem Traum, sondern real.

Mit zitternden Fingern befreite sie sich aus dem Bett und stand auf. Befand das Schiff sich bereits im Ainniq? Jamisia drehte sich einmal um sich selbst und lief dann in die Richtung, aus der der Schrei gekommen war. Beim Näherkommen hörte sie auch noch andere Stimmen.

Die Tür zur Brücke stand offen, und etliche hatten sich dort versammelt. Masada saß an der Pilotenkonsole. Phönix kniete neben einem Mann am Boden, der Gueraner zu sein schien. Zwei Wachen standen hinter dem Moddie. Ihm gegenüber beugte sich der In-Pilot mit einem Scanner über den Körper.

»Ich könnte versuchen, seinen Wellseeker zu stimulieren«, sagte Phönix gerade.

»Zu spät«, entgegnete der In-Pilot. »Der Mann ist hin.«

Auf dem Viewscreen bewegte sich eine Lichtader durch den schwarzen Samt des Weltraums. Das mußte der Ainniq sein, und er wirkte wie die Blitze in ihrer Traumlandschaft. Ein ebenso fremdartiger wie wunderschöner Anblick.

»Was ist denn geschehen?« fragte das Mädchen schließlich.

Phönix nahm sie erst jetzt wahr, stand sofort auf und eilte zu ihr. »Der Out-Pilot ist tot«, antwortete er ernst und legte ihr einen Arm um die Schulter. »Und deswegen sitzen wir jetzt ziemlich in der Tinte.«

»Sabotage«, brummte der In-Pilot. »Direkt und ohne Vorwarnung. Den Out-Piloten hat's erwischt, kaum daß er sich eingeklinkt hatte. Die Navigation ist blockiert, und wir kommen nicht an eine einzige Kontrolle heran. Der Professor versucht, das Signal zurückzuschicken, damit wir wenigstens wieder manövrieren können.«

Masada blickte leise fluchend von der Konsole auf. »Nein, die ist auch zu.«

Der Ainniq kam immer näher. Licht schien sich aus der Spalte in den Kosmos zu ergießen. Das Schiff steuerte direkt darauf zu.

»Jeder einzelne Pfad ist blockiert«, verkündete der Wissenschaftler.

»Versuchen Sie es weiter«, befahl der In-Pilot. »Uns bleibt kaum noch eine Minute.«

»Wieso?« wollte Jamie wissen.

Phönix nickte in Richtung Außenschirm. »Der Kurs war bereits eingegeben. Wenn Dr. Masada keinen Bypass legen kann, stürzen wir in ein paar Sekunden in das Zwischenuniversum.«

»Und das ohne Out-Pilot«, bemerkte einer der Soldaten nervös.

Hilflos den Drachen ausgeliefert …

Sabotage. Um wen zu töten: sie selbst, Phönix oder den Professor? Oder gleich alle drei? Ein sauberer Tod im Ainniq, der keine Spuren hinterlassen würde. Immer wieder verschwanden Schiffe spurlos im Zwischenuniversum.

ZWANZIG SEKUNDEN BIS ZUM EINTRITT

Vermutlich waren bei dem Anschlag auch die Kommunikationssysteme zerstört worden, damit sie nicht einmal jemanden verständigen konnten.

»Dr. Masada«, erklärte der In-Pilot gepreßt, »ich brauche den Helm *vor* dem Eintritt.«

»Wenn Sie mich andauernd in meiner Konzentration stören, bekommen Sie gar nichts«, gab der Professor barsch zurück.

Das Licht füllte nun den Großteil des Schirms aus. Inmitten der Helligkeit bewegten sich Schemen, die auf Wesen und unbekannte Gefahren schließen ließen.

»Kann ich helfen?« fragte Phönix.

»Das ist Gilde-Code.« Der Wissenschaftler schüttelte den Kopf. »Zu dem dürfen Sie keinen Zugang erhalten.«

»Selbst dann nicht, wenn wir alle draufgehen sollten?«

»Seien Sie kein Narr. Selbst Sie können nicht innerhalb von zehn Sekunden in ein fremdes System eindringen ... Wer immer uns das angetan hat, wußte, was er tat. Auch, auf welche Weise ich versuchen würde, die Kontrolle zurückzuerlangen.«

Der Viewscreen bot ein einziges Chaos von wirbelnden Farben.

»Ich brauche den Helm!« schrie der In-Pilot.

EINTRITT

Ringsherum Licht und Farbtöne. Wohin man auch sah, der Normalraum war verschwunden. Bildete Jamisia sich das nur ein, oder schlug dort etwas sehr Hungriges mit den Schwingen, um das Schiff zu erreichen?

Plötzlich fielen ihr Ian Kents Bilder wieder ein. Wenn man in den Ainniq sah, glaubte man, auf die Gemälde zu schauen, nur war der Zwischenraum in Wahrheit noch tausendmal intensiver in seiner surrealen Ausstrahlung.

Das blanke, ungehemmte Chaos. Schön und schrecklich zugleich. Allein durch das Draufstarren konnte man schon geistige Schäden erleiden. Als Jamie auf den hinteren Schirm blickte, war dort vom Normalraum nichts mehr zu erkennen. Wo waren sie eingetreten, und woran wollte man sich an diesem wogenden Ort orientieren? Sie waren verloren, rettungslos, und über kurz oder lang würde eines der Raubtiere sie erspähen. Vielleicht schon in wenigen Sekunden.

Du könntest das Schiff retten, sagte eine Stimme in ihr.

Ein riesiger Schatten bewegte sich auf den Raumer zu. Der In-Pilot erstarrte, und Phönix hielt das Mädchen fester, nicht nur um ihr, sondern auch um sich selbst Halt zu geben.

Der dunkle Schatten umhüllte das Schiff, und auf allen Schirmen war nur noch dunkles Rot zu erkennen. Dann war er vorbei, und der Raumer fand sich zurück in den Farborgien.

Kein Ungeheuer.

Du kannst die Drachen sehen, Jamisia, wenn du nur willst.

Alles in ihr sträubte sich dagegen. *Nein!* Die bloße Vorstellung, ihren Körper von dem wahnsinnigen kleinen Jungen übernehmen zu lassen, erfüllte sie so sehr mit Panik, daß sie nicht einmal kurz darüber nachdenken wollte.

»Ich habe die Blockade an den Hilfssystemen geknackt«, verkündete der Professor. »Wenigstens ein Anfang.«

»Und was nützt uns das?« rief der In-Pilot. »Wie können wir einem Ungeheuer ausweichen, das wir nicht einmal zu sehen vermögen?«

Ich könnte mich an die Kontrollen setzen, bot Raven sich an, *und das Schiff mit ihm zusammen fliegen.*

Wieder flog etwas auf den Raumer zu. Die Farben

schienen tosend miteinander zu ringen, ein visueller Mahlstrom, in den man nicht hineinsehen konnte. Etwas Großes und Mächtiges schwebte heran und leckte schon nach den menschlichen Seelen …

»Ich könnte das Schiff fliegen«, sagte Jamie leise.

Nur Phönix konnte sie hören, aber er hatte ja keine Ahnung von dem, was in ihr war. Er sah sie verständnislos an und zitterte mittlerweile genauso wie sie. Mit Datenproblemen und Computerherausforderungen kannte er sich bestens aus, aber nicht mit solchen unerklärlichen Erscheinungen.

»Ich kann das Schiff steuern«, erklärte sie deutlicher, »und ich kann die Kreaturen sehen.«

»Ach, Sie sind doch Terranerin«, entgegnete der In-Pilot verächtlich.

»Ich weiß, was erforderlich ist, um durch den Ainniq zu manövrieren«, rief die junge Frau. »Man muß eine gewisse Form des Wahnsinns besitzen, dann kann man die Drachen sehen. Aber diese Geisteskrankheit ist im Normalraum sehr zerstörerisch.«

Der Pilot und Masada starrten sie an.

Jamie konnte den Jäger schon spüren. Ihnen blieb keine Zeit mehr. »Ich habe diese Krankheit«, schrie sie, als die Gueraner immer noch nicht begreifen wollten. »In mir wohnt dieser Wahnsinn, und deswegen kann ich die Kreaturen sehen.«

Der Professor nickte und befahl den Soldaten, die Brücke zu verlassen und Phönix mitzunehmen. »Das ist nur zu Ihrem Besten«, beruhigte er den protestierenden Moddie.

Nach wenigen Momenten hielten sich nur noch der In-Pilot, der Wissenschaftler und Jamisia auf der Brücke auf.

Gott, ich muß verrückt geworden sein …

Geht leider nicht anders, versicherte Raven ihr, und Verina stimmte zu. *Sonst müssen hier alle sterben.*

Wir unterstützen dich, versprach Katlyn.

Ja, wir alle stehen hinter dir, sagte Derik.

»Und wie wollen Sie das anstellen?« fragte der In-Pilot.

»Spielt das jetzt noch eine Rolle? Wenn ich sage, ich kann die Drachen sehen, dann müssen Sie mir ganz einfach vertrauen.«

»Wir haben keine Zeit, uns zu streiten«, erklärte Masada mit der ganzen Kraft seiner Ausstrahlung und Selbstbeherrschung. »Wenn die junge Dame recht hat, bleibt uns vielleicht noch eine Chance. Fragen können später noch geklärt werden.«

Gott, bitte, steh mir bei …

Jamisia drang tief hinab in ihre Seele, hinunter zu dem dunklen Ort, an dem die Geheimnisse wohnten. Raven schickte ihr ein Icon.

Orientiere dich daran.

Völlig fremde Daten scrollten über den inneren Schirm. »Ich weiß nicht, was das ist.«

Aber ich. Gilde-Codes. Ich kenne mich damit aus.

Raven war dazu ausgebildet worden. Jamie konnte sich auf sie verlassen. Die dunkelhäutige Andere gab bereits Befehle in das Out-Schiff ein, klinkte sich mit ihrem Headset in die Bordcomputer …

> *Sie rennt über ein regennasses Land und ruft nach dem kleinen Jungen. Wird er ihr antworten? Die Tropfen fallen so dicht, daß sie kaum etwas erkennen kann.*
>
> *Ein schweres Gewitter tobt, und der Wind weht so stark, daß es sie einige Male von den Füßen reißt. Nein, sie muß ihn finden. Jedesmal rappelt Jamisia sich wieder auf, wischt sich die matschverklebten Hände ab.*

Der Junge war doch immer am selben Ort. Wo steckt er bloß?

Sie schreit und kreischt, um das Unwetter zu übertönen: »Übernimm! Alles gehört dir! Sie brauchen dich mehr als mich!«

Tränen quellen ihr aus den Augen und werden sofort vom Regen fortgewischt. Sie stolpert, sie taumelt … Sie strebt auf einen Hügel zu, über dem der Himmel ein kleines Stück aufgerissen ist. Dort liegt etwas auf dem Boden.

Als sie näherkommt, erkennt sie ihn. Zusammengekauert liegt er auf der Seite. Sie erreicht den Jungen und fällt auf die Knie. »Übernimm schon, wir warten auf dich. Ich brauche dich!«

Er hebt den bleichen Kopf und sieht sie aus seinen tief eingefallenen Augen an. Jamie ringt hart mit sich, um nicht entsetzt den Blick abzuwenden. Sie wird von der Leere seiner Seele angezogen und läßt es widerwillig mit sich geschehen.

Ihr Tutor steht plötzlich da. Er warnt sie, beschwört die Drachen, die kommen, um die Seelen zu fressen. Und Jamie kann ihnen mit ihren Anderen ein wahres Festmahl bieten …

»Sie kommen wegen mir!« rief der Junge. Er sah die Kreaturen,wie sie ihn umlauerten, wie sie sich hinter Farbbergen versteckten, und Haß und Hunger funkelte in ihren Augen.

»Dort kommt der erste!« schrie der Junge. Der Drache näherte sich mit rasender Geschwindigkeit. Warum konnten die anderen ihn nicht sehen? Er nahm alle Farben wahr, die vor ihm zerplatzten, zurückwichen und sich hinter ihm wieder zusammenfügten.

Der Knabe spürte den Druck auf seinen Verstand und auf seine Seele. Immer mehr Raubtiere ließen sich von der Beute anlocken. Gold und blau und jeder aus anderen Farben zusammengesetzt.

»Jetzt! Schneller!«

Der ganze Ainniq schien nur noch aus Drachen zu bestehen, und er erkannte, daß es in diesem Zwischenuniversum wie in einem Dschungel vor Leben wimmelte. Wie konnte ein Mensch in dieser fremden Welt überleben? Nein, sie gehörten nicht hierher.

Das Navigations-Menue tauchte vor ihm auf und verschwand wieder. Die Dunkelhäutige hatte die Kontrolle über das Schiff übernommen und verwandelte seine Beobachtungen in Kurs und Manöver. Hoffentlich bekam sie alles richtig mit. Und wenn sie ihn vorsätzlich mißverstand? Um ihn an die Drachen zu verfüttern und selbst den Körper zu behalten. Zwei Männer befanden sich auf der Brücke. Einer kam jetzt auf ihn zu. Der Junge wich zurück. »Hau ab! Komm mir bloß nicht zu nahe!«

Die Drachen ...

Er sah sie jetzt überall. Schwarm um Schwarm flog heran, ein einziges Spektakel von sich verschiebenden Farben, die Wolken des Hasses ausstießen. Ein harter Ruck ging durch das Schiff, und der Junge fiel auf die Knie.

Er konnte nichts mehr sehen. Verloren! Sie waren alle verloren! Wie hatten sie sich nur einbilden können, solchen Wesen zu entkommen? Keuchend konzentrierte er sich wieder auf die Sichtschirme und suchte nach den Drachen.

Ein besonders vorwitziger schlängelte sich auf den Raumer zu. Fort von ihm, weich ihm aus! Gut gemacht. Doch da, schon wieder einer. Der schien vom Gravo-Netz angelockt zu werden. Ausschalten! Das verdammte System ausschalten!

Sie sammelten sich jetzt, um zu mehreren anzugreifen. Der Junge hatte mittlerweile erkannt, wie intelligent sie waren. Die Kreaturen hatten auch ihn gewittert und wollten vor allem ihn zerstören.

Das Schiff schien ihnen gleichgültig geworden zu sein. Der Knabe war ihr Feind, und auf ihn konzentrierte sich ihre ganze Boshaftigkeit.

Ein Rudel näherte sich von achtern. Der Junge schrie eine Warnung, und das Schiff wich ihnen aus. Die Drachen lachten vor Jagdfieber, während sie den Kreis um den Raumer immer enger zogen. Sie stachelten sich gegenseitig an und prahlten damit, wer als erster diese Seele zu packen bekommen würde.

Schneller, wir müssen viel schneller fliegen! Wolken aus Silber und Scharlachrot teilten sich, um immer neue Ungeheuer zu präsentieren. Einer griff das Schiff jetzt frontal an. Der Knabe befahl einen harten Schwenk, und die Kreatur blieb in einer Wolke von Orange zurück.

Da vorn, was war da? Eine dünne schwarze Linie, halb hinter den Farben verborgen. Jemand redete auf ihn ein, aber er verstand die Sprache der Menschen nicht mehr. Der Junge bestand nur noch aus Geschwindigkeit, Furcht und stummer Sicht.

Dann meldete sich die Dunkelhäutige, und sie verstand er, weil er sich mit ihr dasselbe Gehirn teilte. *Das ist eine Ainniq-Straße. Wir müssen ihr folgen, bis wir eine Kreuzung gefunden haben. Denn nur an einem Knotenpunkt können wir sicher in den Normalraum überwechseln.*

Was faselte sie da? Begriff die Dunkelhäutige denn nicht, daß die Drachen sich am liebsten an den Kreuzungspunkten aufhielten, weil dort die Chancen für einen Hinterhalt am größten waren?

Die Dunkelhäutige konnte nicht auf seiner Seite stehen, sondern war vermutlich im Bunde mit den Anderen. Man hatte ihn reingelegt, ihn übel mißbraucht …

Eine kalte Zunge leckte an seinem Gehirn. Furchterfüllt gab er neue Anweisungen, um das Schiff fortzusteuern. Der Drache folgte und breitete sich über viele Meilen aus. Tausend Farbtöne funkelten auf ihm. Noch während der Junge Befehle gab, drang das Untier in seinen Kopf ein, packte mit scharfen Zähnen seinen Verstand und wollte ihn aus dem Körper herausreißen.

Und dann sah er die Stelle, an der sich zwei schwarze Linien kreuzten. Ein erster Orientierungspunkt in diesem Reich des Chaos. Das Schiff beschleunigte und schoß auf den Schnittpunkt zu.

Nein, nein, dort lauerten die Drachen. Der Schub sorgte wenigstens dafür, daß die Kreatur in seinem Kopf abgeschüttelt wurde. Dort, ein ganzes Rudel, umflieg es! Mehr Geschwindigkeit! Flieg einen großen Bogen, bis du hinter den Ungeheuern bist! Stürz dann direkt auf den Knotenpunkt zu!

Die Drachen kreischten, als die Menschen sie überlistet hatten. Heiße, fauchende Wut folgte ihnen, als sie in die Schwärze des Normalraums zurückkehrten.

Er war ihnen entkommen. Dieses Mal. Aber sie würden aus ihren Fehlern lernen und sich beim nächsten Mal rächen.

Nun mußte er die Anderen abschütteln.

Die zwei Männer beobachteten ihn. Sie besaßen zwar menschliche Körper, waren ihm aber genauso fremd wie die Kreaturen. Und mindestens ebenso gefährlich. Sie wollten, daß er in die tiefe Dunkelheit zurückkehrte, wo ihn wieder Ängste überkommen und Monster bedrängen würden.

Aber dorthin wollte er nicht. Nie wieder!

Einer der beiden erreichte ihn, und die Knabe schrie

gellend. Zwei weitere Männer tauchten nun in dem Raum auf und richteten Waffen auf ihn. Verdammt, er hatte recht gehabt! Sie hatten ihn nur mißbraucht, um das Schiff an den Drachen vorbeizubringen …

Und jetzt wollten sie ihn wieder loswerden. Der Junge kämpfte um sein Leben, trat, biß, spuckte … aber dann zischte ein Med-Gun an seinem Hals, und alle Kraft entwich ihm. »Schweinehunde!« schrie er noch. »Ich habe euch gerettet, ihr Drecksäcke!«

Danach gab es nur noch Dunkelheit und die Angst einzuschlafen. Doch als seine Lider sich senkten, verspürte er in sich einen Frieden, wie er ihn nie zuvor gekannt hatte.

Masada betrachtete den Körper des Mädchens, deren Gesicht mit Blut und Schaum bedeckt war. Die Soldaten wichen zurück, als sie erkannten, daß die Spritze ihre Wirkung tat.

Langsam griff der Professor unter Jamisias Körper und hob ihn hoch. Wie leicht und zerbrechlich er war.

»Wo sind wir herausgekommen?« fragte er den In-Piloten.

»Harmony-Knotenpunkt. Ich stelle jetzt Verbindung zur Station her … Gott, war das ein Flug.«

Masada hatte das Mädchen ruhigstellen lassen, und dabei sollte es auch bleiben, bis man sie gueranischen Medizinern übergeben konnte. Die kannten sich mit dem Syndrom aus.

Der Wissenschaftler fragte sich, ob die Gilde Jamie töten würde. Höchstwahrscheinlich. Die Erde war hinter das Geheimnis der Out-Piloten gekommen, und das durfte nicht sein. Armes Ding. Da hatte sie nun das Schiff durch den Ainniq gesteuert, und zum Dank dafür würde man sie hinrichten. Geopfert den politischen Sachzwängen.

Er übergab das Mädchen den Soldaten. »Bringt sie in die Pilotenkabine. Und säubert sie.«

Masadas Nerven lagen blank. Wenn er sich nicht so sehr auf die Navigationsprobleme konzentriert hätte, wäre er vermutlich versucht gewesen, sich den Ainniq anzuschauen, und das hätte für einen Iru nur in einer Katastrophe enden können.

Wie froh werde ich sein, wenn ich wieder zu Hause bin. Dann schreibe ich ein Buch oder zwei über das Zwischenuniversum und die Außenwelten, und damit ist das Thema dann endgültig für mich erledigt. Davon will ich nie wieder etwas hören oder sehen.

Der Professor hätte sich gern hingelegt und ausgeruht, aber erst mußte er auf dem Schiff nach dem Rechten sehen. Der Sabotageanschlag war mit Umsicht und Effizienz durchgeführt worden, und Masada wollte keine weiteren Überraschungen erleben.

Wenigstens hatte das Schiff selbst keine Schäden erlitten, und auch Ras Soldaten wirkten unverletzt. Der In-Pilot kam und teilte ihm mit, daß alle Programme im Prinzip okay seien und gerade zum wiederholten Mal auf Viren überprüft würden.

Nachdem der Professor sich selbst davon überzeugt hatte, begab er sich in die Pilotenkabine, um nach der jungen Frau zu sehen. Phönix war bei ihr, saß aber an der Hilfssystemkonsole. Masada machte zwei Schritte auf Jamie zu, als ihm klar wurde, was der Junge da trieb.

Sie hatten ihn aus Sicherheitsgründen von der Brücke verbannt, und er hatte hier die Zeit genutzt, um sich in das Schiffssystem einzuhacken.

»Sie Narr!« rief der Wissenschaftler, und mit diesen

Worten löste sich alle innere Anspannung der vergangenen Stunden.

Phönix hob den Kopf, seine Miene zeigte aber weder Trotz noch Reue. Eigentlich hätte Masada erwartet, daß der Moddie ihm jetzt einige Ausreden auftischen würde. Aber nichts dergleichen.

Der Professor stürmte an die Konsole und gab seinen Override-Code ein, um Phönix zu stoppen. Der Junge wehrte sich nicht dagegen. Vielleicht war er sich gerade der Konsequenzen seiner Tat bewußt geworden.

Wenn er Pech hatte, würde die Gilde ihn hinrichten lassen. Wenn er Glück hatte, beließ sie es bei einer Gehirnlöschung. Die Gilde hatte entschieden etwas dagegen, wenn Hacker in ihren Code eindrangen. Masada würde zwar alles für ihn tun, fürchtete aber, ihm in diesem Fall nicht mehr helfen zu können.

Der Professor sah auf den Schirm. Out-Piloten-Code. Dummer, dummer Junge. Die Gilde würde jetzt bestimmt nicht Gnade vor Recht ergehen lassen.

Phönix sah ihn an und fragte: »Wer hat diesen Code geschrieben?«

Masada sah genauer hin. Er erkannte das Programm wieder. »Warum?«

»Es ist ein und derselbe.«

»Wen meinen Sie?«

»Den Luzifer-Designer.«

»Sind Sie sich absolut sicher?«

»So viele Kleinigkeiten sind verräterisch identisch. Der gleiche Rhythmus. Glauben Sie mir, ich habe lange genug mit dem Virus gearbeitet, um diese Handschrift sofort wiederzuerkennen.«

Der Professor starrte den Hacker sehr ernst an und beugte sich dann über die Konsole. Aber Phönix reichte ihm einen Chip. »Hab' schon alles kopiert. Ich dachte, das würden Sie haben wollen.«

Der Wissenschaftler schwieg.

»Sie kennen den Mann, nicht wahr?« stellte der Moddie fest.

»Ich kenne den Code. Aber ich muß mich gründlicher damit befassen, um keinen Fehler zu begehen.«

Devlin Gaza.

Ja, eigentlich sprach alles für den Direktor.

Wenn wir ihn verhören, müssen wir mit großer Umsicht vorgehen. Der Mann ist auf seinem Gebiet sehr gut. Und die Prima wird ihn kaum für den Schuldigen halten wollen.

»Aber Sie haben doch jemanden im Verdacht, oder?« bohrte Phönix.

Masada schwieg immer noch.

»Hören Sie, wenn ich Ihnen schon entscheidend weitergeholfen habe, will ich auch von Ihrer Seite Unterstützung bekommen.«

Der Professor legte dem Jungen einen Finger auf den Mund. »Zu gegebener Zeit sollen Sie von mir alles erhalten. Von mir aus dürfen Sie auch in der Hackerwelt den Ruhm für sich in Anspruch nehmen, Luzifer in die Hölle zurückgeschickt zu haben ... Aber fürs erste brauche ich Ihr Schweigen.«

Hatte Gaza den Anschlag auf das Schiff unternommen? Ein Motiv dafür hätte er ja gehabt. Vermutlich glaubte Devlin, sie seien bereits alle tot. Masada mußte den In-Piloten daran hindern, irgend etwas über ihren Durchbruch bekanntzugeben.

Der Wissenschaftler riß Phönix das Headset vom Kopf. Der Junge war so überrascht, daß er sich nicht zur Wehr setzen konnte. »Für den Rest der Reise sind Sie Off-Line. Wenn Sie überleben wollen, müssen Sie erst einmal für ein paar Tage toter Mann spielen.«

Die Art, wie ein Mensch lügt, verrät mitunter sehr viel darüber, wie er es mit der Wahrheit hält.

C. J. AMBERLEIGH,
Die Kunst der Inquisition

GUERA KNOTENPUNKT

TIANANMEN STATION

»Ach, Devlin, kommen Sie doch herein.«

Er stellte rasch fest, ob sich noch jemand in dem Raum aufhielt, trat dann zu ihr und küßte sie auf die Wange.

Die Prima hoffte, nicht zu kühl darauf zu reagieren. Schließlich besaß sie noch keinen handfesten Grund, ihm zu mißtrauen.

»Was gibt es denn?« fragte der Direktor.

»Setzen Sie sich bitte, ich muß Ihnen ein paar Fragen stellen.«

Daß sie ihn siezte, konnte ihn eigentlich nicht beunruhigen. Nur selten bot sich den beiden eine Gelegenheit, sich mit du anzureden. Er nahm Platz, schenkte ihr ein Glas Wasser ein, und als sie es ablehnte, stellte er es vor sich hin.

»Dann fangen Sie an.«

»Devlin, ich unterziehe Sie einem Lügendetektor-Test und lasse die Antworten aufzeichnen.«

Seine Miene verfinsterte sich.

Wenn er unschuldig ist, werde ich unserer Beziehung eine schwere Wunde geschlagen haben.

Aber als Prima blieb ihr keine andere Wahl.

Sie betete in Gedanken darum, daß sich alle Vorwürfe gegen ihn als haltlos erweisen würden.

»Darf ich erfahren, worum es eigentlich geht?«

»Ich … Das kann ich Ihnen nicht sagen. Vertrauen Sie mir einfach, bitte.«

Er breitete die Arme aus. »Sie sind die Prima. Ihr Wort ist Gesetz.«

Alya gab dem Techniker ein Zeichen. Dieser schaltete die Anlage ein und stellte die Verbindungen zu ihr und dem Direktor her. Devlin schien zu kooperieren, aber Masada hatte ihr bereits gesagt, daß der Mann sich auf das Spiel einlassen würde, weil er genügend Tricks auf Lager habe.

Es tut mir so leid, Devlin.

Nachdem der Techniker auch die Verbindung mit Gazas Wellseeker geschlossen hatte und dessen Werte auf seinem Schirm ablesen konnte, gab er der Gildeherrin das Zeichen zu beginnen.

Die Prima stellte zuerst nur harmlose Fragen, deren Antworten sie gut genug kannte. Devlin ging geduldig auf alles ein.

Er wußte allerdings nicht, daß die Daten nicht nur in den Detektor flossen, sondern von dort aus auch zu Dr. Masada, der der Befragung in einem Nebenraum folgte und durch die Vid-Kameras alles mitbekam. Und Gaza wußte auch nichts von dem jungen Hacker, der bei dem Professor saß. Und genausowenig ahnte der Direktor, daß seine Liebste mit den beiden verbunden war.

Nach einer Weile kam Alya dann auf das Eigentliche zu sprechen: »Ich muß Ihnen jetzt einige Frage zu Luzifer stellen.«

Leichter Streßanstieg, gab der Techniker durch. Kein Grund zur Aufregung. So etwas war normal.

»Hatten Sie schon Kenntnis von dem Virus, bevor er mir gemeldet wurde?«

»Nein.«

Nach einigen Sekunden sandte der Techniker: VERIFIZIERT.

»Besitzen Sie Kenntnisse über Luzifer, die Sie mir noch nicht mitgeteilt haben?«

Devlin lächelte. »Höchstens ein paar kleine Details in Datentheorie, mit denen ich Sie nicht langweilen wollte. Aber wenn Sie fragen, ob ich etwas Wesentliches vor Ihnen verberge, so lautet die Antwort nein.«

VERIFIZIERT

Werde ich dich heute zum letzten Mal mit liebendem Herzen ansehen? Bitte, sei unschuldig.

»Berichten Sie, was Sie zuerst dachten, als Luzifer entdeckt und untersucht wurde?«

Er zögerte kurz, und das kam der Prima nicht ungelegen, brauchte Masada doch einige Zeit, um in Devlins interne Programme einzudringen.

Alya stellte einige Fragen, die allein darauf abzielten, dem Professor und seinem Helfer mehr Spielraum zu verschaffen.

Und endlich die Nachricht:

WIR SIND DRIN

»Devlin, unterhalten Sie irgendwelche Verbindungen zur Hausman-Liga?«

»Nein.«

VERIFIZIERT

Und eine Sekunde später Masadas Nachricht:

ER HAT EINEN OVERRIDE DRÜBERGELEGT

Der Herrin blieb das Herz stehen. Wie gut, daß ihr Wellseeker nicht ebenfalls angeschlossen war.

Kein Mensch, der so etwas wie Luzifer entwickeln konnte, hatte Masada ihr gesagt, *wird sich von einem Lügendetektor unterkriegen lassen. Vielmehr wird er ein besonderes Programm entwickeln, mit dem er als Unschuldslamm erscheint.*

Ein eindeutiges Schuldbekenntnis. Vielleicht noch nicht ausreichend für ein Verfahren, aber genug für

Alya, um zu erkennen, daß dieser Mann nichts mehr in ihrem Leben verloren hatte.

Warum? Warum hast du mir das angetan? Und der Gilde?

»Haben Sie vorsätzlich an Aktionen teilgenommen, die zum Ziel hatten, die Erde zu diskreditieren?«

»Nein.«

VERIFIZIERT

Und wieder der Professor:

ICH GLAUBE DER DETEKTOR IST GAR NICHT WIRKLICH AN DEVLINS WELLSEEKER ANGESCHLOSSEN / DER DETEKTOR SCHICKT IHM VORGEFERTIGTE ANTWORTEN

Die Prima hatte noch ein paar Fragen auf Lager, die aber hauptsächlich dem Zweck dienten, auf Masadas nächstes Signal zu warten. Ein Test blieb noch übrig, um seine Schuld zu belegen. Eine ganz simple Gegenüberstellung.

ERLEDIGT

meldete der Wissenschaftler. Er hatte Devlins Verteidigungsprogramme kopiert.

»Ich mache jetzt Platz für jemanden, der Ihnen auch gern ein paar Fragen stellen würde.«

Die Tür öffnete sich, und Masada trat ein.

Devlin erbleichte.

Du Mistkerl. Du dachtest, er sei tot.

Die Prima wandte sich an den Techniker. »Irgendwelche Veränderungen, als der Professor hereinkam?«

»Normal, absolut normal.«

Selbst jemand, der kein Programmierexperte war, hätte nun erkannt, daß ihr Geliebter den Detektor manipuliert hatte.

Alya erhob sich. »Genug der Fragen für heute.« Sie hoffte, daß sie die Tränen lange genug würde zurückhalten können. »Erst wieder beim Prozeß.«

Sie floh aus dem Raum, bevor Devlin etwas dazu sagen konnte.

Manchmal kann man ein Leben nur bewahren,
indem man es zerstört.

J. XAVIER MONROY,
Der Preis des Schicksals

PARADISE KNOTENPUNKT

PARADISE STATION

Miklas war nicht gerade bester Laune.

Eine E-Woche war vergangen, seit die Gesuchte seinen Leuten entkommen war. Was für eine demütigende Niederlage! Zwei Teams ausgebildeter Jäger und eine halbe Million Krediteinheiten Kosten, und Jamisia war trotzdem entwischt.

Natürlich war Ra dafür verantwortlich. Sie hatte sich überhaupt als großes Ärgernis erwiesen. Zuerst die Konfiszierung seiner Waffenladungen, dann der Ärger, den ihr Zoll seinen Mitarbeitern gemacht hatte, und jetzt auch noch das Mädchen … Zu dumm, daß selbst ein so mächtiger und reicher Konzern wie Tridac nicht wagen durfte, den Palast einer Gildemeisterin anzugreifen.

Ras schmutziges Spiel würde Miklas nicht viel nutzen. Der Vorstand des Konzerns ließ nur den Erfolg, nicht aber Ausreden gelten.

Er wollte gerade die heutigen Berichte durchgehen, als einer seiner Lieutenants anklopfte und eintrat. Mit schwunghaftem Schritt baute der sich vor seinem Schreibtisch auf und überreichte ihm ein Blatt.

Der Kopf trug die Adresse der Gildemeisterin … und schien von ihr höchstpersönlich zu stammen.

MIA PRIMA

GEMÄSS IHREN INSTRUKTIONEN ENTLASSE ICH JAMISIACAPRA / SIE HAT UM EIN TRANSPORTMITTEL GEBETEN UND ICH HABE IHR EIN IN-SCHIFF UNBEGRENZT ZUR VERFÜGUNG GESTELLT

AN DIESER STELLE MÖCHTE ICH NOCH EINMAL DARAUF HINWEISEN DASS ICH DIESEN ABFLUG FÜR ÄUSSERST UNKLUG HALTE / DIE GRUPPEN DIE HINTER IHR HER SIND HABEN DIE SUCHE HÖCHSTWAHRSCHEINLICH NOCH LANGE NICHT EINGESTELLT / HIER AUF MEINER STATION HALTEN SICH NOCH EINIGE VON IHNEN AUF

WENN SIE DER ANSICHT SEIN SOLLTEN SIE SEI HIER NICHT SICHER DANN VERANLASSEN SIE BITTE DEN ABTRANSPORT ZU EINEM ANDEREN KNOTENPUNKT

EINE RECHNUNG FÜR DIE NUTZUNG DES TRANSPORTMITTELS GEHT IHNEN MIT GESONDERTER POST ZU

Miklas las den Text dreimal und konnte sein Glück kaum fassen. »Besteht die Möglichkeit, daß die Gildemeisterin weiß, daß wir die Nachricht abgefangen haben?«

»Nein. Wir haben alle nur denkbaren Vorsichtsmaßnahmen ergriffen.«

Er lächelte. »Gut. Sie haben hervorragende Arbeit geleistet. Nun müssen wir herausfinden, wann und mit welchem Schiff sie abreist. Ra darf absolut nichts davon erfahren.«

»Jawohl, Sir.«

Jamisia verließ Paradise. Und das auch noch allein. Stunden nach dem Start würde Tridac sie abgefangen haben.

Ein kleines Schiff verließ das öffentliche Dock. Ein halbes Dutzend verdeckter Ermittler hatte Jamisia bis hierher verfolgt und sie einsteigen gesehen. Das Schiff legte ab und steuerte den Außenring an.

Die Agenten meldeten auch, daß sich außer ihr niemand an Bord befinde. Ausgezeichnet. Wenn es zu einem Gefecht kommen sollte, würde Jamisia in große Schwierigkeiten geraten. Mindestens zwei Personen waren erforderlich, um ein Schiff zu steuern und auch noch die Bordabwehr zu bedienen.

Miklas atmete tief durch, als sein eigenes Schiff startete. Nur nicht zu früh frohlocken. Noch hatte er das Mädchen nicht in seinen Händen ... Aber bald. Und wenn er sie dem Vorstand präsentierte, würde er Sitz und Stimme in diesem Gremium erhalten.

»Wir haben sie auf dem Schirm«, meldete der Pilot.

Hier in Docknähe war zuviel los. Transporter, Yachten und Pods flogen ein oder ab. Ausgeschlossen, sich hier eine Verfolgungsjagd mit Jamisia zu liefern. Die Polizei wäre rascher hinter ihnen her, als ihnen lieb sein konnte.

»Auf Sicherheitsabstand folgen«, befahl er.

Jamie steuerte fort vom Ainniq in einen ruhigeren Sektor. Braves Mädchen.

Wenn sie sich allein im Raum aufhalten würden, würde Miklas sich zu erkennen geben. Mit ein wenig Glück reichte es schon aus, sich als Konzernpolizei auszuweisen, damit die Flüchtige beidrehte und sich verhaften ließ.

Aber er mußte auf der Hut sein und durfte sich keinen weiteren Fehler erlauben.

Miklas hatte es nicht bei dem einen Schiff belassen. Etliche andere warteten ein gutes Stück von der Station entfernt auf sein Signal, wohin sie sich wenden sollten.

Er konnte sich auf die Unterstützung durch ein Dutzend Gleiter verlassen.

Wenig später hatten sie das Gewimmel der Touristen hinter sich gelassen. Das letzte grellbunt beleuchtete Casino flog an ihnen vorüber, dann auch der äußere Hotelring, und endlich gelangten sie in den freien Raum. Jamisia schien ihren Verfolger noch nicht bemerkt zu haben.

Miklas befahl, den Abstand zu verkleinern.

Das Mädchen schien noch immer nichts davon mitzubekommen.

»Sie beschleunigt«, meldete jedoch plötzlich der Pilot.

»Dranbleiben.«

Was hatte sie vor? Fliehen oder nur ein Stück weiterfliegen, um festzustellen, ob die Konzernpolizei ihr auf den Fersen blieb?

»Beschleunigt weiter.«

Aha, also Flucht. Miklas sandte ihr das Kennungssignal nebst der Aufforderung, langsamer zu werden und ein Kommando an Bord zu lassen.

»Beschleunigt noch mehr.«

Also gut, wenn sie es unbedingt so haben wollte …

»Auf Gefechtsentfernung heran«, befahl er und gab den beiden Kanonieren das Zeichen, die Geschütze auszurichten. »Trefft die Triebwerke. Das Schiff flugunfähig schießen. Wir brauchen sie unbedingt lebend.«

Das Schiff machte einen Satz, und Miklas wurde vom G-Druck in den Sessel gepreßt. Das Jagdfieber erwachte in ihm. Jamisia schien ihnen eine wilde Verfolgungsjagd liefern zu wollen. Dabei hatte sie nicht die geringste Chance. Ihre Triebwerke und ihre Bewaffnung waren seinem Schiff eindeutig unterlegen.

»Dranbleiben.«

Sie kamen der Flüchtigen immer näher, und der Pilot manövrierte, um einen direkten Beschuß der Triebwerke zu ermöglichen. Doch gerade, als die Kanoniere abdrückten, wich das kleinere Schiff aus, und der Schuß ging ins Leere.

»Wir kriegen sie noch«, versprach Miklas seiner Besatzung und sich selbst.

Jamie flog nun mit Höchstgeschwindigkeit, und das auf einem ungewöhnlichen Kurs. Offensichtlich wollte sie damit einen Treffer verhindern.

»Station an Backbord«, meldete der Pilot.

Die Harvester-Station, umgeben von einem halben Dutzend Erzsammlern. Wollte das Mädchen sich zwischen diesen Riesen verstecken oder sie abschütteln? Dann war sie noch dümmer, als er erwartet hatte. Sein Out-Pilot konnte sie locker ausmanövrieren. Außerdem standen drei seiner Gleiter unweit der Station in Bereitschaft.

Jamisia schien hinter den Harvester gelangen zu wollen und flog in einem Zickzackkurs zwischen den Sammlern hindurch. Sein Pilot ließ sich jedoch nicht abschütteln. Die Kanoniere hingegen hatten keinen so guten Stand. Einmal gaben sie dennoch einen Schuß ab und trafen nur einen Erzbrocken, der in zwei Teile zerbrach.

Aber das spielte keine Rolle, denn Jamie bewegte sich genau auf die drei Gleiter zu, die sie in einer Minute erreichen würden.

Jamisia flog jetzt wieder Höchstgeschwindigkeit und scherte in den offenen Weltraum aus.

Doch schon tauchten die drei Gleiter auf und setzten ihr sofort Warnschüsse vor den Bug. Eine Warnung, die man wohl kaum mißverstehen konnte.

Jeder vernünftige Pilot hätte sich jetzt ins Unvermeidliche gefügt.

»Sie behält Geschwindigkeit bei.«

Miklas knirschte mit den Zähnen.

Jamisia bog zur Seite ab. Direkt auf die Sammler und Erzbrocken zu.

Was um alles in der Welt …

Sie konnte nur vorhaben, sich erst einmal dort zu verstecken und dann nach einem Ausweg zu suchen.

Aber bei der Geschwindigkeit bekam sie das Schiff nicht weit genug herum –

– und prallte mit voller Wucht auf einen Brocken, von dem größere Stücke abplatzten und durch den Kosmos segelten. Sekunden später Kollisionsalarm. Die Bruchstücke von Jamies Schiff erreichten ihre Flugbahn.

Miklas stand nur sprachlos da. Nicht einmal ein passender Fluch wollte ihm einfallen.

»Nach Biosignalen checken«, krächzte er schließlich.

»Nur Fragmente, Sir, tut mir leid«, meldete der Pilot.

Daß Ihnen das leid tut, wird mir nicht den Hals retten …

Erstaunlich, wie rasch eine Karriere den Bach hinuntergehen konnte. Fast so schnell wie ein Schiff an einem Erzfelsen zerschellte.

Miklas schloß die Augen.

»Aktion abbrechen. Wir fliegen zurück.«

Diejenigen, die mit Stärke herrschen wollen, dürfen nicht zulassen, daß andere ihnen ein Zeichen von Schwäche ansehen.

Was diese Herrscher allerdings denken oder in ihrem Herzen spüren, ist eine ganz andere Frage.

SORTEY-6
Über die Kraft des Menschen

GUERA KNOTENPUNKT

MOSKVA GEFÄNGNISSTATION

»Es wird Zeit.«

Devlin hob den Kopf, sah zu den Wachen an der Tür und nickte. Dicke Ringe hatten sich unter seine Augen gelegt, weil er zu wenig Schlaf bekommen hatte. Der Wellseeker hatte sich darum gekümmert und ebenso der trockenen Haut Flüssigkeit zugeführt; sein schlechtes Aussehen sollte nicht als Schuldeingeständnis mißverstanden werden.

Doch als Gaza nun seine Zelle verließ, fragte er sich, ob das wirklich klug von ihm gewesen war. Vielleicht hätte die Prima ja Mitleid empfunden, wenn sie ihn in dem Zustand gesehen hätte. Eine Simba sprach nämlich auf Zerknirschtheit und Reue an.

Doch nun ließ sich nichts mehr daran ändern. Die Soldaten nahmen ihn in die Mitte. Gleich ein Dutzend war zu ihm abkommandiert worden. Ein Dutzend! Für was für eine Art von Gewaltverbrecher hielten sie ihn denn?

Für sie bist du ein Terrorist, und mit solchen Leuten ist nicht zu spaßen.

Was für ein Witz! Die Gilde ging sehr freizügig mit diesem Begriff um. Jeder, der ihr nicht recht in den Kram paßte, wurde mit diesem Etikett belegt. Diese Narren! Begriffen sie denn nicht, daß man die Zukunft der Menschheit nicht dem Schicksal überlassen durfte, sondern mit Umsicht und Geschick an ihre Gestaltung gehen mußte? Verstand die Gilde nicht, daß er keinen Verrat begangen hatte?

Nach dem Prozeß hatte er es Alya zu erklären versucht. *Du weißt genausogut wie ich, daß wir uns von der Erde befreien müssen. Ich habe nicht mehr und nicht weniger getan, als einen Grund zu schaffen, Terra zu verbannen. Was soll denn so schlimm daran sein, die Erdlinge sich selbst zu überlassen? Eine schwache Strafe angesichts dessen, was sie uns angetan haben.*

Wir kommen nur ohne Terra weiter. Kannst du mich guten Gewissens dafür verurteilen, daß ich uns die Freiheit ermöglicht habe? Warum nimmst du mein Geschenk nicht an? Mein Gott, in unseren Reihen sind Gildemeister, die ihre Seele für so etwas hergeben würden!

Die Prima hatte nichts dazu gesagt.

Zehn Jahre waren sie zusammengewesen und hatten sich geliebt. Und er hatte gedacht, er würde sie kennen.

Aber Alya hatte nur geschwiegen.

Die Wächter führten ihn zum Dock, wollten ihm aber nicht mitteilen, wohin genau er gebracht werden sollte. Und wenn Devlin sie ansprach, reagierten sie nicht darauf, so als sei er gar nicht vorhanden. Natürlich hatten sie ihm auch nur ein Headset überlassen, das nicht mehr vermochte, als seine biologischen Funktionen zu regulieren und ihn direkt mit jemandem kommunizieren zu lassen. Das war Vorschrift, und mehr war nicht gestattet. In diesem Fall erst recht. Warum sollte man einem verurteilten Top-Programmierer die Möglichkeit lassen, ins Outernet zu gelangen?

Natürlich hätte er sich dennoch befreien können. Das Interface programmiert, alle Schlösser geöffnet, die Wachpläne verändert, ein Schiff vorbereitet und damit auf und davon – und er hätte sogar noch genug Zeit gehabt, eine Rede zu verfassen, darin seine Taten zu rechtfertigen und diese im Outernet zu verbreiten. Nicht einmal ein Masada hätte ihn daran hindern können.

Aber dann hätte er bis ans Ende seiner Tage auf der Flucht sein müssen. Auf allen Außenwelten kannte man sein Gesicht, und selbst Verbündete und Freunde würden es nicht wagen, ihn aufzunehmen, würde die Gilde ihnen doch sofort mit Isolation drohen.

Außerdem liebte er Alya, und ein Leben ohne sie konnte er sich nicht vorstellen. Das ganze schöne Virenprojekt hatte er doch nur für sie unternommen.

Nein, eine Flucht kam nicht in Frage. Und wenn er die Chance erhielt, der Prima sein ganzes Vorhaben zu erklären, würde sie ihn sicher verstehen und ihn begnadigen.

Auf dem Dock wartete ein kleines Out-Schiff, und wohin er auch sah, er entdeckte nur Gildemitglieder. Ein gutes Omen. Solange die Gilde die Angelegenheit intern regeln und die Medien heraushalten wollte, bestand immer noch eine Chance für ihn.

Man führte ihn an Bord, wies ihm einen Sitzplatz zu, und wenige Minuten später startete das Schiff. »Wohin fliegen wir?« wollte er wissen. Eigentlich rechnete er nicht mit einer Antwort, und man ignorierte ihn genau wie vorher. Auch recht.

Als die Station hinter ihnen lag, bedeutete man dem Gefangenen, sich zu erheben und zu folgen. Sie brachten ihn nach rechts, wo sich die größeren Räumlichkeiten befanden. Dort sollte wohl die Urteilsverkündung stattfinden. Womöglich wollte man ihn aber auch nur noch einmal verhören. Vielleicht erhielt er dort noch eine Chance, mit Alya zu reden.

Die Soldaten umringten ihn in festem Kordon. Als wenn er hier irgendwo hätte hinfliehen können.

Man öffnete ihm die Tür zu einem Saal, und er gelangte in hartes weißes Licht. Als seine Augen sich an die Helligkeit gewöhnt hatten, mußte er zu seinem Entsetzen erkennen, daß sich hier nicht nur Gueraner, sondern auch Reporter und Kameraleute von anderen Welten versammelt hatten.

Gott, die Medien! Sein Magen verknotete sich, als er unter den Anwesenden sogar Vertreter der Konzernpresse ausmachte. Kein gutes Zeichen. Wenn die Gilde sich schon an die Öffentlichkeit wandte, mußte sie auch ihre eigenen Gesetze buchstabengetreu befolgen. Hatte die Prima die Medien hierherbestellt? Oder hatten die anderen Gildeoffiziere sie dazu gezwungen? Ganz sicher würde Alya doch nicht … Sie liebten sich doch!

Dann bemerkte er die Herrin, doch erst auf den zweiten Blick, denn sie hatte kein Kaja aufgelegt. So hatte Devlin sie nur in ihren Privatgemächern zu sehen bekommen. Damit konnten selbst die Fremden jede ihrer Regungen erkennen und deuten.

»Alya …«, begann er, als sie sich erhob.

Sie funkelte ihn wütend an, denn in der Öffentlichkeit durfte er sie nicht beim Namen nennen. Aber verstand sie denn nicht, daß er sich ihr offenbaren wollte, damit sie ihn verstehen konnte? Doch wie sollte er das hier tun, wo sich alle Kameras auf ihn richteten.

»Ruhe«, befahl die Prima mit eisiger Stimme und kehrte ihm den Rücken zu, um sich an die Menge zu wenden. Die Wächter hielten ihn jetzt fest. Warum denn das? Sie hatten seinem Wellseeker schon Blocker eingegeben, die seine Muskelreaktionen verlangsamten. Wie hätte er da davonrennen oder einen Kampf beginnen können?

Alya, du kennst mich in- und auswendig, kennst meine Fehler und meine Stärken. Warum willst du nicht begreifen, daß ich alles nur für dich getan habe? Gut, offiziell mag mein Tun kriminell gewesen sein, aber du müßtest doch mehr als alle anderen die Notwendigkeit dieser Maßnahme erkennen!

Starr stand sie da und begann:

»Bürger der Außenwelten, verehrte Vertreter der Medien, Repräsentanten Terras. Ich danke Ihnen, daß Sie meiner Einladung auf den Tiananmen Knotenpunkt nachgekommen sind, um Zeuge der Urteilsverkündung und -vollstreckung zu werden.

Dem heutigen Spruch gingen zweijährige Ermittlungen über einen Virus mit Namen Luzifer und ausführliche Verhöre aller an seiner Entstehung Beteiligten voraus. Heute nun soll der Hauptverantwortliche für diese Tat seiner gerechten Strafe zugeführt werden.«

Hatte er da ein gewisses Stocken in ihrer Stimme vernommen? Durfte er daraus schließen, daß sie ihn immer noch liebte? Hatte er vielleicht doch noch eine Chance?

»Während ich hier zu Ihnen spreche, werden auf über zehn weiteren Knotenpunkten die Mitverschwörer ihrer Bestrafung zugeführt. Ihnen blüht das gleiche Schicksal, das sie der Erde zudachten: Isolation von der Galaktischen Gemeinschaft und Verbot jeglichen Transports zu den Außenwelten bis an ihr Lebensende. Da diese Verbrecher uns dazu manipulieren wollten, die Erde ins Aus zu setzen, halte ich eine solche Strafe für recht und billig.«

Die Prima warf einen kurzen Seitenblick auf Devlin.

»Wir, die Gilde, sind kein Staatsgebilde und setzen unsere Macht auch nicht dazu ein, andere Welten zu dominieren. Wir haben es stets als unsere Aufgabe verstanden, den Kontakt unter den Abkömmlingen der Erde aufrechtzuerhalten und sie sicher durch den Ainniq zu bringen. Seit Jahrhunderten schon suchen wir nach den Kolonisten. Auf einigen der Hausman-Welten, die wir entdeckten, herrschten die allerprimitivsten Lebensbedingungen vor, und manche der dortigen Bewohner waren kaum noch als Menschen anzusehen und wußten nichts mehr über ihre Herkunft.

Wir haben unsere verlorenen Vettern gerettet, geborgen und erzogen, um sie zu einem Bestandteil unserer galaxisweiten Gesellschaft zu machen. Und andere haben wir dazu gezwungen, sie zu akzeptieren, wenn nötig auch mit Waffengewalt.

Und dieses Ziel hat sich die Gilde auf ihre Fahnen geschrieben: die Zusammenführung aller Menschenkinder.

Wir wußten schon zu Beginn, wo Terra liegt, lagen uns doch die alten Sternenkarten noch vor. Wir beschlossen, die Erde ebenfalls unserer Gemeinschaft einzugliedern, denn durch das Recht ihrer Geburt gehören auch diese Menschen zu uns. Das war immer schon die Überzeugung der Gilde, und ich bilde da keine Ausnahme.«

Wieder warf sie ihm einen kurzen Blick zu, und ihm zog sich das Herz zusammen.

»Dieser Mann hier aber plante, alles zu zerstören, was wir in vielen Jahrhunderten aufgebaut haben. Er wollte den alten Haß der Varianten auf die Erdlinge als Hebel benutzen, um die Gemeinschaft aller Menschen zu spalten. Eine solche Verschwörung kann nur als verbrecherisch angesehen werden. Wenn sie aber auch noch von einem Gilde-Offizier angezettelt wird, so ist das ebenso ungeheuerlich wie unverzeihlich. Dieser Mann hat die Grundüberzeugungen der Gilde besudelt.«

Devlin wollte sich verteidigen, wollte die Sache richtigstellen, aber einer der Soldaten manipulierte etwas an seinem Headset, und wenig später hatte Gaza die Fähigkeit zu sprechen verloren.

ES IST AUS DEVLIN/ TRAG DEIN SCHICKSAL

MIT DER WÜRDE DIE DIR VIELLEICHT NOCH VERBLIEBEN IST

Alyas Worte, vor seiner inneren Sicht. Und er konnte ihr nicht antworten.

»Varianten und Terraner, ich habe Sie heute hierher gebeten, damit Sie sehen können, wie wir solche Verräter in unseren eigenen Reihen bestrafen. Wir wollen ein Exempel statuieren, damit später niemand behaupten kann, wir würden die Unseren schonen.«

Die Prima drehte sich nun zu ihm um und befahl den Wächtern: »Führt ihn ab.«

Devlin konnte sich nicht dagegen wehren, ja nicht einmal einen Ton hervorbringen. Als die Wächter ihn anstießen, mußte er feststellen, daß die Blocker stärker geworden waren. Er konnte nur mit Mühe einen Fuß vor den anderen setzen, und die Soldaten mußten ihn festhalten, damit er nicht hinfiel.

Gefolgt von der Presse, schleppte man ihn zur Schleuse, und er haßte sie alle.

In der Schleuse befand sich eine Kapsel, und Devlin erkannte, welches Schicksal ihn erwartete. Panik befiel ihn, und trotz seiner teilweisen Lähmung wollte er sich von den Soldaten befreien. Der Versuch dauerte kaum eine Sekunde lang, dann schaltete man ihm mehrere Muskelpartien ab. Als er im Pod lag, konnte er Arme und Beine nicht mehr bewegen.

Die Wächter schnallten ihn an und zeigten ihm den eingegebenen Kurs, damit er genau wußte, wohin die Reise gehen sollte. Die Kameraleute stießen sich gegenseitig beiseite, um eine letzte Aufnahme von seinem Gesicht schießen zu können, ehe die Kapsel sich selbständig geschlossen hatte.

Als letztes bekam er ihre Augen zu sehen. Wie gelang es ihr, ihn so kalt anzustarren?

GEH RASCH, übertrug sie ihm. ICH HABE DICH WIRKLICH GELIEBT

Alya!

Der Pod setzte sich in Bewegung. Zuerst nur langsam, während er von den Kränen in Position gehievt wurde. Die Gravitationsverschiebungen zerrten wie üblich an seinen Eingeweiden, aber davon bekam er kaum etwas mit. Er starrte auf das winzige Fenster, auf dem der Ainniq langsam Form annahm.

Devlin konnte absolut nichts tun. Alle Kontrollen waren fest eingestellt, und sein Headset verfügte nicht über die Programme, um etwas daran zu ändern.

Er glaubte, die großen Drachen schon zu spüren, die erwartungsvoll dem Raumgefährt entgegensahen. Haßten sie die Menschen als Eindringlinge in ihr Territorium, oder brachte nur der Hunger sie dazu, über die Out-Schiffe herzufallen?

Gaza wäre gern vor ihnen geflohen, doch wie sollte er das anstellen? Ihm blieb nur, durch das kleine Fenster zu starren und darauf zu warten, daß eine der Kreaturen seine Witterung aufnahm.

Und das würde viel zu früh der Fall sein.

Er schrie erst im Moment seines Endes.

Alya Cairo starrte auf den Schirm, bis die Kapsel im Ainniq verschwunden war, und auch noch lange danach. Sie gab keinen Ton von sich, und die Pressevertreter schwiegen schließlich auch. Das unbemalte Gesicht der Prima würde in einer Stunde in allen Nachrichtensendungen zu sehen sein, als Kontrapunkt zu den Verhaftungen und Bestrafungen der Verschwörer.

Endlich löste sie sich vom Schirm und drehte sich zu den Anwesenden um, um sie mit unbewegter Miene anzusehen. Ein Diener brachte ihr eine kleine Schale mit einer schwarzen Flüssigkeit. Die Prima tauchte einen Finger hinein und zog sich einen Streifen durch das Gesicht. Als sie ihr Kaja der Trauer aufgelegt hatte, verließ sie den Saal. Die Reporter riefen ihr Fragen zu, aber sie schien sich in einer anderen Welt zu befinden. Die Wächter schirmten sie gegen allzu zudringliche Medienvertreter ab.

Alya gelangte in den Flur, der zu ihren Gemächern führte. Niemand folgte ihr hinein. Sie blieb mitten im Raum stehen und befahl ihrem Wellseeker, die Tränenkanäle zu aktivieren. Schon quollen ihr die ersten Tränen aus den Augen, ihr Herz klopfte schneller, und das Luftholen fiel ihr schwerer.

Unendliche Trauer überlagerte ihre Gedanken und drang ihr in jede Faser, bis der Wellseeker Alarm schlug.

Die Prima war ganz allein und weinte um ihren Liebsten.

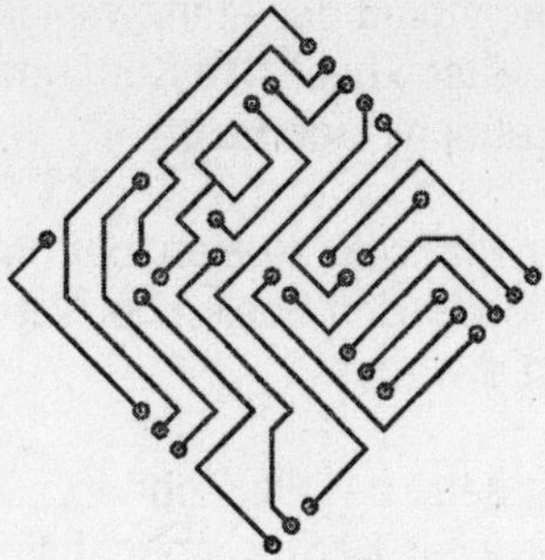

RUSA

Der Wald ist tief und grün, und durch das Unterholz schleicht ein Jäger. Er hält das Blasrohr, und an seiner Hüfte hängt die Tasche mit den Giftpfeilen.

Halt, hier endet die Fährte. Der Jäger bleibt stehen und schnüffelt. Die Brise trägt einen schwachen Tiergeruch heran und versichert ihm, daß die Beute ganz in der Nähe sein muß.

Er legt einen Pfeil in das Rohr, setzt es an die Lippen und schleicht weiter. Seine Schritte verursachen kaum ein Geräusch.

Eine Lichtung breitet sich vor ihm aus, und durch den Vorhang von Blättern und Zweigen sieht er den Hirsch.

Rusa.

Dem Jäger stockt der Atem. Vielleicht zu laut; denn der Hirsch hebt den Kopf und sieht ihn aus seinen braunen Augen an.

Rusa, der Hüter der Seelen, der heilige Hirsch, dessen Körper den Seelen der Verstorbenen Heimstatt bietet.

Der Jäger setzt das Blasrohr ab, und sein Herz klopft schneller. Der Hirsch regt sich nicht. Welche Seele mag in ihm wohnen, von welchem Vorfahren? Wem war der Tote der oder die Liebste? Welche Seele blickt ihn aus den braunen Augen an?

Er wird es nie erfahren. Wie kann man ein Tier töten, wenn man nicht weiß, wessen Seele in ihm steckt? Natürlich schießt er den Pfeil nicht ab.

Der Jäger sieht zu, wie der Rusa weitertrabt, langsam und majestätisch. Und als seine Ehrfurcht verebbt ist, sucht der Jäger nach einer anderen Fährte, die ihm leichtere Beute verspricht.

KAJA: Ein Führer für Außenweltler durch den gueranischen Sozialkontrakt;
Band 2: Zeichen der Seele

PARADISE KNOTENPUNKT

PARADISE STATION

Kaum noch jemand hielt sich in der Observations-Lounge auf, als Ra sie betrat. Die Bar war bereits geschlossen, die Beleuchtung herabgedreht.

Nur Phönix stand noch an dem großen Fenster und schaute hinaus auf die Ringe von Paradise. Obwohl er sein ganzes Leben auf der Station verbracht hatte, war er noch nie hiergewesen, im Gildekomplex.

Die Herrin stellte sich neben ihn und teilte mit ihm Aussicht und Schweigen.

Dann sagte Ra leise: »Sie vermissen sie sehr, nicht wahr?«

»Ja. Ziemlich blöd von mir, was?« Er schob sich eine Strähne aus der Stirn. »Ich kannte sie doch bloß ein paar Tage … hätte nie gedacht, daß mir so etwas einmal passieren könnte.«

»Sie wissen doch, daß das unumgänglich war.«

»Klar doch. Wegen der Erdkonzerne und all dem anderen Mist.«

Ein Out-Schiff löste sich gerade vom Dockring. »Und natürlich ist sie jetzt viel glücklicher.«

»Ihrem Wesen nach ist Jamisia Gueranerin. Sie gehört zu uns. Nach allem, was Shido ihr angetan hat, findet sie unter den Erdlingen keinen Platz mehr. Die Gueraner aber akzeptieren sie.

Wir konnten Tridac ihr Ende vorgaukeln, und jetzt wird niemand mehr hierherkommen, um sie zu entführen. Jetzt hat Jamie erst einmal Ruhe nötig, und die findet sie bei den Gueranern.«

»Ich weiß nicht, ob sie es auf Guera so gut angetroffen hat«, entgegnete der Junge. »Ihr Kaja-System erscheint mir doch ziemlich statisch. Ich meine, man kann sich doch nicht jedes Mal eine neue Kriegsbemalung auflegen, bloß weil sich die eigene Stimmung gerade geändert hat.«

Die Herrin kicherte. »Ach, mein lieber junger Freund, auf Guera kennt man keinen Gemütszustand, der sich nicht durch ein Kaja ausdrücken läßt. Wir haben sogar Muster für zwiespältige oder unbestimmbare Stimmungen und für alle Sonderfälle.«

Phönix drehte sich zu ihr, und die Docklichter huschten über sein Gesicht. »Warum haben Sie Jamisia überhaupt am Leben gelassen? Es wäre doch viel einfacher und sicherer für Sie gewesen, sie zu töten.«

»Sie verstehen wirklich nicht viel von uns, nicht wahr? Natürlich gab es Gildemeister, die sie lieber tot sehen wollten. Und genau aus dem Grund habe ich ihr Leben geschont. Wenn Sie einmal mehr Einblick in unsere Kultur gewonnen haben, werden Sie auch das verstehen.« Die Gildemeisterin machte eine Pause. »Haben Sie über mein Angebot nachgedacht?«

Der Moddie atmete tief durch. »Sind Sie sich auch ganz sicher, daß Sie das wirklich wollen?«

»Nun, gelegentlich stelle ich einen Nicht-Gueraner ein ...« Ihre Diamantenaugen schienen amüsiert zu funkeln. »Wenn Sie natürlich befürchten, nicht Manns genug zu sein, um in Gildesysteme einzudringen ...«

»Von wegen!« Er grinste. »Hören Sie, ich möchte diesen Job wirklich gern haben ... Ich verstehe nur nicht so recht, warum Sie mir soviel Vertrauen schenken. Immerhin bin ich ein Außenstehender.«

»Ihnen vertrauen, mein junger Freund?« Sie lachte. »Wohl kaum. Aber ich glaube, Sie gut genug zu kennen, um Sie für mich arbeiten zu lassen.«

Ra legte ihm eine Hand auf die Schulter. »Kommen Sie, fangen wir gleich an. Delhi hat eben eine Gruppe von Dechiffrier-Spezialisten angeworben. Sie hat bestimmt etwas vor. Das wollen wir doch herausfinden, nicht wahr?«

Phönix nickte und folgte ihr nach einem letzten Blick auf die Sternenlandschaft in das Innere der Station.

ENDE

Auf dem Planeten Inferno herrscht noch immer Zwietracht zwischen Spacern und Siedlern. Zusätzlich droht eine Klimakatastrophe, die Welt ist dem Untergang geweiht. Als ein Komet am Himmel entdeckt wird, arbeiten die Wissenschaftler einen waghalsigen Plan aus: Wenn es gelänge, Bruchstücke des Kometen so zu lenken, daß sie einen Graben zwischen Polarsenke und Meer schlügen, wäre Inferno gerettet. Doch der Plan stößt bei den Siedlern auf wenig Gegenliebe. Intrigen werden gesponnen, der Anführer der ›Eisenschädel‹ entführt. Caliban, ein Roboter der neuen Gesetze, muß sich einmal mehr als Detektiv betätigen ...

ISBN 3-404-24273-4

BASTEI
LÜBBE

Im 21. Jahrhundert scheinen die Probleme der Welt gelöst zu sein – doch dann wird TOMIKO entdeckt, ein Asteroid mit Kurs auf den Mond, der diesen zu zerstören droht. Millionen von Mondsplittern drohen auf die Erde zu regnen und alles Leben zu vernichten. Ein Wettlauf mit der Zeit beginnt ... ein Wettlauf voller Überraschungen.

Wie jeder Roman des Autors bietet auch dieser eine spannende Mischung aus Science Fiction und Krimi, diesmal auch des Katastrophenromans. Jack McDevitts Charaktere sind glaubwürdig, und man fiebert Seite für Seite mit Ihnen mit.

ISBN 3-404-24268-8

BASTEI
LÜBBE

Zwei Klassiker in einem Band: die Quelle, aus welcher der DARKOVER-ZYKLUS entsprang.
Schon vor ihrem berühmten DARKOVER-ZYKLUS hat Marion Zimmer Bradley ein Konzept für ein fiktives Universum geschaffen. Der hier wiederveröffentlichte Roman DAS WELTRAUMTOR enthält Charaktere, Schauplätze und Elemente, die später Eingang in DARKOVER gefunden haben, und der somit Vorgänger dieses Zyklus wurde: ein Schatz für alle Fans dieser Bestseller-Reihe.
Zusätzlich enthält dieser Band den Roman ERDE – DER VERBOTENE PLANET, ein spannendes Abenteuer über sieben Außerirdische, Überlebende einer kosmischen Katastrophe, die der Menschheit die Nachricht von den Rhu'inns bringen, dem größten Geheimnis des Universums. Die Rhu'inns sind Wesen, die seit Urzeiten versteckt unter den Menschen leben und nur ein Ziel kennen: deren Vernichtung ...

ISBN 3-404-24267-X

BASTEI
LÜBBE

Einer der Helden aus dem RINGWELTUNIVERSUM ist der Agent Gil ›der ARM‹ Hamilton.

In diesem Buch hat Larry Niven erstmals alle Hamilton-Erzählungen zusammengestellt, eine ganz neue Geschichte sowie eine Rahmenhandlung hinzugeschrieben und die einzelnen Erzählungen miteinander verknüpft, so daß ein spannender Roman um den berühmten Agenten entstanden ist. Gil muß skrupellosen Organschmugglern das Handwerk legen, die sich nicht mehr nur an den Toten vergreifen, sondern auch an den Lebenden – und hinter Gil sind sie ganz besonders her ...

ISBN 3-404-24266-1

BASTEI
LÜBBE

AD 2600. Die Menschheit entdeckt endlich ihr ganzes Potential. Hunderte von Kolonien, verstreut über die ganze Galaxis, bieten eine Unzahl unterschiedlichster Kulturen und unermeßlichen Reichtum. Gentechnik hat die Grenzen der Natur gesprengt. Der Handel blüht, und die Konföderation sorgt für Frieden und Sicherheit. Ein goldenes Zeitalter ist angebrochen. Doch etwas ist schiefgelaufen. Extrem schief! Auf einem kleinen, primitiven Planeten trifft ein Mensch rein zufällig auf ein vollkommen nichtmenschliches Wesen – und löst die Apokalypse aus: eine Macht, die all unsere Ängste wahr werden läßt.

Mit dieser neuen Serie beweist Peter Hamilton endgültig, daß er vom Hoffnungsträger der modernen SF zu deren Bannerträger geworden ist. Was zahllose Autoren vor ihm versucht haben, ist ihm alleine mit unvergleichlicher Bravour gelungen: einen klassischen Space-Opera-Roman zu schreiben, der alle Tugenden dieses alten Genres in sich birgt, ohne antiquiert zu sein, und der alle Entwicklungen der modernen SF, von Gen- bis Nanotechnologie aufgreift und logisch in die Geschichte integriert.

ISBN 3-404-23221-6

BASTEI LÜBBE